Texte détérioré — reliure défectueuse

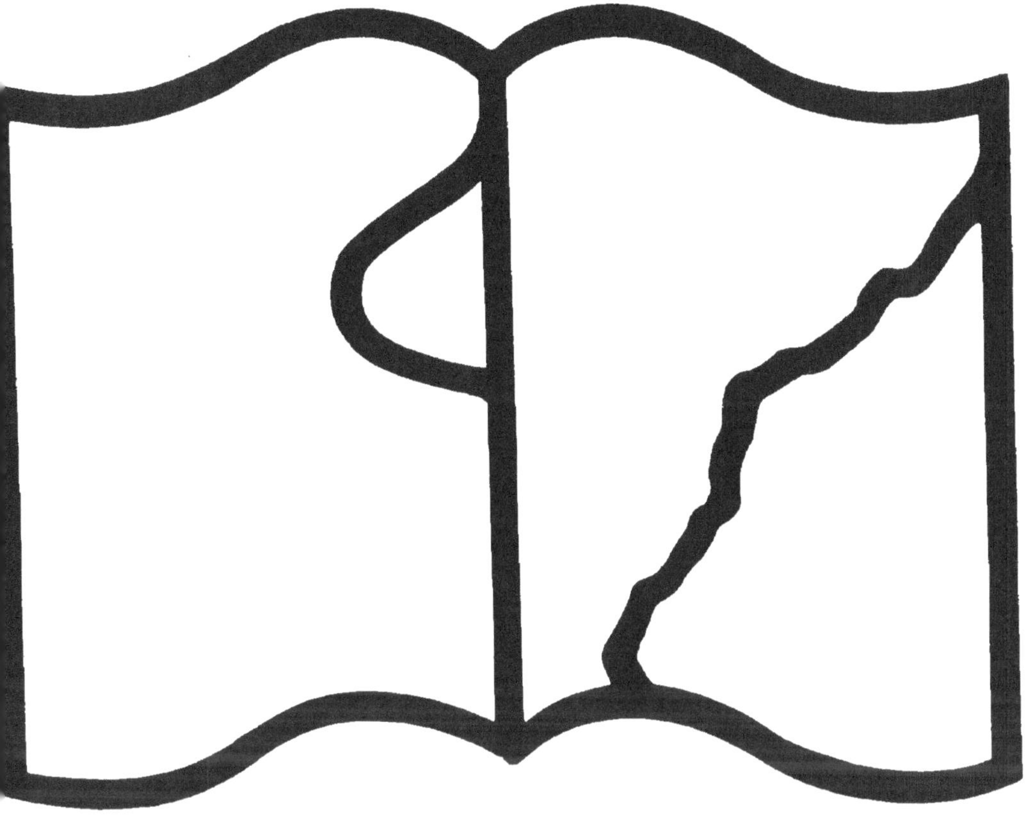

NF Z 43-120-11

L'HOMME
AU
MASQUE D[...]

Arthême **FAYARD**, éditeur, **78**, boulevard Saint-Michel, **PARIS.**

L'HOMME

AU

MASQUE DE FER

CHAPITRE PREMIER

Premier Amour. — Premier Crime.
L'Histoire de la Maison de Bourbon.

L'histoire de la maison de Bourbon, si féconde en crimes mystérieux, présente des rapprochements étranges et bizarres :

Le véritable héritier, le successeur légal de Louis XIII, l'un des enfants *présumés* de ce prince et d'Anne d'Autriche, supprimé en 1638, pour raison d'État.

Anne d'Autriche, longtemps méprisée et dédaignée par Louis XIII, à cause de ses aventures amoureuses et de ses intrigues anti-nationales, reste longtemps stérile, et la France est menacée de passer sous le sceptre de Gaston d'Orléans, prince sans force et sans caractère, jouet des ultramontains et des factions étrangères.

Avant de raconter l'histoire du malheureux prince qu'un crime priva de son royal héritage et plongea pendant plus de quarante ans dans une affreuse captivité, qu'il nous soit permis, à titre d'introduction, de dire en quelques mots le sort analogue d'un autre rejeton des derniers rois de France.

On verra par là que les rapts, les suppressions d'enfants étaient dans les habitudes de cette race fatale des Bourbons.

Marie-Antoinette, l'*Autrichienne*, est célèbre, elle aussi, par la longue froideur que lui témoigna Louis XVI, par la légèreté de ses mœurs et par ses coupables trahisons envers la France dont elle livrait l'argent et les secrets d'État à l'Autriche et à la coalition étrangère.

Le fils de Louis XVI, le véritable héritier des Bourbons, celui qu'on a appelé Louis XVII, est faussement déclaré comme mort, enlevé à ses gardiens et emmené en Bretagne, où l'influence de ses oncles, le comte de Provence et le comte d'Artois, le maintint dans l'obscurité et fit échouer le projet qu'avaient conçu les chefs vendéens de le proclamer roi de France.

M. Nauroy a publié récemment, sur ce sujet, une étude fort intéressante et remplie de documents qui semblent irréfutables.

Parmi ces documents figure un procès-verbal contenant les dépositions de la femme Simon, veuve du cordonnier Simon, geôlier de la prison du Temple, chargé spécialement de la garde de l'enfant royal.

Cette femme, devenue pensionnaire de l'hospice des Incurables, certifie, à la date du 16 novembre 1816 :

« Qu'elle a une entière conviction que le jeune prince n'est point mort dans la tour du Temple ; que le Dauphin a été enlevé et remplacé par un autre enfant... »

La veuve Simon raconte dans quelles circonstances; elle déclare :

« Que la veille du jour où la mort du jeune prince fut annoncée dans les papiers publics, elle vit, se trouvant à côté de l'école de chirurgie, passer la voiture du blanchisseur employé au Temple, qu'elle reconnut une manne ou panier dans lequel on aurait pu introduire un autre enfant destiné à être substitué au jeune prince, qu'elle dit avoir été enlevé à cette époque.

« Que son opinion s'est fortifiée du propos qu'on attribue à M. Desault, chirurgien, qui, lorsqu'on lui présenta le cadavre du prétendu Louis XVII, dit qu'il ne reconnaissait point le corps du jeune prince auquel il avait donné des soins précédemment. »

Ce dernier détail est, en effet, acquis.

Mais la veuve Simon ne s'en tient pas là : elle affirme qu'elle a reçu aux Incurables même la visite de Louis XVII en personne :

« Qu'elle a vu le jeune prince, il y a eu onze ans au mois de juillet dernier; qu'il est entré, ayant à ses côtés un nègre d'environ vingt ans, dans une salle des Incurables où elle se trouvait avec dix-huit personnes de la maison; qu'il passa devant elle, ne la nomma point, mais la salua en portant la main à son cœur et en lui faisant signe de garder le silence; qu'arrivé à son lit, sur lequel était un couvre-pied bleu, il dit : «Je vois qu'on ne m'avait pas trompé;» qu'elle a omis de dire une circonstance qui peut expliquer cette remarque, savoir : qu'une dame grande, brune, qui lui parut étrangère, avait demandé, six semaines auparavant, à voir la veuve Simon, et quelle avait été conduite à son lit, auprès duquel elle se trouvait, et que, voyant l'attendrissement qu'elle éprouvait au souvenir du prince, sur lequel quelques mots furent prononcés, cette dame lui dit : « Ne vous chagrinez pas, » en la touchant du pied pour faire cesser tout discours à ce sujet...»

On fit vainement observer à la veuve Simon qu'elle avait pu être abusée par des souvenirs vagues, des ressemblances, etc., etc. Elle persista. Et il faut remarquer que le document dont il s'agit fait partie des Archives nationales, département de la Sûreté générale, ce qui donne un caractère absolument authentique à la déposition même.

La veuve Simon avait alors soixante et onze ans. La police lui enjoignit d'avoir à se taire sur ce sujet. Loin d'être inquiétée cependant, cette femme se vit adresser de bonnes paroles par Madame la duchesse de Berry, lors d'une visite de cette princesse aux Incurables.

On trouve, dans le travail historique de M. Nauroy, un autre document, non moins important que celui analysé plus haut : c'est un rapport de police daté du 2 août 1817, indiquant le désir de la veuve Simon de témoigner dans le procès du faux Dauphin Mathurin Bruneau. Elle était sûre, disait-elle, d'être reconnue par lui et de le reconnaître, s'il était vraiment Louis XVII. L'offre fut refusée. D'ailleurs il est acquis, depuis longtemps, que Mathurin Bruneau était un imposteur.

Ce fut à ce moment que la veuve Simon fut envoyée à Bicêtre, où elle est morte.

D'autres dépositions intéressantes, et déjà publiées, s'accordent, au moins vaguement, à confirmer la version relative à une substitution de personnes. On lit, dans les *Mémoires* inédits du général comte d'Andigné, cités par M. de Beauchesne :

« Sous la Restauration, je parlai du corps (du Dauphin mort au Temple) au cardinal de La Fare, archevêque de S s. Il me répondit que Madame la Dauphine était persuadée que son malheureux frère n'était pas mort au Temple, et qu'ainsi nous ne pourrions que renouveler ses douleurs sans la convaincre. »

De cet ensemble de preuves, on peut tirer cette conclusion :

Que la duchesse d'Angoulême savait la vérité et ne pouvait la dire « à cause de la raison d'État. »

« La substitution de personnes a eu lieu, dit M. Nauroy, par les soins de M. Frotté, à une date qu'il ne peut exactement fixer, mais ce qu'il peut préciser : « c'est qu'il y eut lutte à son sujet entre les chefs de l'insurrection vendéenne et les princes émigrés. Les premiers eurent toujours, à l'égard des seconds, une grande liberté de langage et d'action. L'intérêt évident des princes émigrés n'était pas de proclamer Louis XVII, qui les éloignait du trône ; qu'on se rappelle les intrigues du comte de Provence contre Marie-Antoinette ; quand l'enfant du Temple mourut, l'intérêt évident de ces mêmes princes émigrés était de proclamer Louis XVII, de suite, ce qui fut fait. Dès lors, Louis XVII était mort pour l'histoire et ne pouvait plus être qu'un imposteur.

« Les chefs vendéens craignirent une scission dans le parti royaliste et cédèrent. De plus, à cette époque de troubles, il était plus aisé de savoir ce qui se passait hors de France qu'en Vendée, et, en effet, l'obscurité plane sur nombre de faits de l'insurrection vendéenne. Enfin, des chefs vendéens qui furent mêlés à l'évasion de Louis XVII, Charette fut fusillé en 1796, Frotté en 1800, et Puisaye mourut déconsidéré en Angleterre (1827). Dès lors, le malheureux Dauphin, plein d'inexpérience, repoussé par les siens, n'avait plus que deux alternatives : ou l'obscurité, ou tenter de reprendre sa place de vive force. »

L'historien complète, comme il suit, l'histoire de Louis XVII :

« C'était, me dit-on, un homme fort ordinaire, et la lutte l'effrayait. Il préféra l'obscurité. Quand arriva la Restauration, sa sœur, la duchesse d'Angoulême, veilla à ce qu'il fût abondamment pourvu du côté de la fortune. Il vit donc défiler, sans mot dire, tous ceux qui se donnèrent pour lui, jusqu'à Naundorff, son ancien valet de chambre, qui essaya d'exploiter son secret qu'il avait surpris. Il garda ce secret douloureux et dut souffrir cruellement. Le pire est qu'il a souffert longtemps, car il n'est mort qu'en 1872, sous le nom de La Roche, aux environs de Savenay (Loire-Inférieure), dans ce même département où est venue mourir, quatre ans plus tard, Amy Brown qui, elle aussi, eût pu être reine de France; il avait quatre-vingt-sept ans. »

L'histoire des deux reines offre plus d'un trait de ressemblance dans leurs mœurs, dans leur caractère, dans les événements qui accidentèrent leur vie et, ainsi qu'on l'a vu, jusque dans l'étrange destinée de leurs enfants.

Comme l'aïeule de son mari, Marie-Antoinette fut longtemps condamnée à la stérilité, et lorsqu'elle donna au trône de France un héritier qui devait disparaître mystérieusement, ses beaux-frères furent les premiers à élever des doutes sur la légitimité de la naissance du royal rejeton.

L'histoire a enregistré plus que des doutes sur la paternité des deux fils d'Anne d'Autriche; l'un, connu sous le nom de Masque de Fer; et l'autre, qui fut Louis XIV.

Divers écrivains dignes de foi et qui ont fait sur le dix-septième siècle les études les plus approfondies, n'ont pas hésité à les enregistrer comme bâtards.

L'éloignement de Louis XIII pour sa femme avait plusieurs causes, en dehors de celles que nous avons indiquées plus haut.

Son médecin, gagné aux intérêts de Marie de Médicis et de Gaston d'Orléans, le soumettait à un régime terrible qui, en affaiblissant son corps, devait lui donner de l'éloignement pour les femmes. Cette aversion est historique et l'on sait qu'il éprouvait une sorte de répulsion pour les dames de la Cour.

Victor Hugo, dans son magnifique drame de *Marion Delorme*, a mis très-heureusement en scène cette sorte d'horreur anti-féminine.

On se rappelle la situation.

Marion est venue implorer la grâce de Didier, condamné à avoir la tête tranchée.

L'Angely, le fou du roi, fait signer à Louis XIII un parchemin qui met le comble aux vœux de l'amante infortunée.

Marion, restée cachée, se précipite aux genoux du roi qui, étonné, furieux, veut reprendre le parchemin. Mais la jeune femme a baisé avec ardeur l'acte libérateur et le place dans son sein.

LE ROI.
Suis-je dupe, un instant, madame ! il faut me rendre
Cette feuille...

MARION.
Grand-Dieu !...
(Au roi avec hardiesse et montrant sa gorge.)
Sire, venez la prendre
Et m'arracher le cœur...
(Le roi s'arrête et recule embarrassé).
L'ANGELY, bas à Marion.
Bon ! gardez-la...
Tenez ferme! le roi ne met pas ses mains-là.

LE ROI, à Marion.

Donnez, dis-je !...

MARION

Prenez.

LE ROI, baissant les yeux,

Quelle est cette sirène ?

LANGELY, bas à Marion.

Il n'oserait rien prendre au corset de la reine.

Le cardinal de Richelieu avait entretenu ces dispositions du roi et excité son antipathie contre Anne d'Autriche, afin d'annuler l'influence de la reine et de pouvoir, sans obstacle, poursuivre la réalisation des grands projets qu'il avait conçus et qu'il put mettre à exécution, après avoir brisé tous ses ennemis et tous ses compétiteurs.

Disons ici que ses vues furent grandes et belles ; qu'il vainquit la féodalité, qu'il fit la monarchie forte et la France redoutable à ses ennemis. Mais son système de personnifier la nation dans le roi le conduisit à établir l'absolutisme, et il prépara ce despotisme de fer que Louis XIV fit peser sur la France.

Richelieu, qui avait su vaincre le cœur, du reste bien fragile, de Marie de Médicis, connaissant l'ardent tempérament de l'espagnole Anne d'Autriche, essaya de faire agréer ses hommages par la jeune reine.

Celle-ci, dont le cœur et les sens étaient en ce moment pleins du beau Buckhingham, se moqua de son adorateur.

Mal lui en prit, car l'ambassadeur de Charles Ier dut quitter Paris pour aller périr sous le couteau d'un assassin, et Anne d'Autriche fut reléguée dans un couvent qui devint pour elle presque une prison.

Elle sut, du reste, charmer la solitude du cloître où elle passait sa vie entre des actes d'une dévotion superstitieuse, la consultation d'astrologues et des intrigues d'alcôves qui la consolaient des froideurs de son royal époux.

Il paraît que l'amour du grand cardinal pour la reine fut très vif, car voici ce que nous lisons dans une note qui figure dans les pièces justificatives insérées à la fin des lettres de la *Princesse Palatine*.

« Il est difficile de contester les prétentions de Richelieu sur le cœur de la jeune reine de France, ses jalousies, ses vengeances, ses démarches aventurées, ses tragédies ampoulées. Tallemant de Réaux, qui ne laisse pas ici planer de soupçons sur Anne d'Autriche, raconte longuement tous les détails de cette étrange intrigue : comment Richelieu fit porter les premières propositions par Madame de Fargis, comment le cardinal de Bérulle était son innocent entremetteur ; comment il soumettait la reine et ses confidentes les plus intimes à des embarras toujours renaissants, comment, enfin, dans la comédie héroïque de *Mirame*, il se proposa de flétrir la passion qu'il supposait exister entre Anne d'Autriche et Buckingham. On y voit, dit Tallemant, Buckingham plus adoré que lui, et le héros, qui est Buckingham, battu par le cardinal. Il força la reine à venir voir cette pièce. »

Cette hostilité, cette haine de Richelieu contre Anne d'Autriche dura jusqu'au jour où il eut besoin de son influence pour contrebalancer celle de Marie de Médicis et tuer les espérances de Gaston d'Orléans.

Nous verrons se développer toutes ces intrigues dans le cours de ce curieux récit. — Parmi les amants de la reine figure Buckingham, dont Alexandre Dumas a si poétiquement dramatisé les amours dans les *Trois Mousquetaires* ; l'histoire du dix-septième siècle cite le comte de Rivière, Rantzau et un jeune homme inconnu, qui paya de la vie une nuit d'ivresse.

Ces trois hommes ont été tour à tour désignés comme les véritables pères de Louis XIV et du Masque de Fer.

Parmi les libelles écrits sur la mère de Louis XIV, il faut citer en première ligne celui intitulé : *Amours d'Anne d'Autriche*, épouse de Louis XIII, avec M. le C. de R., véritable père de Louis XIV. Il en existe six ou sept éditions. Ce qu'il y a de piquant, c'est que les dernières complétaient les initiales de C. de R., porte Cardinal de Richelieu, au lieu de Comte de Rivière.

Dans un autre ouvrage écrit en Allemagne, par Tycho-Hofmann, on lit le curieux passage suivant :

«Un capucin, nommé Joseph, fit savoir au cardinal de Richelieu que la reine lui avait confessé, entre autres péchés, avoir conçu tant de tendresse pour un officier étranger nommé Rantzau, qu'elle ne pouvait s'empêcher de penser fort souvent à lui. Le cardinal, capable de tout, trouva moyen par sa nièce, alors dame d'honneur, de faire parler Rantzau seul à la reine. Cet entretien eut un tel effet, qu'à ce qu'on prétend il contribua plus à la naissance de Louis XIV qu'un mariage de vingt-trois ans avec le roi. »

Enfin on a prétendu, et non sans raison, que le duc de Montmorency, décapité en 1632, fut épris d'Anne d'Autriche et qu'il fut payé de retour.

Le cloître du Val-de-Grâce, qui servait de lieu de retraite et de prison à Anne d'Autriche, prison très-douce où elle avait toute liberté pour satisfaire l'ardeur de son tempérament, avait été fondé par la reine elle-même.

Depuis le neuvième siècle, il existait dans une vallée, près de Bièvre-le-Châtel, une abbaye de religieuses appelée le Val-de-Grâce. Au commencement du dix-septième siècle, le site de cette maison parut fort triste aux nonnes qui l'habitaient. Les bâtiments tombaient en ruines et se trouvaient menacés par de fréquentes inondations. Elles résolurent de transférer leur abbaye à Paris. Elles achetèrent à cet effet, au mois de mai 1621, un vaste emplacement au faubourg Saint-Jacques, avec une maison appelée *Fief-de-Valois* ou *l'Hôtel du Petit-Bourbon*. La reine Anne d'Autriche paya le prix de cette acquisition 36.000 livres, et se fit déclarer fondatrice. Les magnifiques constructions que la reine fit élever sont aujourd'hui occupées par l'hôpital militaire du *Val-de-Grâce*.

Pendant les fréquentes sorties que faisait la reine pour aller, de chapelle en chapelle, faire des vœux pour obtenir, grâce à l'intervention de quelque saint, la cessation de la stérilité dont elle était affligée, elle rencontrait souvent sur son passage un beau jeune homme, un écolier sans doute, qui la poursuivait de son admiration passionnée et de ses yeux pleins de flammes. C'était un obscur et timide amoureux qui se repaissait silencieusement de la vue de cette belle Espagnole au teint chaud, à l'œil vif, aux lèvres sensuelles, aux formes voluptueusement accusées.

Ce manège, cette muette démonstration n'échappèrent pas aux regards d'Anne d'Autriche, fort experte en galanterie.

Certes, l'amoureux n'était pas de superbe prestance et de brillante mise, comme l'était Buckingham; ses vêtements modestes, l'absence de toute épée, excluaient l'idée d'un homme de qualité! Mais il était beau, bien fait et paraissait brûler d'une belle flamme. Si reine, si grande dame que l'on soit, l'on est toujours flatté de l'amour qu'on inspire.

Une fois la reine accorda un regard à son timide amoureux, qui faillit s'évanouir.

Une autre fois, ce regard fut bienveillant et presque tendre.

Notre jeune inconnu, follement éperdu, joua auprès d'Anne d'Autriche, dédaignée par Louis XIII, le rôle que Ruy Blas joue, dans la fameuse pièce de Victor Hugo, lui pauvre ver de terre amoureux d'une étoile; audacieux, fou, il escalada la nuit les murs qui entouraient les jardins de l'Abbaye, se dirigea vers une allée ombreuse où Anne d'Autriche venait faire sa promenade quotidienne, et, sur un banc, disposa des fleurs enveloppées dans un sonnet. L'amour avait fait poète notre jeune homme. Nous ne savons pas si son sonnet valait un long poème; dans tous les cas, la reine, qui le lut, lui accorda un gracieux sourire.

Presque toutes les nuits, notre amoureux hasardait sa périlleuse ascension pour porter à sa royale idole le tribut fleuri et rimé de son cœur enflammé.

Un soir qu'il se retirait doucement après avoir déposé so l offrande parfumée, une main se posa sur son épaule. Notre jeune homme faillit mourir de peur.

— Je suis perdu! murmura-t-il.

Mais un peu revenu de son trouble et de son effroi, il sentit que la main était petite et légère; en même temps, il entendit murmurer à son oreille ces mots dits par une voix douce:

— Silence! suivez-moi, ne craignez rien.

Tremblant de frayeur, palpitant d'espoir, agité de mille sentiments divers, le jeune homme suivit le guide mystérieux qui venait de se présenter si inopinément.

La lune, de son disque écorné, éclairait faiblement les jardins ombreux du Val-de-Grâce.

L'Abbaye, dont les bâtiments, actuellement affectés à l'Hôpital militaire, étaient alors en voie de construction, ne comprenait, à l'époque où se passe la scène que nous allons raconter, que les deux maisons achetées avec l'enclos et un pavillon récemment élevé, et qui servait d'habitation à la reine Anne d'Autriche.

C'est vers ce pavillon, situé dans la partie la plus reculée du jardin, que le jeune homme fut conduit.

C'était une femme assez jeune encore qui le guidait, sorte de dègne très-accorte et fort leste dans sa démarche.

Au lieu de pénétrer dans le logis de la reine par la porte principale, notre couple gagna, à gauche, une petite porte percée dans un des côtés et s'engagea par un escalier dérobé.

La jeune duègne, qui était une dame du service d'Anne d'Autriche, frappa deux coups discrets sur un panneau de boiserie; le panneau glissa silencieusement, une portière se souleva et laissa voir l'intérieur d'une sorte d'oratoire.

Le jeune homme fut poussé dans cette pièce enveloppée d'une demi-obscurité. — Le panneau se referma et la femme disparut.

Le jeune homme était tombé à genoux en extase.

Notre écolier, un peu revenu de son saisissement, jeta les yeux autour de lui et examina le lieu où il se trouvait.

La pièce, de forme octogone, avait le double caractère de l'oratoire et du boudoir. Meublée avec grand luxe, ornée de magnifiques tableaux représentant des sujets d'un mysticisme voluptueux, éclairée par des vitraux qui n'y laissaient pénétrer qu'un tendre demi-jour, tout imprégnée de parfums pénétrants, elle devait jeter l'âme dans un énervement sensuellement religieux. Un grand Christ, accroché dans la partie la plus visible, étalait ses beaux membres nus, penchant sa tête aux longs cheveux d'or et étendant les bras comme pour embrasser la pénitente qui venait prier à ses pieds.

Le parquet était couvert d'un tapis de haute lisse, sorti des ateliers d'Aubusson.

Le jeune amoureux regardait avec étonnement les divers objets de cet oratoire, lorsqu'un léger bruit vint détourner son attention.

Il poussa un cri et joignit les mains, comme s'il eût eu devant lui une merveilleuse apparition.

La portière opposée à celle qui s'était soulevée pour lui livrer passage venait de s'écarter à son tour, et une femme, resplendissante de forme, admirable de beauté, était sur le seuil du boudoir.

Sa tête rayonnait d'une douce majesté ; ses yeux, d'un brun velouté, étaient pleins de lueurs chatoyantes.

Le visage, d'un ovale pur, avait dans ses traits quelque chose d'enchanteur.

Une grâce charmante, mêlée de cette expression un peu hautaine qui révèle la grande dame, se manifestait dans toute l'attitude de cette femme adorable.

Sa taille était souple et ronde ; son bras d'une blancheur un peu chaude, d'un galbe irréprochable, sortait de l'échancrure d'une longue manche.

Le costume simple et riche de cette superbe personne se composait d'une robe de satin blanc toute garnie de point de Venise. Sur cette robe était jeté un manteau de velours nakara qui faisait encore ressortir les tons éblouissants de la peau, des bras et du visage.

Le jeune homme était tombé à genoux, anéanti, en extase.

— Oh ! reine, majesté, murmura-t-il, pardonnez à un insensé, si vous ne voulez pas qu'il meure à vos genoux.

— Ainsi, vous m'aimez donc bien ? dit Anne d'Autriche en couvant d'un œil ardent ce bel écolier frémissant à ses pieds.

— Avec délire, car il faut être frappé de folie pour oser vous aimer.

— Et bien audacieux pour me le dire.

— O reine, autrefois je disais à la Vierge: je vous aime! je disais à Dieu : je t'adore; j'ai oublié la mère du Christ, j'ai oublié Dieu, et c'est maintenant à vous que je dis : o beauté, o majesté souveraine, je vous aime !

— Malheureux ! il ne faut pas offenser le roi du ciel ; vous blasphémez.

— Pourquoi vous a-t-il faite si belle !

— J'excuse votre folie, j'ai pitié des égarements de votre cœur, je vous pardonne. Mais il faut aussi demander la miséricorde de Dieu. Nous allons prier tous les deux; nous demanderons à Notre-Seigneur Jésus-Christ et à la sainte Vierge, l'oubli de nos fautes, l'excuse de nos défaillances. La chair est faible, et Dieu est infiniment bon.

La reine entraîna le jeune homme vers son prie-Dieu, où elle s'agenouilla dévotement, tandis que son jeune amoureux l'écoutait à ses côtés.

Ils confondirent leurs mains, leurs vœux, leurs cœurs dans des élans dévots; ils se rapprochèrent peu à peu.

La reine attirait le jeune homme vers elle.

La prière, brusquement achevée, ils disparurent dans une pièce voisine, qui était la chambre à coucher d'Anne d'Autriche.

D'autres nuits délirantes succédèrent à cette première nuit de folles étreintes.

Mais l'écolier était jeune, et par conséquent indiscret.

Il était enivré de sa conquête, et il transpira quelques vagues bruits de son aventure amoureuse.

Un matin, des passants effrayés trouvèrent son cadavre dans une étroite ruelle, non loin de l'abbaye du Val-de-Grâce.

Sans doute il avait expié son imprudente vanité et sa coupable indiscrétion.

Toutefois, nous ne pouvons accuser personne.

Paris, à cette époque, était rempli de filous, de tire-laines, de brigands et d'assassins, et notre amoureux parcourait parfois bien tard les parages alors excentriques et déserts de la rue Saint-Jacques.

C'est à cet inconnu que quelques auteurs attribuent la paternité de l'Homme au Masque de Fer.

Cette thèse n'est pas soutenable.

Quant à nous, qui avons fouillé, compulsé les mémoires du temps, comparé les dates, étudié les événements, sondé les causes, lu les pamphlets de l'époque, les documents, les correspondances, les pièces authentiques qui se trouvent aux Archives et dans différents dépôts, comparé les différents systèmes, minutieusement apprécié tout ce qui a été publié sur cette histoire mystérieuse, nous en avons trouvé le secret, nous avons résolu le problème tant cherché, et nous pourrons révéler dans le cours de ce récit l'identité de ce fameux prisonnier d'État.

CHAPITRE II

Qui fut le Masque de Fer?

Le premier écrit qui jeta quelque jour sur ce mystère de la politique, fut un volume in-12, publié en 1745, sans nom d'auteur, par la Compagnie des libraires associés d'Amsterdam, sous ce titre : *Mémoires secrets pour servir à l'histoire de Perse*. C'était une histoire galante et politique de la cour de France, sous des noms imaginaires, pendant le règne de Louis XIV.

L'auteur seulement se trompait sur le fond du secret, croyant que le prisonnier masqué était le comte de Vermandois.

Voici sa relation.

« Cha-Abas (Louis XIV); avait un fils légitime, Sophi-Mirza (Louis, Dauphin de France), et un fils naturel, Giafer. Ces deux princes, différents de caractère et de naissance, étaient toujours en querelles et en rivalité. Un jour Giafer s'oublia au point de donner un soufflet à Sophi-Mirza. Cha-Abas, informé de l'outrage qu'avait reçu l'héritier de la couronne, assemble ses conseillers les plus intéressés et leur expose la conduite du coupable, qui doit être puni de mort selon les lois du pays. Mais un des ministres, plus sensible que les autres à l'affliction de Cha-Abas, imagina d'envoyer Giafer à l'armée, qui était alors sur la frontière du côté de Feldzan (la Flandre), de le faire passer pour mort peu de jours après son arrivé et de le trans-férer de nuit, avec le plus grand secret, dans la citadelle de l'île d'Armus (les îles Ste-Marguerite) pendant qu'on célébrait ses obsèques aux yeux de l'armée, et de le retenir dans une prison perpétuelle. Cet avis prévalut; par l'entremise de gens fi-dèles et discrets, il fut exécuté, de telle sorte que ce prince, dont l'armée pleurait la mort prématurée, conduit par des chemins détournés à l'île d'Armus, était remis entre les mains du commandant de cette île, lequel avait reçu d'avance l'ordre de ne laisser voir son prisonnier à qui que ce fût. »

Suivent les détails que de nouveaux documents nous permettront de développer plus tard.

Après l'auteur des mémoires de Perse, Voltaire, dans son siècle de Louis XIV, second ouvrage où il avait été parlé du prisonnier, jeta un nouveau jour sur ce fait.

« Quelques mois après la mort du cardinal Mazarin, dit-il, il arriva un événement qui n'a point d'exemple et, ce qui est non moins étrange, c'est que tous les histo-riens l'ont ignoré. On envoya dans le plus grand secret, au château de l'île Ste-Mar-guerite, dans la mer de Provence, un prisonnier inconnu, d'une taille au-dessus de la médiocre, jeune et de la figure la plus belle et la plus noble. Ce prisonnier, dans la route, portait un masque dont la mentonnière avait des ressorts d'acier qui lui laissaient la liberté de manger avec le masque sur le visage. On avait ordre de le tuer s'il se découvrait, de peur qu'on ne reconnût dans ses traits quelque ressem-blance « *trop frappante...* »

A peine un coin du voile eût-il ainsi été levé sur le prisonnier des îles Ste-Mar-guerite, que chacun sembla vouloir aspirer à le lever tout entier.

De toutes parts les révélations, les indiscrétions abondèrent.

Tout fut lu avec avidité, tant la conscience publique eut hâte de pénétrer cet af-freux mystère.

Procédons par ordre.

Dans un livre imprimé à Cologne, Pierre Marteau, 1692, in-12 qui a eu cinq édi-tions : 1692 — 1693 — 1696 — 1722 — 1738, et qui avait pour titre : *Les Amours d'Anne d'Autriche, épouse de Louis XIII, avec M. C. D. R.*, le véritable père de Louis XIV, roi de France, où l'on voit au long comment on s'y prit pour donner un héritier à la couronne, des ressorts qu'on fit jouer pour cela, et, enfin, le dénouement de cette comédie, on lit ce qui suit :

« Le Cardinal de Richelieu, glorieux de voir sa nièce Parisiatis (madame de Com-balet, aimée de Gaston, duc d'Orléans, frère du roi, proposa à ce prince la main de cette belle personne; mais Gaston, indigné de tant d'orgueil chez le premier ministre, répondit par un soufflet à cette offre de mariage. Le cardinal et sa nièce, ne rêvant plus que vengeance, le père Joseph, capucin, leur inspira le projet de frustrer Gaston de la couronne que lui promettait l'impuissance de Louis XIII. En conséquence, ils introduisirent, la nuit, dans la chambre de la reine, un jeune homme, le C. d. R., qui était amoureux sans espoir de la femme de son roi. Anne d'Autriche, qui avait remarqué cet amant tendre et discret, le reconnut à ses façons de faire et lui opposa peu de résistance. Ensuite elle alla révéler au cardinal ce qui s'était passé.

« — Eh bien! lui dit-elle, vous avez gagné votre méchante cause; mais prenez-y garde, monsieur le prélat, et faites-en sorte que je trouve cette miséricorde dont vous m'avez flatté par vos pieux sophismes. Ayez soin de mon âme, je vous en charge, car je me suis abandonnée. »

Cette relation, ajoute l'auteur, n'est rien moins que nouvelle en France. La froideur reconnue de Louis XIII, la naissance extraordinaire de Louis-Dieudonné, ainsi nommé parce qu'il naquit après vingt-trois ans de mariage stérile, sans compter plusieurs autres circonstances remarquables, prouvent si clairement et d'une manière si convaincante cette génération empruntée, qu'il faut avoir une effronterie extrême pour prétendre qu'elle soit la production du prince qui passe pour en être le père.

Les fameuses barricades de Paris et la formidable révolte qui se fit contre Louis XIV à son avénement au trône, et qui fut soutenue par des chefs si distingués, publièrent si hautement sa naissance illégitime, que tout le monde en parlait, et, comme la raison le confirmait, nul n'avait là-dessus ni doutes, ni scrupules.

Voici une autre version que nous trouvons dans une addition au Dictionnaire philosophique, sous le titre de *Questions sur l'Encyclopédie*, distribuées en forme de dictionnaire, par des amateurs (Genève, 1771, 9 vol. in-8°) : « Rien n'est plus aisé, dit l'éditeur, que l'on croit être Voltaire, que de concevoir quel était le prisonnier connu sous le nom de Masque de Fer. Il est même difficile qu'il puisse y avoir deux opinions sur ce sujet, j'aurais déjà communiqué plus tôt mon sentiment, si je n'eusse cru que cette vérité était parvenue à bien d'autres, et je n'eusse été persuadé que ce n'était pas la peine de donner comme une découverte ce qui sauta aux yeux de tous; mais comme tant de savants se sont tourmentés à deviner qui peut avoir été ce fameux personnage, sans que l'idée la plus simple, la plus naturelle et la plus vraie se soit jamais présentée à eux, je me décide à dire ce que j'en sais depuis plusieurs années.

« Le Masque de Fer était un frère aîné de Louis XIV.

Anne d'Autriche l'avait d'un amant, et la naissance de ce fils l'aurait détrompée sur sa stérilité.

« Après cette couche secrète, par le conseil du cardinal de Richelieu, elle continua ses relations avec cet amant, puis, ce même cardinal ménagea adroitement un hasard pour obliger absolument le roi à coucher au même lit que la reine, et un second fils qui lui naquit passa pour le fruit de cette rencontre conjugale.

« Louis XIV ignora jusqu'à sa majorité l'existence de son frère adultérin, dont la ressemblance avec lui était si frappante qu'on pouvait les croire jumeaux, et qu'il était difficile de ne pas les croire frères.

« Ces circonstances diverses, corroborées d'une prédiction d'astrologues qui ne promettait rien de bon au roi régnant de la part de ce frère, firent aviser aux moyens de l'annuler. Ce fut alors que la politique du roi, affectant un généreux respect pour l'honneur de la royauté, sauva de grands embarras à la couronne et un horrible scandale à la mémoire d'Anne d'Autriche en imaginant un moyen *sage* et *juste* d'ensevelir dans l'oubli la preuve vivante d'un amour illégitime. Ce moyen dispensait le roi de commettre une cruauté, qu'un monarque moins consciencieux et moins magnanime que Louis XIV n'eût pas hésité à juger nécessaire. »

Troisième version, extraite du *Voyage à la Bastille*, par Michel de Cubières (Paris, 1789), in-8°).

« Le bruit a couru, dit-il, que, dans cet immense et redoutable dépôt des secrets de la monarchie, on avait trouvé des pièces qui renfermaient celui du Masque de Fer. Ce bruit a cessé tout à coup, et l'on a même dit qu'on n'avait rien trouvé de relatif à cet illustre prisonnier. Je connaissais ce secret longtemps avant la prise de la Bastille, et comme on ne m'a point fait une condition de n'en rien dire et que le temps est venu de ne plus rien dissimuler, je vais écrire ce que je sais, et l'écrire avec la franchise qui me caractérise.

« Le 5 septembre 1638, Anne d'Autriche, qui avait mis au monde, entre midi et une heure, un fils qui fut, dès sa naissance, proclamé dauphin, accoucha d'un second fils pendant le souper du roi. Pour éviter les prétentions d'un frère jumeau à la couronne de France, et quoique ce fils, venu le dernier, dût être, aux termes de la loi, l'aîné, Louis XIII sortit d'embarras en prenant la résolution de cacher la naissance de cet enfant qu'on fit élever secrètement.

« Le Masque de Fer était donc un frère jumeau de Louis XIV. Une lettre de Mademoiselle de Valois au maréchal de Richelieu, où elle se vante d'avoir appris du duc d'Orléans, son père, quel était l'Homme au Masque de Fer, ne laisse aucun doute à ce sujet. Mais on est fondé à croire que le régent voulait affaiblir le danger qu'il y avait à révéler le secret de l'État en altérant le fait et en faisant de ce prince un cadet sans droit au trône, au lieu de l'héritier présomptif de la couronne. »

Voici, maintenant, suivant les Mémoires de Mademoiselle de Motteville, de Vittorio Siri, de Paul Marane et les anecdotes des reines et régentes de Dreux du Radier, comment s'effectua la légitimation de l'enfant ou des enfants dont Anne d'Autriche était enceinte.

Dans les premiers jours de décembre 1637, la reine sentant la nécessité de légitimer une grossesse illégitime, pria mademoiselle de La Fayette, qui exerçait une grande influence sur l'esprit faible et borné de son royal époux, de l'engager à une réconciliation et de venir partager son lit.

Mademoiselle de La Fayette fit valoir auprès de Louis XIII les devoirs de la religion, le pardon des injures, le besoin de se donner un successeur.

« En conséquence ce roi, facile à persuader, étant demeuré tard un jour au couvent de la Visitation auprès de Mademoiselle de La Fayette sa favorite, le mauvais temps l'empêchant d'aller à Grosbois, il se retira au Louvre, et n'y trouvant pas d'autre lit que celui de la reine, il fut obligé de coucher avec elle.

« Bientôt après la reine fut déclarée enceinte. »

Nous pourrions multiplier les citations sans rendre ce fait historique plus évident.

Ce qu'il est plus difficile de constater, c'est le vrai père de l'enfant ou des enfants. Anne d'Autriche, d'après les mémoires du temps, plus que galante, ne jouissait pas d'une réputation de continence fort scrupuleuse, et pour fixer une date à un amant favorisé, l'historien reste dans l'embarras du choix, Si l'on en croit cependant Dufey de l'Yonne (*La Bastille, mémoires pour servir à l'histoire secrète du Gouvernement Français depuis le XVe siècle jusqu'en 1789, in-8°, 1834*), qui, dans cet ouvrage, a fait preuve d'une prodigieuse lecture et d'immenses recherches, le duc de Buckingham serait le vrai père.

La passion du duc, dit-il, fut partagée par Anne d'Autriche. Un jour, ils étaient en tête-à-tête dans un jardin où une palissade pouvait les cacher au public. La reine n'étant pas dans ce moment d'humeur à répondre au sentiment trop passionné du duc de Buckingham, appela son écuyer et le blâma de l'avoir quittée. Cette affaire fit du bruit et ses suites furent d'une part, l'exil, la disgrâce ou l'emprisonnement des personnes qui avaient si mal gardé la vertu de la reine, et, d'autre part, la naissance d'un fils.

M. Dufey se pose ensuite cette question : L'Homme au Masque de Fer était-il frère aîné de Louis XIV ou son frère jumeau ? Il la résout dans le premier sens. Il insinue même à l'appui l'assassinat du duc de Buckingham, comme ressemblant à une vengeance de mari trompé. Il ajoute que la tendresse d'Anne d'Autriche pour Mazarin provenait de la confidence qu'elle lui avait faite du mystère de l'enfant à qui Louis XIV donna plus tard un Masque de fer. Mais tout cela ne sert qu'à classer une des intrigues d'Anne d'Autriche : en effet, le duc de Buckingham ayant été assassiné le 23 août 1628, et Louis XIV n'étant né que le 6 septembre 1638, le Masque de Fer ne serait que son frère aîné au lieu de son frère jumeau, comme semblent le constater des faits plus authentiques.

Quoi qu'il en soit, dit un auteur qui a fait les plus minutieuses recherches sur ce point historique, et qui a consulté tous les écrits, tous les mémoires, tous les souvenirs laissés sur ce sujet, un fait reste, c'est que le Masque de Fer était un frère de Louis XIV. Tout ce qu'on sait d'indiscrétions ou de restrictions sur le mystère dont a été entouré la vie et même la mort de cet être énigmatique, tout vient à l'appui de cette solution.

Tantôt le maréchal de Richelieu dit à Soulavie, l'auteur de ses *Mémoires*, « Ce prisonnier n'était pas aussi intéressant quand il mourut au commencement de ce siècle, très-avancé en âge ; mais il l'avait été beaucoup quand, au commencement du règne de Louis XIV, il fut enfermé pour de graves raisons d'État. » (*Mémoires du maréchal de Richelieu.*)

Chamillard qui, d'après Voltaire, fut le dernier ministre qui eut cet étrange secret, conjuré à son lit de mort, par son gendre La Feuillade, de lui dire quel était cet homme, lui répondit : C'est le secret de l'État ; j'ai fait serment de ne le révéler jamais (VOLT., *Siècle de Louis XIV*).

Une autre fois Louis XV, à qui le régent venait de révéler le secret, dit en le quittant : « Eh bien, s'il vivait encore, je lui donnerais la liberté. » (*Voyage à la Bastille*, par le chevalier de Cubières). — Le même prince, voyant chacun s'évertuer à ce sujet : « Laissez les disputer, dit-il, personne n'a encore dit la vérité sur le Masque de Fer, » (*Mémoires du maréchal de Richelieu.*)

Et un autre jour, parlant à M. de la Borde : « Ce que vous saurez de plus que les autres, c'est que la prison de cet infortuné n'a fait de tort à personne qu'à lui. » (*Ibid.*)

Une autre fois, c'est M. d'Argenson, lieutenant de police, qui, visitant la Bastille, soumise à son inspection, et entendant ses officiers se livrer au sujet du *Masque de Fer* à des conjectures, dit : « On ne saura jamais cela. » (Le père GRIFFET, *Remarques historiques et écrits sur la Bastille*, 1774.)

Ou bien Lenglet Dufresnoy, enfermé huit fois à la Bastille, qui avait vu le *Masque de Fer* et lui avait même parlé, interpellé à ce sujet par Anquetil, répondait : « Voulez vous me faire aller une fois encore à la Bastille (*Annal. polit.* 1789).

Ou bien le dauphin, père de Louis XVI, ayant demandé au roi quel était ce fameux prisonnier, et recevant cette réponse : — « Il est bon que vous l'ignoriez, vous en auriez trop de douleur. » (*Mémoires du maréchal de Richelieu.*)

Enfin, Louis XVIII disant à ce sujet : — « Je sais le mot de cette énigme, comme nos successeurs le sauront : c'est l'honneur de notre aïeul Louis XIV que nous avons à garder. »

Tout cela rend à peu près incontestable que la détention du prisonnier mystérieux était, pour les Bourbons, un secret de famille, et ne laisse qu'un simple intérêt de curiosité à la nomenclature des êtres imaginaires qui ont successivement passé pour avoir été l'Homme au Masque de Fer.

Les principales hypothèses suggérées par des écrivans et des personnages plus ou moins sincères peuvent se réduire à douze.

C'est le nombre que donne le colonel Jung, qui a fait paraître en 1873 un travail très consciencieux, intitulé : *La vérité sur le Masque de Fer*, d'après des documents inédits des Archives de la Guerre et d'autres dépôts.

La première hypothèse, qui fait de l'Homme au Masque de Fer le comte de Vermandois, fils naturel de Louis XIV et de Mademoiselle de La Vallière, a été soutenu par l'auteur anonyme des *Mémoires secrets pour servir à l'Histoire de Perse*, par Fréron, dans son *Année littéraire*, par un inconnu qui fit paraître en 1789 une *Histoire du fils d'un roi, prisonnier à la Bastille, trouvée sous les débris d'une forteresse*.

Nous avons donné plus haut un extrait de ces *Mémoires secrets*, qui furent les premiers à attirer l'attention sur l'*Homme au Masque de Fer*.

La seconde hypothèse fait du prisonnier le duc de Beaufort.

François de Vendôme, duc de Beaufort, fils de César de Vendôme, petit-fils d'Henri IV et de Gabrielle d'Estrées, se distingua dans plusieurs sièges, s'enfuit en Angleterre au moment où fut découverte la conspiration de Cinq-Mars, comme s'il en eût été complice. Revenu en France après la mort de Richelieu, il entra dans la cabale des *Importants*, pendant la régence d'Anne d'Autriche, fut enfermé à Vincennes, s'en échappa en 1649 et se déclara un des chefs de la Fronde ; son genre d'influence, ses manières, son langage, le firent surnommer le *roi des Halles*. Pendant la seconde Fronde, il se mit avec Condé contre le parti de la cour. Il tua en duel son beau-frère, le duc de Nevers. Ce fut son principal exploit. Il chercha du reste promptement à faire oublier sa révolte par une complète soumission. Chargé par Louis XIV d'une expédition contre les corsaires de Gigeri en Afrique, il battit

On trouva le corps de ce jeune homme assassiné.

deux fois sur mer les Algériens, amena des renforts aux Vénitiens assiégés par les Turcs dans Candie, et fut tué dans une sortie.

Voilà l'histoire.

La légende suppose que le duc de Beaufort ne serait pas mort dans la fameuse sortie du 25 juin où il avait disparu, et aurait été enlevé par crainte de sa popularité et conduit aux îles Sainte-Marguerite.

L'abbé Lenglet-Dufresnoy, Lagrange-Chancel et Anquetil ont soutenu cette thèse, qui croule au premier examen, à la simple comparaison des dates.

Une autre version, encore plus invraisemblable, est celle qui fait du malheureux duc de Monmouth la victime de Louis XIV et le martyr de Saint-Mars, l'implacable geôlier du *Masque de Fer*.

Jacques, duc de Monmouth, était fils naturel de Charles II, roi d'Angleterre. Il fit quelque temps la guerre dans les Pays-Bas et en Écosse, où il réprima une révolte. Ses complots contre le duc d'York (Jacques II) le firent exiler en Hollande. Après la mort de son père, il voulut disputer le trône à Jacques II, frère de Charles II; mais défait à la bataille de Sedgemour, il fut fait prisonnier et condamné à être décapité, en même temps que le duc d'Argile qui l'avait soutenu dans sa révolte.

Germain François Poullain de Saint Foix a soutenu, avec une grande tenacité, que le supplice du duc n'avait été que simulé, le 16 juillet 1685; que, soustrait à l'échafaud, il avait été expédié en France et conduit aux îles Sainte-Marguerite. Ce serait lui le fameux Masque de fer.

Une thèse qui a eu plus de partisans, et qui offre plus de vraisemblance, est celle qui fait du comte Matthioli le prisonnier mystérieux.

Girolamo-Matthioli, agent politique italien, naquit à Bologne vers 1640. Il fut secrétaire d'État du duc de Mantoue, Charles III. Sous Charles IV, il noua avec les agents diplomatiques de Louis XIV, l'abbé d'Estrades et d'Asfeld, une négociation secrète qui avait pour objet l'acquisition de Casal par la France.

Un traité fut signé par lui à Paris en octobre 1678 et Matthioli fut grassement payé de son entreprise. Mais lorsque Catinat s'approcha de la frontière avec un corps de troupes, pour prendre possession des territoires cédés, personne ne se présenta au nom du duc de Mantoue et l'échange des ratifications ne put avoir lieu. Matthioli avait joué double jeu : il s'était fait payer par la France pour que son maître cédât Casal, et par l'Autriche pour qu'il ne le cédât pas. Le grand roi, furieux d'avoir été trompé, résolut de tirer du fourbe une vengeance exemplaire. Il fit renouer les négociations avec lui, en feignant de croire à ses excuses, l'attira sur le territoire français par la promesse de nouvelles sommes d'argent et le fit enlever par Catinat. Livré à Saint-Mars, gouverneur de Pignerol, sous le nom d'un sieur d'Estang, Matthioli subit la plus dure captivité.

La supposition qui fait de ce prisonnier l'Homme au Masque de Fer est dénuée de tout fondement. En 1681, Saint-Mars l'emmena à Exiles avec un autre prisonnier inconnu, le véritable Masque de Fer, et en 1687 eut lieu sa mort à l'île Sainte-Marguerite, où il avait été transporté, et cette mort ne fut un secret pour aucun des officiers de la prison. Le petit seigneur mantouan était de trop peu d'importance pour qu'on fit tant de mystère autour de sa personne.

Parmi les nombreux écrivains qui ont soutenu cette hypothèse, nous citerons celui qui a fourni le plus de documents, documents qui ne prouvent rien, du reste, c'est M. Marius Topin. Le colonel Jung a réfuté minutieusement, dans un long chapitre, toutes les assertions de cet auteur, qui ne paraît, du reste, lui-même pas très-convaincu de la valeur de son opinion.

Voltaire et Linguet ont fait du prisonnier de M. de Saint-Mars, un fils adultérin d'Anne d'Autriche.

D'autres voient en lui un fils de cette reine avec Buckingham ; c'est absolument invraisemblable, attendu que Buckingham est mort en 1625, et qu'il aurait fallu substituer en 1638, époque de l'accouchement légitime de la reine, un enfant de huit ans à un nouveau-né de quelques heures !

En 1789, un mystificateur fit de Fouquet, l'ancien surintendant des finances, le prisonnier qui mourut à la Bastille, le 19 novembre 1703. C'était une brochure de quelques pages publiées à Paris chez le libraire Maradan, sous ce titre alléchant : *l'Homme au Masque de Fer, dévoilé d'après une note trouvée dans les papiers de la Bastille*. Cette note, de pure invention, ne put être produite et n'a jamais été retrouvée.

Le bibliophile Jacob, un chercheur pourtant, crut pouvoir faire revivre cette insanité dans un volume qu'il publia, en 1837, chez Victor Magne, à Paris. Son livre a pour épigraphe cette phrase d'Étienne Dollet : *Livres nouveaux, livres viels et antiques*.

En effet, son argumentation n'ajoute rien à la plaisanterie qui tint un instant en éveil, en 1789, la curiosité publique.

D'après cette version, Louis XIV aurait fait enlever Fouquet de la prison de Pignerol, après avoir fait répandre le bruit de sa mort, pour le transporter aux îles Sainte-Marguerite et le cacher à tous les yeux.

Mme de Maintenon qui, d'après les auteurs de cette conjecture, aurait été la maîtresse du surintendant, aurait exigé du roi, au moment de l'épouser, un redoublement de rigueur pour cet ancien témoin de ses faiblesses.

On cite ce billet adressé par elle à Fouquet, et qu'on dit avoir été saisi dans cette fameuse cassette où tant de réputations de la cour trouvèrent leur tombeau.

« Je ne vous connais point assez pour vous aimer, et quand je vous connaîtrai, peut-être vous aimerai-je moins. J'ai toujours fui le vice, et naturellement je fuis le péché. — Mais je vous avoue que je hais encore davantage la pauvreté. J'ai reçu vos 10,000 écus; si vous voulez m'en apporter encore 10,000 dans deux jours, je verrai ce que j'aurai à faire. »

Ce billet, transcrit par Conrart et dont l'authenticité n'est pas prouvée, est d'un mince appui pour le système improbable dont on veut l'étayer.

Du reste, la mort de Fouquet à Pignerol, en 1680, est constatée d'une façon authentique; la famille reçut en 1680 l'autorisation de faire transporter les restes de l'ancien surintendant à Paris, qui furent inhumés dans la chapelle des religieuses de Sainte-Marie, Grande Rue Saint-Antoine, le 23 Mars 1681, ainsi qu'il résulte du registre mortuaire de l'église.

L'hypothèse qui fait de l'Homme au Masque de Fer un fils d'Anne d'Autriche et de Mazarin est celle qui se rapproche le plus de la vérité. L'enfant a existé en effet, mais ce n'est pas lui qui a été emprisonné et soumis à ces quarante années d'absolue séquestration que subit le prisonnier mystérieux.

En 1791, parut à Strasbourg un livre intitulé : *Le véritable homme dit au Masque de Fer*, ouvrage dans lequel on fait connaître, sur preuves incontestables, à qui ce célèbre infortuné doit le jour, quand et où il naquit, par M. Saint-Michel.

Cette thèse s'appuyait sur la déclaration suivante, empruntée à M. Senac de Meilhan.

« M. le baron de Veltheim, qui a de grandes connaissances sur l'histoire des hommes et sur celle de la nature, eut, il y a quelques années, communication de

plusieurs·lettres originales de la princesse palatine, duchesse d'Orléans. Il fut
frappé de voir que cette princesse était persuadée qu'il y avait eu un mariage secret
entre la reine Anne d'Autriche et le cardinal Mazarin. M. le baron de Veltheim pense
que l'énigme de l'homme au Masque de Fer pouvait être par lui expliqué. »

Il se fondait également sur un passage de Madame de Motteville, où l'on raconte
qu'en 1644 Anne d'Autriche avait quitté le Louvre, parce que son appartement ne
lui plaisait pas, et qu'elle était venue loger au Palais-Royal, où elle fut atteinte d'une
jaunisse effroyable, vers la fin de 1644. Il faisait coïncider avec cette maladie le dernier terme de la grossesse de la reine.

M. de Saint-Michel ajoutait que le malheureux jeune homme issu de ces couches
clandestines, avait été remis entre les mains de Saint-Mars peu de temps après la
mort de Mazarin, époque où le jeune Louis XIV avait été quelque peu furieux d'apprendre l'existence de cet enfant adultérin.

Un moment on crut avoir découvert ce mystère, qui a usé tant d'intelligences
acharnées à le pénétrer.

Le chevalier Soulès, ancien colonel général en Syrie, publia, en 1825, un mémoire
par lequel il prétendait prouver que le Masque de Fer n'était autre que le patriarche arménien Avedick, enlevé par les ordres de Louis XIV et par les soins de Fer-
réol, ambassadeur à Constantinople, contre les principes de tous droits des gens.
Cet attentat fut l'œuvre des Jésuites. Ces pères étaient allés à Constantinople dans
l'intention de réunir l'église arménienne à l'église latine; trouvant une résistance
opiniâtre, ils s'en prirent au patriarche Avedick, homme courageux et énergique;
par le crédit de l'ambassadeur, tout dévoué à leurs intérêts, ils le firent exiler une
première fois de la capitale de l'empire ottoman et enfermer dans un cachot à moitié rempli d'eau. Les événements ayant ramené Avedick sur son siège, ils prirent
un moyen plus radical et qui leur est familier. Le patriarche fut vendu et livré par
les Grecs dans l'île de Chio, et transporté en France, où on l'enterma, non aux îles
Sainte-Marguerite, mais au Mont-Saint-Michel. Il y resta de 1706 à 1709, époque à
laquelle il fut transporté à la Bastille. Louis XIV, joignant l'imposture à la violation
de toute justice, protestait qu'il ne détenait pas de sujet turc, et en même temps le
pape lui écrivait lettre sur lettre, pour lui recommander de ne pas le lâcher. Le
21 septembre 1710, le patriarche arménien abjura son hérésie, fut ordonné prêtre
et attaché à l'église Saint-Sulpice. Il mourut en 1711 dans la rue Férou où il demeurait.

La comparaison de ces dates, devenues irréfutables, met à néant cette supposition. Avedick ayant été arrêté en 1706 et le Masque de Fer étant mort en 1703.

Enfin, à une époque toute récente, M. Jules Loiseleur, dans son intéressante série
des *Problèmes historiques*, M. le colonel Jung, en 1873, dans la *Vérité sur le Masque
de Fer*, que nous avons déjà cité, ont de nouveau abordé ce problème et produit de
curieux documents.

La conclusion du premier de ces deux auteurs est que l'homme au Masque de Fer
n'est ni un fils d'Anne d'Autriche, ni aucun de ceux dont les noms ont été déjà mis
en avant. Après avoir démontré ce qui constitue les impossibilités de ces diverses
hypothèses, il arrive à cette conclusion : « L'homme au Masque de Fer n'était qu'un
simple espion dont on cacha le visage sous un masque de velours, fait qui n'était

pas rare à la Bastille et qui était emprunté aux traditions vénitiennes. C'est son obscurité même qui a épaissi les ténèbres qui couvrent son origine, son crime et son nom véritable. »

Les documents authentiques que l'on possède sur les minutieuses précautions prises pour cacher le mystère qui a pesé sur l'homme au Masque de Fer ne peuvent faire croire que ce fut un obscur gredin.

La solution présentée par M. Jung n'est pas plus admissible; toutefois son travail servira, sans doute, lorsqu'il aura été complété, à éclairer un des côtés les plus obscurs du grand règne, toutes les ténèbres qui entourent encore l'affaire des poisons; il met aussi sur la trace de complots inconnus contre la vie de Louis XIV. M. Jung a procédé, comme M. Loiseleur, par élémination. Après avoir écarté définitivement les personnages connus, le duc de Vermandois, le duc de Beaufort, Fouquet, Monmouth, Avedick, il a essayé de refaire l'histoire de tous les prisonniers dont Saint-Mars eut la garde : « De 1665 à 1698, dit-il, Saint-Mars à eu en garde soixante-dix prisonniers. L'un d'eux doit avoir possédé cette fève curieuse qu'on appelle le masque. En faisant donc l'histoire de chacun de ces malheureux, je serai certain de retrouver celle du personnage inconnu. »

M. Jung a donc fouillé toute la correspondance de Louvois avec Saint-Mars, déposée au ministère de l'intérieur, et il est parvenu, en effet à circonscrire la question. Il a pu éliminer ceux des prisonniers dont la mort est constatée avant 1703, ou qui recouvrèrent la liberté; après avoir ainsi fait le vide autour de deux ou trois noms qui reviennent sans cesse dans cette correspondance, il a conclu que l'homme au masque était un conspirateur appelé tantôt Louis de Oldendorf, tantôt le sieur Leford, tantôt de Kiftenbach, tantôt le chevalier des Armoises. Mais il en est de celui-ci comme de Matthioli; ce conspirateur fut peut-être un des prisonniers de Saint-Mars, détenu dans les mêmes forteresses que le Masque de fer; est-ce le Masque de fer lui-même ? Il faut savoir que dans la correspondance de Louvois, jamais les noms des personnes ne sont prononcés; il les désigne ainsi : « l'homme que vous savez; celui que vous avez en garde depuis tant d'années; l'homme que vous a remis l'exempt un tel, le prisonnier de la tour d'en bas, etc. » Le fil qui reliait chaque dépêche à la précédente est cassé pour nous et bien difficile à renouer. Pour résoudre le problème, il y a un certain nombre de données inflexibles par lesquelles il faut le faire passer. Il faut d'abord que le prisonnier ait été sous la garde de Saint-Mars pendant plus de trente ans. Dans les derniers jours de l'année 1691, quelques mois après la mort du marquis de Louvois, le fils de ce dernier, Barbezieux, spécifiait à Saint-Mars les soins à donner *à son prisonnier d'il y a vingt-ans*, ce qui fait remonter l'incarcération à l'année 1671, Tout le monde est d'accord pour reconnaître dans ce « prisonnier d'il y a vingt ans, » l'homme au masque, M. Jung, recherchant dans les environs de 1671 à 1673, a trouvé, pour cette époque, l'arrestation à Péronne du conspirateur nommé plus haut, et son incarcération à la Bastille, mais il ne peut montrer qu'il en soit sorti, qu'il ait été avec Saint-Mars soit à Pignorel, soit à Exiles, soit aux îles Sainte-Marguerite, vu que, dans la correspondance, les prisonniers ne sont désignés que par de faux noms ou des formules vagues. En 1674, Louvois fit conduire à Pignerol un prisonnier désigné par ces mots : « Lequel, quoique obscur, ne laisse pas d'être homme de conséquence. » On ne peut prouver qu'il désignât ainsi, soit l'homme au Masque de Fer, soit même le conspirateur arrêté à Péronne. Si, de plus, on veut tenir compte de certaines particularités, comme ces égards dont le prisonnier mystérieux était l'objet, égards qui sont mentionnés même dans la note du registre de la Bastille, il est difficile de confondre ce prisonnier avec celui dont parle Louvois et qu'il recommande de traiter au pain et à l'eau, voulant qu'on ne lui donne des effets et du linge que tous les quatre ans, et qu'il soit logé dans le cachot le plus misérable « ce qui est assez bon pour un gredin, » ajoute-t-il philosophiquement. C'est cependant avec ce gredin que M. Jung veut à toute force indentifier le Masque de Fer. C'est absolument inadmissible.

D'autres hypothèses plus invraisemblables encore se sont successivement fait jour.

Ainsi on a avancé que l'homme au Masque de Fer était un fils adultérin de Marie Louise d'Orléans, femme de Charles II, roi d'Espagne.

Un fils adultérin de Marie de Neubourg, seconde femme de Philippe IV, roi d'Espagne, le même que Victor Hugo met en scène dans son drame de Ruy Blas. Ces deux enfants auraient été supprimés par Louis XIV.

Que c'était un fils naturel de Louis XIV et de la duchesse d'Orléans.

Un fils naturel de la même princesse et du duc de Guiche.

Un fils naturel de Marie-Thérèse, femme de Louis XIV, et de ce serviteur nègre qu'elle avait amené d'Espagne avec elle. Saint-Simon, dans ses Mémoires parle d'un autre enfant que Madame de Maintenon allait voir souvent à Moret dans un couvent où il était enfermé. C'était une mauresse qu'on traitait avec toute sorte d'égards et à laquelle on avait entendu dire un jour que le dauphin chassait dans la forêt : — C'est mon frère qui chasse.

Un fils de Christine de Suède et de son grand écuyer Monaldeschi.

Un fils de Cromwell.

Un amant de Louise d'Orléans, emprisonné quand elle devint reine d'Espagne.

Une femme.

Un élève des Jésuites, incarcéré pour un distique injurieux à la gloire de Louis XIV.

M. de Rohan, grand veneur de France, condamné à mort en 1674, comme conspirateur, et auquel on aurait fait grâce de la vie.

Nous citons tous ces noms pour donner la nomenclature complète des opinions fantaisistes qui se sont produites relativement à l'identité de l'homme au Masque de Fer.

Le lecteur en reconnaîtra de lui-même l'absurdité et l'invraisemblance.

« Pour beaucoup de gens, dit un historien, Voltaire et le père Griffet ont connu le nom du personnage, ont tenu la clé de l'énigme et n'ont pas voulu la donner. Par conséquent, on peut éliminer de leurs récits quelques détails légendaires, mais on ne doit pas en détruire le fond.

« Du vivant du prisonnier, le secret d'État ne fut connu que d'un petit nombre de personnes. Après la mort de Louis XIV, il ne fut plus connu que par le souverain et le premier ministre. Louis XV se tut obstinément, toutes les fois qu'une question indiscrète lui fut posée à cet égard. Le duc de Richelieu savait tout, et c'est peut-être par lui que fut informé Voltaire.

Louis XVI et Malesherbes connurent également le secret. Le duc de Choiseul l'ignora; si on s'en rapporte au baron de Gleichen, il aurait fait tous ses efforts pour le savoir et fouillé vainement les archives du Ministère de l'Intérieur. Il en parla, dit le baron suédois, à Louis XV, qui lui nomma successivement divers personnages auxquels on avait appliqué cet événement, et fit connaître par ses défaites qu'il ne voulait pas parler. — Alors on s'adressa à Madame de Pompadour qui fit réellement l'impossible pour vaincre la résistance du roi. Mais après avoir essuyé plusieurs rebuffades, voici le discours mémorable que ce prince lui tint :

— Cessez de m'importuner sur ce sujet; je ne puis pas vous le dire, c'est le secret de l'État.

« Après MM. de Louvois et Chamillart, personne n'en eut plus de connaissance que M. le régent et le cardinal de Fleury, et ce dernier m'en a instruit. Il n'y a au monde que moi qui le sache, et il doit être enterré avec moi. »

Si donc le duc de Richelieu le sut, comme nous le disons plus haut, c'est par une autre voie.

Le baron de Gleichen affirme avoir rapporté les paroles de Louis XV telles que Choiseul les lui avait dites en sortant du conseil. Il en conclut que l'hypothèse de Voltaire ne les justifiait pas complètement; que même en admettant que le prisonnier mystérieux fût un frère aîné de Louis XIV, cette simple altération dans l'ordre de la succession au trône, ou même le besoin de cacher une faute d'Anne d'Autriche n'expliquerait pas tant de précautions; qu'en tout cas, Louis XIV et son frère inconnu étant morts, il n'y avait plus lieu de si bien cacher ce secret inutile; qu'en conséquence il fallait absolument que ce secret inquiétât à tout jamais la dynastie des Bourbons. Dans sa conviction, le véritable héritier de la couronne, le fils d'Anne d'Autriche, et de Louis XIII aurait été évincé au profit d'un intrus, fils d'Anne d'Autriche et de Mazarin, qui régna sous le nom de Louis XIV.

La reine étant enceinte du cardinal, aurait dissimulé sa grossesse et son accouchement; l'enfant aurait été élevé en secret et tout d'abord sans arrière-pensée.

Anne d'Autriche ayant eu, peu de temps après, un fils du roi, devenu héritier par la mort de Louis XIII, la reine et le cardinal auraient eu alors la pensée de substituer leur fils au légitime héritier. Celui-ci aurait d'abord été relégué dans quelque château de province, puis la grande ressemblance avec l'autre ayant fait concevoir des craintes, on l'aurait condamné à cette prison perpétuelle et à ce masque qu'il ne quittait jamais. — Nous verrons plus loin ce qu'il y a de vrai dans cette hypothèse qui annulerait toute la légitimité des Bourbons dans celui qu'on appelait le grand roi, et l'on s'expliquera alors la nécessité de garder un secret si dangereux.

Rappelons ici que l'opinion qui fait du Masque de Fer un aîné de Louis XIV a trouvé beaucoup de partisans. Michelet, entre autres, dit dans son *Histoire de France* : « Si Louis XVI dit à Marie Antoinette qu'il n'en savait rien, c'est que, la connaissant bien, il se souciait peu d'envoyer ce secret à Vienne. Très-probablement l'enfant fut un aîné de Louis XIV, et sa naissance obscurcissait la question capitale pour eux de savoir si Louis XIV, leur auteur, avait régné légitimement. »

Avant d'entrer dans le récit des intrigues qui amenèrent le drame étrange, extraordinaire de l'Homme au Masque de Fer, il est nécessaire de dire un mot de de l'époque où pareil événement fut possible, des personnages qui concoururent à le faire naître et à l'envelopper d'un voile jusqu'à ce jour impénétrable.

CHAPITRE III

Une singulière demande en mariage

Anne d'Autriche avait à peine quinze ans lorsqu'elle épousa Louis XIII.

Belle, ardente, elle arrivait dans une cour dissolue, dans un pays livré à la guerre civile, aux intrigues des princes et des grands seigneurs, aux attentats de toute sorte.

Le viol, le brigandage, la dépravation des mœurs, l'assassinat, tel était le fond du tableau de cette époque sanglante et souillée qui vit les déportements de Marie de Médicis, les fortunes étranges des époux Concini, ces aventuriers auxquels la régente livra la France, la fortune non moins extraordinaire de l'éleveur de pies de Luynes, les conspirations, les débauches de Gaston d'Orléans, dont la turpitude n'était égalée que par sa lâcheté.

Et quel était le mari de cette jeune femme qui arrivait pleine d'amour et d'illusions ?

Le sombre Louis XIII, ombrageux, indécis, morne comme l'impuissance et soupçonneux comme la faiblesse, traînant, dans les vastes salles du Louvre ou du château de Saint-Germain, ses défiances et son ennui.

Quelle triste perspective pour la jeune épouse.

Nous avons vu, au début de ce récit, qu'elle avait pris le parti de charmer ses ennuis par de secrètes intrigues amoureuses qui avaient quelquefois des dénouements tragiques.

En 1634 elle avait sans doute oublié le malheureux écolier qui avait été trouvé assassiné derrière les jardins du Val-de-Grâce, car elle s'était parée de ses plus beaux atours et avait fait orner l'élégant appartement qu'elle occupait, chez les religieuses du Val-de-Grâce, avec le plus grand luxe et la plus exquise élégance.

C'était le 22 juillet. La journée, qui avait été brûlante, s'était rafraîchie vers le soir, et des brises délicieuses couraient entre les feuilles des arbres du grand jardin du couvent. Le crépuscule dorait les cimes vertes des grands ormes et les toits pointus du monastère.

Dans une grande pièce tendue de magnifique tapisserie d'Aubusson, Anne d'Autriche, en grande toilette de velours bleu, rehaussé de fines dentelles en point de Venise, présidait une cour de jolies religieuses qui devisaient d'amour charnel bien plus agréablement que d'amour divin.

La reine qui, d'habitude, se montrait très-accorte et très-rieuse, paraissait, ce soir-là, impatiente et agitée.

Madame de Pompadour fit l'impossible.

Son regard se portait souvent du côté d'une grande portière qui cachait les panneaux de la porte de sa chambre à coucher.

Enfin, un visage de jolie soubrette parut entre les plis de la double tapisserie, et deux lèvres roses remuèrent en guise de signes qu'accentuait un regard éloquent.

La reine tressaillit et se leva.

C'était pour ses obéissantes mais importunes compagnes un ordre de congé.

Elles se dressèrent vivement, prirent des mines toutes confites, saluèrent avec componction en appuyant leurs mains contre leur poitrine, et quittèrent le salon de la reine. Celle-ci, demeurée seule, fit un signe du côté de la portière et se rassit.

L'ombre de la nuit avait peu à peu investi l'appartement et les jardins. La jolie soubrette alluma les bougies parfumées d'un grand candélabre en or massif, posé sur une riche console.

La reine parut alors resplendissante sous l'éclat des lumières dont d'épais rideaux interceptaient les rayons aux curieux du dehors.

Le corsage échancré de la robe et les manches larges et courtes laissant voir des bras merveilleux, des épaules admirables et une poitrine d'une richesse sobre mais pure et marmoréenne. Le linge éblouissant, véritable ouvrage de fée, bouillonnait à travers les crevés et les ouvertures des vêtements, rehaussant les tons chauds de la peau. Les yeux de la reine, noirs et pleins de flamme, des yeux d'Espagnole, avaient des langueurs ineffables, mêlées de brûlantes ardeurs.

Un léger bruit se fit entendre, Anne d'Autriche retourna la tête et rougit.

Un jeune et élégant cavalier était sur le seuil de la porte, abandonnant aux mains de la soubrette un grand et long manteau noir.

Il paraissait merveilleusement beau d'élégance, de distinction et de haute mine.

Il portait un riche pourpoint de velours bleu, aux larges manches à crevés. Un grand col plat, d'un travail délicat, se rabattait sur ses épaules un peu tombantes. Ses poignets étaient ornés de manchettes du même dessin. Ses petites bottes à entonnoir laissaient voir une fine jambe délicieusement galbée; il portait cavalièrement une épée à poignée d'or ciselée et garnie de pierreries. Ses grands cheveux d'or artistiquement bouclés, la petite moustache et la royale qui ornaient son visage, sa galante et fière attitude, tout donnait à ce personnage l'aspect d'un de ces beaux seigneurs du dix-septième siècle qu'a immortalisés le pinceau de Vouet, de Lesueur et de Lebrun.

Le jeune homme fit un salut plein d'une gracieuse désinvolture et balaya le tapis avec la longue plume qui ornait son large feutre gris.

— C'est vous, duc, dit la reine avec son aimable sourire; je suis heureuse de vous voir.

— Votre majesté est aussi bonne que belle; votre accueil met le cœur plein de flammes.

— Ne brûlez pas si vite, Gaston, dit en riant Anne d'Autriche; si vous flambez déjà, vous serez consumé avant de sortir d'ici.

— Il est des flammes éternelles.

— Oui, dans l'enfer! dit en se signant la reine, qui mêlait toujours la dévotion à la galanterie.

— Madame, mon amour est pur, et vous savez qu'il ne tient qu'à vous qu'il devienne légitime.

— Oui, je connais vos projets; Marillac m'en a fait dire quelques mots par sœur Thérèse qui le reçoit. Mais ce sont là des choses profondes, dangereuses, qu'il ne faut confier à personne. Vous seul et moi devons en parler, et encore à voix basse, car le cardinal peut avoir partout des espions et partout des oreilles. Si quelque chose en transpirait au dehors, ce serait votre perte et mon renvoi qui en résulteraient. Prenez un siège, duc, et exposez-moi votre plan.

Gaston d'Orléans, fils de Henri IV et de Marie de Médicis, était par conséquent frère puîné de Louis XIII. Ses trois gouverneurs, Savary de Brèves, de Lude et d'Ornano avaient successivement éveillé en lui le goût de l'étude, des plaisirs et de l'intrigue. Beau, spirituel, mais sans courage et sans moralité, il fut fatal à ses amis qu'il abandonna lâchement aux vengeances de Richelieu. Il représentait le type de ces anciens seigneurs à fleur de lys, dont la bassesse et la couardise furent si fatals à la France.

Il passa sa vie à conspirer contre son frère, contre la France, trahissant tous les partis et livrant ses complices pour obtenir son pardon.

Anne d'Autriche, cœur facile, esprit borné mais porté à l'intrigue et douée d'un tempérament sanguin qu'exaspérait les froideurs de Louis XIII, s'éprit quelques temps, par goût et par ambition, de ce joli débauché aux doux langage, au jargon amoureux et qui lui offrait une alliance qui ne serait pas une sinécure.

Car voici les singulières propositions qu'il fit à la reine :

— Ma chère Anne, dit-il à sa belle-sœur en lui prenant ses belles mains qu'elle aurait à abandonner pour qu'il les admirât, il y a quinze ans que vous êtes mariée.

— Quinze! fit la reine en rougissant.

— Oh! cela ne vous vieillit pas; vous vous êtes mariée presque enfant.

A ce compliment la reine lui donna en riant un petit coup d'éventail sur la joue.

— Flatteur! soupira-t-elle.

— Le roi mon frère, dont l'indifférence est impardonnable, vous éloigne de la cour, vous prive du rang, de la considération, de la juste influence qui vous sont dus; trompé, abusé, aveuglé qu'il est par cette éminence rouge qui s'empare du royaume et qui gouverne en son nom. Le roi ne règne plus, puisqu'un autre exerce le pouvoir.

— Oui, la France est aux mains d'un usurpateur.

— Mon frère ayant moralement abdiqué, ce traître de Richelieu, qui vous a exilée du trône, me vole la couronne, à moi, qui suis l'héritier légal de mon frère. Eh, bien, ma chère Anne, Marillac et ma mère, qui sont de grands politiques, m'ont laissé entrevoir que je pourrais régner, tout en vous confirmant votre titre et vos droits de reine que vous méritez à tous les titres, reine par le sang, reine par la beauté.

— Je ne vous comprends pas.

— Depuis quinze ans qu'il a le bonheur d'être votre époux, mon frère a prouvé qu'il ne peut avoir d'héritier.

— A prouvé!... fit la reine d'un ton singulier.

— Si ce n'est pas impuissance, c'est dédain, et vous avez tout droit, tout intérêt à vous venger de cet affront. Et, du reste, il manque à ses devoirs de roi, à ses devoirs envers son peuple, à ses devoirs envers l'État, qui attendent de lui un successeur légitime.

— Mais, vous Gaston...

— Mon frère peut vivre longtemps, et moi je suis veuf. Que deviendrait le royaume si la race des Bourbons s'éteignait brusquement.

— Mais vous n'êtes pas affligé de la même infirmité que Louis.

— Madame la duchesse d'Orléans est morte depuis trois ans et ne m'a laissé qu'une fille.

— Mais au second mariage...

— J'y ai pensé.

— Ah! fit la reine avec un certain saisissement.

— Que me conseillez-vous?

— Moi, fit Anne d'Autriche en cachant son visage derrière son éventail pour ne pas laisser voir son trouble; je pense que la princesse Marguerite de Lorraine est une charmante personne.

— On vous a parlé de ce sot mariage.

— Le mot est dur pour cette pauvre duchesse.

— Ne serais-je pas un sot d'épouser une femme qui ne me rapprocherait pas du trône et qui m'éloignerait de la seule personne qui ait allumé la flamme dans mon cœur.

Le mot flamme était très à la mode à cette époque.

— Si j'étais assez de vos amis, je vous prierais de me dire le nom de la déesse qui a su fixer votre amour.

— Déesse! oui! c'est une déesse! fit Gaston avec un geste passionné.

— Et sur quel Olympe demeure cette divinité?

— Son nom, je le dirais à un ami; je crois que vous êtes mon amie, ô ma reine, et à vous, pourtant, je n'ose pas le dire.

— Avez-vous peur d'un blâme ou d'une indiscrétion.

— Une indiscrétion, non; un blâme... je ne sais... mais votre courroux peut-être.

— Mon courroux! fit Anne d'Autriche en jouant l'étonnement! et pourquoi, du moment que votre amour est sincère et que vous poursuivez un but légitime.

— Légitime... il peut le devenir.

— Ah!

— Il y a provisoirement un mari.

— Il est donc bien malade... sur le point de mourir.

— Son médecin fait tout ce qu'il peut pour cela: mais bien qu'on l'ait, en un an, saigné quarante-sept fois et qu'on lui ait fait prendre deux cent douze fois médecine, il est encore assez vert. et on n'est parvenu qu'à le rendre impuissant (1).

— Mais c'est Sa Majesté Louis XIII dont vous parlez! fit Anne d'Autriche qui se dressa en simulant l'indignation.

— Et c'est vous que j'aime! fit Gaston en pliant un genou; si vous trouvez que je sois coupable, livrez-moi à nos ennemis implacables: le roi et le cardinal.

La reine regarda un instant à ses pieds ce prince élégant, aux yeux pleins d'une flamme voluptueuse, tout soupirant d'amour.

Son cœur se sentit ému.

La pauvre femme ne connaissait encore que ces amours clandestins, n'ayant trouvé auprès de son royal époux que froideur, mépris, amères paroles et durs traitements.

— Je vous pardonne votre folie, dit-elle en se rasseyant, et veux bien vous écouter, par pitié.

Gaston, rayonnant, baisa avec transport la main de la reine. Il prit un siège et vint s'asseoir très-près d'Anne d'Autriche.

(1) Historique.

— Les murs ont des oreilles, m'avez-vous dit. Ce que je vais vous dire demande le secret le plus absolu, car il y va peut-être de nos têtes.

Alors, à voix basse, Gaston d'Orléans exposa le plan suivant, qui avait, en effet, sa gravité et ses dangers.

— Votre Majesté connaît depuis longtemps les feux dont je brûle pour elle. Vous n'ignorez pas qu'il n'a pas tenu à moi qu'un doux projet que je caresse encore ne put se réaliser. Pour ne pas vous compromettre, j'ai dû jadis sacrifier des amis, laisser périr ce pauvre Chalais et épouser Mlle de Montpensier, que Dieu garde. Ce projet que mon inexpérience et la jeunesse de nos amis firent échouer, nous pouvons aujourd'hui le reprendre avec plus de prudence et avec la certitude de réussir.

Le crédit du cardinal, battu en brèche par un parti puissant, est aujourd'hui à peu près ruiné.

Le roi, retombé sous l'influence de Sa Majesté la reine-mère, lui abandonnera le pouvoir et montrera ainsi son incapacité morale, autant qu'il a prouvé son impuissance physique.

Vous vous montrerez alors; vous exposerez votre jeunesse, votre beauté méprisée, outragée par les dédains du roi, votre sein demeure stérile; l'église vous déliera des nœuds du mariage; vous le savez, l'impuissance est un cas de nullité. Mon frère ne pouvant donner de successeur au trône sera frappé de déchéance; nous le reléguerons dans quelque couvent; il ne sera pas nécessaire de lui couper les cheveux, comme on faisait aux rois de la première race, pour le frapper d'incapacité.

Vous me mettrez ainsi, ô ma reine, une couronne sur la tête, et cette couronne je la mettrai à vos pieds.

— Oui, fit la reine rêvant, je crois que vous feriez un meilleur roi que ce pauvre Louis.

— Je le crois, dans tous les cas je serais un meilleur époux.

La reine sourit avec un sentiment de joie mêlé d'un peu d'amertume.

Elle regrettait sans doute ses premières et jeunes années, passées dans la solitude et dans une sorte d'exil où l'avait tenu la disgrâce du roi.

Et puis, connaissant le caractère peu sûr de son beau-frère, elle n'envisageait pas peut-être sans crainte la nouvelle partie quelle allait jouer, avec des auxiliaires si douteux, contre le terrible cardinal, qui n'était jamais plus fort et plus redoutable que le lendemain du jour où on l'avait cru terrassé.

Richelieu, qui fut certainement un grand politique, un ministre éminent, et qui fit grande la monarchie et la France, un peu aux dépens de la liberté, car il passa son niveau sur tout, grands et petits, et prépara le despotisme de Louis XIV, Richelieu ne fut pas sans partager les vices de son époque et sans commettre des actes criminels.

Tous les moyens lui étaient bons pour réussir.

« Je suis lent à me déterminer, disait-il de lui-même; mais quand mon parti est pris, je renverse, je fauche ce qui me fait obstacle, et je couvre tout de ma soutane rouge. »

Le ministre avait à sa disposition une nuée d'espions.

« Tous ceux qui connaissent l'histoire de ces temps, dit Dulaure, sont convaincus que les confesseurs de la cour servaient non-seulement d'espions au cardinal de Richelieu, mais qu'ils étaient les instruments le plus ordinairement employés par ce cardinal pour diriger les consciences des personnes éminentes.

« Voilà les jésuites confesseurs à la cour, les pères Arnoux et Signerou érigés en mouchards; mais ils ne sont pas seuls, et les mémoires de cette époque attestent que tout l'entourage de Richelieu, gentilshommes, seigneurs, bouffons, moines, prêtres et valets étaient plus ou moins entachés de cette turpitude. »

— Ne croyez-vous pas, dit Anne à Gaston d'Orléans, que le cardinal ne vous fasse suivre et surveiller.

— Il est trop occupé en Piémont où la guerre le retient.

— Oui, il est loin, mais ses créatures nous entourent et nous surveillent.

— Pour lui donner le change, j'ai redoublé mes folies. Avant-hier nous avons rossé le guet; la nuit dernière, nous nous sommes amusés à tirer les manteaux et à couper la bourse aux bourgeois. Les manants ont crié, on est accouru à leur aide, j'ai pu m'enfuir avec de Rieux, mais Bassompierre et Rochefort se sont fait prendre. Ils s'étaient réfugiés sur le cheval de bronze de mon illustre père qui se dresse sur le terre-plein du Pont-Neuf. On les avait mis au cachot. Je les en ai fait tirer non sans peine; mais j'y tenais, car nous avons, cette nuit, un souper monstre. On n'a pas peur de ceux qui s'amusent.

— Gaston, ne craignez-vous pas de perdre, dans ces orgies, votre âme et votre corps?

— Madame, j'y gagnerai un royaume, et, mieux encore... une reine!

Et il s'inclina avec une grâce parfaite en prenant la main frémissante d'Anne d'Autriche qu'il baisa avec ardeur.

— Enfin, demanda Anne d'Autriche, après un moment de silence, quels sont vos moyens et sur quels hommes pouvez-vous compter?

— Le plan est bien simple : Marillac, le garde des sceaux et son frère, qui commande un corps d'armée en Italie, en ont trouvé les principales données, que sa Majesté la reine Marie, ma mère, a approuvées. Une partie des troupes royales, confiées à Schomberg, l'âme damnée du cardinal, opère contre nos secrets amis les Espagnols. Marillac, malgré les instances de Son Éminence, n'envoie ni renfort ni argent, de sorte que, privée de solde, minée par la famine, affaiblie par les maladies, l'armée court à une défaite, peut-être à un désastre, d'où la déconsidération, la chute, la ruine de notre ennemi, l'Éminence rouge. La déroute des troupes de Schomberg est peut-être, à cette heure, un fait accompli, et c'est, pour nous, la victoire.

— Mais le roi est parti pour amener des secours au cardinal et pour presser la jonction des troupes de Marillac avec celles du ministre.

— Il est probablement arrivé trop tard; je sais, du reste, qu'à toute demande, Marillac a répondu en invoquant le vide du Trésor et l'absence d'hommes et de munitions. En France, on ne pardonne pas aux vaincus. Le roi et son ministre rentrant couverts de honte, seront sans pouvoir. Nous pourrons parler haut. D'ailleurs, le corps intact de Marillac sera là pour appuyer nos prétentions. Résultat : le cardinal embastillé, sa nièce, cette intrigante de Combalet, exilée; le père Joseph relégué au fond de quelque couvent, madame la reine-mère toute puissante, jusqu'à ce que le roi, reconnu de tout point incapable, soit renversé, votre mariage annulé et votre nouvel époux heureux alors de vous faire asseoir à côté de lui, et de vous faire partager ce trône que vous méritez à tant de titres.

— La perspective est belle et vous déduisez, mon cher Gaston, merveilleusement les choses. Mais il faut tout prévoir, même un échec.

— J'y ai songé, ou plutôt deux de mes amis y ont songé pour moi.

— Et vos amis ont trouvé un moyen de couvrir la retraite en cas d'échec.

— Oui, et de changer notre défaite en victoire définitive.

— Et ce moyen.

— Il est violent, et je l'ajourne jusqu'à ce que je sois forcé d'y recourir.

— Mais, enfin, à moi, votre confidente, votre amie, vous pouvez m'en faire part.

— Je ne puis vous en faire un mystère.

Voici ce que m'ont dit un jour mes deux amis, Montrésor et Saint-Ibal : un jésuite d'exécrable mémoire, nous ont appris comment on se débarrasse d'un ennemi. Ce Richelieu, qui s'entoure de jésuites, peut mourir de l'arme dont ses favoris connaissent si bien la sûreté et la précision.

— Un coup de poignard ! un assassinat ! fit Anne avec effroi.

— Et pourquoi pas ! pourquoi hésiterait-on à plonger dans le cœur d'un prêtre le couteau qu'un prêtre a plongé dans la poitrine de mon père. D'ailleurs, ni vos belles mains ni les miennes ne se souilleront d'un sang... impur !

En ce moment, un léger bruit se fit entendre à une des portes du salon.

— On nous épiait ! fit Gaston en pâlissant, toujours très-hardi à se jeter dans une intrigue, mais qui se sentait défaillir à la moindre alerte.

— C'est sœur Thérèse qui a sans doute quelque chose à m'annoncer. Au revoir, Gaston ! Il est temps, du reste, de nous séparer.

Et elle tendit sa main au jeune prince.

Celui-ci s'engageait un instant après dans un petit escalier dérobé, gagnait les jardins et retrouvait à la petite porte que le lecteur connaît son cheval tenu en main par un gentilhomme de sa suite.

Le prince sauta lestement en selle et piqua des deux du côté de Chaillot, où se trouvait une petite maison de plaisance de Bassompierre, dans laquelle les jeunes débauchés de l'époque allaient souvent faire leurs folles orgies.

Il n'avait pas vu, à quelques toises de la porte du jardin, un moine et un cheval cachés derrière le mur à demi-écroulé d'une propriété voisine.

Dès que Gaston d'Orléans et le gentilhomme qui l'accompagnait eurent fait quelques pas, le moine se dépouilla rapidement de sa robe, sauta sur sa monture dont les pieds étaient enveloppés de linge, et galopa silencieusement derrière le prince, qui ne pouvait l'entendre.

Il y avait nombreuse et joyeuse compagnie chez Bassompierre, lorsque le duc d'Orléans et son compagnon y arrivèrent.

Avant de le suivre dans ce lieu d'orgie, retournons un instant auprès d'Anne d'Autriche.

Dès que Gaston fut sorti, elle alla ouvrir à sœur Thérèse, qui parut avec une dépêche à la main.

— C'est un moine qui l'a apportée, dit la religieuse ; il voulait la remettre lui-même aux mains de Sa Majesté ; il est resté longtemps là, dans l'oratoire.

— Comment ! là, près de cette pièce ! s'écria la reine en pâlissant.

— Oui, Majesté, il venait de faire une longue traite à cheval, il tombait de fatigue ; il s'est assis là ; quand je suis revenue pour prendre vos ordres, une demi-heure après, je l'ai trouvé endormi sur un escabeau, la tête appuyée contre les panneaux de la porte.

— Il a tout entendu ! murmura la reine dont les traits devinrent livides et dont les jambes fléchirent.

Elle tomba sur un siége comme anéantie.

Puis ses yeux rencontrant la missive qu'elle venait de recevoir, et reconnaissant l'écriture, elle tressaillit et brisa rapidement le cachet.

Elle lut avec avidité, et, à mesure qu'elle avançait dans sa lecture, une foule de sentiments divers se peignaient sur son visage.

Tantôt un rayon de joie l'illuminait ; tantôt de sombres nuages passaient sur son front.

Enfin, composant ses traits, elle parut en proie à une grande tristesse et à une profonde douleur.

— J'apprends, ma sœur, de bien tristes nouvelles. Sa Majesté le roi Louis XIII, notre cher sire et époux, est soumis à de rudes épreuves ; le ciel a béni ses armes, et la paix est conclue avec les ennemis de la France. Mais Dieu lui fait payer ce bienfait en lui envoyant une cruelle maladie. Assemblez toutes vos sœurs. Et, tandis qu'on préparera tout pour mon départ, car ma place est au chevet de mon cher sire, nous prierons toutes, pour implorer de Jésus et de Marie la prompte guérison de Sa Majesté.

Une heure après, la chapelle du Val-de-Grâce retentissait des chants de toute la congrégation.

Dès le matin, Anne d'Autriche montait dans sa litière, suivie de ses femmes et de quelques gentilshommes de sa maison et prenait la route de Lyon, ville où Louis XIII avait été frappé d'un mal subit et terrible à son retour de la campagne d'Italie.

A son arrivée, Anne d'Autriche devait trouver la reine-mère, Marie de Médicis, qui était accourue et qui essayait de reconquérir sur ce royal moribond l'influence que lui avait prise Richelieu ; le cardinal, sombre, anxieux, et un troisième personnage qui devait jouer un grand rôle dans la vie d'Anne d'Autriche, dans l'histoire de France, et peser d'un grand poids dans la destinée de l'homme mystérieux à la vie duquel tous ces détails servent de préambule.

Mais n'anticipons pas et restons encore quelque temps à Paris.

Il faut bien que nos lecteurs apprennent ce que valaient les personnages de cette époque et quelles en étaient les mœurs, pour qu'ils sachent ce dont les grands étaient capables dans leurs turpitudes, leurs débauches, leurs vices et leurs crimes, pour qu'enfin ils ne mettent pas en doute les étranges événements que nous avons raconter.

Le moine que nous avons conduit à la suite du duc d'Orléans s'était dépouillé de sa défroque religieuse, avait débarrassé son cheval des linges qui lui enveloppaient les sabots et avait frappé à la maison de Bassompierre.

C'était un homme d'une trentaine d'années, à figure énergique, grand, bien décou-

Le viol, le brigandage, l'assassinat étaient le fond de cette époque.

plé. Il portait un costume d'officier, couvert de poussière, fané par un long usage, même un peu délabré, tel qu'il doit être après une longue campagne.

— Paylairens ! s'écrièrent avec étonnement les jeunes seigneurs de la société du prince.

— D'où vient-il ?

— Et l'armée ?

— Et la guerre ?

— Et le cardinal ?

— Et le roi ?

Ces questions partirent de tous les coins de la salle où le jeune officier avait pénétré et l'assaillirent de toute part.

— Messieurs, dit Puylaurens, il y a six mois que je mène la vie des camps, je viens de faire cent vingt-cinq lieues. J'ai faim, j'ai soif, j'ai une envie folle de m'amuser. Buvons et rions. Demain je vous dirai tout, car il y a bien du nouveau.

— Puylaurens a raison ! s'écria le duc d'Orléans. Le jour aux affaires, la nuit aux plaisirs.

Nous ne raconterons pas ce que fut cette nuit d'orgie. — Notre plume recule de dégoût. — J'aime mieux laisser parler un historien du temps.

« Le comte de Rochefort, avec un de ses amis, s'en allait à Anet. Comme ils passaient au bas de Chaillot, devant l'emplacement du couvent de Sainte-Marie, et près de la maison de Bassompierre, des pierres furent dirigées sur eux. Ils se tournent, aperçoivent derrière une terrasse des personnes qui se cachent, et pensant que ce sont des femmes qui veulent s'amuser, ils continuent leur route; mais bientôt une nouvelle bordée de pierres est lancée sur eux, et des injures leur sont adressées. Alors, piqués, ils reviennent sur leurs pas, voient des hommes qui ne se cachent plus et les bravent par des insultes. Rochefort, irrité, s'avance avec son compagnon, lâche un coup de pistolet, et allait en tirer un second, lorsqu'on lui déclare que le duc d'Orléans, frère du roi, se trouvait parmi ses agresseurs. A ce nom, nos deux voyageurs, effrayés, piquèrent des deux et s'éloignèrent. A peine sont-ils sur la montagne des *Bonshommes*, qu'ils se sentent poursuivis vivement par cinq ou six cavaliers. Ils tournent bride pour se mettre en état de défense. A l'instant un des poursuivants reconnaît son ami dans le compagnon de Rochefort : *Puisque c'est vous, la paix est faite*, dit-il en courant l'embrasser. On se fit des excuses de part et d'autre, et les deux voyageurs furent engagés à retarder leur voyage et à venir dans le lieu où on les avait attaqués. Ils entrent et voient le duc d'Orléans faisant la *débauche* avec plusieurs seigneurs de sa cour. Oubliant que Rochefort avait embrassé un parti contraire au sien, ce prince l'oblige, ainsi que son compagnon, à se mettre à table; il déclara, quand on eut bu jusqu'à l'excès, qu'il voulait se donner un *plaisir de prince* : ce qui signifiait alors faire de notables extravagances.

« Il eut la fantaisie de manger et de faire manger aux convives une omelette sur le ventre du colonel Wallon qui se trouvait là. Le colonel se prêta de bonne grâce à cette folie, se dépouilla, s'étendit sur la table, et mit en évidence l'énorme relief de son ventre. L'omelette fut placée sur la chair nue du colonel, qui, par excès d'ivresse, ne sentit point qu'elle était brûlante, ou, par excès de complaisance, ne voulut pas s'en plaindre.

« Ce ragoût fut trouvé délicieux. Pour varier les plaisirs, on quitta Chaillot, on vint à Paris, et nos princes et seigneurs descendirent chez une fameuse courtisane nommée la *Neveu*, dont Boileau a célébré le nom et les talents.

« On fit des folies, du tapage dans cette maison de débauche; on brisa les meubles. Le prince, pour apaiser la Neveu, lui promit un petit divertissement. Il envoie chercher un commissaire, sous prétexte de tumulte : on dispose tout pour le recevoir. Il arrive et trouve la Neveu couchée dans le même lit, entre le prince et Wallon. Le surplus de la compagnie s'était caché dans une chambre voisine.

« Le commissaire ordonne aux deux hommes qu'il voit dans ce lit, et qu'il ne connaît pas, d'en sortir sur-le-champ; les hommes se moquent du commissaire et de son ordonnance. Alors celui-ci, irrité, fait monter l'escorte qui l'avait accompagné et lui commande de faire lever ces hommes couchés.

« Pendant que ceux de l'escorte se disposent à obéir, les personnes cachées dans la chambre voisine en sortent, saluent respectueusement le prince, restent devant lui la tête nue et s'apprêtent à l'habiller. Le commissaire, étonné des honneurs qu'il voyait rendre à cet homme, fut bientôt saisi d'effroi dès qu'il eut reconnu le prince aux marques de sa dignité, il se prosterna aux pieds de Son Altesse, implora sa bonté. *Calmez-vous*, lui dit le prince, *vous en serez quitte à bon marché*. Alors il ordonne qu'on fasse venir toutes les filles de la maison, les fait ranger en ligne de manière qu'elles présentent leurs postérieurs à découvert, commande au commissaire et à ceux de son escorte de venir l'un après l'autre, un flambeau à la main, faire amende honorable devant le derrière de chacune de ces demoiselles, ce qui fut ligsatimement exécuté. »

CHAPITRE IV

De Paris à Lyon

La reine n'avait pas révélé à son entourage la gravité de l'état où se trouvait Louis XIII.

Elle aurait été obligée de se contraindre, de manifester une douleur, une anxiété qu'elle était loin d'éprouver.

Il fut résolu qu'on voyagerait à grandes journées, tantôt à cheval, tantôt en litière. A Châlon-sur-Saône, on devait prendre un bateau.

La Porte, le valet de chambre de la reine, était parti en avant pour faire tout disposer dans cette ville.

On était à la fin du mois d'août, le ciel était beau, l'air pur, la campagne pleine de vie, l'été avait perdu un peu de ses brûlantes chaleurs.

Le voyage s'ouvrait sous de radieux auspices, et l'on allait presque gaiement, et par le plus beau temps du monde, vers ce pauvre roi agonisant à Lyon.

Avant son départ, Anne d'Autriche avait fait prévenir le duc d'Orléans, et lui faisait dire que le 20 novembre elle arriverait à Châlon, où elle séjournerait un jour pour prendre du repos.

On se mettait en route fort tard dans la journée pour éviter l'ardeur du soleil; le voyage se poursuivait quelquefois fort avant dans la nuit; le cortège était alors éclairé par des torches que portaient les valets.

Malgré cela, on avançait lentement; les chemins à cette époque étaient en très mauvais état. Aujourd'hui, nos ingénieurs des Ponts et Chaussées évitent les côtes; on croirait, à voir le tracé des anciennes routes, que nos aïeux les recherchaient. Ces chemins montants, sablonneux, malaisés, dont parle le bon Lafontaine, n'étaient pas rares. Les fondrières, les ornières, les chaussées défoncées, emportées par les ruisseaux qui ruinaient souvent la viabilité, étaient autant d'obstacles à la célérité des voyages. La reine et sa suite faisaient à grand peine huit lieues par jour.

Parmi les gentilshommes de la maison de la reine, se faisait remarquer un jeune homme de bonne mine, d'une mise élégante, mais sévère; d'une tenue parfaite à cheval, d'une taille élégante et élevée, et qui se conduisait, avec beaucoup de réserve et une sorte de timidité peu commune aux jeunes seigneurs de l'époque, auprès de la litière de la reine.

Son nom a été recueilli par la légende qui en a fait, pour quelques auteurs, le père de l'Homme au Masque de fer. — C'était le comte de Rivière.

Depuis longtemps le jeune comte éprouvait pour la reine une violente passion, qui ne se manifestait au dehors que par la flamme de ses yeux, ses pâleurs soudaines et son trouble lorsqu'il approchait de sa souveraine.

Il n'avait dit son secret à personne.

Mais la reine n'avait pas tardé à remarquer l'effet que sa présence produisait sur son discret amoureux. Cette passion commençait même à être connue de son entourage, car le cœur a d'autres organes que les lèvres pour se trahir et même pour parler éloquemment.

Le cardinal de Richelieu, qui était instruit de tout par ses mille espions, ne l'ignorait pas et se réservait au besoin de se servir de cet amour, dans les nombreuses intrigues qu'il savait habilement nouer et conduire.

Anne d'Autriche, qui avait plus que du penchant pour la galanterie, n'était pas femme à dédaigner les hommages du comte de Rivière. Elle les aurait peut-être encouragés et aurait forcé l'amoureux trop discret à se déclarer, si elle n'avait eu en ce moment des préoccupations qui mettaient un frein momentané à son goût pour les intrigues amoureuses.

L'attente de la mort prochaine de Louis XIII, l'espérance qu'elle avait d'épouser l'héritier présomptif de la couronne, le duc Gaston d'Orléans, lui imposaient la plus grande prudence.

Aussi affectait-elle de traiter avec plus de réserve son malheureux soupirant, qui souffrait cruellement de cette subite froideur.

Anne d'Autriche — les reines elles-mêmes ont des illusions — avait espéré, après la scène de la nuit précédente, que le duc d'Orléans la rejoindrait avant d'arriver à Châlon.

Gaston ne lui avait-il pas témoigné l'amour le plus sincère, la passion la plus vive et la plus ardente.

Sans doute il allait accourir, brûler le chemin pour avoir le bonheur de voyager avec elle.

Si le cœur de la reine ne désirait pas un voyage côte à côte, son orgueil y était intéressé.

Si le duc arrivait, elle aurait là une preuve de la sincérité de l'offre qu'il lui avait faite.

Mais les jours s'écoulèrent, la route s'allongea, on allait arriver à Châlon, et le duc ne paraissait pas.

— S'il me jouait! se dit la reine avec une secrète impatience; s'il me précédait à Lyon par un autre chemin! Sans doute il va intriguer avec sa mère pour m'exclure du trône et me chasser de France!

« Si je le savais... Louis mort... il est roi... il n'a pas besoin de moi!... qu'il tremble! La maison dont je sors est puissante!... Malheur à lui, malheur à la France s'ils osaient m'enlever la couronne!...

En ce moment, elle aperçut la figure pâle du comte de Rivière qui suivait, avec anxiété l'agitation qui se révélait sur les traits mobiles de la reine.

Anne fit arrêter sa litière et demanda son cheval.

Elle fut lestement en selle et partit au galop, en lançant un coup d'œil au comte de Rivière.

Celui-ci s'élança comme un trait derrière Anne d'Autriche, suivi à distance par les écuyers, qui, moins bien montés, lui laissèrent forcément prendre de l'avance et rejoindre la jeune souveraine.

Celle-ci galopa rapidement jusqu'à ce qu'un coude de la route les cacha à la vue des gens de sa suite.

— Comte, dit-elle rapidement au gentilhomme qui la suivait, Son Altesse le duc d'Orléans nous suit à une ou deux journées. Mais il va plus vite qu'une femme et il faut cependant à tout prix que j'arrive avant lui à Lyon. Puis-je compter sur vous ?

— S'il ne faut que ma vie, Sa Majesté peut compter sur moi.

— La vie de mes gentilshommes m'est chère, dit Anne avec un sourire et un regard qui mirent le ciel dans l'âme du comte. Il suffit, dans l'occasion, de votre intelligence et de votre dévouement.

— Madame, quoiqu'il arrive, Son Altesse le duc d'Orléans n'arrivera à Lyon qu'après Sa Majesté.

— C'est bien, allez.

Et elle lui donna sa main à baiser.

En effleurant de ses lèvres cette main qu'Anne avait admirable, le jeune homme faillit s'évanouir.

Il se raffermit cependant sur sa selle, salua profondément la reine et piqua des deux vers Châlon, qu'il dépassa, et il s'arrêta à une auberge située à la bifurcation de deux routes qui conduisaient de Paris à Lyon.

— Si le duc est fidèle au rendez-vous, pensa la reine, il ne verra pas les regards enflammés de ce pauvre comte; s'il me trahit, je préviens ainsi sa félonie !

Le comte de Rivière arriva comme la foudre à la porte de l'auberge qui servait de poste aux chevaux.

Il eut la satisfaction d'apprendre que le duc n'était pas encore passé. Les écuries étaient pleines de bêtes bien reposées.

L'hôtelier était accouru avec empressement et avait multiplié ses plus obséquieuses salutations à la vue du jeune gentilhomme.

— Ordre de Sa Majesté la reine, dit le comte de Rivière; je requiers tous vos chevaux, qu'ils partent immédiatement au-devant de Sa Majesté, qui a doublé plusieurs postes et qui attend à quelques lieues d'ici avec des équipages hors d'état d'avancer.

Toutes les bêtes de l'auberge furent bientôt harnachées, et, guidées par les postillons, s'élancèrent vers Châlon.

Le comte de Rivière jeta vingt pistoles à l'hôtelier et reprit sa route vers Lyon.

Il s'arrêta à mille toises de là, au milieu d'un bois assez touffu, pénétra avec son cheval sous les arbres, cacha sa monture assez loin de la route, puis il vint s'asseoir près du bord du chemin, derrière un épais taillis, et attendit, l'œil aux aguets, tendant l'oreille, immobile!

— Son Altesse ne trouvant pas de chevaux de rechange, sera obligée de coucher à l'auberge, pensa-t-il. C'est douze heures de gagnées. Mais elle est peut-être bien montée et elle voudra devancer son escorte. Si elle s'aventure seule ou avec un seul coureur, elle ne franchira pas ce bois cette nuit.

La nuit, en effet, descendait peu à peu.

Le comte de Rivière attendit plus de deux heures.

Rien ne paraissait sur la route ; nul bruit ne se faisait entendre, et notre jeune gentilhomme maugréait dans sa moustache, se demandant s'il n'allait pas attendre en vain le prince, qui peut-être avait retardé son voyage.

L'ennui, l'engourdissement s'emparaient de lui.

Il n'osait bouger, de crainte de révéler sa présence.

Enfin, un bruit vague, lointain, martela la route et s'accentua de plus en plus.

Le comte aperçut une lueur qui avançait rapidement.

C'était un des coureurs du duc, qui précédait au galop son maître, une torche à la main.

Au moment où le valet passa devant le comte, un coup de feu retentit, et cheval et coureur roulèrent dans la poussière.

Le duc, qui arrivait ventre à terre, n'eut pas le temps d'arrêter sa monture, qu'abattit un deuxième coup de feu.

— Ventre saint-gris! fit Gaston, qui affectionnait les jurons de son père ; c'est quelque guet-apens de ce damné cardinal. Arrière, mes drôles, où nous allons en découdre.

Le duc s'était lestement dégagé de son cheval, avait tiré son épée, pris un pistolet et attendait.

Mais personne n'avança; aucun bruit ne trahit la présence des assassins, qu'il s'attendait à voir fondre sur lui. Il n'entendait que les plaintes et les gémissements de son coureur malencontreusement tombé sous sa monture.

CHAPITRE V

Les premières armes de Mazarin

Tandis qu'Anne d'Autriche glisse sur la Saône et descend vers Lyon, que le comte de Rivière galope vers Mâcon, où il doit rejoindre la reine et que le duc d'Orléans, arrêté dans sa course par l'accident arrivé à ses chevaux, retourne vers l'auberge de la poste, nous mènerons le lecteur en Piémont, où nous trouverons un personnage qui doit jouer un grand rôle dans cette histoire.

Jules Mazarin, le futur ministre tout puissant de Louis XIII et de la régente Anne d'Autriche, fils d'un simple artisan originaire de Gênes, comme le père de M. Gambetta, était, en 1630, un soldat, un peu diplomate, un peu prêtre, et, tout cela, avec un vernis d'aventurier en quête de fortune.

Richelieu était alors devant Casal, et fort occupé des querelles du duc de Savoie et de la maison d'Autriche.

La citadelle, occupée par les Français, était assiégée par l'armée espagnole, et devait se rendre à l'expiration d'une trêve, si la place n'était pas secourue.

L'armée française d'Italie marchait au secours de la citadelle; la bataille venait de s'engager; déjà le canon grondait, la fusillade éclatait de toutes parts, lorsqu'on vit, à travers le plomb et la fumée, arriver à fond de train un cavalier qui se jeta bravement entre les deux partis, en agitant une feuille de papier et criant :

— La paix ! la paix !

C'était un envoyé du pape, un Sicilien (1), nommé Jules Mazarin. L'apparition subite de ce jeune et beau cavalier, se jetant à travers la mitraille, saisit les chefs d'admiration et d'étonnement, et le feu cessa sur les deux lignes.

Le pape avait figuré comme médiateur dans les négociations entre la France et l'Espagne, et Mazarin apportait un projet de convention par laquelle les deux parties devaient évacuer Casal et Montferrat.

Mazarin était, du reste, déjà bien connu de toute l'armée. Officier de guerre, au service du pape, il avait été employé pour porter les premières paroles de médiation, et, un an durant, il n'avait cessé de courir d'un camp à l'autre, accrédité partout comme courtier de propositions et messager des réponses. En cette qualité, il abordait librement les souverains et les généraux d'armée. Il avait vu plusieurs fois le roi de France et semblait rechercher surtout l'affection du cardinal de Richelieu.

L'occasion était bonne pour pénétrer avant dans les bonnes grâces du ministre.

Les généraux acceptèrent.

Cette aventure fit beaucoup de bruit et mit Mazarin fort en vue.

(1) La famille de Mazarin, originaire de Gênes, s'était transportée en Sicile au XVIe siècle. Le père de Jules Mazarin était venu s'établir à Rome au commencement du XVIIe siècle.

Richelieu le fit mander, eut un long entretien avec lui ; son esprit souple et délié, sa bonne mine plurent au cardinal, qui l'engagea à venir en France. Le cardinal Poncirola venait d'être nommé nonce à Paris. Mazarin se fit admettre dans la légation, et, dès lors, il fut chargé par Richelieu de plusieurs missions fort difficiles, dont il se tira avec la plus grande habileté !

Le grand ministre français ne tarda pas à pressentir, dans son jeune collaborateur, un digne continuateur de sa politique.

Richelieu avait laissé partir de l'armée le roi Louis XIII, qui se sentait très fatigué et qui ressentait les premières atteintes du mal qui devait l'arrêter à Lyon et le coucher presque mourant sur un lit de douleur. Il apprit en même temps que Marie de Médicis, Anne d'Autriche et le duc d'Orléans se rendaient auprès du royal malade, et qu'ils allaient profiter de son état de faiblesse pour ruiner le crédit du cardinal et peut-être s'emparer du pouvoir.

Il était donc très heureux de cette brusque et heureuse issue de la guerre qui lui laissait ses coudées franches, lui enlevait tout souci du côté de l'Italie, et lui permettait de porter tous ses efforts du côté de Lyon, où était en ce moment pour lui le danger.

Durant le premier temps de la maladie du roi, Richelieu avait fait plusieurs voyages auprès de son souverain, et il avait pu voir les intrigues qui s'ourdissaient contre lui.

Mais il n'avait pas voulu abandonner complètement le Piémont avant la conclusion de la paix.

Son ambition était formidable ; mais, il faut le dire à sa louange, il faisait passer avant le sien l'intérêt de la France.

Il n'en était pas de même de ses compétiteurs, qui auraient volontiers livré des lambeaux de notre patrie pour assurer leur domination.

Dans la lutte terrible qu'il allait soutenir, Mazarin pouvait être d'un grand secours au ministre. Les manières liantes du jeune italien, son caractère d'étranger qui le mettait à l'abri de tout soupçon, son esprit insinuant, sa patience cauteleuse, sa perspicacité, pouvaient le rendre, dans bien des cas, un auxiliaire précieux. Compatriote de Marie de Médicis, ami du pape, il pouvait avoir un facile accès auprès de la reine-mère, de même que ses relations avec les généraux espagnols lui assuraient la confiance d'Anne d'Autriche, qui ne pouvait du reste manquer de bien accueillir un cavalier d'aussi belle tournure et d'un aussi charmant entretien. L'entourage de la reine fit chorus, à un tel point que mademoiselle d'Hautefort, qui aimait les beaux garçons et les beaux esprits, faillit se compromettre pour lui.

Mais Mazarin se réservait.

Il n'est pas jusqu'à Gaston d'Orléans, qui ne se montrât ravi de causer avec le jeune héros de Casal, et on dit même qu'ils ne se privèrent pas de faire ensemble quelques-unes de ces folies nocturnes dont le prince était coutumier à Paris.

Dans une de ces orgies, Mazarin grisa Gaston et sut de lui tout ce que le cardinal désirait en apprendre.

Les Méridionaux ont l'art de boire sans perdre la raison.

Un conciliabule devait avoir lieu le lendemain entre le duc d'Orléans, Anne d'Autriche et Marie de Médicis.

Derieux en croupe derrière la statue d'Henri IV.

Mazarin, qui avait déjà sondé Gaston sur le but de cette réunion et qui avait laissé entrevoir qu'il pourrait apporter aux conjurés l'appui du pape, fut du coup mis dans le secret.

Louis XIII, qui avait été magnifiquement reçu par la municipalité lyonnaise, occupait avec sa suite les grands appartements de l'Hotel-de-Ville, que l'on avait meublés avec le plus grand luxe.

Ce monument n'était pas celui que l'on admire sur la place des Terreaux, et qui a été construit en 1846, par un architecte lyonnais, nommé Simon Maupin.

Quatre ans avant, à cette place, Richelieu avait fait décapiter Cinq-Mars et de Thou.

Le cardinal était logé à l'archevêché, et l'on pouvait le voir tous les matins; songeur et agitant les vastes projets de sa profonde politique, balayer de sa longue robe rouge les dalles de la vaste terrasse qui flanque les bâtiments archiépiscopaux.

Il était neuf heures du matin lorsqu'on vint le prévenir qu'un jeune gentilhomme lui demandait audience.

Le cardinal rentra dans son cabinet et ordonna qu'on lui amena le visiteur.

— Ah! c'est vous, Puylaurens, fit-il.

Puylaurens était ce faux moine que nous avons vu épiant le duc d'Orléans à la sortie du Val-de-Grâce, après son nocturne entretien avec la reine.

— Votre Éminence, dit le jeune homme, est sans doute étonnée de ne m'avoir pas vu plus tôt; mais j'ai dû agir avec circonspection.

— Oui, et votre circonspection consiste à courir tous les tripots de Paris. Je suis sûr que si vous venez aujourd'hui, c'est que vous avez joué hier votre dernière pistole.

— Son Éminence sait bien que si j'avais l'air grave et rangé, l'on se méfierait de moi.

— Voici un bon de cinq cents pistoles sur M. le Surintendant des finances. Maintenant, parlez.

— Le prince et Sa Majesté la reine ont eu une entrevue secrète.

— Ah! ah!

— La nuit.

— Au Val-de-Grace, sans doute. La reine en a fait le quartier général de ses intrigues.

— L'endroit est fort propice : maison religieuse, quartier désert, issue secrète donnant sur une ruelle inhabitée; on peut y ourdir à souhait une conspiration.

— Il y a donc conspiration? demanda Richelieu dont les yeux eurent des éclairs terribles.

— A moins que ce ne soit un rendez-vous d'amour.

— Gaston est bien fou, mais pas assez pour donner un héritier à son frère.

— C'est ce que j'ai pensé.

— Malheureusement vous n'avez aucune preuve. Il aurait fallu pénétrer dans ce couvent, arriver jusqu'à l'appartement de la reine.

— C'était difficile.

— Mais non impossible.

— Et Votre Éminence sait bien que je tenterais même l'impossible pour la servir.

— Et vous avez pu...

— Voici une clé qui ouvre la petite porte du jardin.

— C'était déjà quelque chose.

— J'avais une autre clé.

— Ah!

— Celle-là, c'est pécher que de s'en servir. Mais j'ai pensé que Son Éminence m'obtiendrait bien de Rome quelques indulgences.

— Je vous écoute, fit Richelieu impassible.

— Il y a dans la communauté du Val-de-Grâce une jeune religieuse que j'ai connue avant qu'elle prit le voile. Nous nous aimions: mais elle appartenait à une famille de pauvres gentilshomme; j'avais dévoré le plus clair de mon bien. Elle s'est vouée à Dieu.

— Et un peu au diable! fit Richelieu.

— Enfin, elle me reçoit quelquefois. Nous parlons de nos anciennes amours.

— Arrivons au fait, dit le cardinal que ces détails impatientaient.

— Donc, la seconde clé que je possède, c'est celle du cœur de sœur Thérèse. Cette nuit, tandis que Son Altesse et Sa Majesté étaient dans une pièce, je me tenais à côté, l'oreille collée contre la porte, et j'ai tout entendu.

Et Puylaurens raconta au cardinal la longue conversation que le duc Gaston d'Orléans avait eue avec Anne d'Autriche et que nous avons rapportée tout entière dans le chapitre précédent.

— C'est bien, Puylaurens, le roi sera instruit de la façon dont vous le servez; et moi-même je ne l'oublierai pas.

— Éminence, la guerre a fait bien des vides dans l'armée; plusieurs compagnies ont perdu leurs chefs...

— C'est bien, monsieur, j'aviserai à vous faire récompenser selon votre mérite. Et Puylaurens fut congédié.

En ce moment on annonçait monsignor Mazarin.

Le jeune Italien était *monsignor* sans être prêtre, comme cela s'est de tout temps pratiqué à Rome, c'est-à-dire qu'il avait la prélature, comme il sera plus tard cardinal sans être dans les ordres.

Monsignor Mazarin, qui d'habitude avait l'œil clair, la mine souriante, était ce jour-là changé, car son regard était troublé et un nuage de graves pensées assombrissait son visage.

Richelieu, qui ne lui avait jamais vu cette sévère figure, en fut frappé.

— Eh! par Bacco, monsignor, comme on dit dans votre pays, vous avez une mine de carême-prenant. Seriez-vous malade?

— Pas moi, Éminence, pas moi.

— Alors une contrariété.

— *Plous* qu'oune contrariété, oune peur.

— Peur, vous le héros de Casal.

— Peur, pas pour moi, Éminence.

— Ah! fit Richelieu avec saisissement.

— J'ai vu hier le roi, monsieur le cardinal; j'ai oun peu étoudié la médecine.... eh! bien.

— Eh bien?

— A moins d'oun miracle, et nous autres nous ne croyons pas aux miracles, demain Sa Majesté Louis XIII aura cessé de vivre.

A ces mots Richelieu tressaillit; un éclair sombre passa dans ses yeux.

— Pauvre France! murmura-t-il! moi qui te voulais faire si grande! Ta puissance, ta prospérité tiennent la vie de cet homme, à un fil! Que deviendrais-tu entre les mains de ces criminels et de ces incapables. Demain, la curée! Il faudra de l'or, des bénéfices, des fiefs, des commandements à tous les favoris, à toutes les créatures de

Gaston et de Marie, Anne d'Autriche ne sera pas sans donner un morceau de notre patrie à l'Espagne, l'Autriche taillera sa part avec son épée au nord et à l'est. Allons, c'était une vision : Les Flandres, la Lorraine, l'Alsace, conquises à la France, la féodalité abattue, l'unité nationale constituée sous une main ferme, les impôts mieux répartis, et les grands et le clergé concourant aux charges qui pèsent uniquement sur le peuple!.. Attacher mon nom à cette œuvre grande, qui me fait aujourd'hui des ennemis implacables, mais qui glorifierait l'histoire... Rêve d'orgueil! Dieu ne le veut pas! Demain, il me faudra assister impuissant à l'écroulement de la France et la voir retomber dans les désordres, l'anarchie, les troubles sanglants où elle faillit succomber à l'époque de Charles VI, car voilà où nous allons, monsieur Mazarini.

On ne disait pas encore Mazarin, le futur cardinal n'étant pas encore naturalisé français.

— Non, monsieur le cardinal, il ne faut pas attendre de voir cet écroulement.

— Vous espérez...

— Non, je connais les projets de vos ennemis. Vous êtes perdu, s'ils arrivent au pouvoir.

— M'arrêter?

— C'est déjà résolu

— Ils m'exileront; tant mieux, je ne verrai pas les malheurs de la France.

— Non, pas d'exil; on en revient.

— Ils oseraient!...

— Vous leur avez appris comment on se débarrasse d'un ennemi.

— Monsieur, je n'ai jamais frappé qu'un ennemi de la France.

— Certainement; mais Sa Majesté Marie de Médicis, à qui vous avez ôté le pouvoir, et à qui, crime irrémissible, vous avez fait comprendre qu'elle n'est plus jeune; Anne d'Autriche que vous avez séparée de son mari, Son Altesse le duc d'Orléans que vous avez fait trembler, les grands seigneurs qui se voient menacés, les étrangers alliés de vos ennemis qui vous redoutent; croyez-moi, Éminence, vous n'avez pas un instant à perdre, si vous voulez éviter une fin tragique.

— Le roi me protégera.

— De son vivant.

— Même après sa mort. Venez.

Et le cardinal, sombre mais résolu, fit atteler son carrosse et se dirigea vers la maison où agonisait Louis XIII.

CHAPITRE VI

La crise.

A l'accueil que lui fit l'entourage du roi, Richelieu jugea que l'état de Louis XIII était considéré comme désespéré.

Il ne trouva partout que visages froids ou réservés, figures hostiles ou menaçantes.

Mais le souvenir de sa force, sa physionomie grande et hautaine, son regard terrible et fier eurent tant d'empire sur les lâches courtisans, que les plus audacieux même n'osèrent franchir les bornes du respect.

Michelet a dit du cardinal qu'il avait l'esprit hardi, mais le cœur timide.

Ce cœur dut lui battre bien fort en traversant la haie des gardes du roi, car il dut se dire que si le royal malade expirait pendant cette visite à son lit de douleur, ces mousquetaires qui le saluaient de l'épée s'empareraient de sa personne.

Quand Richelieu entra dans la chambre du roi, il fut effrayé des ravages que la maladie avait fait dans cet être déjà si chétif et si faible.

Un air de souffrance et de tristesse était de tout temps répandu sur les traits du roi... Mais à ce moment, ces traits, d'une pâleur livide, avaient cette expression d'angoisse, d'affolement que donne l'approche de la mort. L'œil fixe semblait contempler l'éternité !

La vue du cardinal fit tressaillir Louis XIII.

Richelieu se sentit profondément remué à la vue de son souverain, ainsi terrassé par le mal inconnu qui l'étreignait.

Cet homme de bronze, cet homme de sang eut une larme dans les yeux.

Il aimait ce faible roi dont il avait été l'appui vigoureux, ce pauvre monarque qui avait eu en lui une confiance sans bornes et qui l'avait maintenu au pouvoir malgré ses ennemis, malgré sa mère, malgré ses parents les plus intimes, malgré sa propre antipathie ; car Louis XIII estimait plus Richelieu qu'il ne l'aimait ; jaloux de son génie, jaloux de sa puissante initiative qui annulait sa volonté, il avait conscience pourtant de la valeur de cet homme, de la nécessité de le maintenir au pouvoir dans l'intérêt de la prospérité de la France.

Richelieu avait trouvé au chevet du lit du roi Marie de Médicis, qui le foudroya du regard.

Anne d'Autriche était agenouillée un peu dans l'ombre ; sa vue faisait mal à son royal époux, qui la détestait cordialement.

Le duc d'Orléans était dans l'antichambre, épiant les événements.

Le médecin du roi tenait le pouls, suivant la marche rapide de la crise.

— Madame ma mère, dit Louis XIII d'une voix faible à Marie de Médicis, voilà un mois que j'écoute patiemment toutes vos condoléances. Je vous demande une heure pour causer des affaires de l'Etat avec M. le cardinal. Docteur, dites à mon capitaine des gardes que je veux être seul.

Richelieu en voyant le regard de haine implacable que lui lança la reine-mère, sentit bien qu'il était perdu si Louis XIII venait à mourir, ou s'il ne prenait des des précautions qui le missent à l'abri du danger.

— Sire, dit-il au roi, je devrais faire taire toute préoccupation personnelle devant la douleur que j'ai dans l'âme. Serviteur dévoué de Votre Majesté jusqu'à ce jour, je devrais aujourd'hui ne songer qu'au chagrin de vous voir souffrir. Mais, sire, si vous veniez à manquer à la France, si Dieu vous appelait à lui, que deviendrait celui qui a bravé toutes les haines pour fonder la grandeur de son roi et de son pays.

— Oui, monsieur le cardinal, mon devoir est de vous mettre à l'abri de cette bande de vautours qui n'attendent que ma mort pour vous déchirer. Ah! je meurs trop tôt. Oui, j'ai compris la grandeur de vos projets! Les rebelles de la religion abattus, tout en respectant leur culte, les grands domptés, les finances refaites, l'Autriche humiliée, l'Espagne réduite à ses frontières, nos relations puissamment établies à l'extérieur; les lettres et les arts florissants; la France agrandie, puissante et une : quel rêve! Demain, moi mort, l'anarchie et la ruine de ce beau royaume. Oh! Dieu est juste, sans doute, mais il est bien terrible s'il nous réserve tous ces malheurs. Faites entrer le duc de Montmorency.

Le duc s'avança, morne et grave, vers la couche du roi.

— Promettez-moi, lui dit Louis XIII d'une voix qu'il chercha à affermir, promettez-moi et donnez-moi votre parole d'honneur, qu'à la première demande de monsieur le cardinal, vous prendrez une bonne escorte et le conduirez vous-même à Brouage.

— Je le jure, sire! dit Montmorency.

Brouage, qui est aujourd'hui à plusieurs lieues de la côte, était alors un port sur l'Océan. Le cardinal de Richelieu, du consentement du roi, entretenait dans cette ville une forte garnison; il comptait s'y dérober au premier coup de la vengeance, et se retirer de là, par mer, à Rome, s'il ne voyait pas la possibilité de vivre en sûreté dans son diocèse, ou même s'il n'avait pas l'espoir de rentrer dans les affaires, dont il avait seul la clé.

Richelieu, en sortant de la chambre du roi, retrouva, dans le salon qui le précédait, le jeune Mazarin causant avec Anne d'Autriche.

L'Italien salua gracieusement la reine et rejoignit le cardinal.

De terribles préoccupations assombrissaient en ce moment le visage du ministre.

On dit que ce jour-là cette âme, si fortement trempée, eut peur.

Certes, Marie de Médicis, que l'histoire accuse du crime le plus abominable, n'aurait pas reculé, le lendemain de la mort du roi qui l'aurait rendu toute puissante, de faire expier, sur un échafaud, à Richelieu, le double outrage qu'il lui avait fait :

Amant d'abord empressé, il avait méprisé ses charmes lorsque l'âge les avait flétris. — Ministre tout puissant, il l'avait exilée du pouvoir.

Mazarin accompagna Richelieu jusqu'à sa demeure.

— Vous causiez avec la reine, lui dit tout à coup le cardinal qui voulait oublier ses pensées.

— J'avais cet honneur, Éminence.

— Une sotte ! murmura le cardinal, qui avait une vieille rancune d'amant évincé contre Anne d'Autriche.

— Oune femme, Éminence, a touzours oun côté spirituel.

— Ah !

— Oui, le côté femme.

— Celle-là est trop femme, c'est-à-dire qu'elle est vaine, coquette, légère; j'ai dû l'éloigner de Louis XIII; un amant aurait pris tout empire sur elle, et par elle, cet amant, un Buckingham ou un comte de Rivière, un étranger ou un étourdi, eut gouverné le roi et la France.

— Oui, mais la reine, vivant avec soun royal époux, aurait peut-être donné oun successeur à Louis XIII, et vous ne verriez pas aujourd'hui la France menacée d'être en proie aux factions, et vous-même, monsou lou cardinal, d'être brisé par vos ennemis.

— Mais notre malheureux souverain, faible, souffreteux, ne peut avoir de postérité.

— Vous croyez ! monsou lou cardinal, fit Mazarin avec une singulière expression.

— Corps épuisé, impuissant.

— J'ai connou, en Italie, des hommes tout à fait impuissants, des vieillards cacochymes, qui, pourtant, avaient de beaux enfants, et je souis sûr qu'il n'en manque pas en France. Ah ! oun successeur à Sa Majesté Louis XIII sauverait la situation. Si le roi se rétablit, il faudra songer à cela, monsou lou cardinal.

— Le roi ne peut pas faire de dauphin.

— Peut-être, mais la reine peut faire oun dauphin... sans le roi.

Richelieu tressaillit et plongea son regard scrutateur dans l'œil de Mazarin. Il y vit tant de rouerie, tant de malice, tant d'astuce et d'intelligente souplesse, qu'il en fut frappé.

— Vous irez loin, monsieur Mazarin, dit Richelieu.

— Derrière vous, Éminence ! fit l'Italien avec un salut plein de déférence.

On arrivait à l'archevêché.

Mademoiselle de Comballet, nièce du cardinal, attendait anxieuse sur le grand perron.

Richelieu avait un visage impassible. Mais à la sombre expression de ses yeux, Mlle de Comballet comprit que tout était perdu.

— Le roi ne passera pas la nuit, dit tout bas le cardinal à sa nièce.

— J'ai tout prévu; répondit celle-ci, la chaise de poste restera tout attelée. J'ai fait établir des relais jusqu'à Brouage. Une demi-compagnie de nos gardes veillera cette nuit à votre sûreté. Enfin, des courriers sont échelonnés d'ici à la maison du roi. Nous serons avertis promptement, s'il se produit quelque catastrophe.

— Tenez, monsieur Mazarin, dit Richelieu en lui présentant sa nièce, voici l'ange de mon foyer.

— Oun ange pour qui l'on se damnerait volontiers, fit galamment Mazarin en saluant la jeune fille, qui était fort jolie, et, qui mieux, était très-spirituelle.

En ce moment, des bruits lamentables, lugubres, retentirent dans les airs et firent pâlir nos trois interlocuteurs.

C'étaient les cloches de l'église Primatiale de Saint-Martin d'Ainay, de Saint-Nizier, de Saint-Bonaventure qui sonnaient la prière des agonisants et invitaient le peuple à implorer, en faveur du royal moribond, la pitié et la clémence de Dieu.

CHAPITRE VII

Tragi-comédie

Dans le salon qui précédait la chambre du roi, trois personnes attendaient l'issue de la crise dans laquelle se débattait le malheureux monarque, avec des sentiments bien différents de ceux qui en ce moment troublaient l'âme pourtant si fortement trempée du cardinal de Richelieu.

Ces trois personnes ne prenaient pas la peine de cacher la joie que leur faisait éprouver l'espérance de la fin prochaine de Louis XIII.

Elles tenaient pourtant au moribond par des liens intimes et sacrés.

C'étaient sa mère.

Sa femme.

Son frère.

Marie de Médicis, le vice et le crime.

Gaston d'Orléans, le vice, l'instinct du crime, mitigé par la lâcheté.

Anne d'Autriche, l'épouse infidèle, aux mœurs déréglées, l'agent de l'étranger, adultère et trahison mêlés.

Sûrs de trouver le trône vacant, ils prenaient leurs dispositions pour se partager, chacun tirant naturellement de son côté, les bénéfices de la toute puissance.

La plus sûre de régner, c'était Marie de Médicis, qui connaissait la faiblesse de caractère de son second fils.

Anne d'Autriche, qui avait besoin, pour se faire épouser par Gaston, de l'influence de sa belle-mère, était pleine d'amabilités pour elle, se livrait complètement, et lui promettait l'appui de l'Espagne et de l'Autriche avec qui, par des agents secrets, elle était en continuelles relations.

La Porte, le domestique d'Anne d'Autriche, homme sûr et absolument dévoué à la jeune reine, se tenait sur le seuil de la chambre de Louis XIII, épiant les douleurs de plus en plus vives du roi, comptant ses soupirs, notant ses lamentations, attendant son râle, et venait donner tout bas, de temps en temps, un bulletin de plus en plus satisfaisant pour nos trois personnages, de l'état de plus en plus grave de leur souverain. Voici les petits arrangements acceptés par un traité qui fut signé cette nuit-là même.

Marie de Médicis serait proclamée régente, et sa régence durerait un an, juste le

Le duc n'eut pas le temps d'arrêter sa monture.

temps de constater matériellement qu'Anne d'Autriche ne donnerait pas de successeur à Louis XIII.

Gaston d'Orléans, nommé curateur au ventre, s'engageait à épouser sa belle-sœur à l'expiration de cette année d'attente légale.

Comme garantie de l'engagement qu'il prenait, plusieurs places de nos provinces méridionales seraient occupées par les Espagnols, qui ne les évacueraient qu'après l'accomplissement du mariage.

On pense bien qu'une fois qu'ils les auraient tenues, ils les auraient gardées.

Dans les autres pièces et dans les antichambres, une scène analogue se jouait entre les femmes des deux reines, leurs partisans, les partisans de Gaston d'Orléans et les grands seigneurs dont la puissance avait été ou affaiblie ou menacée par Richelieu.

Marillac devait remplacer le cardinal; son frère devait faire arrêter Schomberg et prendre le commandement général des armées.

Le duc de Soissons se taillait un petit royaume. Le duc de Lorraine, avec qui Gaston entretenait de secrètes relations, demandait une augmentation de territoire pris sur les provinces limitrophes. Les gouvernements de provinces, les bénéfices, le trésor de l'État étaient mis d'avance au pillage; à toutes ces largesse, à ce subit revirement, à cette curée anticipée, à ces fêtes de nouvel avènement, il fallait un feu de joie, une grande fête qui couronnât la victoire de la faction triomphante.

La mort du cardinal!

Nos lecteurs se rappellent cette magnifique scène de *Ruy-Blas*, où les ministres de Philippe IV se partagent les dépouilles de l'Espagne.

Tout à coup apparaît la grande et menaçante figure de Ruy-Blas, qui les terrifie de sa cruelle ironie :

— Bon appétit, messieurs!

Pareil dénouement se produisit au milieu de cette débauche de distributions d'honneurs, de bénéfices et d'emplois.

Cette fois, ce fut plus terrible et plus sinistre.

Les portes s'ouvrirent tout à coup, et le médecin ordinaire de Sa Majesté, d'une voix qui fut comme un sanglant arrêt, cria ces mots :

— Messieurs, réjouissez-vous, et gloire à Dieu, le roi est sauvé!

Tous les fronts pâlirent; Marie de Médicis, Anne d'Autriche et Gaston demeurèrent muets d'effarement.

Ces détails, qui font connaître les mœurs et les personnages de ce temps, ne sont pas étrangers à notre récit. Il faut que le lecteur sache ce que valait Anne d'Autriche, ce qu'on pouvait oser à cette époque de dépravation, de dérèglement, de spoliation et de cruauté, ce dont étaient capables les membres de la famille royale.

Du reste, cette vue rétrospective sur les événements du règne de Louis XIII est nécessaire pour motiver le revirement qui se produisit dans la conduite de Richelieu et du roi, à l'égard de la jeune reine.

Malgré le rétablissement du roi, qui fut long et suivi de rechutes, le danger n'avait pas complètement disparu pour Richelieu et sa politique.

Marie de Médicis et ses complices n'abandonnèrent pas la partie. Ils se ruèrent sur le malheureux roi, et l'entourèrent d'obsessions, le harcelèrent de plaintes et de récriminations contre le cardinal.

Celui-ci, pour conjurer le danger, ne crut pas devoir se montrer plus longtemps l'ennemi acharné de la reine-mère.

Pendant le retour du roi à Paris, il fit auprès d'elle d'incessantes démarches, passant des journées entières dans le bateau sur lequel elle remontait la Saône à la suite de son fils. Marie de Médicis dissimula.

Elle avait si bien tourmenté le roi, qu'elle emportait la promesse, arrachée à grand peine, du prochain renvoi de Richelieu.

Une fois la cour rentrée à Paris, l'affluence des courtisans ne se fit sentir ni au Louvre, ni au palais cardinal.

Toute la bande des flatteurs se rua au Luxembourg, demeure de la reine-mère.

Elle n'avait pas caché la promesse que lui avait faite le roi et son triomphe imminent.

Mais Louis XIII, qui n'avait cédé que de guerre lasse et pour obtenir la paix, hésitait à se priver des services d'un ministre qu'il n'aimait pas peut-être, mais qu'il reconnaissait comme le seul homme d'État capable de gouverner la France, de se débrouiller et de se reconnaître dans le dédale inextricable de la politique de l'Europe et de suivre, avec sûreté et esprit de suite, la multiplicité des affaires et des intérêts engagés.

Louis XIII, pour échapper à la nécessité de tenir sa promesse, voulut essayer un rapprochement entre sa mère et le cardinal de Richelieu. Marie de Médicis, en astucieuse italienne, eut l'air de céder.

Elle promit de rendre ses bonnes grâces à Richelieu et à sa nièce, madame de Comballet, qui avait été sa dame d'honneur, qu'elle avait prise en haine, et qu'elle avait renvoyée.

Affaire de jalousie.

Madame de Comballet avait supplanté la reine-mère dans le cœur du cardinal.

De là, rage et fureur.

Le 11 novembre fut une journée restée célèbre dans les fastes de l'histoire.

Ainsi qu'il est convenu, madame de Comballet se présente et est admise, en présence du roi, chez la reine, au Palais du Luxembourg. Elle se jette aux pieds de Marie et lui demande pardon de lui avoir déplu.

La reine la reçoit froidement. Mais bientôt, la vue de sa rivale heureuse l'exaspère et la met en fureur. Elle l'accable de reproches et d'injures; la traite d'ambitieuse, d'ingrate, de fourbe, de femme débordée, avec tant d'emportement que le roi en est outré.

Comme la nièce sortait tout en pleurs, l'oncle entra : il eut son tour.

La reine l'appela hypocrite; elle pleura, sanglota, s'écria que le cardinal était un perfide, un scélérat, l'homme le plus méchant et le plus détestable du royaume.

— Vous ignorez ses projets, dit-elle; il n'attend que le moment où le comte de Soissons aura épousé sa nièce, pour lui mettre la couronne sur la tête.

Louis XIII essaya en vain d'interrompre sa mère. Richelieu ne répondit pas un mot. Sur un ordre du roi, il sortit.

« Richelieu, dit Henri Martin, expiait en ce moment une liaison qui avait commencé sa fortune. Marie de Médicis ne le haïssait que pour l'avoir trop aimé. Il n'avait eu aucun tort envers elle; mais elle lui en voulait de se sentir vieillir, et il n'eut pu adoucir son naturel impérieux et acariâtre qu'en livrant l'État aux caprices de Marie et aux étroites idées des dévots par lesquels elle se laissait gouverner depuis qu'elle avançait en âge. »

L'anxiété du roi était extrême. Richelieu lui-même avait contribué à lui inspirer des remords pour avoir autrefois si rudement traité sa mère, et il s'était habitué à rendre de l'autorité et surtout de grands égards à Marie. Il tenta encore de négocier avec elle. Marie fut intraitable. Elle l'emporta. Le roi signa la dépêche qui confiait l'armée d'Italie au maréchal de Marillac, et partit avec l'autre Marillac, le garde des sceaux, pour Versailles, qui n'était alors qu'un rendez-vous de chasse au milieu des bois. Le pavillon de Louis XIII en brique et pierre subsiste encore en face de la place d'Armes, enveloppé par les immenses constructions de Louis XIV.

Les courtisans étaient en joie. La reine-mère étalait son triomphe au Luxembourg. Des courriers partaient pour porter la « bonne nouvelle » à Madrid et à Vienne. Richelieu croyait tout perdu et s'apprêtait à partir pour l'exil, quand un messager du roi arriva au petit Luxembourg, qu'habitait alors Richelieu, auprès du palais de la reine-mère. Louis XIII appelait le cardinal à Versailles.

Le roi, qui n'ignorait pas dans quels embarras terribles le laisserait la retraite de Richelieu, n'avait cédé à sa mère qu'en aparence et ne s'était enfui au fond des bois que pour se préserver de sa propre faiblesse.

En quelques instants, le cardinal eut repris tout son ascendant sur son souverain, et il devint plus puissant que jamais.

Les vils courtisans qui avaient afflué au Luxembourg coururent s'aplatir devant la terrible Éminence Rouge, qui n'en procéda pas moins à de nombreuses épurations.

Cette journée, célèbre dans l'histoire, a été appelée *Journée des dupes.*

Il fit aussi des exemples qui devaient terrifier ses ennemis.

Marillac, garde des sceaux, fut arrêté et transféré de prison en prison à Château-dun, où il mourut.

Son frère, le maréchal Louis de Marillac, arrêté par Schomberg à la tête de son armée, fut amené à Paris, accusé de concussion, condamné et décapité.

Bassompierre fut enfermé à la Bastille où il resta treize ans.

D'autres furent diversement frappés.

La reine-mère, après avoir troublé l'État par de nouveaux complots, et poussé à la révolte Gaston d'Orléans, se vit obligée de fuir la France et d'aller terminer dans l'exil son orageuse carrière.

Peu de temps après, le maréchal duc de Montmorency, gouverneur du Langue-doc, ayant prêté son concours à la révolte de Gaston, fut vaincu à Castelnaudary et décapité à Toulouse.

Ces luttes perpétuelles, ces fatigues, ces craintes, cette constante anxiété, ces travaux incessants, ce réseau d'intrigues intérieures et extérieures à débrouiller avaient profondément altéré la santé du cardinal.

Il dut plier un moment sous les ravages de la fièvre qui le dévoraient.

Le cardinal alité, tous ses ennemis s'en donnèrent à cœur joie.

Le cercle de la jeune reine et de madame de Chevreuse fut rempli d'intrigants et de mécontents qui escomptaient déjà la mort du ministre.

Le réveil du lion fut terrible.

Châteauneuf, garde des sceaux, qui avait espéré lui succéder, fut jeté dans le château d'Angoulême, où il finit ses jours dans le plus sombre ennui.

Le galant, l'invincible chevalier le Jars, qui avait su plaire à Madame de Che-vreuse lorsque le cardinal avait été dédaigné, fut arrêté en plein hiver, descendu dans un des plus humides cachots de la Bastille, où il resta onze mois et où ses habits pourrissaient sur lui. Envoyé ensuite à Troye, il fut soumis aux plus sévères interrogatoires. On l'accusait d'être l'intermédiaire entre Anne d'Autriche, l'Espagne et les réfugiés de Bruxelles.

Condamné à mort, il fut trouvé indigne du supplice par Richelieu, qui réservait l'échafaud pour les grands seigneurs.

Cependant, Anne d'Autriche, qui se laissait volontiers entraîner dans tous les complots qui s'ourdissaient contre le cardinal et qui servait les intérêts de Gaston d'Orléans, aurait dû, enfin, s'apercevoir qu'elle ne devait accorder aucune confiance à ce prince qui lui avait promis d'attendre pour l'épouser son veuvage ou la déclaration de nullité de son mariage avec Louis XIII.

Gaston venait de se marier secrètement avec la princesse Marguerite de Lorraine.

On dit que c'est Mazarin qui découvrit le premier cette intrigue et qui en fit avertir la reine par le comte de Rivière.

Mais la haine d'Anne d'Autriche contre Richelieu lui faisait oublier le soin de ses intérêts.

En 1636, un nouveau complot, qu'elle n'ignora pas, fut tramé contre le cardinal.

Le comte de Soissons, accusé d'avoir par trahison emmené les vivres de l'armée française en Picardie, s'entendit avec le duc Gaston pour faire assassiner Richelieu. Montrésor et Saint-Ibal, deux gentilshommes du comte, devaient faire le coup; le duc d'Orléans devait donner le signal.

Les conjurés se rendirent donc à Amiens où devait avoir lieu un conseil.

Le cœur manqua à Gaston, dont la défaillance sauva Richelieu.

Le cardinal voulut en finir avec ces complots qui menaçaient son pouvoir, sa vie, qui livraient aux ennemis les secrets de la France et tendaient à paralyser l'action de sa politique.

Il crut trouver chez la reine le secret et les preuves écrites de toutes ces intrigues.

Richelieu, du reste, dont le génie profond était fertile en combinaisons et fécond en expédients, avait imaginé une trame qui devait enfin couronner l'œuvre qu'il poursuivait.

C'est ici que va prendre naissance le terrible drame dont nous n'avons jusqu'à cette heure donné que le préambule.

CHAPITRE VIII

Les précautions de Richelieu.

Le vaste plan de politique intérieure que s'était tracé le grand homme d'État était accompli.

« Après les Huguenots et les grands, dit Henri Martin, il avait abattu la maison royale, la mère et le frère du roi, héritiers de ces princes du sang, de ces anciens sires des fleurs de lis, qui avaient été les pires fléaux de la France. »

« Il n'y avait plus que le roi et lui. »

Mais Louis XIII, débile, maladif, ne devait pas fournir une longue carrière.

Et lui-même, dont la lame usait le fourreau, sentait bien qu'il suivrait de près le roi, s'il ne le précédait dans la tombe.

Après lui, son œuvre croulerait!

Il fallait à tout prix un successeur à Louis XIII.

Mais quel rejeton pouvait donner ce faible monarque, et était-il même capable de faire lignée, lui qui depuis vingt ans laissait la reine stérile.

Il y a des raisons d'État inexorables.

Richelieu avait creusé cette phrase profonde de Mazarin :

« Le roi ne peut pas faire de Dauphin sans la reine, mais la reine peut en faire sans le concours du roi. »

Madame de Combalet s'offrit pour mener à bien cette intrigue.

Il s'agissait de faire agréer, par Anne d'Autriche, un amant qui perpétuât la famille des Bourbons.

Et, pour que le fruit de cette liaison adultère eût un état civil régulier, il fallait amener un rapprochement entre la reine et Louis XIII.

La première de ces deux conditions à remplir n'était pas la plus difficile. Les mœurs de l'époque, le caractère et le tempérament d'Anne d'Autriche ne laissaient aucun doute sur l'exécution de cette partie du programme.

La seconde présentait de graves obstacles.

Marie de Médicis et le cardinal avaient appris à Louis XIII à mépriser et à haïr sa femme.

Et le roi était en ce moment sous le joug d'une jeune beauté, qui tâchait de creuser encore plus profondément l'abîme qui séparait les deux époux.

Mais Richelieu n'était pas homme à reculer devant un pareil obstacle.

Il avait, pour venir à bout des personnes qui l'embarrassaient, la hache du bourreau, les oubliettes de Limours ou de Rueil, les cachots de toutes les prisons de France et le cloître, cette prison de l'âme et du corps.

Mais avant de donner un fils à Anne d'Autriche, avant de lui ouvrir les bras de Louis XIII, ce qui aurait donné une grande influence à cette ennemie du cardinal, celui-ci, par une ruse machiavélique, prit ses précautions.

Il s'agissait d'avoir en main des armes qui pussent perdre la reine et la missent à la discrétion et à la merci de Richelieu.

Anne d'Autriche écrivait souvent au roi d'Espagne, au cardinal infant, ses frères, et à plusieurs personnes des cours de Madrid et de Bruxelles. On persuada facilement au roi qu'il y avait un mystère dangereux dans ce que la reine faisait à son insu. Louis XIII résolut, à l'instigation du ministre, de surprendre son épouse. La reine était en ce moment au Val-de-Grâce, où elle passait dans sa jolie retraite de joyeuses journées avec des religieuses choisies.

Le chancelier s'y transporta par ordre du roi; il fit ouvrir les armoires, fouilla les tiroirs, examina les papiers qui s'y trouvaient. Il interrogea les religieuses et la reine même, et la força de lui remettre une lettre qu'elle voulait cacher dans son sein.

Pendant ce temps on arrêtait et l'on transportait dans différentes prisons ses plus fidèles serviteurs. Anne fut contrainte de suivre son mari à Chantilly, où elle demeura resserrée dans sa chambre et réduite aux gens absolument nécessaires pour son service. Comme la disgrâce est contagieuse, les courtisans évitaient ceux qui passaient pour lui être attachés. On remarqua qu'en traversant la cour, ils n'osaient même tourner les yeux vers son appartement. On disait publiquement qu'elle allait être renvoyée en Espagne. Cette menace, qui paraît singulière après vingt ans de mariage, n'était peut-être pas sans fondement de la part du cardinal, auquel les partis extrêmes ne coûtaient rien, et qui n'aurait pas été fâché d'entretenir la haine des deux maisons de France et d'Autriche. Sa mauvaise volonté, s'il la poussa à cet excès, fut sans effet. On croit que le chancelier fit avertir la reine très-secrètement de la recherche qu'il devait faire. Il ne se trouva au Val-de-Grâce que des papiers inutiles, et dans les armoires des haires et des disciplines, qu'on regarda comme y ayant été placées par dérision du cardinal.

Les agents de la reine nièrent constamment d'avoir servi dans le commerce clandestin qu'on lui imputait; et malgré les promesses, malgré les menaces de Richelieu, qui les interrogeait lui-même en homme qui veut trouver des coupables, et qui, dans l'intention de les épouvanter, fit mettre sous les yeux de quelques-uns les instruments de la torture, tous furent inébranlables.

Enfin, chose étonnante ! resserrés dans les prisons impénétrables, confiés à des geôliers choisis par le ministre et gardés à vue dans des cachots par des soldats renfermés avec eux, on trouva moyen de leur faire savoir ce qu'ils devaient taire ou avouer, afin que leurs réponses s'accordassent avec celles de la reine; et ces avis leur parvenaient par le canal même des parents du cardinal.

Il faut croire, pourtant, que Richelieu trouva, dans les documents saisis ou dans des paroles échappées aux prisonniers, des preuves suffisantes pour compromettre la reine, car celle-ci dut se soumettre à une action bien humiliante et qui la plaçait sous l'entière domination du cardinal.

Du reste, le ministre avait l'art de torturer les mots et de leur faire exprimer ce qu'il voulait.

On connaît de lui ce mot célèbre :

« Donnez-moi deux lignes de quelqu'un et je me charge de le faire pendre. »

Donc, il effraya tellement la reine, il la berça, en outre, de telles promesses, en lui offrant en échange de ce qu'il exigeait de solliciter pour elle les bonnes grâces du roi, qu'elle consentit à lui signer une déclaration dans laquelle elle se reconnaissait coupable.

Sûr de tenir la reine, Richelieu et Madame de Combaliet s'entendirent pour ouvrir au comte de Rivière l'alcôve royale.

Un auteur inconnu, mais qui n'a su qu'une partie de la vérité, a raconté dans un petit livre publié à Cologne, en 1692, cette histoire curieuse et piquante des *Amours d'Anne d'Autriche avec M. le C. D. R.* Le récit ne donne que des initiales. Nous laissons la parole au chroniqueur :

« Le cardinal de Richelieu, glorieux de voir sa nièce Parisiatis (Mme de Comballet) aimée de Gaston, duc d'Orléans, frère du roi, propose à ce prince la main de cette belle personne; mais Gaston, indigné de tant d'orgueil chez le premier ministre, répond par un soufflet à cette offre de mariage. Le cardinal et sa nièce ne rêvent plus que vengeance, et le père Joseph, capucin, leur inspire le projet de frustrer Gaston de la couronne que lui promettait l'impuissance de Louis XIII. En conséquence, ils introduisent, la nuit, dans la chambre de la reine, un jeune homme, le C. D. R., qui était amoureux, sans espoir, de la femme de son roi.

« Anne d'Autriche, qui avait remarqué cet amant tendre et discret, le reconnaît à ses façons de faire, et lui oppose peu de résistance ; ensuite, elle va révéler au cardinal ce qui s'est passé. « Eh bien ! lui dit-elle, vous avez gagné votre méchante cause ; mais prenez-y garde, monsieur le prélat, et faites en sorte que je trouve cette miséricorde et cette bonté céleste dont vous m'avez flattée par vos pieux sophismes. Ayez soin de mon âme, je vous en charge, car je me suis abandonnée ! »

Quant à l'heureux instrument de cette intrigue, l'auteur n'en parle que dans une note où il annonce que, si cette histoire plaît au public, il ne tardera pas à donner la suite, qui contient l'histoire de ce qui arriva au C. D. R.

Cette suite n'a point paru, mais nous sommes en mesure de la donner.

« Cet excessif débordement de vie continuant, comme dit l'auteur du livre cité plus haut, il advint ce qui était facile à prévoir.

« La reine eut la preuve matérielle que si, jusqu'à ce jour, elle n'avait pas donné d'héritier au trône de France, ce n'était point sa faute. — Mais comme sa réconciliation avec Louis XIII n'avait pas encore eu lieu, il fallait cacher sa grossesse.

« D'un autre côté, le comte de Rivière, possesseur d'un secret si terrible, devenait dangereux. Un jour, il fut invité à une partie de plaisir par un certain Bénicourt, qui était tout dévoué au cardinal de Richelieu. »

Nous lisons le passage suivant dans un livre très bien fait sur les environs de Paris :

« Un favori du cardinal de Richelieu, Bénicourt, avait une maison de plaisance à Bagneux. Quand on démolit ce petit château, à la Révolution, on trouva, dans un pavillon, un puits dont l'ouverture était bouchée, et qui contenait des ossements, des bijoux, des débris de vêtements. On en conclut, avec raison, qu'une partie de la demeure du favori avait été complaisamment convertie en oubliettes, et que Richelieu y avait fait enfermer et exécuter plus d'une victime de sa politique. »

Parmi ces débris humains se trouvaient, sans nul doute, les restes du malheureux comte de Rivière, car, depuis son souper de Bagneux, on ne le revit plus à la cour.

—

CHAPITRE IX

Les premières amours de Mazarin et d'Anne d'Autriche.

Ces faiblesses successives d'Anne d'Autriche paraîtront bien naturelles aux lecteurs initiés aux mœurs du dix-septième siècle. L'immoralité, la dépravation, la débauche étaient générales.

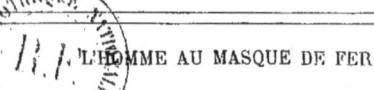

Le cardinal rentra dans son cabinet.

Nobles, prêtres, moines, religieuses, suivaient l'exemple donné par les princes et les grands seigneurs.

L'air de la cour portait sa contagion dans toutes les classes. Les témoignages à cet égard surabondent.

« Dans tous les quartiers, dit un écrivain, se trouvaient des lieux de prostitution ; les maisons des traiteurs, des baigneurs-étuvistes, étaient les repaires de l'ivrognerie et de la luxure. Les églises servaient de lieux de rendez-vous et de marchés de débauches. »

Nous empruntons à un écrivain de l'époque le tableau réaliste qu'on va lire :

« Vous verrez les écoliers plus débauchés que jamais, portant armes, pillant, tuant, poissardant et faisant plusieurs autres méchancetés; les maîtres, lesquels négligent d'y mettre ordre et dérobent ainsi l'argent de leurs parents, en débauches, saletés, et quelquefois emportent l'argent de leurs maîtres, en changeant tous les mois de nouveaux, comme aussi plusieurs enfants de famille, serviteurs et servantes qui ne sont remplis que de désobéissance, de libertés, de volontés, de folies, de caquets, de saletés, de jurements, de poltronneries, de paillardises, de voleries, de plusieurs autres malices..., hanteront mauvais garçons, tavernes, tripots, bordels, avec bâtons, épées, poignards. Ainsi on en fait des vagabonds, enfants perdus, esclaves de Satan, héritiers de potence. Aussi l'on verra les filles et servantes hanter les filles perdues, chercher amoureux, s'atifer pour plaire au monde, dire chansons déshonnêtes... employer les vêpres et sermons avec des garçons et jeunes folâtres, à discourir d'amour, à ouïr paroles sales, à endurer attouchements impudiques... »

Nous n'allons pas plus loin.

A cette époque, quand un gentilhomme était pauvre, il enlevait une jeune fille ou une veuve riche, l'emmenait devant un prêtre, qui n'hésitait pas à consacrer cette violence et à marier la femme malgré elle, malgré sa famille.

Le comte de Chavagnac raconte naïvement qu'il s'est marié de cette façon, sur les conseils de son père.

La reine en variant ses amants ne faisait donc que suivre les mœurs de son époque.

La mère de Louis XIV donnait un exemple, que devait suivre Marie-Thérèse, l'épouse du grand roi, qui ne fut pas plus exempt qu'Henri IV et que Louis XIII des accidents du mariage.

Marie-Thérèse eut même, paraît-il, un singulier penchant. Elle accorda ses faveurs à un serviteur nègre qu'elle avait amené d'Espagne avec elle.

Saint-Simon, dans ses mémoires, parle d'un enfant que madame de Maintenon allait voir souvent à Moret, dans un couvent où il était renfermé. C'était une Mauresse, qu'on traitait avec toutes sortes d'égards, et à laquelle on avait entendu dire, un jour que le Dauphin chassait dans la forêt : — « C'est mon frère qui chasse. »

Anne d'Autriche, qui aima le beau, l'irrésistible Buckingham, l'élégant comte de Rivière, le Mazarin, homme d'un si grand air et d'un si grand esprit, avait certes bien meilleur goût que sa bru.

Dans ses dernières relations avec la reine, Richelieu s'était servi de deux intermédiaires bien intelligents : de sa nièce, madame de Comballet, et du souple et adroit Julio Mazarini.

Celui-ci n'avait pas tardé à produire une vive impression sur le cœur et les sens d'Anne d'Autriche.

Beau, éloquent, charmant cavalier, discret, spirituel, insinuant, ayant cet art de caresser les faiblesses et les vices de la femme, adulateur plein de finesse, rompu à l'intrigue qu'il avait apprise à Rome, il devait facilement séduire une reine aussi accessible et aussi isolée qu'était Anne d'Autriche, lui qui était parvenu à s'emparer de la confiance d'un homme aussi réfractaire, aussi personnel, aussi difficile à se donner que le cardinal de Richelieu.

Le cardinal avait bien des confidents et des favoris dévoués : Boisenval, qui surveillait, dirigeait le roi selon les inspirations du ministre; Chavigny, qui lui rapportait tout ce qui se faisait et se disait au cercle de la reine; le père Joseph, la terrible Éminence grise; le cardinal de Lavallette, plus soldat que prêtre. Mais tout cela manquait de cet art profond et souverain, de tenir, de lier et délier à volonté les fils d'une intrigue, sans qu'un seul lien fut cassé, sans que la toile habilement tissée fût déchirée ou trop tendue.

Il y avait en ce moment à la cour deux personnes qui, avec des moyens différents, et dans des vues opposées, rêvaient la grandeur et la célébrité.

L'une était une jeune fille d'une beauté merveilleuse, d'une âme grande et élevée, d'un cœur haut et vaillant, d'un esprit à la fois solide et brillant, mais d'une imagination romanesque et d'une ambition sans frein.

Dernier rejeton d'une illustre famille, presque sans fortune, elle avait eu à la cour le plus vif succès; mais son cœur était resté froid. Les plus brillants seigneurs, un prince même, le comte de Soissons, avaient brigué son amour.

Aucun de ces séduisants jeunes gens ne représentait son idéal.

Elle avait juré de ne se donner qu'à un héros!

C'était mademoiselle Louise de La Fayette.

La seconde personne était Mazarin. Il voyait autour du trône, à part Richelieu, tant de nullités, qu'il ne crut pas trop présumer de son habileté, de sa profonde intelligence, de sa patience rusée et insinuante, en visant de succéder au grand ministre qui gouvernait alors la France.

Sur quoi s'appuyer pour arriver à la réalisation de ce grand rêve?

Il avait l'amitié et la confiance de Richelieu, et par conséquent la confiance du roi.

Mais Richelieu mort, le roi, dont la santé toujours chancelante inspirait de vives craintes, descendu au tombeau, la régence, c'est-à-dire le pouvoir, devait nécessairement tomber aux mains d'Anne d'Autriche.

Et encore fallait-il que la reine eût un fils, et elle avait dépassé la trentaine, sans qu'elle eût vu, comme on dit, bénir son union par la naissance d'un Dauphin.

C'est ce qui inquiétait Mazarin.

Mais, connaissant les mœurs de son époque, le tempérament et la légèreté de conduite d'Anne d'Autriche, il se dit qu'un Dauphin n'était pas chose impossible à faire naître, dut-on procurer un suppléant au roi, qui remplissait si mal ses devoirs d'époux.

Il était jeune, beau, spirituel, rompu aux intrigues d'alcôve et de boudoir.

C'était pour lui un jeu que de réussir.

Son idéal fut donc de plaire à la reine.

Des considérations toutes différentes devaient mettre aux pieds du roi le cœur de mademoiselle de Lafayette.

Un monarque, mais un grand monarque, était seul capable d'obtenir ses hommages.

Louis XIII ne manquait pas d'agréments physiques; de tournure élégante et distinguée, d'un esprit vif, quand il n'était pas paralysé par la défiance ou la timidité, brave, il l'avait montré dans plusieurs rencontres, enfin il était doux et sensible. Il n'était faible que parce qu'il se méfiait de l'ignorance dans laquelle on l'avait volontairement élevé.

Mais une femme supérieure qui aime saurait inspirer un roi qui aurait l'étoffe d'un héros.

Disons un mot de la composition de la cour et surtout du cercle de la reine, à l'époque où s'ourdit cette double intrigue.

La cour était assez mêlée, au dire de Dulaure.

« L'espoir d'obtenir des bénéfices, des places ou des pensions, dit le savant historien de Paris, attirait toute espèce de personnes à la cour, dont l'accès était facile. Pour y être admis, il suffisait d'être vêtu d'habits pareils à ceux des courtisans, d'avoir le chapeau ombragé d'un panache, de porter des haut-de-chausses, un pourpoint ou un manteau de satin ou de velours; d'avoir une longue épée pendue à la ceinture, le tout relevé de rubans incarnat et de passements d'or et d'argent. »

Gentilshommes pauvres, bourgeois, poètes, se ruinaient pour se procurer ces dehors fastueux. Les aventuriers, enrichis par le vol ou le jeu, y foisonnaient à l'aise.

Madame de Genlis nous a laissé un tableau assez flatté des personnages qui composaient le cercle de la reine.

« Tandis que le roi, plus mélancolique et plus sauvage que jamais, s'abandonnait à la tristesse, au fond de son appartement, la jeune reine rassemblait tous les jours autour d'elle tout ce qu'il y avait à la cour de personnes distinguées par leur esprit et par leurs agréments.

« Gaston, duc d'Orléans, frère du roi, ami sans courage et sans fidélité, prince sans caractère, mais aimable et d'un commerce facile et séduisant; le comte de Soissons, aussi brillant par sa valeur, sa figure et ses agréments, qu'il était intéressant par les qualités de son cœur; Varicarville et Saint-Ibal, attachés à ce prince; le comte de la Meilleraye, le marquis de Souvré, le duc de Bellegarde, le commandeur de Jars, Chavigny, assez intelligent et assez adroit pour avoir trouvé le secret de plaire à la reine, quoiqu'il fût dévoué au cardinal de Richelieu; le jeune Chabot, que l'ambition et l'amour attachaient dès lors en secret à mademoiselle de Rohan; la princesse Marie, fille du duc de Mantoue, et qui fut depuis reine de Pologne, mademoiselle de Guise, dont on admirait la beauté et la noble fierté ; mademoiselle de Vendôme, la marquise de Souvré, dont le tour d'esprit original amusait la reine, l'artificieuse et belle duchesse de Montbazon ; la duchesse de Chevreuse, qui, cachant une profonde ambition et un goût passionné pour l'intrigue, sous les apparences de l'étourderie et de la légèreté, avait seule le privilège de tout dire sans danger et d'être inconséquente sans se nuire. »

Mademoiselle d'Hautefort, ancienne favorite de la reine, confidente de tous ses secrets, qui s'était habillée en servante pour pénétrer auprès des serviteurs d'Anne d'Autriche et leur dicter leurs réponses après leur arrestation, ainsi que nous l'avons raconté à propos de la saisie de papiers pratiquée par Séguier au Val-de-Grâce, s'était fait sottement exiler pour avoir divulgué les entretiens qu'elle avait avec le roi, dont elle fut la première passion.

Mademoiselle de La Fayette obtint sa place.

Elle descendait du fameux maréchal de La Fayette, qui se couvrit de gloire à la bataille de Baugé, et qui contribua puissamment, au quinzième siècle, à chasser de France les Anglais.

« Cette beauté brune, dit madame de Motteville, avait de beaux traits et beaucoup d'agrément; elle avait aussi de la douceur et de la fermeté dans l'esprit. Aimable et fière tout ensemble, ce fut celle que le roi aima, et ce fut celle aussi à qui il se découvrit davantage. Le cardinal fit son possible pour la gagner, comme toutes les personnes qui approchaient du roi; mais elle eut plus de courage que tous les hommes de la cour, qui avaient la lâcheté de lui aller rendre compte de tout ce que le roi disait contre lui. C'était la perte de sa fortune tout assurée... Quel roi que celui dont on ne pourrait accepter la confiance, *sans se perdre*, et qui ne pouvait faire la fortune de ses amis. »

Il s'établit, au vu et au su de toute la cour, un commerce très assidu entre le roi et la nouvelle demoiselle d'honneur de la reine. Louis XIII éprouva une passion très vive, à laquelle mademoiselle de La Fayette répondit par une amitié sans bornes et une fidélité de cœur absolue.

Mais cette situation ne donnait aucune influence, ni aucun grand relief à la jeune fille, aimée d'une façon très platonique.

Mademoiselle de La Fayette ne vit d'autre manière de dénouer une situation si délicate qu'en se faisant religieuse.

Ce n'est pas que les grands partis lui aient manqué.

Mais ayant l'amour d'un roi, l'ambitieuse amante ne pouvant être reine, ni de fait ni de droit, aurait cru déroger si elle était devenue l'épouse de tout autre que d'un Dieu!

Mademoiselle de La Fayette s'enferma-t-elle par dépit? Espérait-elle voir accourir le roi et venir l'arracher à ces grilles qui la séparait du monde, pour la placer sur le trône dont il aurait chassé Anne d'Autriche, qu'il détestait et méprisait? Croyait-elle qu'elle pourrait renverser la puissance de Richelieu, devenir l'Égérie de Louis XIII?

Elle s'était retirée au couvent des religieuses de la Visitation de Sainte-Marie, rue Saint-Antoine, et avait écrit au roi de l'y venir voir, sans lui parler de sa résolution de prendre le voile.

Le royal amoureux accourut et fut frappé de stupeur en voyant apparaître, recouverte d'un long vêtement de bure, le visage enveloppé d'un grand voile blanc, qui donnait un nouveau charme à cette beauté, celle qu'il avait adorée sous des habits mondains.

Mademoiselle La Fayette lui dit qu'elle avait voulu fuir son cœur et sa faiblesse, et se réfugier en Dieu contre les dangers que lui faisaient courir son amour.

Le roi, anéanti, versa un torrent de larmes!

— Que deviendrai-je, s'écria-t-il, dans cette cour où vous ne serez plus. Je ne puis me consoler qu'en vous imitant, qu'en m'enfermant pour jamais dans la profonde solitude d'un cloître.

C'est tout ce qu'il proposa à cette adorable jeune fille.

Un sacrifice stérile, lorsqu'il avait un trône à offrir.

Louis XIII vint souvent voir derrière la grille des Visitandines celle qu'il aimait avec tant de passion stérile.

Ces entrevues mystico-amoureuses suffisaient à son tempérament.

Mademoiselle de La Fayette qui, en irritant les désirs du roi, espérait quelques résolutions vigoureuses, dictées par la passion, se plaisait à ces tête-à-tête où elle faisait briller son cœur, son esprit et cette chaste beauté que prisait tant son royal amant.

Louis XIII soupirait, pleurait, exhalait l'ardeur contenue de ses sentiments, mais s'en tenait à ces platoniques protestations.

Jules Mazarin avait été plus heureux dans ses relations avec Anne d'Autriche.

Après le jeune écolier à la mort tragique, après le comte de Rivière, de funèbre mémoire, il avait obtenu la clé de la petite porte du jardin du Val de-Grâce.

Le boudoir de la reine fut le théâtre de scènes que nous ne pouvons décrire, mais que le lecteur devine.

Il y avait là, s'abandonnant sans réserve, une reine ardente, comme le sont les femmes de trente ans, un jeune homme qui avait l'audace d'un militaire, la flamme d'un Italien et la vigueur d'un prêtre!

Mais après quelques temps de ces tête-à-tête nocturnes, Mazarin apprit, non sans quelque trouble, que dans quelque temps le roi de France aurait enfin un héritier.

Faire disparaître les traces d'une grossesse, c'était facile à un homme et à une femme qui avaient à leur service l'or et la puissance, et qui vivaient dans une époque où tous les crimes se commettaient impunément, depuis le haut jusqu'au bas de l'échelle sociale.

Tout était une question d'habileté ou d'argent.

Pareil expédient avait déjà réussi à la reine, après ses relations avec le comte de Rivière.

Père et enfant avaient disparus.

Mais, cette fois, Mazarin jugea que la grossesse de la reine pouvait devenir le fondement de sa fortune.

Il rêva quelque temps à sa situation, et de ses réflexions sortit un plan machiavélique, qui montrera quelles étaient l'audace, la fertilité d'imagination et la profondeur politique de ce grand roué, qui devait succéder à Richelieu.

CHAPITRE X

Le parloir des Visitandines

La position de la reine était critique. Il fallait ou amener un prompt rapprochement avec le roi, ce qui aurait permis de légitimer l'enfant qu'elle portait dans son sein, ou bien recourir à des pratiques criminelles semblables à celles qui avaient déjà sauvé une fois Anne d'Autriche.

Mais Mazarin, qui voulait garder son influence et qui voulait tenir sa royale maîtresse sous sa dépendance par un secret d'État, eut recours à un habile expédient.

Il était très bien avec madame de Comballet qui, plus d'une fois, lui avait laissé entrevoir le tendre sentiment qu'elle éprouvait pour lui. L'adroit Italien avait eu l'art de ne pas se faire une ennemie de cette jolie femme, tout en se tenant dans une prudente réserve. Il craignait d'aller sur les brisées d'un homme aussi implacable que l'était le cardinal, dont il n'ignorait pas les secrètes relations avec sa nièce, et il trouvait plus d'avantage et plus de profit à consoler le veuvage anticipé d'Anne d'Autriche.

Un jour qu'il se trouvait chez Richelieu, il amena, sans affectation, la conversation sur la reine, sur sa situation, sur les dangers qu'il y avait pour l'avenir de la France à laisser Louis XIII sans postérité.

Il lui dit qu'il était même de l'intérêt du cardinal qu'Anne d'Autriche donnât un héritier à la couronne de France.

Madame de Comballet lui opposa l'insurmontable éloignement du roi pour son épouse.

— Il y a une personne qui pourrait le ramener vers la reine, sinon par amour, au moins par devoir.

— Et cette personne?

— C'est mademoiselle de La Fayette.

— Mais elle aime le roi.

— Bah! par ambition.

— Mademoiselle de La Fayette n'est pas ambitieuse; elle a renoncé à la fortune, au monde, à la grande situation que lui offrait la passion que Sa Majesté ressent pour elle.

— Mademoiselle de La Fayette a le cœur trop haut, un esprit trop élevé pour accepter d'être simplement la maîtresse du roi. Elle avait des visées plus grandes... et comme elle a vu qu'elles étaient irréalisables, elle a pris le voile, ne voulant déroger ni par une faiblesse, ni par un mariage avec quelque grand seigneur, si puissant et si grand qu'il fût.

— Il lui aurait donc fallu une couronne.

— Peut-être!... et puis quel piètre amant que le roi? Que pouvait-il offrir à une femme ardente ou ambitieuse? Ce pauvre Louis XIII n'est ni roi... ni homme!

Madame de Comballet se prit à sourire.

— Si on s'adressait au cœur de mademoiselle de La Fayette pour rendre le roi à la reine; si on lui faisait entrevoir quelle gloire elle aurait, elle, l'amante du roi, à faire cesser la disgrâce d'Anne d'Autriche, soyez persuadée qu'elle n'hésiterait pas.

« Elle a l'ambition des grandes vertus; c'est là un genre d'héroïsme qui lui plairait.

— Mais, moi, la nièce du cardinal; moi, qu'elle doit haïr...

— Il y aura plus de grandeur d'âme à vous être agréable, et c'est ce qui la déterminera à suivre vos conseils.

— Soit, j'essaierai, dit madame de Comballet, admirant la profonde perspicacité de son interlocuteur.

Richelieu donna son assentiment à cette démarche.

Ainsi que Mazarin l'avait prévu, mademoiselle de La Fayette promit son concours auprès du roi.

Louis XIII avait accepté sans trop de douleur la prise de voile de son amie.

Il savait qu'il pourrait venir quand il le désirerait, au parloir, derrière la grille qui séparait les religieuses des visiteurs. La voir, lui parler avec toute l'effusion d'un chaste amour, le seul dont il fut capable, lui prendre les mains et les presser dans les siennes, c'était là tout le bonheur auquel il aspirait.

La première fois que le roi vint au parloir, mademoiselle de La Fayette ne perdit pas de temps à parler de la reine.

« Elle fut écoutée froidement, dit madame de Genlis. Ensuite Louis se plaignit amèrement de la reine, et des torts anciens et des nouveaux; il cita d'elle plusieurs discours indiscrets et légers qui lui étaient échappés il y avait peu de jours.

— Comment, sire, dit mademoiselle de La Fayette, permettez-vous qu'on ose vous rapporter de telles choses? Médire de la reine n'est-ce pas vous manquer de respect? D'ailleurs, l'intention ne peut être douteuse, on veut vous aigrir contre elle; et ceux qui sont capables d'un tel sentiment, ne le sont-ils pas aussi de la calomnier? En supposant que ces indignes délations fussent scrupuleusement exactes, peut-on vous rendre compte de l'air et du tour de la reine, et même de son intention? De tel mot innocent, dit en plaisantant et souvent comme une contre-vérité, on peut faire un mal coupable et une impertinence; et songez, sire, que tout rapport grave qui accuse sans preuves positives, incontestables, non-seulement peut être, mais est vraisemblablement faux. Que doit-on penser d'un rapport de ce genre fait contre une épouse, contre une reine!... Vous, sire, qui avez tant de piété, comment avez-vous oublié cette belle maxime des Saintes-Ecritures : *Le prince qui écoute favorablement les faux rapports, n'aura que des méchants pour ministres.*

— Ceux qu'on me fait sont très fidèles, j'en suis certain.

— Il est impossible que vous en ayez des preuves irrécusables, et moins encore que vous soyez assuré de la vérité qui aggrave ou qui justifie. Enfin, ne vous avait-on pas prévenu contre moi? n'étiez-vous pas persuadé que j'étais fausse, inconséquente, que je manquais de principes et de mœurs?

— Les apparences avaient trompé, on était de bonne foi...

— Non, sire, on vous avait dit que tout le monde croyait que j'aimais le comte de Soissons; et cela est faux, personne n'a eu cette pensée.

— Il faut pourtant qu'un roi soit instruit de ce qui se passe.

— Oui, sans doute, des choses importantes; car les avertissements utiles ne sont point des délations. Mais, voulez-vous connaître, sire, quelle est sur vous l'opinion publique? Jugez vous-même et vous le saurez. Oui, sire, on vous fait tort de vos grandes qualités et des dons heureux de la nature, que vous n'avez reçus que pour le bonheur des autres. En effet, votre piété ne vous préserve point de la paresse que la religion condamne dans le dernier de vos sujets, et qu'elle repousse dans les rois comme l'un des plus grands crimes. Votre équité naturelle ne vous donne ni la vigilance qui prévient les injustices, ni le courage qui les répare. Votre sensi-

Les courtisans coururent s'aplatir.

bilité ne vous sert qu'à vous tourmenter sans cesse par de continuelles défiances. Vous êtes humain, et l'on ne pardonne point sous votre règne. Vous avez de grands talents militaires, néanmoins ce n'est pas vous qui dirigez les plans de campagne, ou qui décidez si l'on doit ou non déclarer la guerre! Le ciel vous a donné un extérieur plein de charmes; et vous vous cachez, vous êtes sauvage, inaccessible. Votre esprit est fait pour plaire et pour séduire, et vous êtes silencieux. Ce n'est pas vous, sire, qui encouragez les lettres, un autre en est nommé le protecteur. Voilà, sire, ce qu'on dit de Votre Majesté, non dans le cercle de la reine, mais partout

ailleurs, et dans tout votre empire; et voilà ce que les espions et les délateurs ne
vous diront pas.

— Du moins, ajoutez à ce portrait, que je sais écouter des vérités dures, non-
seulement sans humeur, mais avec reconnaissance.

— Ah! sire, je ne vous dirai point que j'obéis à vos ordres réitérés; mais, daignez
songer qu'en vous parlant ainsi, j'ai mille fois plus de mérite que si je vous faisais
l'aveu de mes propres défauts. Vous articuler vos torts avec ces détails est pour
moi la plus pénible de toutes les confessions.

À ces mots, Louis, attendri, leva les yeux au ciel.

— Oui, reprit-il, je sais apprécier ce noble langage du cœur et de la vertu! Il
m'attache autant qu'il m'éclaire!...

— Souffrez donc, sire, que j'ose encore vous parler de la reine.

— La reine me hait.

— Non, sire, elle est blessée de votre conduite avec elle, et elle doit l'être, mais
au fond elle vous aime...

— Ah! je suis sûr du contraire; il y a de l'antipathie entre elle et moi.

— Il n'existe de véritable antipathie qu'entre le vice et la vertu. La reine est
bonne, sensible, spirituelle; son âme est grande, généreuse, incapable de ressentiment...

— Quel éloge! Ainsi, vous me trouvez donc bien criminel?

— Je vous crois dans l'erreur à cet égard; pour rendre justice à la reine; il ne
vous manque, sire, que de la connaître mieux et de la juger par vous-même; vous
seriez étonné de l'agrément et même de la solidité de son esprit, de l'égalité parfaite de son humeur, et de mille qualités, aussi rares qu'attachantes, qui la font
chérir de tous ceux qui, sans prévention et sans malignité particulière, ont l'honneur
de l'approcher. Elle est adorée du public, qui vous verrait avec transport vous
rapprocher d'elle. Enfin, l'intérêt de l'État le demande, nous n'avons point d'héritier du trône...

Ce long discours, ces éloges donnés avec tant de chaleur parurent suspects à
Louis. Il ne répondit rien et devint sombre et rêveur. Sa défiance naturelle lui
persuada que mademoiselle de La Fayette avait pour la reine encore plus d'attachement que pour lui et qu'elle parlait de concert avec elle. Dans cette supposition, il
se voyait en quelque sorte sacrifié. Mademoiselle de La Fayette, confidente de la
reine, n'agissant que par ses ordres, n'était plus pour lui cette amie qui lui
avait promis une confiance et un dévouement sans bornes.

Cependant il cacha soigneusement cette pensée et mademoiselle de La Fayette ne
la soupçonna pas. Elle crut seulement que cet entretien l'embarrassait, elle n'osa
le prolonger. Le roi parla d'autre chose avec un peu de distraction, puis il se
retira.

La manœuvre de Mazarin n'avait pas réussi cette fois. Mais il se promettait de
faire mouvoir un peu plus tard les mêmes moyens, et il espéra réussir, en voyant
l'antipathie du roi pour la reine un peu ébranlée.

CHAPITRE XI

Les roueries de Mazarin.

En attendant, il ne fallait pas que le fils qu'il espérait avoir d'Anne d'Autriche fût supprimé ou fût relégué dans l'obscurité.

Il songea alors à réaliser la seconde partie du plan machiavélique qu'il avait savamment combiné.

Pour arriver au but qu'il se proposait, la reine avait à faire un grand, un pénible sacrifice.

Mais, ce qui paraîtra odieux à nos lecteurs n'avait rien de bien extraordinaire à une époque de dérèglement et de mœurs dissolues.

Il y a un mot d'une naïve dépravation qu'on prête à Marie Antoinette, on ne prête qu'aux riches, et qui a été dit par Anne d'Autriche.

On lui demandait un jour pour quelle somme une reine pourrait accorder ses faveurs, et quand on fut arrivé à un certain chiffre, elle s'écria :

— Vous m'en direz tant.

Il s'agissait d'y mettre le prix

Ce n'était donc pas par la moralité que brillaient les grandes dames du dix-septième siècle.

Mazarin qui connaissait bien son époque, put, sans crainte de soulever l'indignation, proposer à la reine une supercherie d'un caractère assez leste.

Il s'agissait du reste, de sauver l'honneur, la situation et peut-être la vie d'Anne d'Autriche.

Donc, la tentative de mademoiselle La Fayette auprès du roi ayant échoué, il fallait avoir promptement recours à un autre stratagème.

Voici donc le propos que Mazarin tint un soir à la reine, dans le petit et discret oratoire-boudoir du Val-de-Grâce, bien connu de nos lecteurs :

— Anne, ma chère et tendre reine, vous savez quel amour profond et dévoué j'ai pour vous. Je donnerais volontiers ma vie pour vous sauver. Mais ici, le danger est pour vous. Vous êtes plus que jamais l'objet de l'active surveillance du cardinal de Richelieu, c'est à grand peine, et parce qu'il a toute confiance en moi, que j'ai pu lui cacher toutes nos relations. Vous êtes entourée d'espions. Vos plus intimes serviteurs sont à sa solde. Tout ce que vous dites, tout ce que vous faites, lui est fidèlement rapporté.

« Pour lui votre maison est de verre, et, si je puis vous parler sans danger, c'est que je connais ses espions et que j'ai pu les éloigner ce soir.

— Ah! Jules... vous me faites trembler.

— La situation est grave, terrible !

— Mais, que faire.

— Il y a un moyen... affreux je le sais, qui me déchire le cœur... mais, pour vous sauver, je ferai taire ce cœur qui se révolte, une jalousie qui s'insurge...

— Que voulez-vous dire.

— Le cardinal vous a beaucoup aimée. La chronique raconte même que pour vous plaire, pour satisfaire un de vos caprices, il n'a pas craint, lui l'homme grave, de se livrer à une action ridicule.

— Oui; et voilà d'où vient sa haine.

— La haine est fille de l'amour.

— Eh ! bien ?

— Si vous lui faisiez croire que vous l'avez méconnu et que vous avez aujour-d'hui des sentiments plus doux ou plus tendres à son égard.

— Oh ! Jules, que me proposez-vous là !

— Le salut.

— M'abaisser...

— Croyez-vous, Anne, que vous ne serez pas plus abaissée, si nos relations sont connues, si votre état est un jour révélé. La loi est terrible pour les reines qui ont aimé.

— Dites les reines adultères ! car c'est là votre pensée.

— Dieu vous absout, ma chère Anne, et vous n'êtes pas coupable à ses yeux. Abandonnée, méprisée par votre époux, après vingt ans de solitude, de souffrances, vous trouvez un cœur qui vous adore, vous vous laissez émouvoir, qui pourrait vous accuser ? Mais les lois des hommes sont implacables.

— Oh ! mon Dieu, à quelle extrémité suis-je réduite.

— Tromper le roi, ou tromper le cardinal..., insinua Mazarin avec un demi-sourire.

— Mais, pourrez-vous m'aimer... après.

— N'ai-je pas votre cœur, votre âme! c'est cette virginité-là que vous m'avez donnée...

— C'est vous qui l'aurez voulu...

— Du reste, vous pourrez peut-être rendre la supercherie complète... et sans vous abandonner... Il est certain breuvage dont un moine m'a parlé, qui jette celui qui le prend dans une sorte de délire, une espèce d'hallucination. Il croit presser dans ses bras celle qu'il adore, et ce n'est qu'un rêve.

— C'est bien chanceux.

— Laissez votre chambre dans l'obscurité. Au fond de l'alcove il y a une petite porte, vous pourrez fuir par là... Une femme que j'ai stylée vous remplacera, et le cardinal croira, dans les ténèbres, obtenir les faveurs de la reine.

— Qu'il soit fait comme vous voulez.

— Dans quelque temps, vous pourrez déclarer au cardinal l'état où vous êtes. Se croyant père, il saura assurer la clandestinité de votre délivrance; c'est le roi surtout qu'il faudra éloigner. Lui seul peut le faire. Il peut le décider à se rendre à l'armée, soit au siège de Corbie qui traîne en longueur, soit contre les Espagnols qui cherchent à pénétrer en France, soit contre les Impériaux qui soutiennent le duc de Lorraine.

Mazarin, cette fois encore, eut recours à madame de Comballet pour amener une entrevue avec la reine.

Richelieu, après s'être vu à deux doigts de sa perte, après avoir vu des revers successifs infligés à nos armes, venait enfin de voir les ennemis partout repoussés. Grâce à un patriotique effort auquel s'était associé la nation toute entière, il avait reconquis toute son influence sur Louis XIII.

La reine allait à lui et lui offrait toutes ses bonnes grâces.

Il était ce jour-là le vrai, le seul roi de France.

CHAPITRE XII

Fils du renard ou fils du lion.

Richelieu avait à cette époque cinquante-deux ans.

Ce n'était plus l'élégant cavalier qui avait dansé un pas léger devant la jeune reine. Son front s'était creusé de rides profondes ; sa moustache et sa royale commençaient à grisonner, ses yeux plus profonds avaient une flamme aussi vive, mais moins douce et moins caressante. Sa taille, toujours droite, avait perdu en souplesse ce qu'elle avait gagné en solennelle roideur. Mais il avait, aux yeux d'une femme, l'auréole du génie et ce prestige de grandeur et de puissance qu'il puisait dans les éclatants succès de sa politique.

Les idées d'Anne d'Autriche s'étaient bien modifiées.

Elle le craignait, elle le redoutait, mais elle avait pour lui la plus haute estime.

Du reste, elle-même, quoique belle encore, n'était plus jeune. Mariée à quatorze ans, elle venait d'accomplir sa trente-sixième année. Ses formes s'étaient développées et arrondies. Sa main était restée admirable et son pied d'Espagnole adorablement petit. Le bras ferme et potelé, la taille ondulée, la poitrine riche et ferme, le tout enveloppé d'un grand charme, formaient de cette reine une beauté arrivée à son apogée.

Il y avait là tous les éléments d'attrait, tout le piment nécessaire pour exciter les désirs d'un homme qui n'est plus jeune et qui a besoin de condiment pour réveiller ses sens un peu usés.

Richelieu du reste, nature ardente, nerveuse, conserva longtemps toute la puissance de son énergique tempérament.

Un soir donc, vêtu en cavalier, couvert d'un pourpoint et d'un haut-de-chausses sombre, enveloppé dans un grand manteau gris, il sauta lestement à cheval, quitta son château de Rueil et se dirigea vers Paris.

Un instant, il s'était demandé si le retour d'Anne d'Autriche, qui avait été si long, temps son ennemie, si ce rendez-vous n'était pas un guet-apens.

Mais il avait toute confiance en Mazarin, qui avait assuré un rapprochement. Et puis, superstitieux, malgré sa haute intelligence, comme l'était tout le monde à cette époque, il croyait à son étoile. N'avait-il pas bravé tous les périls, vaincu et supprimé tous ses ennemis, déjoué tous les complots, échappé à toutes les tentatives d'assassinats dirigées contre lui !

Du reste, son empire était si solidement établi, qu'il n'y avait rien que de très naturel à ce que la reine elle-même pliât devant lui.

Il renvoya son escorte à l'entrée de Paris, et s'engagea seul dans le quartier Saint-Jacques. Il faisait nuit, mais il était bien armé. Une lourde épée, qu'il maniait comme un maître d'escrime, deux pistolets et un long poignard le rassuraient contre toute attaque.

Il avait des indications précises sur la petite porte qui donnait accès dans les jardins du Val-de-Grâce.

Du reste La Porte, le confident, le dévoué serviteur de la reine l'attendait pour l'introduire.

Il avait mis un masque sur son visage, mode italienne introduite en France depuis Catherine de Médicis. Les traits voilés, le corps enveloppé d'un ample manteau, il ne pouvait être reconnu, même par un familier de la cour.

Tout un monde de pensées lui monta au cerveau quand il franchit cette porte discrète. Tout un roman d'amour se construisit immédiatement dans sa tête, et il se demanda combien de jeunes amants, palpitants et passionnés, avaient franchi ce seuil, courant à un rendez-vous et s'enivrant toute une nuit des flots de délices d'un amour partagé.

C'étaient là des idées capiteuses, stimulantes, qui irritaient son cœur et ses sens.

Tout paraissait dormir dans le monastère. Richelieu gagna sans bruit l'appartement de la reine, adroitement guidé par La Porte. Il ne fut pas introduit dans le boudoir, mais, dans le salon où nous avons vu déjà le duc d'Orléans comploter avec la reine la déposition de Louis XIII.

Anne d'Autriche avait déployé toutes les ressources de la coquetterie. Elle portait une robe d'une grande richesse, dont l'étoffe, tissée par un de ces habiles ouvriers lyonnais qui savaient mêler, avec tant d'art, l'or et la soie, faisait merveilleusement ressortir les tons chauds de sa peau ; ses bras se dégageant des manches fendues jusqu'aux épaules, étaient admirables de modelé et de forme. Le corsage largement échancré laissait voir des trésors éclairés par une rivière de diamants, qui illuminaient le marbre des chairs.

La reine était à demi-couchée sur une sorte de sopha très bas. On pouvait ainsi voir son pied délicieux et la naissance d'une jambe d'un galbe pur et élégant.

Elle était ainsi, dans cette pose provocante, souverainement belle.

Près d'elle, sur un guéridon chargé de fleurs, de fruits et de pâtisseries, brillaient, à travers les facettes du cristal, des vins dorés, mûris sur les meilleurs côteaux de l'Espagne.

Elle avait, pour la circonstance, fait préparer une collation.

En voyant entrer Richelieu, introduit par son valet de confiance, La Porte, le dépositaire de tous les secrets de la reine, Anne se leva à demi et tendit sa main, cette main célèbre par sa beauté, au cardinal qui sentit un frisson en y déposant un baiser.

Le ministre avait été autrefois très épris de la reine. La correspondance de la duchesse d'Orléans, princesse palatine, est très explicite à cet égard.

Richelieu avait un costume de cavalier assez élégant. Bottes fauves, à entonnoir, à petits éperons d'or; haut-de-chausses de velours noir, orné de rubans cerises, pourpoint de même couleur, orné aussi de faveurs éclatantes. Il avait cette suprême élégance que donne la fréquentation du plus grand monde, cette ampleur d'allure, qu'on acquiert avec l'habitude du pouvoir, qualités que l'âge ne fait pas disparaître.

Les premières paroles qu'il adressa à la reine, pour la remercier de son accueil, furent pleines de sincérité et de respect, et Anne d'Autriche, qui avait craint quelque trait ironique, s'en montra touchée.

Richelieu eut l'habileté de ne faire aucune allusion à l'état d'hostilité, qui avait si longtemps régné entre lui et sa souveraine, et les premiers moments de leur entrevue furent ainsi exempts de toute contrainte.

— Je ne puis pas, dit galamment le cardinal, vous exprimer la joie que me fait éprouver la bienveillance de Votre Majesté en m'accordant cette entrevue que je désire depuis si longtemps.

— C'est une joie dont vous vous êtes privé par votre faute, dit Anne d'Autriche qui se rappelait la longue inimitié de Richelieu.

— Ce sont nos ennemis qui ont fait croire cela à Votre Majesté! Mais je suis heureux qu'elle ait enfin reconnu que je n'ai jamais été guidé que pour son intérêt, qui est celui de la France.

— Oui, je sais que vous avez l'esprit profond, et peut-être vous ai-je longtemps méconnu. Mais, n'avais-je pas le droit de vous haïr et de vous craindre, lorsque vous inspiriez au roi tant d'aversion contre moi. N'est-ce pas vous qui m'avez exilée du cœur de mon époux et presque de sa maison. Cette demeure où vous venez me voir aujourd'hui, je l'ai habitée longtemps comme prisonnière.

— C'est le duc de Luynes, madame, qui, jaloux de l'amitié du roi, a excité contre vous sa méfiance et ses soupçons. Vous avez cru, vous étiez alors presqu'une enfant, vous avez cru que vous aviez le droit de vous venger. Mais les vengeances d'une reine n'atteignent pas seulement son époux, elles frappent la patrie! vos amis étaient les ennemis de la France.

— Et vous, monsieur le cardinal, puisque nous nous sommes promis d'avoir une franche explication, en persécutant la reine, n'étiez-vous pas poussé par le désir de vous venger de la femme.

— Sa Majesté n'a donc pas oublié un moment de folie! J'étais fou! Alors qui ne l'aurait pas été en voyant un être adorable, réunissant tous les enchantements de la beauté, de la grâce, de la jeunesse, de l'esprit relégué dans l'isolement. J'ai des visées hautes, je l'avoue, je crois l'avoir prouvé. J'ai aspiré à fonder la force et la grandeur de mon pays; vous avez bien voulu le reconnaître, et les faits aujourd'hui sont là, qui ont leur éloquence. Eh! bien, madame, j'ai le cœur aussi haut placé que l'intelligence. J'oubliais que je ne suis que votre humble sujet, et qu'en rêvant d'un grand empire, je n'avais pas le droit de porter mes yeux sur ma souveraine, quelque belle, quelque éclatante que je la visse. Mais j'étais excusable, vous faisiez partie de mon double idéal.

Richelieu prenait la reine par la vanité, qui fait le fond de beaucoup de femmes. Mais Anne d'Autriche devait être d'autant plus flattée de ces paroles enthousiastes, qu'elle avait toujours pensé que le cardinal ne se faisait pas d'elle une bien haute idée.

Nous ne poursuivrons pas le récit de cette scène qui se continua sur un ton de plus en plus affectueux de la part des deux interlocuteurs, et qui finit par des manifestations réciproques d'une tendresse très-vive.

Richelieu fut éloquent, ardent, audacieux.

La reine, qui n'avait jamais connu un amour ni un esprit de cette flamme et de cette ampleur, fut séduite, enlevée, enivrée.

Elle se dit que Louis XIII, cette ombre de roi, n'était qu'une ombre d'époux, que le vrai roi, le grand roi, c'était Richelieu.....

La jeune ribaude que Mazarin était allé prendre chez la Neveu et qui devait adroitement prendre la place de la reine, attendit vainement un signal. La petite porte de l'alcôve ne s'ouvrit pas. Cette fille s'endormit dans le boudoir qui précédait la chambre à coucher d'Anne d'Autriche.

La Porte la fit sortir à l'aube en lui mettant une bourse bien garnie dans la main.

— Eh ! bien, vrai, dit cette fille en riant, la nuit n'a pas été fatigante.

— C'est ce qui te trompes, ma belle, lui dit le valet. Tâche du moins de le croire et de le faire croire aux autres. Je sais où tu perches, et, si tu jasais, il y a ici des culs de basse fosse où l'on met ceux qui parlent trop.

— C'est bon. D'ailleur, je suis payée, ça me suffit. Mais croquer le marmot toute une nuit, quand on n'en a pas l'habitude...

La pensionnaire de la Neveu était furieuse qu'on n'eut pas utilisé ses charmes. Point d'honneur de courtisane !

Mazarin, qui avait ménagé cette supercherie, avait-il cru que la reine lui serait assez fidèle pour s'y prêter ?

Connaissait-il bien tous les mystères du cœur de la femme, et était-il bien sûr que Richelieu n'aurait aucun prestige auprès de cette vaniteuse Espagnole ?

Il était bien fin, cependant, et bien roué. Et peut-être en eut-il le secret pressentiment.

Nous avons dit que madame de Comballet, qui était une femme d'intrigue, de mœurs légères, d'un tempérament ardent, s'était éprise d'un violent caprice pour le jeune et beau Mazarin.

Eh ! bien, à la même heure matinale où le cardinal de Richelieu quittait le pavillon de la reine au Val-de-Grâce, son successeur, le héros de Casal sortait furtivement du palais cardinal où, comme l'on sait, madame de Comballet avait un appartement.....

Elle passait de joyeuses journées avec des religieuses choisies.

CHAPITRE XIII

Comment le père Joseph prouva à la reine que l'adultère n'est pas toujours un péché.

Le stratagème conseillé par Mazarin avait parfaitement réussi; il avait même procuré au jeune Italien une nuit fort agréable.

Madame de Comballet était très jolie, très spirituelle, et elle s'était montrée pleine de grâce, de charmes et d'abandon passionné.

Richelieu était revenu lui-même fort satisfait, quoique un peu fatigué, vu son âge, de son tête-à-tête nocturne avec la reine.

Mais un mois s'était à peine écoulé depuis cette entrevue si pleine d'intimité, que La Porte se présenta tout effaré au Palais-Cardinal.

Ce fut madame de Comballet qui le reçut, et à l'air bouleversé, à la pâleur, à l'agitation du confident d'Anne d'Autriche, la nièce de Richelieu se sentit prise de crainte, redoutant, devinant une catastrophe.

— Qu'y a-t-il, mon bon La Porte? s'empressa-t-elle de dire. Vous avez le visage tout renversé.

— C'est que Sa Majesté la reine est dans un trouble, dans une douleur inexprimable.

— Comment ! Un accident ?

— Oh ! non, Madame la comtesse.

— Une maladie subite ?

— Je ne sais… mais Sa Majesté mande tout de suite son Éminence et le prie de venir en grande hâte à l'Abbaye du Val-de-Grâce.

— Son Éminence est au Conseil du roi. Dès qu'il sera rentré, je lui ferai part du désir de Sa Majesté. Mais ne pourriez-vous m'instruire de ce qui est survenu? La reine ne court aucun danger?

— Je l'ignore. Mais elle pleure, elle se lamente. Tantôt elle se tordait les mains et paraissait en proie au plus violent désespoir.

— C'est étrange! voulez-vous que je vous suive et que j'aille m'informer… en attendant le retour de mon oncle?

— Sa Majesté veut avant tout voir le cardinal tout seul.

— C'est bien; le Conseil sera terminé dans une heure. Je ne doute pas que Son Éminence ne s'empresse de se rendre auprès de notre gracieuse souveraine, à qui je vous prie de porter mes respectueux hommages, et l'assurance de mon entier dévouement. Vous lui exprimerez aussi toute la part que je prends aux chagrins qui peuvent lui arriver et lui certifierez que je donnerai ma vie, mon sang pour les faire cesser.

— La reine n'a jamais douté de vos bons sentiments à son égard, répondit La Porte avec plus de politesse que de conviction.

Le fidèle domestique gardait plus de rancune que sa maîtresse des tracas, des persécutions dont Richelieu s'était rendu coupable, à ses yeux, envers sa souveraine.

Pourtant, comme la politique du cardinal avait changé, madame de Comballet était en ce moment de bonne foi, et elle s'intéressait très sincèrement au malheur qui paraissait frapper la reine.

Elle attendait Richelieu avec anxiété, ordonnant à la livrée de la prévenir dès que le cardinal rentrerait.

Impatiente, elle faisait à chaque instant demander si l'on n'apercevait pas le carrosse de son oncle.

Ce ne fut pas le cardinal qui vint mettre un terme aux anxiétés de madame de Comballet, ce fut le père Joseph.

Leclerc Dutremblay, dit père Joseph, a joué un rôle trop important dans la vie de Richelieu et dans notre histoire, pour que nous n'en disions pas quelques mots.

C'est lui qu'on appelait l'Éminence grise.

Il connaissait presque toutes les langues de l'Europe, et, confident de tous les secrets de Richelieu, il lui fut d'un précieux secours dans ses relations avec les puissances étrangères.

Diplomate consommé, dissimulé, insinuant, connaissant à fond les intérêts en jeu à cette époque, observateur froid, esprit pénétrant, âme énergique, il exécuta, avec une grande habileté, les plans du cardinal, auxquels il collabora lui-même. Il soutint plus d'une fois le courage de Richelieu, que les revers paraissaient abattre.

Après avoir brillé quelque temps dans la carrière militaire, il s'était fait capucin.

A notre époque on arrive à tout par le barreau ou le journalisme.

Au dix-septième siècle, c'était surtout par l'Eglise qu'on arrivait aux honneurs et à la puissance.

Le père Joseph était le confesseur de la reine. Il avait été imposé par Richelieu. Du reste, il sut bientôt prendre une grande influence sur l'âme et l'esprit d'Anne d'Autriche.

Toutefois, celle-ci, qui connaissait ses intimes relations avec le cardinal-ministre eut la force de lui cacher ses relations avec Mazarin.

Anne d'Autriche venait de dépêcher en toute hâte son fidèle valet de chambre, La Porte, à Richelieu, lorsqu'elle reçut la visite du père Joseph.

Elle regretta d'avoir fait prévenir Richelieu.

Son confesseur lui parut devoir être le premier confident du terrible secret qu'elle voulait dire au cardinal.

Elle entraîna donc le capucin dans son oratoire et tomba à ses genoux en fondant en larmes.

— Mon père, lamenta-t-elle, ayez pitié de moi!

— Qu'y a-t-il, ma fille, fit le confesseur d'un ton doucereux et paterne. Vous paraissez bien agitée.

— Ah! c'est que je suis bien coupable!

— Mon Dieu, quelle faute avez-vous commise?

— Un crime! mon père.

Et la reine se voila la face dans ses mains tremblantes.

— Un crime! Expliquez-vous. Peut-être vous exagérez-vous la gravité de l'acte que vous avez commis.

— Ah! si vous saviez!

— Voyons, parlez, Dieu est inépuisable dans sa clémence... et puis les actions des souverains ne sont pas toujours soumises aux règles sous lesquelles doivent plier les autres humains.

— Mon père, j'ai offensé doublement Notre Seigneur.

— J'implorerai doublement pour vous son pardon, qui ne peut être refusé au repentir que vous manifestez.

— Oui, je me repens... et pourtant je suis bien excusable. Depuis plus de vingt ans, séparée de mon époux, qui me délaisse, me méprise...

— Achevez!

— Excusez ma faiblesse.

— Si rien n'en peut transpirer, elle est plus excusable. Il y a faute de votre part, mais il y a crime de la part de celui qui vous a entraînée à mal. Dieu peut vous pardonner, mais lui... rien ne peut l'absoudre.

— Que diriez-vous, si vous saviez que, plus que moi, il est parjure à son serment.

— Que dites-vous?

— Moi, j'ai engagé ma foi à un homme, mais lui.

— Eh bien?

— Il l'avait engagée à Dieu.

— Un prêtre! fit le père Joseph dont les yeux lancèrent des éclairs.

— Un de ceux que Dieu a mis à la tête de son Église.

— Un évêque? Un cardinal peut-être ?

La reine, rouge de honte, baissa la tête en signe d'aveu.

— Ma reine m'épouvante! fit le capucin avec un effroi simulé! quel comble d'iniquité!

— Ah! mon père! fit la reine pâle et réellement effrayée, elle qui jusqu'ici avait joué la comédie, et qui maintenant se laissait envahir par ses idés superstitieuses!

— Peut-être, insinua le père Joseph, trouverez-vous une excuse, un amoindrissement de votre crime dans la situation du personnage avec qui vous avez failli.

— Ah ! je n'ose le nommer... c'est un homme illustre... le plus grand en France, après la reine, peut-être avant le roi, murmura tout bas Anne d'Autriche.

— Son Éminence le cardinal de Richelieu.

— Oh ! taisez-vous ! fit la reine le front dans la poussière.

Le père Joseph demeura un instant muet, l'œil pénétré d'une flamme sombre, le visage pâle, le front traversé d'une ride sinistre.

Il songeait dans les profondeurs de son âme et de sa pensée.

Car la pensée et l'âme du père Du Tremblay étaient des abîmes.

Puis peu à peu le visage du capucin s'éclaira. Une sorte de rayonnement illumina son front, comme s'il venait d'être pénétré par une révélation du ciel.

— Relevez-vous, Madame! les desseins de Dieu, inpénétrables aux autres hommes, sont écrits en lettres de feu pour ses ministres... Pour sauver le monde, Dieu féconda la vierge Marie .. Pour sauver la monarchie française, il a fécondé votre sein. Bénissons les actes mystérieux et profonds de la Providence !

— Me donnez-vous l'absolution, mon père? demanda la reine, que ces paroles avaient reconfortée.

— Sa Majesté n'a point péché, dans cette circonstance. Mais je lui remets ses autres fautes, dit le capucin en faisant avec la main les signes consacrés de rémission.

— Amen ! fit Anne d'Autriche.

CHAPITRE XIV

Si j'ai un fils, il sera roi !

En arrivant au Palais-Cardinal, le père Joseph avait rencontré, ainsi que nous l'avons dit, La Porte, le valet de chambre de la reine.

Il rassura le fidèle serviteur d'Anne d'Autriche, et le renvoya en lui promettant que Richelieu irait au Val-de-Grâce dès qu'il sortirait du Conseil.

Le valet était à peine parti, que l'on entendit, dans la cour d'honneur du palais, le bruit des roues et le piétinement des chevaux de l'attelage du cardinal.

Le capucin demeura immobile, songeur.

Il réfléchissait.

Son front de marbre, sa face pâle, ses traits immobiles lui donnaient l'air d'un sphinx ruminant une énigme.

A quoi rêvait-il ?

Où s'égaraient sa pensée profonde et son idée audacieuse ?

En ce moment le cardinal entra dans son cabinet, et le capucin ne remua pas.

Richelieu, qui d'abord ne l'avait pas aperçu, tressaillit en voyant cette sorte de statue, ce moine pétrifié dans son froc.

— Père Joseph, c'est vous ? je ne vous voyais pas. Qu'avez-vous ? Qu'y a-t-il ?

Le capucin remua la tête.

— Un événement ! fit-il.

— Grave ? demanda vivement le cardinal inquiet.

— C'est selon ; dans tous les cas, considérable.

— Vous savez, père Joseph, que nous nous sommes montrés à la hauteur de tous les succès et au-dessus de toutes les catastrophes.

— Aussi n'ai-je aucune crainte, aucune épouvante, bien que la circonstance doive terriblement vous émouvoir.

— Expliquez-vous, fit le cardinal en dardant sur le capucin ses yeux, qui savaient fouiller dans une conscience comme ceux d'un inquisiteur.

Mais le père Joseph était un de ces hommes sur qui les regards les plus pénétrants glissent comme une flamme sur une pierre réfractaire.

Il demeura sphinx, et le cardinal attendit de sa bouche l'explication de l'énigme.

— Vous n'osez parler, demanda Richelieu.

Le moine sourit.

Il y avait eu entre eux de tels secrets échangés, qu'il pouvait désormais tout dire.

— Son Éminence sait bien, dit enfin le capucin, que lorsqu'un événement se présente, je n'en parle jamais sans en avoir examiné toutes les conséquences, et sans m'être arrêté à un plan vis-à-vis de lui. Ici, le cas est nouveau, unique, et peut rendre perplexe l'esprit le plus fécond, l'âme la mieux trempée, le cœur le plus décidé !

— Père Joseph, vous d'habitude si net et si clair, vous êtes en ce moment solennel et obscur comme un oracle.

— Un oracle! fit le capucin. Vous avez dit le mot. Que de choses je pourrais prédire, que l'histoire enregistrera plus tard.

— Enfin, expliquez-vous, fit le cardinal impatienté de ces paroles pleines d'ambiguités et de réticences.

— Ce matin, j'ai eu l'honneur de me rendre, pour les devoirs de mon ministère, auprès de Sa Majesté la reine.

— Anne! exclama Richelieu en tressaillant.

— Oui, Éminence; la reine s'est approchée du tribunal de la pénitence.

— Ah! fit le cardinal qui pâlit et rougit à la fois, et qui plongea dans les yeux du moine son regard scrutateur.

— Oui; Sa Majesté est dans un état bien troublé; ses angoisses sont grandes.

— Que me dites-vous là? père Joseph.

— Ce que j'ai vu. Mais je ne comprends pas bien la cause de cette agitation, de ce trouble, car, enfin, elle devrait être heureuse de ce qui lui arrive. Après vingt-deux ans de stérilité !...

— O ciel! que dites-vous! s'écria Richelieu, qui chancela.

— Son Éminence ne m'a-t-elle pas dit, tout dernièrement, qu'il serait désirable que la reine donnât un héritier au trône de France.

— Eh bien!

— Dieu a exaucé vos vœux; il a fécondé le sein de la reine.

— Silence! malheureux, vous savez bien que le roi n'a aucun rapport avec Anne.

— Quel roi? demanda le père Joseph en dardant ses yeux sur les yeux troublés du cardinal.

Richelieu baissa le front.

— La reine vous a tout dit? demanda le cardinal d'un air embarrassé.

— Oui... vous avez enfin fini tous les deux par où vous auriez dû commencer.

— Ce n'est pas ma faute, fit Richelieu avec un sourire ambigu, si l'événement a tant tardé.

— Enfin, il faut, en attendant, pourvoir à la sécurité et au salut de la reine.

— Je vais aller la rassurer. Elle n'a du reste rien à craindre, son état ne deviendra inquiétant que dans quelques mois.

— Il faudrait éloigner de la cour tous les yeux clairvoyants et tous les esprits hostiles.

— On exilera madame de Chevreuse. On donnera un commandement au duc Gaston. Je mettrai ma nièce auprès de la reine, et, dès l'ouverture de [la campagne qui se prépare, j'emmènerai le roi dans les Flandres.

— Votre Éminence songe-t-elle bien à la nouvelle situation qui est faite à la monarchie.

— Oui, père Joseph. Vous savez bien que lorsqu'il s'agit du bien de l'Etat, aucun scrupule ne peut m'arrêter. La fin justifie les moyens. Que Louis XIII meure sans postérité, la France est livrée à l'anarchie, à la féodalité, à l'influence étrangère. Dévorée par les grands seigneurs, mordue par l'Espagne et l'Autriche, désorganisée par le duc Gaston, elle courait à la ruine, aux abîmes. La reine sera bientôt mère. Attendons l'événement. Si elle accouche d'une fille, l'enfant disparaîtra, et nulle trace ne restera de l'aventure.

— Mais, si c'est un garçon?

— Crois-tu que la race des Richelieu n'a pas plus d'énergie que celle de ces Bourbons épuisés, impuissants, sans intelligence et sans force. Crois-tu qu'il soit sans exemple qu'un sang généreux, infusé par un excusable adultère, ait revivifié une famille expirante? Père Joseph, si j'ai un fils, il sera roi!

CHAPITRE XV

Dame Pérone.

L'année 1636, et le commencement de celle de 1637, furent des époques fatales pour la France. Richelieu faillit perdre sa popularité et son pouvoir; notre patrie, son rang de grande nation.

Pendant que la plupart de nos forces étaient occupées en Italie et dans le Midi de la France, une nombreuse armée ennemie avait fait invasion en Picardie et en Champagne, s'était emparé de Corbie et menaçait la capitale.

Les Parisiens, d'abord effrayés, se rassurèrent bientôt à la voix de Richelieu, qui seul, sans escorte et sans armes, parcourut les rues populeuses, exaltant les courages, appelant les citoyens à la défense de la Patrie.

On vit à cette époque une ébauche de ces scènes patriotiques qui devaient, en 1792, immortaliser la population parisienne, lorsqu'on proclama la France en danger.

En 1636, ce furent les Parisiens qui s'enrôlèrent avec enthousiasme, allèrent arrêter le flot de l'invasion, et donnèrent un mémorable exemple à leurs petits-fils de la première République.

Comme Louis XI, dont il avait en partie embrassé la politique, Richelieu aimait à s'appuyer sur le peuple, tant contre les grands seigneurs que contre les ennemis du dehors.

Ses efforts rétablirent le succès de nos armes; les ennemis, du reste, commirent des fautes de temporisation qui devaient, comme il arriva plus tard au duc de Brunswick, nous permettre de former des armées, de nous fortifier et de reprendre l'offensive.

Richelieu avait décidé Louis XIII à se rendre à l'armée pour ranimer, par sa présence, le courage des troupes.

Un soir le cardinal, qui portait plus souvent le costume militaire que la soutane, revenait d'une expédition qu'il avait dirigée lui-même et rentrait au camp, lorsqu'on lui annonça qu'un courrier, envoyé par madame de Combalet, était arrivé à marches forcées, porteur de dépêches de la plus haute importance.

Aux premières lignes de la lettre de sa nièce, Richelieu fut saisi d'une vive émotion.

La nouvelle qu'il recevait était en effet bien faite pour le remuer profondément.

Anne d'Autriche était arrivée au terme de sa grossesse, et elle venait d'éprouver les premières douleurs de l'enfantement.

Madame de Combalet lui annonçait que la reine s'était réfugiée dans son appartement du Val-de-Grâce ; qu'elle avait pris les plus minutieuses précautions pour que l'événement eut lieu en secret. Le fidèle La Porte était seul dans la confidence. Mais il était indispensable, en vue de l'avenir, d'introduire un tiers dans le secret. Elle avait trouvé une personne discrète, experte en accouchement clandestin, la dame Pérone.

Le cardinal, un peu remis du trouble où l'avait jeté la lettre de sa nièce, fit partir sur-le-champ un émissaire chargé de lui préparer des relais jusqu'à Paris.

Il prévint en même temps le roi qu'une affaire urgente l'appelait loin du camp, et qu'il serait dans cinq jours de retour auprès de Sa Majesté.

Dans la nuit, il partit, précédé d'un simple coureur, brûlant la poste, et il arriva au Val-de-Grâce avant la délivrance de la reine.

Il trouva dans le salon qui précédait la chambre d'Anne d'Autriche, sa nièce et La Porte.

Madame de Combalet avait quitté le chevet de la reine, en entendant le galop du cheval qui amenait le cardinal.

Richelieu entraîna sa nièce dans l'embrasure d'une fenêtre, et ils causèrent tout bas très longtemps.

Sans doute ils prenaient tous les arrangements nécessités pour l'événement qui se préparait.

— Vous vous êtes assurée de l'absolue discrétion de cette dame Pérone, la sage-femme.

— C'est une personne très intelligente; je lui ai dit qu'un secret terrible allait lui être révélé. Il paraît que ce n'est pas la première fois qu'on lui confie l'honneur d'une grande famille.

« Elle sait que son intérêt et sa vie nous répondent de sa discrétion.

— Elle emportera l'enfant loin de Paris. La Porte nous servira d'intermédiaire. Vous n'épargnerez pas l'or; mais dites-lui que s'il arrivait quelque accident, ou s'il perçait quelque chose du mystère qui doit envelopper cette naissance, ma vengeance serait terrible.

— Elle sait tout; elle accepte tout.

Mademoiselle de La Fayette fut écoutée froidement.

En ce moment un grand bruit se fit dans la chambre de la reine.

Madame de Comballet s'y précipita, et en revint bientôt, portant dans ses bras un vigoureux nouveau-né. Celui qui devait être Louis XIV.

Richelieu, en contemplant ce magnifique enfant, eut un **mouvement** d'immense orgueil.

— Il faut qu'il soit roi ! murmura-t-il.

Le soir même, la dame Péronne partait avec La Porte pour une campagne éloignée, aux environs du Mans.

On acheta une jolie maisonnette, entourée d'un grand jardin. On choisit une forte, saine et belle nourrice.

La Porte mit dans la main de dame Péronnel un sac plein de pistoles, on lui disant que dès qu'elle aurait besoin d'argent, elle n'avait qu'à s'adresser à madame de Comballet.

Un courrier devait, chaque semaine, apporter à la nièce du cardinal des nouvelles de l'enfant.

Le cardinal de Richelieu n'avait pas voulu quitter Paris sans voir la reine.

Il attendit qu'un peu de repos permît à la royale accouchée de le recevoir sans danger.

Comme Richelieu pénétrait dans la chambre d'Anne d'Autriche, la petite porte qui donnait dans la ruelle du lit se fermait discrètement derrière un jeune cavalier qui venait de disparaître.

Mazarin avait précédé le cardinal chez la reine, et avait été le premier à la féliciter de l'heureuse issue de ce grand événement.

Richelieu était plus fort en intrigues politiques qu'en intrigues galantes.

CHAPITRE XVI

Le philtre.

Nous devons, pour l'éclaircissement de cette obscure histoire du *Masque de Fer*, entrer dans tous les détails de cette comédie, si admirablement ourdie par Mazarin et Anne d'Autriche, avec la complicité du cardinal de Richelieu, qui se laissa si bien jouer dans cette affaire.

Il s'agissait de donner maintenant un enfant légitime à Louis XIII.

La reine avait donné deux fois la preuve que si le roi restait privé de successeur, la faute ne pouvait être imputée qu'à lui-même.

Un conciliabule fut tenu entre le cardinal, Anne d'Autriche et madame de Comballet, dans le but d'amener une réconciliation entre le roi et son épouse dédaignée.

On avait eu recours une première fois, le lecteur se le rappelle, à mademoiselle de La Fayette, qui avait échoué dans sa tentative.

Mazarin, consulté, dit qu'il fallait renouveler l'essai, mais en prenant certaines dispositions qui forceraient le roi à partager le lit de la reine.

La guerre était heureusement terminée, et le crédit de Richelieu, un moment ébranlé par nos désastres, était plus grand que jamais.

Le roi était de retour à Saint-Germain; et il venait souvent à Paris, voir mademoiselle de La Fayette au parloir des Sœurs de la Visitation de la rue Saint-Antoine.

Le 6 décembre 1637, Louis XIII devait aller chasser à Grosbois. Comme le couvent de la Visitation se trouvait sur sa route, le cardinal supposa, à juste titre, que le roi rendrait visite à son amante cloîtrée.

Il prolongea le conseil, multiplia les affaires à résoudre, et ne laissa partir le monarque que fort tard.

La nuit tombait déjà, lorsque mademoiselle de La Fayette reçut la visite de son royal adorateur.

Spirituelle, instruite, il lui fut facile de retenir longtemps le roi auprès d'elle. Madame de Comballet l'avait vue dans la journée, et elle l'avait gagnée à leur projet, qui était, lui avait-elle dit, d'amener un rapprochement du roi et de la reine, et de donner un héritier à la couronne de France, dans l'intérêt de la paix et de la prospérité du pays.

Il était fort tard lorsque le roi quitta le parloir des Sœurs de la Visitation. Mademoiselle de La Fayette lui avait parlé de la reine, avait cherché à la relever dans l'estime du roi, avait enfin invoqué l'intérêt de sa dynastie et l'intérêt de la France.

Louis XIII avait paru envisager avec moins de répulsion un rapprochement avec Anne d'Autriche.

Comme la nuit était profonde, qu'il tombait une pluie glaciale, il remit au lendemain son départ pour Grosbois et se fit conduire au Louvre.

Naturellement, on n'attendait pas sa venue, et Anne d'Autriche, qui y venait très souvent, se trouvait seule ses appartements préparés. On avait mis les peintres et les décorateurs dans la chambre du roi, tout s'y trouvait dans le plus grand désordre, Il s'en exhalait, en outre, une odeur de peinture qui en rendait le séjour insupportable.

On vint prévenir la reine de l'embarras dans lequel se trouvait le roi.

Anne d'Autriche se hâta de se rendre auprès de son époux.

Elle s'excusa du contre-temps qui le privait de son appartement.

— On n'espérait pas avoir le bonheur de voir ce soir Votre Majesté au Louvre. Rien n'est prêt pour la recevoir.

— Je me suis attardé ! Mais je vais retourner à Saint-Germain.

— Par cette nuit noire et ce froid sombre ! Je suis déjà toute transie dans cette chambre sans feu; dehors, vous allez être glacé.

Et Anne frissonna, en-ramenant sur ses épaules le manteau dont elle s'était couverte à la hâte.

— Rentrez chez vous, madame; ne vous exposez pas à vous rendre malade.

— Je ne suis inquiète que de vous, Louis, fit la reine avec une expression de tendresse. Vous ne pouvez vous en aller par ce temps affreux. Encore, si vous aviez votre litière. Mais, aller à cheval à Saint-Germain, c'est courir à la mort.

En ce moment un coup de vent pénétra dans la vaste pièce où se trouvaient le roi et la reine et vint agiter furieusement la flamme des bougies.

— Ne restons pas ici, insista la reine. Prenez mon appartement, sire; il y a un grand feu et l'on vous y servira un cordial.

— Mais vous, madame.

— Oh ! moi, si ma personne vous gêne, je me ferai céder le lit d'une de mes femmes.

— Je ne le souffrirai pas.

— Et moi je ne souffrirai pas que vous restiez un moment de plus dans cette glacière

Et faisant signe à un gentilhomme de service de prendre un flambeau et de les précéder, elle entraîna le roi, qui n'opposa qu'une molle résistance.

En entrant chez la reine, Louis XIII sentit une chaleur parfumée l'envahir et le pénétrer. Les salons étaient pleins de lumière et flambaient joyeusement. De vrais troncs d'arbre brûlaient dans l'âtre immense des vastes cheminées. Le roi se laissa aller au bien-être qui l'entourait et arriva jusqu'à la chambre à coucher de la reine, chambre bien chaude, bien capitonnée, dont le parquet était couvert d'un épais tapis. Un large fauteuil était près de la cheminée où pétillait gaiement un grand feu de chêne. Un en-cas était servi sur un guéridon : viandes froides, pâtisseries dorées, fruits exquis. Dans des flacons de cristal brillait un vin d'Espagne avec reflet de topaze.

Tout cela était engageant, alléchant, affriandant.

Le roi, qui était d'abord de fort mauvaise humeur, voyait le sentiment de contrariété qu'il avait éprouvé se dissiper et se fondre, en présence de ce doux confortable, et commençait à être envahi par de délicieuses sensations.

Il se laissa aller dans le fauteuil et présenta au foyer ses bottes fumantes.

— Votre Majesté n'a pas soupé ? demanda affectueusement la reine.

— Je devais souper à Grosbois.

— Je suis heureuse d'avoir retardé mon repas ce soir et de pouvoir en offrir la moitié à Sa Majesté.

— Manger en tête-à-tête ! vous savez que je suis horriblement maussade, dit le roi avec un reste d'amertume.

— Je ne m'en suis jamais aperçue, répondit Anne ; Louis, vous vous calomniez. La Porte, découpez ce poulet et offrez-en le blanc à Sa Majesté.

Le fidèle serviteur de la reine s'acquitta avec un art infini de sa mission et dépéça avec dextérité une superbe volaille du Mans.

Louis mangea d'excellent appétit et but avec satisfaction deux ou trois verres de vin d'Espagne.

Chose étrange, il sentit une flamme inconnue lui pénétrer les sens ; ses yeux eurent un éclat singulier, et il regarda la reine avec une expression qu'il n'avait jamais eue.

Anne trouva qu'il faisait chaud et quitta le manteau qui recouvrait ses épaules.

Elle parut, les bras nus, la gorge entr'ouverte, rayonnante de beauté. Sa chair potelée et rose avait des fermetés marmoréennes et cette chaleur de ton qui excite les natures les plus froides.

Louis était sans doute sous l'influence d'une excitation particulière, car il regarda la reine avec une expression d'appétit sensuel et avec des yeux ardents dont on l'eût cru incapable.

Anne d'Autriche frissonna comme saisie d'un sentiment voluptueux.

Elle se rapprocha du roi, qui lui prit les mains, les baisa avidement et lui dit d'une voix vibrante de passion :

— Vous êtes bien belle, madame !

Anne se laissa aller sur les genoux du roi, dont les lèvres trouvèrent bientôt celles de l'ardente Espagnole.

Un philtre, préparé par un moine chimiste, un aphrodisiaque puissant avait rendu à Louis une virilité momentanée dont son tempérament était privé.

La reine, après vingt-trois ans de mariage, eut sa première nuit de noces.

Il paraît que le moine avait forcé la dose, car Louis XIII put croire, neuf mois après, qu'il avait fait deux jumeaux.

CHAPITRE XVII

Les deux Dauphins

Le 5 septembre 1638, dit M. Octave Féré, l'un des nombreux historiens du *Masque de Fer*, est une des grandes dates de l'histoire pour la France monarchique.

La cour était à Saint-Germain, résidence de prédilection de S. M. Louis XIII, lorsque ses accès d'humeur taciturne ne le poussaient pas à se renfermer dans la solitude du rendez-vous de chasse de Versailles.

Ministres, courtisans, grands seigneurs et gens de service, à en juger par leurs allures mystérieuses, par leurs allées et venues discrètes, par leurs conversations à voix basse, étaient dans l'attente d'un événement considérable. Depuis le point du jour, des estafettes se croisaient entre la résidence royale et la capitale.

Si l'on fût entré dans la chapelle du palais, on eût vu les aumôniers accomplissant une neuvaine solennelle, et l'autel de la Vierge surchargé d'*ex voto* d'une splendeur vraiment princière. Le roi avait communié à la première messe et était demeuré longtemps en prière devant cette image de la Vierge, pour laquelle il professait une dévotion si fervente qu'elle approchait de l'idolâtrie.

Cette agitation silencieuse était telle qu'on avait défendu, depuis la veille, l'approche des voitures dans le périmètre du château, et que l'accès dans la cour des cérémonies, dite du Cheval-Blanc, était interdite, même aux carrosses les plus armoriés. En revanche, la grande salle d'apparat était trop petite pour contenir la foule resplendissante qui s'y pressait.

Tout ce monde était sous le coup d'une attente fiévreuse. La seule distraction qu'un observateur très attentif eût pu faire, c'est que la physionomie des seigneurs les plus jeunes trahissait, dans les paroles échangées entre eux à voix basse, une imperceptible raillerie que l'on n'apercevait point sur les visages de leurs aînés, qui avaient appris à garder en toutes circonstances une impassibilité parfaite.

Il y avait aussi un nom qui revenait souvent dans ces demi-mots discrets : C'était celui de Monsieur, comme on distinguait Gaston, frère du roi. Gaston était l'enfant terrible de la cour, le désespoir de son aîné. Il passait la moitié de sa vie en exil ; c'étaient les meilleurs moments pour Louis XIII et pour Richelieu ; car, dès qu'il reparaissait, il se signalait par de nouvelles équipées, dans lesquelles il entraînait toute la jeunesse de Paris et de Saint-Germain.

On était tenu vis-à-vis de lui, néanmoins, à des égards, puisqu'il était réellement l'héritier présomptif du trône, et que, du tempérament dont on connaissait le monarque, il n'était pas présumable que la reine Anne d'Autriche lui donnât jamais un successeur.

Or, si le nom de Gaston d'Orléans se trouvait aujourd'hui fréquemment dans la bouche de ses compagnons de plaisir, et si, en le prononçant, ils affectaient des regrets, c'est que la fortune de ce prince était depuis peu entièrement mise en question ; c'est que la chose jugée impossible allait s'accomplir ; c'est, en un mot, qu'après une union stérile depuis vingt-trois ans, la reine touchait à la fin d'une grossesse qui semblait miraculeuse.

On cherchait l'application de cet étrange événement. Ceux qui ne connaissaient pas les faits que nous avons rapportés faisaient courir le bruit suivant :

L'une des plus singulières intrigues de la cour de Louis XIII se rattachait à cette grossesse. Gaston d'Orléans s'était épris d'une belle passion pour Mlle de Comballet, nièce du cardinal de Richelieu ; celui-ci avait conçu le dessein d'amener le jeune prince à un mariage qui, plus tard, eût tout simplement fait de cette nièce une reine de France.

Mais si étourdi qu'il fût, Gaston, qui détestait le Cardinal plus encore qu'il n'aimait la nièce, accueillit les ouvertures de ce projet avec une indignation si violente et si injurieuse pour le ministre omnipotent, que celui-ci résolut d'en tirer une vengeance éclatante.

Il n'y en avait pas de meilleure que de forcer Louis XIII à se donner un successeur direct ; c'était ruiner les chances de Gaston au trône. Mais l'entreprise offrait des difficultés devant lesquelles eût reculé un génie moins retors.

Nos lecteurs, eux, savent à quoi s'en tenir sur ce sujet.

C'était donc le résultat de cette grossesse qu'on attendait avec tant de sollicitude et d'anxiété au château de Saint-Germain, le 5 septembre 1638. Il ne restait plus au duc d'Orléans qu'une chance au trône : c'est que sa belle-sœur mît au monde une fille. Sa fortune était sur ce coup de dés ; de là cette vive préoccupation de ses amis.

Enfin, et pour en terminer avec les causes de l'émoi général et les commentaires des gens les plus initiés aux faits et gestes de la cour, la grossesse de la reine avait présenté, à plusieurs reprises, des circonstances exceptionnelles qui avaient beaucoup exercé la science de Bouvard, son médecin, et de dame Péronne, sa sage-femme en titre. S'il faut descendre aux menus détails, on rapportait que, quelques jours avant le terme, deux individus d'allures insolites s'étaient montrés au château, en qualité de devins, prétendant avoir de graves révélations à faire au roi.

A notre époque, où cependant plus d'un esprit fort ne se fait guère faute de prendre en considération les jongleries des spirites et les tours de cartes des demoiselles Lenormant, un fait de ce genre provoquerait l'ironie, et plus d'un lecteur serait tenté de nous accuser d'invention, si nous n'avions pour nous des témoignages sérieux.

Le propre d'une dévotion exagérée et obscurantiste, telle que la piété de Louis XIII, est de conduire à la surperstition; ce prince et le cardinal de Richelieu ne pouvaient manquer de croire à l'influence de la sorcellerie, puisqu'ils faisaient brûler les sorciers. Nos anciens rois n'avaient-ils pas leur astrologue et leur alchimiste en titre.

Ceux qui vinrent frapper à la grille de Saint-Germain étaient deux pâtres renommés pour leurs merveilleux horoscopes. Ils furent admis sans difficulté en présence du roi et du premier ministre. Après une longue consultation, Richelieu leur assigna pour séjour une cellule étroite, dans le sous-sol du château, et ne s'en remit pour leur garde qu'à son âme damnée, le père Joseph.

Il ne leur fut donné de communiquer avec aucune autre personne, et le capucin, qui était déjà affligé de la maladie de langueur à laquelle il devait succomber bientôt, se montra pour eux d'un taciturne capable de leur faire regretter leur démarche.

En quittant la chapelle, le premier soin du roi fut de se rendre, non auprès de sa femme qui souffrait depuis la veille au soir, mais chez les devins.

Il y pénétra accompagné de son inséparable ministre, et les trouva occupés à tracer sur les murailles des cercles, des triangles, des lignes bizarres, annotées de signes cabalistiques.

Cet appareil seul eût suffi pour impressionner une intelligence mélancolique et maladive comme la sienne.

Le voyant hésiter à leur adresser la parole, le cardinal le fit à sa place :

— Eh bien ! maîtres, leur demanda-t-il ; l'instant difficile approche. Vos calculs ont-ils abouti ?

Il y avait dans l'accent du terrible ministre, en s'adressant à ces inconnus d'hier, qui s'érigeaient aujourd'hui en familiers du destin, une vague émotion dont il n'avait pas l'habitude.

— Oui, Sire ; oui, Monseigneur, répondirent-ils. Nos supputations communes ou isolées aboutissent à une seule et même indication...

Le roi porta sur son ministre un regard effaré. Celui-ci soutenait mieux le choc, et, sans y être indifférent, conservait sa présence d'esprit.

— Ces résultats, reprit-il, sont donc ceux que vous nous avez annoncés en débutant ?

— Ceux qui nous ont fait quitter nos montagnes du Vélay, en vue de préserver le pays et le trône de calamités redoutables.

Le roi se laissa tomber sur un siège, fixant obstinément son regard sombre sur les figures astrologiques, comme s'il cherchait à en démêler les hiéroglyphes.

Le cardinal, auquel le calme, l'aplomb de ces deux hommes imposaient de plus en plus, se tut un instant; puis, tout pensif aussi, il leur dit :

— Prenez garde ! maîtres, vous jouez gros jeu !

— Nous sommes entre vos mains, répondit le plus âgé; avant la fin de la journée votre Éminence et Sa Majesté seront fixés sur la partie matérielle de notre horoscope; si elle est exacte, pourquoi le surplus ne le serait-il pas ?

— Ainsi, vous prétendez que S. M. la reine va mettre au monde, en une seule couche, non pas un, mais deux enfants, tous deux du même sexe ?

— Oui, Éminence, nous affirmons que la reine accouchera non-seulement de deux enfants, mais que ces enfants seront deux fils.

Le roi se souleva à moitié sur son siége et fit entendre quelques mots inarticulés, comme il lui arrivait dans les instants d'extrême émotion. On sait qu'il était affecté d'un bégaiement qui lui rendait impossible une phrase complète en pareille occurence.

— Deux Dauphins !... murmura le cardinal. Le cas ne s'est pas présenté depuis l'origine de la monarchie.

— Aussi, reprit le devin, peut-il en résulter les afflictions publiques que nous vous avons prédites : compétition, guerre civile, division du royaume, troubles religieux, si Sa Majesté et Votre Éminence dédaignent nos avis.

— Deux dauphins! répétait le cardinal dont le large front recouvrait une violente tempête.

— Que faire ? murmura à la fin le roi

— Attendre l'événement, sire! se décida à répondre Richelieu, dont le génie entrevoyait en effet pour l'avenir, si la prédiction se réalisait, une ère calamiteuse.

Mais cette réponse ne satisfit pas Louis XIII; il fit un grand effort sur lui-même, se leva, et, prenant un des devins par le bras, il lui répéta sa question :

— Que faire?

Le pâtre ne se troubla nullement, et, d'un ton fatidique :

— Sire, de même qu'il n'y qu'un roi, il ne doit y avoir qu'un Dauphin en France.

Le monarque comprit.

— Malheureux!... s'écria-t-il, devenu livide; malheureux!...

Richelieu avait compris aussi, et s'approchant du devin.

— C'est donc un assassinat ?... murmura-t-il à son oreille.

— Il ne doit y avoir qu'un Dauphin... répondit froidement le pâtre...

Le roi, qui suivait d'un œil plein d'effroi les moindres circonstances de cette scène, s'approcha du cardinal, et, se cramponnant à son bras, lui dit en tremblant :

— Laissons-les... allons nous-en! j'ai peur!

Richelieu essaya de circonvenir les deux pâtres sous un de ces regards fulgurants dont il avait le privilège; mais, ou sa prunelle était altérée par son trouble intérieur, ou ces hommes étaient de bonne foi: car ils ne s'en émurent point.

Voyant cela et redoutant quelque scène de faiblesse de la part du roi, il l'emmena, suivant son désir, vers les appartements de la reine.

Cette princesse souffrait beaucoup, et Louis, pour qui ce spectacle avait quelque chose de très pénible, y voyait, malgré lui, l'accomplissement prématuré de la prédiction. Enfin, entre midi et une heure, les huissiers ouvrirent toutes grandes les portes qui communiquaient de la salle d'apparat à la chambre royale, une acclamation retentit, et Bouvard remit aux mains du monarque, qui le montra à la foule des courtisans, un enfant nouveau-né.

En cette minute, Louis XIII et son ministre oublièrent les devins et l'horoscope; tout entiers à la joie de cette naissance, qui changeait les destins de la monarchie, en assurant sa descendance directe, ils présentèrent le Dauphin au peuple assemblé sous le balcon du palais. On sonna les cloches, on tira le canon, on inonda la ville de

C'est écrit, fit le roi qui courba la tête.

dragées, et le roi, du haut du palais, désigna lui-même à la multitude le nouveau-né sous le titre de Louis XIV.

Des courriers s'élancèrent pour proclamer la grande nouvelle, et les courtisans, voulant rivaliser d'enthousiasme, quittèrent eux-mêmes le palais pour se répandre dans toutes les directions.

Il ne restait déjà plus à Saint-Germain que le personnel indispensable au service, et la reine ayant paru prendre un peu de repos, on servit le souper du roi : il était environ six heures de l'après-midi.

Louis XIII, faisant une faveur à son premier ministre, l'avait invité à sa table. Ils allaient s'y asseoir, lorsque Bouvard entra tout effaré, sans être annoncé, dans la salle du repas.

Rien qu'en l'apercevant, les deux illustres convives pâlirent : une même pensée traversa leur esprit : ils se rappelaient la prédiction.

Le docteur n'attendit pas qu'on l'interrogeât.

— Sire, dit-il en prenant soin de n'être pas entendu des laquais rangés au fond de la pièce; sire, la reine vient de vous donner un second enfant.

—C'est écrit!... fit le roi qui courba la tête, comme s'il eût été frappé d'anathème.

Puis il suivit le médecin, dans l'attitude d'un homme qu'on mène au supplice.

Il n'y avait alors dans la chambre que le chancelier de France, la sage-femme, le premier aumônier, le confesseur de la reine et un gentilhomme bourguignon dont le nom est resté un mystère, et qui devait expier cruellement un jour cet honneur.

Ici, nous prévenons le lecteur que nous ne faisons que copier les chroniques : Louis XIII entra dans une agitation voisine du délire; en présence du premier Dauphin proclamé, venait de naître un second Dauphin que la loi déclarait l'aîné, et par conséquent le véritable héritier du trône. Les pâtres avaient dit vrai : c'était une série de malheurs incalculables pour le pays, pour les deux jumeaux eux-mêmes, que le sort faisait inconciliables rivaux.

Il ne se rappelait que d'une chose, ce mot terrible :

— Il ne doit y avoir qu'un Dauphin en France.

Prenant donc un grand parti, il dit aux assistants assez haut pour être entendu de la reine.

— Vous tous, vous répondez sur votre tête si vous publiez la naissance de ce deuxième Dauphin. Je veux que ce soit un secret d'État. Pour prévenir les malheurs qui pourraient arriver, la loi salique ne déclarant rien sur l'héritage du royaume, en cas de naissance de deux fils aînés des rois.

Le chancelier dressa le procès-verbal de cette merveilleuse naissance, unique dans notre histoire. Le roi examina minutieusement cet acte et, ne le trouvant pas à son gré, le fit recommencer jusqu'à trois fois.

L'aumônier de la reine essaya de remontrer à Sa Majesté qu'il n'était pas permis de dissimuler la naissance de ce prince, qui était légalement son fils aîné et son héritier; mais Louis XIII répondit, d'un ton à ne pas admettre de réplique, que la raison d'État l'emportait sur toute autre.

Il fit rédiger une formule de serment et la fit signer, comme l'acte de naissance, par les témoins, ainsi qu'une annexe dans laquelle étaient consignés les signes distinctifs de l'enfant. Une verrue au-dessus du coude gauche, une tache jaunâtre au côté droit du cou, et une autre verrue, plus petite, au gras de la cuisse droite.

Le roi prenait ces dispositions afin de pouvoir, en cas de décès du premier-né, mettre en sa place l'enfant royal qu'il allait donner en garde à deux assistants. Le chancelier scella ces divers écrits d'un petit sceau, dont il était muni en raison de sa charge, et le roi s'en empara pour tenir le tout en lieu sûr.

La reine laissait faire, sans comprendre ou sans oser manifester sa résistance. Elle craignait, peut-être d'attirer sur l'enfant proscrit un malheur pire encore.

Quoiqu'il en soit, Louis XIII, chez qui toute fibre de sensibilité paraissait éteinte à cet endroit, et que dominait entièrement une terreur superstitieuse, ordonna à la dame Péronne de se charger de la première éducation de l'enfant en pourvoyant à lui trouver une nourrice, sous la surveillance du gentilhomme bourguignon, qu'il nomma son gouverneur.

Ces dispositions prises, le cardinal, qui ne s'y était pas mêlé, reparut. Il avait passé le temps auprès des deux devins, et il apportait un supplément de leurs horoscopes, supplément que le roi joignit aux autres pièces, sans en donner connaissance aux assistants, mais non sans témoigner un profond émoi sur son contenu.

Puis la nuit venue, un carrosse de voyage sortit discrètement de Saint-Germain, emportant le gouverneur, le nouveau-né et dame Péronne.

Quant aux deux pâtres qui avaient joué un rôle si étrange dans cet événement, personne n'entendit plus parler d'eux. Richelieu avait-il étouffé les augures pour étouffer leur secret ?

On devine ce qui était arrivé.

Après l'accouchement de la reine, le nouveau-né fut emporté dans une pièce voisine ; là, il reçut les soins du médecin ; puis, lorsqu'il eut été convenablement habillé, il fut porté au balcon du château, et montré à la foule assemblée sur la place, qui poussa de bruyantes acclamations.

Pendant cela, dame Péronne apportait dans la chambre et dans le lit de la reine, le premier enfant d'Anne d'Autriche que nous avons vu naître clandestinement au Val-de-Grâce, et qui était le fruit des amours de la reine et de Mazarin.

Nos lecteurs n'ignorent pas que Richelieu se croyait le père de cet enfant.

La reine n'avait en ce moment auprès d'elle que la sage-femme et une de ses dames d'honneur, madame de Souvré, qui lui était absolument dévouée, et madame de Comballet, la nièce du cardinal.

Anne d'Autriche se mit à pousser des cris terribles, comme si elle était prise de nouvelles douleurs d'enfantement. Dame Péronne simula toutes les opérations d'un accouchement, et lorsque le médecin Bouvard rentra pour rapporter le poupon royal qu'il avait vu venir au monde, il se trouva en présence d'un deuxième dauphin.

Dame Péronne lui raconta les diverses péripéties de cet événement si inattendu, et lui assura qu'elle avait fait tout ce qu'il fallait pour bien recevoir et parer le nouvel enfant.

Le médecin fut frappé de stupeur, et, plein de trouble, sans trop vérifier le cas qui se présentait, il s'en alla, tout pâle et tout bouleversé, annoncer cette fatale nouvelle au roi.

Pendant l'absence du médecin, on substitua au nouveau-né l'enfant supposé, le faux dauphin, et celui-ci devint, par ce fait, le premier-né d'Anne d'Autriche et de Louis XIII.

Cette naissance ne laissa pas de surprendre bien des gens ; quelques personnes clairvoyantes soupçonnèrent la supercherie. Mais le terrible cardinal couvrait tout de sa robe rouge, et l'on se taisait.

Ce qui étonna surtout bien des personnes de la cour, c'est que l'enfant royal était d'une précocité extraordinaire. Il était déjà très-fort, il avait des cheveux et des ·lents; et, enfin, dès la première heure, il manifesta un tel appétit, qu'il fallut lui donner une forte nourrice aux abondantes mamelles.

Il n'est pas sans intérêt de voir comment fut appréciée, en son temps, la naissance de Louis XIV. Voici ce qu'on lit dans l'*Histoire du temps* (La Haye, 1715, tome I, p. 226) :

« Il y eut en France des personnes de première qualité, qui regardèrent les circonstances extraordinaires de la naissance de Louis XIV comme un mauvais présage pour le monde. On le peut voir dans une lettre de Bassompierre à l'évêque de Grenoble, qui se trouve à la page 134 des *Mémoires* du Maréchal, de l'édition de Cologne, et qu'on a supprimée avec quelques autres dans les éditions postérieures, comme écrite trop librement.

Voici cette lettre :

        « Monseigneur,

« Je vous apprenais, dans ma dernière, l'agréable nouvelle de l'heureux accouche-
« ment de la reine, qui nous a donné un dauphin. Tout ce que je puis vous dire pré-
« sentement, est que la santé de Sa Majesté se raffermit chaque jour, et que l'enfant
« est fort et robuste, et semble promettre une longue vie. Il y a une chose en lui
« qui a été fort remarquée par quelques-uns : c'est qu'il est né avec des dents, et
« qu'il n'y a point de femme qui lui donne à téter qu'avec beaucoup de peine, car
« il tette avec tant d'avidité, qu'il tire le sang avec le lait, et c'est pour cela qu'il a
« presque chaque jour besoin d'une nouvelle nourrice. Je prie Dieu que ce ne soit
« pas un mauvais présage pour la France. Ce prince a été nommé *Dieu-donné*,
« parce qu'en vérité on n'avait plus lieu de l'attendre. On dit bien à ce sujet beau-
« coup de choses, mais ces choses ne sauraient s'écrire. »

Ces réflexions, ces révélations, ces réticences en disent assez sur la mystérieuse origine du pseudo-dauphin.

CHAPITRE   XVIII

Au bord de l'Armançon

La Bourgogne est une terre privilégiée parmi celles du pays de France; mais entre les localités les plus favorisées encore de cette province, il faut certainement compter les bords de l'Armançon.

C'était là, assez près de Dijon, que s'élevait, en 1665, une résidence nobiliaire, qui, du haut de son côteau, dominait un beau village sur lequel elle avait droit de seigneurie. Joignant l'enceinte de son parc, il existait une métairie, d'une apparence non moins aristocratique, et dont les hôtes ne devaient ¡pas être de vulgaires paysans.

C'était l'apanage d'une digne et honorée femme, veuve depuis longtemps déjà, et mère d'une adorable fille d'une vingtaine d'années. La mère s'appelait Marion et la fille Charlotte.

A celui qui donnait un coup d'œil rapide et lointain sur ce paysage, tout indiquait que là se trouvaient réunis le luxe, la fortune et le bonheur : n'est-on pas heureux au sein de la richesse ?

Mais un observateur moins superficiel eût été frappé de certaines particularités anormales par lesquelles cette résidence se distinguait de toutes celles placées dans les mêmes conditions de localité et de climat.

Il régnait une sorte de ligne de démarcation entre le village et le domaine; non pas cette distance qui existe entre le maître et le serviteur, entre le supérieur et le subordonné.

C'était quelque chose de plus rigide, de ¡plus absolu, de plus froid. Les gens du château, peu nombreux, eu égard à son importance, ne descendaient au village que pour les besoins du service, et les villageois n'étaient jamais admis au château. Un régisseur réglait les affaires entre leur seigneur et eux. Celui-ci daignait parfois, aux grandes époques de l'année, se montrer au banc d'honneur de l'église.

C'était tout. Il vivait confiné dans les limites de ses domaines, sans fréquentation d'aucune sorte avec les châtelains du voisinage,

Les anciens du pays disaient cependant qu'il n'en avait pas toujours été de même; ils se rappelaient l'avoir vu dans sa jeunesse se mêler à leurs fêtes, visiter leurs foyers, s'entretenir familièrement avec eux. Puis un jour, tout cela avait changé. A la suite d'un voyage à la cour, où il passait chaque année quelques mois, il était revenu sombre, taciturne, et avait commencé cette existence isolée et misanthropique.

La femme de ce gentilhomme misanthrope, encore jeune et fort belle, était morte prématurément, d'ennui et de chagrin sans doute, laissant une jeune fille encore au berceau.

Cette enfant avait vécu, comme tous les hôtes du château, dans l'isolement et la tristesse.

Puis, vers l'âge de douze à treize ans, elle avait tout à coup disparu, enfermée qu'elle avait été, sans doute, au fond d'un couvent, où elle avait dû prendre le voile.

On l'appelait Louise; c'était une très jolie petite brune, à figure mutine, et les paysans se rappelaient avoir vu plus d'une fois la petite espiègle, grimpant sur la crête des murs du parc, et montrant aux passants ses traits souriants et ses yeux pleins de malice.

Nous retrouverons plus tard cette jeune fille.

La métairie offrait de même un aspect de recueillement, de discrétion au moins bizarre. On n'y admettait que des serviteurs éprouvés. Dame Marion, qui était la meilleure nature qu'on pût rencontrer, les dirigeait de haut cependant, en châtelaine plutôt qu'en fermière, ce qui évitait des rapports trop familiers entr'eux et elle, et ils éprouvaient à son égard un respect mêlé de cette espèce de superstition, qui planait sur tout le domaine.

Sauf quelques redevances facultatives, en fruits et en produits à l'égard du château, elle disposait pleinement des revenus de l'exploitation, qui ne laissaient pas d'être considérables. De là l'aisance où elle vivait, et la jouissance d'un pavillon séparé de la ferme proprement dite, où elle se tenait avec sa fille.

Ce cottage possédait au rez-de-chaussée, élevé de quelques marches au-dessus du sol, une salle commune, où la mère et la fille faisaient la veillée, tous les soirs, quelquefois seules, mais plus souvent en compagnie d'une troisième personne, dont la présence avait le privilège d'amener sur les traits de la métayère un doux contentement et dans les regards bleus de Charlotte une joie qui ne cherchait pas à se cacher.

Le jeune gentilhomme avait reçu une éducation parfaite. Il était musicien distingué. Il se servait habilement de la guitare, sur laquelle il accompagnait sa voix d'un timbre doux et flexible. Il avait initié Charlotte à ce talent. Dans leurs veillées, ils charmaient ensemble les heures par un concert qui n'était pas sans mérite.

Un soir qu'on l'attendait sans doute et qu'il ne venait pas, la conversation languissait. Dame Marion filait sa quenouille et Charlotte s'occupait de son tricot, absorbée dans ses réflexions. Un soupir involontaire exhalé par ses lèvres, vint se mêler au ronron du fuseau et attira l'attention de la fileuse.

Elle dirigea doucement son regard sur elle, et devint presque aussi songeuse qu'elle-même en la voyant ainsi pensive.

Mais, rejetant bientôt cette impression :

— Charlotte ! appela-t-elle doucement.

— Ma mère !... fit la jeune fille en tressaillant, comme si elle eût craint de voir surprendre le secret de ses méditations.

— A quoi penses-tu donc ?

— Moi ! mais à rien, ma mère.

— Pas même à Henri? fit-elle avec un sourire qui dissimulait une arrière-pensée grave.

Charlotte rougit, mais elle ne savait pas mentir :

— On ne peut rien te cacher, répondit-elle.

Puis elle ajouta aussitôt :

— N'as-tu pas remarqué, bonne mère, le changement qui s'opère en lui depuis quelque temps ?...

Ce fut la fileuse qui soupira alors et qui dissimula son embarras en affectant d'imprimer une impulsion plus vive à son fuseau.

— Hélas ! murmura-t-elle.

— Oui, n'est-ce pas? insista Charlotte; il perd son insouciance, sa gaieté... il semble atteint d'un mal intime, poursuivi d'une idée fixe... d'un chagrin, peut être !...

Elle prononça ces derniers mots d'un accent si pénétré, que sa mère répondit en baissant la voix :

— Le pauvre enfant, c'est qu'il sent sa position !...

— Que veux-tu dire ?...

— Silence !...

La porte s'ouvrit sans que le nouvel arrivant prît la peine de frapper. Il était de la maison, et sa présence fit tout d'abord disparaître les préoccupations sous une satisfaction sincère.

C'était un grand et beau jeune homme, de quelques années plus âgé que Charlotte. Ses cheveux noirs allaient à merveille à son teint un peu foncé. Une grâce, une distinction suprêmes régnaient dans sa personne. Son regard caressant et affable était empreint d'une ardeur qui pouvait s'allumer jusqu'à l'éclair. Ses mains offraient les signes de l'origine aristocratique qui brillait dans ses moindres gestes. Sous les contours harmonieux de son front, il y avait l'élévation du génie et la bienveillance la plus tendre.

Une recherche minutieuse dans son costume et dans son linge indiquait le goût inné du luxe et de la dignité de soi-même, car cette recherche était sans affectation; ce n'était pas un genre, c'était un besoin.

Cependant, au milieu du plaisir répandu sur ses traits en cet instant, ils n'étaient pas exempts d'un reflet de mélancolie, qui les voilait en leur prêtant un charme de plus.

On ne se dérangea pas pour le recevoir c'était chose convenue de longue date. Il alla déposer un baiser sur le front de la fileuse, et revint en placer un, plus long, il faut le dire, sur la joue purpurine que lui tendit la jeune fille.

— Bonjour, nourrice; bonjour, sœur Charlotte, dit-il.

Et il prit place sur un fauteuil, qui l'attendait entre elles deux

— Vous venez tard... monseigneur... lui dit la jeune fille avec un aimable reproche.

— Certes, il n'a pas tenu à moi de venir plus tôt !... Un fatigant entretien avec mon gouverneur... une interminable homélie de notre aumônier sur l'humilité chrétienne, la béatitude d'une vie solitaire... Ah ! j'en bâille encore... L'humilité, la solitude !... ils ne sortent pas de là !

Il secoua vivement sa tête expressive, et reprit d'un ton résolu :

— Mère nourrice, mon gouverneur, auquel j'ai demandé pourquoi ce thème perpétuel, a refusé de s'expliquer... mais je ne suis pas dupe de l'existence qu'on m'impose, et j'y mettrai tant de persistance que j'en aurai le mot !...

— Mon cher enfant, monseigneur !... implora dame Marion; bannissez ces désirs!.. N'êtes-vous pas heureux ?...

— Heureux !... répéta-t-il en regardant Charlotte dont le teint blond s'empourpra du coloris de la cerise, — oui, je pourrais l'être !...

— Que vous manque-t-il ? quel gentilhomme de votre âge peut se flatter de voir ses moindres souhaits remplis aussi vite, aussi complètement?... Est-ce l'absence ou plutôt la disparition de Mademoiselle Louise, votre amie d'enfance, qui assombrit votre âme et votre esprit?

Un sourire amer vint errer sur ses lèvres, il prit avec effusion la main de la fileuse, et d'un ton vibrant dont il avait le secret et qui pénétrait au fond de l'âme :

— Nourrice, tu essayes en vain de me donner le change, tu m'aimes trop pour croire toi-même à tes paroles; tu sais bien que le bonheur n'est pas dans ces satisfactions et ces superfluités. Quant à Louise, depuis longtemps vous me l'avez fait oublier. Cesse donc de me traiter en enfant, laisse cela à mon gouverneur, à mon aumônier; parle-moi comme à un homme... Apprends-moi ce que tu sais sur moi-même; c'est le seul moyen, crois-le, de calmer cette anxiété fiévreuse qui me dévore, et qui s'allume à mesure que je prends de l'âge et que le raisonnement s'o-père en mon esprit...

La nourrice hésitait; Charlotte joignit ses instances aux siennes :

— Bonne mère! dit-elle, vois donc comme il est malheureux !...

— Vous le voulez l'un et l'autre?...

— Nous t'en supplions.

— Ce que je sais se réduit à bien peu, et cependant il me semble que je ferais mieux de me taire... Soit, je parlerai !

« Il y a quelque chose comme vingt-cinq ans, j'étais mariée depuis deux ans envi-ron; nous occupions, mon mari et moi, cette closerie, et je nourrissais une petite fille, que le bon Dieu m'a reprise depuis, et qui serait la sœur aînée de Charlotte. Un jour, notre seigneur, qui était parti pour la cour, revint tout à l'improviste au château.

Il était en compagnie d'une femme, qui portait sous sa mante un objet enveloppé avec soin. Cette femme, vous l'avez connue, monseigneur, c'était votre gouvernante, dame Péronne, qui est morte à peu près comme mon pauvre mari, quand vous aviez déjà vos six ans, et Charlotte environ un an.

« Ce qu'elle portait ainsi, c'était un enfant, c'était vous. Un vrai chérubin!... Notre seigneur l'amena tout droit ici et nous dit, à mon mari et à moi : « Mes amis, voici un nourrisson, je vous le confie; mademoiselle, — et il désignait dame Péronne, — devient la gouvernante du château et la surveillante de cet enfant. Soignez-le comme s'il était vôtre, et je vous rendrai riches. »

« Nous promîmes de grand cœur, car le pauvre petit nous intéressait déjà; alors notre seigneur reprit : « C'est un fils de grande dame dont il importe de dérober la naissance à des yeux jaloux. Sur votre foi de chrétiens, ne révélez donc jamais, fût-ce en confession, un mot sur tout ceci, ni sur ce que vous pourriez encore apprendre. »

Ici Marion s'arrêta; mais ni sa fille, ni le jeune homme ne prenant la parole, elle poursuivit :

— De ce jour commença, pour notre seigneur et pour nous, une existence nou-velle, enveloppée d'une prudence, d'une discrétion qui n'ont pas été interrompues.

— Et dans mon enfance, demanda Henri avec un effort, rien de propre à vous mettre sur la trace de mon origine? Pas un signe de vie de mes parents?

— Si fait : vers la fin de la deuxième année, un soir d'automne, dame Péronne, votre gouvernante, amena ici, comme par hasard, une dame...

— Oui, n'est-ce pas, celle que je revis quelques années ensuite, également par une soirée brumeuse, et dont les traits sont demeurés inscrits dans ma mémoire?

— Elle-même, monseigneur. Seulement, la seconde fois, ce ne fut pas dame Pé-ronne, mais notre maître qui la conduisait. Dame Péronne venait de mourir, et j'ai toujours pensé que c'était pour voir s'il était nécessaire d'aviser à son remplace-ment que la dame est venue.

Charlotte contemplait avec émotion les spasmes qui traversaient la physionomie de son frère de lait pendant toutes ces explications. Il était à la torture en écou-tant, et pourtant il exigeait que la nourrice parlât. C'était comme un fer que l'on

Henri et Charlotte.

retournait dans la plaie de son âme, et il éprouvait à ce supplice une satisfaction âpre et cuisante.

— Parle-moi de cette dame, dit-il en cachant son visage sous ses mains pour dérober ses angoisses. Je veux connaître les moindres détails de sa personne et de ses visites.

La nourrice poussa un gros soupir. Elle ne souffrait guère moins que lui, mais elle n'eut pas le courage de lui refuser cette confidence.

—C'était une personne fort belle encore, quoiqu'elle eût passé la première jeunesse.

Elle portait un costume entièrement noir, qui ajoutait à l'air imposant de sa personne. Notre seigneur et dame Péronne ne lui adressaient jamais la parole les premiers, et quand ils lui répondaient, c'était avec une humilité que je ne leur ai jamais vue pour qui que ce soit. Chaque fois elle se fit donc présenter l'enfant et le considéra avec une attention qui n'était pas d'une étrangère. On voyait, rien qu'à sa manière de le regarder, qu'il se passait en elle quelque chose qu'elle n'osait pas laisser voir. À la première comme à la seconde de ses visites, elle vous embrassa sur les deux joues, et je crus voir ses yeux s'emplir de larmes, mais aussitôt ceux qui l'accompagnaient l'entraînaient. À chaque visite aussi, je reçus pour vous des dragées et pour moi de superbes cadeaux.

La nourrice suspendit encore une fois son récit. Le jeune homme murmura à demi-voix, se parlant à lui-même :

— Oui, son dernier baiser, je le sens encore !... son regard humide, je l'ai présent comme si c'était hier !...

— Ce qui me frappa le plus à la suite de cette seconde apparition, reprit la nourrice, c'est que notre maître, qui jusqu'alors vous appelait son fils, ou vous désignait par votre nom de Henri, commença à vous dire Monseigneur, et ordonna à chacun de ne plus se servir d'un titre inférieur vis-à-vis de vous.

Le jeune homme, plongé dans une rêverie profonde, n'avait pas même entendu cette explication, et interrompant Marion :

— Ma mère !... s'écria-t-il ; c'était, ce ne pouvait être que ma mère !...

Mais il s'aperçut que cette interjection causait à sa nourrice une tristesse insurmontable, et par un élan non moins spontané :

— Toi aussi, Marion !... toi aussi, reprit-il, tu es ma mère !... et plus qu'elle ma vraie mère !... car l'autre n'a rien fait pour moi...

— Du moins, elle n'a pas reparu.

— Pas reparu, depuis vingt ans !... Ah ! nourrice, j'étais un ingrat ; tu vois bien que ma seule mère, c'est toi !... Mais ce mystère ?...

— Mon cher enfant ! monseigneur, si vous croyez à ma tendresse, ne cherchez pas à en savoir de plus... il y a au fond de moi une voix qui me dit que ce serait votre malheur d'abord.. et peut-être celui des personnes qui vous aiment.

Mais ici éclata une des tempêtes que recélait en germe cette nature généreuse :

— Ah ! s'écria-t-il, ne comprends-tu pas que cette existence me pèse ; que cette inaction me fatigue, qu'il y a dans mon sang une ardeur qui s'indigne et se révolte contre cette claustration où l'on me réduit !... Quelquefois, dans mon besoin de me créer une famille, d'avoir des proches comme le plus misérable des êtres, je me suis demandé si mon gouverneur n'était pas mon père !... Mais l'intérêt qu'il me témoigne n'est pas celui qu'on a pour un fils.

« Oh ! je l'ai observé souvent, vois-tu bien. Il semble lutter lui-même contre un devoir impérieux ; son affection est mêlée d'une contrainte qui tient de l'effroi. Le malheur de ma destinée le touche sans doute, mais je suis pour lui comme un fardeau auquel il est rivé. Il m'aimerait bien davantage, s'il n'était pas forcé de m'aimer.

Le jeune homme, après ces mots lancés d'une seule haleine, retomba dans sa

morne tristessse, et sa nourrice ainsi que sa sœur de lait, se conformant à sa pénible rêverie, reprirent silencieusement leur travail.

Un quart d'heure s'écoula dans ce silence. Ce fut Henri qui le fit cesser. Rele-
vant soudain la tête, il tendit une de ses mains à Marion et l'autre à Charlotte, et
de sa voix la plus persuasive :

— Ma famille, ma patrie, mon bonheur, fit-il, sont ici, entre vous deux... Charlotte, Marion, vous dites vrai : demeurer avec vous, toujours, ce serait la félicité..

— Henri !... cher Henri !... soupira la jeune fille en pressant avec attendrissement cette main bien-aimée.

Cet épanchement, qui peut-être allait décider de leur avenir, fut interrompu par
des coups frappés avec précipitation à la porte.

Ils retentirent au cœur de ces trois personnes si bien liées de sympathie, comme
autant d'appels sinistres. A peine Charlotte trouva-t-elle la présence d'esprit de se
lever pour aller ouvrir.

Un homme s'avança vivement jusqu'au milieu de la salle. C'était le gouverneur; il était trop troublé lui-même pour remarquer l'émoi causé par sa présence.

— Monseigneur, balbutia-t-il, monseigneur, venez, venez, à l'instant.

— De grâce, demanda Henri, qui montrait surtout du sang-froid dans les occasions difficiles ou imprévues. Mon cher maître, qu'y a-t-il donc ?

— Eh quoi, monseigneur, n'avez-vous pas entendu le bruit d'un équipage passant
près de ce pavillon pour entrer dans la cour du château ?

— Nullement, en vérité; mais quand cela serait, quelle affaire ?...

— Cet équipage a amené une dame, qui désire vous voir sur l'heure, et à laquelle
vous et moi devons obéissance.

Ce mot était inutile. Dès le commencement, le jeune homme, encore sous l'impression de l'entretien de la soirée, avait senti tout son sang refluer vers son cœur.
Ce fut dans une agitation peu commune qu'il quitta son siège et se mit à suivre son
gouverneur.

CHAPITRE XIX

Est-ce une mère ?

Sans répondre que par des monosyllabes dépourvus de sens aux questions de
son élève, non moins ému que lui, le gouverneur entraîna Henri, tout d'une haleine,
du pavillon de la closerie jusqu'au salon du château.

Le jeune homme eut à peine le temps de remarquer, en traversant la cour d'honneur, une berline de voyage modestement éclairée par des lanternes. Des valets s'empressaient autour de deux chevaux presque fourbus. Au reste, le harnachement était des plus simples, et tout dans l'équipage, dont les panneaux étaient sans écusson, semblait combiné pour ne pas attirer l'œil des curieux.

Un laquais se tenait dans l'antichambre, un flambeau à la main, un autre ouvrit les deux battants du salon, mais le gouverneur ne voulut pas être annoncé, il fit, comme il en avait l'habitude, passer son élève avant lui, et s'assura que la porte était bien refermée sur eux.

Ce vaste salon, aux grands lambris de chêne, avec ses panneaux encadrant chacun une figure de guerrier ou de châtelaine d'autrefois, n'avait jamais paru à Henri plus solennel ni plus triste. Son cœur s'était contracté dès le premier pas

Ce fut en tremblant qu'il osa porter ses regards sur une femme assise près de la table du milieu. Un candélabre à trois branches, où brûlaient des bougies d'une cire un peu jaune, ajoutait au caractère de cette scène par son reflet douteux.

Au bruit des pas, la dame inconnue se leva et fit un mouvement comme pour aller au-devant de ceux qui entraient. Mais elle se reprit, et demeura debout, dans une attitude qui permit au jeune homme de la bien distinguer. Il se contint à son tour et se laissa conduire.

Le vieux gentilhomme, balayant le tapis des plumes de son feutre, et sans porter les yeux jusqu'à cette visiteuse imposante, lui désigna son élève par cette brève présentation:

— Monseigneur Henri.

Le jeune homme salua à son tour, mais assez fièrement, et la dame répondit :

— C'est bien.

Ces deux mots, ou plutôt cet accent fit passer un frisson indéfinissable à travers les fibres du jeune homme.

La dame s'était rassise; le gouverneur demanda avec hésitation :

— Souhaitez-vous, madame, que je me retire ?

— Non pas ! restez, monsieur !

A la vivacité de cet ordre, elle paraissait craindre de se trouver seule avec Henri; sans doute elle s'imposait la présence d'un tiers pour se mettre en garde contre elle-même.

— Vous souvenez-vous de moi, monsieur ? reprit-elle, sans préambule, en fixant sur le jeune homme ses prunelles bleues aux reflets purs.

— Oui, madame, répondit-il; il y a vingt ans, une femme vêtue de noir comme vous voici, ayant vos traits, votre voix, votre regard, s'arrêta dans ce domaine, comme vous venez de vous y arrêter, me fit venir devant elle, comme j'y suis en ce moment, me considéra... comme vous me considérez... m'embrassa et partit.

Henri était pâle, mais son interlocutrice plus pâle encore. Elle répéta avec amertume :

— Vingt ans !... Puis elle ajouta : — Depuis lors, mes cheveux ont blanchi, mon front a pris des rides... je ne suis pas l'ombre de moi-même... A quoi me reconnaissez-vous donc ?

Il ne répondit rien, mais il porta par un geste éloquent et soudain la main sur sa poitrine.

Elle disait vrai, d'ailleurs, il fallait l'intuition secrète qui était en lui pour la reconnaître à cette distance de temps. Il l'avait vue dans la splendeur de son automne, aujourd'hui il l'a retrouvait vieille. Les souffrances physiques, le germe d'une maladie qui ne pardonne pas à son sexe, se joignaient aux années pour détruire ce qui eût pu subsister de ses charmes.

— Êtes-vous heureux, lui demanda-t-elle après un silence.

— Je pourrais l'être, si je connaissais ma mère...

Le gouverneur bondit sur lui-même, épouvanté par la hardiesse de cette allusion. Mais la dame, loin de s'irriter, devint plus triste et répondit avec un soupir :

— Votre mère !... Ne la blâmez, ne la condamnez jamais, monsieur, car rien ne vous dit qu'elle n'ait pas souffert plus que vous de cette séparation...

Il osa insister, sentant bien qu'il jouait une partie décisive. Sans se laisser imposer par cette voix douloureuse, sans avoir égard aux gestes désespérés de son gouverneur, il reprit donc :

— Il faut m'excuser, madame, je n'ai pas été élevé comme les autres enfants; le luxe même qui m'environne est une énigme... J'ignore les usages, les exigences de ce monde, où vous occupez sans doute un rang trop élevé pour comprendre ces choses intimes. Cette existence d'exception doit susciter en moi, je le sens, des aspirations exceptionnelles. Souvent, au sein des superfluités dont la bienveillance de monsieur mon gouverneur m'accable, je me suis pris à envier la condition des pauvres enfants montagnards, qui jouaient en haillons entre les bras d'une femme qu'ils appelaient : Ma mère !...

— Ah ! de grâce !... fit l'inconnue en se voilant le visage de ses mains; assez !...

Il s'élança jusqu'à elle, et fléchissant le genou :

— Madame, vous pleurez !... mes paroles ont trouvé en votre âme une corde compatissante... Eh bien, ne soyez pas miséricordieuse à demi. Que votre pitié ne reste pas stérile... madame... un seul mot : avez-vous connu ma mère ?

En proie à une lutte terrible, elle se leva pour la seconde fois, et s'approchant du gouverneur :

— Je me croyais plus forte... dit-elle à son oreille. Emmenez-moi, monsieur, emmenez-moi !...

Il redoutait évidemment trop lui-même un plus long entretien pour ne pas obéir aussitôt.

— Oui, Madame, dit-il, venez... il est temps !...

Mais le jeune homme se traîna jusqu'à elle, dans son attitude suppliante, et saisissant un pan de sa mante de velours :

— Me quittez-vous ainsi, s'écria-t-il; sans un mot, sans un regard, qui console mon présent, qui rassénère mon avenir !...

— Il me nâvre !... murmura-t-elle de façon à n'être entendue que du gouverneur.

Mais celui-ci entrevoyait sans doute un péril grave dans un nouvel épanchement; il chercha à l'entraîner.

— Parler, c'est le perdre !... dit-il.

— C'est vrai !... c'est vrai !...

— Madame ! implorait le jeune homme, rien qu'un mot ! rien qu'un regard !...

Elle passa avec angoisse sa main sur son front inondé d'une sueur glacée, puis, la lui tendant et l'abandonnant à ses lèvres, qui s'y posèrent avec respect et ferveur :

— Plaignez votre mère, dit-elle, et sachez-lui gré du silence même que vous lui reproche... Mais, par-dessus tout, priez Dieu qu'il vous la conserve, car, après elle, lui seul sera entre vos ennemis et vous, lui seul pourra vous défendre.

— Je prierai pour vous ! répondit-il.

Elle détacha une petite croix qui pendait sur son sein, par-dessous sa mante, et la lui passa au cou.

— Adieu !... dit elle.

Et sans résister davantage, elle se laissa emmener par le gouverneur.

Elle traversa sans rien dire la longue enfilade des appartements ; ce fut seulement en arrivant au perron, où la fraîcheur de l'air apaisa l'ardeur de son front, qu'elle ralentit le pas, et dit au gouverneur qui, probablement, était à même de comprendre :

— Ce serait le portrait frappant de l'*autre*, si ce n'est qu'il est plus beau !...

A quoi le gouverneur répondit :

— Pour lui-même, madame, vous l'avez dit, il faut l'oublier !

— Hélas !... soupira-t-elle.

Suivant les ordres qu'ils avaient reçus, les laquais avaient remplacé les chevaux fatigués par les meilleures bêtes des écuries du château, et le cocher attendait déjà sur son siège, au bas du perron.

La voyageuse ne pouvait se résoudre à descendre les degrés. Une attraction invincible l'attachait à ces lieux.

— Monsieur, dit-elle à son compagnon, après une grande violence sur elle-même, je ne me le dissimule pas, mes forces sont à bout. Un mal cruel me dévore... C'est notre dernière entrevue... Vous savez qu'il n'a pas tenu à moi de venir plus souvent... Cependant j'éprouve des regrets... pis que cela, dit-elle avec une expression terrible, des remords !... Vous seul pouvez les adoucir en vous engageant à accomplir jusqu'au bout votre tâche...

— N'avez-vous pas mes serments, madame ?...

— Allons, dit-elle, j'en deviendrai folle !... Je connais le mérite de votre dévouement... et je vous en remercie...

Au moment de gravir le marchepied, elle tourna ses regards vers les fenêtres de la grande salle ; une silhouette se détachait derrière le vitrage du milieu. Elle tressaillit en l'apercevant et se jeta précipitamment au fond de la berline, qui s'éloigna aussi vite qu'elle était venue.

CHAPITRE XX

La fille du gouverneur.

La vie, jusqu'alors si monotone du malheureux Henri, fut un jour égayée par l'arrivée d'une jeune personne qui devait jouer un certain rôle dans sa dramatique existence.

Son gouverneur, ainsi que nous l'avons dit plus haut, avait une fille nommée Louise, dont la première enfance s'était passée au château et qui tout à coup avait disparu vers l'âge de onze ans. Elle avait été envoyée secrètement au couvent des Ursulines de Dijon. Jamais elle n'avait reparu au château; le père allait quelquefois la voir, mais ne l'amenait jamais dans son domaine, même aux époques des vacances. Était-ce circonspection, prudence ou excès de fidélité au serment qu'il avait prêté, d'entourer de mystère l'enfant qui lui avait été confié, et craignait-il les conséquences terribles qui pouvaient résulter des rapports de sa fille avec un personnage condamné par la raison d'Etat? Quoi qu'il en soit, Henri n'avait jamais entendu parler de la jeune élève des Ursulines; depuis sa disparition et il fut très surpris lorsqu'un matin il vit descendre dans le parc une charmante jeune fille brune, très piquante et fort éveillée, malgré sa longue vie monastique.

Henri la salua avec une grâce parfaite, mais avec un air de grandeur et de souveraine dignité qui imposa un peu à la jeune pensionnaire des Ursulines.

Louise rougit beaucoup et fut toute décontenancée.

Elle allait s'enfuir vers le château, lorsqu'un domestique accourut auprès du jeune homme et le pria de se rendre chez le gouverneur.

Henri, un peu étonné de ce double incident, rentra au château.

Le gouverneur vint au-devant de lui, chapeau bas.

— Monseigneur, lui dit-il en l'accompagnant dans le grand salon, je vous prie de m'excuser si une personne qui vous est inconnue est en ce moment au château.

— Mais, je ne m'en plains pas.

— J'en suis reconnaissant à Monseigneur.

« Mais vous avez dû être surpris. Pour des raisons particulières, j'avais cru de mon devoir de ne pas vous reparler de ma fille, dont vous aviez dû oublier l'existence, ne l'ayant connue que fort jeune. Je pensais que cet enfant, qui ne doit dans aucun cas être mêlée à votre vie, prendrait le voile. Mais elle a résisté à toutes les exhortations, et hier elle m'est arrivée ici inopinément, me déclarant qu'elle avait assez du couvent et qu'elle n'avait aucune vocation pour la vie religieuse. Elle restera ici encore quelques jours, jusqu'à ce que je puisse la confier à une de ses tantes maternelles, qui habite Paris et qui pourra la présenter dans le monde. Jusqu'à ce moment, je vous prie d'éviter autant que possible de lier conversation avec elle.

— Que craignez-vous donc, monsieur? fit Henri avec hauteur.

— Pour vous, rien; mais les femmes sont coquettes, indiscrètes, curieuses.

— Je vous comprends, fit Henri en rougissant; votre fille pourrait me faire des questions embarrassantes.

— Enfin, monseigneur, je m'adresse à votre générosité, pour que mon rôle de gouverneur et ma situation de père soient sauvegardés.

— J'éviterai autant que possible mademoiselle votre fille; mais je ne suis ni un sauvage, ni un malotru, et je ne vous promets pas de ne pas lui parler si l'occasion rend une rencontre inévitable.

Le gouverneur n'était pas très rassuré. Il avait bien confiance dans son jeune élève; mais il connaissait le tempérament de sa fille. La jolie Louise était une jeune personne fort coquette, très volontaire et d'une humeur très risquée.

Aussi, malgré les recommandations de son père, malgré la réserve polie du jeune Henri, elle ne cessa de rechercher l'intimité du beau gentilhomme. Elle se rappelait leur ancienne amitié, les jeux de leur enfance, et bien souvent, au fond de son couvent, elle avait songé au petit ami maintenant devenu un beau et grand jeune homme. Ce qui surtout exaltait sa curiosité, c'était le mystère dont il était enveloppé et le profond respect que son père lui témoignait.

Son imagination était éveillée. Ayant l'esprit farci de lectures chevaleresques et de contes de fées, elle prenait Henri pour quelque prince déguisé, quelque grand personnage ténébreux, dont le nom, un jour révélé tout à coup, lui apprendrait la haute et magnifique situation.

La pauvre Charlotte n'était pas oubliée depuis l'arrivée de sa rivale; mais Henri, toujours circonvenu, harcelé par la fille du gouverneur, prenant quelquefois plaisir à faire babiller la jeune fille ou à faire enrager le père, se rendait moins souvent à la ferme.

Louise était réellement ensorcelée par son prince charmant.

Un soir qu'ils étaient réunis au salon, et qu'après avoir fait de la musique, le jeune gentilhomme causait avec son gouverneur, Louise le contemplait avec amour. Elle admirait sa belle et noble figure, sa taille élégante et majestueuse, malgré sa jeunesse, la distinction de ses traits, la beauté de sa main de race, qu'il tenait d'Anne d'Autriche. Elle parut tout à coup frappée d'une idée subite.

— Voyez donc mon père, dit l'enfant terrible, comme monsieur Henri ressemble au roi!

A ces mots, le gouverneur pâlit affreusement et Henri tressaillit.

Mais ce qui frappa étrangement le jeune homme, ce fut de voir la violente émotion qu'éprouvait son gouverneur.

Le père de Louise paraissait comme frappé de stupeur.

Reprenant enfin son sangfroid:

— Cette enfant est folle et inconvenante, dit-il. Sachez, ma fille, ajouta-t-il d'un ton sévère, qu'on ne compare jamais personne au roi, c'est une sorte de lèse-majesté.

Il espérait donner ainsi le change sur son trouble.

Mais le coup avait porté.

— Demain, se dit Henri, je ferai parler cette jeune fille.

Pas mal, fit à demi-voix le ministre.

Mais le lendemain matin, avant que le jeune homme fut levé, Louise avait quitté le château et était dirigée vers Paris, sous la conduite de sa gouvernante et d'un écuyer de son père.

CHAPITRE XXI

La dernière confession

L'année 1666 commença fort tristement à la cour de France. La reine-mère, Anne d'Autriche, qui portait en elle depuis un an le germe d'une maladie mortelle, avait été portée de Saint-Germain au Louvre, par ordre de ses médecins, dans les dernières semaines de décembre. Malgré leurs soins, le mal en était venu à faire des progrès rapides et effrayants.

Cette maladie paraissait le résultat des rigueurs religieuses auxquelles elle s'était astreinte à mesure qu'elle avançait en âge, répétant à ceux qui l'engageaient à se ménager davantage, que quand on avait passé une partie de son existence à pécher, il n'était que juste de consacrer le reste à le regretter.

Elle s'était de la sorte soumise, pendant le carême de 1665, à de telles austérités, à de telles épreuves, qu'elle en ressentit un érésipèle qui lui couvrit la moitié du corps et lui laissa, en disparaissant, une petite glande au sein gauche. L'ignorance des médecins empira le mal ; bientôt il se transforma en un cancer, auquel se joignit un abcès au bras.

Elle finit l'année 1665 et commença le mois de janvier sous le coup d'une sentence désespérée de la Faculté, et sans se dissimuler la gravité de son état. Elle se voyait tomber littéralement en lambeaux et disait tristement :

— Les autres ne pourrissent qu'après leur mort, moi je suis condamnée à pourrir pendant ma vie.

Alors elle demandait, avec un redoublement de ferveur, du soulagement pour son corps, et surtout pour son esprit, aux pratiques religieuses.

Chose bizarre, mais qui a sa signification dans notre récit, elle ne cessait pas, au milieu de cette mort prématurée, alors que son corps n'était qu'une plaie, d'apporter un soin minutieux à sa toilette. On sait, du reste, les raffinements de toute sa vie ; on ne pouvait jamais trouver de batiste assez délicate pour elle. Mazarin lui répétait souvent que, si elle allait en enfer, son supplice serait de coucher dans des draps de toile de Hollande.

La gangrène s'étant déclarée le 19 janvier, les médecins déclarèrent qu'elle n'avait pas deux jours à vivre. On instruisit en conséquence le roi et son frère, plus jeune que lui de deux ans, de cette situation.

La malade reçut l'extrême-onction et communia en pleine connaissance, devant toute la cour, c'est-à-dire entourée des principaux dignitaires, les portes de ses appartements ouvertes, pour être aperçue de ceux qui n'avaient pu entrer dans sa chambre.

Son sang-froid, sa résignation imprimèrent à cette scène un caractère d'une rare solennité.

La cérémonie terminée, elle demanda à rester seule avec son confesseur, en invitant ses fils à ne pas s'éloigner. Comme elle vit que le prêtre était en proie à une vive émotion :

— Mon père, dit-elle, il ne s'agit pas de trembler, mais de m'aider à accomplir la dernière et la plus rude pénitence qui m'ait été imposée.

— Souhaitez-vous, demanda-t-il, que nous recommencions ensemble les prières des agonisants ?

L'ombre d'un sourire effleura douloureusement ses lèvres déjà ternies par la mort.

— Ce serait peu, dit-elle, pour ce qui me reste à expier, bien que le mal ait été involontaire de ma part.

Le prêtre écoutait cet aveu *in extremis* avec une vague épouvante. Elle continua, en se reprenant à plusieurs fois :

— Mon père, vous allez jurer devant ce crucifix, là, entre les deux cierges, de ne jamais révéler un mot de ce secret.

Il étendit la main vers l'image bénite et dit :

— Je le jure !

Alors elle lui fit signe de s'approcher, pour être sûre d'être entendue de lui seul, et lui parla quelques minutes. On ne sut jamais ce qu'elle lui confia ainsi, mais il est certain qu'au sortir de ce lugubre tête-à-tête, il était pour le moins aussi pâle et aussi défait que sa royale pénitente.

— Croyez-vous que Dieu me pardonne ? demanda-t-elle en frémissant.

— Sa miséricorde est infinie, répondit-il, et vous avez beaucoup souffert.

Elle lui ordonna alors de prendre une clef, déposée sous son chevet, d'ouvrir un grand coffre où elle serrait ses bijoux et ses papiers, et d'en retirer une cassette qui avait appartenu au feu roi Louis XIII, son époux.

Ses désirs remplis et la cassette placée sur son lit, à portée de sa main, elle remercia le prêtre en le priant de faire entrer ses deux fils, mais eux seulement.

Ils se tenaient, plongés en une grande douleur, dans la salle voisine, ainsi qu'elle les en avait priés. Un petit nombre de leurs intimes, en tête Louvois, ministre favori et confident du jeune monarque, se tenaient au fond, formant un groupe recueilli.

Les deux princes se rendirent à l'invitation du prêtre, et la porte se referma sur eux comme elle s'était refermée sur lui.

Les courtisans s'étant empressés pour obtenir des détails sur la moribonde, il leur répondit :

— Messieurs, la reine va mourir ; priez pour elle.

Et, le voyant si défait, ils s'écartèrent sur son passage et se rapprochèrent de la porte du fond, pour être plus à portée de recevoir les deux frères à leur sortie.

Ceux-ci reparurent au bout d'un quart d'heure, et l'un des seigneurs présents dans la salle, et qui se trouvait le plus près de l'entrée, affirma avoir entendu la reine-mère s'écrier d'une voix éclatante, sans doute dans un de ces élans suprêmes, comme chez les moribonds :

— Ce que je vous dis, messieurs, faites-le ; je vous le dis le Saint-Sacrement sur les lèvres !...

Cette confidence devait être d'une nature terrible, car les deux frères, sortant

presque aussitôt, portaient à leur tour, comme le confesseur, quelque chose de la
pâleur livide de la mort sur leurs traits.

Le roi tenait un coffret qu'il étreignait contre lui par un mouvement nerveux et
quasi-convulsif.

Les courtisans, rangés au plus près pour lui faire leurs compliments de condoléance, s'écartèrent avec anxiété en apercevant la contraction de ses sourcils et le
feu sombre de ses regards.

Il s'attacha au bras de Louvois, et l'emmena, accompagné de son frère, jusqu'à
son cabinet de travail.

Comme la portière de la chambre mortuaire était restée ouverte derrière lui, un
des seigneurs se hasarda à y pénétrer; d'autres allaient le suivre; mais s'étant approché du lit, il les arrêta d'un mot, qui se répandit aussitôt par tout le palais :

— La reine-mère est morte !

Pendant que la cour et la ville s'agitaient à cette nouvelle, le roi, son frère et
Louvois tenaient conseil autour du coffret mystérieux.

— Que faire, que faire ?... répétait le jeune monarque à demi fou d'anxiété et de
terreur.

— Sire, disait le ministre, qui s'efforçait de conserver son sang-froid, ne vous
alarmez pas; nous saurons trouver moyen de vous délivrer de ce tourment... Votre
droit est inattaquable... et la raison d'État, qui justifie la conduite de votre auguste
père, serait là encore, s'il le fallait, pour justifier des mesures plus complètes...

— Mon frère, intervint le duc d'Orléans, rappelez-vous les dernières paroles de
notre mère !...

Mais le jeune monarque répondit sèchement :

— La raison d'État !... la raison d'État !...

Et le duc d'Orléans n'osa rien objecter.

— Enfin, sire, reprit Louvois, Votre Majesté ne souhaite-t-elle pas examiner les
papiers contenus dans cette boite ?

Pour réponse, le roi en souleva le couvercle et en retira deux feuilles de vélin,
datées du 5 septembre 1638, revêtues de signatures authentiques et scellées du
petit sceau royal.

Ces actes, dont le lecteur connaît l'origine et le but, achevèrent de porter le trouble dans l'âme des deux princes.

Mais leur confident les lut sans se troubler.

— Avant toutes choses, sire, dit-il avec fermeté, il faut détruire ces pièces. Elles
n'ont plus de raison d'être. Grâce au ciel, vous vivrez longtemps et ce sont vos fils
qui vous succéderont.

Sans même attendre son consentement, il jeta le vélin dans le foyer, où il se crispa,
pétilla et finit par se consumer.

— Maintenant, reprit-il, plus de compétiteur, car il n'y a plus de preuves !

Mais le duc d'Orléans, ayant attiré à lui la cassette, poussa une exclamation de
surprise; il venait d'y trouver un troisième écrit; celui-ci, recouvert d'une enveloppe et portant pour suscription : « Remis par monseigneur le cardinal de Richelieu. »

Il le tendit au roi, qui hésita à l'ouvrir. S'y étant décidé, il le lut avec rapidité, et d'ailleurs il contenait seulement deux lignes. Il est vrai qu'elles lui rendirent tou son effroi.

Cet écrit était celui que le cardinal avait remis naguère à Louis XIII, au sortir d'une entrevue avec les devins, et que le roi n'avait voulu communiquer à personne Il portait cette sentence :

« Nés le même jour, les deux frères mourront le même jour. »

CHAPITRE XXII

Monsieur de Saint-Mars.

Louvois était un esprit vraiment distingué, mais essentiellement calculateur ; rigide dans la voie de son ambition et d'une sécheresse de cœur qui lui présentait comme des lacunes dans leur organisation la sensibilité et l'indulgence des autres. Il n'était pas homme à s'arrêter devant les superstitions vulgaires, et méprisait souverainement les sorciers et leurs oracles.

Mais il était trop bon courtisan pour heurter de front les faiblesses de son maître ; il préférait les utiliser à son profit. Il se sentait, en ce moment, possesseur du secret le plus important de la monarchie, et acquérait, aux côtés du souverain, une place que nul ne pourrait lui disputer désormais.

Le duc d'Orléans ayant échoué dans ses faibles observations, en faveur du souvenir légué par la reine-mère à ses fils, déclara qu'il ne voulait plus, en quelque façon que ce pût être, se trouver mêlé à cette affaire.

Elle regardait uniquement l'aîné de la famille, le possesseur du trône; pour lui elle était, dès cette heure, comme non avenue.

Elle restait donc aux mains du roi et de son confident, — et certes ils ne demandaient pas autre chose. Mais le prince ne pouvait s'en occuper directement, et Louvois sembla lui rendre un éminent service en consentant à en assumer la responsabilité et le soin.

En quittant les princes, il traversait lentement la cour du palais, songeant lui-même aux moyens de tenir cet engagement, lorsque son front s'éclaircit à la vue d'un seigneur qui le saluait de la manière la plus obséquieuse.

Il lui rendit son salut avec un sourire qui fit rayonner ce courtisan en sous-ordre, et il lui dit en joignant le geste à la parole :

— Approchez donc, monsieur de Saint-Mars, ce m'est grand plaisir de vous rencontrer.

L'extérieur de ce personnage justifiait peu une telle marque de bienveillance.

C'était, dit un chroniqueur, un garde-du-corps du roi, mince hobereau de Champagne, seigneur de Dinion et de Palteau. Il avait nom Bénigne d'Auvergne de Saint-Mars.

Qu'on se représente un homme grand, maigre, sec, au physique grêle et décrépit, à la face hâve et cadavéreuse, aux yeux petits, louches, gris et sillonnés de raies sanguignolentes. Sa bouche était large et difforme; ses lèvres minces et d'une teinte violacée étaient affectées d'un tic nerveux presque incessant, qui imprimait à l'ensemble de cette physionomie une contraction effrayante. A la première vue, on semblait convaincu qu'aucun sentiment généreux ne pouvait se loger sous cette hideuse enveloppe; et si, comme on dit, les traits du visage sont le miroir de l'âme, jamais miroir ne refléta plus de bassesse et de méchanceté.

L'historien qui nous fournit ces détails peu flattés ajoute que le personnage dont il était question avait, avant d'entrer dans les gardes-du-corps, et comme moyen de fortune, épousé la sœur d'une madame Dufrenoy, maîtresse en titre de Louvois.

Cette particularité éclaircit une partie essentielle de cette ténébreuse histoire; il fallait au confident royal un homme à sa merci, dont il fût sûr, et cette parenté illégitime servit de lien entre eux.

Louvois coupa court aux compliments et dit à Saint-Mars :

— L'affaire où vous allez est-elle si pressante que vous ne puissiez m'accompagner jusqu'à mon cabinet ?

— Aucune affaire ne me tient quand il s'agit du service de Votre Excellence!

— Voilà une bonne réponse... En ce cas, veuillez venir avec moi

Comme tous les ministres en titre, Louvois possédait au Louvre une installation complète, à portée du monarque. Il pressa le pas et s'enferma avec le garde-du-corps, qu'il fit asseoir en face et près de lui, de manière à ne rien perdre des jeux de sa physionomie.

— Monsieur de Saint-Mars, commença-t-il sans préambule, le roi a besoin de vous.

— De moi !

L'ambitieux bondit de surprise et d'émotion sur son tabouret.

— Vous allez partir dans une heure.

— A l'instant, Excellence !

— On mettra à votre disposition les meilleurs chevaux des écuries royales ; mais vous n'emmènerez qu'un de vos gens, celui en qui vous avez le plus de confiance.

— C'est dit, monseigneur, j'ai mon affaire.

— Sans indiscrétion, quel est cet homme ?

— Comme il me paraît s'agir d'une entreprise délicate et pouvant exiger de l'énergie, ce ne sera pas, s'il plaît à votre Excellence, mon valet de chambre. J'ai mieux à mon service. C'est un certain Rosarges, d'origine provençale, major dans les compagnies franches. Un particulier tout à moi.

— Ses défauts ? demanda Louvois, en politique habitué à voir le fond des choses.

— Il n'en a qu'un....l'ivrognerie.

— Hum ! qui dit ivrogne dit bavard.

— Excusez-moi, Excellence, le proverbe a tort au moins pour cette fois. Mon Provençal ne boit qu'à ses heures, il a le vin taciturne. S'il faut tout vous dire même, c'est quand il a bu qu'on en peut obtenir le plus de services. Le vin ne l'affaiblit et ne l'étourdit pas comme les autres. Il lui occasionne au contraire des accès vertigineux, qui en font un instrument aveugle, et au besoin terrible pour ceux qui savent le manœuvrer.

— Décidément, murmura Louvois, vous êtes l'homme qu'il me faut.

Saint-Mars s'inclina avec une orgueilleuse modestie. Son protecteur tira de son bureau un sac gonflé d'or, dont la seule vue fit pétiller ses yeux sournois et fauves.

— Voici, dit le ministre, pour vos premières dépenses; Sa Majesté entend que l'on n'épargne rien pour son service. L'argent bien employé rapporte au centuple.

— S'il y a des langues à délier, des consciences à rassurer, Votre Excellence peut être tranquille; grâce à ses largesses, j'y mettrai le prix.

— C'est bien; persévérez, vous tenez votre fortune en vos mains.

— Je tâcherai qu'elle ne m'échappe pas plus que vos bonnes grâces, monseigneur.

Le ministre se leva pour témoigner que l'audience était terminée.

— Je n'ai plus qu'à vous souhaiter bon voyage et prompt retour.

Saint-Mars se leva à son exemple et prit la sacoche, qu'il retint sous le pan de son habit.

— Pardon, monseigneur, dit-il humblement, il ne me reste qu'à savoir où je dois aller.

Louvois aimait assez à être deviné, sans avoir à mettre les points sur les *i*, quand il donnait de ces missions. Cependant il comprit qu'il ne pouvait pas exiger une pénétration si complète en cette affaire, où lui-même était à peine renseigné. Mais il ne s'en montra guère plus explicite.

— Vous prendrez, dit-il, la route de Dijon; sans vous arrêter dans cette ville, vous pousserez tout droit jusqu'au village de*** , sur les bords de l'Armançon. Vous y séjournerez le moins possible pour revenir m'apprendre ce que vous y aurez vu.

Saint-Mars possédait un flair trop délié pour en demander davantage; il savait que les intrigues les plus embrouillées sont les plus profitables. On ne pêche bien certains poissons qu'en eau trouble. L'affaire se présentait admirablement; il répondit par un sourire diabolique, baisa la main de son protecteur et s'éloigna.

Malgré la difficulté des voyages à cette époque, malgré les mystères dont sa mission était hérissée, malgré son séjour autorisé en Bourgogne; une semaine ne s'était pas écoulée, qu'il mettait pied à terre à l'hôtel privé du ministre.

Ses habits poudreux, sa perruque en désordre, son feutre déformé attestaient une longue étape sans débotter. C'était d'ailleurs une mise en scène adroite. Il n'eut pas besoin de se nommer aux huissiers; on le reçut en homme qu'on attend, et le ministre fut immédiatement visible.

Mais ce qui acheva d'édifier son crédit sur les gens de l'antichambre et de le rehausser lui-même à ses propres yeux, c'est que son puissant patron dit à l'huissier :

— Avancez un siége à M. de Saint-Mars; de quelque part qu'on se présente, je n'y suis pour personne !

A dire vrai, le siége n'était pas de trop, le confident de Son Excellence avait accompli plus que force. Il s'y laissa choir plutôt qu'il ne s'y assit; mais sa nature coriace et nerveuse, excitée par son ambition, ne tarda pas à lui venir en aide.

— Je vous écoute, dit le ministre.

— Je suis allé où vous m'avez dit, monseigneur, commença le messager, trop habile pour ne pas lire dans le calme peu sincère de son illustre interlocuteur une impatience fébrile. Ce n'est pas le village qui est intéressant, c'est le château.

L'agitation de Louvois se trahissait par les titillations de ses doigts sur les bras de son fauteuil, et par le coup d'œil étrange dirigé fréquemment sur un tapis qui recouvrait un objet déposé sur sa table.

— Cependant, continua Saint-Mars, ce château est peu fréquenté surtout... A côté s'élève une métairie... pour rire.

— Ah ! ah !...

— Oui, des fermières en bas de soie, logées dans un pavillon magnifique.

— Parlez-moi du château, interrompit Louvois, redoutant les questions incidentes et pressé d'arriver au but.

— Le châtelain est un fort digne homme, un peu misanthrope, qui a entouré sa résidence d'un blocus rigoureux.

— Dont vous avez triomphé ?...

— Sans beaucoup de peine, fit Saint-Mars souriant. — Chose bizarre, pour un seigneur de sa condition, il s'est fait le précepteur d'un jeune homme...

Louvois redoubla d'attention, mais Saint-Mars s'arrêta ; son regard s'était dirigé sur un portrait en pied de Louis XIV, placé en face de lui, sur le panneau principal du cabinet.

Ce n'était pas cette fois de la comédie, ce portrait l'attirait ; — il se leva, s'en rapprocha, l'examina sous tous ses aspects, et murmura :

— C'est prodigieux ! prodigieux !

Le ministre suivait ses mouvements avec une anxiété croissante, gagné par son émoi et ne cherchant plus à le questionner. Il revint s'asseoir, et fixant son œil sur celui de son interlocuteur, ce dont il n'y avait presque pas d'exemple :

— Monseigneur, dit-il, si je n'avais été certain que Sa Majesté chassât toute cette huitaine à Fontainebleau, j'aurais juré qu'elle se tenait incognito dans ce manoir bourguignon.

La pâleur de Louvois était devenue livide.

— Quelles conséquences tirez-vous de cette ressemblance merveilleuse entre ce jeune homme, confiné dans un vieux château, et Sa Majesté le roi de France ?

— Mon Dieu, monseigneur, la confiance dont vous m'honorez m'impose une entière franchise. Je répondrai à votre question par l'exposé de ma conduite. Je me suis présenté au château comme chargé d'annoncer la mort de la reine-mère.

— Pas mal ! fit à demi-voix le ministre.

— Le châtelain a reçu cette nouvelle ainsi qu'un coup de foudre.

— Et l'élève ?

— L'élève avec indifférence.

— D'où vous concluez ?...

— Que le précepteur est beaucoup plus instruit que l'écolier.

Il y avait un temps de silence entre chaque demande et chaque réponse. Il devenait évident que Saint-Mars, avec sa pénétration diabolique, en savait maintenant autant, sinon plus, que son patron.

Le ministre montra une image étrange.

— Ne tirez-vous point d'autre conséquence encore de cette situation de l'élève et du maître?

— Si fait, monseigneur, celle-ci : l'élève m'a paru, sous l'enveloppe d'une grande douceur, cacher le germe de passions et de volontés capables d'une extrême exaltation. Le maître, au contraire, est un homme usé, dont l'énergie primitive s'en va sous le coup des années et de l'existence anormale où on l'a réduit. Dans cette situation, il est à craindre que le jeune homme, déjà en éveil sur le mystère de sa naissance, n'arrive à lui arracher des éclaircissements dangereux.

— Il faut empêcher cela!... exclama Louvois effrayé par cette perspective.

Puis, voulant avoir toute la pensée de son confident :

— Qu'appréhendez-vous donc de cette ressemblance dont vous avez été frappé?...

Saint-Mars comprit parfaitement le dilemme : ou Louvois allait faire de lui son complice dans une machination terrible, ou il allait en faire sa victime. Il manœuvra de façon à éviter cette dernière alternative et à se rendre indispensable.

— Monseigneur, mon avis est que moins il y a de gens dans un secret, et plus ces gens sont liés par leur intérêt à le garder, mieux vont les choses. Le gouverneur est un homme dangereux, car son intérêt précisément se trouve aujourd'hui en opposition avec des raisons d'Etat infiniment plus graves. Qu'il dise un mot à ce jeune homme fou, et nous aurons peut-être la guerre civile.

— Vous voyez les choses en noir, monsieur ! murmura le ministre.

Mais cette interjection n'arrêta pas Saint-Mars; il sentait que son patron était au fond du même avis.

— Votre Excellence ne peut ignorer les bruits étranges qui coururent lors de la naissance de notre auguste souverain... bruits, calomnies absurdes ! Mais la malignité se sert de toutes les armes. Qu'un intrigant surgisse, — le parti huguenot n'en renferme qu'un trop grand nombre, — que ce jeune homme, armé d'une confidence imaginaire, mais fort de cette ressemblance prodigieuse, se présente aux factieux...

Saint-Mars s'arrêta devant la préoccupation empreinte sur les traits de son noble interlocuteur.

Celui-ci s'arracha enfin à ses réflexions. Il venait de prendre un parti :

— Monsieur de Saint-Mars, dit-il, vous êtes homme d'intelligence...

— Monseigneur !...

— Pas de fausse modestie; en tout ceci il faut jouer cartes sur table. Êtes-vous de même homme d'action ?

— Je n'ai qu'un mot à répondre : Excellence, mettez-moi à l'épreuve.

— C'est précisément ce que je vais faire. Cette horloge accuse deux heures de relevée. Rentrez chez vous, vous refaire et vous ajuster; je vous attendrai ici à six heures pour vous conduire vers quelqu'un.

Ce mot quelqu'un prit dans sa bouche une importance qui fit tressaillir son confident.

— Monseigneur, je suis à vous, à la vie à la mort.

Et il s'en alla enfiévré de joie et d'orgueil.

A l'heure précise il était dans l'antichambre du ministre. Le carrosse de celui-ci était déjà au bas du perron. Ils y montèrent ensemble.

Le cocher prit la direction du Louvre. Ils n'échangèrent pas un mot jusqu'à la place Saint-Germain-l'Auxerrois. Seulement alors, Louvois dit à son compagnon :

— Il n'est pas nécessaire que vous reconnaissiez la personne à qui je vais vous présenter

— Je ne la reconnaîtrai point, Excellence.

— Si elle vous questionne, vous répondrez brièvement et vous l'appellerez monseigneur.

L'équipage franchissait déjà la grille massive qui défendait, de ce côté, la principale entrée du palais.

Ils pénétrèrent dans l'aile principale par des escaliers de service dont le ministre avait les clefs ou le secret, et arrivèrent, sans aucune rencontre, dans un salon de travail d'un luxe prodigieux. Cependant l'éclairage répondait peu à cette magnificence : une seule bougie brûlait isolée dans un des candélabres de la cheminée.

Quelqu'un se tenait près d'un guéridon chargé de cartes et de papiers, au milieu de la pièce, tournant le dos à cette maigre lumière. Cette personne n'espérait pas sans doute qu'on se méprît sur son identité, mais elle voulait dérober à ses interlocuteurs les impressions de sa physionomie.

Elle répondit de la main à leurs salutations et dit à Louvois :

— C'est là M. de Saint-Mars ?

Le ministre s'inclina affirmativement.

— J'ai voulu vous voir et vous parler moi-même, monsieur, reprit la personne ; M. de Louvois m'a fort vanté votre dévouement au roi ; il me plaît d'en faire l'expérience.

— Qu'ordonne Sa Majesté au plus humble de ses serviteurs ? demanda Saint-Mars.

— Connaissez-vous le bourg de Pignerol ? C'est une très jolie résidence, italienne par le climat, française par ses mœurs, avec un château-fort pareil à une villa de plaisance ?...

— Sire... monseigneur, je suis prêt à partir pour Pignerol ; mais partirai-je seul ?

— Décidément fit son interlocuteur, Louvois ne m'a pas trompé, vous avez de la pénétration. Non, monsieur de Saint-Mars ; en vous nommant gouverneur de Pignerol, le roi vous donne un compagnon.

— Alors, monseigneur, en me rendant à ma résidence, je passerai par un village de Bourgogne, voisin de Dijon, pour y prendre ce camarade de voyage ?

— On ne saurait mieux dire. Les détails regardent Louvois et vous. J'ai tenu seulement à vous donner quelques recommandations, et à vous dire moi-même que le roi saura tout ce que vous ferez pour son service, et le reconnaîtra.

Il y eut une pause ; l'illustre interlocuteur se recueillait.

— Avant toutes choses, reprit-il, vous vous assurerez de la force de la place et des gens que vous emploierez... En second lieu, vous aurez pour le *prisonnier*...

Ce mot, articulé pour la première fois entre ces trois hommes, ne causa pourtant nulle impression à aucun d'eux.

Vous aurez pour le prisonnier des égards, un respect, une déférence, qui ne s'arrêteront que devant la nécessité de le retenir captif. Vous ne l'appellerez jamais autrement que monseigneur ; vous ne lui parlerez que chapeau bas, et vous ne vous assoirez devant lui que quand il vous le permettra. Ce jeune homme a dans les veines un sang devant lequel tous doivent s'incliner, lors même que la nécessité du bien public exige qu'on prenne contre lui certaines mesures pénibles.

— Le roi sera obéi, monseigneur.

— Un dernier mot, et celui-ci sur votre vie ! De même que ce jeune homme ne doit jamais soupçonner ce qui peut se dire sur son origine, de même son existence est chère à une personne auguste. Que les soins, les attentions ne lui manquent jamais; que l'on pourvoie avec sollicitude aux exigences de sa santé... Enfin, monsieur, quoi qu'il puisse arriver, que pas un cheveu ne tombe de sa tête!

D'un geste vraiment superbe, il les congédia.

Une conférence entre les deux agents de cette royale sentence s'établit ensuite dans le cabinet de Louvois. Ce dernier remit au nouveau commandant du fort de Pignerol les pouvoirs écrits présumés nécessaires, et, sur le point de le congédier:

—Nous vous rappelez, lui dit-il, le dernier mot du roi?

— Oui, monseigneur : « Quoi qu'il arrive, il ne doit pas tomber un cheveu de la tête du prisonnier. »

— Bien; maintenant, retenez et méditez le mien: Sa Majesté est toujours dupe de sa bonté. Nous avons pour devoir de la protéger contre elle-même.

— Vos paroles sont profondes, monseigneur, prononça lentement Saint-Mars ; mais on tâchera de les comprendre.

Il écarta comme par hasard le revers de son habit, et laissa voir la crosse d'un pistolet.

— A merveille! reprit le ministre; mais c'est là une extrémité suprême. Avant d'y recourir, nous avons d'autres moyens pour empêcher d'établir une comparaison dangereuse entre deux visages que le hasard a faits pareils...

En disant cela, le ministre souleva la draperie étendue sur sa table et montra à son confident une image étrange, qui lui causa une impression involontaire ; c'était comme le moule d'un visage, ou plutôt un assemblage de lames d'acier, industrieusement ajustées et formant un masque de fer.

Puis Louvois posa un doigt sur ses lèvres, en signe de discrétion, recouvrit de sa tenture l'horrible machine et congédia son affidé.

CHAPITRE XXIII

Saint-Mars

Saint-Mars mérite ici une notice spéciale.

Nous trouvons dans *La vérité sur le Masque de Fer*, par M. Jung, les détails suivants sur cet homme qui ne devait quitter qu'à sa mort le célèbre prisonnier masqué.

« Bénigne d'Auvergne de Saint-Mars, seigneur de Dimon et de Palteau; bailli et
« gouverneur de Sens, né en 1626, dans les environs de Montfort-l'Amaury, mourut
« à la Bastille, le 26 septembre 1708, à quatre-vingt-deux ans. Il fut enterré au
« cimetière de l'église Saint-Paul, le 28 du même mois. Voici quelles furent les
« phases connues de l'existence de ce personnage.

« Enfant de troupe en 1628.

« Mousquetaire à la première compagnie (1650).

« Brigadier des Mousquetaires (1660).

« Maréchal des logis (1664).

« Maréchal des logis, commandant le donjon de Pignerol et capitaine d'une compagnie franche (1665-1681).

« Gouverneur du fort de Pérouze (1665-1687).

« Gouverneur du fort d'Ecluse (1665-1687).

« Sous-lieutenant des mousquetaires (1679).

« Commandant la citadelle de Pignerol pendant l'absence de M. de Risson, le 26 septembre 1680.

« Gouverneur titulaire de la citadelle, 25 avril 1681.

« Gouverneur du château d'Exilles, 12 mai 1681.

« Gouverneur des îles Sainte-Marguerite et Saint-Honorat, 1687.

« Enfin, gouverneur du château de la Bastille, 1698-1708 (26 septembre). »

Était-il petit gentilhomme de province, comme certains auteurs l'ont affirmé? Était-ce simplement un soldat de fortune? « Le nommé Pierre Bertrand, du village « de Juigny, près d'Étampes, raconte Constantin de Benneville, jadis clerc de pro« cureur, que j'ai connu très particulièrement dans la Bastille, m'a affirmé avec « serment que le propre nom de Saint-Mars était Bénigne Dauvergne, et qu'il avait « une nièce nommée Anna Dauvergne, servante chez M. de Tuméry. »

Ce qui est certain; c'est qu'il ne fut anobli qu'en 1673.

« Le roi, lui écrit en effet Louvois, le 10 janvier 1673, vous a accordé les lettres « de noblesse que vous demandez. Je les ferai expédier et délivrer de suite au sieur « de Nallot... »

« Ce nom de Saint-Mars n'est du reste qu'un surnom. Il ne se fit appeler Saint-Mars qu'au régiment, comme c'était alors l'habitude de tous ceux qui s'enrôlaient.

« Son père était mort jeune ; il fut probablement élevé par son oncle, petit gentilhomme champenois, le sieur Zachée de Byot, écuyer et seigneur de Blainvilliers, qui le fit entrer avec son cousin dans la première compagnie des mousquetaire comme enfant de troupe, à l'âge de douze ans. Il resta depuis en pied dans la compagnie, fut de ceux enfin qu'on chargea avec d'Artagnan d'arrêter le surintendant Fouquet, et plus tard de garder l'ex-ministre, par suite du choix qu'on fit de lui, pour commander le donjon de Pignerol. Dans cette forteresse, il se trouva mis en rapport avec le sieur Damorezan, commissaire des guerres, dont il épousa une des sœurs, renommées toutes deux pour leur beauté et leur sottise. De son mariage, Saint-Mars eut deux fils. L'un fut le filleul de Louvois.

« Monsieur, lui écrit ce dernier, le 9 mars 1671, j'ai appris avec joie l'accouchement de madame votre femme, d'un fils, et je m'en réjouis avec vous. Je veux bien en être le parrain, puisque vous m'avez choisi pour cela... » Cet enfant fut naturellement destiné à la carrière des armes, et vingt ans après, en 1692, Saint-Mars s'occupait de lui acheter une charge militaire.

« Sa Majesté, lui répond à ce sujet Barbezieux, n'a pas jugé à propos de vous accorder le brevet de colonel que vous demandez sur la charge du colonel-lieutenant du régiment, colonel général des dragons, dont elle a trouvé bon que vous traitiez pour monsieur votre fils. »

« Mais ce jeune officier mourait probablement dans le courant de l'année 1693, car à la date du 7 septembre, le ministre ajoutait : « Sa Majesté vous plaint et voudrait pouvoir faire quelque chose pour vous, à l'occasion de la perte de votre fils. » Quant à son second fils, il devint commissaire des guerres, épousa la fille du sieur Desgranges, premier commis de Pontchartrain, et mourut à la fin du dix-septième siècle. A quelle date exactement? je n'ai pu le savoir. Ce qui est certain, c'est que Saint-Mars, laissé sans postérité, laissa sa fortune à M. Desgrange et à ses neveux, les Formanoir.

« Lui-même avait hérité, avec ses cousins et cousines germaines, de l'oncle qui l'avait élevé, le sieur Zachée de Byot, seigneur de Blinvilliers.

« En 1670, il céda sa part d'héritage à son cousin germain et lieutenant dans sa compagnie, le sieur de Blinvillers. Avait-il un frère ?

« Il existait bien alors un officier du nom de Saint-Mars, qui, blessé au siège de Maëstrich en 1673, dut se retirer du service; mais s'il eût été parent du geôlier, il eût par conséquent participé à la part d'héritage et aux mutations que j'ai signalés dans les pièces notariées de 1670. Je ne crois donc pas à la parenté. Voici du reste la pièce originale, la seule que j'ai rencontrée. Elle est autographe, signée *Sainct-Mars*, et adressée à Maëstrich, le 20 juillet 1673, à M. Louvois. « Monseigneur, si la blessure que j'ai reçue ici n'est pas assez considérable pour en empêcher de finir la campagne, la même maladie qui me retint dernièrement à Mezt pendant quelques temps me met tout à fait hors d'état de la pouvoir continuer. C'est pourquoi, Monseigneur, je vous supplie très-humblement avoir la bonté m'accorder mon congé, lequel je recevrai comme une marque de l'honneur de vos bonnes grâces, avec regret de n'avoir jamais trouvé occasion de la mériter, vous protestant, Monseigneur, que le plus fort de mes devoirs serait de vous faire connaître avec quel attachement de fidélité et de respect je suis, Monseigneur, votre très-humble et votre obéissant serviteur.

« Elle est annotée par Louvois de la façon suivante : « Saint-Mars, si c'est qu'il ne veut plus servir et se défaire de sa charge, ou s'il a besoin d'un congé pour s'aller remettre, afin que j'en parle au roi. »

« Son beau-frère, le commissaire des guerres Damarezan, avait toujours été fort apprécié par Le Tellier et par Louvois, qui disaient de lui : « C'est un fort honnête homme et un très-bon serviteur. »

« Il paraît, toutefois, que cette honnêteté lui pesait, car en 1683, à la suite de fâcheuses histoires d'argent, ce même Damarezan se vit obligé de quitter la France, ainsi que l'abri momentané que lui avait offert son parent dans son poste pourtant bien retiré d'Exilles. « Sur l'avis que vous avez eu, lui écrit le ministre, que M. Damarezan passait par Suze pour se retirer à Turin, vous l'avez convié de venir à Exilles. Vous demandez qu'il puisse y rester en sûreté, sur quoi j'ai à vous dire qu'il faut que vous vous donniez bien garde de l'y retenir, parce que les trésoriers-généraux ont un ordre du roi entre les mains pour le faire arrêter partout où il se trouvera. Ainsi, il vaut beaucoup mieux que vous lui conseilliez de sortir du royaume, le plus tôt possible qu'il pourra, que de rester dans un lieu où indubitablement il sera arrêté.

« De toute la famille la personne la plus influente fut sans contredit la sœur de ce

Damorezan et de la femme du geôlier. Fille d'apothicaire, elle épousa Élie Dufresnoy, attaché au secrétariat de la guerre, et, depuis, premier commis de Louvois. Cette madame Dufresnoy devint, vers 1670, la maîtresse de Louvois, qui fit créer pour elle, en 1673, la charge de *dame de lit de la Reine*. Dans ce milieu de courtisans, son influence fut considérable, autant que sa sottise. « Ce qu'il y a de plus grand de l'un et de l'autre sexe, dit La Fare, est appliqué à faire la cour à cette femme, qui, de son côté, y répond avec toute l'insolence que donnent la beauté et la prospérité, jointes à une basse naissance et à fort peu d'esprit. »

« Sans vanité, je sais des nouvelles à l'arrivée des courriers, écrit madame de
« Coulanges à madame de Sévigné; c'est chez M. Le Tellier qu'ils descendent, et
« j'y passe mes journées. Il est malade, et il paraît que je l'amuse; cela me suffit
« pour m'obliger à une grande assiduité... Nous avons ici madame Richelieu; j'y
« soupe ce soir avec madame Dufresnoy. Il y a grande presse dans cette dernière
« à la cour. Il ne se fait rien de considérable dans l'État où elle n'ait part. » Le
20 mars 1673, elle ajoute : « Madame Dufresnoy fait une figure si considérable, que
« vous en seriez surprise. Elle a effacé mademoiselle de S... (d'Usa de Salusses)
« sans miséricorde. » Et plus loin, le 10 avril : « M. de La Rochefoucauld a passé
« le jour avec moi; je lui ai fait voir madame Dufresnoy, il en est tout éperdu... »

Il n'en faut pas tant pour expliquer l'origine des gratifications continuelles accordées à Saint-Mars, de l'attention prêtée à ses prisonniers, et de la confiance de Louvois dans ce geôlier. Le jeune secrétaire d'État pouvait, sans crainte, être le parrain de son neveu de la main gauche. Du reste, tous ces Dufresnoy furent comblés de grâces et d'argent. Un beau-frère, le sieur Dufresnoy, devint lieutenant du roi dans la citadelle de Dunkerque, et la fille de la maîtresse du ministre épousa, en 1680, Jean d'Aleyre, marquis de Beauvoir, dont elle eut une fille, mariée en 1710, au comte de Boulainvillier. Quant au mari complaisant de la belle protégée, il mourut en 1698, *pleuré même par le fils de son ancien chef, M. de Barbezieux*, qui s'empressa d'adresser ses condoléances à M. de Saint-Mars : « Je commmencerai, lui
« écrit-il le 1ᵉʳ mars, par vous faire mes compliments sur la mort de M. Dufresnoy,
« votre beau-frère, dont vous ne doutez point que, pour ses services et l'amitié
« que j'avais pour lui, je ne sois très-fâché. »

Saint-Mars avait une sœur nommée Marguerite. De son mariage avec Éloi de Famanoir, sieur de Corbert, naquirent trois neveux qui furent ses héritiers. L'aîné, Guillaume, servit comme cadet dans sa compagnie. En 1693, Saint-Mars sollicita pour lui le brevet de lieutenant à la place du sieur Boisjoly. « Lorsque, lui répondit le ministre, vous m'aurez mandé l'âge du sieur de Formanoir, votre neveu, qui y sert en qualité de cadet et auquel vous voudriez faire toucher cette lieutenance, j'en rendrai compte volontiers au roi, et je vous ferai savoir ce qu'il a plu à Sa Majesté d'ordonner. » Le 8 janvier 1694, il ajoutait : « Le roi a trouvé bon d'accorder au sieur de Formanoir, votre neveu, la lieutenance de votre compagnie. » Ce neveu avait alors quarante-quatre ans. »

Ce fut lui qui accompagna Saint-Mars à la Bastille, administra le château de concert avec l'aumônier Giraud, et se montra le digne élève de Saint-Mars en fait de rigueur et de rapacité.

Furieux de n'être pas nommé gouverneur de la célèbre forteresse à la mort de

son oncle, et d'être distancé par M. de Bernaville, il donna sa démission et se
retira dans la terre de Palteau dont il avait hérité. « Il était encore plus méchant
que son oncle, a dit de lui Constantin de Renneville. Son front, pas plus large que
le pouce, semble être une étiquette de parchemin grillé, sous lequel s'enferment
deux petits yeux de cochon brûlé, noirs comme des pruneaux relavés... »

Le fils de ce Guillanme se livra à l'agriculture, et fournit plus tard à Saint-Foix
les renseignements qu'il réclamait pour éluder la question du prisonnier masqué.

Pour le second des neveux, je n'ai retrouvé qu'une dépêche du 3 juin 1683, relative à un bénéfice que le ministre ne peut accorder : « Comme les pensions sur les
bénéfices, écrit Louvois à Saint-Mars, s'éteignent par la mort de ceux qui les possèdent, il n'y a pas moyen de donner à votre neveu celle qu'avait le sieur Vignon sur
l'abbaye de Bonne-Espérance. » Ce neveu s'appelait Louis-Joseph ; il hérita du titre
de seigneur de Saint-Mars. En 1714, il était chevalier de l'ordre militaire de Saint-
Louis et demeurait ordinairement à Montfort.

Le troisième neveu, Louis, servit également aux îles, dans la compagnie franche
de M. de Saint-Mars. En 1714, il portait le titre de chevalier et de seigneur de la
terre d'Érimont, dont il avait hérité à la mort de son oncle.

CHAPITRE XXIV

L'Enlèvement

Lorsque Saint-Mars reparut au château des bords de l'Armançon, un pressentiment sinistre traversa l'esprit du vieux gentilhomme.

L'agent de Louvois avait choisi son heure. C'était à la fin de la soirée, peu d'instants avant celui où les hôtes de la résidence, habitués à une vie régulière, avaient
coutume de se coucher.

Henri, suivant sa coutume, faisait la veillée entre sa sœur d'adoption et sa nourrice; il n'allait pas tarder à rentrer, si déjà il ne l'était pas.

M. de Saint-Mars avait disposé, aux abords déserts et sombres des deux habitations, des groupes de gens à lui, c'est-à-dire prêts à tout, hormis au bien. Mais il se
présenta au châtelain accompagné seulement de son favori Rosarges.

Comme il n'avait pas dissimulé son nom à son précédent voyage, se disant alors
envoyé pour annoncer la mort de la reine-mère, le gentilhomme comprit de suite
qu'une nouvelle et plus grave mission le ramenait.

— Monsieur de Saint-Mars ! s'écria-t-il, vous m'apportez un avis de la cour?

l.0

La contrainte! Venez-y donc!

— Je suis bien aisè, monsieur, répondit le messager, que vous m'évitiez la peine de vous le dire.

— Ces nouvelles sont-elles donc si fâcheuses?...

— Ordre du roi, monsieur!

Et il déplia, sous les yeux du vieux gentilhomme, un papier au sceau royal.

A cette époque de ferveur chevaleresque et de fanatisme monarchique, tout bon gentilhomme était accoutumé à fléchir sa volonté devant un talisman pareil. S'il y avait quelque chose d'odieux au souverain à mésuser de ce prestige, il faut recon-

naﬂre qu'il y avait une loyauté et une noblesse bien grandes chez ceux qui s'incli-
naient sans réplique sous cette volonté, à laquelle ils avaient juré obéissance aveugle, absolue.

— Que veut Sa Majesté? demanda le châtelain.

— Votre épée, monsieur.

Il la tira, la baisa avec ferveur et la lui remit, par un geste d'une dignité imposante.

— Remettez-la donc à celui qui me la reprend, monsieur. Mais dites-lui qu'elle a
vaillamment combattu pour son auguste père, et que, s'il me la remet un jour, elle
sera prête encore à combattre pour lui.

— Ce n'est pas tout.

— Achevez, monsieur; rien ne m'étonne, car je suis, depuis longtemps, préparé
à tout. Les choses devaient finir ainsi!

— Je vois avec satisfaction que vous acceptez de bonne grâce les volontés de Sa
Majesté. En conséquence, veuillez ordonner qu'on prépare votre voiture de
voyage...

— Vais-je donc partir?

— En compagnie de M. le major; — il désigna Rosarges. C'est lui qui vous con-
duira à destination.

— Et cette destination, c'est Paris, sans doute? Le roi a le désir de conférer avec
moi?...

— Sur ce point mes instructions sont muettes.

— Enfin, vous savez où vous devez me mener? dit-il en se tournant vers
Rosarges.

L'œil luisant, les pommettes empourprées, l'haleine avinée de celui-ci indiquaient
que son chef avait usé de son spécifique favori pour lui donner toute la rudesse
nécessaire en cette circonstance.

— Vous le verrez quand nous serons arrivés, répondit-il grossièrement.

Le châtelain, renonçant à lui adresser la parole, dit alors à Saint-Mars :

— C'est bien avec cet homme que je dois voyager?

— Oui, monsieur, sous sa garde.

Et Saint-Mars remit le mandat au sceau royal à Rosarges.

— Sous ma garde! répéta celui-ci.

— Que la volonté du roi s'accomplisse! murmura le vieillard en laissant tomber
sa tête sur sa poitrine.

Saint-Mars reprit :

— A présent, vous comprenez peut-être, monsieur, que ceci est seulement la
moitié de ma tâche?

Un sourire navrant effleura les lèvres du vieux gentilhomme :

— Ah! c'est juste, mon élève...

Puis, retrouvant dans cette pensée l'énergie qu'il n'avait pas eue pour lui-
même :

— En vérité, monsieur, est-ce que vous allez l'arrêter aussi?...

— Encore une question à laquelle je ne saurais répondre.

— Écoutez, monsieur, je vois que vous connaissez tout. Pour moi, je suis coupable
sans doute de m'être trouvé, par un coup funeste du hasard, mêlé à un secret de cette

importance. Le roi veut m'en punir... c'est rigoureux!... Mais vous voyez que je ne récrimine pas, je me résigne... Mais ce jeune homme... lui, ne sait rien, monsieur, rien, je vous le jure! Il n'est même pas comme moi coupable sans le vouloir... Il a vécu ici dans un isolement absolu; il n'a pas franchi les limites de ce domaine... Il n'est dangereux à aucun point de vue... Est-ce que lui aussi, vous allez l'arrêter?...

— Silence!... ordonna l'agent de Louvois.

Quelqu'un s'avançait, c'était Henri.

Il entra la tête haute, le maintien fier, campé avec hardiesse autant qu'avec grâce, la main sur la garde de son épée. Il était en grand deuil, mais son costume offrait une recherche exquise dans sa gravité et faisait ressortir mieux encore le caractère de sa physionomie.

Rosarges eut un éblouissement. Ses lèvres balbutièrent à l'oreille de son chef un mot effrayé :

— Le roi!...

Heureusement Saint-Mars seul entendit, et d'un coup d'œil terrible le rappela à lui. Mais, en même temps, il prit son feutre et s'inclina jusqu'à terre.

— Salut, messieurs! dit le jeune homme.

Puis, s'adressant à son gouverneur :

— Que se passe-t-il donc? demanda-t-il. On m'avait bien dit que je trouverais ici deux officiers du roi ; mais, tout à l'heure, en sortant du pavillon de la métairie, j'ai distingué, sous les murs du parc, un groupe de gens de mauvaise mine...

— Mes hommes!... interjeta involontairement le major, atteint dans sa susceptibilité.

C'était lui, en sa qualité d'officier de corps francs, qui avait recruté cette honorable escouade.

— Je ne vous en fais pas mon compliment, monsieur, répliqua Henri ; pour le peu que j'en ai démêlé dans le nombre, ils ressemblent plus à des coquins qu'à des gens d'armes.

Un regard impérieux de Saint-Mars arrêta la riposte sur les lèvres du major.

— Vous m'aviez tu ce détail, monsieur? dit le gouverneur à Saint-Mars.

— Ces gens ne sont là que comme un en cas; à quoi bon en parler, puisque, grâce à votre soumission et à celle de monseigneur, leur concours devient sans objet?

— Ma soumission?... demanda Henri ; à vous, monsieur?

— Non, monseigneur, mais au roi.

— Au roi?...

Saint-Mars déplia un second mandat.

— Voici l'ordre de Sa Majesté qui vous concerne.

— Que peut me vouloir le roi?...

— Il vous ordonne de me remettre votre épée et de m'accompagner où j'ai mission de vous conduire.

— Mon épée? .. vous suivre?... Voyons ça! Suis-je éveillé et en possession de mes sens?...

— Monseigneur, fit Saint-Mars d'un ton mielleux, imitez votre gouverneur, soumettez-vous.

— Mais, en effet!... s'écria-t-il en voyant l'épée de son gouverneur sous le bras de l'agent de Louvois; cette arme, c'est la vôtre, monsieur?

— Monseigneur, dit le vieillard d'un ton suppliant, un gentilhomme ne porte son épée qu'au nom du roi; quand le roi la demande, il doit la déposer.

— Le roi! le roi!... on ne parle que de lui ici, et c'est pour commettre des actes de violence et d'iniquité!

— Monseigneur!... exclamèrent avec un même sentiment d'effroi le gouverneur et Saint-Mars.

— Eh bien! qu'ai-je donc proféré de si terrible?

Et le jeune homme, en proie à un de ces accès d'indignation et de colère d'autant plus vifs qu'ils étaient plus rares avec sa bienveillance innée, porta sur les assistants un regard si fier, qu'il fit baisser les yeux à Rosarges lui-même.

S'exaltant de sa propre violence, il reprit :

— Enfin, expliquez-vous, monsieur, vous qui venez porteur et exécuteur de ces ordres étranges, arbitraires, ténébreux!... Voici monsieur, qui est un gentilhomme du meilleur sang, auquel il n'a jamais échappé une parole irrespectueuse pour le prince, qui passe sa vie à faire le bonheur de ses vassaux, qui serait un patriarche, et auquel vous venez ainsi, tout d'un coup, sans pouvoir en dire la raison, réclamer son épée et ravir sa liberté...

— Monseigneur, interrompit Saint-Mars, on ne raisonne pas les ordres du roi!

— Encore!... Ah! je ne suis, on me l'a affirmé du moins, que le rejeton perdu ou dédaigné d'une grande famille, mais si j'étais roi, seulement un jour, par Charlemagne! je voudrais en une fois couper la tête à tous les abus!...

A la façon dont il avait dit ces mots, que tant d'autres répètent sans qu'on y prenne garde : *Si j'étais roi!*... les assistants pâlirent soudain; il semblait que ce ne fût pas une vaine hypothèse qui passait devant leurs yeux, mais une évocation.

— Monseigneur, reprit hypocritement Saint-Mars, ayez égard à notre position à nous-mêmes; nous ne sommes que d'humbles interprètes des volontés d'en haut. Notre vie répond de l'exécution des ordres qu'on nous donne... S'il fallait recourir à la contrainte...

— La contrainte!... venez-y donc!...

Il tira, sur cette menace, son épée et la fit flamboyer.

Rosarges consulta son chef du regard pour savoir s'il fallait appeler du renfort. Le gouverneur surprit heureusement ce geste, et, redoutant une collision, il n'hésita pas à se jeter aux pieds du bouillant jeune homme :

— Monseigneur! s'écria-t-il, si vous croyez devoir quelque considération à mes cheveux blancs, obéissez!

Cette prière apaisa sa fureur. Il ne put voir sans émotion ce mouvement d'un homme qu'il était habitué à respecter.

— Relevez-vous, monsieur, lui dit-il; votre douleur aura fait ce que n'eût jamais obtenu la violence.

En même temps, il posa la lame de son épée sous son pied, et, l'ayant brisée, il en montra les morceaux sur le parquet à l'agent de Louvois :

— Vous pouvez les prendre, monsieur, dit-il.

Cette tournure des choses soulagea Saint-Mars d'un grand poids.

— Partons! fit-il.

— Embrassons-nous du moins auparavant, dit Henri en ouvrant ses bras à son gouverneur.

— Ah! monsieur, vous avez eu raison de me faire prendre ces habits de deuil, ils conviennent à notre fortune.

— C'est le deuil de la reine-mère que vous portez? demanda Saint-Mars.

— Comme doivent le porter tous les nobles de France, répondit-il.

En ce moment, son gouverneur s'étant jeté dans ses bras, lui dit à l'oreille :

— Mon fils, votre mère est morte !...

Ce mot passa comme un vertige à travers son cerveau. Il eut un étourdissement et se laissa choir sur un siège.

Ses persécuteurs en profitèrent pour entraîner le vieillard.

Il reprit ses sens presque aussitôt et s'aperçut qu'il était seul avec Saint-Mars.

— Allons, monsieur, dit-il en proie à un accablement qui comprimait ses forces, je suis prêt !...

— Et vous n'aurez pas de regret de votre condescendance, monseigneur, fit le doucereux geôlier; il ne manquera rien autour de vous ﬞ des égards et des soins propres à alléger cette épreuve.

Une nouvelle angoisse l'attendait cependant encore. Au moment où s'ouvrait la pièce précédant la salle, un sanglot frappa son oreille ou plutôt son cœur; Charlotte, qui était là depuis une heure, avait tout entendu; elle s'élança vers lui, lui faisant de ses bras une chaîne qu'il ne pouvait plus rompre.

Il fallut s'y résoudre pourtant. Prenant dans ses bras la pauvre enfant demi-morte, il la posa sur un fauteuil et lui passa autour du cou la croix, unique souvenir de sa mère.

Saint-Mars, fort insensible à cette scène, se contenta d'entraîner son prisonnier, non sans jeter un regard empreint d'une convoitise hideuse sur la pauvre fille, qui se voyait enlever son premier, son unique amour !

Tandis qu'il prenait, avec une escorte peu nombreuse, mais armée de toutes pièces, et déterminé à tout, la route de l'est, son complice, Rosarges, emmenait le vieux gentilhomme vers une forteresse qui devait absorber également le secret de sa mort et jusqu'à son nom !

Du moins, jusqu'ici, les recherches les plus studieuses n'ont pu les faire découvrir.

L'escorte et les armes étaient de trop. Henri se laissa mener jusqu'à Exilles sans manifester un sentiment, sans articuler un mot qui permit de reconnaître s'il avait encore la conscience de lui-même. C'était un anéantissement si absolu, que son geôlier dut craindre que sa proie ne lui échappât par la mort.

C'est vers la forteresse de Pignerol que se dirigeait le lugubre cortége; Pignerol, sinistre prison d'État où se trouvaient déjà d'illustres détenus, entre autres Fouquet et Lauzun.

CHAPITRE XXV

Les prisons du donjon de Pignerol.

« Le donjon de Pignerol, dit M. Jung, que nous aurons souvent l'occasion de citer, se composait de trois grands corps de bâtiments rectangulaires, flanqués de cinq tours : les autres côtés étaient formés par des murailles s'élevant à pic, au milieu de la citadelle, qui surplombait elle-même la ville, les grandes et petites tenailles, ainsi que la tour du Diable. Les bâtiments donnaient intérieurement sur la cour du donjon et extérieurement sur des enclos plantés d'arbres, aboutissant aux fossés. La première tour, située le plus au nord, servait de chapelle.

Dans les parties élevées de cette tour, se trouvaient des loges communiquant avec les appartements de M. de Saint-Mars, et où MM. Fouquet et Lauzun pouvaient venir entendre la messe sans être vus.

De cette première tour à la seconde, le bâtiment était consacré à la famille de Saint-Mars; le rez-de-chaussée, aux communs. La deuxième tour, celle qui fait l'angle, était affectée à MM. Fouquet et Lauzun; Fouquet au deuxième, Lauzun au premier, et Saint-Mars au troisième, sous la toiture.

De la deuxième tour à la troisième, le bâtiment servait de magasin pour la partie donnant sur l'enclos, et de logement pour la compagnie de M. de Saint-Mars, sur la face ayant vue sur la cour intérieure.

Cette troisième tour était la tour dite *d'en bas*, également de trois étages, et où furent enfermés plusieurs prisonniers.

La quatrième tour et le bâtiment voisin étaient habités par de Rissan, qui avai un escalier particulier pour se rendre dans la cour de la citadelle, sans passer par l'intérieur du donjon. Le reste des bâtiments, c'est-à-dire la face sud, était occupé par les officiers, etc.

La tour d'en bas, par suite de sa situation, n'avait pas de vue sur l'extérieur; elle était donc beaucoup plus sombre.

L'architecte Levé, d'ailleurs, n'y avait fait aucun des aménagements réclamés par la présence de prisonniers tels que Fouquet et Lauzun.

Elle avait trois étages, comme l'autre, et une seule chambre assez vaste avec des soupiraux, sans grand jour, à chacun de ces étages.

Ce fut dans l'une de ces chambres que fut installé, en 1669, le prisonnier de M. Vauroy. Ce fut probablement dans cette même chambre ou dans sa voisine qu'on incarcéra le prisonnier de 1674, et dans l'autre qu'on mit le religieux Jacobin, et successivement avec lui Dubreuil et Mattioli, pour les assouplir et les traiter à coups de bâtons, comme le prescrivait l'aimable secrétaire d'État.

Le service était très-rigoureux; il n'y avait aucune communication avec la cita-

delle et la ville que pour les approvisionnements et les réceptions ou envois des
courriers.

Le pont-levis restait toujours levé. Une sentinelle se promenait continuellement
aux pieds des tours; une autre à l'extérieur. De cette façon, la surveillance était
commode, et Saint-Mars pouvait, de son appartement, suivre sans dérangement les
mouvements des sentinelles de l'extérieur et de l'intérieur, et entendre ou voir ce
qui se passait ou se faisait près des deux tours. Quant à l'emploi du temps du geôlier, il est trop au complet dans les écrits ressassés de Saint-Mars à Louvois, et déjà
publiés par Delort, pour que j'aie à y revenir.

Jusqu'en 1081, Saint-Mars toucha cinq cent livres par mois pour la nourriture de
Fouquet, six cent livres pour celle de Lanzun, cinquante livres par tête de valet, et
cent vingt livres pour les autres prisonniers, ou quatre livres par jour. A la mort de
Fouquet, mars 1680, il fut bien qualifié qu'Eustache Danger et La Rivière continue-
raient à être traités comme valets, c'est-à-dire à raison de cinquante livres par
mois.

« A l'égard des autres prisonniers, ajoutait la dépêche, 8 avril 1680, Sa Majesté
vous en fera payer la subsistance à raison de quatre livres pour chacun par jour. »
Lanzun rendu à la liberté, Saint-Mars nommé à Exilles et ceux de Pignerol. Il y
eut dès lors deux sortes de prisonniers, ceux d'Exilles et ceux de Pignerol. Pour
chacun des deux premiers (Les deux de la tour d'en bas, Saint-Mars reçut deux
écus par jour, 9 juin 1681. 2190 livres pour chacun par an; pour ceux du donjon,
Mattioli, Dubreuil, etc.). Villebois n'eut que 2 livres. Ce ne fut que le 5 avril 1694
que La Prade obtint une augmentation pour ces derniers. En effet, Barbuzieux
écrivait à M. l'intendant Bonchu : « Le roi veut bien donner au sieur de La Prade,
qui commande dans le donjon de Pignerol, un écu, au lieu de quarante sous par
jour, pour la subsistance de chacun de ses prisonniers, attendu la cherté des
vivres. »

Ainsi donc, les prisonniers laissés à Pignerol par Saint-Mars furent toujours moins
bien traités que ceux d'Exiles. Toutefois il ne faut pas prêter une importance trop
grande à cette différence, car les allocations destinées à couvrir ce genre de dépense
augmentaient alors avec le degré de faveur du gouverneur, et devenaient la source
d'un bénéfice parfaitement connu du ministre. A Sainte-Marguerite, Saint-Mars continue à toucher un écu par jour pour *son prisonnier*, et quinze sous pour les autres.

Mais où la nuance dans le traitement des détenus se montre plus sensible, c'est
à l'époque de l'abandon du commandement du donjon. Une fois Saint-Mars à Exiles,
il n'y a plus de compagnie, il n'y a plus de gouverneur habitant le donjon. Villebois,
il est vrai, ne peut pas quitter son poste, et, en cela, il ne fait que suivre des instructions qui sont identiques pour tous les gouverneurs de forteresses, même pour le
gouverneur général d'Herbeville, qui ne peut découcher.

Dans le choix du confesseur, le contraste se présente plus vif encore. Du temps
de Saint-Mars à Pignerol, Exiles, Sainte-Marguerite, le choix d'un pareil personnage
est l'objet des préoccupations du gouverneur et du ministre. A Pignerol, à partir de
1681, il n'en est plus de même. Le confesseur mort, Louvois se contente d'écrire à
Villebois le 23 mai 1683 : « Puisque l'aumônier qui confessait les prisonniers de la
citadelle de Pignerol est mort, il faudra se servir d'un des religieux du couvent de

la ville pour les confesser et leur dire la messe. » Et le 11 décembre de la même
année il ajoutait : « A l'égard des prêtres que les dits prisonniers demandent, je
dois vous dire qu'il ne faut les laisser confesser qu'une fois l'an. » Les prisonniers
sont-ils malades, Louvois écrit à La Prade : « Si les prisonniers viennent à mourir, il
n'y a qu'à les *faire enterrer comme des soldats.* » Le ministre désire-t-il être renseigné sur les faits et gestes des malheureux. « Envoyez–moi, dit-il à Villebois, le 24
août 1687, un mémoire des prisonniers qui sont à votre garde dans le donjon de
Pignerol, qui m'explique la conduite qu'ils y tiennent et ce qu'ils vous disent
lorsque vous leur *faites porter à manger.* » Cette fois plus de précautions comme
dans la fameuse dépêche à Saint-Mars du 12 mars 1682 : « Personne ne leur parle
que moi, mon officier, monsieur Vignau, le confesseur et un médecin qui est de Pragelas à six lieues d'ici, et en ma présence. « Plus d'attention pour l'aumônier, comme
en 1687 pour le sieur Tarnu : « J'ai reçu la lettre que vous m'avez écrite en faveur
du sieur Faure, aumônier du prisonnier... ses appointements sont augmentés jusqu'à 600 livres... » Ainsi l'ambiguité n'est pas possible : les prisonniers laissés à
Pignerol pendant treize ans, et dont fait partie Mattioli, ont été traités sur le même
pied que ceux des autres prisonniers de France.

CHAPITRE XVXI

Révélation

Nous avons dit qu'à la suite de sa brusque arrestation, Henri était tombé dans
une si grande prostration que Saint-Mars craignit un instant que sa proie ne lui
échappât par la mort.

C'est à cette appréhension peut-être que le prisonnier fut redevable d'une installation et de traitements humains dans la forteresse. Il avait un appartement meu-
blé avec soin; on prévenait ses désirs, surtout en ce qui concernait son goût pour
les beaux habits et le beau linge, — goût qu'avait partagé avec lui la feue reine. Il
était aussi libre qu'on peut l'être dans une prison d'Etat, vaquant dans les logements du chef de la place comme dans le sien, et jouissant d'un jardin en minia-
ture.

Il était dans toute la sève de la jeunesse, il avait reçu de la nature un tempérament exceptionnellement vigoureux; cette force physique contribua à ranimer son
moral.

Mais alors son imagination entra dans une vie nouvelle. Il se prit à réfléchir sur

L'homme au masque de fer.

l'étrangeté de sa destinée. Ceci devint une idée fixe : il prétendit approfondir ce secret dont il était victime depuis sa naissance.

En se rappelant les circonstances de son arrestation, un rapprochement le saisit : au moment où on parlait du deuil de la reine mère, son précepteur lui avait dit : — Votre mère est morte !

Que signifiait cela ? — Sans qu'il pût, sans qu'il osât s'en rendre compte, ces deux noms, celui de la feue reine et celui de sa mère se réunissaient dans son esprit et s'y soudaient invinciblement.

Un jour que ces pensées le tenaient et que M. de Saint-Mars, attiré dans une autre partie du château-fort par le service, l'avait laissé seul dans son appartement, son regard tomba sur une cassette d'ébène à incrustations, placée sur une console.

Sa prunelle s'alluma comme s'il l'apercevait pour la première fois, — car, pour la première fois, il se rappelait que le commandant serrait dans ce coffre ses messages de Paris.

Ses joues s'empourprèrent, ses tempes se mirent à battre; une idée lui était venue... Repoussée d'abord avec indignation, elle reparaissait plus brûlante. Ce coffre le fascinait, l'attirait...

Enfin ! c'était là que se cachaient indubitablement les mystères de son existence !.. Ces secrets étaient les siens ; c'était en leur nom qu'on disposait sans merci de sa liberté, de son bonheur !...

Et le coffre l'attirait toujours !

Cédant à ce magnétisme, il se leva, marcha vers la console, et ses mains s'attachèrent à l'ébène avec la soudaineté qui attache le fer à l'aimant.

Le coffre était fermé, il le soupesa; au poids, il comprit que sous l'enveloppe de luxe était une garniture d'acier.

N'importe ! il n'était pas dit qu'il aurait eu la mauvaise pensée sans la réaliser. Il éleva la cassette de toute la hauteur de ses bras et la laissa retomber lourdement sur la dalle.

Ce choc faussa un des angles, la serrure céda, des papiers s'échappèrent par le couvercle béant.

Exalté jusqu'au délire, il se précipita; les recueillit tous ensemble ; il eût voulu les lire tous à la fois aussi. Mais le premier qu'il dévora au hasard lui en apprit assez.

Imprudence incroyable pour un homme tel que Louvois ! Cette indiscrétion, cette audace du prisonnier étaient si peu prévues, que le ministre donnait à son confident des instructions précises, de manière à porter la clarté dans un esprit déjà en éveil comme le sien.

Du premier coup le voile de sa naissance, ce point de départ de toutes les persécutions dont il était l'objet, se déchira.

Il n'avait pas eu le temps de parcourir un second écrit, que le commandant apparaissait sur le seuil du salon. Un coup d'œil lui révéla le bris de la cassette où reposaient ses archives; il s'arrêta stupéfait :

— Monseigneur !... s'écria-t-il.

— Ah ! traître !... exclama le prisonnier, je sais tout, maintenant !...

— Et c'est pour votre malheur ! répondit Saint-Mars.

Alors tirant la porte, dont il tenait encore le bouton, il enferma le jeune homme dans la pièce, mais pour revenir avec des gens capables de lui prêter main-forte et de le transporter, bon gré mal gré, dans une chambre du donjon.

Ce soin rempli, il dépêcha une estafette à Paris, avec ordre de brûler les étapes et de rapporter une réponse du ministre.

Cette réponse ne se fit pas attendre. C'était une caisse scellée à tous ses angles. Saint-Mars y fouilla; elle ne contenait aucun écrit, mais un objet enveloppé avec soin : — *Un masque de fer !*

CHAPITRE XXVII

Une Vision

Le jeune homme ne s'était rendu, ou plutôt n'avait été réduit qu'après une lutte terrible.

Cette collision brutale, survenue à l'heure même où son imagination saisissait enfin le nœud du mystère attaché à ses pas depuis le berceau, fit succéder à une exaltation excessive une prostration non moins profonde.

Ces hommes, qui le tenaient ainsi qu'on tient une bête furieuse acculée au bout d'une longue et dangereuse poursuite, n'eurent plus alors besoin de se servir des cordes destinées à achever leur victoire. Elle était complète sans cela.

Le prisonnier, les yeux fermés, les membres inertes, restait en leur pouvoir, sans donner d'autre signe de vie qu'une respiration imperceptible, prête à s'éteindre au premier effort.

— Relevez-le avec précaution, ordonna Saint-Mars, et suivez-moi.

On le transporta dans une chambre du donjon, évidemment préparée en cas de besoin. Elle était aussi sûre que discrète. Sa fenêtre unique donnait sur la campagne, mais c'était moins une croisée qu'une meurtrière, large d'un pied et haute de deux, pratiquée dans l'épaisseur de la muraille en forme d'entonnoir et munie d'un luxe formidable de barreaux de fer.

La porte en cœur de chêne, avec un guichet dans le haut pour l'œil des geôliers, répondait à la solidité de la fenêtre.

Mais, à côté de ces précautions, et par l'effet des contrastes qui caractérisaient toutes les mesures relatives à ce prisonnier exceptionnel, l'intérieur de la pièce offrait l'apparence du confort et du luxe. Le lit avait de vastes rideaux en damas; une natte épaisse recouvrait le dallage; les meubles, élégants et commodes, renfermaient les habits, le linge, les bijoux du prisonnier. Le service de sa toilette était en porcelaine et en vermeil; les glaces, à biseaux, provenaient de Venise. Sa table ne devait être fournie qu'en vaisselle plate.

Quatre domestiques étaient attachés à sa personne, prêts sans cesse à exécuter ses ordres et à pourvoir à ses besoins ou à ses caprices. Saint-Mars avait été prévenu, dans son entrevue avec un très-haut personnage, qu'il ne dérogerait pas en le servant lui-même à ses repas, et souvent, en effet, il venait déposer les plats devant lui.

Hélas! qui voudrait payer cette splendeur au prix qu'elle lui coûtait.

Au reçu de la réponse du ministre, le commandant ne perdit pas une minute; il remit la boîte à Rosarges, son acolyte assidu, et tous deux s'enfermèrent dans la chambre où leur victime gisait encore sous l'influence de sa crise récente.

Ils y restèrent une demi-heure environ. Lorsqu'ils sortirent, Rosarges portait toujours la boîte, mais elle était beaucoup plus légère. Le front de Saint-Mars était assombri sous de grosses préoccupations; celui de son complice rayonnait d'un reflet diabolique. — Ces deux hommes venaient à coup sûr d'exécuter une œuvre infernale.

Les quatre laquais attachés au service du prisonnier furent alors mandés chez le commandant. C'étaient des guichetiers et des espions, bien plus que des serviteurs. En les admettant dans la place, on leur imposait, pour condition première, de ne plus la quitter. Ils devenaient, en quelque façon, les prisonniers du prisonnier. On ne dit pas qu'aucun ait tenté de s'affranchir de cet engagement, car une fois initiés au système de terreur par lequel Saint-Mars étouffait les indiscrétions, le moins intelligent comprenait comment il sortirait s'il s'avisait de demander à sortir.

Ce ne fut pas Saint-Mars qui les reçut, mais Rosarges. Son œil allumé, ses pommettes empourprées, son accent enroué, disaient où il avait puisé l'insolence et la brutalité de son attitude :

— Tas de coquins, de fainéants ! commença-t-il, vous faites votre service d'une façon déplorable. Votre prisonnier est malade, et vous n'avez pas encore trouvé moyen de lui rendre seulement la connaissance... Jusqu'à sa guérison, l'un de vous restera, à tour de rôle, à veiller auprès de lui, et mettra monseigneur-le gouverneur au courant de ses gestes et de ses paroles.

De plus, il vous est défendu, — sous une peine que je n'ai pas besoin de vous faire connaître d'avance, — de lier conversation avec lui. Vous ne devez lui répondre que par oui ou par non, et le renvoyer toujours s'adresser à monseigneur. Enfin, si vous témoignez la moindre surprise de l'état où vous le verrez, la première fois que vous entrerez dans sa chambre, c'est à moi que vous aurez affaire... Allez, maintenant. A qui le tour de garde ?

— A moi, répondit l'un deux.

— Eh bien, monte près de lui, et s'il y a besoin, appelle par le guichet.

Cet homme obéit; la soirée était venue ; l'état comateux du malade ne se modifiait pas. Le gardien alluma une lampe sur la cheminée, lutta quelque temps contre le sommeil, puis, tranquillisé par l'espèce de catalepsie du prisonnier, il s'endormit dans un fauteuil.

Tout reposait de même dans la forteresse, la nuit était calme, l'horloge avait sonné onze heures, lorsqu'un soupir prolongé partit du fond des rideaux. Le malade se remuait peu à peu et se dressait sur son séant. C'était la fin de sa crise.

Ses idées, ses sensations lui revenaient lentement; il essayait de se recueillir, mais une torpeur, une pesanteur indéfinissables régnaient sur son cerveau. Il secoua la tête à plusieurs reprises, et au lieu d'éloigner sa souffrance, ce mouvement ne fit que l'accroître.

Il se rappela alors qu'il avait été malade, et ce poids étrange lui parut l'effet de la commotion cérébrale qui l'avait atteint et abattu aux pieds de ses adversaires.

Il avait besoin d'air; sa poitrine, si longtemps oppressée, aspirait après de larges bouffées qui la rafraîchissent. — Il essaya de humer cet air qui lui faisait défaut, mais à peine un filet insuffisant passait-il à ses poumons.

C'était le cauchemar, sans doute, un de ces étouffements douloureux, supplices anticipés de l'enfer. Il ne savait plus s'il dormait ou s'il était éveillé. Pour s'en assurer, il se laissa glisser de sa couche et se mit debout. Il sentait bien la natte sous ses pieds, la fraîcheur de l'atmosphère autour de lui, il était agile de tous ses membres, — sa tête seule s'inclinait sous cette horrible et inexplicable pesanteur.

Il marcha, s'écoutant marcher en quelque sorte; la natte criait sous ses pas, — donc, il ne sommeillait ni ne rêvait. Il s'arrêta à considérer son gardien profondément endormi, et il eut envie de le réveiller pour achever de se convaincre de la réalité de sa situation. Mais il se retint et commença le tour de la chambre.

Il arriva ainsi jusqu'à la cheminée, sur laquelle brûlait la veilleuse, projetant ses oscillations dans la glace.

Son regard se porta de ce côté, et il s'arrêta, en proie à une indicible épouvante.

Le miroir lui renvoyait la sinistre image d'un homme marchant comme lui, mais pareil au spectre des guerriers, — tel que les représentent les légendes, — le visage enfoui sous une visière d'acier !

Son sang se figea dans ses veines; il voulut se débattre, crier, mais il se trouva sans voix et sans mouvement.

Pourtant il réussit, par un grand effort de raison, à se retourner, pour envisager en face ce personnage fantastique. Mais il faillit devenir fou : personne n'était là ; le fantôme était un reflet sans corps.

Pour le coup, il se dit que c'était bien un cauchemar, et afin d'en avoir le cœur net il se rapprocha de la glace : — le spectre s'en rapprocha aussi. — C'en était trop ! d'une main il prit la lumière, et de l'autre il toucha le miroir; — le spectre prit une lumière aussi et ce fut son doigt qui vint s'aligner au bout du sien !

Il secoua la tête; l'affreuse apparition imita ce geste.

Épouvanté, il porta ses deux mains à son front... Horreur !... ses mains s'arrêtèrent sur une surface rigide et glacée; ce ne fut pas sa peau, ce ne furent pas ses cheveux qu'il toucha! ce fut une carapace de fer !...

Ce fantôme, c'était lui !... l'odieuse machine qui mettait à la place de ses traits, ce visage muet et sinistre, cette machine était rivée à ses tempes !... La pesanteur de son cerveau, le cauchemar que l'étreignait, c'était-elle!...

Il n'était plus un homme; il était un spectre !...

Devant cette découverte, il ne songea ni à se délivrer de ce masque, ni à pénétrer ce mystère; il poussa un rugissement sourd, comme le lion blessé, et tomba de toute sa hauteur, roide, sur le parquet.

Cette rechute fut pire que son premier accès. Le médecin et le commandeur crurent pendant un mois qu'il n'en reviendrait pas, et la position de ce dernier fut des plus perplexes.

Il comprenait parfaitement que le désir du ministre était de se voir délivrer le plus tôt possible de ce prisonnier gênant; mais le roi, guidé par d'autres vues, appréhendait, au contraire, qu'il lui arrivât malheur.

Or, le raisonnement de Saint-Mars était celui-ci : je dois obéissance au ministre; mais d'abord il ne m'a rien prescrit de positif contre les jours du prisonnier; ensuite il est clair que ma fortune est attachée à la mission que je remplis. Si cette mission finit trop vite; ma fortune est compromise, les grands n'ont guère d'égard pour vous que tant que vous leur êtes utile. Plus M. de Louvois aura besoin de moi, plus je verrai pleuvoir sur ma maison les titres et les lingots.

Et puis, se disait-il encore, tous les jours je sers d'exécuteur à des sentences, en vertu desquelles on plonge dans les puits ou dans les oubliettes des gens qui me valent bien, uniquement pour s'assurer de leur discrétion. Qui me dit qu'une fois ma mission finie on ne m'enverra pas les rejoindre, moi, possesseur d'un secret mille-fois plus important que les leurs!...

La conclusion se comprend : M. de Saint-Mars était résolu à maintenir l'instrument de sa fortune et de sa sécurité dans le meilleur état, le plus longtemps possible.

Après tout, il est évident qu'on pouvait raisonner plus mal.

Le malade fut donc entouré de soins, et, sauf la gêne de son masque, auquel on espérait l'accoutumer, il reçut jusqu'aux raffinements de la médication et du bien-être.

Saint-Mars eut bientôt un autre intérêt à presser son rétablissement : le ministre, satisfait de la manière dont il s'acquittait de sa mission, le nommait *gouverneur de Pignerol*, — avancement considérable, — mais à la condition d'emmener son captif dans sa nouvelle résidence.

Notons, en passant, que c'est à partir de cette époque que l'on paraît avoir commencé à désigner celui-ci sous le nom de *Latour*, probablement en raison de l'endroit où on le retenait depuis l'aventure de la cassette. On sait, au surplus, qu'il était d'usage constant, dans les prisons d'État, de donner alors aux prisonniers de conséquence des sobriquets, pour détourner d'eux l'attention publique et dépister les recherches de leurs amis ou de leurs familles.

Le commandant, ne se dissimulant point combien sa vue pouvait être désagréable au malheureux qui lui devait une aggravation de supplice sans exemple chez les nations civilisées, évita de s'offrir à lui depuis le moment de son délire jusqu'à celui où le médecin le déclara sauvé.

On lui épargna de même l'apparition de l'infâme Rosarges, qui n'eut, durant ce laps, à exercer ses brutalités que sur ses inférieurs, les gardiens et les domestiques du malade.

Il n'en était pas moins exactement renseigné, on le pense bien, sur ses moindres paroles. Les domestiques étaient autant de misérables espionnant la victime et s'espionnant entre eux. En outre, il avait confié à madame Saint-Mars, sœur, comme nous l'avons dit, de la maîtresse en titre de Louvois, la surveillance intime de son hôte.

Il nous est parvenu peu de renseignements sur cette dame; mais, en dépit de sa parenté, il n'est pas impossible qu'elle se montrât plus compatissante que son époux pour ce jeune homme, si beau, si noble, si plein de qualités de toute nature, et si infortuné. Toujours est-il qu'elle remplissait près de lui le rôle de sœur de charité, et que, de temps en temps, par la suite, afin de jouir de sa présence, il engageait à dîner le commandant, en le priant d'amener sa femme.

Ce fut donc un visage féminin qu'il aperçut en rouvrant les yeux; une voix de femme qui lui adressa des paroles d'encouragement au retour de sa raison, et il put respirer un moment.

Mais ce fut une courte halte dans sa voie douloureuse. Saint-Mars, instruit par le médecin de sa pleine convalescence, prit des mesures pour se rendre à Pignerol, et voulut l'informer lui-même de ce déplacement, en le colorant sous la distraction agréable d'un voyage. — Comme s'il pouvait exister encore un charme dans la nature pour le malheureux soumis à un supplice de toutes les minutes !

Il prit toutefois la précaution de se faire annoncer par sa femme; celle-ci était en train de préparer le captif à recevoir sans colère son bourreau, lorsque, impatient d'en finir, il entra.

Nous ne saurions rendre l'impression que cette hardiesse causa au jeune homme. Il écoutait d'un air profondément pensif le préambule de madame Saint-Mars, et, peut-être, grâce à sa diplomatie féminine, eût-elle fini par l'amener au calme voulu. Mais la venue prématurée du commandant alluma un de ces accès de violence dont nous avons cité plusieurs exemples.

Saint-Mars, fidèle à sa consigne, était en grand costume, et se présentait le feutre à la main, courbé avec un respect apparent irréprochable. Ces marques d'une déférence hypocrite aggravaient toujours l'irritation du captif, pour lequel elles étaient autant d'ironies poignantes.

Cette fois, il ne fit qu'un bond; et le gouverneur n'eut ni le temps ni la présence d'esprit de s'y reconnaître; il lui enleva son épée et se dressa terrible devant lui.

— Bourreau, lui cria-t-il, à mon tour!... Tu as rendu ma vie impossible, il me faut la tienne!...

Et marchant sur Saint-Mars, terrifié, qui reculait sous la menace de cette arme dirigée vers sa poitrine, il allait le frapper sans merci.

Madame de Saint-Mars n'eut que le temps de se jeter entre eux en poussant des cris désespérés.

Il fallait passer sur son corps pour arriver à son mari; le prisonnier hésita; ce ne fut que l'affaire d'une seconde, mais cette seconde suffit. Les gardiens, constamment apostés aux abords de la chambre, accoururent.

— Qu'on le saisisse!... bégaya Saint-Mars encore livide de terreur.

— C'est inutile, dit le jeune homme; ne me touchez pas!... Je n'en voulais qu'à mon bourreau; madame l'a sauvé! Vous autres, je ne vous frapperai pas de cette épée. La voici!...

D'un geste superbe, il la jeta à quelques pas devant eux.

Depuis cet incident, Saint-Mars ne se montra plus au prisonnier avec son épée; mais il eut soin, en toute occasion et à tout propos, de lui laisser voir deux pistolets placés dans son habit.

Cet homme était de ceux qui deviennent aussi insolents après le danger qu'ils étaient lâches pendant sa durée. Affectant son air le plus obséquieux, il s'inclina jusqu'à terre et dit :

— Monseigneur, vous me forcez à des rigueurs bien contraires à mes sentiments pour votre personne. Nous partons demain. Au lieu d'une berline de voyage commode et agréable, je serai réduit à vous faire porter dans une litière garnie de grillages et recouverte d'une tenture épaisse...

— Une prison ambulante... interrompit Latour.

Saint-Mars salua et acheva sa phrase :

— Je suis obligé de vous prévenir que, si vous tentiez le moindre mouvement pour une évasion, le moindre appel, des hommes appartenant au major Rosarges seraient aux quatre coins de la litière, qui vous feraient sauter la cervelle.

Sur cette menace, il salua de nouveau, et, suivi des gardiens, il entraîna madame Saint-Mars, dont les yeux adressèrent au captif un dernier regard de compassion.

— Infâme!.. murmura le jeune homme en se retrouvant seul sous les verroux.

Puis il s'affaissa sur un fauteuil, en proie à l'un de ces désespoirs où tout sentiment de courage, de résignation manque au plus fort, au plus croyant, et où surgissent les idées de suicide.

Peut-être n'eût-il quitté ce fauteuil que pour aller finir, victime prédestinée à la fatalité, suspendu à l'un des barreaux de sa prison.

Une circonstance bien futile au premier abord, bien importante pour lui, en décida autrement.

Dans le calme qui l'entourait, la brise apporta, par sa fenêtre entr'ouverte, les fragments d'un chant doux et mélancolique, qui semblait partir de l'autre côté des fossés du donjon.

Il prêta l'oreille, se leva machinalement, se rapprocha de la croisée, et tomba à genoux en mouillant de larmes le fer implacable de son masque... Ce refrain, il l'avait chanté naguère; cette voix, son cœur la reconnaissait; et tout son être débordant à cette sensation inespérée, sanglotant de rage et de bonheur, il murmura bien bas, pour que la muraille même ne surprit pas un tel secret:

— Charlotte! Charlotte!...

CHAPITRE XXVIII

Les deux mendiantes.

Nous sommes entrés dans la voie des étapes douloureuses, ce sont désormais des des noms de prison et de citadelle qui vont jalonner les étapes de ce nouveau Golgotha.

On croirait, si les documents authentiques n'étaient là pour nous appuyer, parcourir, en lisant cette horrible histoire, les récits imaginaires d'une légende maudite. De Pignerol, place insignifiante, le prisonnier fut donc dirigé sur Exiles pour consacrer l'avancement dû au mérite de ses geôliers.

Pignerol était en effet, comme importance, infiniment au-dessous d'Exilles, surtout à l'époque où se passent ces événements. Vauban, du reste, considérait cette place

La jeune fille faillit tomber à la renverse.

comme inutile, et en avait souvent conseillé l'abandon. Toutefois, par sa situation stratégique, enviée des puissances limitrophes, elle fut tour à tour prise, rendue, cédée, reconquise par la France, dans les traités avec la Savoie et la Sardaigne.
A cette date, elle nous appartenait en vertu du traité de 1632, qui nous l'avait abandonnée avec la vallée de Pérouse, communiquant avec le Dauphiné.

Cette acquisition nous avait assuré, en même temps, une prépondérance marquée
sur l'Italie. Louis XIV avait accru les fortifications de la ville et rendu la forteresse
imprenable. En en confiant le commandement à Saint-Mars, c'était donc accorder

à celui-ci une preuve éclatante de satisfaction. — Nous savons par quoi elle était méritée!

S'il avait eu tort de vouloir·vanter les agréments de cette résidence à son prisonnier, il n'en avait pas moins raison de les apprécier pour lui-même. Placé à l'embouchure des hautes vallées des Alpes, à l'endroit où finit la plaine et où commence la montagne, sur un sol d'une merveilleuse fertilité, Pignerol est une ville des plus agréables.

Le nom de sa citadelle reparaît, à plusieurs reprises, dans les plus sombres annales de la France et de la Savoie; car, en raison de sa sûreté, elle servit mainte fois à la réclusion des prisonniers les plus précieux.

Le fort d'Exiles était moins gai.

Saint-Mars avait pris ses mesures pour ôter à son captif la pensée de fuir, et pour avoir raison de lui s'il hasardait la moindre tentative.

La sombre litière, — cette cage ambulante où le plus bienveillant des êtres était relégué à l'instar d'une bête sauvage, — fut donc acheminée, protégée par une forte escorte, sur laquelle le commandant ne cessait d'avoir l'œil.

On avait adopté un itinéraire en dehors des localités les plus peuplées, et l'on ne s'arrêtait, pour le repos des hommes et des chevaux, qu'aux auberges isolées sur les routes de traverse. La distance devait être aisément franchie, malgré ces précautions, ces détours et l'embarras de l'escorte, en vingt-quatre heures, car on avait résolu de marcher de nuit et de jour.

Les deux premières haltes n'offrirent absolument rien de particulier. Le prisonnier reçut dans sa litière les soins de Saint-Mars; on lui permit même, à la seconde étape, en raison de l'isolement absolu de la campagne, et du crépuscule, de mettre pied à terre et de se tenir un quart d'heure debout, au bras du commandant.

Tout présageait que le voyage irait à son terme avec le même succès, et l'on arriva en vue de Fenestrelles, localité importante, aux deux tiers du chemin, que l'on tourna comme les autres, pour prendre une demi-heure de repos dans les environs.

L'endroit où l'on s'arrêta était un misérable groupe de quelques maisons. Le soleil se levait, les habitants commençaient à se mettre sur pied pour partir à leurs occupations. Quelques-uns, attirés par le bruit inaccoutumé d'un nombreux cortège, mirent le nez à la fenêtre ou s'en vinrent sur le seuil de leur porte; mais en apercevant des uniformes, tous se tenaient à distance.

Seules, deux mendiantes se montrèrent plus hardies. C'était une femme épuisée de lassitude, appuyée sur le bras d'une jeune fille dont elle paraissait être la mère.

Elles parvinrent assez près de la litière, et la jeune fille commença un refrain lent plaintif, en tendant une sébille à la charité de ses auditeurs.

Ceux-ci se montraient peu empressés d'y verser leur offrande; mais, retenus par le charme extraordinaire de cette voix et par l'attrait des paroles, ils écoutaient avec complaisance, sans se douter de l'attrait bien autrement puissant qu'elles avaient pour une autre personne.

Dès les premières notes, le prisonnier avait tressailli. C'était la voix, c'étaient les paroles entendues déjà dans le donjon d'Exiles; — après l'avoir arraché à la tentation, elles résonnaient aujourd'hui à son oreille, douces et consolantes, pour lui apprendre qu'il lui restait au monde une affection dont ses persécuteurs ne pouvaient le dépouiller.

Elles faisaient descendre en lui une béatitude séraphique ; ses tourments, ses supplices disparaissaient, il rêvait du paradis ! car il faut bien peu à l'âme éprouvée par de telles misères, pour passer de l'excès de l'abattement au comble de la félicité.

Mais son émotion ne connut plus de bornes, lorsque la mère de la chanteuse, rassemblant ses forces, voulut se joindre à elle et l'accompagner. Il sentit, à l'émotion de cet accent, tout ce qu'elle devait souffrir, et perdant la mémoire des menaces de son tyran, il s'approcha aux barreaux de la portière, allongea le bras et écarta la draperie. — Il jouait sa tête.

Sa bonne étoile voulut que ses gardiens, occupés des deux chanteuses, ne surprissent pas cette témérité.

Il les vit, lui aussi, toutes les deux : Marion et Charlotte ; et ces noms allaient s'échapper de sa poitrine et le trahir avec elles, lorsque la jeune fille, poussant un cri, chancela et faillit tomber à la renverse.

Le malheureux, emporté par son premier élan, avait oublié le masque de fer, rivé à son visage ; et quand son regard s'était croisé avec celui de Charlotte, celle-ci avait eu révélation de cette figure d'acier, épouvantable, torrifiante !

A ce cri Saint-Mars, qui se trouvait dans l'auberge du lieu pour donner les ordres, s'élança soudain au dehors.

— Par la mordieu ! s'écria-t-il, que se passe-t-il donc ?...

Sa vue avait fait trembler les plus hardis. Chacun s'était remis à son poste ; les quatre gardiens le pistolet au poing.

L'œil louche du commandant tomba sur les deux femmes :

— Des mendiantes !... fit-il ; qu'on les chasse !... Ce maudit pays en est infecté !...

Fidèles jusqu'au bout à leur rôle, et puisant du courage dans le péril, Marion et sa fille lui présentèrent leur sébile, en invoquant sa charité. Il leur répondit par un blasphème, et ses gens les poussèrent brutalement hors de la voie.

Leur persévérance, leur dévouement avaient réussi sans doute à se faire comprendre de leur ami, de leur frère, mais à quel prix ! Ce visage de fer devait poursuivre leur pensée jusqu'à la fin de leurs jours ; — l'effroi qu'il leur avait causé ajoutait au poids dont il accablait déjà le front de la victime.

CHAPITRE XXIX

La prison d'Exiles

M. Th. Jung, l'auteur de la *Vérité sur le Masque de Fer*, a fait, sur les différentes prisons d'État où fut enfermé notre héros, des études que sa haute compétence rend précieuses et que nous lui empruntons :

« Le fort d'Exilles est situé sur une petite montagne très-avantageuse qui se trouve au milieu de la Doria, et sur la rive gauche de ce cours d'eau, à douze lieues nord-ouest de Suse et sept est de Briançon.

Il forme auprès du Pont-de-Vaux un défilé presqu'impossible à forcer, sur la route de Briançon à Turin.

Ce fut par le chemin de Caux à Chaumont que Charles-Emmanuel Ier, duc de Savoie, fit passer son artillerie quand il en f.t le siège. Le poste fut pris en 1597, avec le secours des Espagnols, et repris en 1598 par le connétable de Lesdiguières.

Plusieurs chemins de montagne y viennent aboutir, particulièrement celui du col des Violettes, menant de la vallée de Pragelas, et celui du petit mont Cenis, passant au col de Bouilles. Ce fut ce dernier chemin que les Barbets ou Vaudois, venant de Suisse, prirent au commencement du mois de septembre 1689 pour continuer leur route vers le pont de Salle-Bertrand et la vallée de Saint Martin et de Luzerne en Piémont.

Cette place était attenante à l'est à la communauté de Chaumont; au sud, à la vallée de Pragelas: à l'ouest, à la communauté de Salle-Bertrand; et au nord, à une petite partie du Piémont et de la Savoie.

Elle passait pour être fort ancienne. Strabon en parle, en effet, dans le quatrième livre de son *Histoire*. Il prétend qu'elle était située à l'extrémité des terres de Cottius, que l'empereur Auguste avait essayé de conquérir. Ce Cottius était souverain des Alpes Cottiennes, et avait pour capitale de ses États la petite ville de Suse, qui n'est qu'à deux lieues d'Exilles.

César en fait également mention et dit positivement, au premier livre de la *Guerre des Gaules*, qu'étant parti d'Exilles, qui est la dernière place de la province extérieure, il arriva le septième jour dans la terre des Vaux Cottiens, qui vont de la province ultérieure. Quelques historiens ont même assuré que le nom d'Exilles provenait du latin Exillium, parce qu'on y reléguait autrefois des prisonniers romains.

Il est de fait qu'à l'époque qui m'occupe, on voyait dans le donjon une ancienne tour, plus élevée que les autres, qu'on supposait avoir déjà servi de prison du temps des Romains.

Au dix-septième siècle, cette forteresse faisait partie du Dauphiné. A la mort de Lesdiguières, gouverneur de la province, le droit à la nomination au poste d'Exilles revint au Roi, et le 12 mai 1681, Louvois écrivait à Saint-Mars : « Sa Majesté a trouvé bon de vous accorder le gouvernement d'Exilles, vacant par la mort de Les-diguières, où elle fera transporter ceux des prisonniers qui sont à votre garde, qu'elle croira assez de conséquence pour ne pas les mettre en d'autres mains que les vôtres. »

Au reçu de cette dépêche, Saint-Mars, de concert avec le commissaire Du Chau-noy, entreprit un premier voyage, pour constater l'urgence des aménagements à exécuter. De retour à Pignerol, dans le courant de juin, il comptait partir vers la fin de juillet pour sa nouvelle résidence ; les ordres mêmes étaient donnés, les lettres écrites dans ce sens à l'abbé d'Estrades, lorsque survint une dépêche de Louvois, prescrivant à Saint-Mars de faire traîner en longueur les réparations, et de pré-texter une impossibilité quelconque de départ, sa présence étant devenue nécessaire à Pignerol, où l'on comptait se préparer à une seconde tentative contre Casal. Cette fois encore, Catinat allait recevoir l'hospitalité mystérieuse du gouverneur du donjon. Ce ne fut donc que vers le milieu d'octobre, après la prise de Casal, par Catinat et Bonflus, que Saint-Mars put se rendre au fort d'Exiles, avec ses deux prisonniers. Pour les garder, il employa les hommes de sa compagnie, réduite à quarante-cinq, avec deux lieutenants, La Prade et Boisjoly. Mais quelle garde! quel soin! La dépêche de Saint-Mars à Louvois, du 11 mars 1682, est plus explicative, plus détaillée que le meilleur des récits.

Le 2 mars 1682, le secrétaire d'Etat avait écrit à son geôlier :

« Comme il est important d'empêcher que les prisonniers qui sont à Exiles, *que l'on emmenait à Pignerol de la tour d'un bas*, n'aient aucun commerce, le roi « m'a ordonné de vous commander de les faire garder si sévèrement et de prendre « de telles précautions que vous puissiez répondre à Sa Majesté qu'ils ne parleront « à qui que ce soit, non seulement de dehors, mais même de la garnison d'Exilles ; « je vous prie de me mander de temps en temps ce qui se passera à leur égard. » Saint-Mars répond par le retour du courrier à cette question et à une autre du 27 février : « J'ai reçu celle qu'il vous a plu me faire l'honneur de m'écrire le 27 du « passé, par laquelle vous me mandez, monseigneur, qu'il est impossible que mes « deux prisonniers n'aient aucun commerce.

« Depuis le commencement que monseigneur m'a fait ce commandement, j'ai « gardé ces deux prisonniers qui sont à ma garde aussi sévèrement et exactement « que j'ai fait autrefois de MM. Fouquet et Lauzun. Lequel ne peut se vanter d'avoir « donné ni reçu des nouvelles, tant qu'il a été enfermé. Ceux-ci peuvent entendre « parler le monde qui passe au chemin qui est au bas de la tour où ils sont, mais « eux, quand ils voudraient, ne sauraient se faire entendre ; ils peuvent voir les per- « sonnes qui seraient sur la montagne qui est devant leurs fenêtres, mais on ne « saurait les voir à cause des grilles qui sont au devant de leurs chambres.

« J'ai deux sentinelles de ma compagnie nuit et jour des deux côtés de la tour, « d'une distance raisonnable, qui voient obliquement la fenêtre de mes prisonniers. « Il leur est consigné d'entendre si personne ne leur parle, et s'ils ne crient point « par leurs fenêtres, et de faire marcher les passants qui s'arrêteraient sur le che- « min ou sur le penchant de la montagne. Ma chambre étant jointe à la tour, qui « n'a d'autre vue du côté de ce chemin, fait que j'entends et vois tout et même mes « deux sentinelles, qui sont toujours alertes par ce moyen-là. Pour le dedans de « la tour, je l'ai fait réparer d'une manière où le prêtre qui leur dit la messe ne le « peut voir, à cause d'un tambour que j'ai fait mettre, qui couvre leurs doubles « portes.

« Les domestiques qui leur portent à manger mettent ce qui est de besoin aux « prisonniers sur une table qui est là, et mon lieutenant le prend et le porte. Per- « sonne ne leur parle que moi, mon officier, M. Vigneron le confesseur, et un « médecin de Progelas, à six lieues d'ici, et en ma présence. Pour leur linge et « autres nécessités, mêmes précautions que je faisais pour mes prisonniers du « passé. »

Ces deux prisonniers dont parle cette dépêche sont sûrement le Masque de Fer et son gouverneur, tenu tous les deux au secret avec la même rigueur. A part la somme allouée par l'entretien, les précautions sont identiques à celles employées pour

MM. Fouquet et Lauzun. Qu'on compare ces procédés avec ceux adoptés pour Mattioli, que ses devanciers dans cette opinion (Delort, Roux, Fuzillac, Ellis, etc.)
n'admettaient comme possible qu'à la condition formelle de faire de Mattioli l'un
des deux individus à l'égard desquels Saint-Mars prenait la minutieuse précaution
que je viens de citer.

Dans cette place, les appointements de Saint-Mars étaient fort élevés. Il touchait
six mille livres de fixe comme commandant de la citadelle, dix-huit cent livres
comme sous-lieutenant de mousquetaires, quatre mille huit cent livres pour les
places de Péroux et de l'Ecluse, sans compter les allocations d'éclairage, de chauffage, de literie, de solde des hommes, de la nourriture des prisonniers, fixés aux
taux de quinze francs par tête et par jour, etc. Mais l'ennui, paraît-il, était en pro-
portion des appointements. A Exiles, Saint-Mars se trouvait absolument seul, avec
sa famille, ses enfants, ses prisonniers, ses quarante-cinq hommes et ses deux lieutenants. Le village d'Exiles était assez éloigné et sans importance. Il pouvait bien
dans cette petite place, faire de l'autocratie à volonté, au besoin s'absenter pour se
rendre à Turin, à Suse, même à Casal; mais le retour n'en était que plus désagréable.

CHAPITRE XXX

Fragments littéraires

Comme à Pignerol, Latour, puisqu'on l'appelait ainsi dans le langage officiel, fut
installé dans une chambre du donjon, disposée pour lui avec cette recherche de
luxe qui était une dérision du sort.

Il devait faire là un séjour si long, qu'il faut nous arrêter à certains détails de
sa captivité.

Son entourage resta le même : quatre domestiques, le major Rosarges pour les
surveiller, et le commandant pour tout diriger en premier ordre.

On lui permettait des promenades dans le jardin et dans le préau de la citadelle,
mais à la condition expresse qu'il n'adresserait la parole à personne et se tiendrait
dans un certain périmètre. La condition du silence était d'autant moins nécessaire,
qu'aux heures où il devait sortir, on faisait rigoureusement rentrer les autres détenus et les employés, sauf les factionnaires des remparts, qui ne pouvaient l'apercevoir que dans la perspective.

Il avait le droit de cueillir les fleurs du jardin, et il paraît, à en juger par les écrits
qui lui ont été attribués, qu'il en usait comme de sa plus grande consolation.

Dans l'intérieur de sa chambre se trouvait un rayon de bibliothèque pour les livres qu'on lui permettait de lire, mais qui n'y arrivaient et n'en sortaient, on peut le croire, que minutieusement contrôlés par Saint-Mars en personne. De même, on lui accordait de quoi écrire, mais sur des feuilles de papier numérotées, et que le commandant enlevait en les comptant avant de lui en fournir d'autres.

Il composait des poésies et des morceaux de prose, dont une partie, dans le genre élégiaque, réflétaient les douleurs de son âme. Dans ses contes, il s'adressait à ses fleurs de prédilection et leur confiait ses ennuis. Tel est, du moins, le caractère des inspirations dont nous parlions tout à l'heure.

Sa guitare lui venait aussi en aide; il passait de longues heures, le soir, à la fenêtre grillée de sa prison, répétant les modulations qui lui rappelait les veillées de Bourgogne.

On a retrouvé quelques-unes des inspirations littéraires du pauvre prisonnier.

En voici deux fragments :

PREMIER FRAGMENT

Mon journal, ou entretiens philosophiques et moraux d'un prisonnier avec ses fleurs.

« Le voyageur retrace dans son journal ses plaisirs et ses peines; moi, je n'ai pas de plaisir à retracer, je n'ai que des peines.

« Le voyageur y retrace encore son entretien avec d'autres créatures vivantes, ses impressions au sujet de mille objets qui frappent ses sens; pour moi, mes entretiens et mes impressions se bornent à mes fleurs.

« Pauvres fleurs; les unes vivent d'une vie étiolée comme la mienne : l'air, le soleil leur manquent; ces biens sont ceux de tout le monde, la nature le donne gratuitement à tous, sauf à nous peut-être, mes pauvres fleurs et moi, à qui il n'est pas donné d'en jouir.

« Les autres, parmi mes fleurs, et c'est le plus grand nombre, sont mortes couchées dans mon herbier. Plus heureuses que moi; elles ont une tombe, une main amie qui les soigne; la main amie je ne l'aurai jamais, et la tombe, l'aurai-je ?

« Doute triste ! on m'a créé une vie à part, peut-être aussi me créera-t-on une mort à part... La méchanceté est si ingénieuse !... Oh! tais-toi, mon cœur ! sois discret, ou crains que les murailles ne parlent ! Ce papier lui-même ne gardera pas ce que tu lui confies... Tes pensées, mes paroles doivent être jetées aux vents comme les cendres des êtres maudits ! En toi et en moi tout n'est-il pas cendres, et vivons-nous ailleurs que dans la mort sous l'apparence de la vie ?

« Résignons-nous, je commence.

« *Ce dimanche de* Reminiscere, *du mois de mars 1688, l'an de ma captivité la vingt-deuxième.*

« Les fleurs sont les amours de la terre et des cieux ; pourquoi ne seraient-elles pas celle du prisonnier? Elles seront les interprètes de tous les sentiments : elles seront les interprètes des miens. Les unes rappellent des idées de bonheur et de gloire; celles-là m'arrachent un regret, il n'est pour moi ni gloire ni bonheur; les autres, servant d'aliment à la mélancolie, rappellent de tendres et douloureux souvenirs; celles-là seront à l'unisson de mon âme, elles m'arracheront un sourire. Avec celles-là, nous nous entendrons peut-être; les fleurs n'ont-elles pas aussi une langue ?

« Quand le roi Saint-Louis prenait pour devise une marguerite et des lys, par allusion à la reine son épouse et aux armes de France, ces fleurs ne disaient-elles rien à son cœur.

« Quand Saint-Médard institua le prix le plus touchant que la piété ait jamais offert à la vertu, une couronne de roses pour la jeune fille la plus modeste, la plus sage, la plus soumise à ses parents, cette couronne ne disait-elle rien à la jeune fille et à ceux qui la voyaient ?

« Quand à ceux qui venaient dans leur temple, les prêtres égyptiens présentaient une roue tournant rapide et des fleurs : la roue pour les faire souvenir de l'instabilité des choses humaines, les fleurs pour leur rappeler la brièveté de la vie; ce langage symbolique n'était-il pas entendu de tous ?

« Quand les Orientaux composent des bouquets interprètes des plus doux sentiments du cœur, les cœurs ne comprennent-ils pas ce langage ?

« Quand la nourrice de Rebecca fut enterrée sous un saule, auquel les enfants de Jacob donnèrent le nom de saule pleureur, n'y avait-il là qu'une dénomination du hazard ?

« On me fit voir un jour un tableau d'histoire fait avec des fleurs et représentant des martyrs. La toile était percée d'une infinité de trous par lesquels passaient les queues des fleurs. Ces fleurs étaient rangées et découpées avec tant d'art, qu'elles imitaient, à s'y méprendre, des figures humaines.

Derrière la toile étaient placés des vases où trempaient les queues des fleurs. Ce tableau ne devait durer qu'un jour; je m'écriai : « O grand Dieu ! que tes œuvres sont admirables ! »

> Des fleurs dans tous les mouvements.
> L'observateur voit un présage :
> « Celle-ci par son doux langage
> Indique le travail ou la fuite du temps,
> Qui la flétrit à son passage;
> Sous un ciel encor sans nuage
> Celle-là, provoyant l'orage,
> Ferme ses pavillons brillants,
> Et sur les bords d'un frais bocage
> Sommeille au bruit lointain du vent.

« Telle l'Alleluia ou l'Oxalide, lorsque la nuit arrive, ploie ses feuilles et s'abandonne au sommeil; mais à peine le jour a-t-il paru, aussitôt elle se réveille et semble, par un mouvement de joie, saluer le soleil. Le symbole de cette jolie petite plante est la *joie*. Ce symbole, hélas ! est étranger à mon cœur.

Il lança le message soigneusement attaché et lesté.

» Et la mauve, si précieuse pour ses vertus salutaires et dont l'emblème est la sincérité ;

» Et la Badiane, qui sert d'horloge aux Chinois, emblème de *l'importunité*.

» Et l'Astragale, dont les fleurs se découvrent à peine au milieu du duvet qui les entoure, symbole de *regrets*.

» Et l'Astrame, dont la fleur ressemble à une étoile, emblème de l'*arrière-pensée*.

» Et le Coqueret, symbole de l'*erreur*.

» Et la Brumelle, de la solitude.

» La Crapaudine, de l'*artifice*.

» L'Aristée du Cap, des *rigueurs*.

» La Doronic, de la froideur.

» La Coriande, du mérite caché.

» L'Amaryllis, de la fierté.

» L'Iris, que les anciens ne laissaient cueillir que par une personne chaste, symbole de la *confiance* et de la *légèreté* ;

> C'est une fleur à peine éclose
> Qui tient un peu du lys pour la fierté,
> Pour la fraicheur, tient de la rose ;
> Du tournesol pour la mobilité ;
> Mais par malheur, un peu trop vive,
> Légère comme le zéphir,
> Elle tient de la sensitive
> Et fuit quand on veut la cueillir.

» Parlerai-je du Mille-Pertuis, symbole de l'oubli, parce que, dans la Tartarie Chinoise, une infusion de cette plante narcotique fait oublier les maux ? O plante chérie, crois sous mes yeux et répands tes vertus sur le malheureux qui t'invoque ! L'oubli ! l'oubli ! tel est le seul bien que je suis venu à désirer.

DEUXIÈME FRAGMENT.

> *Ce dimanche de Lœtare, avril 1688, de ma captivité la*
> *vingt-deuxième année.*

> Si la modeste violette
> Sous l'herbe se cache en naissant,
> Son mérite perce en cachette,
> Comme l'esprit en se montrant.

« Salut, fleur modeste ! combien plus belle serait la beauté mondaine qui te prendrait pour emblème avec ces mots : *Il faut me chercher !*

» Et toi, Xyloston, chèvre-feuille des buissons, on te dit le symbole des *liens d'amour*, n'es-tu pas plutôt le mien ?

> Mais voici venir la tempête,
> L'éclair serpente dans les cieux ;
> L'arbre des champs courbe la tête
> Sous l'effort des vents furieux ;

Le ciel gronde et l'air étincelle;
A travers l'orage et la grêle
Un arbrisseau lutte longtemps;
Mais enfin ses fleurs déchirées,
Abandonnent au gré des vents,
Les lambeaux naguère éclatants
De leurs feuilles décolorées.

» Parlons du Mogoric, dont les fleurs servent de parure aux femmes de l'Inde, emblème du *luxe*.

« Du Ciste, emblème de la *jalousie*, et dont les étamines sont tellement irritables que souvent on les voit s'agiter sans pouvoir en deviner la cause;

» De l'Anath, avec lequel les Romains tressaient les couronnes dont ils se paraient dans les festins, et qui est l'emblème de la *crédulité*.

» Du Myosotis, dont les fleurs petites, bien ouvertes, d'un bleu céleste, en épi roulé en crosse à son extrémité, sont l'emblème de l'*amitié*. Encore un sentiment que je n'ai jamais connu, que je ne connaîtrai jamais! Un ami! avec un ami on a deux cœurs pour partager le malheur!

« Mon âme est triste!... »

L'homme au Masque de fer recevait, mais toujours en présence de Saint-Mars, la visite du chirurgien et du chapelain. On ne le laissait seul avec celui-ci que pour sa confession, qui était fixée aux principales fêtes. — Hélas! quelles fautes avait-il à avouer, qui ne retombassent de tout leur poids sur ses bourreaux! Ses accès de désespoir, ses idées de suicide, ses pensées de vengeance, qui en eût été coupable, sinon ceux qui l'y réduisaient!

Il assistait aux offices dans la chapelle, de telle sorte, qu'arrivé le premier il tournât le dos aux autres personnes présentes, dont une stalle élevée le tenait isolé.

Enfin, il avait encore la faculté d'inviter à sa table le commandant et madame Saint-Mars, mais il est à croire qu'en raison de la répulsion inspirée par la présence du mari, il se privait fréquemment de celle de la femme.

Quant à son masque, il a donné lieu à bien des dissertations. C'était un assemblage de lames d'acier, doublées, selon toute probabilité, de peau chien, ainsi qu'o... doublait les masques de velours en usage du temps de Louis XIII et de Louis XIV. Ce masque représentait la face d'un casque de chevalerie plutôt qu'un visage humain bien distinct, et, comme à la face d'un casque, la mentonnière était mobile.

Il est même établi qu'on l'affranchit plus tard de cette mentonnière, car l'une de ses occupations favorites consistait à s'épiler les lèvres et le menton, — sans doute pour s'éviter le contact des geôliers qui fussent venus le raser. — Ce masque était en outre fixé par un mécanisme si habile, que le commandant et le ministre en possédaient seuls le secret.

Les rares occasions où on l'enlevait étaient les maladies où le chirurgien déclarait l'asphyxie imminente si l'on n'accordait ce soulagement au prisonnier. Ces cas étaient donc exceptionnels. D'ailleurs, ce chirurgien, nommé Abraham Rheill, et qui suivit Saint-Mars à la Bastille, était, dit un chroniqueur, un opérateur sinistre, aussi mal famé que sa médecine, et auquel Saint-Mars faisait porter ses vieux habits.

CHAPITRE XXXI

Le dangereux message

Toute tentative du dehors pour se rapprocher de Latour ou pour entrer en communication avec lui devait être réputée irréalisable, en présence des précautions dont il était entouré et de l'espionnage réciproque des gens employés par Saint-Mars.

Il y avait, en outre, ceci de particulier dans sa condition, qu'il avait vécu, jusqu'au jour de sa captivité, dans l'ignorance de sa propre origine, dans un isolement rigoureux. Il n'avait pu se créer ni des partisans, ni des amis. Il ne connaissait la topographie de la France que par les livres de géographie.

En cas d'évasion, où serait-il allé, à qui se serait-il adressé, que serait-il devenu?... — Sa naissance, son droit étaient-là. — Comment, à qui les démontrer?

Sa ressemblance avec un auguste personnage? Mais cette ressemblance, cause de tant de terreurs en haut lieu, aurait-elle suffi pour lui procurer des défenseurs?... C'était plus que douteux.

Voilà évidemment pourquoi, si l'on eut à constater les efforts de ce prisonnier exceptionnel pour se faire connaître au dehors, pour divulguer sa captivité inique, on n'eut pas à signaler, durant sa longue détention, les nombreuses tentatives qui en rendirent d'autres célèbres.

C'est ici qu'il faut fixer une de ces imprudences qui chaque fois rendirent sa prison plus dure.

Un soir, à la tombée du jour, vers l'heure où s'opérait dans la forteresse un mouvement de tambours et de marches pour relever les postes et préluder au service de la nuit, il se tenait assis mélancoliquement près de sa fenêtre, dans le vague rayon de clarté que n'interceptaient pas ses barreaux.

Ses doigts se promenaient machinalement sur les cordes de sa guitare, et peu à peu, sans sortir des rêveries qui lui rappelaient ce coin de ciel, entrevu de si loin, il se prit à moduler les réminiscences d'un refrain de sa première jeunesse.

C'était le moment où l'intérieur de la citadelle offrait le plus de bruit; mais, par opposition, celui où la campagne sur laquelle donnait le donjon se montrait le plus paisible.

Comme il finissait son refrain, une voix fraîche, mais triste autant que la sienne, le recueillit et le lui renvoya!... Cette voix venait de loin, car les remparts, les fossés, les accidents semés par la nature et par l'art autour du donjon en rendaient l'approche impossible. Mais il ne la reconnut pas moins au battement de son cœur, comme il l'avait reconnue à Exilles et dans son dernier voyage.

Ainsi cet ange de dévouement et de fidélité avait retrouvé sa trace encore une fois ; elle savait où il vivait, où il souffrait, sa tendresse infatigable bravait tous les périls pour lui faire savoir qu'elle était là, s'associant à ses maux et ambitieuse de les partager !...

Sans perdre une seconde, il saisit un bouquet de violettes doubles, rapporté de sa promenade au jardin du gouverneur, s'aida d'une chaise pour atteindre jusqu'à la fenêtre, et, par une impulsion heureuse, le lança sur le talus formant le revers extérieur du fossé.

La botte fleurie roula jusqu'au bas, et le prisonnier eut la joie immense d'entre-voir, dans le crépuscule, une forme féminine accourir et s'enfuir en l'emportant.

Une communication inespérée venait donc de s'ouvrir tout à coup entre le pauvre prisonnier et le monde ! Ces fleurs, c'était une partie de lui-même transmise à sa bien-aimée.

Ce fut le succès de cette aventure qui en détermina une plus grave. Saint-Mars ne refusait pas à son captif les objets nécessaires pour écrire ; mais celui-ci savait qu'une seule page de papier disparue amènerait la suppression de cette faveur. Il lui vint à l'idée de se servir, pour sa correspondance, d'un morceau de linge. On sait que c'était ce qui lui manquait le moins.

Ayant découpé un large carré de batiste dans une chemise, il y traça un exposé de sa condition, des causes de sa captivité, du supplice constant dont il était victime. Il joignit à ces déclarations un appel éloquent à la générosité publique, et, certain de l'empressement de son amie à tirer parti de cet acte important, il épia le jour et l'heure où elle jugerait possible de se montrer, sans risquer d'alarmer la vigilance de Saint-Mars.

De part et d'autre, ils avaient compris le danger d'entrevues trop fréquentes, et si l'œil de Henri se portait chaque jour sur la campagne, il savait cependant bien ne devoir y rencontrer qu'à des intervalles d'une ou deux semaines la silhouette de Charlotte. De même, ils évitaient d'échanger leurs refrains ; l'un deux se taisait le jour où l'autre se faisait entendre. Mais la modulation, le choix du couplet, établissaient une correspondance merveilleuse comprise de l'un et de l'autre. Et puis, Henri aimait à voir le sentier où Charlotte avait passé, même quand elle ne devait pas y venir.

Son écrit était prêt depuis plus de huit jours, sans qu'il l'eût revue. Enfin, elle se montra à l'heure de la brune, dans les conditions ordinaires, vêtue en villageoise du pays. Sans attendre qu'elle entamât son refrain, il lança le message, soigneusement attaché et lesté.

Contre temps terrible ! Si Charlotte n'avait pas entamé son chant, elle avait un motif. Des deux bouts du sentier s'avançaient des étrangers, et à la minute où le message roulait sur le talus, elle venait de se réfugier derrière un accident de terrain et un fouillis de buisson, ayant reconnu dans les gens qui venaient par le haut du chemin une ronde des gardes de la place.

Elle se fût risquée peut-être, malgré ce péril, à aller ramasser l'envoi du prisonnier, mais la personne arrivant du chemin bas l'avait déjà devancée et s'en emparait.

Ce passant était un frater qui revenait du couvent de la Trinité, situé dans les environs. Il avait été vu, et avant qu'il pût s'expliquer sa funeste aventure, il se trouva saisi par les gardes et entraîné au château.

Le paquet fut remis à Saint-Mars. On imagine sa rage en en vérifiant le contenu. Le pauvre frater essaya vainement de protester de son innocence. Il subit la question, et s'il n'expira pas dans cette épreuve, il paya d'une façon terrible son crime imaginaire.

Le plus humain des serviteurs du prisonnier, soupçonné avec aussi peu de fondement d'avoir été son complice, disparut de même, et celui-ci fut transporté dans une autre chambre ayant jour sur l'intérieur de la citadelle.

CHAPITRE XXXII

Le prêtre.

Le malheureux moine a raconté son long et douloureux martyre, dans le huitième volume du *Recueil des pièces de la Place*, devenu excessivement rare par suite des saisies dont il fut l'objet vers le milieu du dernier siècle.

Voici son récit.

« Au nom du Père, du Fils et du Saint-Esprit, puisse la miséricorde de Dieu, s'épandre sur ceux qui me liront! Puisse l'éternité être légère à ceux qui me plaindront! puisse la joie de la terre et du ciel être le partage de ceux qui donneront une larme à mes tortures!

« Voici mon crime. Voici ma punition :

« Un jour, priant Dieu du fond de l'âme et mon chapelet à la main, je passai au pied du donjon du fort d'Exilles, une chemise en linge fin tombe à mes pieds; des caractères y étaient tracés avec du sang. Je ramasse ce linge, j'y jette les yeux, et avant même d'avoir déchiffré un seul mot, je suis arrêté, chargé de chaînes, jeté dans un cachot.

« J'y restai plus de six mois, pleurant et gémissant, couché sur la paille humide, que les vers partageaient avec moi; ayant pour aliment un petit pain noir de deux jours l'un, une cruche d'eau tous les jours, mais, jamais d'air, jamais de soleil.

« Les frères du couvent auquel j'appartenais me réclamèrent, je me crus sauvé. Hélas! d'une fosse de l'enfer, je passai dans l'enfer même. D'abord on m'interrogea, on me demanda avec forces menaces si j'avais lu ce qui m'était écrit sur ce linge.

« J'en jure sur ma part du paradis, je n'en avais pas lu un seul mot. Je dis à mes juges la vérité. Ils appelèrent ma dénégation de l'obstination, et me condamnèrent à la torture pour me faire avouer la chose qui n'était pas.

« Le jour terrible fixé pour mon supplice arriva.

« En chemise et une corde au cou, je fus traîné à la salle de la question, sous un dais en étoffe noire brochée d'argent, derrière une table recouverte d'un tapis noir et sur laquelle on voyait un christ en ivoire, une dent mollaire du bon larron, l'os maxillaire de saint Antoine, une côte de saint Ulrich, premier saint canonisé en 978, et d'autres reliques, siégeaient trois juges, hier mes juges, alors mes bourreaux. A droite, sur un siège moins élevé, était le gouverneur du fort d'Exiles, le barbare Saint-Mars, dont l'injustice et terrible défiance m'avait attiré ce malheur, et qui, jusqu'à la fin et sous prétexte de recueillir mon aveu, avait voulu jouir de mon angoisse.

« Dans le fond de la salle, debout et adossés contre des chevalets, des roues et autres machines à tortures, étaient des questionnaires, prêts, sur un signe des juges à exercer leurs fonctions redoutables. La salle était tendue de noir ; des ossements en sautoir, des larmes d'argent parsemées sur les murs, donnaient à ce lieu un aspect terrifiant et mortuaire. Comme dans l'enfer du Dante, on n'y entrait qu'en laissant l'espérance à la porte.

« Ce fut là du moins la pensée qui me frappa.

« Un siège vide était au milieu de la salle; on me fit signe de m'y asseoir. Un cri déchirant s'échappa de ma poitrine, je m'évanouis !

« Quand je revins à moi, tout était dans le même ordre, la salle effrayante et sombre, les juges sur leurs sièges, les bourreaux à leurs places, et moi sur mon siège, à demi-mort.

« On m'interrogea de nouveau; que pouvais-je répondre : la vérité; je la dis; on ordonna la torture.

« Les questionnaires s'approchèrent et me saisirent.

« — La torture m'arrachera-t-elle un mensonge ! m'écriai-je en me débattant.

« — S'il oppose trop de résistance, qu'on le mette à la question extraordinaire, dit froidement un des juges, je ne sais lequel, mais que Dieu pardonne à ce malheureux !

« A l'un des angles de la salle, quatre anneaux en fer étaient scellés dans deux poteaux, plantés à dix pieds l'un de l'autre. Quatre bouts de corde huilée étaient passés dans ces anneaux. Un nœud coulant m'y lia par chaque poignet et chaque cheville, de telle sorte que je me trouvai horizontalement suspendu à un mètre du sol.

« Je voulus me débattre alors, mais chacun de mes mouvements, resserrant les nœuds des cordes, augmentait ma douleur et mon supplice. J'écumais, je grinçais des dents; mon sang filtrait à travers les cordes.

« On me pressa encore une fois de faire des aveux; je n'avais rien à avouer, je n'avouai rien.

« Trois questionnaires s'avancèrent.

« L'un mit dans ma bouche un tronçon de corne recouvert d'un linge; un autre me prit par les cheveux pour me tenir la tête fixe et un peu basse ; un troisième me pinçant d'une main le nez, qu'il lâchait de temps en temps pour me laisser la liberté de respirer, versait de l'autre, dans ma bouche, lentement et d'un peu haut, de l'eau contenue dans un pot de deux pintes.

« L'infâme entonnoir que j'avais entre les dents me forçait à avaler l'eau sans en perdre une goutte; je ne pouvais faire tort à mes juges d'une gorgée. Je suais, j'étouffais; le questionnaire versait toujours. Bientôt, je ne m'ébranlai plus que par saccades; mes secousses devinrent rares, mais mes yeux semblèrent vouloir s'échapper de leurs orbites. Je me tordis lentement sur moi-même, laissant voir mes veines gonflées par la douleur. Je ne poussai pas un cri, le tronçon de corne qui me tenait ma bouche ouverte m'en empêcha, mais mes bourreaux purent entendre un gargouillement sourd, occasionné par l'eau qui s'engouffrait dans son œsophage

« Tout devint effrayant dans cette scène, l'immobilité et le silence des acteurs plus que tout.

« Ces questionnaires qui torturaient avec le mécanisme impassible et la ponctualité d'une machine à arrêt, moi, le patient, dont les contorsions lentes et sourdes dénotaient une horrible-souffrance; ces juges, dont les regards fauves comme ceux du tigre, brillant dans l'obscurité comme les siens, semblaient chercher dans les ébats de mon pauvre corps une émotion pour leurs sens blasés; et puis leurs voix, qu'on entendait sourdre de l'ombre et, comme des puissances invisibles, jeter des ordres dans la partie éclairée; ces redoutables instruments qui couvraient le sol, la lugubre décoration du lieu, tout avait quelque chose d'épouvantable et d'atroce. On aurait dit l'appareil judiciaire de l'enfer mis à la disposition des hommes. Je buvais toujours : j'en étais à mon quatrième pot de deux pintes. C'était la question ordinaire; il en fallait huit pour la question extraordinaire.

« Le questionnaire ne fonctionna plus. Il ôta de ma bouche le tronçon de corne qui me servait à la fois d'entonnoir et de bâillon.

« Un des juges quitta son siège, s'approcha de moi et se penchant tout près de mon oreille, me dit :

« — Mon frère, un aveu !

« Ce mot de frère d'un de mes impitoyables bourreaux fut pour moi le coup d'aiguillon qui arrache un rugissement au taureau sauvage. Faisant taire mes souffrances, je bondis de mes liens, et, à défaut de paroles, de ma poitrine gorgée d'eau, s'échappa un effroyable grognement.

« — Oh ! oh ! dit le juge en reculant d'un pas, cet homme a autant de force que d'obstination : qu'on le mette à la question extraordinaire; elle domptera l'une et l'autre.

« En entendant ces mots, je me sentis saisi d'une indicible terreur. Plus que jamais mes yeux se vitrèrent; ma tête penchée en arrière parut séparée de mon corps; mes lèvres livides se contractèrent horriblement et firent saillir mes dents ébranlées par les tortures, et semblables, par leurs oscillations, aux dents mobiles du serpent de la mort.

« Les questionnaires attendaient un signe pour se remettre à l'œuvre; mais un frater commis aux tortures pour déterminer le point où doit s'arrêter la question sans que la mort s'ensuive, me tâta le pouls, et après un sévère et minutieux examen, me déclara hors d'état de supporter plus longtemps la question.

« — Êtes-vous bien sûr de ce que vous dites ? lui demanda un des juges.

Je n'y vis que ces trois mots . Silence ou mort.

« — J'en suis très sur. Pour empêcher le liquide de pénétrer, le patient a serré trop fortement l'isthme du gosier ; par contre coup, les sphinctères de l'anus et de la vessie se sont relâchés et quelques gorgées de plus doivent nécessairement amener l'asphyxie.

« — Qu'importe qu'il meure, dit le gouverneur ; c'est un corps confisqué par la justice du roi.

« — Nullement, reprit un des juges, il appartient à la justice ecclésiastique, et cette justice peut seule en disposer. Qu'on le ramène dans son cachot, on le soumettra plus tard à une nouvelle torture.

« Grâce à ce conflit entre les deux justices, je ne mourus pas encore ce jour-là.

« Pendant plus d'un mois, je restai entre la vie et la mort, par suite de cette horrible question. Au bout de ce temps, quand on me crut en état d'en suppoter un nouvelle, une nuit on m'arrache de mon cachot et je fus une seconde fois traîné dans la même salle de la question. Tout était comme la première fois, les instruments de tortures avaient seuls varié.

« On verra que je ne gagnai pas au change.

« Je passe l'interrogatoire, qui se borna, de la part des juges, à vouloir me faire avouer que j'avais lu ce qui était écrit sur le linge, et, de ma part, à nier que je l'eusse lu.

« — Si vous vous obstinez à nier, dit un des juges, la torture vous fera parler.

« Je ne l'entendis plus. Toute une série d'horribles souffrances vint se révéler à mon esprit, je frisonnai, je me sentis glacé jusqu'à la moelle des os.

« Jusque-là, confiant dans mon innocence, j'avais cru que la vue de cette seconde torture n'était qu'un dernier moyen pour s'assurer que j'avais toujours dit la vérité.

« Mais, à la voix du juge qui me prouvait qu'on ne voulait pas m'épargner cette torture nouvelle, l'homme fort disparut en moi, l'être faible resta seul. Je pâlis, je tremblai, je sanglottai, je suppliai, mêlant tout, supplications et larmes, terreur et faiblesse.

« Tout fut inutile.

« Et ce dut être pitié de me voir, moi, malheureux innocent, presque nu, la tête penchée sur ma poitrine, adossé à mon poteau, paralysé, perclus. Mais quand je vis les questionnaires, sur un des signes d'un des juges, s'approcher de moi avec leur ricanement atroce; quand j'entendis le sombre fracas des instruments à leur usage, là, auprès de moi, il me sembla voir des démons se ruant sur mon misérable corps.

« Je poussai un cri déchirant, je me rejetai violemment en avant, mais nul moyen de fuir : les liens qui m'attachaient étaient trop solidement fixés, je trépignai, je criai; puis j'entendis de plus près l'effrayant cliquetis des ferrures... je vis des têtes hideuses paraître au niveau de ma tête, je sentis des mains dures et calleuses me dégager de mes liens; mes cris devinrent déchirants, je me débattis furieux; ma voix rugissante jeta alors des cris d'angoisse et de désespoir.

« — Vous voulez me torturer, dis-je, pourquoi ne pas me faire mourir?... Je n'ai rien à avouer moi-même, c'est de la cruauté sans motif. Tuez-moi, au nom de Dieu, tuez-moi, mais ne me torturez pas... Je suis à demi-mort déjà, vous voyez comme la souffrance a abattu mon corps... comme je tremble de terreur et d'angoisse... Ah! vous m'épargnerez la torture. Je vous en supplie... par votre mère, si elle est encore en vie; par son âme, si elle n'est plus! Oh! vous n'êtes pas des hommes sans pitié... Vous ne voudrez pas vous repaître des souffrances d'un innocent... car je suis innocent, j'en jure devant Dieu. Oh! mon Dieu! mon Dieu, tu le sais bien, toi!

« Je parlais à du marbre.

« Les âmes de mes bourreaux étaient dans leurs yeux froids, indifférents et tout disposés à des émotions plus tragiques. Nul sentiment de pitié ne pouvait remuer leurs entrailles. Les angoisses d'un être souffrant étaient leurs joies! je n'avais rien à attendre d'eux.

« Malgré mes efforts, mes supplications et mes larmes, hissé en l'air par des cordes qui soutenaient mon corps en équilibre, je fus assis de tout mon poids sur un poteau d'environ trois pieds de hauteur, terminé par une pointe qui n'avait guère plus de surface que l'ongle du pouce. On approcha de moi des brasiers ardents, et un questionnaire, passé maître en raffinement de cruauté, tint un miroir à ma portée pour m'y montrer pendant tout le temps de ma torture les plus effroyables convulsions de mes traits et leur horrible décomposition.

« Ce genre de torture se nommait la *Beyado*; il était alors fort usité en Italie, sous le nom de *Veglia*, et connu, il y a quelques siècles, sous celui de la *Catasta*.

« Je doute que l'enfer ait jamais imaginé un plus terrible supplice, et j'en suis à me demander par quel excès de dépravation la férocité humaine a jamais pu combiner de si horribles détails. L'inventeur est, dit-on, Saint-Dominique d'Osma; que son nom soit maudit!

« Dès que je sentis les atteintes sanglantes du poteau, je poussai un cri long et aigu, qui se termina par un douloureux gémissement, mais quand à cet horrible supplice se joignit la chaleur dévorante des brasiers placés au-dessous de moi, il ne s'échappa de ma poitrine que des sons étouffés et rauques, comme des râles de mourants. Je me secouai, je me trémoussai dans l'espoir que la mort me délivrerait de cette torture; mais je ne fis que multiplier mes blessures. Mes nerfs et mes muscles, plus irritables par leur nudité, se calcinèrent. Ma voix, tantôt rendue plus aiguë, tantôt étouffée par les tortures, poussait des cris perçants ou lugubres, qui eussent navré l'âme de moins impitoyables bourreaux. Seuls, ils interrompaient le silence de ce lieu, mêlés au frissonnement du sang qui, de mes chairs mutilées, coulait par gouttes dans le feu, d'où il s'exhalait en fumée noire, épaisse et brûlante.

« Je parlai.

« — Oh! mon Dieu! dis-je, que vous ai-je fait, pour que vous me laissiez tant souffrir? O mon Dieu! mon Dieu! prenez mon âme... Oh!... Oh!.. Éloignez de moi ces brasiers ardents... Oh!... que je souffre!...

« Puis, tout à coup mes tortures me firent hurler comme une bête fauve. La sueur ruissela sur mon corps tremblant comme celle d'un fiévreux; mes dents claquèrent comme des dés agités dans un cornet; mes doigts se recourbèrent comme les serres d'un vautour; mes yeux devinrent flamboyants et rouges, comme les meurtrières d'une tour en ruine, derrière laquelle se couche un soleil enflammé; ma bouche se disloqua dans des contorsions affreuses.

« Ce fut épouvantable, horrible.

« Un questionnaire me tint toujours le miroir à portée.

« Je hurlai dans les convulsions de la rage.

« — Qu'on lui mette un bâillon, dit froidement un des juges.

« C'est inutile; la douleur avait rendu cette précaution superflue.

« Je ne criai plus; je ne hurlai plus, mais ma voix éteinte râla les mots suivants :

« — De l'eau!... par pitié! de l'eau!... Donnez-moi une goutte d'eau!...

« Et recueillant la sueur abondante qui sillonnait mon visage, je m'efforçai d'en humecter mes lèvres.

« Alors ma voix devint caverneuse et inégale, comme les derniers tintements d'une cloche.

« — Oh! tuez-moi; par charité!... tuez-moi!... m'écriai-je!

« Puis je ne parlai plus; mais, levant les yeux vers Dieu, je dévorai mes souffrances et cherchai dans mon cœur une fervente prière, oraison sublime, dont les anges purent seuls compter les mots et les pleurs.

« Peu après mes yeux se fermèrent, ma tête tomba penchée sur ma poitrine, ma langue desséchée bégaya encore quelques sons inarticulés.

« Je défaillis!

« Ce qui advint alors, je l'ai toujours ignoré. Après je ne sais combien de jours, je me retrouvai mourant à l'île Fortunat, l'une des îles Sainte-Marguerite, dans la cabane d'une famille de pêcheurs qui me prodiguaient leurs soins. Ces bonnes gens me dirent m'avoir trouvé exposé sur la grève, avec une pancarte attachée sur ma poitrine, et qu'ils me donnèrent à lire. Je n'y vis que ces trois mots : SILENCE OU MORT.

« Je compris.

« Le silence, je l'ai toujours gardé. Aujourd'hui que ma vie touche à son terme, que je vois la mort à mon chevet, que je vais paraître devant Dieu, je le romps pour jeter, du bord de ma tombe, un dernier cri de malédiction sur mes impitoyables bourreaux, et je signe de mon nom.

« FRÈRE COMTE DE LA TRINITE. »

CHAPITRE XXXIII

Consolation!

Ce système de disparition sinistre des serviteurs du prisonnier masqué était, du reste, un des expédients favoris de Saint-Mars pour exercer l'intimidation sur l'esprit de son prisonnier. Abusant de ses sentiments d'humanité, on faisait dépendre la vie de ceux qui l'approchaient de son entière soumission aux conditions les plus dures de sa captivité.

Le malheureux détenu fut très affecté de l'insuccès de sa tentative et des terribles suites qu'elle avait eues. Mais, ne voulant pas laisser voir sa douleur à ses bourreaux, il chercha le calme et l'adoucissement de ses peines dans ses compositions poétiques.

En voici quelques nouveaux passages :

TROISIÈME FRAGMENT.

« *Ce dimanche d'oculi, avril 1688, de ma captivité la vingt-deuxième année.*

« Comme ce réséda me plait ! Mes regards ne se lassent jamais de le fixer ; on dirait de ces personnes aimables que le temps ne semble point vieillir, qui n'eurent jamais l'éclat de ma beauté, mais auxquelles on s'attache toujours. On le dit l'emblème du *beaume du cœur.* On attribue à cette jolie plante la vertu d'apaiser les douleurs ; de là lui vient son nom de Réséda (sédaré), calmer. Aura-t-elle la vertu d'apaiser les miennes ?

« Hélas ! ma vie n'est qu'une douleur !...

« A côté d'elle est la Kalmie, dont l'attribut est *gémissement.* Est-ce le hasard qui a rapproché ces deux fleurs, le *beaume du cœur* à côté du *gémissement,* comme pour dire qu'il n'y a pas de douleur éternelle ? Le hasard n'avait pas compté sur moi, moi seul au monde suis condamné à gémir toujours. La kalmie sera ma fleur de prédilection. Merci.

« Pierre Kollenson, qui l'as apporté en Europe, des bois humides et ombragés de l'Amérique septentrionale, où elle croit naturellement, merci ?

« Loin de moi les idées navrantes : je ne dois plus, je ne veux plus gémir ! Qui voit les larmes de mes yeux ? Qui entend les soupirs de mon cœur ? O mes yeux, mangez mes larmes ! O mon cœur, étouffe mes soupirs ! Soyons gai, je veux être homme aujourd'hui, je veux ouvrir mon cœur à de douces émotions. Ce troisième fragment, je le dédie à la beauté, à la beauté que j'ai vue un jour, que je n'ai plus revue depuis ! à la beauté que les philosophes ont définie d'une manière si diverse.

« Anacréon, un don du Ciel.

« Aristote, un monstre de nature.

« Bion, plus sensé, un bien pour les autres.

« Socrate, plus sensé encore, une tyrannie de peu de durée.

« Théophraste, une tromperie muette ;

« Théocrite, un beau mal ;

« Carnéade, une reine sans gardes ;

« Diotine, l'un des maîtres en philosophie de Socrate, un autel d'un jour. Que sais-je encore ?

« Quoi qu'il en soit de ces définitions, peu de héros, de grands hommes et de philosophes ont dédaigné de brûler de l'encens sur cet autel.

« Xénocrate, l'un des philosophes les plus fameux par sa continence, sacrifia à Sidate ;

« Aristote, à une maîtresse d'Hernias qu'il avait épousée !

« Périclès, à Ménippe et à Aspasie ;

« Solon, le plus renommé des sept Sages, à Orgine, fille d'Amphiclès ;

« Socrate, à la jeune phrygienne Zimandre, dont une de ses femmes, Myrrho, fille d'Aristide le Juste, était si violemment jalouse ;

« Alcibiade, à toutes les femmes de la Grèce;

« Alexandre, à Statira;

« Hercule, à Omphale;

« Antoine, à Cléopâtre;

« Annibal, à la jeune Mithra, la fille de Capoue;

« L'austère Appius Claudius, à la volage Hortensia;

« César, à Murcie, avant d'épouser Pompéïa;

« Le sévère Caton d'Utique, à Martia;

« Et enfin, pour clore cette liste, Platon brûla de l'encens pour la vertueuse Archeanasse, de Colophon, âgée de soixante ans, et la quitta ensuite pour Agathone, qu'il célèbre par ces deux vers :

> Quand je me vois près d'Agathone,
> Mon âme est prête à me quitter.

« Et moi aussi, il me semble qu'il fut une halte dans ma vie, l'instant où j'approchai mes lèvres de la coupe de l'amour. Je dis, il me semble, car parfois je me prends à croire que ce n'est qu'une illusion. Tant de jours de douleur se sont amoncelés dans mon pauvre cœur, qu'il n'y est plus resté la plus petite place pour une heure de joie. N'importe ! parlons, aujourd'hui à mon cœur cette langue oubliée.

« Voici les fleurs qui répondent à toutes les fibres d'un cœur épris; chacune d'elles est l'attribut d'une impression d'amour :

« L'Armoise ouvre la voie, c'est l'emblème du Bonheur;

« L'Astragale la ferme, j'en ai parlé, c'est le symbole du Regret;

« La Crapaudine, dont les fleurs tachetées comme la peau d'un crapaud, et ressemblant à une bouche qui parle, est l'emblème de l'Artifice;

« Le Zennia, du Secret;

« La Mercuriale, qui ne produit pas de fleurs, est celui des Apparences trompeuses;

« L'Amandier, de l'Étourderie;

« L'Éphémérine de Virginie, du Bonheur éphémère;

« La Cupidine, à laquelle les jeunes filles grecques attribuaient la vertu d'inspirer de l'amour, et dont Sapho aimait à se parer, est l'emblème des *Désirs* ardents et fougueux;

« Le Lys jaune, de l'Inquiétude;

« L'Anémone, de l'Abandon;

« Le Muguet, de l'Indifférence;

« La Giroflée, des chagrins du cœur;

« La Rose à cent feuilles, de la Beauté;

« La Rose musquée, du Caprice;

« La Rose panachée, de l'Amour trahi;

« La Tulipe, de la *Fierté;*

« L'Œillet, dont le roi René d'Anjou a le premier enrichi la France, a autant de significations que de couleurs :

« Le Blanc, c'est la *Fidélité ;*

« Le Ponceau, l'*Horreur;*

« Le Jaune, le *Dédain;*

« Le Rose, une *Sensation;*

« L'Incarnat, la *Réciprocité :*

« Le Panaché, le *Refus d'aimer ;*

« Le Laurier est l'emblème des Petits Soins;

« L'Oranger, de la Chasteté;

« L'Oreille d'Ours, des Contrariétés;

« Le Tournesol, de l'Ingratitude;

« L'Angélique, de l'Espérance trompeuse;

« Le Coquelicot, de la Reconnaissance;

« Le Balisier, dont un charmant épi de fleurs jaunes et d'un bel écarlate termine les branches, est le symbole de la Frivolité;

« L'Hémécorable de la Chine, dont les fleurs ne durent qu'un jour, de l'Aigreur;

« Le Salicaire, dont les épis, penchés sur le bord des ruisseaux, semblent prendre plaisir à y refléter leur image, de la *Coquetterie;*

« La Renoncule, de la Toilette;

« Le Narcisse, de l'Égoïsme;

« Le Stramoine, dont les sucs sont un poison dangereux, des Tromperies;

« Le Galitier, sur les feuilles duquel se couchaient les femmes d'Athènes pendant les mystères d'Isis, de la Froideur;

« Le Muscari du Levant, de la Flamme;

« La Sensitive, de la Pudeur;

« La Cypride, l'Ortie, de l'Obstacle;

« La Clandestine, de l'Amour caché;

« L'Acacia, de l'Amour éprouvé;

« La Saponaire, de l'Amour voluptueux;

« Le Myrte, de l'Amour partagé;

« La Belle-de-Jour, de l'Amour hardi ;

« La Belle-de-Nuit, de l'Amour timide;

« Le Grenadier, de l'Amour brûlant;

« La Fleur de Safran, de l'Amour malheureux;

« La Tubéreuse, de la Volupté ;

« L'Héliotrope, dont les dames de Paris firent la fortune en la nommant Herbe d'amour, est l'attribut de l'Enivrement;

« Le Lilas, des Premières émotions;

« La Reine-Marguerite, du Désir d'être aimé;

« L'Immortelle, de la Constance ;

« Le Ciste, de la Jalousie;

« Le Panrais d'Illyrie, aux ombrelles odorantes, du **Soupçon;**

« Le Geranium triste, de la Mélancolie ;

« Le Plouve, de la Tristesse;

« L'Adosea Moscatelline, de la Faiblesse ;

« La Morée d'Orient, de la Résistance ;

« La Parnassie, de la Rupture;

« Est-ce tout? Et pourquoi omettrai-je la Balsamine, emblème de la Constance?

> Souvent la pastourelle,
>
> Loin de son jeune amant,
>
> Se dit : m'est-il fidèle?
>
> Deviendra-t-il constant?
>
> Tremblante, elle la cueille
>
> Sous son doigt incertain,
>
> L'oracle qui s'effeuille
>
> Révèle son destin.

« Et la Marguerite des champs, n'est-elle pas aussi un oracle d'amour.

> Des mains de la nature,
>
> Échappée au hasard,
>
> Tu fleuris sans culture
>
> Et tu brilles sans art.
>
> Telle qu'une bergère
>
> Oubliant ses appas.
>
> Sans apprêt tu sais plaire
>
> Et ne t'en doutes pas.

« Qui ne se rappelle la noble châtelaine du Moyen-Age, refusant les soins d'un preux chevalier, et pour ne pas lui ôter tout espoir, couronnant son front de marguerites blanches, ce qui voulait dire : « Je m'en occuperai! »

« Et aujourd'hui la jeune fille consulte l'oracle de la marguerite! Elle arrache un à un les blancs rayons de la charmante fleur; son regard en suit la chûte avec angoisse, et sa voix mal assurée balbutie : Il m'aime... un peu... beaucoup... passionnément... pas du tout!... »

« Voilà bien toute une langue d'amour des fleurs; mais est-ce bien à moi d'en parler? Parfois, j'en doute...

« Y a-t-il jamais eu place dans mon cœur pour un doux sentiment porté? Ouvre toi, ô mon cœur! dégage tes abords de ce flot d'angoisses qui l'obstruent, laisse sortir ce doux sentiment du passé... qu'il prenne encore sa place dans mon souvenir. Qui sait? il sera peut-être encore une espérance. Qu'ai-je dit? une espérance! à moi! bien à jamais inconnu!... à jamais!... Ma tête brûle... mon cœur se resserre... je souffre... Viens fleur légère qui as pris naissance dans les pays lointains; viens, aimable zéphyrante, emblème de l'Inconstance. Chante-moi les aventures de la Fau-

Louvois arriva sans s'être fait annoncer.

vette dont tu es l'image, ne fût-ce que pour me punir d'avoir eu une espérance dans l'amour ! Chante, jolie fleur, chante :

> Le papillon de la rose
> Reçoit le premier soupir.
> Le soir un peu plus éclose
> Elle écoute le zéphyr.
> Jouir de la même chose
> C'est enfin ne plus jouir.

Apprenez de la Fauvette
Qu'on se doit au changement;
Par ennui d'être seulette
Elle eut Moineau pour amant.
C'est sûrement être adroite
Et se pourvoir joliment.

Mais Moineau sera-t-il sage ?
Voilà Fauvette en souci;
S'il changeait ! Dieu ! quel dommage !
Mais Moineau aimait aussi.
Puisque Hercule fut volage,
Moineaux peuvent l'être aussi.

Vous croiriez que la pauvrette
En regrets se consuma ?
Au village, une fillette
Aurait ces faiblesses-là;
Mais le même jour Fauvette
Avec Pinson s'arrangea.

Le Moineau, dit-on, fit rage,
C'est là le train d'un amant;
Aimez bien, il se dégage;
N'aimez pas, il est constant.
L'imiter, c'est être sage :
Aimons et changeons souvent.

CHAPITRE XXXIV

Une visite de Louvois

Saint-Mars était trop adroit pour ne pas tenir son patron, le premier ministre, au courant des moindres détails concernant le jeune homme qui avait perdu jusqu'à son nom en tombant entre leurs mains. Il va sans dire qu'il possédait l'art d'habiller la vérité, et de raconter à son avantage les faits propres à le vouer au mépris autant qu'à l'exécration de tout cœur honnête.

Louvois possédait assez de preuves de sa servilité et de sa cupidité pour mettre en lui une entière confiance. Néanmoins, il prit prétexte de l'aventure du frater pour satisfaire une envie dont il était travaillé depuis longtemps, celle de voir le mystérieux prisonnier et de s'entretenir avec lui.

Ce fut un évennement d'autant plus considérable, que Louvois arriva sans s'être fait annoncer, tout à l'improviste. Saint-Mars attendait une réponse à son dernier rapport, s'étonnant de ne pas recevoir les éloges et les félicitations monnayées auxquels il se croyait droit; — ce fut son patron en personne qui débarqua, un matin, à la porte de la citadelle.

On juge de l'émoi! Quelle affaire!... recevoir le ministre qui osait, seul dans la monarchie, tenir tête au grand roi et contre-carrer ses ordres! — Venait-il en maître bienveillant ou en chef mécontent et redoutable ? Avait-il les mains pleines de récompenses ou d'arrêts rigoureux ?

La préoccupation causée par cette démarche exerçait sur lui-même assez d'effet pour que son entrée n'eût rien de rassurant.

Il répondit par un mot sec aux salutations obséquieuses de son séide, voulant tout d'abord l'entretenir en particulier. On devine l'objet de cette conférence, car elle se termina par une visite du ministre au prisonnier du donjon.

Les renseignements fournis par Saint-Mars sur l'humeur, le caractère, les volontés de celui-ci constituaient autant d'exagérations ou de mensonges, tendant à accroître le mérite qu'il y avait à garder si bien un homme si dangereux.

Louvois, ainsi prévenu contre la victime, se fit annoncer sommairement. Saint-Mars le précéda d'une minute, pour signaler son arrivée au captif, et lui recommander de le recevoir avec les égards dus à un personnage de cette importance.

— C'est bien, monsieur, répondit froidement Henri; dites au premier ministre que le frère du roi consent à l'entendre.

— Monseigneur ! s'écria le geôlier éperdu, dans la crainte de voir retomber sur lui la mauvaise impression d'un accueil blessant pour son patron; — pas d'inconséquence, de grâce !... Songez que M. de Louvois possède une influence immense sur votre sort.

— Quand il aurait celle de me faire décapiter, répondit avec hauteur le prisonnier, je ne m'humilierais pas devant lui; si c'est ma vie qu'il vient chercher, il y a longtemps que j'en ai fait le sacrifice.

— Non, monseigneur, tel n'est pas son dessein. Il apporte au contraire des intentions bienveillantes...

— Bienveillantes!... répéta avec un rire amer le pauvre détenu.

— Monseigneur, je vais l'introduire ?

— Je ne vous en empêche point.

Le commandant lui adressa encore un geste, pour le supplier de faire bonne réception à son maître, et s'étant retiré dans le couloir, Louvois pénétra seul dans la chambre, dont la porte demeura ouverte, mais de sorte que tout le monde fût tenu à distance pour ne rien entendre de la conversation.

Un fait des plus significatifs, invoqué avec raison par les chroniqueurs pour établir la haute origine de l'*homme au masque de fer*, se produisit alors : le prisonnier attendit son fier visiteur, assis dans un fauteuil, et le marquis de Louvois entra le chapeau à la main, saluant profondément. Il se tint debout et nu-tête durant toute cette entrevue.

Or, c'est là un point significatif en effet, car l'histoire est unanime sur la hauteur, la dureté et l'inflexibilité de son caractère. On le vit contraindre des officiers de mérite à quitter le service, pour ne s'être pas soumis à lui donner le titre de *Monseigneur*, qu'il exigeait pour lui, et que cependant il refusait aux ducs en leur écrivant. Catinat, lui-même, ne fut pas à l'abri de sa morgue, il se montra un jour dur pour lui jusqu'à l'insolence. La guerre de 1688 fut le résultat d'un de ses accès d'orgueil.

C'était lui qui, donnant des ordres au maréchal de Boufflers, lui écrivait : « Si l'ennemi brûle un village de votre gouvernement, brûlez-en dix du sien. » Ne fut-il pas d'ailleurs le vrai coupable dans les incendies du Palatinat, et le plus influent instigateur de la révocation de l'édit de Nantes?

Et cependant, on le vit s'incliner avec la déférence d'un vieux courtisan devant la victime d'une politique ténébreuse! L'eût-il fait si cette victime n'eût porté en elle comme le sceau mystérieux qui impose au commun des hommes?

Il s'informa de sa situation, chercha par d'adroites questions à sonder ses pensées, à s'assurer s'il entretenait de périlleux desseins. Sous une forme pleine d'intérêt et de condoléance il mit ses efforts à l'amener à se trahir.

Mais il s'adressait à une intelligence supérieure aussi, et développée par l'habitude de la souffrance. Henri demeura froid et digne ; ce fut, le plus souvent, par des monosyllabes qu'il répondit :

— Enfin, monseigneur, demanda le ministre avant de le quitter, que dirai-je de votre part au roi, qui vous donne, dans ma mission auprès de vous, un témoignage de sa faveur?

Le prisonnier se leva de l'air d'un souverain qui congédie un humble vassal :

— Vous lui direz, monsieur, que je n'attends rien de celui qui m'a tout pris.

— Monseigneur, croyez-moi, demandez plutôt quelque grâce.

— Une grâce!... celle de sortir de cette citadelle?... Je sais, monsieur, que je ne la dois point quitter vivant.

— Le roi est compatissant et magnanime.

— C'est donc pour cela que, non content d'infliger une prison à mon corps, il en ajoute une pour mon visage !

— Monseigneur, je ne répéterai point vos paroles à notre auguste maître, elles ulcéreraient son cœur. Seulement, je donnerai des ordres pour l'amélioration de votre captivité en tout ce qui sera praticable.

Le ministre sortit. Mais le mal qu'il avait eu à contenir sa morgue fit bientôt éclater sa colère, et pour tenir à sa façon sa dernière promesse, il enjoignait à Saint-Mars de transférer le prisonnier à l'île Sainte-Marguerite.

C'était encore un avancement pour sa créature et une aggravation pour la victime.

Le séjour de celle-ci à Pignerol avait duré *quatorze ans* !

CHAPITRE XXXV

Une seconde mère.

Dame Péronne, on se le rappelle, était la sage-femme qui avait assisté dans ses couches la reine Anne d'Autriche.

Elle était dans le secret; elle avait été chargée de nourrir l'enfant qui, au sortir du premier âge, était passé aux mains du gouverneur bourguignon dont nous avons raconté la fin mystérieusement tragique.

Par sentiment et par devoir, elle avait voué à son nourrisson un amour de mère, et pendant tout le temps de son enfance, elle n'avait cessé de le lui témoigner par une constante sollicitude.

Lorsque le jeune Henri fut près de sortir de l'enfance, le système de séquestration commença à s'exécuter, et on éloigna d'abord sa nourrice, dame Péronne, dont on pouvait redouter les confidences.

Si elle ne fut pas supprimée alors, purement et simplement, comme le fut plus tard le malheureux gouverneur, elle le dut à la reine qui avait conservé une certaine amitié et quelque reconnaissance pour l'ancienne et discrète dépositaire de ses secrets.

L'enfance du jeune Henri s'était passée auprès de Marion et de Charlotte, et, pendant quelque temps, auprès de la fille du gouverneur. Celui-ci, craignant une liaison dangereuse, avait enfermé Louise, dès l'âge de douze ans, au couvent des Ursulines de Dijon.

On sait comment la nourrice avait retrouvé son ami d'enfance.

Le jeune homme croyait que sa nourrice était morte, et on en avait fait courir le bruit parmi les gens du château.

Cependant, dame Péronne ne cessait de s'intéresser au sort de son nourrisson, et elle en avait secrètement des nouvelles.

Mais lorsque la garde du malheureux fils d'Anne d'Autriche fut confiée à Saint-Mars, et qu'il fut résolu qu'il ne paraîtrait désormais que la figure couverte d'un masque de fer, elle perdit entièrement ses traces. Son cœur ne fut pas brisé seul, celui du prisonnier saigna longtemps aussi de cette blessure; et quand sur le trône, la véritable mère avait longtemps oublié que dans l'isolement et la séquestration, gémissait un enfant dont le seul crime était d'avoir reçu le jour d'elle, une mère d'occasion vengeait la nature et l'humanité en vouant à cet enfant le dévouement, la sollicitude et l'amour que lui refusait sa royale mère.

Après bien des recherches infructueuses, après bien des années passées en soupirs et en vœux, dame Péronne prit une courageuse résolution. Elle était alors d'un âge très-avancé, infirme, presque aveugle; ans, infirmités, cécité, elle brava tout et se mit en route pour Exiles.

C'était par un hiver rigoureux; un vent glacial soufflait à travers les sentiers de la montagne. Les chemins étaient couverts de neige et peu sûrs, et pour voir une fois encore avant de mourir l'enfant qu'elle avait nourri, elle affronta l'hiver, le froid, le vent, la neige, la fatigue, les voleurs, suivit sa route vers la redoutable citadelle.

Dès son arrivée, elle se fit conduire à Saint-Mars, se nomma, lui fit connaître l'objet de son voyage.

« — Impossible, madame, dit Saint-Mars, les ordres du roi sont trop précis.

« — Mais, monsieur, reprit-elle, c'est l'enfant de mon cœur, je l'ai nourri de mon lait; pendant longtemps la satisfaction de le voir ne m'a jamais été refusée. Je n'en ai jamais abusé, monsieur, j'aurais trop craint d'aggraver son malheur, et comment songerais-je à en abuser aujourd'hui? voyez, je suis vieille, infirme, aveugle presque... J'ai un pied dans la tombe; j'ai entrepris un long et pénible voyage, seulement pour le voir une fois... Ce que je vous demande est presque un vœu de mourante... et ces vœux, monsieur, ne se refusent pas.

La malheureuse mêlait des larmes à ses supplications, mais elle parlait à du marbre.

« — Vous le verrez mort, si les ordres du roi ne s'y opposent pas, répondit froidement Saint-Mars sans se laisser toucher par cette douleur respectable.

La dame Péronne supplia encore, se jeta aux genoux de l'inflexible gouverneur, tout fut inutile.

Elle sortit du fort le cœur oppressé, donnant un libre cours à ses larmes. Puis, ayant réfléchi que cette marque d'attachement connue du prisonnier pourrait raviver en lui quelque riant souvenir, pourrait jeter un peu de baume sur ce cœur ulcéré; ayant réfléchi que ce malheureux séquestré, rayé de la vie par une exigence barbare et qui devait se croire totalement oublié du monde, pourrait sourire à la pensée qu'il existait au monde un cœur qui répondait au sien, une âme qui sympathisait avec la sienne; elle écrivit au gouverneur cette lettre touchante.

« La dame Péronne, châtelaine de Gurgy en Nivernais, à M. le gouverneur
« Saint-Mars.

« Monsieur le gouverneur,

« Avant d'avoir été gouverneur, vous avez été père, vous en avez les sentiments,
« c'est à eux que je m'adresse.

« Des ordres rigoureux s'opposent à la demande que je vous ai faite, je me résigne
« et je m'incline.

« Mais, si rigoureux que soient ces ordres, ils ne doivent pas interdire toute joie
« au cœur, et c'est une simple joie du cœur que je sollicite pour votre prisonnier.

« Hélas! j'ai été mère sans connaître les douleurs de l'enfantement. Du jour où,
« pauvre enfant, l'homme, aujourd'hui votre prisonnier, me fut confié, j'eus toutes
« les douceurs de la maternité, sans en avoir eu les peines. Je m'attachai à lui
« comme on s'attache à ce qui fait naître en nous un sentiment inconnu. Je m'ima-
« ginai que j'étais sa mère, monsieur le gouverneur; il s'imagina qu'il était mon
« fils, il m'aima comme mon fils; je l'aimai comme sa mère.

« Maintenant, j'ai vieilli dans cet amour, j'ai la certitude qu'il a vieilli aussi, et
« jugez quel doux moment serait pour lui celui où il apprendrait que cet amour
« vit encore dans le cœur de sa mère, comme il vit encore dans le sien.

« Je vous supplie donc, par tout ce que vous avez de cher, par tout ce que vous
« avez de sacré au monde, de lui dire ces trois choses.

« Que je vis;

« Que je le plains;

« Que je l'aime toujours.

« C'est bien peu cela, monsieur le gouverneur, mais si son cœur est ce que je l'ai
« connu jadis, ce peu lui donnera un moment de bonheur.

« Pour ce qui me concerne, ce peu me rendra la mort moins amère.

« Je suis, monsieur le gouverneur. »

Saint-Mars lut cette lettre et n'en dit pas un mot au prisonnier.

La dame Péronne reprit le chemin de son château, croyant sa supplique
exaucée. Mais les fatigues de la route, les souffrances, à son âge, avec ses infirmités,
d'un voyage effectué par une saison des plus rigoureuses, et plus que tout, peut-être,
le mécompte de sa visite, altérèrent sensiblement sa santé.

Après quelques jours de maladie, avec le regret de n'avoir pu voir une fois encore
avant d'expirer l'infortuné à qui elle avait servi de mère, elle mourut.

Saint-Mars ne fut pas tout à fait étranger à ce trépas subit.

Ce terrible serviteur, cet implacable gardien du secret d'État, hâta la fin du dernier témoin de l'accouchement clandestin de la reine.

Une main stipendiée versa à la pauvre vieille nourrice un poison préparé par le
gouverneur d'Exiles.

Tandis qu'un cœur dévoué s'éteignait ainsi, loin de lui, le pauvre reclus avait
repris la plume, et, ignorant de son nouveau malheur, se livrait à ses délassements
littéraires.

Au moment où il va parcourir une nouvelle étape dans sa route douloureuse,
donnons ici un nouveau passage de ses œuvres gracieuses et touchantes.

QUATRIÈME FRAGMENT.

« J'ai toujours été curieux de savoir pourquoi les anciens peuples en général, et
les Romains en particulier, avaient pour chacune des heures du jour un bouquet
de fleurs indifférentes :

« Pour la première heure, un bouquet de roses épanouies;

« Pour la deuxième, un bouquet d'héliotrope;

« Pour la troisième, un bouquet de roses blanches;

« Pour la quatrième. un bouquet d'hyacinthe;

« Pour la cinquième, quelques feuilles de grenadier;

« Pour la sixième, un bouquet d'anémone;

« La septième, un bouquet de réséda;

« La huitième, un bouquet de fleurs d'olivier;

« La neuvième, quelques fleurs d'oranger ;

« La dixième, quelques branches de lilas ;

« La onzième, un bouquet de soucis ;

« La douzième, un bouquet de pensées et de violettes.

« J'ai vainement cherché à rapprocher de ces heures les attributs divers dont ces fleurs sont l'emblème ; je n'ai rien pu trouver de satisfaisant et surtout de complet. Passons.

« Quelles sont les deux jolies fleurs que la nature a douées d'instincts si divers ? Au pied de l'une, je lis : La Quinte-Feuille, symbole de l'innocence. Dans les temps d'orage, ses feuilles, qui ressemblent à un éventail, se rapprochent et forment sur la fleur une sorte de petit dôme qui la met à l'abri.

« L'autre, c'est la Colchique. Ses fleurs, couleur de chair, se plaisent à braver la mauvaise saison, sa vue inspire des méditations mélancoliques. Fleur heureuse ! elle peut braver les autans ; ils ne la flétrissent ni ne la brisent. Moi, je suis flétri et brisé par eux ! J'ai cherché mille moyens de mettre à profit ma vie. J'aurais voulu pouvoir me persuader que la vie la plus longue et la plus douloureuse est à peine une période suffisante pour se préparer à la mort ! J'aurais voulu me persuader que tout ce que dans le monde on appelle affaires est une chose aussi vaine que le travail de la fourmi par le chemin du voyageur, sous le pied duquel elle est anéantie, lorsque moins elle y compte !... J'aurais voulu donner à mes pensées un but unique, celui de mettre à profit la solitude et le silence, qui sont mon lot, pour élever en tout temps ma pensée jusqu'à Dieu, en attendant l'heure où l'éternité s'ouvrira pour moi !... J'aurais voulu que le sourire de celui qui réside au delà des cieux mêmes pût en tout temps réjouir et même fortifier mon âme !... J'aurais voulu, donnant à la vertu toute l'étendue qu'elle peut avoir, que mon nom fût écrit avec les caractères de la fidélité dans le livre du bon vouloir du roi du monde !... Voyant le tombeau incessamment ouvert sous mes pieds, condamné à dormir dans une tombe ouverte qui pouvait se refermer pendant mon sommeil, j'aurais voulu vivre dans le coin le plus sauvage, où ma demeure fût une grotte obscure, ma boisson l'eau courante, ma nourriture, les herbes et les fruits du hasard ; et là, les yeux sans cesse élevés au ciel, j'aurais voulu ne plus contempler que les régions qui sont au delà ; mais, tel que les sables qui boivent les gouttes de la pluie ou de la rosée du matin, moi qui n'en étais que l'un des plus imperceptibles grains, je n'ai pu que m'imbiber d'une bien faible part des inspirations d'en haut. Malgré mes efforts sincères, je me suis vu, après comme avant, l'ombre de moi-même, n'ayant jamais pu une seule fois regarder en avant avec espérance !...

« Brave les hivers, ô doux Colchique ! au prisonnier cela est interdit ; tu vis, tu nais, tu meurs, tu le sais ; moi j'en suis parfois à douter si je suis né, si j'ai vécu, si je suis mort. Pour moi seul l'ordre de la nature a été interverti ; je n'ai eu aucune des joies des hommes :

» Joie de fils ;

» Joie de père ;

» Joie d'ami ;

» Joie d'amant ;

» Joie d'époux ;

Un roulement particulier annonçait cette sortie.

» Joie d'homme, enfin, dans les milles accidents de la vie, rien, rien pour le prisonnier. Ils se sont étudiés à ne rien laisser dans mon cœur, et s'ils ne l'ont pas arraché, ce cœur, c'est qu'ils ont craint qu'il ne s'en échappât quelque malédiction qui montât de la terre au ciel pour les accuser !...

» Trève, ô ma douleur !... A vous, fleurs chéries, à vous de me consoler. Ouvrez vos corolles, qu'elles soient les dépositaires de mes soupirs ! Secouez vos étamines, que leur poussière parfumée serve de baume à mon cœur ! Passez, ô mes fleurs ; défilez sous mes yeux avec vos attributs et vos symboles ! Soyez pour moi les sensations et les sentiments qu'il ne m'a pas été donné de connaître dans la vie ! Rappelez-moi ce que j'aurais aimé, ce que j'aurais haï, ce que j'aurais béni, ce que j'aurais maudit ! Soyez pour moi l'ami tendre, le confident discret à qui l'on révèle les amours et les haines de son cœur, les bénédictions et les malédictions de son âme. » Laissons de côté les fleurs, symboles de l'amour, leur vue me rappelle leurs attributs ; leurs attributs sont une douleur dans ma douleur. C'est le ciel auquel j'ai aspiré. C'est le ciel que j'ai perdu ! Dans un jour de joie folle, j'ai voulu les classer, et ce jour mon cœur s'est brisé en autant de tronçons que j'ai pu classer en elles de symboles ! Passons, passons vite, ma douleur n'a pas besoin d'aliment.

» Nous voici en plein dans la vie réelle.

» Je vois d'abord la Primevère, naissant dans les frimas qui fécondent la terre en y concentrant la chaleur : tel l'homme naît au milieu de la souffrance. Les jolies fleurs jaunes de la Primevère ont toujours produit sur mon imagination l'effet d'une flûte champêtre au milieu de rochers arides et inhabités ; son symbole est *première jeunesse*.

> Songes riants de la jeunesse,
> Vous quittez l'homme promptement !
> Faut-il qu'une si douce ivresse
> Dure ce que dure un instant !
> Age heureux où tout semble aimable,
> Où chaque objet offre au plaisir,
> Vif attrait, charme inexprimable,
> Le cœur s'épuise à te sentir !

» Hélas ! cette joie de tous m'a été refusée à moi. Ce n'est pas à la sentir que s'est épuisé mon cœur, mais à la regretter !... Pourquoi cette différence de moi aux autres ? Né dans les larmes, pourquoi ai-je dû vivre et mourir dans les larmes ? Et cela sans répit... Aurai-je été marqué du sceau de Caïn !... Ah ! fuis, pensée ! fuis... Ce n'est pas moi qui suis Caïn...

» Assez pour aujourd'hui, mes yeux pleurent... mon cœur gémit... mon âme est dans l'angoisse !... »

CHAPITRE XXXVI

L'île Sainte-Marguerite

La vie de l'Homme au Masque de Fer présente, comme celle du martyre de la Croix, les poignantes stations d'un douloureux Calvaire.

Après Pignerol, Exilles, après Exilles, l'île Sainte-Marguerite. Et à chaque pas, dans cette marche fatale, le supplice augmente et devient plus horrible !

Cette fois l'enfer du malheureux réprouvé, par une ironie abominable, se dressera en plein paradis.

« Quel est le voyageur, dit M. Jung, qui, en suivant les méandres gracieux du chemin de fer de Nice, de la Napoule au golfe Jouan, n'a pas admiré la situation coquette des îles de Lérins, au pied des hauteurs des Maures et de la pointe de la Croisette ? Qui n'est resté émerveillé en face de délicieuses ceintures de villages, de maisons de campagnes qu'on aperçoit de la forteresse royale ? C'est un véritable panorama d'opéra-comique, un horizon splendide, coupé de bois d'orangers, s'étayant jusqu'à Grasse, la ville des parfums, et aux montagnes qui la dominent. C'était pourtant au milieu de ces enchantements; sur la côte septentrionale de la plus grande des îles que s'élevait, silencieuse et triste, la vieille forteresse de Richelieu, aménagée avec soin par M. de Saint-Mars. De nos jours encore elle est restée la même, à part certaines modifications de détails, d'installations, nécessités pas les besoins du service militaire moderne et par l'incarcération déjà ancienne des prisonniers Arabes.

« Appelé Lero, chez les anciens, à cause du culte qu'on y rendit à une divinité gauloise de ce nom, elle avait pris le nom de Sainte-Marguerite de celui d'une chapelle dédiée à cette sainte. Plus tard, sous les Romains du Bas-Empire, elle avait eu une célébrité; puis, avec le temps, toute trace d'occupation avait disparu, à part celle du fort Saint-Honorat, élevé à l'extrémité sud de cette petite île, poste souvent attaqué par les Sarrasins. Ce fut sur l'emplacement de l'ancien fort romain que Richelieu fit construire la forteresse royale, en 1633.

« De prison, il n'y en avait pas à cette date dans le sens avéré du mot; il existait bien des prisons, mais simplement dans le corps de bâtiment de la place, où l'on mettait les internés. Saint-Mars fut le premier qui fit construire des cellules pour une prison d'Etat. L'ordre de Louvois à Saint-Mars est formel. — Il est conçu et daté du 16 mars 1687.

« J'ai reçu, avec votre lettre du 2 de ce mois, le plan et le mémoire qui y étaient joints, et ce qu'il y a à faire pour bâtir la prison et le bâtiment que vous demandez (pour rendre sûre la prison de votre prisonnier) dans l'île Sainte-Marguerite, remontant à 5,034 livres.» Il fit donc élever d'un étage la maison du gouverneur et construire au nord les deux autres étages de prison qui communiquaient directement avec les appartements du gouverneur. Le bâtiment se composait de douze prisons ou cellules, dont deux particulièrement curieuses.

« De ces prisons, il ne reste plus que celle de l'étage inférieur. Les six du premier étage et le château ont été rasés.

« J'ai visité maintes fois ces anciennes constructions de Saint-Mars, qui forment le bastion Nord-Est. Les cellules sont établies en forme de casemates, à l'est de l'escalier conduisant au fort. Des fenêtres, ou plutôt des soupiraux; on aperçoit Cannes, le Cannet, la forêt des Maures, la villa Tripet. Ces casemates sont voûtées, munies de doubles portes et reliées entre elles par un grand couloir éclairé par de simples lucarnes donnant sur la cour de la citadelle. Une seule porte permet l'accès dans le dit couloir; une autre, attenant à la chapelle, donnait entrée chez le gouverneur. La première de ces chambres à droite et au fond du couloir, près de la chapelle, est celle qui fut occupé par le Masque de Fer. Elle est parfaitement conforme aux descriptions du père Papon, dans son voyage de Provence en 1780, et de Saint-Mars dans sa lettre à Louvois, du 8 Janvier 1688.

« Je me donnerai l'honneur de vous dire comme j'ai mis mon prisonnier, qui
« est toujours valétudinaire à son ordinaire dans l'une des deux nouvelles prisons
« que j'ai fait faire selon vos commandements. Elles sont grandes, belles et claires,
« et pour leur bonté je ne crois pas qu'il en ait de plus fortes ni de plus assurées
« dans l'Europe, et même pourtant ce qui peut regarder les nouvelles de près et de
« loin, ce qui se peut trouver dans tous les lieux où j'ai été à la garde de feu M. Fou-
« quet depuis le moment qu'il fut arrêté... »

En résumé, cette demeure de l'ex-habitant de la Tour d'en bas, tout en étant préférable à celle de Pignerol ou d'Exiles, était loin d'être confortable.

En 1670, le personnel de l'île se composait d'un gouverneur, M. le chevalier de Guitaud; d'un major, M. de Dampierre; d'un garde-magasin, d'un aumônier, d'un chirurgien de quatre canonniers, de la compagnie de M. Guitaud, et de deux autres compagnies.

Ce chevalier de Guitaud est un type curieux du temps. « Il y a vingt-sept ans, écrit-il au ministre le 20 Janvier 1674, que je suis dans le service sans disconti-nuation. Il y en a vingt que je suis pourvu de la charge de lieutenant pour sa Ma-jesté dans les places. Mes camarades de Marseille à Saint Jean et Monaco ont 3,600 livres et je n'en ai que 2,500; le major à 300 livres de plus que moi; j'ai pourtant du service et de la qualité autant qu'un autre. » Guitaud aurait donc pris la car-rière des armes en 1647, et depuis 1654 il avait servi en qualité de lieutenant du Roi dans les places avec 2,700 livres (14,000 francs d'appointements), sans compter ce qu'il gagnait sur sa compagnie.

Et pourtant, logé, chauffé, éclairé, soldé comme il l'était, il se trouvait mal rétri-bué. Qu'eût-il dit en l'an de grâce 1672? Il est vrai qu'à cette époque Guitaud faisait des voyages à Paris, menait grande vie, et pouvait, sur ses économies, acheter des propriétés.

Ce chevalier de Guitaud sortait des mousquetaires. Il s'était installé aux îles avec sa famille; son frère faisait les fonctions de lieutenant dans sa compagnie; son beau-frère, M. de Caumartin, commandait une des deux autres compagnies. Pour ses fonctions, il relevait directement du gouverneur de Provence; de l'intendant des galères Arnould, pour les affaires de la marine; et du commissaire des guerres Lenfant, pour les détails de l'administration.

A la suite de ses réclamations, ses émoluments furent portés de 300 à 400 livres par mois.

Voici, du reste, l'état curieux de solde mensuelle qui fait foi de cette dé-pense : Compagnie de 180 hommes, capitaines, lieutenants, enseignes, 4 sergents et 3 caporaux : 2,412 livres. Deux autres compagnies de 90 hommes chacune, avec le capitaine, lieutenants, enseignes, 2 sergents, 3 caporaux, à raison de 1,080 livres chacune : 2,160 livres; au sieur de Guitaud, gouverneur, 400 livres; au major, 200 livres; au garde-magasins, 66 livres 13 sous 4 deniers; à l'aumônier, 40 livres; au chirurgien, 40 livres chacun; 160 livres; pour le bois et la chandelle du corps de garde, 16 livres 13 sous 4 deniers; total: 5,558 livres 13 sous 4 deniers. Ces soldats, comme ceux de Pignerol, achetaient sur leur solde les mèches, poudre et plomb.

De plus, ils donnaient un ou deux sous par jour au capitaine pour l'entretien de leur habillement.

Une telle garnison, qui n'aurait plus de raison d'être aujourd'hui, était nécessaire à une époque où les corsaires algériens faisaient encore de continuelles descentes sur nos côtes, et où notre marine commençait à prendre quelque valeur. M. de Guitaud avait en outre, sous sa direction, des prisonniers, mais des prisonniers arabes de peu d'importance; quelques-uns même, incarcérés sur son ordre, paraît-il, car, à la date du 4 avril 1673, Louvois écrivait au commissaire Lenfant : « L'on m'a donné avis par lettre, que je vous envoie, que M. le chevalier de Guitaud et M. de Dampierre retiennent trois ou quatre personnes dans les prisons de l'île Sainte-Marguerite, sans aucun motif légitime; vous aurez soin de vous éclairer de ce qu'il en est. » C'est ainsi qu'en 1672, l'archevêque de Lyon recevait l'ordre d'envoyer aux îles un soldat déserteur, et qu'en 1682 le prince de Last fut enfermé dans l'abbaye de Saint-Honorat, sur un ordre donné à l'intendant Morant. Le dernier prisonnier de M. de Guitaud dont nous ayons eu connaissance est le chevalier de Chezut, qui logeait dans les bâtiments de la garnison et qui trouva M. de Saint-Mars à son arrivée aux îles.

Guitaud mourut le 27 décembre 1685. Pendant l'année 1686, l'intérim fut rempli par le major, M. de Dampierre. Ce fut seulement le 15 janvier 1687 que Saint-Mars apprit sa nomination au commandement des îles, et le 25 qu'il en reçut le brevet. Il dut se rendre immédiatement à sa nouvelle résidence pour faire préparer le logement du prisonnier qu'il devait amener avec lui. A cause des neiges qui obstruaient les passages des Alpes du côté de Briançon, il prit la route de Turin à Nice par le col de Tende. Arrivé le 21 février, il tomba malade, resta vingt-six jours dans l'impossibilité de bouger, repartit de Sainte-Marguerite le 26 mars, cette fois par Embrun et Briançon, fut dans les premiers jours d'avril à Exilles, repartit d'Exilles le 18 avril, et fit avec son mystérieux prisonnier son entrée définitive au Port-Royal, le 30 avril 1675. Il avait conduit avec lui sa compagnie et ses deux lieutenants, MM. de La Prade et de Boisjoly.

A partir de cette époque, le personnel fut ainsi réparti : M. de Saint-Mars, gouverneur et commandant la compagnie franche;

M. de La Prade, lieutenant du Roi;

M. de Dampierre, major;

MM. de Sormanoir, Boisjoly et Rosarges, officiers de la compagnie franche.

La garnison se composa dès lors de la compagnie de M. de Saint-Mars et de deux compagnies d'infanterie. Un sergent et dix hommes étaient détachés à la tour de Saint-Honorat. En 1689 (30 août) le sergent fut remplacé par un lieutenant, sur la demande de M. de Saint-Mars. Quant à bâtiments, ils étaient assez nombreux et se composaient d'un château, des prisons d'Etat, d'une église, de deux logis pour le lieutenant du roi et le major, de bâtiments pour les officiers, les cadets, le curé, l'aumônier, le chirurgien-major, le boucher, le patron du bateau de service, de casernes pour la troupe, d'auberges, etc.

« Quant à la garde des prisonniers, elle était uniquement confiée aux hommes de la compagnie du gouverneur. La Prade était seul chargé des détails de la surveillance. Cette surveillance, on la connaît...

Le 6 janvier 1696, Saint-Mars écrivait en effet au ministre :

Monseigneur,

« Vous commandez de vous dire comment l'on en use quand je suis absent ou
« malade, pour les visites et précautions qui se font journellement aux prisonniers
« qui sont à ma garde. Mes deux lieutenants servent à manger aux heures réglées ;
« ainsi qu'il me l'ont vu pratiquer et que je fais encore très souvent quand je me
« porte bien ; et voici comment, Monseigneur : le premier venu de mes lieutenants
« prend les clefs de la prison de mon ancien prisonnier, par ou l'on commence, il
« ouvre les trois portes et entre dans la chambre du prisonnier, qui lui remet honnête-
« ment les plats et assiettes qu'il a mis les unes sur les autres, pour les donner entre
« les mains du lieutenant, qui ne fait que de sortir deux portes, pour les remettre à
« un de mes sergents, qui les reçoit pour les porter sur une table à deux pas de là,
« où est le second lieutenant qui visite tout ce qui entre et sort de la prison, et voit
« s'il n'y a rien d'écrit sur les vaisselles ; et après qu'on lui a donné tous le néces-
« saire, l'on fait la visite dedans et derrière le lit, et de là aux grilles des fenêtres
« de sa chambre, et aux lieux ainsi que par toute sa chambre, et fait souvent sur
« lui ; après lui avoir demandé particulièrement s'il n'a pas besoin d'autre chose,
« l'on ferme les portes pour aller en faire tout autrement aux autres prisonniers.
« Deux fois la semaine on fait changer de linge de table, ainsi que de chemise et
« linges dont ils se servent…»

Voici la relation de **M.** Octave Féré, qui a écrit un ouvrage sur le Masque de Fer.

«L'île Sainte-Marguerite est la plus importante d'un groupe nommé les îles Lérins ;
elle mesure deux kilomètres de largeur de l'est à l'ouest, et un kilomètre du nord
au sud. C'est dans la partie nord, la plus élevée de toutes, que se trouve la citadelle,
rendue surtout célèbre par la captivité de notre héros.

«Son installation y fut une nouvelle preuve de son importance personnelle, car on
y bâtit une prison exprès pour lui. Cette prison, il est juste de le dire, fut combinée
de manière à réunir en même temps les conditions nécessaires à une stricte surveillance et à une existence aussi supportable que possible pour le détenu.

«Nous ne nous arrêtons pas à reproduire les descriptions laissées par plusieurs des
malheureux qui les connaissaient par expérience. Un extrait des *Mémoires de Renneville* suffira pour en donner une idée.

« Au-dessous de chaque bastion, dit cet auteur, était une vaste salle voûtée, bordée d'environ dix caveaux, voûtés aussi, de sept à huit pieds de longueur, garnis
chacun d'un fort anneau de fer scellé dans le mur. La voûte de la salle était soutenue au milieu par un gros pilier, dont les quatre faces présentaient autant d'anneaux de fer. A la voûte était une ouverture étroite, fermée par une grille de fer,
et par où l'on descendait la nourriture destinée aux malheureuses victimes enchaî-
nés dans les petits cabanons pratiqués autour de la salle.

« C'était là que le cruel tyran — Saint-Mars — laissait pourrir ses prisonniers,
sans paille, sans une pierre où reposer leur tête, couchés sur le limon des cachots
et la bave des crapauds, avec du pain et de l'eau pour toute nourriture, et d'où il
ne les retirait que morts.

» Ils avaient les yeux sortis des orbites, le nez horriblement enflé; leurs dents tombaient du scorbut; la bouche se tuméfiait et se déchirait, et les os se montraient à travers leur peau. »

Et nous aurions pu citer des détails plus horribles encore!

Tel était l'empire sur lequel régnait Saint-Mars, de par la grâce du ministre influent, au nom duquel il exerçait sans contrôle droit de vie et de mort sur ses sujets.

Le lecteur est désireux, sans doute, de connaître comment étaient réglée la vie de notre martyr dans cette nouvelle résidence.

Il y avait été transféré en 1686, et c'est une lettre de Saint-Mars, datée du 11 avril 1687, et adressée à Louvois, qui va nous fournir des renseignements. Ce document a été extrait des archives des affaires étrangères par l'ancien député conventionnel Roux-Fazillac.

Après des détails sur ses moyens d'espionnage, Saint-Mars disait :

« Pour la promenade du prisonnier dans le jardin, j'ai désigné deux allées découvertes, que deux sentinelles dévouées de ma compagnie, placées au haut des tours, embrassent du regard dans toute leur longueur. Ces sentinelles sont spécialement chargées de surveiller si le prisonnier n'échange pas quelques signes avec ceux qui l'escortent

« Les précautions que j'ai prises, quand mon prisonnier va entendre la messe, ne laissent rien à craindre de ce côté. La stalle où il se trouve est séparée du chœur et de la nef par une sorte de tambour, de manière que le prêtre qui dit la messe ou ceux qui la servent ne peuvent le voir.

« Pour ses repas c'est la même chose. Sa chambre est précédée d'un petit vestibule où, nuit et jour, un soldat se tient en faction. L'épaisseur d'une double porte, dont le capitaine des portes Lecuyer a seul la clef, empêche au soldat d'entendre ce qui se dit au dedans. Là est une table sur laquelle les domestiques déposent les mets.

« Le major Rosarge examine tout avec la plus minutieuse attention, ouvrant les volailles, rompant le pain, coupant les fruits, pour s'assurer s'il ne serait pas par cette voie introduit quelque intelligence.

«Cet examen fait, un des valets du prisonnier vient prendre là les plats et les sert.»

Complétons, par les renseignements suivants, la description de cette prison d'État, où vont se dérouler tant de drames sanglants, où vont s'accomplir tant de crimes mystérieux, épouvantables !

La prison que Saint-Mars avait fait bâtir pour le Masque de Fer, et où cet infortuné devait passer douze ans après en avoir passé treize à Pignerol et cinq et demie à Exilles, comprenait la moitié du troisième étage d'un gros donjon carré, entouré de fortifications, C'était une vaste chambre, très-haute de plafond, formant un triangle complet, coupé à chacun de ses angles par des colonne accouplées, qui faisaient de l'ensemble un hexagone qui n'était pas sans grâce. Trois cabinets étaient ménagés dans les angles du triangle. L'un servait de garde-robe au prisonnier, l'autre d'alcôve où couchait l'un des deux valets chargés de le surveiller nuit et jour, et dont l'un dormait pendant que l'autre veillait. Le troisième était rempli par une cheminée gothique, dont le manteau, surchargé d'ornements d'architecture, se déployait majestueux, encadré dans une élégante et légère broderie de dentelle de pierre. La voûte blanchie était sillonnée d'arètes qui venaient aboutir à une clé pendante d'où descendait un anneau de fer, auquel était appendue une lampe qui restait allumée toute la nuit.

Une seule fenêtre, ouvrant sur le bord de la mer, éclairait l'appartement. Cette fenêtre était close en dedans par des barres de fer, et, au dehors par un treillis de fil d'archal. Un châssis en tabatière, qui ne s'ouvrait que par ordre du gouverneur, et à petites vitres enchâssées de plomb, couvertes d'un enduit de poussière, formaient une troisième fermeture qui, l'été, interceptait les fraîches exhalaisons de la mer, et qui, l'hiver, métamorphosait les rayons vivifiants du soleil de Provence, en livide crépuscule.

L'ameublement de ce lieu était d'une certaine magnificence pour une prison. Une tapisserie de Bergame, assez fraîche, représentant un congrès d'amours ailés, assez mal à leur aise dans une prison d'État, couvrait les murs à dix pieds du sol.

Un plancher de bois interceptait l'humidité d'un carrelage en pierre. Ici un grand lit avec dorures, sculptures, baldaquins en étoffes brochées, matelas en laine d'Alexandrie, draps en toile fine et couvertures à grands ramages. Là, une vaste table d'ébène à pieds tournés et enchâssés de cuivre doré, un grand bahut de bois sculpté, un large fauteuil de cuir dans lequel le prisonnier passait bien des nuits en proie à de cruelles angoisses; des escabelles pour le valet ou le gouverneur, quand le prisonnier lui permettait de s'asseoir; et, enfin, une armoire élégante, vitrée, formant bibliothèque et contenant quelques livres qu'on renouvelait un à un, après un scrupuleux examen de leur contenu. Dans tout cela, on eût vainement cherché des plumes, de l'encre et du papier, des crayons, tout ce qui eût pu servir à retracer, même pour lui seul, le moindre écho de cette grande infortune.

Tel était le lieu où un malheureux devait passer douze ans de sa vie, le visage couvert d'un masque de fer à ressorts, fermé par derrière avec un cadenas scellé, fait avec tant d'art qu'il était impossible au prisonnier d'ouvrir lui-même sans s'arracher la vie. Il pouvait manger avec sans beaucoup d'incommodité, il pouvait montrer ses dents et sa langue dans les maladies où le médecin croyait avoir besoin de cette indication.

Au dehors de sa prison, il pouvait se promener une heure par jour dans le jardin du gouverneur, entre ses deux valets avec lesquels, pendant cette heure de promenade, il lui était expressément défendu d'échanger un mot. Un roulement particulier de tambour annonçait cette sortie, et nul, sous peine de vie, ne pouvait se trouver dans le jardin, et moins encore sur le passage du prisonnier.

Il pouvait aussi, tous les jours, entendre la messe. On lui avait ménagé, dans le chœur, une stalle tournée du côté de l'hôtel. Ses deux valets restaient à côté de lui, et deux invalides, placés derrière, le tenaient couché en joue, dans le cas où il voulut se retourner pour parler aux assistants. Du reste, un vaste système d'espionnage était organisé pour que le détail le plus insignifiant du moindre de ses actes ne restât pas ignoré du gouverneur.

Voici une lettre de Saint-Mars à Louvois du 11 avril 1687, qui donne des détails précis à ce sujet, et qui a été extraite des archives des affaires étrangères, par Roux-Fazillac.

Avez-vous jamais aimé, Monseigneur.

« ...Indépendamment des deux valets attachés au service de mon prisonnier, dont l'un veille, pendant que l'autre dort, et qui ont, sous peine de la vie, l'ordre de ne répondre à aucune de ses questions en dehors du service et de me rapporter, mot pour mot, ses paroles et ses actions, j'ai fait pratiquer, au plafond de son appartement, une barbacane d'où je puis, sans être vu, voir tout et tout entendre.

« Ces deux valets, de même que mon lieutenant Rosarges, Corbé, l'aumônier Giraud, le chirurgien Rheill, le porte-clef Ret, le capitaine des portes Lécuyer, sont chargés de s'espionner mutuellement et à leur insu.

« Pour sa promenade dans le jardin, j'ai désigné deux allées découvertes, que deux sentinelles dévouées de ma compagnie, placées au haut des tours, embrassent du regard dans tout leurs parcours, les ont spécialement chargées de surveiller si le prisonnier n'échangeait pas des signes avec ceux qui l'escortent.

« Enfin, Monseigneur, j'ai pris toutes les précautions imaginables, pour que mon prisonnier ne puisse voir ni être vu de personne, ne puisse parler à qui que ce soit, ne puisse entendre ceux qui voudraient lui dire quelque chose, sauf en ma présence. Et la machine que je suis parvenu à organiser pour le service du roi fonctionne maintenant d'une manière si admirable, que non-seulement les actes les plus insignifiants du prisonnier me sont scrupuleusement rapportés, mais encore ceux des personnes attachées à divers titres à son service.

« La barbacane, qu'à l'insu de tout le monde j'ai fait pratiquer au plafond de la chambre du prisonnier, me met à même de vérifier l'exactitude des rapports, de compléter même au besoin quelques circonstances que, par oubli ou par pitié, on aurait cru devoir omettre, et d'avoir, par ces révélations inattendues, établi sur ce qui entoure le prisonnier une suite de système de terreur qui assure la sécurité, la régularité la plus parfaite dans le service du roi. »

A la date du 30 mai suivant, Louvois répondait à cette lettre de Saint-Mars :

« Il ne se peut rien ajouter aux précautions que vous avez prises pour la garde de votre prisonnier, et je ne saurais vous donner d'autres conseils que de vous convier à continuer comme vous avez commencé. »

Aussi, cet infortuné Masque de Fer, nuit et jour, qui voyait par ce continuel espionnage, s'ajouter une intolérable angoisse à l'angoisse incessante de sa vie, ne pouvait même pas gémir en secret; sa fierté avait à s'indigner à tout moment d'avoir des témoins de son infortune; et il avait doublement à souffrir des larmes qu'il retenait, des larmes qu'il répandait.

Toutes les révélations au sujet de cet homme sont exactes sur un point : son portrait.

Il était d'une taille au-dessus de l'ordinaire, admirablement bien fait; ses manières étaient nobles et distinguées; il intéressait par le seul son de sa voix, ne se plaignant jamais par fierté d'âme ou de sentiment, sauf toutefois les cas où la rigueur de son sort semblait s'étendre à ce qui l'entourait. Alors il entrait dans une véritable exaspération et ne ménageait pas Saint-Mars, qu'il rudoyait en termes amers, le tutoyant, selon son habitude, l'écrasant sous la supériorité de sa naissance et se vengeant de lui en le rabaissant comme le dernier des valets. En toute autre circonstance, il était d'une douceur, d'une patience, d'une résignation angéliques. Quand on regardait cet homme, la figure couverte de ce masque d'acier, vainement cherchait-on la lumière sur cette figure morne.

Le Masque se faisait homme, et cette feuille de métal inerte, insensible en apparence, n'était en réalité que le masque d'une vie intérieure, puissante et aspirant à se produire à travers sa prison d'acier comme la flamme aspire à se dégager d'un foyer où l'on essayerait de la concentrer.

On n'y voyait que de l'ombre. Examinait-on cette ombre de près, on démêlait, sous cette image sombre. une pensée sinistre, froide, impassible. On voyait un phénomène étrange se cacher sous ce drame. Sous cette enveloppe inflexible, la vie apparaissait puissante, condensée, ayant un tel besoin de se faire jour, qu'à certains instants elle semblait se manifester à travers l'acier, l'animer comme elle aurait pu faire d'un visage humain. Le masque alors prenait en quelque sorte tous les tons de la nature : on croyait voir des veines qui palpitaient des lèvres qui remuaient, des yeux qui étincelaient, des tempes qui battaient.

CHAPITRE XXXVII

Cruelle et implacable vigilance de Saint-Mars

Maintenant l'homme connu, voyons les faits.

Aux premiers temps où le *Masque de Fer* fut incarcéré à Sainte-Marguerite, il était encore sous l'impression d'une de ces grandes catastrophes qui ont marqué diverses phases de sa longue captivité, et qui sont pour la plupart restées ignorées; crimes inconnus que l'histoire ne peut même pas classer. Un des valets attachés à son service, et qui peut-être avait eu l'imprudence de laisser percer un simple sentiment de pitié pour le malheureux qu'il servait, avait éveillé les défiances de Saint-Mars, et avait disparu sans que nul ait pu savoir ce qu'il était devenu.

On l'avait remplacé auprès du *Masque de Fer* par un autre. A chacune de ces substitutions de figure, dont on lui laissait toujours ignorer le motif et le but, ce malheureux prisonnier se méprenait peu sur la cause de ce changement, et, soit qu'il lui en coûtât d'avoir de nouveaux témoins de ses angoisses, soit qu'il déplorât cette fatalité qui semblait peser sur tout ce qui s'approchait, il entrait dans une de ces colères fébriles que, par fierté, il semblait s'être interdite en toute autre circonstance.

C'était pendant une froide nuit d'hiver de 1687, un des valets, qui le servait depuis près d'un an, à la suite d'une insignifiante marque d'intérêt qu'il lui avait donnée pendant le jour, tomba subitement malade, et se vit forcé de s'aliter dans l'alcôve de la chambre. Le *Masque de Fer* ne crut qu'à une indisposition passagère de son valet et se coucha.

Au milieu de la nuit, et pendant son sommeil, le major Rosarges entre à pas de loups dans la chambre, pénètre dans l'alcôve, prend dans ses bras le corps du valet ou mort ou mourant, et laissa à sa place un nouveau serviteur.

Le lendemain, en s'éveillant, le *Masque de Fer*, à la vue de cette nouvelle figure, soupçonne ce qui était arrivé et demande à parler au gouverneur. Saint-Mars se fit longtemps attendre. Il vint enfin.

—Assieds-toi, commandant Saint-Mars, lui dit le prisonnier en lui poussant rudement un tabouret; je te le permets, et causons.

Saint-Mars s'assit.

— Sais-tu, reprit le Masque en s'arrêtant devant lui et se croisant les bras, qu'il faut que tu sois un fameux j... f...... pour avoir tué encore ce pauvre Champagne? Voilà, de compte fait, la troisième personne qui meurt à mon service, depuis que tu es mon geôlier.

— Vous croyez, monseigneur? dit Saint-Mars, qui avait adopté pour système d'opposer un calme impudent à la colère de sa victime. En effet, ajouta-t-il en se reprenant, de compte fait, c'est bien trois : Picard a été étranglé; Bourguignon a été pendu, et Champagne... ma foi, Champagne, je ne sais trop ce qu'il est devenu.

Puis se tournant vers le major Rosarges, qui était resté debout à la porte du vestibule.

— Rosarges, qu'as tu fait de Champagne?

— Champagne, mon commandant, je l'ai donné à garder aux poissons de la mer.

— As-tu pris soin de le lester pour qu'il ne manque de rien en route.

— Oui, mon commandant; je l'ai lesté d'une grosse pierre, attachée avec une bonne corde autour du corps ; mais le pauvre diable n'avait pas besoin de ce colis : il ne remuait ni pied ni aile quand je l'ai pris.

—N'importe reprit Saint-Mars, deux précautions valent mieux qu'une. Et s'adressant au prisonnier : — Vous voilà, monseigneur, parfaitement au courant du sort de Champagne. Si vous n'avez pas de nouveaux renseignements à me demander, permettez-moi de me retirer; le service de la prison exige ma présence ailleurs.

Ce système de calme, d'ironie amère, entrait dans le plan de Saint-Mars. Depuis le temps qu'il gardait son prisonnier, il avait eu le loisir d'étudier ce caractère naturellement fier et hautain, et il avait observé que, si la colère le faisait sortir des bornes de cette résignation qu'il s'était imposée, quelque atroce plaisanterie lui révélait plus que tout l'abaissement où il était tombé; la subordination à laquelle il était réduit, et par dédain ou par réflexion, sa fierté naturelle prenait le dessus; sa colère rentrait comme par enchantement, et il dédaignait plus longtemps de se plaindre.

Cette fois, soit que, pour quelque cause restée inconnue, la mort de ce dernier valet lui eût été plus sensible, soit tout autre motif, il n'en fut pas ainsi, et se posant en travers de Saint-Mars qui se disposait à sortir :

— Vieux coquin, lui dit-il, as-tu au moins fait donner les secours de la religion à ce malheureux Champagne? Et aurais-tu été assez impie pour vouloir être responsable de ses péchés dans l'autre monde?

— Je crains bien, dit Saint-Mars avec le même calme, qu'il ne soit mort déconfit.

— Tu n'as donc pas assez de tes péchés pour te damner éternellement, bourreau de corps et d'âmes? Si jamais je deviens libre, le premier usage que je ferai de ma liberté sera de te provoquer en duel.

— Sa Majesté a défendu le duel, monseigneur.

— Eh bien, je te ferai pendre.

— Je ne fais que mon devoir, monseigneur.

— Ton devoir est-il de faire périr les gens sans confession. Ton devoir est-il de me persécuter jour et nuit sans répit ni trêve? De quelle âme damnée es-tu l'instrument, pour te complaire au malheur d'un homme innocent, au supplice d'une déplorable victime.

— Le roi, monseigneur...

— Tu profanes son nom, misérable! Le roi n'a pu te donner de telles instructions; toi seul étais capable d'en inventer de si rafinées en barbarie, de si persévérantes en injustices, de si lâches, de si honteuses. De tels actes n'ont rien de loyal; c'est vil, c'est méprisable. Toi seul es capable de me retenir dans un donjon, où je manque d'air et de lumière, et où je meurs lentement.

— Vous, monseigneur, mourir! hier encore j'écrivais au roi que vous étiez en état de supporter trente ans de captivité; et j'espère bien, pendant tout ce temps, avoir l'honneur de vous continuer mes services, et de vous donner tous les jours l'assurance de mon respect.

Et, disant cela, Saint-Mars sortit.

Dans les occasions plus ou moins fréquentes où le Masque de Fer avait de ces accès de colère qui ne cédaient pas à son système de sang froid et d'ironie, Saint-Mars avait un moyen à peu près infaillible de radoucir son prisonnier.

CHAPITRE XXXVIII

Madame de Saint-Mars.

Quand de la barbacane où il épiait son prisonnier, il voyait une sorte de prostration physique succéder à cette tempête de l'âme, il retournait auprès de lui, prenait son ton le plus cafard et le plus mielleux, lui parlait avec douceur, entrait dans ses peines, s'excusait presque sur la dure nécessité où il se trouvait d'en agir ainsi, et terminait cette hypocrite démarche en jetant incidemment, et comme par hasard, les trois mots suivants, qui produisaient sur cet infortuné un effet vraiment magique.

« — Demandez plutôt à madame de Saint-Mars si je ne prends pas sur moi de torturer mes instructions pour alléger votre sort. »

Ce nom, madame de Saint-Mars, était pour le Masque de Fer un vrai talisman. Il ne se rendait compte ni du motif ni de la cause de cet effet, dont la source était un de ces mystérieux arcanes du cœur qu'il n'avait jamais essayé de sonder. Mais il lui semblait qu'il y avait là quelque chose qui tenait à sa vie. Etait-ce un souvenir! Etait-ce une espérance! Il l'ignorait; mais ce quelque chose lui rassérénait l'âme, et il ne manquait jamais de prendre Saint-Mars au mot en lui disant. « —Amenez madame de Saint-Mars et venez dîner avec moi.» Saint-Mars s'inclinait, répondant: « —Monseigneur, madame de Saint-Mars et moi auront cet honneur. » Et la paix était faite.

Cet incident de la vie du Masque de Fer, inconnu jusqu'à ce jour, est tout un drame dans la vie ignorée de cet infortuné. J'en ai puisé les détails dans un manuscrit de 1728, faisant partie d'un recueil de pièces officielles manuscrites qui a échappé aux actives recherches de laborieux écrivains, qui ont cherché à jeter quelque jour sur ce sujet et dont je dois la communication aux bons offices du savant bibliothécaire de la ville de Paris, M. Bailly.

Mais, par cela seul que ce drame ne se lie que d'une manière incidente à la captivité du *Masque de Fer*, quelques développements sont ici nécessaires.

Cette madame de Saint-Mars était la seconde femme du geôlier du Masque de Fer. Il l'avait épousée sur l'ordre du roi. On devinera la raison d'État qui avait nécessité ce mariage.

Le lecteur se rappelle sans doute la compagne des premières années du prisonnier, la jeune Louise, fille du gouverneur d'Henry, qui, reléguée dès l'âge de dix ans dans un couvent de Dijon, était revenue auprès de son père et avait renoué les relations de vive amitié qu'elle avait vouée à son ami d'enfance.

On se rappelle aussi la réflexion imprudente qu'elle avait faite, un jour, en disant que son jeune ami ressemblait à Louis XIV.

Reléguée immédiatement à Paris, chez une vieille tante, elle n'avait jamais été perdue de vue ni par Louis XIV, ni par Louvois, qui la faisait surveiller.

Plus tard, lorsque Saint-Mars devint veuf, Louvois lui donna le conseil, qui fut un ordre, de rechercher en mariage la jeune Louise, à qui le roi accorda une dot opulente.

Saint-Mars ne connaissait pas les anciennes relations de son prisonnier avec sa femme, et celle-ci ne soupçonnait pas que cette enveloppe de fer lui cachât les traits de l'objet de ses premières amours.

Comme les ordres de la cour étaient de ne refuser au prisonnier aucunes des douceurs de la vie compatible avec le mystère qu'on exigeait, mue par ce sentiment de pitié si naturel aux femmes de s'intéresser aux grandes infortunes, elle avait demandé à Saint-Mars de la charger du soin de fournir le prisonnier de linge fin, et Saint-Mars avait trouvé cette demande d'autant plus naturelle, que les articles de toilette sont plus de la compétence d'une femme que d'un gouverneur de prison.

Dès ce moment, le prisonnier qui avait un goût très décidé pour le linge fin, les dentelles que l'on portait alors avec profusion, les habits somptueux dont l'étoffe variait, suivant la saison, n'eut sous ce rapport, plus rien à désirer. Il eut régulièrement chaque année des habits pour l'été, l'hiver et le printemps, l'automne, comme le plus coquet seigneur de la cour. Ses jabots, ses manchettes, ses dentelles, ses rubans étaient du meilleur goût et sa chiffonnière, comme on disait alors, n'eût pas dépassé le boudoir d'une coquette.

Madame de Saint-Mars pourvoyait à tout avec une sollicitude de sœur. Elle ne soupçonnait pas plus que le prisonnier le mobile secret des prévenances, et ce tendre intérêt d'un cœur de femme, dans la situation malheureuse où il se trouvait, n'avait peut-être pas peu contribué à accroître dans le Masque de fer ce goût prononcé pour le beau linge.

Quoiqu'il en soit, voici les réflexions qu'inspire ce goût du prisonnier à l'auteur des *Mémoires du maréchal de Richelieu* (Londres, 1790).

« Le goût du prisonnier pour le linge très fin que la femme du gouverneur des îles Sainte-Marguerite s'était chargée de lui procurer, provenait nécessairement de sa vie sédentaire : les variations du grand air, les mouvements ordinaires du corps dans les habitudes de société, l'exercice de tous les sens n'avaient point ôté à ses organes cette excessive sensibilité qui appartient au religieux, aux jeunes gens élevés mollement et aux femmes trop délicates. Le sang, pendant l'inaction, est poussé à toutes les extrémités du corps, l'épiderme qui le couvre en est vivifié; le tact en est parfait, la sensibilité exquise et l'action des objets extérieurs se fait sentir avec plus de forces à travers un sens aussi délicat : Les personnes, au contraire, accoutumées à voyager ou à faire un grand exercice, les gens de la campagne et ceux qui s'occupent de travaux pénibles, sont moins sensibles à l'impression des objets extérieurs. On ne doit pas être surpris que ce prince, renfermé depuis son jeune âge et qui ne connaissait ni l'usage des pieds, ni l'action du grand air sur ses sens, ni les mouvements d'une âme libre, eût la peau d'une délicatesse extrême; il n'avait pas le goût mais un besoin de linge fin, et sans doute la main d'où il lui venait, lui rendait encore ce besoin plus impérieux et plus cher. Laissant de côté le petit aperçu physiologique de l'auteur des *Mémoires du maréchal de Richelieu* dans les derniers mots qui viennent à l'appui du mémoire manuscrit, que nous avons sous les yeux, est le motif véritable du goût du prisonnier pour le linge fin, et ces mots cachent tout un drame que voici, avec quelques détails:

« Saint-Mars aimait sa femme et lui accordait sans peine tout ce qu'il pouvait lui accorder sans nuire à son service. Quand elle lui avait demandé à pourvoir le prisonnier de linge, il avait accédé à ce désir avec d'autant plus de raison que, ne s'en remettant à personne pour la surveillance sévère qu'il exerçait, sur tout ce qu'il était remis au prisonnier, sa surveillance du linge se trouvait fort allégée du moment qu'il passait exclusivement par les mains de madame de Saint-Mars. Quand le prisonnier avait manifesté le désir de remercier personnellement madame de Saint-Mars de ses envois, le gouverneur n'avait vu là qu'un moyen de satisfaire le prisonnier ou un désir qui ne lui coûtait rien, et il avait accédé sans peine.

Seulement, par prudence maritale, ou pour tout autre motif resté inconnu, il avait exigé que madame de Saint-Mars ne paraîtrait devant le prisonnier que le visage couvert d'un loup, sorte de demi-masque que les dames portaient alors assez généralement.

La première fois que le Masque de Fer et madame de Saint-Mars s'étaient vus, sous les yeux du gouverneur, ils avaient échangé quelques-unes de ces phrases banales, de compliments usités en pareilles circonstances.

Ne pouvant démêler leurs traits sous le masque qui les cachaient, ils avaient l'un et l'autre tressailli au son de leurs voix. Ni lui ni elle n'avaient soupçonné que de la bouche d'où sortaient ces sons étaient jadis sorties des paroles brûlantes qui avaient défloré leurs cœurs vierges encore alors d'amour. De prime abord, et par pur instinct du cœur, il leur avait semblé se connaître; mais cette pensée naturelle n'ayant pu avoir pour organe leurs regards cachés sous le masque, leur parole refoulée par la présence de Saint-Mars était demeurée à l'état de pensée non produite dans l'un et dans l'autre, il était resté une idée sans force apparente à qui l'avenir ou l'occasion pouvaient donner un corps, un mystère du cœur, mais rien de plus. Madame de Saint-Mars accueillit avec une sorte d'ivresse intérieure, dont elle ne se rendait pas compte, toutes les occasions qui s'offraient de voir le prisonnier, de s'occuper de lui. Si, comme le langage des fleurs, le langage des chiffons eût été inventé dans ce va-et-vient de linge qui allait de l'un à l'autre, peut-être auraient-ils trouvé le moyen d'éclaircir ce mystère ; mais l'art sténographyque n'allait pas jusque-là : ils étaient restés dans leur igorance. L'histoire de ces deux cœurs commençait à devenir touchante. Se voyant fréquemment, mais toujours masqués et en présence de Saint-Mars, ils ne pouvaient échanger leur pensée ni par le regard ni par la parole.

Chacun d'eux entendait dans son for intérieur résonner la voix de son cœur et ne pouvait en renvoyer l'écho à l'autre. Il y avait quelque chose d'émouvant dans ce sentiment purement instinctif que nul d'entre eux ne soupçonnait être un amour endormi qui se réveillait, qui n'avait pour organe ni le regard, ni la parole, ni le geste, et qui, cependant, passait de l'espérance à la crainte, de l'inquiétude à la joie, avec toute la vague incertitude de deux cœurs qui parlaient sans se comprendre, de deux amours qui, se heurtant, restaient froids à leur contact, se repliant timorés sur eux-mêmes comme la feuille de la sensitive au toucher, et cependant ardents l'un et l'autre et n'ayant pas même l'idée d'approfondir ce qu'ils brûlaient de connaître.

Cette situation était réellement originale dans ce qu'elle avait à la fois de pénible et de doux.

Habitué aux entraves de la vie, le Masque de Fer l'envisageait avec une sorte de résignation ; moins patiente, madame de Saint-Mars ne la subissait qu'avec une sorte d'irritation, et un jour que, par un rare hasard, Saint-Mars, un moment sorti pour acte de service, les avait laissés un instant seuls, madame de Saint-Mars, sans préparation et avec une brusquerie fiévreuse qui dénotait un grand trouble de l'âme, lui demanda à demi-voix :

— Avez-vous jamais aimé, monseigneur ?

— Et vous ? répliqua pour toute réponse le prisonnier, d'un ton de voix qui avait le même caractère.

Saint-Mars entra dans ce moment. Mais dans ce mouvement impétueux et irréfléchi de l'âme, le Masque de Fer et madame de Saint-Mars avaient lu dans leurs cœurs. Leur double demande avait été une double réponse. Le prisonnier savait qu'il avait devant lui cette Etiennette dont l'amour avait ravivé le printemps de sa vie.

Madame de Saint-Mars savait que l'infortuné qui gémissait sous ses yeux était ce mystérieux élève qui, dans la maison de son père, avait eu les prémices de son cœur. Mais ils restèrent l'un et l'autre dans l'ignorance de s'être si bien compris.

Saint-Mars partageait quelquefois le repas de l'homme au Masque de Fer.

CHAPITRE XXXIX

Un conte allégorique

Plusieurs mois s'étaient passés sans que le hasard leur eût procuré l'occasion de compléter la révélation de cette page de leur vie. Peut-être même ne se serait-elle jamais offerte si madame de Saint-Mars n'eût imaginé de composer un conte où, sous des noms imaginaires, seraient retracés les incidents principaux de ses premières amours.

Ce conte, un peu dans les goûts des contes orientaux que quelques écrivains avaient mis à la mode, était une sorte d'allégorie assez transparente pour que le Masque de Fer s'y reconnût, assez obscure pour que Saint-Mars n'y vît qu'un conte à la mode.

Elle venait de le terminer, lorsque le prisonnier invita le gouverneur à dîner avec madame de Saint-Mars. Comme le temps à ces réunions intimes se passait, après dîner, en conversations, en lecture, cette dame se proposait de lire son conte en présence même de son mari, sûre que le prisonnier seul en démêlerait le sens. Voici ce curieux fragment, qui n'a paru nulle part et que j'emprunte au recueil des pièces officielles manuscrites mentionnées plus haut :

Histoire de deux amants qui se sont vu longtemps sans se reconnaître :

« Au bord d'un des grands lacs salés dont l'Afrique septentrionale abonde, au centre d'un bois de palmiers séculaires et à l'extrémité d'une vallée étroite formée de masses rocheuses, était un château bâti par les génies entre le ciel et la terre.

« Ce château était entouré de murs dont la hauteur variait de cinquante à cent pieds, et si couvert de plantes saxatiles qu'on ne pouvait presque nulle part démêler ses épaisses assises. Du milieu de l'enceinte s'élevaient, à plus de trois cents pieds, des constructions colossales, du sommet desquelles sortaient de grands figuiers de Barbarie et des buissons d'agoul qui paraissaient dans les airs comme une épaisse chevelure.

« De quelque point de vue qu'on examinât ces constructions, soit par une bizarrerie de la nature, soit par un calcul de la part des génies qui les avaient élevées, on ne pouvait les fixer sans un inexprimable sentiment de terreur. Ce sentiment navrait l'âme, et à l'aspect de ces masses informes qui se dressaient dans ce lieu presqu'inaccessible, avec leurs bizarres accidents de pierres et de branchages, avec des embrasures qui simulaient des yeux éteints, avec une large ouverture qui semblait une goule immense, on s'imaginait voir la carcasse et les ossements de quelque grande bête féroce.

« Les gens du pays appelaient ce lieu le Médrachem et n'en approchaient qu'en tremblant.

« Vers les premiers temps de l'Égypte vivait, sur le versant septentrional de l'Attlas, un saint homme nommé Sidi-Sliman. Il était né à Lamlosa. Il était d'une grande bravoure, il fut téméraire. Il avait été pris à la guerre dans une expédition malheureuse, et vendu comme esclave au chef d'une puissante tribu du Sal Si-Rhaman-ben-Kallib.

« Sidi-Sliman était un serviteur plein d'humanité et un cœur sensible pour les grandes infortunes. Il avait la confiance de son maître, qui l'avait dispensé des rudes travaux, tels que cultiver la terre, d'aller chercher au loin le thym et l'alfat, de creuser des puits. Il l'avait commis à la garde de ses troupeaux qui n'avaient jamais été mieux soignés.

« Sidi-Sliman, cependant, gémissait en secret de voir de temps à autre quelques-unes de ses brebis enlevées par les tigres de la plaine. Il maudissait son esclavage.

« Un jour, il donnait un libre cours à ses plaintes, lorsqu'il vit venir à lui un homme jeune, grave, qui portait le costume des Tables, et qui, comme les natures supérieures, marchait au soleil sans donner de l'ombre; Sidi-Sliman s'inclina profondément devant lui.

« — Sidi-Sliman, lui dit l'inconnu, tu es de la tribu des Chilla, tu dois connaître Médrachem?

« Et lui:

« — C'est à l'ombre de Médrachem que parquaient mes troupeaux; c'est là qu'étaient mes silos où je resserrais mon orge et mon blé; c'est là qu'étaient mes femmes et mes enfants!

« — Voudrais-tu revoir ton pays?

« — Je ne le puis, je suis esclave.

« — Je paierai ta rançon, si tu me jures par ma face d'accomplir ce qu'on exigera de toi.

« Sidi-Sliman jura.

« L'étranger disparut, laissant derrière lui une odeur de parfums si suave, que toutes les feuilles des palmiers voisins en frissonnèrent de plaisir.

« Sidi-Sliman, resté seul, se jeta la face contre terre, et rendit grâce à Dieu. A peine avait-il dit deux fois, douze fois: La Allah ill'Allah, Mahomed rassoullé Allah (Dieu est Dieu et Mahomet est son prophète) que l'étranger reparut; mais cette fois il était suivi d'un chameau qu'il conduisait, le licol passé dans son bras.

« — Tu es libre, dit-il, Sidi-Sliman, j'ai payé ta rançon à Sidi-Sliman-ben-Kallib, monte avec moi sur Stamn-Tassage; son allure est douce et sa marche rapide comme celle de la jument Baroch, le coursier favori du prophète.

Ils se mirent en route et marchèrent pendant cinq soleils, et chaque fois, aux deux stations du jour et de la nuit, ils trouvèrent une source abondante et limpide, là où il n'y en avait jamais eu, et, à côté de la source, un figuier et un alizier chargés de fruits. Sidi-Sliman mangeait les figues, l'étranger les alizes, fruit savoureux mais pur, substantiel, et qui ne convient qu'aux natures d'élite.

« Enfin, ils arrivèrent à Médrachem et entrèrent dans l'intérieur du monument où nul mortel jusqu'alors n'avait pu pénétrer.

« Là était une cour circulaire dont un bassin de marbre occupait le centre; une cascade tombant en nappes limpides l'alimentait. Ce lieu n'était éclairé que par un rayon de soleil qui, pénétrant à travers une assez large fissure du mur, coupait d'abord obliquement la cour en deux, et ensuite, se réfléchissant dans la cascade, formait un magnifique arc-en-ciel, comme un pont aux couleurs éclatantes jeté au-dessus du bassin. Penchée sur la margelle du bassin, dans l'eau duquel elle semblait se mirer, était une jeune houri, à la face brillante comme la lune, à l'œil fendu comme une gazelle, à la croupe arrondie comme une génisse.

« Elle lavait des étoffes de soie et de lin, et se dérangeait de temps à autre pour aller étendre son linge, d'une blancheur éclatante, sur les rayons de soleil ou sur l'arc-en-ciel. Elle chantait un air mélancolique qu'elle interrompait par des soupirs; sa voix était douce comme celle du capsa et énivrante comme la brise du soir. Lorsqu'elle levait ses bras en l'air, et se haussait sur ses pieds pour atteindre au rayon de soleil ou à l'arc-en-ciel sur lequel elle étendait son linge comme sur une corde, elle avait la grâce et la forme du palmier du désert; son corps, dont cette tension amortissait les formes rebondies, en était la tige élancée; ses bras, les branches gracieuses; et sa chevelure, lisse comme la crinière d'un coursier de race, le feuillage harmonieux. Sidi-Sliman contemplait avec ravissement cette créature céleste; mais à la vue de l'étranger, celle-ci jeta un cri de douleur et son visage se couvrit de lui-même d'un voile si épais que les regards ne pouvaient percer à travers. Sidi-Sliman se retourna du côté de son guide pour lui demander l'explication de ce fait : il ne vit qu'un homme de bonne mine plus vieux de chagrins que d'années, qui était triste au-dedans et dont le visage était couvert aussi d'un voile plus épais que celui de la jeune fille. Le nouveau venu semblait en extase devant cette dernière. Après quelques moments, d'une voix empreinte à la fois de tristesse et d'amour, il lui dit :

« — O fille de la mosquée aux grands degrés, o trop aimée Zora, est-ce pour faire honneur à nos fiançailles que tu fais sécher ainsi ton linge blanc comme le lait des brebis et doux comme celui des chamelles.

« Et elle :

« — O mon bien-aimé ! ô mon Holue-Hassan, tu sais bien qu'il ne nous est permis de nous voir sans voile que lorsque nous aurons trouvé un homme assez humain pour compatir à nos malheurs! Mais où le trouver cet homme! Existe-t-il ? et s'il n'existe pas, la pauvre Zora mourra étranglée dans son voile de mariée, sans qu'une bouche aimée ait pu effleurer encore une fois le parfum de ses soupirs.

« Et disant cela, Zora avait des larmes dans la voix.

« — Calme-toi, ô ma gazelle, dit Holue-Hassan. Voici Sidi-Hassan qu'un ange a racheté de Si-Hassan ben Rhallil, le chef de la puissante tribu de Zab.

« C'est un homme humain généreux et dont le cœur compâtit aux grandes infortunes.

« — O Sidi-Hassan, s'écria la jeune fille, qu'Allah et Mahomet te comblent de toutes leurs bénédictions si tu es l'homme destiné à faire cesser un martyre qui dure depuis tant de soleils! Oui, bien des soleils ont passé depuis qu'a commencé mon amour pour Halue-Hussan et celui d'Alnach-Hassan pour moi, et depuis lors, chaque jour nous avons désiré de nous voir sans voiles, chaque jour nous avons espéré, et chaque jour a trompé notre désir et notre espérance. Puisses-tu être la main bienfaisante qui nous aidera à déchirer ces voiles.

« — O la plus belle des houris, dit Sidi-Hassan; quel méfait t'a valu à toi et à ton ami ce cruel supplice ?

— « Écoute, ce qui est écrit est écrit. Dans le jardin d'Allach, j'étais attaché au service des roses. Mon emploi consistait à aller chaque matin visiter les roses.

« Récemment épanouies et souffler dans leurs calices pour leur communiquer un plus doux parfum, ensuite mes compagnes les cueillaient, les effeuillaient et en faisaient des essences pour les bains des guerriers morts en combattant.

« Un jour que, dans le magreb, la poudre avait parlé d'un soleil à l'autre, et que bien des guerriers avaient trouvé dans la bataille la seule mort digne d'envie, on m'avait recommandé d'imprimer aux roses un parfum plus doux qu'à l'ordinaire. Mais au moment où je me baissais pour souffler dans le calice d'une rose, Hallue-Hassan, qui s'était caché dans la touffe du rosier, retira subitement la rose et m'offrit à la place sa bouche qui reçut le souffle et le baiser.

« La bouche de mon bien-aimé était si brûlante que tout le parfum de la mienne s'évapora à son contact, et ce jour-là les roses n'eurent point d'odeur.

« Ce fut une première faute.

« On me l'eût pardonné peut-être, on ne me pardonna pas la seconde; je puis te le confesser à toi, Sidi-Hassan, qui veux prendre pitié de nos malheurs. Le voici :

« En ma qualité de houri de la première nation, je portais suspendu à mon cou le portrait d'Allach, le roi du ciel et de la terre. Ce portrait, emboîté dans un médaillon d'or, ne pouvait être vu d'aucun des enfants mâles célestes; ces enfants étaient de deux sortes d'origines primitivement célestes, ceux d'origine primitivement terrestre, mais qui avaient monté au ciel par leur vie pure et régulière sur la terre. Allach croyait que si l'un des enfants d'origine céleste voyait ses traits, il n'y reconnût par sa ressemblance son origine supérieure, ne prît de l'orgueil et ne portât atteinte à l'égalité qui doit régner dans le ciel entre les enfants des deux origines; car ce portrait s'ouvrait de lui-même et laissait voir la face resplendissante du roi du ciel dès qu'il touchait le sein d'un enfant d'origine céleste. Aluch-Hassan était de cette dernière origine. Et un jour que, dans nos embrassements, nos deux seins palpitants n'en faisaient qu'un, le portrait suspendu à mon sein toucha celui d'Alnach-Hassan et s'ouvrit. Mon bien-aimé se reconnut dans les traits de son père et en prit de l'orgueil.

« Ce fut là la source de nos malheurs.

« On nous chassa du paradis. Pendant longtemps j'éprouvai le sort d'Alnech-Hassan. Mon père, qui n'avait pas assez sévèrement veillé sur ma conduite, fut compris dans ma disgrâce. Lancés dans l'espace, nous roulâmes je ne sais pendant combien de temps au gré des tourbillons.

« Mon père mourut en route. Ne pouvant m'arrêter nulle part pour lui ériger un tombeau, je l'enterrai dans ma tête. Cet acte de piété filiale me valut une atténuation de peine. Allah me donna en épouse au génie de ce lieu formidable appelé le Médrachem, bâti par les génies entre le ciel et la terre pour servir de prison à Alnach-Hassan, puis pour nous punir par où nous avions péché, Allah ordonna qu'habitant le même lieu, et près l'un de l'autre, nous resterions dans une complète ignorance sur notre sort, nous nous verrions sans nous reconnaître jusqu'au jour où nous trouverions une âme assez compatissante pour avoir pitié de nos malheurs. Tu dois être cet homme, ô Sidi-Hassan, puisque depuis hier nous nous sommes reconnus. »

Là finit le conte, l'auteur du recueil des pièces manuscrites auquel nous l'avons emprunté ajoute en note :

« Cette pièce est évidemment incomplète et néanmoins très-transparente.

« Alnach-Hassan, c'est le Masque de Fer.

« Zora, la fille de son premier gouverneur.

« Allah, dont le portrait devait révéler le secret de sa naissance au Masque de Fer, est Louis XIV

« Médrachem, bâti entre le ciel et la terre pour servir de prison à Alluch-Hessan, est le fort de l'île Sainte-Marguerite, bâti exprès pour lui.

« Le génie de Médrachem est le commandant de Saint-Mars. Le père puni de la faute de sa fille est le gouverneur, ce noble Bourguignon chargé de l'éducation du Masque de Fer, enfermé avec lui et mort en prison.

« Enfin Sidi Hassan paraîtrait être le capitaine des portes, Lécuyer, que toutes les relations ont présenté comme le plus humain des geôliers. Mais, malgré les recherches les plus actives, il nous a été impossible de donner un dénouement assuré à cette pièce si intéressante et si curieuse de l'histoire de cet être énigmatique, connu sous le nom de Masque de Fer. »

Plus heureux que le collectionneur de recueils des pièces officielles manuscrites, nous pouvons donner ce dénouement.

CHAPITRE XL

Où Madame de Saint-Mars s'évanouit et le Masque de Fer éprouve un grand saisissement

Un jour Saint-Mars s'était rendu avec sa femme à une invitation à dîner du prisonnier. Dans les occasions assez fréquentes où cela avait lieu, pour causer plus en en liberté, on renvoyait les valets, et Saint-Mars allait lui-même chercher les plats au vestibule ; circonstance qui, soit dit en passant, a fait penser à quelques chroniqueurs qu'il le servait lui-même à table. La seule distinction qu'il y eût entre eux à ces repas, c'est que le Masque de Fer occupait le seul fauteuil qu'il y eût dans la chambre, et Saint-Mars et sa femme étaient assis sur des tabourets à la place des escabelles qui servaient ordinairement aux autres visiteurs quand le prisonnier leur permettait de s'asseoir.

Comme à l'ordinaire, le dîner était servi en vaisselle d'argent et avec une sorte de profusion. Madame de Saint-Mars avait à côté d'elle le manuscrit de son conte ; elle l'avait donné à lire à son mari, qui n'y avait rien trouvé à redire. La lecture devait en être faite après dîner, et chacun des trois convives, dans des vues bien différentes, s'en promettait de la joie : Saint-Mars celle de causer une agréable distraction à son prisonnier ; celui-ci d'entendre la prose de madame de Saint-Mars ; et cette dernière de révéler au *Masque de Fer* une page peut-être oubliée, peut-être regrettée de sa vie.

Madame de Saint-Mars pouvait avoir alors trente-six ans. Elle était à cet âge où la beauté d'une femme se révèle avec un nouvel éclat, quand aucun accident n'est venu en hâter ou en arrêter le développement. Naturellement belle, madame de Saint-Mars voyait encore sa beauté relevée par un fond de mélancolie qui perçait dans son regard, dans son sourire, dans le son de sa voix, et qui inspirait un véritable intérêt. On s'attachait malgré soi à cette belle créature souffrante en apparence, et quoiqu'elle n'eût jamais dit où elle souffrait, ni même si elle souffrait, un observateur judicieux démêlait sans peine que l'amour avait passé par là.

En effet, en épousant Saint-Mars, n'ayant fait que suivre les ordres du roi, soumise et obéissante, elle s'était résignée et s'était tue. Épouse, elle n'avait jamais aimé Saint-Mars, mais elle lui avait laissé croire qu'il était aimé et n'avait jamais rien fait pour le détromper. Ayant ainsi rempli avec une sorte de rigueur ses devoirs d'épouse, elle s'était cru quitte envers les exigences sociales, et, seule maîtresse de son cœur, elle avait essayé d'en jouir en y ravivant sans cesse, par le souvenir, la page déchirée des premières années de sa vie, ses amours avec l'élève de son père.

Là était la véritable cause du fond de mélancolie imprimé sur ses traits. Cette sorte de souvenir d'amour platonique, dont elle se nourrissait sans mauvaise pensée aucune, dut naturellement lui donner plus de lucidité pour découvrir son premier amour sous le Masque de Fer, qui lui en dérobait les traits, et tout naturellement aussi dut lui faire ardemment désirer d'être reconue de lui.

Là se bornaient ses désirs et ses vœux. Elle courait après une joie du cœur, mais pas autre chose, Ses sentiments religieux et moraux lui interdisaient toute autre pensée, et son âme pure n'en conservait même pas d'autre.

Après le dîner, Saint-Mars engagea lui-même sa femme à donner lecture de son conte. Celle-ci se mit à lire. Sa voix était visiblement émue, on eut dit qu'un mystérieux instinct la prévenait qu'à ce jeu elle jouait sa vie. Au fur et à mesure qu'elle avançait sa lecture, elle était plus émue, et quand elle eut fini, le flot d'émotion qu'avaient réveillé tant de souvenirs longtemps comprimés dans les replis du cœur, l'assaillit si brusquement qu'elle en fut anéantie.

La secousse fut trop forte, son cœur ne put y suffire.

Elle se renversa sur son siège et s'évanouit.

Saint-Mars, qui n'avait pas eu de but déterminé pour lui faire couvrir le visage d'un *loup*, la voyant évanouie, délia le *loup* pour l'aider à respirer, et mit ses traits à découvert. »

A cet vue, le *Masque de fer*, que la lecture du conte avait jeté dans une grande perplexité d'idées et qui n'avait soupçonné qu'une partie de la vérité que cachait l'allégorie, voyant à découvert les traits de madame de Saint-Mars, soupçonna la vérité tout entière, et, ne pouvant rester maître de son émotion, s'écria :

— Louise !

Il eût voulu retenir ce mot, mais il était trop tard.

Ce mot, trop imprudemment prononcé, était déjà l'arrêt de mort de sa malheureuse amie.

Saint-Mars se retonrna brusquement vers lui, le regarda, regarda sa femme et ne dit mot. Mais ce tic nerveux qui, en temps ordinaire, donnait à sa physionomie un aspect repoussant, lui imprima en ce moment une expression terrible. Il ouvrit la porte du vestibule, appela les valets, et fit emporter madame de Saint-Mars toujours évanouie.

Après ce départ, le *Masque de fer* resta seul.

Tout cela s'est passé en moins de temps que nous n'avons mis à le raconter.

Le *Masque de fer* avait vu Saint-Mars sortir sans pressentir l'orage que son imprudente exclamation avait déchaîné dans ce cœur haineux, indicatif et jaloux.

Il avait suivi du regard le corps inanimé de madame de Saint-Mars qu'emportaient les valets, et son cœur s'était reserré comme à l'annonce d'un grand malheur. Lui qui depuis longtemps n'avait plus d'espérance, il lui semblait qu'il venait d'en perdre une, et ce sentiment nouveau pour lui, après une si longue captivité, avait été si douloureux, qu'il était retombé dans son fauteuil anéanti et le cœur brisé par le flot de pensées qui l'assaillaient.

A cet état d'atonie physique succéda une agitation morale fébrile. Il se leva, marchant à grands pas dans sa chambre, se voyant sans les valets qui avaient aidé à transporter madame de Saint-Mars, se croyant seul et sous l'impression des sentiments qu'avait réveillés cette scène imprévue, il pensait tout haut, le malheureux. Mais Saint-Mars, confiant à d'autres le soin de ranimer sa femme et pressentant que dans ses premiers moments il pourrait avoir la suite de l'énigme dont il n'avait que le premier mot, avait été se poster à la barbacane pratiquée à la voûte de la chambre du *Masque de fer* ; de là ses yeux suivaient tous les mouvements du prisonnier, ses oreilles recueillaient toutes ses pensées.

Tout ce qu'il apprit par ce moyen infâme, nul ne l'a jamais su. Tout ce que lui suggéra de danger pour sa charge de geôlier ou son honneur de mari, ou son imagination défiante et jalouse, on ne l'a pas su davantage, et la fin de ce drame est resté un mystère dont aucun écho des voûtes du port de l'île Sainte Marguerite n'a jamais répété les détails.

CHAPITRE XLI

Vengeance de Saint-Mars

« On sait que le fort de l'île Sainte-Marguerite contenait des cachots qui ne le cédaient pas pour l'horreur aux autres prisons d'État et dont la description seule insulte à l'humanité.

« Au-dessous de chaque bastion, dit Renneville (lieu cité), était une vaste salle voûtée, bordée d'environ dix caveaux, voûtés aussi, de sept à huit pieds de longueur, garnis chacun d'un fort anneau de fer scellé au mur. La voûte de la salle était soutenue au milieu par un gros pilier dont les quatres faces présentaient autant d'anneaux de fer. A la voûte était une ouverture étroite fermée par une grille de fer et par où l'on descendait la nourriture destinée aux malheureuses victimes enchaînées dans les petites cabanes pratiquées autour de la salle.

Elle se renversa sur son siège et s'évanouit.

« Ce cruel tyran (Saint-Mars), ajouta-t-il dans son style trivial mais énergique,
« laissait là ses prisonniers pourrir, sans paille, sans une pierre où reposer leur
« tète, couchés sur le limon des cachots et la bave des crapauds, avec du pain et
« de l'eau pour toute nourriture, et d'où il ne les retirait que lorsqu'ils étaient cre-
« vés : ils avaient les yeux presque hors de tête, le nez gros comme un moyen con-
« combre ; plus de la moitié des dents tombaient du scorbut ; la bouche devenait
« enflée et toute en gale, et les os perçaient la peau en plus de vingt endroits. »

« A part ces cachots, si énergiquement décrits, il y en avait d'une autre sorte
qui servaient de torture permanente à ceux des prisonniers dont on voulait exiger
des aveux sans les soumettre à la torture accidentelle et légale, usitée dans les justices royales. Ces cachots étaient de deux sortes : les uns, percés dans le mur tout
autour d'une grande pièce voûtée située sur la plate-forme, étaient taillés en
forme de cerceuil.

« On y introduisait la victime par les pieds et on fermait l'orifice par une grille en fer qui servait à renouveler l'air.

« La victime pouvait s'y retourner, mais non s'y tenir debout ou assise. Les autres cellules étaient dans les étages inférieurs, taillées dans le roc en forme d'entonnoir. On les appelait, dans le jargon du pays, *embuchos*. On y laissait couler la victime debout, de telle sorte que ses pieds, resserrés contre une paroi en goulot qui allait en se rétrécissant, portaient en partie sur le vide, sans cesser toutefois de supporter tout le poids du corps. Dans ces entonnoirs de pierre, l'homme le plus robuste ne pouvait rester plus de vingt-quatre heures sans mourir, tant était douloureuse la pression du corps sur ses pieds ainsi engouffrés dans un goulot étroit. Aussi n'y laissait-on jamais personne plus de douze heures. On transportait ensuite la victime dans les cellules d'en haut, la promenant ainsi dans une tombe, où elle ne pouvait rester que debout, dans une autre tombe où elle ne pouvait rester que couchée. Par un incroyable raffinement de barbarie, on ne donnait à manger à la victime que dans l'entonnoir, où la souffrance était intolérable, et on lui donnait à boire dans le cercueil, où la position horizontale forcée où elle se trouvait lui rendait douloureuse l'apaisement de la soif.

« Or, un jour, c'était par une froide journée de décembre, la bise s'engouffrait glaciale par les meurtrières du donjon; du fond d'un de ces entonnoirs, une voix s'écriait, dolente : Mon Dieu ! que j'ai faim ! que j'ai soif ! que j'ai froid ! Ai-je long-temps encore à rester dans cet enfer; je me sens toujours prête à mourir, et la mort ne vient jamais... Ah ! que ma vie est longue, si je la mesure à mes tourments; qui pourrait dire les soupirs et les gémissements que j'ai poussés... et les pleurs que j'ai versés !... O mon Dieu ! compte-les au ciel et pardonne à mon bourreau... Oh ! que j'ai froid ! il me semble que je serais heureuse rien qu'à voir du feu, même de loin. Et cette voix, qui s'exprimait de même dolente, poussait ensuite des cris affreux, que lui arrachaient le froid, la solitude, l'obscurité, la faim. En contact de nuit et de jour, avec la pierre humide ou glacée de l'entonnoir ou du cercueil, n'ayant, pour se couvrir, que sa chevelure inculte et touffue, et une couverture de laine éraillée et percée en cent endroits, cette malheureuse, car c'était une femme, ne pouvant se blottir ou ramasser ses membres grelottants, se tordait sur elle-même sans pouvoir se réchauffer. C'était un supplice de damné; avec ses douleurs et ses grincements de dents. Il y manquait la présence du diable tortureur dont le nom n'est pas venu jusqu'à nous; mais tout porte à croire que ce diable, c'était Saint-Mars; et sa victime : sa femme.

« Quoi qu'il en soit, un jour cette voix dolente et rugissante se tut, et au milieu de la nuit du même jour, deux hommes traversaient le jardin du fort. Ils choisissaient les allées les plus sombres et les plus voûtées, pour éviter les regards des sentinelles qui veillaient au haut des tours. A travers les touffes de citronniers et d'orangers qui, à la tiède haleine de la nuit, jetaient leur doux arôme et leurs plus tièdes parfums, ces deux hommes cheminaient silencieux. L'un marchait devant, tenant à la main une lanterne sourde; l'autre le suivait, portant sur son dos un cadavre de femme. Le premier était Saint-Mars, l'autre un de ses valets. La nuit était calme, la lune brillait de tout son éclat; la lanterne de Saint-Mars se motivait difficilement, mais un curieux, qui eût épié cette scène lugubre, n'eût pas tardé à s'expliquer cette circonstance d'une manière satisfaisante. En effet, Saint-Mars et son valet arrivèrent jusqu'à l'extrémité du jardin, sans échanger un mot; là, il s'arrêtèrent un moment, jusqu'à un lieu qu'on appelait les Oubliettes, et dont les habitants de l'île montrent encore les vestiges. C'était un petit monticule rocheux, aux flancs duquel était percée une porte, assujettie par des traverses de fer. Saint-Mars ôta lui-même les traverses de fer de leurs rainures, la porte s'ouvrit et laissa voir une espèce de puits creusé en diagonale et dans lequel on descendait par des petites marches de pierre où le pied pouvait à peine trouver de quoi se placer. Saint-Mars allait devant avec sa lanterne et éclairait la marche du valet, chargé de son fardeau; celui-ci avançait hésitant et tâtonnant sur ces marches étroites, où un faux pas pouvait les précipiter dans le gouffre.

« — Avance donc, dit Saint-Mars d'un ton brusque et brutal.

« — Dame, mon commandant, reprit le valet, on ne sait pas trop où l'on va par là.

« — Le drôle dit pourtant vrai, grommela entre ses dents, Saint-Mars.

« Et il retourna sa lanterne pour éclairer la marche du valet.

« Ils arrivent ainsi jusqu'à une espèce de plate-forme naturelle, cime d'un roc au pied duquel la mer s'était creusé un abîme. où en tout temps elle s'engouffrait et se brisait avec fureur comme si elle eût voulu élargir son lit. Tout ce qui tombait dans ce gouffre sans fond n'en ressortait jamais.

« Sur un signe de Saint-Mars, le valet balança deux ou trois fois le cadavre qu'il portait et le lança dans l'abîme. Mais pendant qu'il restait vacillant par suite de l'élan qu'il avait pris pour se débarrasser de son fardeau, Saint-Mars le poussa rudement, et la même vague qui s'était refermée sur le cadavre se referma sur celui qui l'avait porté.

« Saint-Mars pencha machinalement la tête vers le gouffre; mais il n'entendit que les rugissements de la mer et il remonta les degrés du puits en disant :

« — Par ce moyen, mon secret sera mieux gardé.

« Le lendemain le bruit courut dans le fort que madame de Saint-Mars, qui s'était rendue aux bains d'Aix par raison de santé, était morte après une courte maladie. Saint-Mars prit effectivement le deuil et le fit prendre à sa maison. Quant au valet, nul ne s'en informa. On était habitué à ces disparitions, et comme il était aussi dangereux d'être curieux que d'être indiscret, chacun, dans cette prison d'État, avait pour règle invariable de conduite de ne se montrer ni l'un ni l'autre. Quel fut le vrai mobile de Saint-Mars dans sa conduite si impitoyable avec sa femme, nul ne l'a jamais su. Mari jaloux, s'est-il exagéré les torts si légers de cette malheureuse? Geôlier sans pitié, a-t-il voulu exécuter.à la lettre, même sur une femme qu'il aimait, les ordres que lui avait donné Louis XIV ! A-t-il craint pour son honneur, a-t-il craint pour la sécurité de la garde de son prisonnier? Tout cela est resté à l'état de secret impénétrable, et en fouillant ce mystère d'iniquité, l'histoire a pu çà et là recueillir quelques faits sans presque jamais être assez heureuse pour trouver la raison de ces faits. »

Le lecteur ne doit pas s'étonner du mystère dont sont restés enveloppés tous les actes qui, de près ou de loin, ont touché par quelque bout l'Homme au Masque de Fer.

On a pu les connaître par un résultat plus ou moins empreint de vérité historique, mais les détails ont dû toujours manquer ou à peu près.

Cela se conçoit.

Tel était le régime d'espionnage et d'inquisition établi à Sainte-Marguerite, que
tous les secrets qui se rapportaient au mystérieux prisonnier aboutissaient forcément
à Saint-Mars; et ce n'était pas lui qui pouvait les révéler. Nul ne pouvait parler au
Masque de Fer que dans des cas spécifiés et sous l'empire de précautions minutieusement réglées à l'avance.

Ainsi, par exemple, l'aumônier attaché à son service ne pouvait lui parler que
quatre fois l'année, aux quatre grandes fêtes désignées pour entendre sa confession,
Pendant ce temps, les valets restaient dans la chambre et Saint-Mars à sa barbacane
d'où il surveillait tous les mouvements du confesseur et du pénitent.

Le médecin mandé par le prisonnier en cas de maladie, ne pouvait visiter le
malade qu'en présence du gouverneur. Il ne pouvait lui parler que de sa maladie,
et toujours le gouverneur présent. Pour baser ses ordonnances, il pouvait tâter le
pouls au malade, voir sa langue, mais non toute autre partie du visage.

Le major Rosarges et les autres officiers, qui dînaient parfois à la table du prisonnier, n'y dînaient jamais qu'avec le gouverneur; hors ces cas il leur était défendu
sous peine de mort de lui adresser la parole et de répondre à ses questions.

Quant aux valets qui surveillaient le prisonniers nuit et jour, et qui seuls auraient
pu recevoir quelques confidences, c'étaient ordinairement des condamnés à mort
qui rachetaient leur grâce par une prison perpétuelle, ou des personnes qui s'y
résignaient moyennant une récompense dont leur famille profitait seule. Puis ces
valets, comme nous l'avons dit, étaient renouvelés souvent, et le gouffre des oubliettes avait déjà enseveli bien des secrets.

Cela posé, il est aisé de comprendre comment, dans l'épisode de la mort de madame de Saint-Mars, nous avons pu constater le dénouement sans pouvoir suivre la
filiation des détails.

Il en est de même de la mort du capitaine des portes Larcher, que Renneville
nous a peint comme le seul homme de cette prison d'État ayant quelque conduite
et un peu de crainte de Dieu, et dont la mort violente eut lieu vers cette même époque.

Voici ce que des recherches actives et le rapprochement de certaines circonstances ont pu nous faire découvrir à ce sujet.

Pendant les derniers moments de l'agonie de madame de Saint-Mars, dans un de
ses deux tombeaux de pierre, le capitaine des portes Larcher, chargé par Saint-Mars
de porter à la victime le pain et l'eau, qui servaient à prolonger ses souffrances,
s'était montré touché de cette grande angoisse. Tout être qui souffre a une incroyable perspicacité d'instinct pour démêler sur les traits les bons ou mauvais sentiments de ceux qui l'abordent. Ce qui, dans les circonstances ordinaires, serait pour
tout autre un secret de l'âme, se révèle évident aux malheureux par quelque chose
d'imperceptible et d'inappréciable pour toute autre. On dirait que, par un surcroît
de perception, la nature tend à venger l'humanité.

Aussi, lorsque à travers l'air brutal et bourru que le capitaine des portes Larcher
s'était fait dans l'exercice des fonctions qu'il remplissait depuis plus de vingt ans,

madame de Saint-Mars eut lu un sentiment de commisération dans cet homme, elle
eut confiance en lui. Déjà, par suite de l'horrible torture à laquelle on l'avait soumise, elle se voyait mourir par parties. Un jour, c'étaient les dents qui, cariées
subitement par quelque grande inflammation putride, tombaient subitement aussi
comme les feuilles d'un arbre vivace dont les froids et les brouillards précoces d'automne viennent accélérer la chute. Un autre jour, c'étaient ses beaux cheveux, qu'à
la suite de tant de souffrances la vie commençait à ne plus alimenter, et qui tombaient d'eux-mêmes, comme pour précéder dans la tombe celle dont ils avaient,
dans des jours meilleurs, relevé la beauté.

Dès que cette malheureuse s'était sentie près de mourir, elle avait pris une des
dernières mèches qui lui restaient, et la présentant à Larcher :

— Dans quelques heures, lui avait-elle dit, je ne serai plus; remettez ces cheveux
au prisonnier du donjon; c'est un vœu de mourant; exaucez-le!

Larcher avait promis de l'exaucer, et avait tenu sa promesse.

Ici les détails recommencent à manquer complétement. De regrettables lacunes
ne nous laissent voir que le dénoûment d'un fait dont il eut été si intéressant de connaître les détails. Historien moins rigoureux, il nous eût été facile de combler ces
lacunes, de représenter le capitaine des portes remettant la mèche de cheveux au
Masque de Fer, l'émotion, la colère, le désespoir de celui-ci à l'annonce des tortures de cette malheureuse amie, dont tout porte à croire qu'il a toujours ignoré le
triste sort. Nous aurions pu montrer Saint-Mars, le regard braqué, l'oreille collée
à sa barbacane, voyant tout, entendant tout, et donnant Larcher pour escorte dans
la tombe de madame de Saint-Mars. Peut-être sur quelques points aurions-nous rencontré juste, mais nous aurions pu aussi nous trouver exposé à faire du roman,
quand, dans ce drame mystérieux du Masque de Fer, nous n'avons voulu classer
que les faits rigoureusement historiques.

Or voici tout ce que nous avons pu recueillir de constant sur cet épisode :

A l'intérieur et au dehors du donjon qu'occupait le Masque de Fer, régnait habi-
tuellement le plus profond silence. Par un raffinement de barbarie, Saint-Mars
avait voulu par là, qu'en tout temps et autant que possible, l'existence fût pour le
prisonnier une image anticipée de la tombe.

Or, un jour, ce lugubre silence fut rompu par un bruit inusité. Dans les étages
supérieurs, des pas lents ou précipités allaient et venaient. Tantôt un martellement
sourd semblait annoncer qu'on cherchait à pratiquer quelque ouverture dans un
mur latéral; tantôt une pièce de bois traînée à bras était hissée avec des poulies,
dont on entendait le grincement mêlé au bruit du frottement d'un corps lourd sur
le plancher; tantôt, enfin, des clous plantés avec fracas, des cordes tendues avec
effort semblaient devoir assujettir de fortes pièces de bois à quelque paroi extérieure.
Puis des ombres de travailleurs suspendus à des échelles tremblantes ou à des cordes à nœuds, venaient de temps à autre intercepter le faible jour de la fenêtre treil-
lissée du prisonnier. Puis les ombres disparurent: le bruit des marteaux et des poulies cessa, et le Masque de Fer ne vit plus au devant de sa fenêtre qu'une corde
lâche et flottante terminée par un nœud coulant, et qui semblait attendre quelque
destination terrible.

La nuit vint; c'était une nuit d'orage et de tempête. Une bise carabinée ventait furieuse; la mer mugissait au loin; ses lames écumeuses et clapotantes se brisaient contre les rochers avec un horrible fracas. Des torrents d'eau et de grêle hachaient verticalement l'air. Tantôt noire et tantôt flambante, elle était horrible, cette nuit de tempête et de chaos, au bord de cette mer dont les eaux, reflétant alternativement des feux livides et une obscurité profonde, semblaient tumultueusement rouler des éclairs et des ténèbres en fusion. Le feu se confondait avec l'eau, l'air avec le feu, la lumière, les ténèbres, le vent, la pluie, la grêle avec tout. Déchiré par des milliers de tonnerres, vingt fois par seconde, le firmament se fendait, et chaque fois montrant une gueule immense de feu, semblait vouloir y engloutir la terre.

Au bruit de cette épouvantable conflit des éléments, le *Masque de Fer* s'était levé. La tête collée contre les barreaux de sa fenêtre, il contemplait cette tempête du ciel qui, par son horrible fracas, répondait à la tempête de son âme. Ces grandes voix du tonnerre, du vent, de la mer, dont les accents impétueux se mêlaient avec une fureur indicible, plaisaient à cette âme, condamnée à la solitude et au silence, l'exaltaient et faisaient vibrer des cordes inconnues. Les hommes lui apparaissaient petits à côté; il y voyait la main et la volonté de Dieu, et cette idée de religiosité le transportant dans un monde où étaient jugées les iniquités humaines, son sort lui apparaissait moins triste, et il trouvait la victime moins à plaindre que le bourreau.

Il en était là de ses réflexions, lorsqu'au dessus de sa tête, sur la plate-forme du donjon, se renouvela le bruit du jour, non plus par les coups de marteaux, le grincement des poulies, le frottement des solives, mais par un piétinement précipité et un tenaillement de ferraille.

Toute son attention se porta sur ce point. La corde, qui par intervalles frôlait les barreaux de sa fenêtre, fut remontée. Le piétinement d'en haut devint plus précipité. Un roulement de tambours se mêla au bruit de la tempête. La corde qui naguère flottait lâche au-devant de sa fenêtre, se tendit tout à coup après avoir bourdonné dans un anneau de fer et fait craquer les solives du plafond potence élevé sur la plate-forme du donjon à cent-trente pieds du sol. Un corps opaque sembla se fixer devant sa fenêtre. L'obscurité était si profonde, que le prisonnier ne put, dans les premiers moments, rien discerner; mais un brillant éclair ayant illuminé la nue, il reconnut le capitaine des portes Larcher, qui achevait de se débattre dans les dernières convulsions de la mort, le cou passé dans le nœud coulant de la corde.

Horrifié, le Masque de Fer se jeta sur son lit; mais pendant toute la nuit, ses regards restèrent cloués sur la fenêtre, et à chaque éclair purent voir l'ombre du pendu venir, agrandie, se jouer dans sa chambre et jusque sur son lit.

Le lendemain l'orage était calmé, mais le vent, soufflant frais encore, imprimait un lancement à la corde, et la même ombre passait et repassait lentement sur les vitres ternes.

Les jours suivants, des troupes de corbeaux vinrent fondre sur le cadavre : le Masque de Fer put le voir déchiqueter jusqu'au dernier morceau de chair. Puis, lorsqu'il fut devenu squelette et que le vent soufflait, il put, nuit et jour, entendre le cliquetis des ossements qui venaient heurter contre le treillis de sa fenêtre.

Voilà ce qu'imagina Saint-Mars pour que son prisonnier eût toujours présent le sort réservé à ceux avec qui il essayait de nouer des intelligences.

Ce raffinement de barbarie était calculé. Ce malheureux, en effet, comme la plupart des hommes soumis à de rudes épreuves, n'était pas aigri par le malheur; son âme, au contraire, naturellement aimante et sensible, semblait en quelque sorte se jeter à la tête de tout ce qui, par un mot, par un geste, par un regard, semblait devoir répondre à cet amour, à cette sensibilité. Il se voyait si seul, si abandonné, si irrévocablement lié à cette fatalité qui le broyait, que, sans même aucun espoir d'y échapper, il se sentait heureux de pouvoir lire dans l'âme d'un autre un simple sentiment de commisération pour sa grande infortune. Cette nuance de sentiment intérieur n'avait pas échappé à Saint-Mars. Il s'était dès lors appliqué à bien lui faire sentir qu'entre lui et le reste des hommes tous les liens étaient tellement rompus que tout ce qui essayait de les renouer était une victime vouée d'avance à la mort. C'était lui dire qu'il devait se considérer comme entièrement mort au monde, comme une sorte d'ombre condamnée à y passer quelques jours, aux prises avec toutes les peines de l'âme, étrangère à toutes les joies du cœur et, en quelque sorte, comme fatalement destinée à boire exclusivement le fiel et l'absinthe de la terre, sans jamais pouvoir approcher ses lèvres de la goutte de miel qu'on y trouve.

On le voit, c'est essentiellement par les tortures morales qu'on faisait expier à cet infortuné le malheur d'être né fils et frère de roi.

CHAPITRE XLII

**Comment l'Homme au Masque de Fer passait son temps dans sa prison. —
Petites joies et grandes douleurs**

Après ces événements dramatiques, quelques mois se passèrent sans qu'aucun incident remarquable vint rompre la monotonie de la vie du prisonnier.

Le Masque de Fer semblait avoir surmonté cette fièvre d'atonie et de désespoir qui l'avait affaissé après la rude rafale dont les tourbillons avaient emporté madame de Saint-Mars et le capitaine des portes Larcher. Il était retombé dans son apathie apparente. Avec une philosophie qu'on n'eut pas soupçonné pouvoir s'accommoder aux désolantes certitudes d'une existence impitoyablement liée à une captivité qui ne devait finir qu'avec la mort, il avait pris sur lui d'arranger, jusque-là, sa vie comme s'il n'eût voulu vivre que pour lui seul, totalement étranger au reste du monde.

Les distractions qui lui étaient permises étaient excessivement restreintes, mais il en tira tout le parti possible. Il divisa son temps du jour et de la nuit, de telle sorte qu'il ne lui en resta jamais assez pour réfléchir à sa position. L'isolement dans lequel le laissait Saint-Mars en le réduisant à ses deux valets, deux sortes de muets qui ne semblaient placés auprès de lui que pour épier ses actes, ses paroles, ses pensées, lui vint encore en aide. Il prit le parti de se considérer comme seul, même en leur présence, et de ne chercher qu'en lui ces distractions qu'il ne pouvait plus trouver en dehors de lui.

Voici quelle fut la distribution de son temps :

Le goût qu'il avait pour le luxe des habits et du linge fin n'ayant pas diminué, il consacrait les deux premières heures de sa matinée à sa toilette. La femme la plus coquette n'y eût porté ni plus de soin, ni plus d'attention.

A dix heures on lui servait à déjeuner. Ce repas se composait de fruits frais ou secs et de laitage, servi dans un plateau de citronnier d'Afrique.

Sorti de table, il prenait une guitare, instrument qu'il maniait avec goût et habileté et en pinçait jusqu'à midi. Ce moment de distraction était pour lui le plus agréable.

Une grosse araignée qui s'était logée dans une cavité formée par une lacune, entre un des tiroirs et les parois de sa table, était un jour montée sur la table pendant qu'il pinçait de sa guitare, et s'était arrêtée écoutant comme si les accords de l'instrument l'eussent captivée.

Ce fut du moins l'idée que s'en fit le prisonnier, et le lendemain et les jours suivants l'araignée parut dans les mêmes circonstances; il ne douta plus qu'elle ne fût réellement mélomane et s'attacha à l'apprivoiser. Après le concert, il ne manquait jamais de lui donner une mouche, que dès la première fois l'araignée prit à sa façon et alla grignoter dans son coin.

Cette circonstance, si futile en apparence, fut un incident réel dans la vie du prisonnier, et cet infortuné se crut moins seul du jour où il se vit utile à une créature vivante.

Aussi pendant les autre heures du jour consacrées à d'autres distractions aspirait-il à cette heure du lendemain, et tout porte à croire que l'araignée ne l'attendait pas moins impatiemment que lui.

Mais Saint-Mars lui envia jusqu'à cette inoffensive distraction. Voici comment l'auteur de *l'Inquisition française* rapporte la fin de cette touchante anecdote:

« N'étant visité, dit-il, que de son barbare surveillant, le *prisonnier* ne sachant à « quoi passer son temps, avait appris à une araignée à descendre dans sa main « pour y prendre une mouche ou une mie de pain qu'il lui tendait. Un jour Saint-« Mars entra dans le moment qu'il était dans son amusante occupation avec son « araignée. Il lui fit le détail de ce beau divertissement, et ce brutal, voyant que l'in-« fortuné y prenait une sorte de plaisir, lui écrasa l'araignée dans la main, en lui « disant qu'un homme comme lui ne devant jouir d'aucun divertissement. »

Revenons à la distribution du temps de ce malheureux, à qui l'on enviait une distraction si naïve et si touchante :

A midi, on lui servait à dîner. Ce repas était plus substantiel que celui du matin et servi dans la vaisselle d'argent.

Après dîner, le prisonnier passait une ou deux heures à s'épiler la barbe avec des

L'autre le suivait portant un cadavre de femme.

pincettes d'acier très fines et très luisantes. Ce genre d'occupation avait aussi le mérite de le captiver d'une manière toute particulière et absorbait les deux heures de lecture que, dans sa distribution du temps, il s'était ménagé entre le dîner et le goûter.

Ce troisième repas avait lieu à quatre heures; il se composait d'oranges, de grenades ou de coquillages.

Le souper formait le quatrième repas : c'était le plus substantiel de tous. On le servait à huit heures.

Les quatre heures qui avaient à s'écouler entre le goûter et le souper, le prisonnier les avait destinées à la promenade dans le jardin du port, lorsque le temps le permettait, soit à la reprise des occupations du matin, lecture, musique, épilage de la barbe, entretiens muets avec l'airaignée, etc.

Après souper, et ses valets couchés, il s'occupait de littérature, composait des nouvelles, des contes et même des vers. Le papier fourni par Saint-Mars, feuille par feuille, était numéroté, paraphé, sans qu'il fût loisible au prisonnier d'en distraire la moindre partie, sous peine d'en être sevré pour toujours. Chaque feuille écrite devait être religieusement remise au gouverneur, sous la même peine. Si le prisonnier désirait, après la remise faite, se relire, il désignait la feuille; on accédait à ses désirs, mais toujours aux mêmes conditions, c'est-à-dire qu'il ne pouvait rien garder, qu'il était toujours tenu de pouvoir représenter les feuilles numérotées, écrites ou non, qu'on lui demandait.

Pendant ces heures de composition, il se promenait à grands pas dans sa chambre, et souvent même le jour le surprenait dans ce délassement de cœur et d'esprit.

CHAPITRE XLIII

Le plat d'argent.

Nos lecteurs n'ignorent pas que le personnel qui doit garder le royal détenu a été choisi et trié spécialement par Saint-Mars.

Ce sont : le brutal Rosarges; Corbé, cousin de Saint-Mars, et dont les annales de la Bastille consacrèrent plus tard la cruauté, comme le firent d'abord celles de Sainte-Marguerite; l'aumônier Giraud, depuis aussi aumônier à la Bastille, qu'il effraya par ses scandales durant la détention des protestants; le chirurgien Rheill, fameux par sa férocité autant que par son ignorance; le porte-clefs Ret, geôlier d'instinct.

Un seul homme faisait désaccord dans ce concert, c'était Lécuyer, qui avait remplacé l'infortuné Larcher, capitaine des portes. Sous une apparence barbare, à laquelle il devait son emploi, il conservait une fibre de sensibilité. Lui seul avait pour le prisonnier un regard compatissant.

Il y avait bien longtemps que Henri, circonvenu par ce luxe de murailles, de

grilles, de gardiens, n'avait reçu un signe de souvenir de Charlotte. Il l'avait entrevue, la dernière fois, lors de l'aventure du frater de la Trinité et du message
tombé au pouvoir de Saint-Mars.

Cela s'était passé à Pignerol; — cette tendresse ingénieuse, infatigable, avait-elle
pu découvrir son séjour actuel ? La nomination de Saint-Mars à ce commandement
rendait cette supposition probable; Charlotte devait comprendre que la victime
suivait le bourreau.

Mais parviendrait-elle jamais, l'héroïque amie, à traverser la mer, à gagner cet
îlot soumis à une quarantaine rigoureuse ? — Et ses tentatives, si elle en faisait, ne
tourneraient-elles pas contre elle ?

Ses méditations, ses rêveries ne sortaient guère de ce cercle; la pensée de Charlotte semblait grandir et se fortifier dans son imagination, à mesure que s'élargis-
sait l'espace de temps qui le séparait d'elle. C'était à la fois sa préoccupation la
plus douce et la plus triste. Il n'avait eu, hélas ! que ce seul bonheur au monde, —
que ce seul amour. Longtemps, il n'avait été rattaché à la vie que par ce fil ; —
maintenant encore, s'il consentait à vivre, c'était dans un vague espoir de la revoir.

L'affection qu'il avait eu pour Louise, plus tard l'infortunée madame de Saint-
Mars, n'avait été qu'une amitié très vive.

Comme il continuait, néanmoins, à chercher une distraction dans la lecture, on
ne lui refusait pas de renouveler de temps à autre le rayon de sa bibliothèque. On
enlevait les livres dont il ne se souciait plus ou qu'il connaissait suffisamment, et
on les remplaçait par d'autres, après un examen préalable de Rosarges ou du commandant lui-même.

Un jour, le capitaine Lécuyer fut chargé de lui remettre ainsi un volume de poésies, dont il avait eu une envie extrême. Ce livre resta environ cinq minutes aux
mains de Lécuyer, qui vint le déposer sur la table de Henri.

Derrière Lécuyer marchait l'un des serviteurs plus spécialement attaché au service de sa chambre. Le capitaine ne lui adressa donc qu'un mot banal :

— Monseigneur, voici l'ouvrage que vous avez demandé.

Mais le prisonnier surprit un coup d'œil plus significatif et un geste de discrétion indice d'un mystère.

Il se contint cependant et évita même d'ouvrir le volume, tant que son domestique resta près de lui. Mais, quand il se vit seul, il courut l'examiner. Il en interrogea d'abord sans succès la couverture, la tranche et la garde. Il feuilleta chaque
page, sans être plus heureux. Pourtant, il avait sous ses doigts fébriles le pressentiment d'une nouvelle importante. Lécuyer n'aurait pas voulu se jouer de lui. Dans
cette conviction, il tournait et retournait le volume. Enfin, l'idée lui vint de glisser
un regard entre le dos de la reliure et le volume même.

En le pliant à cet effet, un objet s'en échappa, ou plutôt s'en envola, tant il était
léger : — une fleurette desséchée.

Il n'en fallait pas plus pour le transporter d'une joie immense. C'était tout un
poëme, tout un message : cette fleur était une des violettes de Parme, dont il avait
naguère envoyé, du haut des remparts de Pignerol, un bouquet à Charlotte.

Ainsi, ce génie bienfaisant ne l'avait pas abandonné; bravant les distances, les
obstacles, les dangers, elle avait repris sa trace et parcouru à sa suite les degrés de

son calvaire. Il n'avait pas douté qu'elle fût capable de ce dévouement, mais qu'il était heureux d'en posséder la preuve ! De cet instant, Charlotte se trouvait aux alentours de sa prison ; sa présence embellisait cet îlot maudit; il lui semblait qu'il n'était pas seul ; à coup sûr, il était moins malheureux.

Avec quelle impatience il épia la première occasion de questionner le capitaine des portes. Mais c'était chose malaisée ; pendant plusieurs jours, il ne l'aperçut que de loin ou en compagnie. Le brave capitaine ne souhaitait pas moins satisfaire une curiosité qu'il soupçonnait bien, mais il lui fallut recourir à un subterfuge.

Il s'arrangea de manière à passer près du captif, comme il descendait au jardin, et dit à l'un des gardes, avec lequel il marchait dans la cour, de manière à être entendu du prisonnier :

— Antoine, il ferait beau voir la mer cette après-midi, on dit qu'à quatre heures l'escadre de Toulon viendra évoluer dans nos eaux.

Sans se rendre trop compte de cette phrase, Latour se mit à sa fenêtre à l'heure indiquée. La mer était fort belle, mais nue; ce ne fut du reste pas elle qu'il remarqua. Précisément en face de sa croisée, et sous les murs du donjon, une petite barque manœuvrait, dirigée par deux personnes.

Toutes deux portaient le costume des pêcheurs de l'île. Mais il ne s'y méprit pas une minute : l'un de ces pêcheurs était une femme ... et cette femme, c'était Charlotte !

Le prisonnier, transporté à cette apparition, agita un linge blanc à travers les barreaux de la fenêtre; la barque tourna sur elle-même, et le marin de contrebande tirant aussi de sa poche son mouchoir, eut l'art de répondre à ce salut, sans que son action pût en rien le compromettre aux yeux les plus inquiets.

Henri passa la nuit entière à rêver de cet événement et des moyens de reprendre les messages plus directs, si fatalement interrompus à Pignerol. On pensera peut-être que l'expérience aurait dû le rendre plus circonspect; mais, dans la condition où il se trouvait réduit, qui oserait le blâmer d'avoir voulu exprimer à la femme si digne de sa tendresse qu'il n'était pas ingrat, et que, de toutes les forces de son âme, il appréciait son dévouement ?

Les jours étaient longs; on lui servait à souper à huit heures du soir ; le soleil se couchait à peine.

Ses domestiques ayant complété le service de sa table, l'avaient laissé seul pendant quelques minutes. Saisissant ce court répit, il prit un plat d'argent, et, de la pointe d'un couteau, il traça dessus une dizaine de mots :

« Je t'aime. On me persécute parce que je suis frère du roi. »

Puis il se hissa jusqu'à la fenêtre pour interroger la mer. La barque de la veille se trouvait plus proche encore de la tour. Charlotte n'y était pas, mais il reconnut son compagnon; ne doutant pas qu'il ne fussent d'accord, il lui adressa le signe d'avancer s'il était possible. Le pêcheur obéit, et d'une main frémissante il lui envoya la pièce d'argenterie, qui tomba dans le bateau.

Il était écrit que pas une de ses tentatives ne réussirait. Le marin, au moment de relever ce dangereux message, ayant jeté un coup d'œil vers les remparts, s'aperçut qu'on avait tout vu, et qu'il était le point de mire d'une observation pleine de menaces.

C'était un garçon sensé. Il n'hésita pas. Regagnant sur-le-champ le rivage, il mit le plat sous sa veste et se rendit droit au château. Bien lui en prit, car aux allures de plusieurs individus qu'il rencontra, il acquit la certitude de la méfiance qu'il inspirait.

Il demanda à parler au gouverneur en personne, refusant de rien dire sur l'objet de sa visite à nul autre, même à Rosarges, que cette discrétion mécontenta fort, et dont il reçut les épithètes les moins encourageantes.

Saint-Mars ne le fit pas languir, mais il le reçut de manière à le faire trembler.

— Tu veux me parler? lui dit-il de sa voix discordante, en fronçant les sourcils.

Le brave homme ne perdit pas la tête :

— Monseigneur, c'est ce plat d'argent qui est venu tomber dans ma barque, du haut de vos remparts. Je suis un honnête pêcheur, incapable de m'approprier...

Saint-Mars avait déjà saisi la pièce d'argenterie et vérifié d'un clin d'œil les mots gravés par le prisonnier. Il se mit à regarder le marin d'un tel air que la parole expira sur ses lèvres.

— Sais-tu lire? lui demanda-t-il après un silence assez prolongé.

— Non, monseigneur.

Nouveau temps de réflexion. La prunelle louche du geôlier allait alternativement du message aux yeux du pêcheur.

— Tu ne sais pas lire? répéta-t-il.

— En conscience, non, monseigneur.

— Tu peux te vanter que c'est là une chose heureuse pour toi!

Là-dessus il s'approcha, sans perdre de vue le pauvre homme, d'une table, sur laquelle il écrivit deux mots qu'il lui tendit.

— Puisque c'est ainsi, dit-il, on va te mettre en liberté; voici l'ordre porte-le au major Rosarges, là-bas, au bout du préau.

Et, tout en le congédiant, il dépêchait à Rosarges, par une galerie moins longue, un autre billet.

Sur le premier il y avait :

« Le porteur est un homme dangereux, tuez-le! »

Le pêcheur savait-il ou ne savait-il pas lire? peu importe; ce qu'il y a de certain, c'est qu'il remplit l'ordre du gouverneur, et transmit son propre arrêt au major. Celui-ci n'eût pas demandé mieux que de faire une victime, mais l'exactitude du marin l'avait sauvé. Saint-Mars n'avait voulu que le mettre à l'épreuve; le second billet, devançant l'autre, ordonnait à Rosarges de surseoir.

Il devenait évident que l'homme ne savait pas lire; on le relâcha donc, mais en lui enjoignant de ne jamais lancer ses filets sous les murs du château.

La barque ne reparut plus, et désormais le regard du captif la chercha vainement à l'horizon.

Il lui sembloit pourtant qu'après avoir tant fait, Charlotte ne devait pas ralentir ses ingénieuses démarches, et qu'étant dans l'île, il la reverrait ou recevrait de ses nouvelles quelque jour.

Pour calmer l'impatience qui lui brûlait le sang, il se remit à l'étude et à ses aspirations poétiques.

Nous en donnons ici un court et dernier passage :

CINQUIÈME FRAGMENT

Ce dimanche de Quasimodo, mai 1688, de ma captivité la vingt-deuxième année.

« Une hirondelle est venue se poser sur les barreaux de ma geôle. Elle gazouille.., que dit-elle? Est-ce une crainte qu'elle exprime? est-ce une espérance? est-ce une joie? J'envie son sort... Hirondelle, parle-moi du monde, à moi qui suis mort : Dis-moi tes joies et tes chagrins; conte-moi tes naïves espérances... Mon cœur est encore vierge de confidence; jamais la bouche d'un ami n'y a déposé un secret... Sois cet ami. Elle s'envole, ma vue porte effroi ou malheur!... Sois heureux, oiseau du ciel, va dire à Dieu qu'un enfant de la terre souffre...

» Ces sensations extérieures du monde vivant me font mal. Mon âme manque de force pour les regarder en face. Faible roseau, je te sens, je suis brisé... je ne m'y livrerai plus... je me bornerai à mes pleurs. Causons d'elles :

» Voici la Pervenche, symbole du *mérite modeste*; les Romains la cultivaient comme plante d'agrément. Elle croît aux pieds des buissons; les épines sont sur sa tête, elles l'effleurent et ne la piquent pas. Tels tant d'hommes voient le tonnerre planer au-dessus de leur tête et passer sans les atteindre. Pourquoi n'ai-je pas été comme eux? Il m'a écrasé, moi !...

» Et à l'emblématique Eglantine, que lui dirai-je? tendre fleur des poëtes! comme l'emblème des difficultés de la poésie ! Clémence Isaure, dans l'Académie des Jeux floraux qu'elle fonda à Toulouse, eut l'ingénieuse idée de donner une Eglantine dorée au vainqueur d'un tournoi annuel de poésie. Les Arabes, ces errants enfants du désert, ont fait sur toi des comparaisons charmantes. Ils ont cru voir en toi une e une beauté dont les attraits semblent d'autant plus piquants que sa parure est plus simple.

> Dès qu'apparaissent les chaleurs,
> Zéphir de ses ailes légères,
> Ouvre le calice des fleurs,
> Et le corset de nos bégères

» Ma pensée s'égare : je m'étais promis de ne plus m'arrêter à de telles idées.

» J'aime mieux la petite Sauge, emblème du *mérite inconnu*. Oh! folie des hommes ! ils vont chercher au loin des plantes salutaires, quand la nature en a semé sous leur pas : « *Il a tort de mourir*, disaient les anciens, *celui qui a de la sauge dans son jardin.* »

» Voici le Seringat, l'élégant arbuste dont les fleurs exhalent une odeur si pénétrante qu'elle vous suit en tous lieux dès qu'on l'a respirée. On en fait pour cela l'emblème de la mémoire. Un poëte, je ne sais plus lequel, lui adresse ces vers :

Symbole de douce allégresse,

Puisse ton feuillage amoureux

S'augmenter comme ma tendresse

Et m'annoncer des jours heureux.

O ciel! rafraichis sa verdure,

Printemps, renouvelle sa fleur.

Tous deux redoublent sa parure

Pour le mouvement de mon bonheur.

» Heureux l'homme qui a écrit ces vers. Il espérait!

» O Lierre! symbole des *nœuds durables*, que peux-tu dire à celui qui n'a jamais contracté des nœuds qu'avec le malheur!

» Et toi Olivier, symbole de la *paix*, qu'es-tu pour le malheureux dans le cœur de qui la paix n'a jamais régné? Un regret!

» Et le Laurier rose, symbole de la *gloire*? Encore un regret?

» Et la Jacinthe, symbole de la *bienveillance?* et le Muguet blanc, symbole du *bonheur!* et l'Aubépine, symbole de *l'espérance!* et l'Œil-de-paon, de *l'équité!* Qu'êtes-vous! pour moi, *espérance, bonheur, bienveillance, équité?* Des regrets, encore des regrets! Ces sentiments ont dû rester étrangers à mon cœur : jamais je n'ai pu compter sur la bienveillance et l'équité des hommes pour moi! Jamais je n'ai pu compter sur l'espérance et sur le bonheur?... Joie inconnue! ne rasséneras-tu jamais mon âme?...

« Ai-je fini ma nomenclature? Et quand j'aurais mentionné la Guitteria, symbole de la *mélodie*, le Tussilage, symbole de la *fermeté;* la Caméline, de la *reconnaissance;* la Pariétaire, de la *misanthropie;* le Myrtile, de la *nouveauté;* la Garance, de la *calomnie;* la Pretillaire, de *l'ambition*, aurais-je fini? Non; il me reste encore le Cytise, emblème du *sortilège*. Les poëtes ont comparé cette plante à un cœur magnanime qui résiste à l'adversité, parce que son feuillage est élégant; ses tiges sont d'un beau vert, mais le cœur de son bois est d'un noir d'ébène. Hélas! le cœur du bois de cette plante, c'est mon cœur; ses fleurs, sa tige et son feuillage, c'est moi! Ai-je fini? Non; il me reste la Vipérine, symbole de la *justice d'en haut;* le Méliante d'Éthiopie, que les abeilles recherchent, avides, et dont l'attribut est la *colère*. Que la vue de l'une me serve à braver avec calme le flot de mes malheurs, et celle de l'autre à compter et à attendre sur la justice d'en haut.

« Gloire à Dieu! J'espère en lui!!! »

CHAPITRE XLIV

Un nouveau serviteur.

Le capitaine Lécuyer avait gardé le silence sur l'incident de la fleurette cachée dans une reliure; mais, à deux reprises, passant près d'Henri, il lui glissa ces mots :

— Patience... il y a quelqu'un qui vous aime!

L'espionnage organisé par Saint-Mars ne permettait pas une communication plus explicite. Le capitaine s'exposait même fort en risquant ce peu de paroles.

Depuis plusieurs mois, un nouveau serviteur avait été admis dans la place, sans que le prisonnier l'eût encore aperçu. Saint-Mars le lui destinait pourtant, mais avant tout il s'assurait de lui, en l'utilisant pour sa propre maison.

C'était un garçon d'apparence maladive, au teint fortement bistré par le soleil de l'île, d'une soumission absolue, mais d'une balourdise voisine de l'idiotisme. Il était venu longtemps en qualité d'auxiliaire d'un pêcheur chargé de l'approvisionnement du château, et comme celui-ci se plaignait de sa maladresse, il avait sollicité la faveur d'entrer parmi les gens du gouverneur.

Son air hébété et son obéissance aveugle séduisirent celui-ci :

— Que demanderais-tu pour tes gages? lui dit-il.

Il répondit de son sourire le plus stupide :

— Ho! ho! pour mes gages, monseigneur?...

— Oui, pour ton payement, ne me comprends-tu pas?

— Ho! ho! que si fait, mon seigneur... mais je ne suis point accoutumé à ce qu'on me paye.

— Comment t'y prends-tu pour vivre?

— Voilà : le patron me donne ses vieux habits, et fournit ma nourriture et celle de ma mère, une pauvre vieille qui n'est pas de dépense.

— Si cela t'arrange, pourquoi veux-tu une autre condition?

— Ho! ho! c'est que le patron ne change pas souvent de jaquette, il me laisse aller quasi tout nu; et sous prétexte qu'on ne doit pas manger plus qu'on ne travaille, et que je ne travaille pas à son idée, il nous fait jeûner, la pauvre vieille et moi, une partie du temps.

— Eh bien, si je t'admettais à mon service?...

— Ho! ho! je serais sûr d'être bien couvert, bien nourri, et vous enverriez la pitance à la vieille.

— D'accord; mais sais-tu à quelle condition on entre au château ?

Il le saisit à la gorge.

— Peu m'importe, du moment qu'on y mange.

— C'est à la condition de ne plus jamais en sortir.

— Ho! ho! qu'est-ce que cela fait, puisqu'on est sûr d'y trouver ce qui manque dehors.

— Au fait, pensa Saint-Mars, un être de cette espèce n'est pas de nature à appré_cier la liberté.

Et, grâce à cet arrangement, le nouveau serviteur, qui se faisait appeler Charlot, fut admis dans le personnel du gouverneur.

Ses billevesées, ses maladresses, faisaient la joie de ses compagnons; mais nul d'entre eux ne pouvait se vanter de plus d'exactitude aux ordres du maître, en ce qui concernait la surveillance des détenus et les rigueurs dont ils étaient l'objet. Cette brute était un vrai chien de garde, toujours prêt à aboyer.

Saint-Mars, édifié sur son compte, lui annonça qu'il allait lui donner de l'avancement, et le mettre dans une autre service. Il s'agissait de l'homme au Masque de Fer.

Loin d'accepter cette marque de confiance avec plaisir, Charlot voulut la repousser, exprimant le regret de ne plus être dans le service direct du gouverneur.

La conséquence naturelle de cette répulsion pour un emploi envié de tous les autres valets, fut d'affermir le commandant dans son dessein. Il annonça à Charlot qu'il entrerait en fonctions le soir même, et ferait la veillée dans le cabinet de son nouveau maître.

Le prisonnier était habitué à ces changements de visage; il savait que, sous le moindre prétexte, on modifiait ou l'on renouvelait son entourage, et qu'un mot de bienveillance, arraché par le spectacle de son supplice permanent, pouvait entraîner la perte d'un homme. Autant donc par fierté que par humanité, il accueillait avec une morne indifférence les nouveaux comme les anciens serviteurs, évitant d'exprimer jamais ses regrets ni sa surprise.

Ce fut le major Rosarges qui installa celui-ci :

— Sandis! petiot, lui dit-il en le conduisant, tu peux te vanter d'être promptement monté en grade!

— Oh! ho! ricana bêtement le nouveau domestique, je n'y tenais déjà pas tant!... veiller dans le cabinet d'un détenu, ce n'est pas si gai! J'aimerais mieux dormir dans mon lit. Aussi, s'il veut faire le méchant, tant pis pour lui, je suis petit, mais rageur et nerveux.

Rosarges jeta sur lui un regard de contentement.

— Je crois, mordiou! que l'on fera quelque chose de toi, garçon! Persévère dans ces idées-là. Mais il ne faut pas agir avec ce prisonnier aussi cavalièrement qu'avec les autres! Cadédis! c'est un personnage de conséquence! Si jamais on doit lui casser la tête, cet honneur revient au commandant. En cas d'alerte, tu te contenteras de faire jouer un bouton de sonnette, dont je t'apprendrai le secret. Pour le surplus, il y a à la porte du cabinet un judas; ton devoir consiste à ne pas perdre le prisonnier de vue, même pendant son sommeil, et à écouter ce qu'il dit, s'il parle en dormant.

— Ho! ho! je n'en perdrai pas un mot.

— Tu ne dois, en outre, répondre que par oui et par non, — de préférence par non, et par : je ne sais pas! à ce qu'il te demandera, s'il s'avise de te questionner, ce qui n'est guère probable. Mais, surtout, surveille ses mouvements, s'il lui prenait fantaisie de se tuer...

— Ho! ho! bon Dieu! est-ce qu'il a souvent de ces idées-là?

— Il suffit qu'il les ait eues une fois pour qu'on soit sur ses gardes.

— Et, fit Charlot, si c'était une complaisance de votre part, major, de me dire l'où ça lui venait?

— Trop curieux, petit! gronda Rosarges.

— Ça m'est pourtant bien égal, histoire de savoir, voilà tout.

— Retiens ceci, une fois pour toutes : on ne doit rien savoir sur l'Homme au Masque de Fer !

— C'est bon, major, on le retiendra... Mais vous avez beau dire...

— Qu'est-ce encore?

— J'aurais mieux aimé coucher dans mon lit.

— Idiot !....

— Bé dame! écoutez donc, chacun son goût... Aussi le prisonnier me payera ça.

— Assez ; nous voici au but.

Ils traversèrent l'antichambre qui précédait le logement de Latour, dont Rosarges poussa brusquement la porte.

Le prisonnier tournait le dos, lisant devant la cheminée, près d'une table. Habitué aux surprises de ce genre, il ne bougea pas, et ne quitta pas son livre des yeux.

— Monseigneur, fit le major d'un ton ironique et aviné, c'est un nouveau domestique que M. le gouverneur attache à votre personne. Il remplace le gros Vincent.

Latour ne voulut même pas paraître entendre, et son mutisme agaçant Rosarges, celui-ci ajouta :

— Vous ne reverrez plus Vincent... M. le gouverneur lui a donné une autre place... S'il a envie de faire la conversation maintenant, il s'exercera à son aise avec les rats des caveaux.

Le prisonnier se rappela sans doute alors avoir échangé, quelques jours auparavant, deux mots sans importance avec le pauvre diable, confiné, pour ce délit, dans les cachots horribles de la place. Suivant son parti bien arrêté, il évita de laisser voir aucune émotion.

Le major, renonçant donc à prolonger ses propos, installa son compagnon dans le cabinet et s'éloigna, non sans faire sonner son trousseau de clefs et grincer les verrous.

Lorsque le bruit de ses pas se fut éteint dans l'éloignement, Latour jeta par un geste fébrile son livre sur la table, et s'accoudant, la tête dans ses mains, il s'abandonna à un accès de désespoir muet, qui eût ému les pierres de sa prison. Sa poitrine oppressée ne se soulageait que par de longs soupirs, et de grosses larmes tombaient sur la table, teinte de la rouille que des larmes antérieures avaient produites sur son masque.

Il se leva ensuite avec véhémence, et marchant vers un Christ suspendu au panneau principal de la pièce, il sembla le prendre à partie; oubliant qu'un espion se tenait près de là :

— Est-il possible de souffrir ainsi ! s'écria-t-il. N'est-ce pas lâcheté de persister à vivre de cette vie?... Qui me retient, après tout?...

Sa main s'était portée avec force sur sa poitrine, comme pour arrêter les battements de son cœur. Mais, par une sorte de prodige, ce mouvement suffit pour le calmer. Il sentait sous ses doigts un papier enveloppant la fleurette desséchée, qui lui venait de sa compagne d'enfance :

— Oh! oui, reprit il tout bas, je dois vivre encore, Dieu permettra peut-être que je la revoie!...

Réconforté par cette pensée, il s'étendit sur son lit, et passa une nuit plus tranquille.

Au matin, il laissa son nouveau surveillant partir comme il l'avait laissé entrer, sans se soucier de voir ses traits. Celui-ci fit à Rosarges un rapport amplifié sur l'agitation et les pleurs du prisonnier, rapport fort agréable à ce tortionnaire, charmé d'apprendre qu'il n'avait pas perdu ses frais de cruauté.

Latour se leva tard, et commença par se diriger vers le crucifix, pour y faire sa prière quotidienne. Mais qu'on juge de son émoi : — au pied de l'image était attaché un second objet religieux.. la croix d'or de sa mère !

Il douta longtemps; il hésita avant de la prendre. C'était bien elle pourtant, et quand il s'en fut emparé, il la colla sur ses lèvres avec une ferveur voisine du délire.

Cette croix, il l'avait laissée à Charlotte ; Charlotte n'était pas femme à s'en dessaisir jamais à la légère. — Qui donc l'avait apportée et placée là? Si ce n'était Charlotte elle-même, c'était donc quelqu'un qui possédait toute sa confiance... un ami !

Personne n'était venu que Rosarges et le nouveau domestique. Était-ce dernier!... Et il avait refusé de lui accorder un regard ! Ah ! au prix de cette croix même, il eût voulu apercevoir une minute les traits de cet homme compatissant.

Mais il fallait refréner sa reconnaissance, mettre sur son cœur une plaque de fer, comme il y en avait une sur son front, — car un seul mot pouvait perdre ce serviteur dévoué, comme tant d'autres, comme l'infortuné qui pourrissait en ce moment même sur la paille des caveaux.

Il résolut d'attendre, avec une impassibilité impénétrable, non-seulement que le tour de garde de ce serviteur revînt, mais que lui-même jugeât à propos de se faire connaître. Son cœur battait bien vivement sans doute quand il l'entendit traverser sa chambre, mais il tint bon, et ne se détourna même pas pour répondre à Saint-Mars, qui posait en personne, ce soir-là, ses surveillants.

Seulement, quand le silence régna dans les alentours, il tira de sa poitrine le précieux talisman pour le baiser et lui demander de hâter les nouvelles de son amie.

Ce vœu fut exaucé. Bientôt le cabinet s'ouvrit avec précaution, le gardien s'avança sur la pointe du pied, et presque aussitôt une voix affectueuse murmura à son oreille :

— Pourquoi pleurez-vous quand je suis là?

Cette fois son émotion trahit sa prudence :

— Charlotte !... s'écria-t-il; toi, ici .

Le marin, le pêcheur, le nouveau geôlier, — on l'a compris, — c'était cette adorable fille, attachée sans relâche à consoler cette grande misère, au risque de partager son martyre.

Mais ce nom trois fois béni s'était à peine exhalé des lèvres du prisonnier, que le bruit sinistre des clefs et des verrous retentit à la porte.

CHAPITRE XLIV

Le Paradis et l'Enfer.

Lors de sa première veillée dans l'appartement du prisonnier, Charlotte avait su contenir son impatience et éviter de se faire reconnaître de lui. Les obstacles qu'il lui avait fallu vaincre, les épreuves par lesquelles elle avait passé pour arriver au cœur de la place, lui avaient donné une grande puissance sur elle-même. Elle commandait à ses mouvements, à sa physionomie, comme un diplomate de profession.

Chaque victoire de ce genre ne la rapprochait-elle pas, d'ailleurs, plus sûrement de celui auquel tendaient ses seules aspirations ? Elle avait bien eu la force de refuser d'abord la mission de confiance dont on voulait l'investir en lui donnant ce tour de garde près de lui.

Depuis son séjour dans la citadelle, aucun détail ne lui était échappé sur le régime de la maison, sur le caractère des geôliers, sur les précautions extraordinaires dont on entourait l'homme au Masque. Elle avait eu même plusieurs occasions de l'entrevoir à la dérobée, se promenant tristement dans les jardins, la tête couverte de son déguisement implacable.

Après s'être contenue si longtemps, au point de paraître à Saint-Mars et à Rosarges digne de devenir leur complice, elle avait pu se maîtriser une fois encore lorsqu'on l'amena dans le cabinet, d'où une simple porte la séparait de son ami. Mais sachant comment les choses se passaient à Sainte-Marguerite, elle n'ignorait pas que le gouverneur et son agent ne devraient pas manquer de s'assurer par eux-mêmes de la façon dont le nouveau gardien s'acquittait de sa tâche.

Il est supposable qu'en effet l'un ou l'autre vint mettre l'œil aux judas pratiqués dans la muraille et dans le plafond. Sa prudence donna le change à cet espionnage, et Henri lui-même ne connut que par la croix d'or le passage d'un ami.

Mais si fort qu'il soit, il arrive toujours une heure où un cœur tel que celui-là cède à son entraînement. Charlotte avait pu, sans faiblir, assister au sommeil de Henri, — elle fut vaincue en le voyant pleurer !

Ils en étaient à leur premier embrassement, lorsque le bruit des verrous les précipita des cimes du paradis dans l'enfer du désespoir.

Ils s'éloignèrent instinctivement l'un de l'autre, et Henri, obéissant à sa noble nature, se jeta devant sa compagne pour recevoir le premier coup, si l'on prétendait l'atteindre.

Cette fois, son funeste destin sommeillait, ou son bon ange avait obtenu pour lui un répit, une halte dans sa misérable existence. Ce ne fut ni Saint-Mars ni Rosarges qui se présenta. La porte s'entre-bâilla avec une bienveillante lenteur, et le capitaine Lécuyer, avançant la tête, leur envoya ce mot d'avertissement et de reproche :

— Imprudents !...

Puis, sans entrer, il retira le lourd panneau, remit les verrous, et s'éloigna en faisant grand bruit :

— Sauvés !... s'écrièrent-ils d'une commune voix.

Ils avaient tremblé l'un pour l'autre.

— Ah! Dieu est bon, il nous protège !... dit Charlotte avec exaltation.

Mais son amant, éprouvé par ses longues souffrances, ne répondit à cet élan enthousiaste qu'en serrant ses mains entre les siennes et en dirigeant un regard douloureux vers l'image du Christ, attachée en permanence devant lui, comme un enseignement.

Charlotte comprit, baissa la tête, et laissa tomber une larme. Ni le bonheur ni l'espérance ne devaient donc habiter cette enceinte ! Un rêve de joie, de liberté ou de tendresse y devenait un crime, passible du dernier supplice. Il fallait y vivre, afin d'y souffrir.

La voix du capitaine Lécuyer était celle du trappiste qui rappelle ses frères à la réalité du néant.

Henri surprit les pleurs de Charlotte, et plus attendri qu'elle-même, il l'attira sur son cœur et porta ses mains à ses lèvres, car l'horrible masque l'empêchait même d'embrasser ce front adoré :

— Chère fille, lui dit-il, rassure-toi, console-toi...

Elle secoua la tête avec désespoir, étouffa un sanglot prêt à la trahir, et murmura :

— Comment veux-tu que je me console, lorsque tu ne peux être heureux !...

— Heureux !... si fait, je le suis aujourd'hui, autant qu'il m'est permis de l'être... Sois fière, Charlotte ; tu as réalisé une œuvre impraticable !

— Hélas ! soupira-t-elle avec un geste de dénégation.

— Oui, tu as fait plus que je n'eusse attendu jamais... les seuls rayons qui aient illuminé ma vie sont venus de toi; tu m'as tiré du tombeau, quand je voulais mourir; tu m'apportes l'amour, lorsque je suis condamné au désespoir !... Sois fière, Charlotte, car je ne souhaiterais plus posséder ce trône auquel j'ai droit que pour te le faire partager !

— Henri ! cher Henri !...

Elle l'entourait de ses deux bras, et ses lèvres cherchaient à lui rendre en baisers la tendresse de ses discours, mais elles ne rencontraient que cette enveloppe de fer, immobile, impassible, hideuse, qui, dénaturant jusqu'à son regard, prêtait un reflet terrifiant à ses rayons les plus caressants.

Les sages avis du capitaine des portes furent, de ce jour, souvent négligés. L'éminence même du péril ajoutait une saveur inappréciable aux joies de cette réunion. Leur vie, semée d'alternatives de satisfaction et d'alarme, se ranimait à ces émotions fébriles, après tant d'années d'isolement absolu et d'anéantissement.

Charlotte continuait avec succès son rôle de délateur imaginaire et d'esclave abruti vis-à-vis des chefs. De concert avec son amant, elle créait des révélations sur la conduite et les prétendus discours de celui-ci, et donnait de l'occupation à Saint-Mars, tout en augmentant sa confiance en elle.

Avec quelle impatience elle attendait son tour de service ! Mais aussi, par quelles ruses ingénieuses elle savait la dissimuler, tout en saisissant les occasions de se rappeler à son cher Henri par quelques hiéroglyphes tracés au crayon sur une enveloppe, sur un livre; par une fleur glissée dans son linge, par un chiffre sur un gâteau destiné à sa table !

C'était entre eux une langue symbolique, une écriture dont ils avaient la clef, et que le tyran le plus soupçonneux n'eût pu pénétrer.

Puis, les nuits de garde, quels épanchements, quelles voluptés, quels élans, quels transports !

Le prisonnier l'avait dit avec raison, il n'éprouvait plus ni regret pour le monde inconnu, pour ces grandeurs redoutables auxquelles on le sacrifiait depuis sa naissance; ni aspirations vers une liberté qu'il n'avait jamais connue, et qu'il n'avait parfois convoitée que pour se rapprocher de sa maîtresse, de sa fiancée devant Dieu.

Du moment qu'elle était près de lui, il se jugeait suffisamment heureux. Il eût tout pardonné à ses persécuteurs, s'ils eussent compris ainsi son caractère, et permis une réunion opérée sans eux et malgré eux. Mais, de toutes les choses humaines, celle-là était la dernière à laquelle il fallût penser. Se prêter à une telle alliance, s'exposer à ce qu'il survînt un fils à cet homme dont les traits seuls inspiraient l'effroi, était-ce supportable ?

Ce bonheur clandestin durait depuis longtemps et promettait de se prolonger encore. Mais, ainsi qu'il arrive souvent, la sécurité engendra l'imprudence.

Un jour, à l'heure du dîner, se trouvant seule dans l'antichambre où l'on déposait le menu avant de le transmettre à Latour, Charlotte saisit un couteau, et traça sur le pain quelques-uns des signes convenus entre eux.

Elle n'avait pas fini, qu'un bruit léger la surprit. Elle se retourna et aperçut sur le seuil l'adjudant Rosarges, qui la considérait de son œil sarcastique et méchant.

— Sandis ! que fais-tu par ici, garçon ? lui demanda-t-il.

Elle ne se trahit pas, et du ton hébété qu'elle prenait toujours devant lui.

— Bé dame ! major, j'attends qu'on enlève ces plats.

Rosarges s'était rapproché, et donnait un regard en apparence très-superficiel au service.

— Eh ! mais ! fit-il en ricanant, à quoi te sert donc ce couteau que tu tiens là... Ah ! ah ! ah ! mon gaillard, je t'y prends, tu allais écornifler les friandises du prisonnier...

Elle affecta de se défendre gauchement, heureuse de lui donner ainsi le change. Il poussa quelques jurons, proféra dans sa bouche des menaces contre les valets indélicats, et finit par s'en aller en grommelant.

La pauvre fille se félicita d'en être quitte à si bon compte, et ne songea plus qu'au plaisir de sa prochaine veille, fixée au lendemain.

Cet incident était si futile en apparence, qu'elle y songeait à peine, lorsque arriva l'heure tant souhaitée de se retrouver en tête à tête avec son cher prisonnier. Elle n'avait pas revu Rosarges depuis la veille, et Saint-Mars, qui lui avait adressé plusieurs fois la parole, avait été bienveillant presque jusqu'au sourire. Tout contribuait donc à effacer son alarme.

Une circonstance nouvelle ne tarda pas à la ranimer. Comme elle se tenait dans une galerie, attendant qu'on la conduisît à son poste, le capitaine Lécuyer, faisant une tournée d'inspection, l'aperçut, — peut-être le digne homme la cherchait-il, — il s'approcha d'elle, et tout en lui adressant très-haut une phrase banale relative au service, il lui glissa vivement et tout bas à l'oreille ce conseil :

— Prenez garde à vous, ou vous êtes perdue...

— Que se passe-t-il? demanda-t-elle sur le même ton.

— On vous surveille... On a conservé le pain d'hier...

Le lecteur se rappelle que Rosarges, à défaut du gouverneur, ne manquait pas d'examiner minutieusement les aliments servis à Latour. Il rompait le pain et les gâteaux, et ouvrait jusqu'aux fruits. Les signes tracés par Charlotte ne lui avaient pas échappé, il avait mis à part le pain où ils figuraient.

Lécuyer, malgré son bon vouloir, ne put entrer dans ses explications, ni poursuivre ses confidences, car le major se montra tout à coup derrière eux, surgissant à la manière des apparitions.

Son œil rutilant, ses joues empourprées, son haleine chargée d'exhalaisons alcooliques, indiquaient d'abondantes libations. Il était dans cet état d'ébriété nerveuse qui ajoutait à ses instincts perfides la férocité de la bête fauve.

— Vous causiez? dit-il avec un sourire diabolique, en joignant le capitaine et Charlotte.

— Oui, major, répondit Lécuyer ; j'annonçais à ce garçon qu'à cause des soirées qui deviennent plus longues, le service du soir...

— Très-bien, très-bien! ricana-t-il; il est bon que chacun ici sache ce qu'il a à faire. Vous êtes un employé plein de zèle, capitaine. Avant peu vous monterez en grade... vous monterez... répéta-t-il en appuyant sur le mot. Il avait une façon de rire et de promettre de l'avancement qui donnait la chair depoule.

— Quand à toi, garçon, reprit-il du même air en se tournant vers Charlot, sois tranquille, tu ne perdras non plus rien pour attendre.

— Bé dame !... fit le geôlier et l'idiot de contrebande, je crois que je le mérite tout de même.

— Sandis! c'est mon avis !... Chacun sera récompensé suivant son mérite... Eh bien, vous ne riez pas ! s'interrompit-il en voyant l'anxiété de leurs visages. Nous allons pourtant en voir de drôles!... je ne vous dis que ça!... Capitaine, le commandeur vous demande. Toi, garçon, suis-moi, voilà une demi-heure que tu devrais être à ton poste.

Au lieu d'une nuit de fête, le prisonnier et sa compagne passèrent de longues heures de tourment et d'inquiétude. Il se préparait évidemment quelque chose d'horrible contre eux et contre leur unique auxiliaire, le brave Lécuyer. Ils se sentaient sous le coup d'un espionnage qui pouvait surprendre leurs moindres paroles, leurs mouvements les plus inoffensifs.

Il ne se produisit cependant, jusqu'au matin, aucun symptôme propre à justifier leurs craintes. Seulement, ce fut Rosarges qui vint relever le surveillant de sa faction, et il devança l'heure habituelle. A peine faisait-il petit jour.

Il se retourna pour voir dans le lointain.

— Monseigneur, dit-il au prisonnier, je vous délivre aujourd'hui un peu tôt de votre chien de garde, mais c'est dans son intérêt; je veux lui procurer un plaisir et un spectacle dont il n'a probablement jamais joui.

— Que m'importe? Emmenez-le, et qu'on respecte au moins mon sommeil, répliqua le prisonnier avec la dignité innée dont il ne se départait jamais vis-à-vis de ce bourreau en sous-ordre.

— Allons, viens ça, garçon, appela Rosarges poussant la porte du cabinet, je t'ai ménagé une surprise.

— Ho ! ho ! dit le gardien en se frottant les yeux, vous êtes bien bon tout de même, major.

La pauvre fille s'efforçait de sourire, mais son teint plombé, ses paupières cernées, son œil rougi par les larmes, par la fièvre, protestaient contre cette satisfaction menteuse.

Rosarges l'entraîna, ou plutôt la poussa, en répétant avec son éclat de voix satanique et railleur :

— Une fameuse surprise !...

Il la fit descendre au préau, et lui dit encore :

— Reste dans ce coin, et regarde bien, on va amener un de tes amis.

Son cœur se contracta dans sa poitrine. Des hommes étaient rangés le long des murs, attentifs, silencieux. — C'étaient les autres employés de la place. Ils paraissaient savoir de quoi il s'agissait, mais elle n'osa leur faire aucune question.

Deux des guichetiers, cités pour leur rigueur vis-à-vis des détenus, arrivèrent avec une échelle et une corde.

Ils posèrent l'échelle près d'un pilier tenant au mur, et ayant fait un nœud coulant à la corde, ils la passèrent dans un anneau incrusté au haut du pilier.

Charlotte, appuyée dans l'angle où Rosarges l'avait mise, priait tout bas pour que le ciel la délivrât de cette vision, de ce rêve, de ce cauchemar.

Un roulement de tambour retentit. Une porte basse s'ouvrit au bout du préau ; — elle donnait sur les cachots souterrains réservés aux condamnés à mort et aux plus grands criminels.

Des soldats de la garnison, c'est-à-dire choisis par Rosarges, dans ses anciens compagnons des corps francs, sortirent d'abord, puis un homme, puis d'autres soldats. Rosarges fermait la marche.

L'homme était à demi nu ; des entraves rendaient sa marche indécise et lente. Ses bras, attachés derrière son dos, étaient gonflés par les liens qui entraient dans sa chair. Il ne proférait cependant aucune plainte, et son regard se dirigeait hardiment vers le sinistre appareil.

Mais Charlotte ne put faire ces remarques ; dès son apparition, elle reconnut le condamné ; un nuage passa sur ses yeux ; elle voulut crier, implorer miséricorde, les sons s'arrêtèrent dans sa gorge. Elle s'affaissa anéantie sur des dalles humides et froides.

Le drame s'accomplit sans qu'elle le vît, et Rosarges la fit emporter par ses gens, quand tout fut terminé.

Plus tard, l'heure de la promenade arrivée, Saint-Mars vint s'offrir au prisonnier pour le conduire. Et comme il prenait un autre chemin que la galerie ordinaire, il répondit simplement à l'observation qu'il lui en fit :

— Nous allons gagner le jardin par le préau.

En disant cela il poussa une porte. — Le prisonnier recula d'horreur : devant lui se balançait, au pilier du supplice, le cadavre du seul homme qui lui eût prouvé un peu de compassion, — le malheureux Lécuyer.

— Excusez-moi, monseigneur, dit alors le commandant avec son humilité féline accoutumée, — j'eusse voulu vous éviter ce spectacle, mais il fallait que vous sachiez à quoi s'exposent ceux qui, pour vous servir, trahissent leurs devoirs.

— Un tigre eût été moins féroce...

— C'est que mes instructions sont implacables, monseigneur, implacables pour tous !

— Pour tous ? répéta le prisonnier avec un effroi plus terrible encore.

— Pour tous... insista Saint-Mars.

Latour le considéra, plongeant son regard sur sa prunelle fuyante, et tout à coup, laissant échapper son secret et son émoi :

— Qu'avez-vous fait d'*elle ?* s'écria-t-il.

Le gouverneur ne répondit pas, mais il montra du doigt la porte basse qui menait aux caveaux.

— C'est bien, prononça alors Henri avec un sangfroid qui attestait une résolution inébranlable ; vous avez mis le comble à ma misère ; vous avez rompu la seule chaine qui me retint à la vie ; — c'est bien, monsieur, que ma mort retombe sur vous, — car je veux mourir !

CHAPITRE XLV

le Comte de Marly

Le bourreau sentit qu'il avait dépassé la mesure. Il tenait, nous savons pourquoi, à prolonger l'existence de sa victime, redoutant les caprices des gouvernants lorsqu'il cesserait d'être nécessaire à leurs arrêts. Il mit tout en œuvre pour conjurer ce projet de mort, mais sans se dissimuler qu'il pouvait aboutir au premier instant, car il connaissait l'humeur fière et résolue de son prisonnier.

Cette perplexité du bourreau fit ajourner une seconde exécution, d'abord résolue, et qui devait suivre de près le supplice du capitaine des portes : celle de Charlotte.

Les choses en étaient là ; la morne résignation du prisonnier causait à ses gardiens d'incessantes inquiétudes, quand Saint-Mars reçut de son patron un message de la plus haute importance, à en juger par l'agitation qui régna aussitôt dans la forteresse.

Cette dépêche annonçait une visite d'une nature exceptionnelle assurément, et plus considérable encore que n'eût été celle du ministre lui-même. Du moins, l'Homme au Masque de Fer put en juger ainsi, d'après les termes où le commandant lui en donna avis ;

— Monseigneur, lui dit-il, un grave événement se prépare. Il peut exercer sur votre sort une influence décisive en bien ou en mal. Il ne tient qu'à vous de choisir.

La pensée du prisonnier était fixée sur le sort de Charlotte, il crut donc qu'il s'agissait d'elle :

— Vous avez puni Lécuyer d'un crime imaginaire, répondit-il ; rien ne vous empêche de frapper aussi l'amie que Dieu m'avait donnée. Un crime de plus, que vous importe !...

— Vous vous méprenez, monseigneur. Le sort de la personne qui vous intéresse est en suspens ; mais peut-être dépend-il, comme le vôtre, de l'impression que vous produirez à un voyageur illustre, attendu dans l'île, et qui daignera sans doute vous visiter et s'entretenir avec vous.

— Vous savez, repartit Henri, comment j'ai reçu naguère M. de Lonvois.

— Avec une dignité exagérée, permettez cet aveu à mon zèle pour votre personne...

Un signe dédaigneux effleura les lèvres du prisonnier. Mais Saint-Mars était cuirassé contre son mépris, et rompu à son double rôle de tyran et de valet.

— Le visiteur que je vous annonce, poursuivit-il, l'emporte en influence sur M. de Louvois et sur tous les ministres. Ni vous ni moi ne devons en savoir davantage ; nous l'appellerons le comte de Marly ; il voyage presque sans suite, s'arrête peu en chemin et passe sans se faire reconnaître dans les capitales de provinces, où d'un mot il ferait accourir les dignitaires à ses pieds.

— Ainsi, ce personnage mystérieux et redoutable a entrepris une si longue excursion dans le seul but de visiter la prison de Sainte-Marguerite ?

— Il vous est du moins permis de le supposer.

— Il suffit.

— Monseigneur...

— Quel souci vous tourmente ?

— Ce personnage peut tout pour ou contre vous !

— Vous me l'avez déjà dit.

— Je le répète, pour que vous ne l'oubliez pas.

— Et pour que, par ma soumission, je donne un témoignage des bons principes que vous m'inculquez, n'est-ce pas ? Ne souhaitez-vous point aussi que je proclame vos loyaux services ?

Saint-Mars secoua la tête d'un air désespéré.

— Agissez à votre guise, fulmina-t-il ; le mal que vous aurez fait retombera sur votre obstination !

La lettre du ministre devançait de peu la visite du comte de Marly. Toutefois, ce court répit avait permis au commandant de donner une physionomie quasi brillante à son domaine. L'île était en fête, et l'intérieur de la citadelle n'offrait aucun objet repoussant. Il eût fallu voir les caveaux pour connaître la réalité cachée sous ces apparences, mais Saint-Mars savait bien que son visiteur n'aurait pas cette idée.

En effet, à peine descendu de sa chaise de poste (1), celui-ci rendit légèrement le salut que lui adressait le gouverneur, et lui dit :

_____

(1) Les chaises de poste étaient alors d'invention récente, 1664, et portaient le nom de *chaise de Crenan*, le marquis de Crenan en ayant obtenu le privilége exclusif, quoique leur inventeur fût en réalité un sieur de La Gruyère.

— Il y a longtemps que nous ne nous sommes vus, monsieur de Saint-Mars.

— En effet, monseigneur, depuis l'audience où vous daignâtes me donner, en présence de M. de Louvois, vos instructions...

— Je viens m'assurer comment vous les exécutez.

— Me voici aux ordres de Votre Seigneurie; mais ne souhaite-t-elle point prendre d'abord un moment de repos?

— C'est inutile, plus tard, répondit le voyageur, qui tenait à accomplir sans délai le but de sa pénible entreprise, car c'était alors une rude affaire qu'un trajet semblable. — Conduisez-moi, je vous prie.

Sur son invitation, Saint-Mars prit les devants; ils marchèrent d'abord en silence puis le voyageur reprit :

— Le prisonnier est-il prévenu de ma visite?

— Il est informé qu'une personne éminente doit venir au château, mais il ignore comme tout le monde son nom et son rang, ou plutôt il sait qu'elle s'appelle monseigneur le comte de Marly.

— C'est ainsi que je l'entends, répondit brièvement le comte.

— Voici la porte du prisonnier, dit bientôt le commandeur. Monseigneur souhaite-t-il que mes gens se tiennent dans l'antichambre où nous voici?

— Il suffira que vous y restiez seul; nul ne doit y être à portée d'entendre ce qui pourra se dire entre cet homme et moi.

Saint-Mars s'inclina. Il tremblait pour la manière dont le prisonnier était capable de recevoir cet hôte exceptionnel. Il dut toutefois obéir jusqu'au bout, et retirer entièrement sur lui la porte, après avoir annoncé d'un accent où se trahissait sa terreur :

— Monseigneur le comte de Marly!

Le comte entra; il était assurément plus ému que le prisonnier. Il y avait d'ailleurs en lui d'incontestables instincts de générosité, et sa fausse éducation, les adulations qui l'avaient circonvenu depuis sa naissance, les paradoxes dont on n'avait sans relâche imbu son intelligence, ne les avaient pas entièrement étouffés.

En présence de ce visage de fer, plus menaçant que la figure la plus terrible, il eut conscience de l'énormité du crime dont on l'avait rendu sinon l'auteur, du moins le continuateur, et dont il recueillait le profit :

— Salut à vous, monsieur le comte, lui dit Latour en faisant un pas à sa rencontre. C'est œuvre pie de visiter les prisonniers. Celle-ci vous sera comptée au ciel, pour ce qu'elle vaut.

Dans son trouble, il demeura saisi du timbre mordant de cette voix, et de sa sanglante ironie.

— Asseyons-nous, dit-il; je veux vous parler.

Latour lui tendit un siège et s'assit auprès de lui.

— Vous souffrez bien? reprit le comte. Un rire caverneux accueillit ces mots.

— La politique a des rigueurs terribles... fit le comte.

— On me l'a déjà dit; — un autre visiteur, M. de Louvois, le ministre favori du roi; vous le connaissez peut-être?

— Parlez-moi de vous, interrompit le comte; de votre sort, des moyens de l'adoucir

— Ah! s'écria le prisonnier, vous le jugez donc digne de compassion! Merci, monsieur le comte, — quoique ce soit une pitié tardive!... Oui, n'est-ce pas, il doit souffrir, l'homme qu'un génie infernal a pris à son berceau pour lui ôter tout ce qui constitue l'existence et le droit du vulgaire!... L'homme assez délaissé de son bon ange et de Dieu pour n'avoir pas même la liberté de l'air qu'il respire... Oh! le misérable paria, relégué loin de ses semblables, et dont le visage maudit donne le vertige et mérite d'être enfermé dans une carapace de fer!...

— De grâce, modérez-vous...

— Que je me modère? c'est-à-dire que je me taise, non pas, monseigneur! Vous êtes venu pour m'entendre, vous m'entendrez! Vous êtes venu pour me voir... On a desserré pour cela, ce matin, les rivets de mon masque. — eh bien, vous me verrez!...

— Apaisez-vous, ou j'appelle!

— Vous n'appellerez pas! ou, sur ma foi de chrétien, l'un de nous ne sortira pas vivant d'ici!

En proférant ces mots, Latour s'élança entre la porte du fond et le comte, cloué sur son siège par l'effroi.

— Vous avez eu peur de mon visage, reprit le prisonnier, et vous l'avez condamné à un perpétuel supplice. Au faîte de la fortune, il vous poursuit sans doute comme une menace, puisque vous avez voulu juger par vous-même de cette ressemblance funeste... N'est-ce pas, dites, le but réel de cette visite, que vous déguisez sous un prétexte d'humanité?... Quand l'humanité est si tardive on n'y croit plus! D'où, monseigneur, je crois à votre effroi et non à votre pitié! Aussi n'en attendez aucune de moi, à votre tour!

— Que prétendez-vous?...

— Rien de plus, sinon que les rôles ont changé! Regardez-moi bien, monseigneur, et reconnaissez-vous en moi!...

A ce mot, il porta la main aux branches d'acier qui assujettissaient son masque; le gouverneur en avait, en effet, enlevé les rivets essentiels quelques heures auparavant; et d'un effort nerveux il acheva de les disjoindre.

Son visage apparut alors au visiteur comme une évocation de l'abîme. Ses traits étaient pâles, morbides, ravagés par la souffrance, flétris par le contact de leur inflexible enveloppe, — mais ils acquéraient par là même une puissance, une expression inexprimable.

Le comte, terrifié, cacha son propre visage sous ses mains pour ne plus les voir.

C'est qu'il y avait là un phénomène étrange. Le prisonnier et son noble visiteur se ressemblaient au point de tromper l'œil le plus habile, en ce moment où la stupeur avait amené sur les traits du comte la même teinte pâle et morbide qui régnait sur ceux du prisonnier.

— Eh bien, reprit celui-ci, êtes vous content; la similitude est-elle assez complète?...

Ici il s'interrompit, et poussant un effrayant éclat de rire.

— Savez-vous l'idée qui me vient? dit-il. Si, usant à mon tour de mon droit du plus fort, — car je suis le plus fort! — je rivais maintenant sur votre front cette infernale machine? si je vous condamnais à prendre ma place dans cette prison, et si j'allais prendre la vôtre... est-ce bien légitimement la vôtre qu'il faut dire ?... Si je sortais maître et vainqueur enfin, d'esclave et de vaincu que je suis; est-ce que personne reconnaîtrait la substitution?...

— Au nom du ciel, y songez-vous!... balbutia le visiteur.

Le prisonnier le considéra quelques secondes, jouissant de son effroi.

Le comte, qui n'avait pas prévu la révolte du prisonnier, sentit le danger dans lequel il s'était imprudemment jeté ; il mesura du regard l'abîme où il allait rouler, si l'Homme au Masque de Fer accomplissait la menace qu'il avait formulée.

Il pâlit affreusement.

Crier, appeler au secours? Trois portes le séparaient des gardiens. Ces murs étoufferaient sa voix, absorberaient ses cris.

Lutter ? Son adversaire, endurci par la souffrance, exalté par l'espoir, par l'immense désir de sortir de ce tombeau, devait sentir se décupler ses forces, et ne devait reculer devant rien.

Il se voyait à sa merci.

Du reste, il n'avait pas l'habitude des luttes corps à corps. Depuis sa naissance, élevé dans le luxe, les plaisirs, dans la satisfaction de tous ses besoins, de toutes ses envies, de tous ses caprices, efféminé par l'abus des jouissances, épuisé par les caresses de ses nombreuses maîtresses, il se trouvait faible en présence de cet homme si longtemps replié sur lui-même, et qui faisait, depuis si longtemps provision de force et d'énergie, car, malgré son long emprisonnement, l'Homme au Masque de Fer, en prévision d'une délivrance possible, n'avait jamais cessé, par des exercices quotidiens, d'entretenir l'élasticité de ses muscles.

Le prisonnier regarda en ce moment son interlocuteur avec un souverain mépris, jouissant de sa terreur, savourant la joie de voir à son tour humilié, faible, petit, son implacable persécuteur.

— Grâce! supplia celui-ci dont la voix sortait avec peine de son gosier desséché, tant son effroi était immense.

— Non! pas de grâce, fit le prisonnier avec une sombre résolution. Si je vous avais vu grand et courageux en présence du danger, peut-être vous aurais-je laissé sortir d'ici, car vous auriez été digne de régner. Mais vous êtes trop lâche.

Et, bondissant sur son frère, il le saisit à la gorge pour l'empêcher de crier.

Louis XIV, déjà à moitié vaincu par la peur, suffoqué par cette brusque attaque, tomba ou plutôt s'affaisa sur le sol de la prison.

Il fut promptement baillonné, et l'Homme au Masque lui lia les mains pour empêcher toute résistance.

Puis il procéda à une opération qui augmenta encore l'épouvante du *grand roi.*

Il lui enleva pièce à pièce ses vêtements et s'en revêtit en échange des siens. Il lui prit aussi l'immense perruque qui était de mode à cette époque et qui devait compléter le déguisement du prisonnier.

Lorsqu'il se fut ainsi paré des habits de son royal visiteur, la transformation fut complète, et grâce à son entière et étonnante ressemblance avec son frère, personne n'aurait pu soupçonner la substitution qui venait de s'opérer.

Louis XIV ne pouvait en ce moment rien contre son frère.

L'immensité du péril, la soudaineté de l'attaque, l'avaient si violemment frappé, qu'il s'était senti comme paralysé. Et maintenant, bâillonné, garotté, lui, le grand roi, le roi soleil, le despote absolu, il en éprouva une si grande douleur, qu'il s'évanouit.

Le prisonnier n'eut qu'à le transporter sur son lit, après lui avoir passé ses propres vêtements et lui avoir couvert le visage du masque qu'il avait si longtemps porté.

Il appela alors, sûr de n'être pas reconnu, et tâchant seulement de modifier sa voix qu'avait altérée sa longue détention.

Saint-Mars et ses autres officiers ou geôliers de la forteresse étaient si éloignés de songer à une substitution de personne, qu'il ne vint à l'idée d'aucun d'eux que le personnage qui sortait de la chambre du prisonnier n'était pas Louis XIV.

L'Homme au Masque, dont l'émotion était grande, malgré sa force d'âme, portait de temps en temps un mouchoir à ses yeux, comme s'il fut sous l'empire de quelque vive douleur.

— Est-ce que le prisonnier aurait affecté Sa Seigneurie, demanda Saint-Mars, qui avait ordre de ne considérer le roi que comme un simple gentilhomme.

La situation de ce malheureux m'a vivement affecté. C'est une affreuse chose que la raison d'État.

— Que de déchirements, que de malheurs cette détention, du reste fort douce, a évités au roi et à la France.

— Je le sais; mais apportez tous les adoucissements à la situation de votre prisonnier. Il est en ce moment très-affecté, et vous ne troublerez pas son désespoir avant quelques heures. Laissez-lui le temps de se remettre. Moi-même je suis très-troublé de cette entrevue. Je ne veux pas plus longtemps rester ici... Faites préparer le bateau qui m'a amené.

— J'avais espéré que Sa Seigneurie nous ferait l'honneur d'un plus long séjour. J'ai fait servir une collation.

— Je n'ai besoin de rien : mais je veux que mon passage soit marqué par une bonne action. Vous vous relâcherez aujourd'hui de votre sévérité pour vos prisonniers, et donnez leur à tous un festin qui leur fasse oublier pour un jour leurs souffrances.

— Ah ! Seigneurie, tant de bonté, tant de générosité !

— Veillez bien toujours sur votre prisonnier. Il m'a demandé une grâce qu'on peut lui accorder sans danger. Vous avez ici deux femmes.

— Oui, son ancienne gouvernante et son amie d'enfance ; personnes très-dangereuses.

— Non; elles n'ont aucune relation et aucune influence dans le monde. Vous pouvez les mettre en liberté en leur disant qu'à la moindre indiscrétion de leur part, ce ne serait pas leur liberté qui serait menacée, mais leur vie.

On vint dire en ce moment que le bateau était prêt.

Louis XIV qui voyageait, comme on sait, sous le nom de comte de Marly, n'avait amené avec lui que deux gentilshommes de sa maison. Il les avait laissés à l'entrée de la forteresse, voulant seul y pénétrer dans cette circonstance, pour des raisons que le lecteur doit comprendre.

Il n'y a pas une demi-lieue de l'île Sainte-Marguerite à la côte.

Il résolut bien à regret de partir avant de les voir aborder.

Comme le fugitif mettait le pied sur la terre-ferme, il se retourna pour voir dans le lointain, au milieu des flots, les murs de la sombre forteresse où il avait passé de si longues et de si douloureuses années.

Tout un monde de pensées et de sentiments l'envahissaient à cette heure. Il vit dans un rapide tableau sa longue existence de prisonnier, ses ennuis, ses découragements, ses souffrances, ses espoirs insensés, suivis de longs abattements; il songea aux rares personnes qui s'étaient intéressées à son triste sort et qui avaient péri misérablement, victimes de leurs sentiments d'humanité.

Il songea à sa chère Charlotte et à cette bonne gouvernante qui expiaient, en ce moment, au fond de quelque noir cachot, leur généreux dévouement.

Allait-on, ainsi qu'il l'avait ordonné, les remettre immédiatement en liberté ? Si la feinte était découverte, n'allait-on pas se venger sur elles ? Il connaissait la nature implacable et cruelle de Saint-Mars.

Il demeurait là, au bord de la mer, sondant l'horizon, consultant le sommet des vagues, pour voir s'il n'apparaîtrait pas quelque bateau venu de l'île Sainte-Marguerite et ramenant les deux prisonnières.

Les deux gentilshommes de sa suite, debouts, un peu à l'écart, l'observaient avec un certain étonnement. En effet, les allures de leur maître leur paraissaient un peu singulières. Le fugitif, semblait plongé dans de sombres réflexions, ne leur avait pas adressé la parole tout le temps de la traversée. Il ne connaissait pas leur nom, et s'enfermait dans un profond mutisme pour ne pas se compromettre par quelque erreur.

Maintenant, il demeurait là, debout, anxieux sur la plage, et tout cela leur paraissait étrange.

Mais ils étaient pourtant à mille lieues de supposer qu'ils avaient là, sous leurs yeux, un faux Louis XIV.

L'Homme au Masque de Fer ne pouvait cependant se décider à s'arracher à cette rive, au lointain de laquelle il cherchait ce qu'il avait de plus cher au monde : son amie d'enfance et sa vieille gouvernante !

Tout à coup, il tressaillit.

Il crut apercevoir à l'horizon une barque qui se détachait de l'île.

— Mais que contenait-elle !

Y avait-il là Charlotte et sa mère, ou bien, après s'être aperçu de son évasion, envoyait-il tout de suite des gens à sa poursuite ?

Doute terrible !

Attendre, c'était se perdre peut-être, et livrer aux vengeances et aux ressentiments de Saint-Mars le protecteur de ses amies.

Il fallait, qu'avant tout, il pourvût à sa sûreté.

Son plan était tout tracé :

Passer à Toulon, Marseille et Lyon, et s'y faire livrer tout ce que pourrait contenir les caisses publiques; en cas de lutte, il lui fallait de l'argent. Puis il marcherait rapidement sur Paris, se présenterait sous le nom de son frère, et si la supercherie était dévoilée, il revendiquerait hardiment ses droits.

Il savait l'histoire des nations et des empires, ayant beaucoup lu durant sa longue captivité; il n'ignorait pas qu'une foule de mécontents et d'ambitieux viendraient se ranger sous ses drapeaux.

Charlotte l'avait un peu initié à la connaissance des événements contemporains. Elle lui avait dépeint la physionomie de certains personnages et elle avait tracé leur portrait avec tant de vérité, que, sans les avoir jamais vus, le frère de Louis XIV était à peu près certain de les reconnaître.

Mais la première difficulté qui s'offrit à lui, c'était de connaître le nom de chacun de ses deux gentilshommes.

L'un d'eux, fort beau de sa personne, élégamment vêtu, étalant une foule d'ordres honorifiques, enjoué, conteur, déridant son compagnon par mille saillies, ne pouvait être que le favori du roi, le marquis de Dangeau qui ne quittait, du reste, presque jamais Louis XIV.

A côté de Dangeau, se trouvait un jeune gentilhomme, de haute mine, aux yeux vifs et intelligents, mais pâle, un peu débile de corps, et déjà flétri par l'abus des plaisirs. Ce ne pouvait être que Barbezieux, le fils de Louvois.

On voyait à son air hautain et ennuyé, qu'il mêlait, à l'orgueil d'être le fils d'un grand ministre, presque maître absolu de l État, un sentiment de regret d'être éloigné de Paris ou de Versailles, où l'attendait dans les larmes, mainte jolie marquise et plus d'une superbe duchesse.

Comme c'étaient là deux personnages fort connus à la cour, Charlotte les avait dépeints au prisonnier, et celui-ci ne crut pas pouvoir se tromper.

Louis XIV, qui avait horreur des choses tristes ou lugubres, avait résolu de ne faire qu'un très-court séjour à l'île Sainte-Marguerite, aussi ses chevaux l'attendaient-il près de la côte, lorsqu'il débarqua.

Ici se présentait encore, pour le frère du roi, une difficulté.

Dans sa jeunesse, il avait été excellent cavalier. Mais, depuis sa brusque détention l'équitation lui était devenue à peu près étrangère. Comment allait-il se mettre à cheval et se tenir en selle ?

Il appela à son secours toutes les forces de sa volonté et comme sa monture était maintenue par un valet et que Saint-Aignan lui tenait l'étrier, il put enfourcher sa bête avec une certaine aisance. Il se sentit un instant pris d'un léger trouble, mais peu à peu son ancienne expérience du cheval lui revint. Il demeura du reste un moment immobile, toujours sondant l'horizon, et il put se convaincre que le bateau qui gagnait le rivage ramenait ses deux anciennes amies.

Une immense envie de les attendre, de leur parler, de se jeter dans leurs bras le saisit en ce moment. Mais il eut peur de se trahir; il craignait surtout le saisissement révélateur de Charlotte et de sa mère. Il résolut, bien à regret, de partir avant de les voir aborder.

— Saint-Aignan, dit-il à l'un de ses deux gentilshommes, le bateau qui, là-bas, vogue vers nous, ramène deux femmes; vous leur direz de se diriger vers Toulon et de descendre à l'auberge de la *Marine*

Il ne connaissait pas l'auberge de la *Marine*, mais il était bien persuadé qu'il n'y a pas de port de mer sans hôtellerie de ce nom.

— Vous leur remettrez cent pistoles de la part du roi. Allons, messieurs, à Toulon, vous nous rejoindrez en route, marquis, puisque vous êtes bien monté.

Et il piqua des deux avec assez d'assurance et de désinvolture.

Il ne connaissait pas la route de Toulon, mais un piqueur les précédait.

Barbezieux, à qui il avait fait signe de courir à son côté, se sentait en proie à un sentiment indéfinissable.

Il lui semblait que le roi, ou mieux celui qu'il prenait pour le roi, avait quelque chose d'étrange et un aspect inusité.

C'était bien là la taille, les traits, la physionomie de Louis XIV.

Mais il y avait dans le port, dans l'attitude, dans le son de la voix, dans ses façons d'agir, des différences qui le frappaient d'étonnement.

Mais comme c'était un homme d'esprit plus que d'observation, il quitta bien vite ses réflexions sur son souverain, pour s'abandonner à son penchant caustique.

— Ce pauvre Saint-Aignan, dit-il au roi en riant, le voilà planté là-bas comme un héron; seulement au lieu de gober des poissons, il gobe des rimes.

L'historiographe du roi était, comme on ne l'ignore pas, un intarissable versificateur.

— Si le marquis fait des vers, dit le faux Louis XIV, du moins il ne dit pas de mal de vous, monsieur de Barbezieux.

A cette verte réponse, le jeune homme pâlit et rougit.

Le grand roi aimait assez les dénigrements, les propos perfides que se permettaient auprès de lui, les uns contre les autres, ses courtisans et ses flatteurs.

En les voyant se rapetisser mutuellement, il se sentait grandir.

Or le voilà qu'il réprimait une innocente plaisanterie.

Décidément, on lui avait changé son roi.

CHAPITRE XLVI

Une prison d'État

Au moment où, après une longue captivité, le Masque de Fer court sur le chemin de la liberté à la conquête du trône qu'une terrible raison d'État lui avait ravi, au moment où Louis XIV, pris au piège, écume de rage et de désespoir dans ce gouffre de Sainte-Marguerite où il a fait si longtemps torturé son frère, disons ce qu'était, en réalité, cette affreuse prison, dont nous trouvons une curieuse notice dans un recueil de mémoires sur les prisons d'État, provenant de la bibliothèque du duc de Choiseul, et coté à la bibliothèque nationale, F. C. 11,072. L'auteur, Pierre Mathieu Parein, s'y intitule « homme de loi, l'un des vainqueurs de la Bastille.

Nous laisserons à son style toute sa forme déclamatoire et sa naïve crudité.

Relation de la captivité aux Iles Sainte-Marguerite, de Pierre Mathieu Parein, homme de loi, l'un des vainqueurs de la Bastille, auteur du charnier des Innocents du despotisme ressuscité, de l'exterminateurs des parlements, et enfermé avec sa mère dans ces prisons de 1780 à 1788.

Échappé du gouffre pestilentiel des cachots d'État comme Daniel de la fosse aux lions, le seul emploi que je fis de ma liberté jusqu'au moment où la Bastille fut conquise, eut pour objet de provoquer la Révolution, de presser la Réforme de notre

Code criminel et de montrer à toute la France, par des écrits pleins de feu les horreurs multipliées que j'avais vu commettre sous mes yeux.

« Les premiers coups que je portais aux magistrats prévaricateurs qui se targuaient
d'une morgue on ne peut plus insolente produisirent dans l'esprit public un effet
mêlé de surprise, d'étonnement et d'indignation contre des hommes dont l'astuce
avait captivé longtemps, le suffrage du peuple.

« Cette explosion d'un cœur ulcéré de soupirs, de chagrins, de douleurs accumu-
lés, auxquelles l'intrigue, la cabale et l'injustice m'avaient dévoué, fit ouvrir étrangement les yeux.

« Aiguillonné par l'amour de la vérité, le sentiment de la haine et les douceurs de
la vengeance contre de détestables vampires dont le souffle détestable avait manqué de me faire perdre la vie, ainsi qu'à ma tendre mère, je redoublai d'efforts
pour les écraser et j'ose dire que je n'ai pas peu contribué à déchirer le bandeau de
l'erreur qui les couvraient aux regards de la nation.

« Tant que leur odieux despotisme a conservé un reste de vigueur, j'ai pris le manteau de l'anonyme pour ne plus être plongé dans le cloaque que je venais d'habiter,
mais, aujourd'hui, que leur empire est détruit, *que nous sommes libres*, que nous
pouvons dire la vérité, en dépit de la rage impuissante des ennemis de la Révolution, je dois décliner ouvertement mon nom sans crainte d'être frappé de la foudre.

« Mais avant de présenter le tableau de toutes les souffrances des malheureux,
victimes du despotisme, ne dois-je pas commencer par faire voir au public que j'ai
des droits à son estime et à sa confiance?

« Quelle opinion pourra-t-il concevoir de ma personne et de mes allégations si je
ne lui donne d'abord la preuve la plus éclatante de mon innocence? N'ai-je pas à
craindre qu'il ne me regarde comme un homme affamé de vengeance, qu'occuper
du soin de se justifier?

« Non, ce serait sortir de mon plan qu'il me suffise de dire que, pour nous être plaints
sous l'ancien régime, d'avoir été volé, pour avoir donné la preuve de la justice de
nos plaintes, nous avons été décrétés, emprisonnés, traînés, ma mère et moi, de cachots en cachots; que les seuls coupables, convaincus de vol par vingt témoins,
mais protégés par vingt grimauds de la cour et du palais, ont été libres!

« Maintenant voici ce que j'ai vu au fort des îles Sainte-Marguerite, où j'ai été transféré avec ma pauvre et innocente mère, dès les premiers mois de 1780.

« Les dogues qui ont la garde de la prison, remplissent leur abominable ministère pour tourmenter les âmes, pour torturer les corps des misérables prisonniers
avec une incroyable ardeur.

Si la victime qu'on remet entre leurs mains arrive d'une autre prison, elle est
ordinairement enchaînée par le col, les mains, les pieds et le milieu du corps, sans
aucun égard pour son âge, son crime ou sa complexion; et tandis que son conducteur dépose au greffe les pièces de procès, les Cerbères s'emparent de leur proie
pour rompre ses fers. Cette cérémonie a quelque chose de si effrayant, que je ne
la voyais jamais sans frissonner de douleur, placer sur un siège ou sur le carcan,
le prisonnier est obligé d'attendre pour qu'on le décharge du poids énorme des
liens qui l'écrasent, que les guichetiers aient brisé à coups de marteau, les clavet-
tes qui retiennent les boulons attachés à ses pieds, de sorte que, si la main chargée

de cette opération est assez maladroite pour ne pas toujours frapper juste, le coup porte infailliblement sur les os du patient; ne croyez pas que les cris, que la douleur ui arrache produisent sur ses gardiens un sentiment de pitié. Au contraire, ces hommes d'airain ont l'indignité de lui en faire un reproche; car une fois que vous êtes sous la verge de ces furies, le moindre cri que vous poussez est un crime à leurs yeux; leur cœur impitoyable a contracté une sorte de férocité qu'ils voudraient que tout le monde partageât; aussi, à l'aspect du tourment qu'éprouve un prisonnier quand on le délivre de ses fers, un spectateur qui montre le moindre signe de compassion, est-il réprimandé sur l'heure et écarté de ces curiosités comme indigne d'y assister. Cet acte d'inhumanité consommé le conducteur paie cinq sous au prisonnier. C'est un droit accordé à ce malheureux pour le dédommager des meurtrissures dont les fers ont couvert son corps pendant sa route, mais en même temps qu'on feint de le soulager et de remplir sa bourse, les guichetiers, sans cesse affamés de dévorer son butin, ne manquent pas de s'informer de l'opulence ou de la détresse de l'homme voué à leur cupidité. Dans le premier cas, ils s'attachent à lui comme une sangsue jusqu'à ce qu'ils l'aient dépouillé entièrement en lui occasionnant des dépenses de tout genre pour satisfaire leur gloutonnerie. Dans le second, on lui fait boire toutes les amertumes que la maison met en usage pour rendre la vie dure, on ne manque jamais de le punir de ce que la fortune l'a maltraité.

« Un des articles les plus précieux du Code des geôliers, c'est que le prisonnier aisé y adoucit tant soi peu le régime intolérable de la maison en répandant beaucoup d'or, mais si, par malheur, la misère se fait sentir un instant chez vous, de votre première générosité, votre traitement devient égal à celui du plus malheureux des prisonniers.

« Le genre de peine prononcé par la sentence détermine le lieu de la prison que le prisonnier doit habiter. Si la sentence inflige la peine des *galères à vie* ou la *mort* le concierge se sert d'un mot d'argot connu de ses guichetiers pour le conduire au cachot.

« Alors, leurs mains avides se portent sur toutes les parties de son corps et jusque dans les plus légers replis de son vêtement pour connaître quels sont les effets qu'il possède afin de l'en dépouiller; son argent, ils le lui enlèvent de crainte disent-ils, que ses camarades de cachot ne le lui volent; ses boucles de souliers et de jarretières, son cordon de queue et ses épingles à friser, de peur qu'il n'y trouve une resource pour se délivrer de la vie.

« Après cette humiliante cérémonie, on le met en possession d'un pain d'une livre et de deux sébiles, l'une pour boire et l'autre pour recevoir la soupe que la charité donne; ensuite on l'entraîne dans un des *trous* qui lui est destiné dans ce *colombier*.

« Ils sont tous au rez-de-chaussée; les murs ont au moins dix à douze pieds d'épaisseur. Autrefois, l'air y circulait par une espèce de lucarne; mais, depuis quelque temps, on a jugé à propos d'y apposer à chacune une ventouse de fer blanc, à travers laquelle on ne pompe l'air qu'à l'aide de quelques trous de la largeur de ceux d'une écumoire. Aussi, en hiver, ces caves sont des glacières, parce qu'elles sont assez élevées pour que le froid puisse y pénétrer; en été, ce sont des poêles humides où l'on étouffe parce que les murs en sont trop épais pour que la chaleur puisse les sécher.

« Le lit sur lequel repose le prisonnier ressemble à l'auge d'un porc, il a pour matelas de la paille qui ne se renouvelle que de loin en loin, et que l'humidité à réduit en fumier avant qu'on la change.

« La nourriture se composait, tous les jours gras, de très mauvaise soupe et de viande à moitié cuite, les jours maigres, des haricots ou deux œufs à la coque ; trois fois la semaine un demi-setier de vin, du cervelas et du tabac.

« Au premier coup d'œil, on serait tenté de croire que ces aliments apportent de l'adoucissement aux maux du prisonnier, c'est le contraire ; la raison en est simple : réduit à rester dans une loge qui n'a pas six pieds de large sur dix de long, privé d'air, empoisonné de ses propres excréments, il n'éprouve jamais ni le besoin, ni le désir de manger.

« Son âme n'est pas mieux soignée que son corps. Du côté du spirituel, sa seule consolation est de voir, chaque samedi, un prêtre qui, pendant une demi-heure, vient l'engager à prendre son mal en patience. La distribution de ce baume spirituel rapporte au prêtre six francs par séance, sur lesquels il distribue six liards à chaque prisonnier.

« Maintenant que nous avons vu comment sont traités le corps et l'âme des prisonniers dans leur cachot, examinons quel régime s'observe à l'égard de ceux qui jouissent de la faculté de se promener sur le préau.

Il en est de plusieurs classés ; les uns habitent les chambres de la pension, les autres de la demi-pension, ceux-ci de la pistole, ceux-là de la paille.

« Les chambres de la pension rapportent au concierge, par mois, quarante-cinq livres par personne.

« Les chambres de la demi-pension, vingt-deux livres dix sous.

« Les chambres de la paille sont exemptes de taxe.

« Voici quelques détails sur ces diverses chambres.

« Celles qui reçoivent les malheureux que la misère force à coucher sur la paille sont au nombre de treize. Chacune contient seize à vingt prisonniers, ils sont couchés quatre à quatre sur une paillasse garnie de deux ou trois bottes de pailles. Cette paille, d'après les règlements ; devrait être renouvelée, elle ne l'est que tous les ans. Aussi, la vermine s'y multiplie tellement, que les prisonniers n'y peuvent attendre la révolution de l'année. La nécessité de se délivrer du tourment cruel qu'elle produit, leur fait devancer le terme fixé pour brûler la vieille paille ; en attendant la nouvelle, ils couchent sur des planches, six de ces cachots sont au moins salubres, sept autres sont autant de cloaques pestiférés dont on ne sort jamais sans quelque germe putride, souvent mortel.

« Les chambres de la pistole sont au nombre de cinq.

« L'humidité des murs est insupportable, surtout en hiver. Chacune est occupée par un nombre de prisonniers variant de six à douze. Le prix est, comme je l'ai dit, de sept livres dix sous par mois, excepté le premier mois qui se paie neuf livres douze sous. attendu qu'il est alloué aux guichetiers une rétribution de un franc dix sous pour la capture, et douze sous au porteur de draps. Quand aux chambres de la pension et de la demi-pension, la seule différence entre les locataires, c'est que les premiers ne sont occupées que par une seule personne, tandis que les autres le sont par trois ou quatre. A quelques nuances près, la construction la salubrité de toutes sont les mêmes; mais il n'y a de cheminées ni dans les unes ni dans les autres, et si l'hiver on veut se chauffer, on est obligé, pour ne pas mourir de froid, d'acheter du bois et un poêle. A titre de règle générale, toutes les chambres, même celles de paille, s'ouvrent indistinctement à six heures du matin, depuis la Pâque jusqu'à la Toussaint, et à sept heures depuis la Toussaint jusqu'à Pâque. La clôture marche par gradation : pour celles de la pension et de la demi-pension, c'est à neuf heures du soir depuis Pâque jusqu'à la Toussaint, pour celles de la pistole, c'est toujours une heure auparavant, et pour celles de la paille; en été, c'est à sept heures; en hiver, au déclin du jour.

« Repoussés au fond de ces cachots, on s'imagine peut-être que leurs habitants y passent des moments tranquilles et qu'ils y peuvent oublier leurs maux dans le sein du sommeil ; cette consolation leur est même enlevée. A peine la nuit est-elle au milieu de sa course que, sur un simple soupçon que plusieurs captifs cherchent à se procurer leur évasion, toute la horde des guichetiers, suivis de chiens monstrueux et armés de nerfs de bœuf, parcourt ces sombres demeures; interrompus par le bruit des clés, des verroux et des portes, le regard et la présence de ces hommes barbares portent la terreur et l'effroi dans le cœur des malheureux prisonniers que ces visites importunes arrachent des bras du repos.

« Là, comme dans le monde, la misère a ses malheurs particuliers ; il y a une différence énorme entre la punition qu'on attache aux prisonniers de la pistole, de la demi-pension, de la pension, et celle qu'on applique aux personnes de la paille.

«Les premiers, quelque tort qu'ils aient, sont presque toujours sûrs de ne jamais aller au cachot; on se contente de les faire changer de chambre. C'est une politique du concierge : en mettant au cachot le prisonnier payant pension, il y met naturellement la pension, en y mettant le prisonnier, il ne perd rien : alors il y met l'un et exempte l'autre.

«Outre le cachot, il y a encore une autre sorte de punition; c'est une tour, proche des privés, voisine des cachots les plus malsains; elle dépasse, par sa situation, son horreur et la série des maux qu'elle engendre en peu de temps, tout ce qu'on saurait imaginer. Cette tour peut avoir vingt-cinq pas géométriques de diamètre; la largeur des murs est de cinq pieds environ. Un soupirail est le seul passage qui facilite à l'air son entrée dans le puits, encore est-il traversé par quatre grilles de fer dont les mailles ont quatre pouces carrés; elles sont scellées de façon que le barreau d'une grille coupe en deux les quatre pouces de jour que donne la grille qui précède, ce qui laisse à peine un passage d'un pouce à la circulation de l'air. Cette tour est couronnée par une voûte de pierre à la hauteur de vingt-quatre pieds environ, il en filtre continuellement une espèce de sérosité fétide, et ses murs sont toujours enduits d'une mousse gluante.

« Au centre de ce gouffre infernal, à dix-huit pouces de terre, est un plancher de bois suspendu et garni de quelques bottes de paille sur lesquelles gémit la victime: c'est dans cette fosse que sont précipités les prisonniers de la paille, pour le moindre tort, Le nouveau Daniel qui a le malheur d'y tomber, n'en sort jamais que pâle, hâve, défiguré et les membres perclus...

« La cour au préau, dans laquelle les prisonniers privilégiés ont la faculté de se promener, a aussi un caractère tout particulier. Les murailles qui la ferment,

Certes, l'escalier était bien nommé.

comme les croisées, sont toutes cuirassées de fer Du point central de cette galerie, s'élève une colonne en pierres de dix pieds, sur lesquelles est un globe au-dessus de son chapiteau et parsemé de fleurs de lis. Ce globe couronne un superbe carcan. Deux chaînes de fer prennent au-dessous d'un astragale, sculpté aussi de fleurs de lis; elles tombent en forme de doubles guirlandes et permettent d'immoler deux victimes à la fois sur le même autel. Tel est le spectacle agréable dont les yeux d'un prisonnier qui se promène sont récréés.

« Jadis il était permis aux prisonniers de jouer dans cette cour au tami, mais depuis qu'une balle est allée frapper par une fenêtre un surveillant, on a interdit tous les jeux.

« Il y a un endroit appellé le chauffoir, où il y a un poêle de fonte, où les prison- niers de la paille peuvent se retirer l'hiver ; mais la petitesse du lieu, prive les deux tiers de profiter de sa chaleur. D'un autre côté, il règne une telle puanteur, exci- tée par le défaut d'air, que la plupart de ceux qui y entrent dans les grands froids, n'en sortent jamais sans se trouver mal. Quelques-uns mêmes en meurent parce que, passant de cette retraite empoisonnée dans la cour ; or, quoique malsain, l'air est cependant plus pur, ils se trouvaient frappés comme d'un coup de foudre qui les étendait à terre

« Il fut un temps où les prisonniers pouvaient recevoir des visites de leurs amis ou parents et converser avec eux, soit dans leur chambres, soit sur la cour. Ces visi- tes avaient le double avantage de procurer des secours à leurs maux et de les pré- server de l'ennui qui, sans cesse, les tourmente. Cet allégement à leur pénible situation a paru trop doux, on a supprimé les visites ; on a fait à la place un parloir, destiné à recevoir le monde.

« Ce parloir, les jours de visite, est curieux à observer, il s'y présente les tableaux les plus variés, les plus contrastants : ici, une amante en pleurs qui, par sa présence et les aliments qu'elle apporte, vient alléger la captivité, la misère et l'ennui de l'ami de son cœur ; là, c'est un père, une mère, à qui la présence d'un fils fait verser des larmes et pousser des cris qui percent le cœur ; d'un autre côté, c'est un gui- chetier qui se promène seul pour épier les actions et les discours des visiteurs avec les captifs ; de l'autre, ce sont les prisonniers qui invoquent la bienfaisance publi- que en passant leurs mains suppliantes, à travers les bareaux des croisées, ailleurs, c'est un coupable qui, les yeux attachés vers la terre, marche d'un pas lourd et pesant, et que ses remords semblent dévorer ; à ses côtés, c'est un accusé que les bouillons de la colère enflamment au souvenir de l'équité violée ; et qui parcourt le parloir en levant les yeux au ciel, et en proférant, d'une voix basse, et entrecou- pée, des parole d'indignation ; plus loin, ce sont d'autres prisonniers, buvant ensem- ble ou avec des âmes charitables qui s'intéressent à leur sort.

« Au dernier sujet, il s'est même introduit un abus d'une iniquité révoltante. Un marchand de vin a acheté du concierge le droit de débiter du vin aux prisonniers, moyennant cinq cents livres par an. Pour en faciliter la vente, l'une des principales conditions du marché est de ne point en laisser entrer du dehors ; et quand le pa- rent ou l'ami d'un prisonnier y déroge en voulant en passer une bouteille ou deux, les guichetiers, du consentement de leur commandant, s'en emparent aussitôt et le boivent entre eux : ceci est un véritable vol.

« En effet, le marchand de vin faisant débiter le sien par un garçon, celui-ci le frelate au point qu'il est impossible d'en boire ; puis, la défense d'en introduire du dehors est contraire au réglement, qui porte expressément : « Les prisonniers qui ne seront pas enfermés dans les cachots pourront faire apporter du dehors les vivres, *sans être contraints d'en prendre des geôliers cabaretiers ;* pourra néanmoins, ce qui leur sera apporté être visité *sans être diminué.* »

« Par suite de ce principe de faire argent de tout, on perçoit une taxe sur les visi- teurs, parents, amis ou simples âmes charitables qui n'y viennent que pour répon-

dre des bienfaits. Quelqu'un se présente-t-il à la porte de ce Tartare ! les Cerbères
ne leur en ouvre l'entrée qu'à beaux deniers comptants; le désir de voir un père,
une mère, un ami, les fait contribuer sans aucune résistance. Tel Enée avec un rameau d'or adoucit la fureur du nautonnier Caron en allant chez les morts pour y
voir son père Anchise

« Les prisonniers eux mêmes ne sont pas exempts, de cette vexation. En effet,
pour se soustraire momentanément à la cruauté des guichetiers, sans cesse occupés à les faire passer par toutes les gradations du désespoir, ils leur payent à boire.
Par là, les guichetiers, se vengent ou s'indemnisent sur les prisonniers de ce que
le concierge qui les nourrit ne leur donne point de vin à leur repas. Comme cette
manière ingénieuse de réparer les retranchements de l'avarice du chef, entre dans
le calcul de leurs intérêts, que les âmes sensibles réfléchissent quel doit être le sort,
sous un régime aussi abominable, des accusés détenus dans les fers?

« Moi qui écris ceci, j'étais obligé, pour aller voir ma mère au parloir, emprison-
née comme moi, de me soumettre à cette règle inflexible, encore n'avais-je pas la
satisfaction d'entrer dans sa chambre. Gentillement en demandai-je mille fois la
permission dans le cours d'une maladie très-grave qu'elle essuya, la complaisance
du concierge se bornait à me laisser parvenir jusqu'au parloir pour savoir de ses
nouvelles.

« Un jour, impatiente de me voir, cette pauvre femme, âgée de soixante-six ans
pouvant à peine se remuer, s'arrache de son lit, traverse la cour pleine de neige
en se traînant, sa voix plaintive et entrecoupée répétait ces mots: *je veux parler à
mon fils... qu'il vienne... oui je veux le voir!* je me présente: juste ciel ! quelle
fut ma surprise! j'aperçois ma mère, tremblante, pâle hâve, défigurée, les yeux ha-
gards, prête à descendre au tombeau.

« Et je ne pouvais lui donner des secours, une grille nous séparait. Lecteur jugez
de ma situation.

« A ce seul souvenir, mon cœur saigne et mes yeux versent encore des larmes !

« Ma mère était-elle en santé, nous prenions, il est vrai, nos repas ensemble;
mais, à l'aspect d'une mère innocente que l'injustice retenait sous les verrous, ma
sensibilité n'en était que plus profondément affectée; et si sa conversation calmait
la vivacité de mes maux, je tâchais d'appliquer, par mes discours, un baume salutaire aux siens. Mais combien cette jouissance était mêlée d'amertume et d'humiliation ! Remarquez d'abord, qu'une grille de fer nous séparait et que ma mère dans
la cour, était exposée aux injures des saisons les plus rigoureuses; ensuite, pendant
mes repas, quand je voulais boire j'étais obligé de me mettre à genoux, le menton
collé entre deux barreaux et la tête renversée; dans cette pénible attitude, j'ouvrais
la bouche, et ma mère, montée sur une chaise et s'attachant d'une main à un barreau, me versait le breuvage de l'autre.

« A ces désagréments, qu'il faut avoir éprouvé pour en sentir toute la rigueur, il
s'en joignait quelque fois un autre: A peine avions nous fini nos repas, qu'un guichetier se présentait pour nous avertir de nous séparer; alors, loin que notre présence réciproque fût pour nous un motif de consolation, c'en était un de tristesse;
aussi, en sortant de prendre des aliments que j'arrosais de larmes, je rentrais dans
ma chambre le cœur navré de chagrins.

« Les autres prisonniers, de leur côté, ont aussi leurs repas assaisonnés de mille dégoûts, par exemple, la nécessité de prendre une nourriture qui réunit tout ce que les plus sales taudis offrent de dégoûtant, est une nouvelle peine qui vient combler leurs maux; car, tout est douleur dans cette maudite maison, tout, jusqu'aux aliments. Le détail des mets qu'on sert aux prisonnier est curieux à connaître.

« Il existe, dans l'intérieur de la prison une gargote dont l'odeur empoisonne. Elle est tenue par un homme et une femme couverts d'un pouce de crasse depuis les pieds jusqu'à la tête; L'ordinaire, composé de la soupe et du bouilli, s'y vend six sous par tête; le soir, on a pour le même prix, un plat de graillons réchauffés et une mauvaise salade assaisonnée d'huile à brûler.

« Beaucoups de prisonniers ne recevant d'argent que de leurs parents, quelquefois très-éloignés d'eux, sont forcés, quand on néglige de leur en faire passer, de demander crédit au nouveau Mignot de cet hôtel ragoûtant, qui profite toujours de ces circonstances favorables pour leur faire payer cher ses poisons et les enchaîner à sa table.

« Je sais parfaitement que ceux qui ont de l'argent pourraient faire venir leur nourriture de la ville; mais en adoptant ce parti, on tombe de Charibde en Scylla; le moyen d'y remédier serait d'avoir sans cesse sous la main des amis disposés à vous rendre ces services. Il faut donc alors s'adresser aux commissionnaires de la maison; or, la plupart sont autant de fripons intéressés à vous fair payer le double de ce que les choses valent, outre leur commission.

« Ainsi, un malheureux qui n'a que deux liards ou un sol pour acheter, soit des pommes, soit des prunes, ou tel autre denrée, est encore obligé de payer sa commission. Pour arranger les choses il partage quelquefois ses aliments par moitié avec le commissionnaire; mais il a besoin pour cela du consentement de ce dernier, autrement celui-ci garde les denrées jusqu'à ce qu'il soit payé; en attendant, elles se gâtent où il les mange, et le prisonnier s'en passe.

« La faim s'emparant des captifs, les portent aux derniers excès pour se satisfaire, ou, du moins, se calmer. Un jour, je m'en souviendrais toute ma vie, un jour, j'aperçus plusieurs de ces malheureux se disputer entre eux, comme des chiens enragés, des feuilles de salades pourries dans la fange.

« A peine leurs mains avides en avaient-elles saisi quel-ques unes, qu'ils courraient les laver pour les dévorer aussitôt. Quel tableau! Plus ma mémoire le rappelle à mon esprit, plus il me soulève le cœur...

« L'état ne fournissant que le pain, l'eau et la paille aux prisonniers, des âmes charitables ont formé une association de charité pour venir aux secours de ceux qui n'ont aucune ressource de chez eux. Une partie de l'argent provenant de cette somme, reste dans les main par lesquelles il passe.

« Voici à quoi on en absorbe le plus.

« Cinq fois par semaine, le lundi, le mercredi, le jeudi, le vendredi, le samedi, on donne à chaque prisonnier une légère portion de mauvaise soupe. Le lundi et le mercredi on leur distribue également un morceau de viande. Si la soupe était au moins mangeable, les prisonniers pourraient s'en contenter; mais outre qu'elle répugne au goût, c'est qu'on y met du nénuphar, comme si des prisonniers n'étaient déjà pas assez exténués du poids de leurs maux sans encore chercher à les affaiblir davantage par un remède utile peut-être à des moines qui vivent dans l'abondance, au sein de la mollesse et de l'oisiveté, mais à coup sûr très dangereux pour des prisonniers. La viande qu'on leur distribue est du bouilli. Dès qu'elle a été tirée du pot, on la met dans l'eau froide, pour avoir la facilité de la couper plus aisément en autant de portions qu'il y a de personnes, d'où il résulte qu'elle devient dure, corriace et occasionne des indigestions mortelles. Les vieillards, surtout, échappent rarement à ce danger.

« Si de là, nous passons au costume des prisonniers, l'État ne réglant rien à ce sujet et les fonds de charité étant insuffisants pour y fournir, la plupart n'ont, pour couvrir leur nudité ou pour se mettre à l'abri des rigueurs du froid, que des haillons sales et dégoûtants qui finissent par engendrer des maladies cutanées de toutes sortes.

« Cette inhumanité envers les prisonniers bien portants ne s'adoucit pas même pour les prisonniers malades. Il est vrai qu'il y a une infirmerie dans la prison, mais il est rare que ceux qui y rentrent en sortent vivants. Un médecin, deux chirurgiens et un apothicaire bien payés en ont cependant l'inspection. Pendant le cours des maladies, l'humanité veut qu'on traite les moribonds avec beaucoup de soin : dans leur convalescence on doit surtout, selon les règles de la prison leur donner du vin, du bon bouillon et une légère portion de viande. Par un abus punissable, on ne fait absolument rien de tout cela. La manière dont le médecin s'acquitte de ses visite est d'un genre tout à fait nouveau. Aux termes du règlement, il doit les faire tous les jours, mais il ne vient qu'une fois ou deux par semaine, et encore quelles visites! Elles se bornent ordinairement à se faire représenter le registre, sur lequel sont inscrits les maladies, et où il se contente de mettre son vu. Ses visites les plus longues, quand il veut se donner la peine d'en faire, n'absorbent jamais plus de cinq minutes, et voici à quoi il les emploie :

« Ordinairement c'est au malade que le médecin s'adresse pour connaître la cause de la maladie; celui-ci s'y prend tout différemment. Le registre à la main c'est à un prisonniers censé élève en médecine et qui est en quelque sorte chargé de la procuration de tous les malades, qu'il s'adresse.

« — Quelle est la maladie de celui-ci? dit-il à l'élève.

— « Monsieur, répond l'élève, il a le scorbut.

— « Vous le mettrez *à la diète et à la tisane*, réplique le médecin. Et celui-ci? ajoute-t-il en désignant un autre, quelle est sa maladie?

— « C'est un homme qui a l'estomac délabré par le défaut de nourriture.

— « Vous le mettrez *à la diète et à la tisane* répond l'Esculape.

« Enfin, quelque soit le principe de la maladie, ce boureaux breveté n'y trouve d'autres remèdes que la *diète et la tisane* ou *les pieds dans l'eau*.

« Après deux ou trois questions et deux ou trois ordonnances pareilles, il s'en retourne sans s'embarrasser des autres malades. Quand à l'élève, comme cela le met en droit de penser que *la diète, la tisane* et *les pieds dans l'eau* font tout le fond de la médecine, il ordonne indistinctement cela pour tous les autres convalescents ou moribonbs.

« Les visites des deux chirurgiens et de l'apothicaire ne sont guère plus salutaires.

« A la négligence horrible de tous ces indignes enfants d'Hyppocrate, ajoutez, pour comble de malheur, qu'il n'est même pas permis aux malades ou à leur famille d'appeler d'autres médecins, chirurgiens ou apothicaires; ceux-ci ont le droit exclusif de vous assassiner impunément. Aussi est-il rare, comme je l'ai déjà dit, que ce qui entre à l'infirmerie en sorte vivant. Cela est même tellement passé de règle que dès qu'un prisonnier entre à l'infirmerie l'élève s'empare de ses habits et de son argent pour se les approprier tant il est persuadé qu'il mourra. Cet élève qui est le factotum de l'infirmerie s'entend avec le concierge comme deux vrais larrons qu'ils sont.

Ainsi par exemple, le concierge chargé du soin de faire distribuer des aliments pour l'infirmerie doit donner une fois ou deux par semaine une légère portion de bouillon gras un peu de bouilli et une bouteille de vin; mais l'élève qui sait spéculer garde pour lui la moitié du tout et remplace le manquant dans le vin et le bouillon par une égale quantité d'eau.

Quant au bouilli, sous prétexte que c'est un aliment trop lourd pour des malades, il le garde tout entier et ne le compense par rien ; il le fait vendre en ville à son profit ainsi qu'une partie du pain destiné aux malades, toujours sous prétexte de ne pas trop surcharger leur estomac.

On dira peut-être, puisque le concierge distribue si peu d'aliments aux malades, que devient le surplus ? en quelles mains passe-t-il ?

Voici :

» L'État paie six guichetiers à raison chacun de huits cents livres par an ; ils en donnent quatre cents au concierge qui les nourrit sur les aliments qui reviennent aux malades de l'infirmerie. Cette petite substitution lui vaut un boni de deux mille quatre cents livres.

« De plus, sa maison composée de cinq à six personnes, s'engraisse également aux dépens de l'infirmerie, et tandis que sa table regorge d'aliments, une foule de misérables, parmi lesquels se trouvent souvent des pères de famille innocents, périssent de faim. On dirait un pacte entre le concierge, le médecin, les chirurgiens, l'apothicaire et l'élève.

« Tout y passe; le linge de l'infirmerie qui ne devrait servir qu'à l'usage des malades, sert à garnir les lits des chambres de la pension, de la demi-pension, de la pistole, que le concierge devrait fournir à ses frais puisqu'on lui paie.

« Des capotes de toile que l'État accorde aux convalescents pour se promener et prendre l'air, il en fait des torchons et des serviettes à l'usage de sa maison, et le malade n'a d'autre ressource que de se servir de la couverture de son lit.

« Du bois que l'État accorde à l'infirmerie en quantité suffisante, il n'en accorde que lorsque le froid est si intense que l'homme le plus robuste en bonne santé aurait lui-même peine à y résister.

Si de ces objets temporels nous passons aux objets spirituels, nous trouvons que les prisonniers ne sont guère mieux lotis.

La première réflexion qui se présente à ce sujet à l'esprit, c'est comment des misérables tortureurs qui vendent leurs corps et leur âme pour outrager à chaque minute la religion et l'humanité, ont l'impudence de faire participer ceux qu'ils torturent aux cérémonies de la religion! Comment peuvent-ils croire que des prisonniers

innocents ou même coupables que les sentiments de tant d'injustices révoltent, soient
tentés de céder souvent à l'envie d'assister à l'église? Quel fruit peuvent-ils espérer
de leurs prières dans un temps où leur âme, livrée aux plus cruelles angoisses, ne
s'élance vers la Divinité que pour lui reprocher en quelque sorte sa clémence envers
des bourreaux que la sévérité de sa justice devrait frapper des anathèmes du ciel !

« Quoique il en soit, on n'en force pas moins les prisonniers d'assister à la messe
et aux vêpres, surtout le dimanche, du moins les plus malheureux, car ceux qui logent
à la pension, à la demi-pension, à la pistole sont enfermés dans leurs chambres
quand ils refusent d'y assister, et là encore l'argent leur sert à prévenir quelque
sacrilège moral.

« La chapelle est assez vaste; il y a une chaire où l'on prêche environ douze fois
par an; dans le fond directement en face de l'autel est une tribune pour recevoir les
femmes qui sont voilées d'une épaisse dentelle de fer dont les points ont trois pouces carrés.

« Les prisonniers qui se rendent au service y occupent une place plus ou moins
distinguée, selon le prix du loyer de leurs chambres.

Deux guichetiers, debouts au milieu de la chapelle, inspectent leurs mouvements
les plus légers; jusqu'au pied même des autels, tout ce que la servitude a de terrible, accompagne ces malheureux; elle s'étend jusqu'à les priver de regarder du
côté de la tribune des femmes, ne fut-ce que pour y voir leur mère ou leur sœur;
si l'amour filial ou fraternel s'écarte de cette règle, la sévérité du concierge punit
ordinairement du cachot sa désobéissance. Pour les confessions, je puis assurer
qu'il n'y a pas beaucoup de captifs, même dévots, qui soient tentés d'user de cette ressource; les innocents parce qu'il leur est impossible de pardonner à leur persécuteur les maux de toutes espèces dont leur cruauté les accable continuellement, les
coupables, parce qu'ayant besoin des secours du chapelain pour solliciter auprès de
leurs juges, ils se gardent bien de lui faire l'aveu qui pourrait ralentir son zèle.
Cependant comme dans le nombre il s'en trouve qui succombent à cette tentation,
on a imaginé une torture toute spéciale; c'est en permettant à leur conscience d'approcher du tribunal de la pénitence, et d'éloigner de leurs lèvres la Divinité sous les
espèces du pain.

Cette privation envers des êtres déjà bien à plaindre est pour eux une nouvelle
source de douleurs, en ce que l'homme vraiment religieux, qui supporte en paix
ses malheurs, trouve presque toujours une consolation dans la morale évangélique
et ses correspondances avec Dieu. La religion enseigne que la créature coupable,
mais vivement affectée de repentir, trouve toujours le pardon de ses fautes aux yeux
de son créateur; aussi cet usage, scandaleux pour elle, d'interdire l'accès des prisons
au Sauveur des hommes, lui fait regarder les hommes coupables de cette interdiction
comme des démons indignes de se trouver face à face avec lui, et le fait souvent
par là pécher contre la charité.

« Ici, il me vient en mémoire un fait que je dois rapporter en ce qu'il me servira
de texte pour décrire l'espèce de justice intérieure qui s'exerce dans cette prison.

« Un jour le concierge d'accord avec le boulanger, ne fit distribuer à chacun
des prisonniers qu'un très-mauvais pain de cinq quarterons, au lieu d'une livre-et-
demie.

Les prisonniers s'en étant aperçus, s'en plaignirent ouvertement. Celui-ci, piqué de ce que des hommes déjà privés de tous secours osent trouver mauvais qu'on retranchât une portion de leur nécessaire, les menaça du cachot s'ils s'avisaient encore d'ouvrir la bouche. Nouvelle réclamation. Le concierge était bien tenté de punir sur l'heure une pareille audace, mais la crainte d'éprouver une résistance opiniâtre et générale lui fit attendre le moment où les prisonniers seraient renfermés dans leurs chambres. Accompagné alors de toute la meute des Cerbères, il força une partie des prisonniers d'en sortir pour les conduire au cachot Dans ce nombre, il s'en trouva quelques uns qui se montrèrent peu dociles ; un, entre autres, entreprit de se défendre vigoureusement ; les guichetiers se jetèrent sur lui comme autant de bêtes féroces, le garottèrent et le rouèrent de coups sur place, puis pour justifier cette peine infligée sur l'heure, il fut décidé que le rebelle serait mis au cachot en attendant la visite des commissaires chargés specialement de juger ces sortes d'affaires. « Ces trois commissaires, assez grassement payés pour veiller au maintien du bon ordre et de la salubrité de la maison, ne s'acquittaient que fort mal de ce devoir.

Le peu de visites qu'ils faisaient étaient marquées au coin d'une si grande insouciance, qu'elles restaient toujours infructueuses. Selon l'usage, le jour ou ces messieurs venaient honorer la maison de leur présence, le concierge, prévenu à l'avance, employait les soins les plus délicats à nettoyer les cachots et la cour selon le but de leurs institutions. Ils auraient dû d'abord demander au concierge et aux guichetiers s'ils avaient des plaintes à faire contre quelqu'un des prisonniers et ensuite interroger les prisonniers en l'absence de leurs gardiens ; mais ils n'écoutaient que les premiers et se mettaient peu en souci de connaître les réclamations des autres. Ces commissaires, avons-nous dit, étaient aussi chargés de juger les délits de rebellion ou autres qui se commettaient dans la prison. Ce jour du jugement était un jour fort redouté parce que, de mémoire d'homme, ces trois juges n'avaient trouvé un innocent. Aussi la terreur qui présidait à ses jugements, ou plutôt à ces condamnations, était en harmonie parfaite avec toutes les horreurs de cette prison. Du reste, un mot pourra peindre la terreur qu'ils inspiraient aux prisonniers. Dès que l'un d'entre eux, par trop récalcitrant refusait de se résigner à quelque avance, le concierge se bornait à lui dire *je te recommanderai à ces messieurs*, et cette menace *de recommandation* suffisait souvent pour l'assouplir.

« Dès qu'était arrivé le jour solennel de ces assises intérieures des *Messieurs*, comme on appelait ces commissaires, une sonnette placée dans la cour des hommes se faisait entendre. Un guichetier, tenant à la main l'étiquette du sac du procès appelait d'une voix sépulcrale le nom de l'accusé, par la petite croisée voisine de la sonnette. Après avoir répondu, le prisonnier montait un escalier auquel on avait donné le nom d'*escalier de l'enfer*, et certes il était bien nommé. Cet escalier est si effroyable, qu'il serait difficile de s'en former une idée exacte, si l'on en donnait la description :

« L'entrée, ou mieux l'embouchure de cet escalier donnait sur la cour ; elle était fermée par une porte si petite, qu'on ne pouvait y passer qu'en pliant son corps en deux. Tout à coup, on se trouve au milieu des ténèbres ; la terreur s'empare de l'esprit du patient, le prive de ses forces au point que ses jambes chancelantes peuvent

Vo s connaissez les conditions, lui dit Saint-Mars.

à peine le soutenir L'obscurité du lieu, la timidité naturelle à un accusé, l'idée de paraître devant des juges qui n'ont pour règle ni la conscience ni la loi, mais le caprice; tout cela opère un bouleversement général dans son âme. Sa marche se trouvant ralentie par de telles sensations, du haut de l'escalier, une voix farouche lui ordonne brutalement de hâter ses pas; à cette voix sortant du milieu des ténèbres à laquelle la sonorité du lieu donne quelque chose de surhumain, et dont l'écho rejette en mourant les sons lugubres, l'accusé sent ses dernières forces l'abandonner. Il remonte cependant, s'avançant en tremblant, ne sachant où il porte ses pas, et se

trouvant même exposé, en ne suivant pas la muraille, à se voir précipité dans l'a-
bîme au dessus duquel l'escalier était percé en colimaçon et sans rampe à un de
ses côtés. Arrivé aux trois quarts, s'il n'a pas la précaution de présenter ses mains
devant lui, il se meurtrit la tête à une porte de fer levée en forme de herse, et qui
le repousse en arrière. Pour passer dessous, il faut qu'il se plie encore en deux, et
quand il sort de ce tombeau, ce qui frappe d'abord ses yeux, c'est un guichetier
armé d'un nerf de bœuf, qui lui en assène quelques coups pour lui faire hâter sa
marche.

« A quelques pas de là, un autre guichetier, faisant l'office de greffier, lui fait
signe de le suivre et le conduit lui-même devant les trois pilates chargés de le juger;
une sellette était là : il s'asseyait. L'un des juges prenant la parole lui demandait
son nom, son âge, sa qualité, sa demeure, l'appelait mon enfant s'il était jeune, mon
ami s'il était vieux, se servait du pronom vous, s'il était coupable de ce dont on l'accusait.

« Comme le temps de ces messieurs était probablement trop précieux pour
le perdre à rechercher l'innocence du malheureux traduit devant eux, on avait
imaginé un mode de défense qui l'économisait d'une singulière manière. Aux questions qu'on lui adressait, il ne pouvait répondre que par *oui* ou par *non*, s'il s'avisait
d'entrer dans des détails qu'il croyait nécessaires à sa justification, on lui imposait
silence. Cela paraît difficile à croire mais cela est vrai ; la formule usitée pour cela
était : *On ne vous a point appelé ici pour cela.*

« Avec un tel système où l'accusateur était seul entendu, on comprend comment
l'affaire la plus compliquée était décidée en un instant. Si l'accusé avouait, on le
croyait toujours; s'il niait on ne le croyait jamais...

Il me revient en mémoire une particularité que j'ai omise et qui trouve ici sa
place. Des curieux viennent parfois visiter la prison, et les Cerbères s'humanisent
pour ces curieux; ils poussent même la complaisance jusqu'à les introduire dans
les cachots pour y faire voir leurs habitants; et malgré l'*incognito* que beaucoup
d'entre eux désiraient garder, ils n'en sont pas moins livrés aux regards du premier
venu. On pourrait comparer avec raison ces visites à celles que font les amateurs
dans les ménageries; la manière surtout dont ces estaffiers ouvrent leurs cachots
imprime dans l'âme une terreur qui vous glace d'effroi. Le cliquetis des clés, le lourd
roulement des verrous, les fracas des portes font retentir un bruit vraiment effrayant. Leur langage aux prisonniers ajoute encore un nouveau degré d'atrocité à
ce terrible appareil : une voix rauque et dure ne se fait entendre que pour leur adresser des expressions bien dignes de ces hommes barbares; c'est à en navrer l'âme.
Aussi les visiteurs sont tellement frappés de leur langage et de l'air de plomb qui
vous repousse loin du seuil de ces cachots, et de l'aspect du captif et de l'horreur
du lieu qu'il habite, que la pitié s'empare sur-le-champ de leur âme; ce sentiment
d'émotion se traduit en œuvres de bienfaisance et donne quelque aumône à ces
malheureux, mais cette aumône ne profite guère qu'aux gardiens. En effet dès
qu'ils voient le prisonnier en possession de quelques pièces de monnaie, ils
font dire au marchand de vin d'apporter à boire. A cette nouvelle, toute la cohorte
des guichetiers, des servants, des garçons de guichets, accourent pour prendre sa
part de l'aubaine; et tandis que le prisonnier boit un coup, tous ces goujats ne

manquent jamais d'en avaler deux, et la générosité, au lieu de tourner au profit du prisonnier dont on a voulu soulager la misère, ne tourne qu'au profit des gardiens, dont le malheureux a tant d'intérêt à ménager la férocité...

« Il me revient en mémoire une bien triste aventure d'un de mes compagnons de captivité nommé M. de Mongis.

« C'était un jeune homme de la plus belle espérance qu'un caprice de grande dame avait fait jeter là, à la suite de je ne sais plus quelle aventure qui avait eu grand éclat. Comme tous les jeunes seigneurs de la cour, ce M. de Mongis était frondeur, altier et surtout fort coquet. Tout jeune qu'il était, il écrasait de sa supériorité le gouverneur qui, le sachant bien en cour, malgré ce petit mécompte, agissait fort politiquement avec lui; un jour, à la suite d'une sortie assez brutale contre la prison, contre les guichetiers, contre le gouverneur lui même, celui-ci impatienté lui dit

— « Cesserez-vous bientôt vos murmures, monsieur, cesserez-vous bientôt de blasphémer contre l'autorité ; *je représente le roi ici.*

— « Vous, monsieur, dit Mongis.

— « Oui moi.

« Mongis le fixe, le toise d'une manière fort impertinente du haut en bas, et pirouettant sur le talon, se met à dire : Ma foi, monsieur, il est grotesquement représenté.

« Le malheureux devait payer cher se sarcasme.

« Dès ce jour, en effet, Mongis n'eut plus rien d'aucune des douceurs qu'avec de l'argent un prisonnier pouvait se procurer. A tout ce qu'il demandait au gouverneur celui-ci répondait par cette formule : *c'est ou ce n'est pas la règle.*

« Une fois il lui demanda un miroir.

— « Ce n'est pas la règle, répondit le gouverneur.

— « Mais fait-on des brèches, enfonce-t-on des portes avec un miroir.

— « Non, mais on correspond.

— « Avec qui..? Comment, ma fenêtre est bouchée par une treille, son épaisseur est telle que je ne peux point atteindre au bord de cette lucarne quand il n'y aurait pas de triples barreaux; quel jeu d'optique voulez-vous que je tente?...

— « Ce n'est pas la règle.

— « Comment me peigner.?

— « A tâtons; la vue de votre visage pourrait vous inquiéter, on se frappe l'imagination, on se croit changé.

— « Est-ce que je ne me sens pas? Et si je veux me voir, un bassin d'eau ne fera-t-il pas l'office d'un miroir ?

— Ce n'est pas la règle, je ne trahirai pas mon devoir. Puis je... *verrai!*

« Mongis avait supporté beaucoup de privations : Il ne put supporter celle-là. Il résolut de l'emporter de haute lutte sur cet homme ou de s'efforcer de le démasquer aux yeux de ses supérieurs, quelque chose qu'il en pût arriver. Comme on est plus maître de soi en écrivant qu'en parlant, il n'insista pas davantage, mais un moment après que le gouverneur fut sorti, il lui envoya la lettre suivante en le prévenant qu'un duplicata de cette lettre avait été envoyé à la cour, afin que le ministre pût être juge de leur différend.

« Comme cette lettre fut la cause de la triste fin de ce malheureux jeune homme, je la donnerai textuellement, ne fût-ce que pour mettre sous les yeux de tout le monde la pièce principale d'un grand procès entre un bourreau et une victime.

A Monsieur le gouverneur du fort des îles Saintes-Marguerite.

« Je n'avais pas cru jusqu'ici, monsieur, que le refus d'un miroir pût-être sérieux
« de votre part, et je l'imputais à oubli; mais à présent que vous m'avez bien for
« mellement déclaré que *ce n'est pas la règle,* j'ai l'honneur de vous représenter 1°
« que je ne comprends pas du tout cette expression dans votre bouche, *c'est ou ce*
« *n'est pas la règle,* qui sert à couvrir d'un voile sacré tout ce qui se passe dans la
« maison. Je ne connais que le ministre ou le conseiller d'Etat chargé de notre ins-
« pection qui aient le droit de faire ici *des règles* au moins à l'égard des prisonniers.
« Tous autres sont nos gardes et non nos législateurs, Or, le ministre et le lieutenant de
« police ne se sont sûrement point occupés de telles fadaises, il m'est évident qu'ils
« ne refusent point aux prisonniers des consolations indifférentes à la sûreté de la
« prison, parce qu'il y aurait à cela de la tyranie, et de la tyranie gratuite, et que
« je ne crois point que nos ministres soient des tyrans, ni en général que les hom-
« mes soient des tyrans pour le seul plaisir de l'être. S'il existe de ces monstres,
« leur nombre doit être très petit; car tous les autres individus ont un intérêt fort
« pressant à les étouffer.

« 2° La raison qu'il vous ait plu de me donner, à savoir *que l'on pouvait correspondre*
« *avec un miroir,* n'a pas l'ombre de vraisemblance, et je ne suis point un enfant
« qui en puisse être amusé. Je ne sais si vos connaissances en mathématique et en
« optique sont fort étendues; mais je défie tous les mathématiciens et les opticiens
« du monde de me prouver que ma lucarne, qui est précisément un créneau, qui
« n'est collatéral a rien, puisqu'elle se trouve dans la convexité d'une tour, qui
« n'est vis-à-vis d'aucune autre partie de la prison, puisqu'elle est dans l'enceinte
« extérieure, soit susceptible du moindre jeu d'optique qui puisse permettre de
« donner ou recevoir des signaux au moyen d'un miroir. Voilà, je crois la seule
« manière de s'en servir; car je n'ai pas oui dire qu'un miroir fut un porte-voix.
« 3° Quand je pourrai faire ou voir des signes par ma fenêtre au moyen d'un mi-
« roir (c'est ce que vous appelez *correspondre*), ce ne serait pas une raison de me le
« refuser; car on peut le sceller dans ma chambre et le rendre fixe.
« 4° Cette *règle* de l'exclusion des miroirs fût-t-elle portée par les supérieurs de
« cette maison, ce serait sur un faux exposé; et je me crois sûr de les faire revenir
« quand je leur dirai : *Il est physiquement impossible qu'un miroir me serve à un*
« *usage dangereux : je suis obligé de me peigner à tâtons, de négliger absolument*
« *le soin de mes dents. J'ai eu longtemps besoin d'un emplâtre précisément au coin*
« *de la bouche; il fallait que je l'y posasse de la manière la plus dégoûtante, mavue ne*
« *pouvant guider mes mains. On se sert de la lettre de vos ordonnances pour nous*
« *tourmenter, au lieu d'en saisir l'esprit. Les demandes les plus innocentes et les*
« *plus simples sont repoussées par ces seuls mots: ce n'est pas la règle. Les prescrip-*
« *tions les plus tyraniques érigées en foi par ces seuls mots, ce n'est pas la règle, ces*
« *deux formules qui constituent la jurisprudence de cette maison, sont un cheval de*
« *bataille qui nous foule et nous écrase....* Quand je leur décrirai cela, à quoi vous
« savez bien monsieur, qu'on peut ajouter infiniment de choses, je suis persuadé

« qu'ils m'accorderont un miroir. Grande, importante, indicible grâce en effet !

« Je vous prie donc, Monsieur, de vous décider, car *je verrais* n'est pas un terme ;
« et c'est le mot le plus doux que j'ai entendu sortir de votre bouche. Il pourrait me
« mener à dix autres mois. Il n'y en a pas moins que je demande ce miroir et ce
« n'est que d'aujourd'hui que j'aie une réponse. Il y a trois mois que j'ai demandé
« que mes cheveux qui me tombent dans la bouche fussent coupés. Vous m'avez
« répondu je verrai ; et ils tombent encore. J'ai demandé un couteau quatre mois
« avant de l'obtenir. Dès la première fois vous m'avez répondu *je verrai* ; et il a
« fallu un ordre de la police pour que vous vissiez. Il ne faut qu'un instant, per-
« mettez-moi de vous le dire, pour *voir* si vous pouvez ou ne pouvez pas me don-
« ner un miroir. Si cette concession excède votre pouvoir, je la solliciterai auprès
« de M. Lenoir, quelque répugnance que j'aie à l'entretenir de telles futilités. Si
« elle est en votre pouvoir, je l'exige de votre justice. Croyez-vous qu'une affaire
« si grave exige beaucoup de méditations ? Non, vous ne le croyez pas : ainsi vous
« m'avez dit *je verrai* que pour gagner du temps. Quoi donc ! ne sommes nous pas
« assez malheureux, sans qu'on se joue ainsi de nos désirs les plus innocents et de
« nos besoins les plus urgents et les plus simples. Je sais, Monsieur, que dans votre
« place on contracte l'habitude de dire *non*, mais un homme de bon sens doit ré-
« fléchir sur ces *non*, surtout lorsqu'ils s'adressent à quelqu'un qui n'est ni turbu-
« lent ni importun, ni stupide, ni rampant.

« En un mot, Monsieur, cette question du miroir à donner où à refuser, que j'ai
« été bien aise de vous exposer avec quelque étendue afin que nous nous entendions
« une bonne fois s'il est possible, se réduit à ceci : *pouvez-vous* ou *ne pouvez vous*
« *pas* ? Si vous pouvez, pourquoi me refuseriez-vous ? Je n'ai point mérité votre
« humeur (il est peu généreux d'en montrer quand on est le plus fort), et j'ai droit
« à votre équité.

« J'ai l'honneur, etc.

« DE MONGIS »

« *P.-S.* Un *duplicata* de cette lettre a été envoyé au Ministre pour qu'il soit juge
« de notre différend. »

Ce qui touchait le plus le gouverneur dans cette lettre, ce n'étaient pas les raisons que donnait Mongis pour avoir droit au miroir, c'était le *post-scriptum*. Il ne
se souciait nullement de mettre le Ministre dans la confidence de ses tracasseries,
et profitant de la naïve imprudence de Mongis, qui se vantait d'avoir fait parvenir
un *duplicata* de la lettre à Paris, il fit courir après un brick, qui, le matin même,
était parti pour la France, et dont un des passagers pouvait seul être le porteur de-
la lettre. Un fort mistral ayant tenu le brick en pleine mer, ses émissaires purent le
rejoindre, les effets des passagers furent fouillés, le *duplicata* de la lettre de Mongis fut trouvé, saisi et celui-ci sans instruire Mongis du sort de la messive, le laiss-
se leurrer de l'espoir de ses démarches à Paris, et ordonna au concierge et au guie-
chetier de le pousser à bout et de l'amener à quelque grand éclat par un systèm
suivi d'avanies incroyables.

Hors de lui et réduit au désespoir, Mongis, un jour s'empara d'une pince de fer
dont se servaient des ouvriers et en menaça ses gardiens. C'était là où on voulait
l'amener. Traduit devant les commissaires pour ce fait, il fut condamné à la *tour*.
C'était, on se rappelle, ce plancher mouvant suspendu au milieu d'une tour, qui ne
prenait un peu d'air que par une sorte de poterne et qui ne prenait de jour par
aucune issue.

« Mongis y resta cinq mois; quand on le sortit de là, son corps était privé de
tous les sens et n'avait que la forme d'un squelette. Au bout de quinze jours il succomba sous les coups de la mort.

« Voilà ce que j'avais à dire sur la prison des Iles-Marguerite.

« Hommes pervers! n'est-ce donc pas assez qu'un citoyen chargé de fers,
éloigné de ses foyers, privé de ses parents, de ses amis, gémisse dans les pleurs,
l'opprobre et l'oubli!

« Pourquoi ajoutiez-vous encore à ses gémissements de nouvelles douleurs?
Pourquoi perpétuez-vous ses angoises ?

« Pourquoi multipliez-vous ses convulsions? Pourquoi vous faisiez-vous une
joie des soupirs que ces maux lui arrachaient ? Pourquoi les prisons destinées à
assurer la conviction et le châtiment du crime sont-elles devenues par vos ordres
plus cruelles que le dernier supplice ?

« Pourquoi, quand le monarque à détruit la torture des accusés, même coupables, vous acharniez-vous à torturer leurs cœurs? Misérables ! qu'une fatalité trop
cruelle avait placés sur le chemin du monde pour le malheur du genre humain,
vous avez cru que le règne de votre affreux despotisme allait devenir plus formidable, plus éclatant que jamais, vous vous êtes trompé! La nation, indignée de vos
épouvantables forfaits, vient d'arracher de vos mains sacrilèges le glaive de la force
dont vous avez fait un si criminel usage ; sangsues inaltérables, séditieux obscurs,
vils instruments de tous les crimes, violateurs effrénés des lois les plus saintes,
cent fois plus coupables que les assassins des grandes routes, votre présence ne
souillera donc plus l'asile sacré de la justice où la vertu seule et les lumières doivent habiter. Vous voila donc bannis comme des brigands du sanctuaire auguste
des lois que vos rapines avaient changé en un véritable coupe-gorge. Tel le Rédemp-
teur du monde chassa du temple les voleurs qui en profanaient l'enceinte ; allez,
malheureux, disparaissez loin de moi !

» Il ne vous reste plus d'autre ressource pour cacher votre honte que de vous
engloutir dans les entrailles de la terre, mais ne vous y méprenez pas, cette re-
retraite même ne vous garantira point des traits de ma vengeance!

« Fussiez-vous relégués au fond des enfers, j'irai vous y chercher pour me ren-
rendre compte au tribunal de la loi des prévarications sans exemple dont vous
vous êtes rendus coupables envers ma mère et moi, des souffrances incroyables que
vous avez ammoncelées sur nos têtes et des atteintes mortelles que vous avez voulu
porter à notre honneur.

« Apprenez, apprenez que le temps de la faveur est passé et que celui de la
justice est enfin arrivé ! Apprenez que si, dans les jours triomphants de votre prospérité j'ai bravé vos cachots, vos bourreaux, apprenez qu'aujourd'hui que votre dé-

faite est certaine, je sens que mon âme, agrandie pour la liberté, méprise à bien plus forte raison et vos poignards et vos poisons !

« Et vous, sages représentants d'une grande nation, maintenant que vous avez sapé l'informe colosse de la magistrature, occupez-vous à réparer les crimes de nos anciens tyrans; cessez un instant de dicter des lois à la France pour descendre dans l'obscurité des cachots où le soleil n'a jamais versé sa lumière. Vous verrez l'innocence opprimée vous y verrez des coupables qui implorent le supplice qu'ils ont mérité, qui se jetteront à vos pieds pour obtenir une mort plus douce que les longues horreurs du gouffre où ils sont ensevelis vous y verrez des malheureux qui gémissent sans savoir pour quel crime vous y verrez des victimes de la rapacité les juges et des calomnies de leurs ennemis.

Ah ! sans doute que dans ces séjour maudits vos entrailles se sentiront émues à l'aspect de tant de cruautés; vous serez étonnés, oui, vous le serez, que des hommes soient assez forts pour résister à tous les tourments qu'il endurent. Si deux ans auparavant vous aviez pénétrer dans ces ténébreux repaires, vous y auriez vu dans les fers plusieurs des citoyens courageux, qui, par leurs écrits ont provoqué la révolution et qui n'avaient d'autres torts que celui d'avoir bravé l'espionnage, menacé le despotisme sur le trône, l'aristocratie sous le dais et le fanatisme dans la chaire.

« Ils furent punis comme coupables pour avoir conseillé ce que vos sages décrets ordonnent aujourd'hui; on leur enleva la plume des mains pour y substituer des fers; aussi, indigné de toutes ces atrocités, mon courage, en sortant de prison n'en devint que plus animé. Les souvenirs des tourments que j'avais endurés la fureur du patriotisme, l'esprit de vengeance et la certitude où j'étais qu'on devait me faire mourir avec plusieurs autres écrivains patriotes le lendemain de la prise de la Bastille.

Toutes ces raisons puissantes me firent braver la mort que vomissait le canon de cette forteresse; j'y pénétrai des premiers pour chanter sur ses tours menaçantes un hymne à la liberté « Que ce moment fut cher à mon cœur ! je crus être ressuscité! Mais le dirai-je, un doute inquiétant vint succéder aux élans de ma joie, ah! combien cette idée m'accablait! Pour dissiper mes craintes, je disais « O vous qui dictez les oracles à la France hâtez-vous les d'arrêter les coupables attentats des juges perfides ou je m'écrierai dans ma juste douleur. Fuyez, braves citoyens dont les mains victorieuses ont renversé la Bastille, fuyez, un sénat inique vous poursuit; il qualifie de sédition votre démarche salutaire de Versailles; fuyez, ou il va prendre pour témoins et pour preuve de votre prétendu crime, vos blessures, vos cicatrices‧

« Mais grâces soient rendues à nos dignes législateurs : vous n'avez plus rien à craindre intrépides enfants de la patrie : la chûte des infâmes prisons d'État est consommée, elles ont été englouties dans leur propre ruine; un nouvel ordre de choses s'établit, la nation se régénère une constitution, la constitution de (1791) formée des mains de la nature, de la liberté, de la raison, s'élève avec majesté sur les décombres du despotisme; encore quelques jours, tous les Français vivent heureux et je mourrai content !

« Écrit sur les ruines de la Bastille deux ans après la chûte de cette prison d'État, trois ans après ma sortie du fort des iles Sainte-Marguerite ; un patriote de 1789,

« Pierre Mathieu Parein.»

CHAPITRE

Quelques particularités curieuses

Dans l'histoire de cet être mystérieux sur lequel on a tant écrit et sur lequel on sait si peu, rien ne doit être négligé, et là où la vérité ne saurait sortir toute entière d'un seul fait, le devoir d'un historen est d'accumuler des faits pour saisir çà et là quelques parcelles de la vérité.

Ainsi, par exemple, toutes les relations mentionnent, d'après le père Papon, qu'une femme du village de Mongins vint se présenter à Saint-Mars pour être admise en qualité de servante auprès du Masque de Fer.

— Vous connaissez les conditions, lui dit Saint-Mars.

— On m'a dit, reprit la femme, que l'on ferait un sort à mes enfants et qu'on les rendrait riches.

— Oui, votre captivité leur sera lucrative; mais elle sera perpétuelle et vous ne sortirez de la prison que par la mort.

— Jésus Dieu ! s'écria la femme mais on ne m'a rien dit de pareil, et mes enfants donc, je ne les verrai plus ! Plutôt manger du pain noir et dur toute ma vie !

Et elle refusa.

Un autre jour dit le même père Papon dans son voyage littéraire en Provence, Saint-Mars s'entretenant avec son prisonnier, était resté dans le vestibule, hors de la chambre. C'était un espèce de corridor d'où l'on pouvait voir de loin ceux qui venaient. Le fils d'un de ses amis était arrivé à l'instant pour passer quelques jours dans l'île. Ayant distingué des voix au fond du corridor, ce jeune homme s'avança de ce côté. Surpris à l'improviste, Saint-Mars ferma aussitôt la porte de la prison et apostrophant l'indiscret visiteur, lui demanda d'un air troublé :

— « N'avez vous rien vu ni rien entendu ? » le jeune homme protesta n'avoir ni rien vu ni rien entendu. Rassuré par sa réponse, Saint-Mars lui recommanda cependant d'oublier le lieu où il l'avait trouvé et le fit repartir le même jour, en écrivant à son ami : « Peu s'en est fallu que la venue de ton fils à l'île Sainte-Marguerite ne lui ait coûté cher, et je te le renvoie de peur de quelque nouvelle imprudence. »

Enfin, dans l'année littéraire de 1769 on trouve un troisième fait. C'est une lettre d'un M. de Polteau, seigneur de la terre de Polteau en Champagne et petit neveu de Saint-Mars. Cet homme s'appuyait de l'autorité d'un de ses parents, le sieur de Blinvillier officier d'infanterie aux îles Sainte-Marguerite rapporte que cet officier lui avait dit en confidence.

L'Homme au Masque de Fer était connu sous le nom de Latour; son masque était de fer et à ressort, et pouvait s'ôter. Il avait toujours son masque sur le visage

On l'avait enlevé de Paris sans autre forme de procès.

orsqu'il paraissait devant quelqu'un, il était toujours vêtu de brun, portait de beau linge et obtenait des livres et tout ce qu'on peut accorder à un prisonnier. Le gouverneur et les officiers restaient debout devant lui et découverts jusqu'à ce qu'il les fit couvrir et asseoir. Ceux-ci, sur son invitation, allaient souvent lui tenir compagnie et manger avec lui, j'ai été souvent du nombre ; mais dans ce cas, il conservait toujours son masque.

Un jour, curieux de le voir à visage découvert, me trouvant lieutenant de la compagnie franche pour la garde des prisonniers et ayant appris que par suite d'une indisposition, Latour avait été autorisé à rester dans sa chambre la nuit, sans masque, je pris les habits d'une sentinelle qu'on plaçait dans une galerie sous les fenêtres de la prison, et je restai toute la nuit à examiner l'inconnu qui se promenait dans sa chambre à visage découvert. Cet homme, blanc de visage, grand et bien fait de corps, bien qu'il eut la jambe un peu trop fournie par le bas, semblait être dans la force de l'âge, malgré sa chevelure blanche. Il resta toute la nuit à se promener et paraissait fort agité.

Ces détails que viennent seulement de découvrir à l'instant nos incessantes recherches, auraient dû venir un peu avant la fuite de notre héros. Nous avons pensé que nous ne pouvions les passer sous silence, malgré leur exposition un peu tardive.

Nous allons reprendre maintenant le curieux récit des événements qui suivirent le pépart de l'Homme au Masque de Fer.

CHAPITRE

Louis XIV prisonnier

Saint-Mars, après le départ de celui qu'il avait pris pour son hôte royal, était revenu dans la chambre de l'Homme au Masque de Fer, pour voir l'effet qu'avait produit sur celui-ci la visite du roi.

Il voulut, en même temps, lui annoncer la bienveillante sollicitude que le faux Louis XIV avait manifesté pour lui, et l'assurer que désormais il serait traité avec tous les égards et toute sorte de douceur.

Quand on lui ouvrit la porte de la prison de l'Homme au Masque de Fer, il fut d'abord tout surpris de la trouver vide.

Il jeta rapidement les yeux autour de lui, et aperçut alors son prisonnier étendu sur son lit, immobile, et ne donnant aucun signe de vie.

Très-effrayé, il s'avança rapidement vers ce corps inerte, dont les mains, d'une blancheur de cire, avaient des aspects cadavériques.

Il ne pouvait voir la face, couverte qu'elle était par ce masque à lames d'acier qui lui en dérobaient entièrement les traits.

Un frisson d'épouvante lui parcourut tout le corps.

Les mains étaient froides, et, dans son trouble, il lui parut que le pouls avait cessé de battre.

Il ôta en toute hâte à sa victime le masque qui lui voilait le visage, et l'examina avec anxiété.

Un faible soupir parut sortir des lèvres.

Saint-Mars allait demander des secours, lorsqu'il songea à l'imprudence qu'il allait commettre.

Nul ne devait voir les traits de son prisonnier.

Lui seul, en cette circonstance, devait donc lui donner les soins que réclamait son état.

Il lui frotta les tempes avec de l'eau fraîche, lui fit respirer un de ces puissants réactifs qu'il portait toujours sur lui, car plusieurs fois des détenus s'étaient évanouis en sa présence ; il frictionna ses membres et lui frappa énergiquement dans les mains.

Enfin, l'Homme au Masque de Fer, c'est-à-dire Louis XIV, ouvrit les yeux et respira plus librement.

A mesure qu'il renaissait à la vie, ses traits se contractaient. Une expression d'immense effroi se lisait sur son visage. Ses membres se prenaient à trembler, ses mains s'agitaient comme pour chasser une vision terrible.

Il jeta d'abord autour de lui un regard plein d'effarement.

— Où suis-je ! murmura-t-il ? Dangeau... Barbezieux... au secours !

A ces mots, à cet appel, Saint-Mars fit un bond en arrière et pâlit affreusement.

Dangeau ! Barbezieux !

Qui donc avait appris ces noms à l'Homme au Masque de Fer ? Pourquoi cet air d'égarement, cet effroi, cet appel à des hommes dont il devait même ignorer l'existence !

Un soupçon terrible lui traversa l'esprit, et cet homme de fer faillit lui-même défaillir de peur.

Il revint vers le prisonnier et l'examina minutieusement, avec ces yeux inquisiteurs qu'ont les geoliers et les hommes de police.

— J'étais fou ! murmura-t-il en essuyant de la main la sueur qui avait inondé son front. Ces noms... le roi, qui vient de sortir, les aura déclinés devant lui dans leur longue conversation.

Ainsi rassuré, il reprit les soins qu'il avait donné au blessé. Il sortit un instant de la chambre, et alla, au lieu d'appeler, demander un cordial à Rosarges qui se tenait dans une pièce voisine.

— Est-ce que Latour aurait essayé de mettre son projet à exécution ? demanda le major.

On sait qu'on désignait par le pseudonyme de Latour l'Homme au Masque de Fer.

— Je ne sais, répondit Saint-Mars, mais je l'ai trouvé sur son lit en syncope. Un moment je l'ai cru mort.

— Diable ! ça ne ferait pas votre affaire.

— Ce ne sera rien, je l'espère. C'est sans doute le résultat de l'émotion qu'il a dû avoir à la suite de son entrevue avec le comte de Marly.

— Il avait peut-être espéré la fin de sa captivité ?

— Sa captivité doit être éternelle ! dit Saint-Mars d'une voix sombre.

Quelques instants après, le prisonnier reprenait entièrement possession de lui-même, sous l'influence de la vivifiante liqueur que le gouverneur lui avait fait prendre.

— Vors vous trouvez mieux, monseigneur ? demanda Saint-Mars avec cette basse obséquiosité qu'il prenait quelques fois envers sa victime.

— Mieux... oui, murmura Louis XIV en portant la main à son front et cherchant à rassembler ses souvenirs.

Puis tout à coup, bondissant hors du lit et s'élançant vers Saint-Mars qui se recula prudemment.

— Prisonnier ! je suis prisonnier, fit-il avec une voix terrible où éclatait à la fois l'indignation et la fureur !... et l'autre, vous l'avez laissé partir.

— Au nom du ciel, calmez-vous, monseigneur, fit le gouverneur qui croyait à un accès de folie.

— Me calmer, misérable ! lorsque je suis ici et que l'homme qui était sous ta garde s'est enfui et va me disputer le trône et la puissance ! Me calmer, lorsque la France et l'Europe vont apprendre que le roi a un compétiteur, qu'un imposteur va allumer la guerre civile, au moment où mon royaume est frappé par tant de désastres. Quelle honte ! quels irréparables malheurs ! Oh ! je vous ferai tous pendre ! je vous ferai livrer tous, toi et tes hommes, aux plus affreux supplices ! vous serez écorchés vifs, écartelés, brûlés, si l'on n'arrête pas le fugitif avant qu'il ait pu rien tenter, avant qu'on ait pu voir se déchirer le fatal secret qui doit demeurer ici à jamais enseveli.

— C'est du délire ! murmura Saint-Mars qui se reculait pas à pas vers la porte.

— Il me croit fou ! s'écria je roi qui s'élança au-devant de son interlocuteur pour lui barrer le passage.

— Monseigneur, laissez-moi passer ou j'appelle Rosarges que vous connaissez bien et que vous n'aimez guère. Il a des bâillons qui font taire, des chaînes qui retiennent des forcenés et des cachots qui punissent leur révolte.

— Mais suis-je donc si méconnaissable que tu ne reconnais pas ton roi.

— Il n'y a qu'un roi, Sa Majesté Louis quatorzième dont je suis le plus dévoué serviteur !

— Dévoué serviteur ! Et tu manques à tous tes devoirs, à tous tes serments !

— Moi ! fit Saint-Mars stupéfait.

— Cet homme, qui est parti tantôt sous les vêtements et sous les traits du roi, sais-tu qui il est ?

— Le comte de Marly, monseigneur.

— C'est ton prisonnier, malheureux ! c'est l'ennemi le plus terrible du roi et de ton pays, c'est l'homme qu'on redoutait de voir déchaîner en France tous les maux et tous les désastres.

— Monseigneur, une longue défaillance a dérangé votre cerveau.

— Mais il est donc bien vrai, cet homme, celui qui a osé s'appeler mon frère est ma vivante image !

Et Louis XIV eut dans la voix une expression de rage et de désespoir.

Saint-Mars fut frappé par les paroles de son interlocuteur.

Le soupçon terrible qui l'avait saisi tout d'abord, en entrant dans la chambre de son prisonnier, lui vint à l'esprit, et il eut un tremblement dans tous les membres.

Soupçonneux comme il était, il eut presque l'intuition de la vérité.

Du reste, l'attitude à la fois violente et altière de son prisonnier, le timbre de sa ix impérieuse et hautaine, comme l'ont ceux qui ont l'habitude de commander et d'être promptement obéis, vinrent augmenter son anxiété.

Si cela était vrai pourtant.

Il pouvait tout admettre.

Longtemps, bien malgré lui, le comte de Marly était demeuré seul avec Latour.

Un drame avait pu s'accomplir entre les deux frères.

Le prisonnier avait pu se jeter à l'improviste sur Louis XIV, le terrasser avant qu'il put revenir de sa surprise et de sa stupeur, le bâillonner, l'étrangler à demi et profiter de son évanouissement pour lui enlever son costume, s'en revêtir, et, grâce à son étrange ressemblance avec lui, s'échapper de la forteresse.

Saint-Mars n'osait mesurer sans frissonner les conséquences de ce malheur.

Quelle affreuse perspective ! quelle horrible responsabilité.

Bouleversé ! éperdu, il se trouva en ce moment aussi agité, aussi dénué de raison que son prisonnier.

Il lui sembla que le sol manquait sous lui et qu'il roulait dans un abîme.

Mais il n'était pas homme à se troubler longtemps. Cependant comme cette étrange situation le rendait perplexe et irrésolu, il voulut réfléchir et ne se décider qu'après mures réflexions

—Monseigneur, fit-il en reprenant son aplomb, je reconnais en vous tous les traits, tout le caractère de mon auguste souverain. Mais il ne faut pas qu'on se doute de cette fatale aventure; je vous supplie d'accepter, pour quelques jours seulement, le rôle du malheureux qui habite ici. Du reste, vous trouverez dans cette demeure tout le bien-être dont le fort peut disposer. J'aurai l'honneur de vous servir moi-même et de satisfaire le moindre de vos désirs.

— Douteriez-vous encore ?

— Nullement; mais Votre Majesté m'appouvera certainement d'agir avec prudence. J'ai ici des hommes surs et dévoués. Je vais les envoyer à franc-étrier vers celui qui veut usurper votre royaume.

A ces derniers mots, Louis XIV fronça les sourcils et eut un geste terrible.

— Je comprends, sire, vos angoisses et votre indignation. Mais que Votre Majesté veuille se rassurer et qu'elle me permette de lui faire humblement part du sentiment que j'ai de la situation, qui ne me paraît nullement compromise.

— Parlez ?

— Le fugitif n'est pas encore bien loin. Sa fuite a été si subite, si imprévue, qu'il n'a pas eu le temps de réfléchir au parti qu'il devait prendre; c'est un esprit qui n'est pas sans mérite et qu'une longue captivité n'a pu affaiblir. Ne connaissant rien ni des hommes ni des choses de votre illustre règne; il sera perdu au premier pas et reconnu pour un imposteur, s'il veut se faire proclamer en votre lieu et place. Il trouvera peut-être plus commode de se faire passer pour Sa Majesté elle-même.

— Quel sacrilège !

— Il n'aura pas le temps de s'accomplir ; car pour faire croire qu'il est Louis XIV, lui qui en a peut-être les traits, il faudra qu'il ait vos connaissances, qu'il sache tout de votre vie, de vos manières, des personnes qui vous entourent, des princes qui composent la maison de France, qu'il connaisse vos secrets, qu'il ait votre génie, votre regard d'aigle, votre souveraine majesté, qu'il trompe tous les yeux, tous les cœurs, et ceux-ci qui ont un instinct merveilleux, se laissent difficilement leurrer. Si Latour voulait pousser jusqu'au bout son audace, mon roi sait bien qu'il est une personne dont l'âme, tout de suite avertie, saurait deviner et démasquer le fourbe.

Et en disant ces derniers mots, Saint-Mars s'inclina jusqu'à terre.

— Continuez! fit le roi qui sentait se dissiper l'orage qui s'était amoncelé sur lui.

— Latour est un homme qui a appris à réfléchir, et il n'ira pas tête baissée dans l'aventure ; il voudra apprendre, s'informer, tout savoir, et comme Votre Majesté a voulu venir ici incognito, sous le nom de comte de Marly, qu'elle veuille être persuadée que l'usurpateur se cachera longtemps sous ce commode personnage, avant de se décider à se montrer en qualité de roi à Versailles. Il nous sera facile de l'arrêter en route et de l'arracher à jamais à ses illusions de royauté. J'avais supplié mon roi de ne pas rester seul avec ce Latour, dont je connaissais l'astuce et la violence. J'aurais dû insister davantage et tout faire pour empêcher Votre Majesté de suivre les inspirations de votre âme généreuse. Mais puisque j ai commis la faute, c'est à moi de la réparer. Avant huit jours, j'amènerais ici, pieds et poings liés, votre audacieux compétiteur.

— Huit jours ! Croyez-vous que je vais demeurer huit jours dans cette affreuse prison.

Il oubliait que l'Homme au Masque de Fer était demeuré vingt ans sous les verroux ;

— Sire, il serait imprudent à vous de vous montrer tout de suite à Versailles. Si votre ennemi l'apprend, il abandonnera sans doute le projet de se substituer à votre personne, en se présentant sous vos traits et sous votre nom ; mais il affichera alors hautement ses prétentions, et Votre Majesté a de nombreux ennemis au dedans et au dehors. C'est la guerre civile compliquée de la guerre étrangère. Il faut laisser cet homme dans sa trompeuse sécurité. Nous l'enlèverons sans esclandre, sans bruit. et on le remettra dans les fers, au fond du plus sourd cachot, sans que sa fuite ait laissé de trace ni de souvenirs.

— Mais huit jours de réclusion, d'anxiété.

Je ne vous demande que quarante-huit heures, sire, votre compétiteur ne sera pas peut-être encore dans nos mains; mais vous pourrez sortir d'ici sans éveiller l'attention ni les soupçons, sous le nom d'un gentilhomme quelconque, et je supplierai humblement Votre Majesté de garder le plus strict incognito, même pour les gens les plus intimes de votre entourage, jusqu'à ce que votre ennemi soit réintégré dans cette prison.

— Allez, Saint-Mars, dit le roi presque rassuré. Je sais qu'il y a beaucoup de ma faute dans ce qui arrive. Faites vite et bien. Gardez le secret sur tout ceci, comme je le garderai moi-même.

— Et Monsieur de Louvois, Sire ?

— Monsieur de Louvois doit tout ignorer de cette sotte affaire. Allez, vous dis-je, et faites-moi servir à souper.

On sait que Louis XIV était un grand mangeur.

Les plus fortes émotions ne lui faisaient pas oublier les besoins impérieux de son estomac.

C'était du reste de famille.

On sait qu'un de ses descendants, Louis XVI, après la terrible journée du dix août, fit un copieux repas, au moment même où croulait son pouvoir, au moment où ses amis et les soutiens de sa couronne combattaient et mouraient pour lui, et où l'Assemblée législative qui délibérait en sa présence, proclamait la chûte de la monarchie.

CHAPITRE XLII

Les perplexités de Saint-Mars

Avant de se retourner, le gouverneur avait supplié le roi de remettre le masque de fer toutes les fois que les gens de service entreraient dans sa chambre.

Il s'agissait de n'éveiller aucun soupçon et de laisser dans le mystère la malheureuse évasion de l atour.

La première fois que Louis XIV voulut mettre sur son visage cette sinistre machine, il tressaillit d'horreur et d'effroi. Mais son épouvante fut bien plus grande encore, lorsqu'il vit ce masque affreux se réfléter dans la glace qui ornait la chambre du prisonnier.

Il recula en poussant un cri terrible !

Cependant Saint-Mars lui avait envoyé son propre souper qui était fort succulent.

Il y avait ajouté des pâtisseries dont le roi était très-friand et une bouteille de vieux Clos-Vougeot qui était devenu le vin favori de Louis XIV, depuis que celui-ci en avait goûté chez les moines qui exploitaient à cette époque ce crû déjà célèbre.

Quand le couvert fut dressé, le gouverneur vint servir lui-même le roi avec toutes les marques du plus profond respect.

Dans le courant de la soirée, les murs de la prison avaient été couverts de riches tentures de Bergame, les dalles avaient été cachées sous d'épais tapis de Smirne. Quelques meubles élégants étaient venus compléter cette installation et changer la physionomie de la triste prison de l'Homme au Masque de Fer.

Louis XIV put se faire illusion sur la demeure qu'il occupait, et si ce n'avait été le triple rang de barreaux qui garnissait l'étroite fenêtre de la pièce où il se trouvait, il eut pu se croire dans un des vieux châteaux de la couronne.

Après le coucher du roi, Saint-Mars s'enferma chez lui et se prit à réfléchir sur les étranges événements qui venaient de se produire : la fuite de son prisonnier et la détention de Louis XIV.

Qu'allait-il résulter pour lui de cette catastrophe inouïe ?

Saint-Mars avait l'âme d'un geôlier. D'instinct, sa haine, sa fureur étaient soulevés contre le fugitif.

Mais c'était aussi un homme d'argent, un ambitieux, et l'issue douteuse des événements qui se preparaient lui donnaient à réfléchir.

Qu'avait-il à attendre de l'Homme au Masque de Fer, si celui-ci parvenait à remplacer Louis XIV sur le trône.

S'il retenait son nouveau prisonnier dans le cachot où il s'était si imprudemment laissé enfermer ? S'il profitait de sa toute puissance aux îles Lérins pour empêcher le roi de disputer le trône à son compétiteur et pour favoriser ainsi l'avénement d'un nouveau monarque.

Il pouvait être pour Latour d'un grand secours. Tous les secrets de l'incarcération du fils de Louis XIII lui était connu. Il avait en main des lettres, des documents, des dépêches de Louvois qui pouvaient prouver la royale origine de l'Homme au Masque de Fer et dévoiler aux yeux de la France indignée, le long supplice du véritable héritier des Bourbons.

Quel cri d'horreur dans tout le royaume contre Louis XIV et les bourreaux qui avaient servi sa cruelle politique !

Une immense sympathie s'allumerait immédiatement dans tous les cœurs français pour cette malheureuse victime d'une implacable raison d'État, pour cette victime infortunée qui sortait, après vingt ans de supplice, comme par miracle du fond de son cachot pour venir démasquer ses tyrans et réclamer l'héritage de ses pères ?

Mais lui, Saint-Mars, qu'avait-il dans ce changement de choses, dans cette restauration ?

Son ancien prisonnier oublierait-il les longues tortures qu'il lui avait fait subir, la dure et implacable captivité dans laquelle il l'avait étroitement tenu ?

Oublierait-il le supplice de ses amis, la mort ténébreuse de tous ceux qui avaient montré quelque pitié pour son infortune ?

Il connaissait les justes ressentiments dont était plein, à son égard, le cœur de l'évadé. L'immense service qu'il pourrait lui rendre lui ferait-il oublier les anciens crimes qu'il avait à lui reprocher.

Et puis, quelles catastrophes allaient s'abattre sur la France ?

La situation du royaume était à cette époque loin d'être brillante. Des guerres malheureuses avaient succédé aux anciennes expédittions triomphantes. La révocation de l'édit de Nantes, les *dragonnades* de Louvois avaient jeté le trouble, la désolation, allumé la guerre civile dans notre beau pays, naguère si riant et si prospère. Une partie de la nation, la plus riche, la plus industrieuse, la plus intelligente émigrait, fuyant le bucher ou les fusillades.

La situation était sombre, elle allait devenir terrible, affreuse.

Mais Louis XIV, quand bien même il arriverait à arrêter son ex-prisonnier, quand bien même il lui donnerait immédiatement la liberté, lui pardonnerait-il de n'avoir pas empêché l'évasion. Certes, dans cette circonstance, le roi seul était cause de cette fuite; son imprudence seule, malgré les avis de Saint-Mars, avait permis à Latour de faire cesser une captivité dans laquelle il l'avait tenu pendant vingt ans. Mais les rois ne veulent jamais avoir tort.

Il était mêlé à la sombre affaire des poisons.

Mais que pouvait-on lui reprocher. N'avait-il pas toujours rempli strictement ses devoirs de geôlier.

N'avait-il pas gardé fidèlement le terrible secret dont il était dépositaire.

Si on le frappait, à qui désormais confier la surveillance du prisonnier ?

Il faudrait prendre un nouveau confident. Mais serait-il aussi sûr et offrirait-il toutes les garanties qu'il présentait lui-même par la longue série de preuves qu'il avait données.

Lui seul pouvait garder le prisonnier, lui seul était possible dans les délicates fonctions qu'il remplissait.

Il était indispensable.

L'intérêt, la probité, son instinct de grand geôlier, le maintenaient dans la fidélité de son ancien maître.

Son parti pris, il s'agissait d'agir et d'agir promptement.

Son premier soin devait être d'envoyer tout de suite un homme sûr à la poursuite du fugitif.

Un seul était dans les conditions voulues pour cette difficile mission :

Rosarges !

Rosarges connaissait en grande partie les secrets de Saint-Mars dont il était l'âme damnée et l'aveugle serviteur.

Il le manda dans son cabinet, et tandis qu'on exécutait ses ordres, il se promena de long en large, murissant le plan qu'il devait suivre pour mener à bien l'expédition qu'il allait ordonner, et pour faire sortir de la forteresse de l'île Sainte-Marguerite, sans que personne put s'en apercevoir, l'infortuné Louis XIV, qui se morfondait dans son cachot, car une prison, si belle qu'elle soit, est toujours une prison.

Du reste, le roi, qui avait vu autour de lui dans sa longue carrière de souverain, tant de bassesse, tant de lâchetés et tant de trahison, se demandait peut-être si Saint-Mars ne profiterait pas de l'événement pour aller vendre ses services à son compétiteur.

Règne de grandeur et de honte, de piété et de superstition, de lumière et de persécution sanglante, où se rencontrent toutes les gloires, toutes les vertus, toutes les turpitudes et tous les crimes !

CHAPITRE XLIII

Plan de Campagne

Lorsque Rosarges pénétra dans le cabinet du gouverneur, il trouva son chef encore tout préoccupé de l'étrange événement qui venait d'arriver à la forteresse, le front plus sombre et le regard plus sinistre et plus dur qu'il ne l'avait jamais vu.

Il fut frappé de la physionomie de Saint-Mars, bien qu'il lui eut rarement vu beaucoup de gaieté sur le visage.

Il eut peur d'avoir commis quelque faute grave et s'attendit à de violents reproches.

Cette expression terrible des traits de Saint-Mars s'évanouit pourtant tout-à-coup, et le gouverneur prenant le sourire le plus bienveillant, chose rare, accueillit avec cordialité son lieutenant.

Rosarges, à ce changement aussi brusque que rassurant, retint un soupir de soulagement, pour ne pas trahir l'anxiété dont il avait été un moment atteint.

— Major, avez-vous soupé? lui demanda Saint-Mars d'un air engageant.

— Pas encore, monseigneur; vous m'avez laissé toute la soirée à la garde de Latour;

— Vous devez avoir faim?

— Faim et très-soif, monseigneur.

On n'ignore pas que le digne geôlier cultivait assidûment la dive bouteille et qu'il puisait toute sa force, toute son énergie, tout son atroce génie de policier, dans les flots capiteux consacrés à Bacchus, style de l'époque.

— Eh! bien dit Saint-Mars en le poussant vers la salle à manger, faites-moi l'honneur de souper avec moi.

— L'honneur sera pour moi, monseigneur, répondit son digne accolyte qui gonflait ses narines au fumet des plats qui arrivaient jusqu'à lui.

Sa table était merveilleusement garnie; et quoique Saint-Mars eut envoyé son souper à Louis XIV, on avait eu le temps de lui en préparer un second, aussi copieux et plus succulent que le premier.

Le gouverneur avait comme chef de ses cuisines un artiste inconnu qui eut été digne de remplacer Vatel, après le suicide de ce merveilleux confectionneur de sauces.

Comme Saint-Mars ne voulait pas être dérangé par des valets indiscrets, il avait fait apporter tout le premier service: poisson de la Méditerranée, bartavelles de Provence, merles, carpes, filet de bœuf de Sardaigne, coq de bruyère, lièvres de l'Esterel, magnifiques fruits d'Antibes, vins de Sicile et des côtes du Rhône, tout cela à profusion, quoique symétriquement arrangé.

Rosarges avait un large estomac, et il fallait abondamment arroser les masses de nourriture qu'il pouvait contenir.

Sa face, d'ordinaire dure et rogue, s'épanouissait sous un sentiment d'ineffable béatitude.

— Asseyez-vous, lui dit le gouverneur en lui montrant un siège en face de son fauteuil. Pendant que je causerai, vous découperez et vous ferez le service, car aucun témoin ne doit assister à notre conversation. Passez-moi une tranche de thon avec cette sauce au citron et au piment.

— Le piment, cela fait boire.

— Vous en plaignez-vous.

— Non pas, c'est délicieux.

— Un verre de Syracuse?

— Je n'en ai jamais bu.

— Goutez-le, c'est mon vin favori.

— Exquis! fit Rosarges en faisant claquer sa langue. Dire que les dieux préféraient... Comment appelez-vous cette boisson...

— L'ambroisie.

— C'est cela? Je suis sûr que ce n'était que de la piquette auprès de ce flot savoureux.

— Ne vous gênez pas, j'en ai deux mille bouteilles et vingt muids dans mes caves.

— Il a le temps de vieillir.

— C'est ce qui lui donne toute cette merveilleuse saveur. Mais puisque vous voilà bien entrain, arrivons au sujet dont j'ai à vous entretenir.

— Je suis tout oreille. Boire et manger ne m'empêche nullement de vous écouter.

— Vous savez qu'un gentilhomme est venu, avec l'autorisation du roi, rendre une visite secrète au prisonnier masqué.

— Oui, monsieur le comte de Marly.

— Ne croyez-vous pas que ce gentilhomme a été bien imprudent ?

— Je me suis dit cela tout de suite.

— Oh ! fit Saint-Mars, qui regarda Rosarges dans le blanc des yeux.

— Oui, il m'a paru bien curieux, et la curiosité porte malheur.

— Ainsi vous pensez que le comte de Marly...

— Sera jeté un de ces jours dans quelque cul de basse-fosse.

— Vous êtes perspicace.

— Et je ne serais pas étonné qu'on nous l'envoie ici un de ces jours, en le recommandant à votre surveillance ordinaire.

— C'est ce qui est arrivé !... Coupez-moi les filets de cette bartavelle; je les adore.

— Comment ! exclama Rosarges en servant son maître et en mettant dans son assiette les quatre membres de la fine bête, vous avez déjà reçu avis.

— Mieux que cela.

— Monsieur le comte de Marly...

— Est ici !

— Il vient donc d'arriver à la forteresse ?

— Il n'en est pas sorti. Mais prenez un verre de ce Châteauneuf-du-Pape ; ce vin est plein de feu, et je sais que vous le préférez.

Rosarges emplit son verre et l'avala d'un trait.

Il ne savait pas déguster.

— Comment ! fit-il en essuyant sa grosse moustache où perlaient des rubis; M. le comte de Marly a déjà été écroué ici !

= Écroué, non.

— Je ne comprends pas ?

— Il s'est enfermé lui-même.

— Où ?

— Dans la chambre de l'homme masqué.

— Bon ! à deux ils s'ennuieront moins.

— A deux, non.

— Comment ?

— Le comte de Marly est tout seul ?

— Oui.

— Dans la chambre...

— De Latour.

— Pas possible ! Mais Latour, où l'avez-vous fait transférer ?

— Latour est devenu le comte de Marly et se moque de Rosarges et de Saint-Mars, courant en liberté on ne sait où.

En ce moment, Rosarges avait mis dans sa large bouche la deuxième cuisse tout entière de la bartavelle.

Il faillit avaler la chair et les os et s'étrangler à cette renversante révélation.

L'Homme au Masque de Fer parti, évadé !

Il devint tout pâle, puis tout rouge, et faillit avoir une attaque d'apoplexie.

Saisissant une aiguière pleine d'eau fraîche qui se trouvait près de lui, il s'en inonda la tête et le front, sans cela, pour sûr, ses veines gonflées allaient éclater dans son cerveau.

— Du calme, mon brave major ! J'ai été aussi saisi que vous, et je me suis remis vous le voyez. Mais que serait-ce, si vous saviez tout ?

— Qu'y a-t-il encore, grand Dieu ! Latour serait-il devenu roi de France ?

— Pas encore, car le roi est ici.

— Ici ! s'écria Rosarges qui bondit sur sa chaise et faillit se renverser avec elle.

— Le comte de Marly, c'est Sa Majesté Louis XIV.

A cette révélation, le major faillit s'évanouir.

Ce qu'il apprenait était insensé, inouï, stupéfiant.

Mais dès que la raison lui fut revenue, il entrevit dans son imagination le drame qui s'était accompli dans la prison entre Latour et son visiteur.

Puis éclatant d'un rire sinistre :

— Bien joué ! fit-il, mais rira bien qui rira le dernier.

Et il eut un terrible grincement de dents.

— Je vous reconnais bien là, Rosarges, fit Saint-Mars en lui tendant la main. Sa Majesté Louis XIV a bien fait de compter sur vous comme sur moi.

— Mort ou vivant, je jure de le ramener ici.

— Il faut le ramener vivant, dit Saint-Mars avec une intention atroce.

— Ah ! je vous comprends ! et cette fois, s'il sort d'ici, ce sera avec deux boulets aux pieds pour que la mer ensevelisse à jamais son secret avec son cadavre.

— Très-bien. Vous partirez demain dès l'aube. Vous prendrez de l'or et vous ne l'épargnerez pas. On vous donnera un pouvoir en blanc et un crédit illimité sur les caisses de l'État. Mais pas de bruit, pas d'esclandre. Il faut vous emparer de Latour que personne ne connaisse le terrible secret attaché à sa personne. C'est un criminel d'État. Cela suffit.

— Mais sans doute il a déjà agi et parlé.

— C'est impossible. Cet homme ignore tout. Il ne connaît personne. A la première démarche imprudente, il serait taxé d'imposture par le premier agent de l'autorité. Il faut trouver sa trace, le saisir et l'enlever sans bruit par une nuit sombre, dans quelque coin écarté. Ne prenez que deux hommes avec vous ; mais choisissez-les sûrs, discrets et résolus ; de bons limiers, des gens de flair et d'astuce. Il y en a quelques-uns dans le personnel du service.

J'ai mon affaire, assura Rosarges.

— Alors tout est bien. Entamons ce coq de bruyère et versez-moi du Syracuse je ne change jamais de vin dans un repas.

— Pourtant la variété...

— La variété trouble l'estomac et la raison.

— Le vin vous l'éclaire, je le sais; vous n'êtes pas fait comme les autres.

— Quand je n'ai pas bu, je suis d'un bête, d'un terne !

— Éclairez-vous, major. Le soleil est dans ces flacons.

Et il lui versa un rouge bord dans une large coupe.

Avec du vin comme ça, fit Rosarges qui avait des éclairs dans les yeux et des flammes aux pommettes avec du vin comme ça, je ne mettrai pas vingt-quatre heures à empoigner mon scélérat de Latour.

— Il y a en France de bonnes hôtelleries qui ont d'excellentes caves. Vous trouverez de quoi vous inspirer en route. Passons aux liqueurs des îles; quant à celles-là, vous n'en trouverez pas dans votre expédition.

Ce souper plantureux se termina très-joyeusement.

En se levant de table, Rosarges jurait que les plus fins agents de M. de la Reynie, le lieutenant de police, ne lui iraient pas à la cheville et qu'avant trois jours il lui ramènerait Latour avec la poire d'angoisses dans la bouche et les fers aux pieds.

Le lendemain, dès l'aube, un bateau gréé d'avance le déposait sur la côte de Provence, lui et ses deux sinistres collaborateurs.

CHAPITRE XLIV.

Trois nouveaux prisonniers

Le lendemain matin, lorsque Rosarges fut parti pour son aventureuse expédition, Saint-Mars songea aux moyens de mettre en liberté Louis XIV.

Cela présentait quelques difficultés.

En effet, il fallait que personne ne soupçonnât l'évasion de l'Homme au Masque de Fer. Il fallait donc que le roi pût quitter sa prison sans être vu, et l'on ne sort pas d'une prison comme était celle de l'île Sainte Marguerite, sans que les geôliers, les portiers et les postes nombreux qui gardent toutes les issues, en soient avertis.

Saint-Mars résolut d'abord de tirer du fond de quelque cachot où il pourrissait un détenu quelconque, de l'amener dans la prison de l'Homme au Masque de Fer, après avoir éloigné tous les gardiens, et de faire sortir Louis XIV sous le nom d'un prisonnier de peu d'importance et en faveur de qui il aurait reçu du ministre un ordre d'élargissement.

Mais que ferait-il de l'homme substitué à Louis XIV, lorsqu'on lui ramènerait le fugitif Latour, car il ne doutait pas un seul instant du succès de la mission de Rosarges ?

Bah ! Sainte-Marguerite ne manquait pas d'oubliettes, et le jour de la réintégration de l'Homme au Masque de Fer, il saurait amener celui qui devait provisoirement occuper son logis, dans certaine salle où, en poussant un simple bouton, un homme disparaît à jamais dans un abîme subitement ouvert.

Il en était là de ses réflexions, lorsqu'un courrier, venant de Paris, lui apporta un message renfermant certaines instructions et la copie d'une lettre adressée au gouverneur de Pignerol.

« Le roi ayant résolu de faire transférer aux îles Sainte-Marguerite en Provence, aux ordres de M. de Saint-Mars, les trois prisonniers d'Etat qui sont à votre garde dans le donjon de la citadelle de Pignerol, Sa Majesté m'a ordonné de vous écrire quelle vous a choisi pour les conduire *les uns après les autres*, c'est-à dire que, quand vous en aurez mené *un*, vous reviendrez en prendre *un autre*. J'adresse, pour cet effet, à M. le comte de Tessé l'ordre de Sa Majesté nécessaire pour que M. le marquis d'Herville laisse partir du donjon de Pignerol les dits *prisonniers*, et une lettre de cachet pour ledit sieur de Saint-Mars que vous lui remettrez avec le premier de ces prisonniers. M. de Tessé pourvoira aux escortes et vous fera donner l'argent que vous lui demanderez pour la dépense du voyage. Suivant les intentions du roi que je lui explique par la lettre que je viens de lui écrire, vous observerez de choisir quelque personne sage pour prendre en votre absence le soin des *deux prisonniers* qui resteront pendant que vous conduirez le premier, vous exécuterez de même pour le *deuxième prisonnier*, quand vous partirez avec le second. Vous savez de quelle conséquence il est que ces gens-là ne parlent et n'écrivent à personne pendant la route, le roi vous recommande d'y tenir régulièrement la main, et qu'il n'y ait que vous qui leur donniez à manger comme vous avez fait depuis qu'il ont été confiés à vos soins; vous ne devez partir de Pignerol avec le *premier prisonnier* que lorsque deux sergents de la compagnie de Saint-Mars qu'il y doit envoyer y seront arrivés, lesquels il doit choisir, pour vous aider à cette conduite. »

Parmi ces trois prisonniers, il y avait le fameux Mattioli dont nous avons déjà parlé et que plusieurs écrivains ont pris pour l'*Homme au Masque de Fer.*

Les deux autres étaient de grands prisonniers d'État, mêlés autrefois à la ténébreuse *affaire des poisons,* affaire que nous aurons l'occasion de raconter dans ses horribles détails.

On les avait enlevés sur l'avis de la *chambre ardente,* sans forme ni procès, pour éviter tout scandale.

Bien d'autres illustres individus cités se virent compromis par les révélations de la Brinvilliers, de la victime et de ses complices. Mais soit que l'accusation ne fut pas assez précise, soit qu'ils fussent trop haut pour qu'on voulût les atteindre, ils ne furent pas inquiétés. Quelques-uns échappèrent par la fuite aux griffes de M. de la Reynie.

Le plan de Saint-Mars fut bientôt fait. Cet ordre arrivait à merveille pour faciliter la sortie de Louis XIV.

Le gouverneur possédait à une portée de fusil de Cannes, une petite maison enfouie dans un jardin touffu où il allait quelquefois en joyeuse et discrète compagnie se délasser de l'éternelle contrainte qu'il subissait dans le fort de Sainte-Marguerite.

Il fit appeler Boisjoly, officier d'une compagnie franche.

— Vous partirez demain soir pour Pignerol ; son excellence M. de Louvois remet sous votre garde trois prisonniers de marque qui ne doivent être amenés ici qu'avec le plus grand soin et l'un après l'autre. M. de la Prade vous fournira une bonne escorte ; mais le roi désire que des hommes à moi, qu'il sait très-sûrs, surveillent le transfert qui doit se faire avec toute célérité, toute discrétion et toute garantie de succès.

— Vous pouvez compter sur mon zèle, monsieur le gouverneur.

— Je le sais. Nous avons ici des litières fermées et solidement construites, dont les panneaux sont doublés de fer et qui garantissent de toute évasion. Vous prendrez la meilleure cette nuit, j'aurai fait mettre à l'intérieur tout ce qui sera nécessaire pour fournir à la subsistance d'un prisonnier. Commandez quatre hommes, vous les ferez transporter ce soir à ma petite maison de la forêt de Movres, afin que les curieux ne les voient pas sortir d'ici, et demain soir vous la ferez diriger sur Pignerol. J'aime mieux fournir moi-même la cage de l'oiseau. Je serai sûr comme cela, que l'oiseau ne s'envolera pas. A ce soir, neuf heures.

Boisjoly congédié, Saint-Mars se rendit auprès de Louis XIV qui commençait à s'ennuyer fort dans sa prison.

— Enfin, monsieur, venez-vous me délivrer ? demanda-t-il avec une expression de vive irritation, dès qu'il vit entrer le gouverneur.

— Au nom du ciel ! plus bas, sire ; il y a des gardiens dans le couloir qui pourraient vous entendre.

— Tout ce mystère, tous ces retards m'exaspèrent reprit l'impérieux monarque.

— Sire, ce soir à dix heures vous serez libre.

— Encore un jour, un siècle dans cette affreuse prison !

— La matinée est fort avancée. Je vais avoir l'honneur de vous faire servir à dîner. J'ai promis à mon cuisinier de le faire pendre si Votre Majesté n'était pas satisfaite.

— C'est bien, je vous accorde la faveur de partager mon repas.

— Quel honneur, sire !

Le roi fut content du service ; et le cuisinier reçut une gratification au lieu de la corde.

Vers huit heures et demie, Saint-Mars fit retirer tout le personnel qui veillait autour de la prison de l'Homme au Masque de Fer. Il vint alors chercher Louis XIV et le conduisit dans la pièce où se trouvait la litière que Boisjoly devait venir prendre.

Que Votre Majesté veuille bien m'excuser si je la considère encore comme mon prisonnier, mais je la supplie de me permettre de l'enfermer pour que personne ne puisse la découvrir dans l'intérieur de cette chaise qui doit être supposée ne contenir que des effets et des vivres. Elle est destinée à aller chercher à Pignerol trois

Charlotte et Marion.

prisonniers dont Votre Majesté a elle-même signé l'ordre de transfèrement à l'île Sainte-Marguerite, avant son départ de Versailles.

— Je me rappelle, en effet, la lettre de cachet que m'a présentée M. de Louvois.

— Sire, de l'immobilité et du silence ! et avant deux heures vous aurez votre pleine et entière liberté.

Le roi poussa un soupir de soulagement.

Il s'enferma dans la litière qui n'était pas trop mal aménagée et prit la résolution de dormir pour ne pas songer à l'étrange situation dans laquelle il se trouvait.

Quatre hommes, sous la conduite de Boisjoly et d'un sergent vinrent enlever la litière:

— Doucement, recommanda Saint-Mars, il y a dedans des objets fragiles.

Et se penchant vers l'oreille de Boisjoly.

J'y ai fait mettre un paquet de chaînes bien solides. Il est inutile que ces hommes en entendent le bruit ou les froissements.

— Allons ! de l'adresse et de la précaution ! ordonna Boisjoly d'une voix rude.

La litière fut descendue jusqu'à la petite crique située au bas du fort. Un large bateau était là tout préparé. Les hommes et la lourde prison portative y furent installés et l'on cingla vers la côte.

Le débarquement eut lieu avec les mêmes précautions et l'on arriva une heure après à la petite maison de Saint-Mars.

— Faites rafraîchir vos hommes, dit Saint-Mars à Boisjoly et retournez à l'île Sainte-Marguerite. Moi je passerai la nuit ici. Je vous y attendrai pour vous donner mes dernières instructions.

Boisjoly n'avait pas bien compris la nécessité d'amener, la nuit, une litière vide hors de la forteresse.

Mais comme il ne fallait jamais discuter les ordres du gouverneur et qu'il était très dangereux de se montrer curieux, le lieutenant de Saint-Mars ne fit aucune observation et obéit passivement.

Dès qu'il fut seul, le gouverneur se hâta d'aller délivrer son prisonnier.

— Sire, vous êtes libre, fit-il en saluant profondément après avoir ouvert la portière de la litière.

Louis XIV s'élança sur le sable de la cour dans laquelle son étroite demeure avait été déposée, et il respira bruyamment l'air frais qui venait du large.

— Sire, je vais vous faire les honneurs de ma modeste demeure, dit Saint-Mars à son souverain.

— Tout à l'heure. Voilà deux jours que je suis entre quatre murs, et la vue, la possession du dehors me font du bien.

La lune venait de se lever, traçant sur les eaux calmes de la Méditeranée une longue traînée lumineuse, miroitant au doux mouvement des vagues.

Quelques voiles latines blanchissaient à l'horizon.

Au loin se découpait la sombre silhouette du fort Sainte-Marguerite.

Le paysage ne manquait pas de poésie. Mais Louis XIV, peu rêveur de sa nature, se plaisait à jouir de cette liberté dont il avait cru, dans un moment de terrible angoise, être à jamais privé.

— Sire, hasarda Saint-Mars, la nuit est fraîche au bord de la mer.

— Oui, entrons dit le roi.

Et il suivit le gouverneur dans son logis champêtre.

La maison, de fort modeste apparence à l'extérieur, était intérieurement décorée et meublée avec le plus grand luxe.

Dans le vestibule brûlait une lampe dont la lumière était tamisée par un globe d'albâtre. Les pièces étaient splendidement éclairées, bien qu'on n'aperçut du dehors aucune lueur.

Dans la salle à manger, ornée de magnifiques dressoirs en bois des îles, de crédences de Boule, en simple châtaignier, mais richement ornées de bronzes élégants et de magnifiques mosaïques.

Au centre, une vaste table recouverte d'un chatoyant tapis de Smyrne, supportant un encas appétissant, composé de viandes froides, de venaison artistiquement dressée dans sa glace, de pâtisseries dorées, de fruits merveilleux. Le service était en vaisselle plate, or et argent.

Deux grands candélabres, posés à chaque bout de la table, faisaient étinceler comme des diamants les ciselures des cristaux.

Un grand feu de chêne flambait dans une vaste et haute cheminée, faisant danser le reflet de ses longues flammes sur le cuivre des meubles.

Le roi ne remarqua pas ce luxe, car il était habitué à toutes les somptuosités, mais, après les deux jours de prison qu'il venait de subir et les tristes alternatives qu'il avait traversées, il se sentit envahir par un certain bien-être dont l'impression se manifesta sur son visage.

— Vous êtes homme de précaution et de prévoyance, monsieur de Saint-Mars, fit le monarque avec une vive marque de satisfaction.

— C'est mon dévouement pour Votre Majesté, qui m'a inspiré, sire.

— Allons, à table, ce petit air aigrelet qui vient du large vous creuse l'estomac.

Le roi fit honneur au souper du gouverneur. Tout en mangeant, il demanda à son amphytrion comment il pourrait se rendre à Paris.

— Sire, dit Saint-Mars, si Votre Majesté veut bien m'autoriser à formuler un avis, voici ce que je lui conseillerais : Contre toute éventualité, elle devrait se rendre en toute hâte à Versailles. Vous serez là à la cour, en possession du pouvoir, et il sera difficile de vous le disputer, tandis qu'il y aurait grand danger à vous laisser devancer par votre ennemi. Pensez donc, sire, quelle affreuse occurence, s'il était parvenu à tromper tout le monde sur son identité, et à prendre sous vos traits augustes, la place que nul autre que vous ne peut remplir.

— Vous me faites frémir !

— La supposition qui vous semble impossible ne me paraîtrait réalisable qu'autant que Votre Majesté s'attarderait à retourner à Versailles.

— La route est longue d'ici à ma capitale.

— Elle est encore plus longue pour votre compétiteur qui ne pourra y aller qu'en hésitant et avec la plus grande circonspection. Son Excellence, monsieur le marquis de Louvois a fait heureusement établir la poste aux chevaux. Depuis hier, j'ai envoyé un homme sûr à Toulon pour qu'on vous tînt prêts, à toute réquisition, une voiture et des chevaux. Les relais sont établis jusqu'à Grenoble ; de là, vous gagnerez Lyon, Dijon, Fontainebleau, Versailles. Vous partirez de l'hôtellerie de *l'Écu de France*. C'est la meilleure de Toulon. Un appartement s'y trouve déjà préparé pour vous recevoir. Il y a ici un bon et fort cheval tout sellé et tout harnaché. J'ai fait mettre dans une valise du linge neuf et des objets de toilette, et mille louis qui vous dispenseront de vous faire connaître aux collecteurs d'impôts ou aux directeurs des caisses publiques, pour leur demander de l'argent. Vous arriverez à Toulon en trois jours. J'ai envoyé trois de mes chevaux à Fréjus, Saint-Tropez et Hyères, trois localités où Sa Majesté pourra séjourner, à l'hôtellerie de la *Licorne* pour la première, coucher au *Grand-Monarque* pour la seconde et au *Lion d'Or* pour la troisième.

— Pourquoi voulez-vous que je descende à l'Hôtellerie de l'*Écu de France*. J'ai, en venant ici, séjourné deux jours à Toulon et j'ai laissé mes deux valets, mes effets et mes chevaux à l'hôtellerie du *Grand Saint-Georges*. Dangeau et Barbezieux doivent m'y attendre.

— Ah sirre... Messieurs de Dangeau et de Barbezieux que vous aviez laissés sur la côte on tété trompés et emmenés par le Masque de fer. Celui-ci a dû s'emparer de tout ce que vous aviez laissé; et s'il se trouve encore à Toulon, il serait dangereux pour Votre Majesté de l'y rencontrer.

— Monsieur de Saint-Mars, je suis émerveillé de votre zèle et de votre sollicitude. Le roi ne l'oubliera pas.

— Sire, votre approbation est pour moi la plus précieuse récompense.

— Allons, comme j'ai demain une longue traite à faire, venez m'aider à me mettre au lit,

— J'ai oublié de dire à Sa Majesté qu'elle ne peut pas voyager toute seule. Elle trouvera à l'Hôtellerie de France un homme sûr qui se mettra à sa disposition. Il y a deux cent cinquante lieues d'ici à la capitale. Les routes ne sont pas toujours sûres. Le laquais que je vous recommande est un garçon solide et brave. Il est du reste bien armé. Quant à Sa Majesté, elle trouvera deux excellents pistolets dans les fontes de la selle. Et comme elle n'a pas d'épée, oserai-je lui offrir la mienne ? Elle n'a pas été illustrée comme la vôtre, sire, sur les champs de bataille, mais elle est pure et loyale, comme votre humble serviteur.

Ce disant, Saint-Mars présenta au roi une solide rapière, qui pouvait faire un excellent office en bonnes mains.

— Je vous la renverrai dit le roi en l'agrafant.

— Oh ! sire, on le conservera dans ma famille comme une précieuse relique.

Le matin, vers huit heures, Louis XIV monta à cheval et se dirigea vers Toulon sur les indications de Saint-Mars, qui ne le suivait pas dans son voyage, car, très connu dans la contrée, il aurait attiré l'attention des curieux sur son compagnon, et ensuite il désirait retourner promptement à son gouvernement, où des événements imprévus pouvaient se produire.

CHAPITRE

Fausse Piste

Louis XIV suivit l'itinéraire tracé par Saint-Mars.

Aux différentes hôtelleries où il s'arrêta, il n'eut qu'à décliner le nom de Saint-Mars pour qu'on le reçut avec les plus grands égards.

Il arriva sans encombre à Hyères et en repartit le lendemain matin, salué des bénédictions de l'hôte du *Lion d'or*, qu'il avait grassement payé.

La route suivait la côte. A droite se dressait cette longue ramification des Alpes qui, protégeant toute cette contrée maritime contre les souffles du Nord, en fait, pendant l'hiver un séjour enchanteur.

A gauche, cette nappe méditerranéenne, frangée d'argent, qui vous poursuit de son bleu éternel et fatigue le regard de l'uniformité de sa couleur céleste.

Les champs étaient pleins de fleurs et l'air pénétré de senteurs embaumées.

Débarrassé de ses préoccupations, Louis XIV voyageait comme un bon bourgeois ou un simple gentilhomme, jouissant de la beauté de ce spectacle.

Il ressentait une intime satisfaction; il se disait que son royaume était le plus beau du monde et son peuple le plus heureux de la terre. Le soir, il lui arrivait des sons de tambourin et des airs de galoubet qui lui faisait croire que la Provence vivait dans une fête continuelle.

Cependant, en traversant un petit hameau, il eut une cruelle déception.

A l'entrée, aux deux principales branches d'un grand chêne, se balançait, la corde au cou, deux cadavres : une jeune femme et un vieillard.

Des voleurs, des assassins?

Non, des protestants.

Conséquence de la révocation de l'Édit de Nantes et des décrets qui avaient mis hors la loi les personnes de la religion réformée.

Un peu plus loin, une bande de soldats poursuivie par les cris déchirants d'une jeune mère, emportait deux enfants en bas-âge.

Une ordonnance enjoignait d'enlever aux familles protestantes les enfants dès l'âge de sept ans, pour les faire élever dans la religion catholique.

Le roi, qui subissait l'influence de Louvois, de Madame de Maintenon et des Jésuites, put voir avec satisfaction que ses cruels décrets étaient ponctuellement exécutés !

Un peu plus loin, les gens du fisc enlevaient de dessus des haies où il séchait, tout le linge d'une pauvre famille de paysans qui n'avaient pas pu payer la taille.

La femme du paysan, entourée de trois enfants déguenillés, pleurait, et le mari, qui avait voulu s'opposer à cette saisie, criait sous les coups que lui appliquaient vigoureusement deux agents.

Gracieux tableau pour le grand roi.

Le roi piqua des deux et s'arracha à ce tableau dont la vue lui déplaisait.

Ce n'est pas qu'il en fut ému, mais il n'aimait pas assister aux scènes lugubres ou funèbres.

Il avait bien quitté le séjour de Saint-Germain, parce que, des fenêtres du château, il apercevait au loin Saint-Denis, la nécropole des rois.

Il ne voulait vivre que dans une fête perpétuelle.

Quant au peuple, si misérable sous son règne, il se disait, à la fin de l'hiver, lorsqu'il songeait quelquefois que les pauvres avaient faim.

— Ils ne se plaindront plus, l'herbe commence à pousser.

Pour lui, bestiaux ou manants, c'était absolument la même chose.

Arrivé à deux lieues de Toulon, le roi, qui avait mis son cheval au galop, passa devant une petite troupe de cinq hommes qui s'étaient rangés sur un des côtés de la route.

Le soleil était à son déclin et le crépuscule commençait à envahir la campagne. Comme le roi arrivait ventre à terre, un cri partit du milieu du groupe.

— Lui ! fit la voix qui venait de se faire entendre.

Et l'homme qui venait de laisser échapper cette exclamation et qui seul de ces hommes était à cheval.

— Vite, en route. Je file en avant. Nous nous retrouverons à l'auberge du *Dauphin* près du port, dit-il rapidement à ses compagnons :

Et il partit de toute la vitesse de sa monture, qui n'avait certes pas l'allure de celle du roi qui venait de disparaître au loin, au tournant de la route.

CHAPITRE XLV

Où Rosarges quitte la proie pour l'ombre.

L'homme, qui venait de voir passer Louis XIV et qui avait poussé à sa vue une exclamation de surprise, était le major Rosarges.

Nos lecteurs l'ont sans doute deviné.

L'âme damnée de Saint-Mars était dans la jubilation, car il avait pris le roi pour son ancien prisonnier.

On se rappelle que le visage de celui-ci reproduisait exactement les traits et la physionomie du fils supposé de Louis XIII.

Le roi avait de l'avance. Mais le policier se dit qu'il pourrait facilement se renseigner au corps de garde de la porte par où l'on entrait à Toulon, en arrivant de l'Est.

— C'est ce qu'il fit.

Il dépeignit le cavalier, et le sergent du poste avait précisément renseigné le roi sur la situation de l'hôtellerie de l'*Écu de France*.

C'était au centre de la ville, et il fallait longer la darse militaire, traverser à droite le quartier maritime et l'on arrivait sur une assez belle place où se trouvait l'hôtellerie vers laquelle il se dirigeait. Mais comme il parcourait une ruelle assez étroite, il vit passer par une rue transversale celui qu'il poursuivait, accompagné de deux cavaliers.

C'était bien du moins les mêmes traits, le même visage, la même tournure, bien qu'il n'eut pas le même costume.

Rosarges fut d'abord aussi surpris qu'intrigué.

— Bon, se dit-il, après quelques minutes de réflexion, il aura changé ses habits de voyage pour d'autres. Mais ces deux gentilshommes qui l'accompagnent. Ils étaient sans doute de la suite du roi, de qui il aura, par menaces, reçu quelques renseignements avant de quitter le fort... Diable... ceci complique la situation.

Puis se frappant le front.

— Bah ! je l'enlèverai cette nuit dans sa chambre. Et je ferai garder par deux de mes hommes la porte des appartements de ces deux gentilshommes, s'ils habitent le même logis.

La nuit était tout à fait venue lorsque Rosarges se rendit à l'auberge du *Dauphin* où il devait retrouver les quatre agents qui l'accompagnaient.

Les quatre estaffiers étaient déjà attablés et avaient vidé plusieurs pots de vin lorsque leur chef apparut.

— Allons, debout et à l'œuvre ! leur commanda Rosarges. Nous trouverons la pie au nid.

— Vous ne buvez pas un coup, major ? fit un des hommes.

— Deux, sur le pouce, répondit le lieutenant de Saint-Mars qui ne laissait jamais passer une occasion de fêter Bacchus.

Deux nouveaux pots furent ingurgités en cinq minutes.

Le chef de la troupe jeta un écu sur le comptoir de l'hôtesse, la mère l'*Étoupe*, qui, après avoir examiné la pièce et l'avoir fait sonner sur l'étain, la fit glisser dans le tiroir.

— Préparez-nous un bon souper, commanda Rosarges, nous allons revenir dans une heure. Ne nous préparez pas de chambre, nous repartons cette nuit.

— Vous ne faites pas long séjour ici, fit observer la mère l'Étoupe.

— Oui ; l'affaire qui nous amenait a été lestement conduite, mais ne pourriez-vous pas nous procurer une carriole quelconque, ou mieux, un vieux coche ou un fourgon bien fermé.

— Vous tombez bien ; j'ai votre affaire. Des saltimbanques m'ont laissé leur voiture en paiement de leurs dépenses. C'es une vraie maison roulante. Mais je ne la loue pas, je la vends.

— Les saltimbanques vous ont ils laissé le cheval aussi.

— Oui, une véritable haridelle qui s'est bien refaite dans l'écurie, car depuis quinze jours elle mange bien et ne travaille pas du tout.

— Parfait. Voici vingt pistoles d'arrhes, que tout soit prêt, le souper à huit heures et le cheval et la voiture à minuit.

— Diable ! mais où voulez-vous aller à cette heure ! Les portes de la place sont fermées, car vous n'ignorez pas que Toulon a des remparts.

— Oh ! moi, je sors à toute heure.

— Est-ce que monsieur est commandant de la place de Toulon ? demanda la mère l'Étoupe avec un ricanement.

— Le commandant ne me connait même pas ; mais j'ai certains papiers devant lesquels toutes les portes s'ouvrent, les ponts-levis s'abaissent et les herses se lèvent.

— Ah bah ! est-ce qu'il faut appeler monsieur excellence ?

— Peut-être ; mais voilà une qualification qu'on ne donnera jamais à votre vin, car il est bigrement vert.

— Il sera meilleur ce soir, mon prince.

— Alors, gare à votre cave, car nous sablons passablement les bons crûs.

Et ur ces derniers mots, Rosarges sortit avec ses hommes.

Arrivé sur la place où se trouvait l'*Ecu de France*, il posta chacun de ses agents à l'entrée des rues voisines et s'achemina vers la maison qu'il supposait habitée par l'*Homme au Masque de Fer*.

Nos lecteurs doivent bien supposer que le digne accolyte de Saint-Mars s'était grimé le visage et avait pris un costume de circonstance pour ne pas être reconnu par son ancien prisonnier de Pignerol, d'Exiles et de l ile Sainte-Marguerite.

Il avait pris l'uniforme d'un quartier-maître de marine, et il se dandinait en marchant, comme s'il était habitué au tangage d'un navire.

C'est dans cet accoutrement et avec cette démarche qu'il arriva à l'hôtellerie de l'*Écu de France*.

Lorsqu'il se présenta au bureau de l'auberge, l'hôte qui ne logeait que des gentilshommes, des amiraux, crut que Rosarges venait s'enquérir d'un de ses officiers.

— Qui demandez-vous ? lui demanda assez impertinemment l'hôtelier.

— Vous, fit Rosarges sans se déconcerter.

— Hein ? qu'est-ce à dire.

— C'est-à-dire, lui répondit Rosarges, qui se rapprocha vivement de lui et qui parla tout bas, c'est-à-dire que si vous le prenez de si haut, j'ai dans la poche un certain nombre de lettres de cachet en blanc, dont l'une servira à vous faire connaître les cachots du fort Sainte-Marguerite.

Et en même temps, il lui mit sous les yeux la signature de M. de la Reynie et le sceau de la lieutenance générale de police.

Le malheureux aubergiste se prit à pâlir et se mit à trembler de tous ses membres.

— Que faut-il que je fasse, parlez, je suis tout à vous.

— Que vous vous calmiez d'abord, ensuite que vous me meniez dans une pièce isolée où nous puissions causer sans être entendus.

— Par ici, mon digne seigneur, s'empressa de dire l'hôtelier, en introduisant son interlocuteur dans un petit salon dont toutes les portes furent soigneusement fermées.

Rosarges et l'hôtelier s'assirent près d'une petite table où une servante vint déposer un pot d'excellent vin de cassis et deux gobelets.

Il ne faut pas confondre ce vin qui provient du crû de ce nom avec la liqueur faite avec de l'alcool et des baies de cassis.

Si vous allez à Marseille et que vous descendiez à l'hôtel d'*Italie*, demandez une bouteille de cette marque et vous m'en direz des nouvelles.

Du reste, Rosarges ne pouvait pas parler sans boire, quoi qu'il put très bien boire sans parler.

Donc, quand il eut consommé un premier pot et qu'il en vit arriver un second, il prévint la servante de ne revenir que quand on l'appellerait.

Toute liberté pour nous aimer à plein cœur.

— Maître Cobassut commença Rosarges (le propriétaire de l'auberge se nommait ainsi), maître Cobossut, vous avez reçu, il y a deux heures, un voyageur, un gentilhomme d'une quarantaine d'années, monté sur un assez fort cheval gris-pommelé.

— Monsieur le comte de Marly.

— C'est cela même, répondit l'espion de Saint-Mars, qui comprit tout de suite que celui qu'il supposait être le Masque de fer, avait adopté le nom de celui à qui il avait laissé sa place au fort Sainte-Marguerite.

— ●t un seigneur de bien grand air, reprit l'hôtelier.

— A qui le dites-vous ! c'est un très-grand personnage.

— Je m'en étais bien douté.

— Mais c'est aussi un grand criminel.

— Ah ! vraiment, il n'en a pas l'air, cependant.

— Les plus fieffés coquins sont les plus hypocrites.

— J'aurai pourtant juré que celui-là...

— Ne jurez pas; vous feriez un faux serment.

— Ainsi...

— Il est coupable de lèse-majesté.

— Grand Dieu !

— Et condamné à une prison perpétuelle. C'est une grâce qu'on lui a accordée, en considération de son illustre origine.

— Et vous venez pour l'arrêter ici ! fit l'hôtelier dont le front se rembrunit.

— Ne craignez rien, on l'enlèvera cette nuit sans bruit, avec le plus grand mystère. Mais, il n'est pas seul. Il a avec lui deux gentilshommes de ses amis.

— Il est tout seul, avec un valet qui l'attendait depuis ce matin et qui avait retenu pour lui le plus beau de mes appartements.

— Cela complique l'affaire. Ses deux compagnons doivent sans doute habiter une autre hôtellerie.

— Je l'ignore, je n'ai vu que M. le comte de Marly et son laquais. Ça à l'air de vous contrarier.

— Énormément, car j'espérais emmener également ses deux amis.

— Est-ce qu'ils sont aussi coupables.

— Peut-être. Ce gentilhomme est dépositaire de secrets d'État qui doivent mourir avec lui; si malheureusement il les avait communiqués à d'autres personnes, ses confidents subiraient avec lui la même peine.

— C'est grave ! fit l'hôte qui pâlissait.

— Très-grave, en effet.

— Qui l'aurait dit. Une si belle figure, si noble et si majestueuse.

— Dans votre intérêt, mon cher Cobassut, gardez pour vous vos réflexions.

— C'est ce que je ferai désormais.

— Oui, car à la moindre indiscrétion, il pourrait vous en cuire.

— Monsieur, dans mon métier on ne voit rien, on n'entend rien, on ne sait rien.

— C'est ce qu'il y a de plus sage.

— Je me le dis tous les jours, un autre verre, cher monsieur.

— Volontiers. Ce vin est exquis.

— On l'a pris pour vous derrière les fagots. Si vous avez une longue route à faire, j'en ai quelques bouteilles que je vous offre de bien bon cœur.

— Ce n'est pas de refus. Mes hommes qui vont venir se chargeront d'emporter otre gracieuse offrande.

— Vos hommes ! demanda avec inquiétude maître Cobassut.

— Oui, mes hommes, par Dieu. Des garçons solides, hardis et discrets. Croyez-vous que je vais moi-même mettre la main au collet de votre gentilhomme, le bâillonner et le ficeler.

— Je comprends, vous êtes officier.

— Capitaine de compagnie franche, pour vous servir.

— Grand merci ! fit l'hôte qui salua en faisant la grimace.

— M. le comte de Marly est-il rentré ?

— Mais il n'est pas sorti.

— Comment, pas sorti ! Mais je l'ai rencontré il y a une heure avec les deux gentilshommes dont je vous ai parlé.

— C'est étrange !

— Pourquoi cela ?

— C'est qu'il y a une heure, M. le comte de Marly s'est fait servir dans son appartement un souper à plusieurs services. Même que son laquais a dit qu'il désirait tout ce qu'il y avait de meilleur dans mon garde-manger et dans mes caves.

— Prétendez-vous m'en imposer, monsieur l'aubergiste, fit Rosarges en fronçant le sourcil.

— Dieu m'en garde, capitaine.

— Croyez-vous que j'ai la berlue et me prenez-vous pour un sot.

— Ah ! capitaine !...

— Et pensez-vous qu'un vieux limier comme moi ait pu prendre des vessies pour des lanternes et un quidam quelconque pour M. le comte de Marly.

— C'est moi qui me suis trompé, capitaine.

— A la bonne heure, et commandez un autre pot de ce vin savoureux pour réparer votre sottise.

— A l'instant, s'empressa de dire l'hôtelier, qui fit apporter un double supplément du généreux liquide tant apprécié par Rosarges.

Lorsque la servante qu'on avait appelé eut exécuté les ordres de maître Cobassut et se fut retirée, l'agent de Saint-Mars se versa coup sur coup deux rasades qu'il avala en faisant rubis sur l'ongle.

— Nous serons ici vers minuit, reprit-il en s'adressant à son hôte. Tenez la porte ouverte. Faites coucher tout votre monde ! vous vous tiendrez dans votre salle de réception; et quoiqu'il arrive, quoi que vous entendiez, sur votre vie, ne bougez pas.

— Compris, capitaine.

— Dans les hôtelleries, on a généralement deux clés de chaque appartement.

— En effet.

— Vous me donnerez la seconde clé de l'appartement du comte de Marly, pour que nous puissions pénétrer chez lui sans bruit et sans qu'il se doute de rien. Nous les surprendrons pendant son sommeil, et nous l'aurons mis dans l'impossibilité de crier ou de faire résistance, avant qu'il se soit éveillé. Un dernier coup et à minuit.

— Tout sera fait ponctuellement suivant vos ordres, fit l'hôte avec la plus grande obséquiosité.

— Il est inutile de vous prévenir, dit négligemment Rosarges, que si nous trouvions l'oiseau envolé, c'est vous qui prendriez sa place. Au revoir.

Et il disparut dans l'ombre, laissant maître Cobassut fort perplexe et fort agité.

Cependant Louis XIV, qui voulait quitter Toulon de bonne heure, s'était fait déshabiller par son laquais, une heure après son souper, et s'était mis au lit.

Le laquais couchait au fond de l'appartement, un peu loin de la chambre du roi.

Le monarque dormait depuis longtemps et ronflait comme le plus ordinaire des mortels, lorsqu'il s'éveilla en sursaut et se vit entouré de figures inconnues et sinistres.

Il crut d'abord faire un mauvais rêve et avoir le cauchemar.

Mais des mains prestes et vigoureuses lui lièrent rapidement les bras et les jambes et lui mirent dans la bouche un bâillon, dit poire d'angoisse.

Cette fois Louis XIV se crut perdu.

Il n'avait entrevu Rosarges qu'une fois, pendant son court séjour au fort de l'île Sainte-Marguerite, et l'on sait que, du reste, le major s'était rendu méconnaissable et avait modifié sa physionomie.

La première pensée qui vint à l'esprit du roi, c'est qu'en arrivant à Toulon, il avait été rencontré et reconnu par l'Homme au Masque de Fer, et que c'était ses agents qui étaient venus s'emparer de sa personne.

Il se dit que, pour se venger et pour se débarrasser à jamais de lui, son ennemi allait le jeter dans quelque oubliette, ou le poignarder et lancer ensuite son cadavre à la mer.

Cette nouvelle catastrophe arrivant à deux jours de distance après une première où il avait perdu tout espoir, le jeta, morne et abattu, dans la plus grande prostration.

Rosarges avait pris tous les effets du roi qui pouvaient renfermer des papiers compromettants, la valise qui lui parut bien lourde ; il emmena aussi son cheval qui pouvait servir à l'un de ses agents.

On mit le roi dans une chaise à porteurs qui avait été amenée et l'on se dirigea vers l'auberge du *Dauphin*.

Au lieu de pénétrer dans l'intérieur de l'hôtellerie, le cortège entra dans la cour où se trouvait déjà, tout attelée, la voiture des saltimbanques.

On introduisit Louis XIV dans cette grande boîte roulante où l'on avait étendu un matelas.

Puis l'on gagna une des portes du côté de l'Est.

Rosarges avait des ordres signés de Louvois qui levaient toute consigne.

En une demi-heure toute la troupe et la lourde voiture eurent franchi les remparts et gagné la route qui conduit à Cannes.

Lorsqu'on fut loin de la place, Rosarges fit arrêter ses hommes, alluma une lanterne et s'introduisit dans la voiture pour voir l'état où se trouvait son prisonnier.

Louis XIV, à moitié asphyxié par son bâillon, avait la face rouge et congestionnée.

— Diable ! murmura-t-il, il était temps. Cinq minutes de plus, et il étouffait.

De la main gauche il saisit un poignard et de l'autre il enleva le bâillon qui comprimait la bouche du roi.

— Monsieur, fit le capitaine, c'est par un sentiment d'humanité, que je vous débarrasse de ce petit instrument de sûreté. Mais au moindre cri que vous pousserez, je vous préviens que je vous enfoncerai cette lame dans la poitrine. Si vous êtes sage, si vous vous laissez docilement conduire jusqu'au lieu de votre destination, on aura pour vous tous les égards, et l'on vous donnera même, autant que possible, tout ce que vous demanderez.

— Je ne demanderai plus rien qu'à Dieu, dit le roi avec une dignité superbe. Faites de moi ce que vous voudrez

CHAPITRE XLVI

Où l'Homme au Masque de Fer s'aventure dans l'inconnu

Le lecteur doit se rappeler que l'Homme au Masque de Fer, après être sorti miraculeusement de la prison de l'île Sainte-Marguerite, avait trouvé, sur la côte, Dangeau et Barbezieux attendant le comte de Marly, ou mieux Louis XIV, qui avait voulu se rendre seul à la forteresse où était enfermé celui qui pouvait lui disputer e trône.

On se souvient aussi du tact, du discernement qu'employa le fugitif pour pouvoir reconnaître deux gentilshommes qu'il n'avait jamais vus.

Il avait laissé Dangeau, avec des ordres pour les deux prisonniers qu'il avait fait mettre en liberté, et s'était dirigé vers Toulon.

Comme on avait disposé des chevaux de relai pour le roi, on put faire le chemin assez rapidement.

Le surlendemain du jour où il avait quitté la redoutable forteresse des îles Lérins il arriva à Toulon et se laissa guider par Barbezieux qui le conduisit à la première hôtellerie où le roi avait passé la nuit, cinq jours auparavant.

Il retrouva les appartements qu'on avait fait garder, avec tous les bagages que Louis XIV y avait laissés.

Deux valets avaient été laissés à l'hôtellerie et Henri, ou Latour, les trouva prêts à reprendre leur service.

Désirant se reposer et réfléchir un peu à sa situation, il congédia Barbezieux, se fit apporter un copieux repas, auquel il fit peu d'honneur, étant assez frugal de sa nature, jeta les restes dans le feu qui flambait dans la cheminée, pour ne pas éveiller de soupçons, car il savait que le gros appétit du roi était connu, puis il visita son appartement.

Dans une armoire dont il trouva la clé dans une poche de haut de chausse qu'il avait pris à Louis XIV, il découvrit une assez large et très lourde cassette.

Il en fit sauter le couvercle, et il retint un cri de joie.

Le précieux coffret était rempli d'or, beaux louis de 24 francs.

C'était là le premier nerf de la guerre.

Il avait bien trouvé dans l'une des poches de l'habit du roi, une bourse bien garnie, c'est-à-dire renfermant une centaine de louis.

Mais ce n'était pas avec deux mille quatre cents francs qu'il pouvait reconquérir son royaume.

Une autre découverte vint augmenter sa joie. Dans un tiroir de la précieuse armoire, l'Homme au Masque de Fer trouva parmi certains papiers personnels le petit sceau du roi, un grand portefeuille bourré de traites sur divers traitants des villes que le roi devait traverser.

Ces traites dont l'ensemble formait un chiffre de plus d'un million, étaient signées du célèbre financier Samuel Bernard,

Il a existé, on le sait, dans le courant du dix-septième siècle, un traitant devenu célèbre par son extrême opulence, Samuel Bernard

Les grands seigneurs, gentilhommes et citadins allaient faire leur cour au millionnaire qui affichait dans ses audiences une modestie, une humilité qui donnaient de sa personne une haute idée aux parisites qu'il recevait.

Il s'en fallait, grâce à ce maintien simulé, que tous ceux qui allaient voir le financier pour quémander une somme quelconque, sortissent de son logis les poches pleines. La plupart s'en allaient, au contraire, ayant le diable en leur bourse.

Sa maison était place des Victoires et portait le numéro 7. Il vivait chichement dans un appartement dont un des bons commerçants du quartier ne voudrait pas aujoud'hui.

Samuel Bernard avait rendu de fréquent services d'argent à Louis XIV qui, en retour, lui avait accordé des lettres de noblesse. Il avait été fait chevalier.

Ses armoiries figuraient sur ses équipages et sur sa sellerie. Il avait douze carrosses ou berlingots, au moins, et une cavalerie complète dans ses écuries. La maison de la place des Victoires n'ayant pas de cour, ses carosses et ses chevaux était remisés au delà des remparts. Voulant avoir toute la journée une voiture à ses ordres, cocher, chevaux et voiture montaient la garde à la porte de sa maison, du matin au soir.

C'est Chamillard, le contrôleur générale, favori de Louis XIV, qui contribua particulièrement à la fortune du chevalier Bernard, par ce fait que le roi empruntait de fortes sommes à l'opulent banquier par l'intermédiaire de Chamillard, et qu'il le remboursait à de très gros intérêts.

Le brelan était alors le jeu à la mode. Samuel Bernard réunissait chez lui, dans son salon étroit, autour d'une table boiteuse que recouvrait un tapis qui n'était pas de Turquie, une société de nobles seigneurs, en train de se ruiner à ce jeu. On y voyait MM. de Vendôme, de Gramont, de Villeroy et Chamillard, qui était de première force au brelan.

Certaines nuits d'hiver, la place des Victoires était encombrée de carrosses armoriés.

Les valets et les cochers, grelottant de froid, battaient la semelle à la porte du n° 7, ou se querellaient en jouant aux dés dans les cabarets voisins.

Brelan de maître en haut, brelan de valets en bas.

Les agents du lieutenant de police faisaient patrouille et emmenaient au violon les gens de service des brelandiers, qui par leurs jurons, troublaient la tranquillité publique.

Les séances de jeux duraient ordinairement jusqu'au jour : peu de joueurs quittaient la partie sans devoir quelques milliers de pistoles au manieur d'argent.

Samuel Bernard, mort en 1739, était extrêmement superstitieux.

Il avait une poule noire à laquelle il avait attaché sa destinée.

Un domestique était affecté au service de ce volatile auquel il avait laissé dans son testament une pension de 1,000 livres.

La poule mourut avant le testateur qui rendit l'âme quelques jours après, laissant une fortune de près de quarante millions.

L'Homme au Masque de Fer satisfait de l'inventaire qu'il venait de faire, se dit qu'il pouvait bien s'emparer de toutes ces richesses, puisqu'il était le véritable roi de France, il ne faisait que reprendre son bien.

Il prit trois cents louis, serra soigneusement son trésor, mit dans une de ses poches le précieux portefeuille et se rendit à l'auberge où il avait fait conduire Charlotte et sa mère.

Charlotte avait à cette époque à peu près trente six ans. Les chagrins, le séjour qu'elle venait de faire dans les cachots de l'île Sainte-Marguerite avait un peu altéré son visage. Mais elle avait des restes d'une grande beauté, et elle avait un air de distinction mêlé à une apparence de hardiesse et de résolution voilée d'un peu de tristesse qui lui prêtaient un grand charme.

La mère était une de ces vigoureuses et énergiques femmes, qui, quoique ayant dépassé la cinquantaine, était encore droite, verte, indomptable contre les malheurs ou les fatigues.

Les deux héroïques amies du Masque de Fer avaient été menées par Dangeau dans une hôtellerie que lui avait indiqué, à tout hasard, le faux Léon XIV, et cette hôtellerie se trouvait exister réellement.

Son enseigne indiquait tout naturellement qu'elle était située près du port.

En effet, de l'appartement où elles avaient été installées, les deux voyageuses voyaient toute la rade, avec ses vaisseaux de tout bord, hérissés de canons et ses nombreuses galères à trois rangs de rameurs, dont les grands avirons étaient manœuvrés par ces malheureux condamnés protestants qui, depuis la révocation de l'édit de Nantes, peuplaient les bagnes de l'Océan et de la Méditerranée.

Charlotte et sa mère ignoraient l'évasion de leur ami, leur cher Henri, l'Homme au Masque de Fer.

Ils croyaient devoir leur grâce à quelques hautes influences, et ils remerciaient dans leurs cœurs le généreux et puissant inconnu qui les avait rendues à la liberté.

La profonde reconnaissance qu'elles en éprouvaient avait moins pour cause la cessation de leurs cruelles souffrances que l'espoir de se dévouer encore à leur bien aimé prisonnier, qu'elles supposaient encore enfermé dans la forteresse qu'elles venaient de quitter.

Dangeau leur avait dit qu'un illustre personnage devait leur rendre visite ; elles l'attendaient avec la plus vive impatience. Elles avaient hâte de lui exprimer toute leur gratitude ; et elles voulaient en même temps voir si elles ne pourraient pas l'inté resser au sort du Masque de Fer

Elles s'étaient assises près de la fenêtre, laissant aller leurs regards songeurs sur la rade moutonneuse, lorsque deux coups légers furent frappés à la porte de la pièce où elles se trouvaient.

Charlotte se hâta d'aller ouvrir.

Un cavalier, enveloppé d'un grand manteau, le feutre rabattu sur les yeux, se présenta sur le seuil.

— Je suis celui que vous attendez, fit le survenant.

A cette voix, Charlotte tressaillit.

— Entrez, monseigneur, dit-elle avec un trouble vague, nos cœurs vous attendaient avec impatience.

Le gentilhomme s'avança au milieu de la chambre, releva son feutre, rejeta son manteau, et se montra en plein dans la lumière de deux chandelles qui brûlaient sur la cheminée.

Les deux femmes restèrent d'abord muettes et saisies.

Elles connaissaient par la gravure le portrait du roi.

Elles en avaient devant les yeux l'image vivante.

— Remettez-vous, fit le nouveau-venu ; ma vue a l'air de vous effrayer.

Après un instant d'hésitation, Charlotte poussa un grand cri.

— Henri ! s'exclama-t-elle.

Et elle s'évanouit.

Son cœur avait reconnu son ami d'enfance.

La mère de Charlotte faillit elle-même tomber à la renverse, et elle dût s'appuyer pour se retenir.

Cependant Henri ou mieux le Masque de Fer, avait reçu Charlotte dans ses bras et il la couvrait de baisers qui bientôt ranimèrent sa chère amie.

— Libre ! libre ! s'écria la jeune fille avec une joie délirante.

— Oui, libre, puissant et riche, pour vous protéger, vous aimer et vous rendre tout le bonheur que vous aviez rêvé pour moi.

— Oh ! Dieu a enfin pitié de nous et il a écouté nos ardentes prières.

— Charlotte, ma Charlotte, et vous, chère mère, quel bonheur de vous revoir et de vous presser sur mon cœur. Plus de barbare geôlier pour nous épier, plus de murs affreux pour nous séparer. Toute liberté pour nous aimer à plein cœur, pour laisser déborder notre joie !

Les trois amis furent longtemps à exprimer tous les élans de leur cœur, toutes les félicités de leur âme.

Le Masque de Fer raconta les incidents de sa fuite et les heureuses circonstances qui l'avaient occasionnée et favorisée.

En songeant que son bien aimé allait reconquérir un trône, Charlotte eut comme un nuage devant les yeux et son front s'assombrit un instant.

Henri s'en aperçut et en comprit sans doute la cause, car, prenant Charlotte dans ses bras :

De Vardes renvoyé de la Cour.

— Roi ou prisonnier, je n'aimerai que vous, s'écria-t-il.

Son amante eut dans les yeux un éclair de ravissement et le ciel s'ouvrit dans son cœur.

Quand les premiers épanchements furent terminés, on traita naturellement de la 'igne de conduite à suivre désormais.

— Ma chère Charlotte, dit le Masque de Fer, votre mère sera provisoirement mon intendant des finances, et vous mon premier conseiller d'État.

« — Voici mon plan :

« Par prudence, il nous faut quitter Toulon dès demain matin..

« Nous sommes trop près de l'île Sainte-Marguerite et de M. de Saint-Mars.

— Vous avez raison, firent ses interlocutrices, en frissonnant au souvenir du terrible geôlier.

— Voici cinq cents louis pour vos premiers besoins. Achetez un berlingot ou une bonne voiture de voyage. Vous trouverez des chevaux le long de la route, à toutes les hôtelleries de la poste. Mais il est dangereux pour deux femmes de voyager seules. Je sais que vous ne manquez pas de courage et d'énergie. Mais le costume d'homme est mieux respecté. Charlotte qui était si gentille sous la jaquette du paysan, serait charmante en jeune gentilhomme.

— Et ma mère en procureur ! dit en riant la jeune amie du Masque de Fer.

— Non ; elle sera une noble dame accompagnée de son fils.

— C'est à merveille, mais à quelle heure partons-nous ?

— Demain à huit heures. Je quitterai Toulon avec mes gens à sept heures. Vous nous suivrez ainsi à deux lieues de distance. J'aurai soin, à chaque poste, de dire qu'on vous prévienne de la direction que nous prenons et de la ville où nous nous arrêterons pour la couchée. Je m'appelle le comte de Marly, et vous êtes le chevalier d'Armançon.

A ce nom, qui leur rappelait les souvenirs de son enfance et de celle de son cher Henri, Charlotte eut comme un éblouissement.

C'était sur les bords de l'Armançon qu'elle avait connu et aimé celui dont elle avait si longtemps pleuré les malheurs, après avoir partagé toutes ses joies !

— Mais, mon cher sire, car je dois maintenant vous donner ce titre, dit la mère de Charlotte, puisque vous voilà sur le chemin du trône, pendant le long espace de temps qui s'est écoulé depuis le jour néfaste où vous avez été privé de votre liberté jusqu'à celui où vous avez la chance miraculeuse de vous évader, il s'est passé en France bien des événements, événements à la fois éclatants et sombres, qui ont tour à tour illustré ou terni le règne de Louis XIV que vous allez remplacer. Des hommes nouveaux ont surgi, qui ont pris la direction des affaires depuis la mort du cardinal Mazarin. Il y a eu de grandes guerres, des augmentations de territoire, des fondations; des transformations mémorables. Le marquis de Louvois qui a poussé le roi à vous traiter avec la plus impitoyable rigueur, est un grand ministre de la guerre. M. de Colbert qui était secrétaire de M. de Mazarin, a dirigé l'administration intérieure ; enfin il y a à la cour des mystères, des intrigues qu'il faut connaître ou pénétrer. La politique du gouvernement, ses alliances, ses tendances, ses vues secrètes ou opposées, les forces de terre et de mer dont dispose le roi, il faut que vous sachiez tout cela. Déjà je sais que durant le temps que ma chère Charlotte a pu passer auprès de vous, au fort Sainte-Marguerite, elle vous a mis au courant de bien des choses.

— Oui, fit Henri, dont le front s'assombrit, je ne sais presque rien des hommes et des choses, et ce n'est que par une prudence et une réserve extrêmes que j'ai pu donner le change aux gens de la suite du roi. C'est presque un quart de siècle d'études dans ses plus petits détails. Où apprendre tout cela ?

— L'amour donne du génie, mon cher sire, Charlotte qui n'a de pensée que pour vous a prévu le cas. Nous sommes allées à Versailles, à Paris, partout. Nous avons visité la cour, cherché à voir tous les hommes qui entourent le roi ; nous avons suivi les événements et Charlotte les a notés. Ces notes, écrites de fins caractères, sur mince papier, ont pu échapper à l'œil scrutateur de nos geôliers. Princes, grands seigneurs, ministres, généraux, écrivains, artistes, femmes célèbres, tout est là dans ce vivant tableau.

—Mais c'est pour moi le salut, s'écria l'Homme au Masque de Fer qui s'empara du manuscrit que lui tendait Charlotte en rougissant. J'avais bien raison de vous faire mon premier secrétaire d'Etat.

— Ces pages sont indignes de votre esprit, fit Charlotte avec crainte.

— Je ne le crois pas, mon amie, dans tous les cas il ne sera pas indigne de mon cœur. Du reste, vous autres femmes, vous avez cette perspicacité, cette abilité à juger les hommes que n'ont pas bien de profonds politiques.

Ce curieux document, écrit par une jeune personne vivant à la fin du septième siècle, est curieux à consulter.

Il en existe des fragments qui furent publiés plus tard.

Le manuscrit débutait par un court récit de l'histoire de France et de l'Europe pendant une période de vingt ans.

Il y avait là, au courant de la plume, des portraits et des biographies tracées de main de maître.

L'Angleterre, l'Espagne, la maison d'Autriche, la Hollande y avaient leur histoire, avec le récit des faits se rattachant aux guerres et aux traités de l'époque.

Puis venait le récit de la vie intime de Louis XIV.

Tout un chapitre était consacré aux amours du roi et de La Vallière.

Un autre à Madame de Montespan.

Puis venaient Mademoiselle de Fontanges, quelque femmes que le roi avait hono-rées de quelques instants d'amour.

Enfin arrivait la biographie de la Maintenon dont l'influence fut si fatale à la France et dont le règne marque l'époque de décadence de la France.

Il y avait aussi cette fameuse affaire des poisons, ces crimes mystérieux, ces assassinats, ces forfaits commis par les plus grands personnages, qui choisissaient leurs victimes jusqu'autour du trône.

Puis le tableau de ce débordement de mœurs, de cette dépravation des femmes de l'aristocratie qui prodiguaient leurs faveurs à leurs valets.

Un décret punissait de la peine de mort tout laquais qui aurait eu des relations avec sa noble maîtresse, quand bien même celle-ci viendrait déclarer qu'elle l'avait forcé à accepter à se livrer à elle.

Cela n'avait pas amélioré les mœurs des grandes dames.

Il y avait là une vaste association de crimes et de débauches avec des pratiques superstitieuses, brochant sur le tout.

— Je lirai votre ouvrage pendant la route, ma chère amie, dit à Charlotte l'Homme au Masque de Fer. Il sera mon *vade vecum*. Je vais enfin connaître ce monde que j'ignore.

— Triste monde ! murmura Charlotte avec dégoût. Peut-être regretterez vous vos illusions.

— Je ne les perdrai jamais, car en songeant à vous, je me dirai qu'il existe de braves cœurs et de nobles intelligences.

Le Masque de Fer embrassa avec effusion ses deux amies et sortit de l'auberge de la Marine.

Il était tard ; la lune déjà haut sur l'horizon longtemps voilé de nuages, se dégagea peu à peu et versa sa lumière dans les rues de Toulon.

En ce moment, il entendit des pas d'un groupe d'hommes résonnant sur le pavé Ne voulant pas s'exposer à être rencontré et redoutant quelque fâcheuse éventualité, il se jeta dans l'enfoncement obscur d'une porte.

Les hommes passèrent près de lui sans se douter de sa présence.

Ils étaient cinq.

L'un d'eux marchait en tête et paraissait être leur chef.

En jetant les yeux sur celui-ci, l'Homme au Masque de Fer retint un cri.

Il venait de reconnaître son ancien bourreau, son ancien geôlier :

— Rosarges !

Il frémit.

Il s'assura que ces hommes n'allaient pas du côté de l'hôtellerie où il était descendu, et cette remarque le rassura un peu.

Néanmoins, il se dit qu'il fallait partir dès le matin à la première heure.

Il ferait prévenir Charlotte et sa mère qu'il avait avancé le moment fixé pour son départ.

A six heures du matin, il se dirigeait vers le nord, accompagné de Dangeau, de Barbezieux et suivi de quatre laquais bien armés.

A cette heure, Louis XIV, enfermé, enchaîné dans une misérable voiture, était reconduit vers les îles Lérins, au fort Ste-Marguerite.

CHAPITRE XLVII

Incidents et accidents de route

La France, qui occupera la première place pour le nombre et l'étendue de ses voies ferrées lorsque le vaste plan de M. Freycinet aura été exécuté, possède en outre un immense réseau de routes magnifiques.

Je me rappelle les chemins montants, creusés d'ornières, que je parcourais dans mon enfance.

Les voyages en diligence étaient interminables; aux côtes, on faisait descendre les voyageurs qui étaient souvent obligés de pousser la voiture.

On aurait dit qu'autrefois les ingénieurs se plaisaient à chercher les difficultés de parcours. On suspendait les chemins aux flancs des montagnes. Au lieu de tourner les obstacles, on s'acharnait à les franchir ; au lieu de jeter des ponts sur les vallons, sur les ravins, on s'y précipitait, pour regrimper péniblement de l'autre côté.

Que d'efforts et de renforts il fallait employer pour faire un court trajet !

C'était bien pis, au dix-septième siècle, où les routes étaient de véritables fondrières.

> Sur un chemin montant, sablonneux, malaisé
> Six forts chevaux trainaient un coche...

dit le bon Lafontaine qui vivait à cette époque et qui peint admirablement l'état des voies de circulation, sous Louis XIV.

L'*Homme au Masque de Fer* qui, depuis vingt ans, n'avait pas monté à cheval, ne pouvait pas faire deux cents lieues sur une selle.

Le voyage de Sainte-Marguerite à Toulon l'avait un peu familiarisé avec l'équitation. Mais, arrivé à Brignolles, il sentit le besoin de prendre une voiture. Du reste, il voulait s'isoler de son entourage pour lire le manuscrit que lui avait remis ses deux amies.

Dangeau et Barbezieux qui se tenaient, durant la route, aux deux portières du carrosse, étaient assez intrigués de l'écrit volumineux dans lequel était plongé celui qu'ils prenaient pour le roi. Louis XIV n'avait pas l'habitude de se livrer si longtemps à la lecture.

Bien des choses les étonnaient dans la conduite du faux monarque. Mais Dangeau, plat courtisan, et le fils de Louvois, fort écervelé étaient incapables de tirer des conséquences des singulières remarques qu'ils pouvaient faire et étant à mille lieues, du reste, de supposer qu'on leur eut changé leur souverain.

Nous avons dit, qu'après un exposé de la situation générale de la France et des questions de politique intérieure et extérieure qui s'y trouvaient traitées, le manuscrit de Charlotte renfermait des monographes sur les principaux personnages de la cour et de la ville.

Le faux comte de Marly ne lut pas, sans en être ému, la touchante histoire de La Vallière, à laquelle avait succédé, dans la passion du roi, l'avide et orgueilleuse Montespan.

Celle-ci, du reste, voyait avec rage finir son empire et s'élever l'astre de la Maintenon.

Déjà elle s'était livrée à de sombres intrigues pour vaincre l'influence d'une première rivale, mademoiselle de Fontages qui régna un moment sur le cœur du roi.

Cette affaire se rattache à celle des sortiléges et des poisons.

Charlotte exposait, dans tous ses détails, cette lugubre histoire de la Brinvilliers, de la Voisier, de Sainte-Croix, Exilé, Vaucas, du Chostrou et tant d'autres dont les crimes épouvantèrent l'Europe.

Voici ces faits qui se rattachent intimement à cette histoire.

La chronique, du reste, a mêlé le nom du Masque de Fer à tous les sanglants ou tragiques événements qui assombrirent si souvent le règne éclatant de Louis XIV.

Charlotte et sa mère, qui cherchaient des partisans au frère du roi avaient secrètement noués, pendant que celui-ci était en prison, de secrètes relations avec tout ce qui menaçait à cette époque la vie ou le pouvoir de Louis XIV, qu'elles considéraient non-seulement comme le persécuteur, le bourreau de leur cher Henri, mais encore comme un usurpateur.

« A la gloire, aux plaisirs, à la grandeur, à la galanterie, qui occupaient les premières années de ce gouvernement, Louis XIV voulut joindre les douceurs de l'amitié; mais il est difficile à un roi de faire des choix heureux. De deux hommes auxquels il marqua le plus de confiance, l'un le trahit indignement, l'autre abusa de sa faveur. Le premier était le marquis de Vardes, confident du goût du roi pour Mme de la Vallière. On sait que des intrigues de cour le firent chercher à perdre Mme de la Vallière, qui, par sa place devait avoir des jalouses, et qui, par son caractère, ne devait point avoir d'ennemis. On sait qu'il osa, de concert avec le comte de Guiche et la Comtesse de Soissons, écrire à la reine régnante une lettre contrefaite, au nom du roi d'Espagne, son père. Cette lettre apprenait à la reine ce qu'elle devait ignorer, et ce qui ne pouvait que troubler la paix de la maison royale. Il ajouta à cette perfidie la méchanceté de faire tomber les soupçons sur les plus honnêtes gens de la cour, le duc et la duchesse de Noailles. Ces deux personnes innocentes furent sacrifiées au ressentiment du monarque trompé. L'atrocité de la conduite de Vardes fut trop tard connue; et Vardes, tout criminel qu'il était, ne fut guère plus puni que les innocents qu'il avait accusés, et qui furent obligés de se défaire de leurs charges et de quitter la cour.

« L'autre favori était le comte, depuis duc de Lauzerne, tantôt rival du roi dans ses amours passagères, tantôt son confident, et si connu depuis par ce mariage qu'il voulut contracter trop publiquement avec Mademoiselle, et qu'il fit ensuite secrètement, malgré sa parole donnée au maître.

Le roi, trompé dans ses choix dit qu'il avait cherché des amis, et dit qu'il n'avait trouvé que des intrigants. Cette connaissance malheureuse des hommes, qu'on acquiert trop tard, lui faisait dire ceci : « Toutes les fois que je donne une place vacante, je fais cent mécontents et un ingrat. »

Ni les plaisirs, ni les embellissements des maisons royales et de Paris, ni les soins de la police du royaume ne discontinuèrent pendant la guerre de 1667.

Le roi dansa dans les ballets jusqu'en 1670. Il avait alors trente-deux ans. On joua devant lui à Saint-Germain, la tragédie de Britannicus; il fut frappé de ces vers :

> Pour toute ambition, pour vertu singulière
> Il excelle à conduire un char dans la carrière
> A disputer des prix indignes de ses mains
> A se donner lui même en spectacle aux Romains.

« Dès lors il ne dansa plus en public et le poète reforma le monarque. Son union avec Mlle de la Vallière subsista toujours, malgré les infidélités fréquentes qu'il lui faisait. Ces infidélités lui coûtaient peu de soins. Il ne trouvait guère de femmes qui lui résistassent, et revenait toujours à celle qui, par la douceur et par la bonté de son caractère, par un amour vrai et même par les chaînes de l'habitude, l'avait subjugué sans art, mais dès l'année 1669, elle s'aperçut que Mme de Montespan prenait un grand empire sur le roi ; elle combattit avec sa douceur ordinaire ; elle supporta le chagrin d'être témoin longtemps du triomphe de sa rivale, et sans presque se plaindre ; elle se crut encore heureuse, dans sa douleur, d'être considérée d'un roi qu'elle aimait toujours, et de le voir sans en être aimée.

« Enfin, , elle embrassa la ressource des âmes tendres, auxquelles il faut des sentiments vifs et profonds qui les subjuguent, Elle crut que Dieu seul pouvait succéder dans son cœur à son amant.

« On sait que, quand on annonça à sœur Louise de la Miséricorde la mort du duc de Vermandois, qu'elle avait eu du roi, elle dit :

« Je dois pleurer sa naissance encore plus que sa mort. » Il lui resta une fille, qui fut de tous les enfants du roi la plus ressemblante à son père, et qui épousa le prince Armand de Conti, neveu du grand Condé.

On lira plus loin l'histoire détaillée de ces deux femmes qui se disputèrent le cœur du roi.

vers cette époque toute la cour était occupée d'intrigue d'amour. Louvois même était sensible. Parmi plusieurs maitresse qu'eut ce ministre, dont le caractère dur semblait si peu fait pour l'amour, il y eut une Mme Dufresnoy, femme d'un de ses ennemis, pour laquelle il eut depuis le crédit de faire ériger une charge chez la reine. On la fit dame du lit : elle eut des grandes entrées. Le roi, en favorisant ainsi jusqu'aux goûts de ses ministres voulait justifier les siens.

« C'est un grand exemple du pouvoir des préjugés et de la coutume qu'il fût permis à toutes les femmes mariées d'avoir des amants, et qu'il ne fût pas à la petite fille de Henri IV d'avoir un mari. Mademoiselle ; après avoir refusé tant de souverains, après avoir eu l'espérance d'épouser Louis XIV, voulut faire à quarante-quatre ans la fortune d'un gentilhomme. Elle obtint la permission d'épouser Péguilin, du nom de Caumont, conte de Lauzun, le dernier qui fut capitaine d'une des deux compagnies des cent Gentilhommes au bec-de-Corbin, qui ne subsistent plus, et le premier pour qui le roi avait créé la charge de colonel général des dragons. Il y avait cent exemples de princesses qui avait épousé des gentilshommes : les empereurs romains donnaient leurs filles à des sénateurs ; les filles des Souverains de l'Asie, plus puissants et plus despotiques qu'un roi de France, n'épousent jamais que des esclaves de leurs pères.

« Mademoiselle donnait tous ses biens, estimés vingt millions, au comte de Lauzun, quatre duchés, la souveraineté de Dombis, le comté d'Eu, le palais d'Orléans qu'on nomme le Luxembourg. Elle ne se réservait rien, abandonnée tout entière à l'idée flatteuse de faire à ce qu'elle aimait une plus grande fortune qu'aucun roi n'en a fait à aucun sujet. Le contrat était dressé : Lauzun fut un jour duc de Montpensier. Il ne manquait plus que la signature. Tout était prêt, lorsque le roi, assailli par les représentations des princes, des ministres, des ennemis d'un homme heureux, retira sa parole et défendit cette alliance. Il avait écrit aux cours étrangère-pour annoncer le mariage : il écrivit la rupture. On le blâma de l'avoir permis, on le blâma de l'avoir défendu. Il pleura de rendre Mademoiselle malheureuse, mais ce même prince, qui s'était attendri en lui manquant de parole, fit enfermer Lauzun, en Novembre 1671, au château de Pignerol, pour avoir épousé en secret la princesse qu'il lui avait permis quelques mois auparavant, d'épouser en public. Il fut enfermé dix années entières. Il y a plus d'un royaume où un monarque n'a pas cette puissance ; ceux qui l'ont en sont plus chéris quand ils n'en font pas usage. Le citoyen qui n'offense pas les lois de l'État doit-il être puni si sévèrement par celui qui représente l'État ? N'y a-t-il pas une très-grande différence entre déplaire à son souverain et trahir son souverain ? Un roi doit-il traiter un homme plus durement que la loi ne le traiterait? Mme de Montespan, après avoir empêché le mariage, irritée contre le comte de Lauzun qui éclatait en reproches violents, exigea de Louis XIV cette vengeance. Il y avait là à la fois de la tyrannie et de la pusillanimité à sacrifier à la colère d'une femme, un brave homme un favori, qui, privé par lui de la plus grande fortune, n'aurait fait d'autre faute que de s'être trop plaint de Mme de Montespan qu'on me pardonne ces réflexions les droits de l'humanité les arrache.

« Lauzun et Fouquet furent étonnés de se rencontrer dans la même prison; mais Fouquet surtout, qui, dans sa gloire, et dans sa puissance, avait vu de loin Péguilin dans la foule, comme un gentilhomme de province sans fortune, le crut fou, quand celui-ci lui conta qu'il avait été le favori du roi, et qu'il avait eu la permission d'épouser la petite fille de Henri IV, avec tous les biens et les titres de la maison de Montpensier.

« Après avoir langui dix ans en prison, il en sortit enfin ; mais ce ne fut qu'après que Mme de Montespan eut engagé Mademoiselle à donner la souveraineté de Dombès et le comté d'Eu au duc du Maine encore enfant, qui les posséda après la mort de cette princesse. Elle ne fit cette donation que dans l'espérance que M. de Lauzun serait reconnu pour son époux; elle se trompa: le roi lui permit seulement de donner à ce mari secret et infortuné les terres de Saint-Fargeau et de Thiers, avec d'autres revenus considérables que Lauzun ne trouva pas suffisants. Elle fut réduite à être secrètement sa femme et à n'être pas bien traitée en public. Malheureuse à la cour, elle est malheureuse chez elle, ordinaire effet des passions.

« C'est durant l'étape de Brignolles à Rions que le Masque de Fer lut ce fragment. Les mœurs et le caractère de son frère lui parurent sous un jour peu favorable. Mais ce qui le frappa surtout, c'est qu'il avait eu, pendant longtemps, sans le savoir deux compagnons de captivité !

Fouquet qui était tout puissant à l'époque où il était lui-même jeune et libre, Lauzun dont il n'avait jamais entendu parler et qui, par la disgrâce et par les décadences de sa vie, paraissait devoir être un grand personnage.

Dangeau et barbezieux qui observaient le faux roi pendant le voyage, s'étonnaient de cette longue lecture.

Que signifiait cette grande application à déchiffrer un manuscrit ? Louis XIV ne les avait pas habitués à cet isolement et à ce recueillement prolongés.

Que contenaient ces papiers ?

Était-ce une révélation ?

Était-ce l'exposition détaillée d'un complot. ?

Plusieurs fois leur maître avait froncé le sourcil.

Colbert.

Les deux courtisans, que ces signes d'irritation épouvantaient se demandaient si quelque dénonciateur quelqu'ennemi particulier ne les avait pas dénoncés et ne les avait pas impliqués dans quelque affreuse machination.

Rien n'est craintif, toujours tenu en éveil, comme un favori, un homme de cour, qui a peur de perdre son crédit ou son influence.

Ils se jetaient des regards significatifs, s'interrogeaient mutuellement sur leurs impressions.

Arrivé à Rians, le Masque de Fer voulut doubler la poste et aller jusqu'à Forcalquier.

Comme on changeait les chevaux, il était descendu de voiture, avait pris à part le maître de poste et lui avait dit tout bas quelques mots.

Il l'invitait tout simplement à prévenir Charlotte et sa mère qu'il ne s'arrêtait pas à Rians et de pousser elles-mêmes plus loin.

Que signifiait ce mystère ?

Barbezieux et Dangeau se crurent sérieusement menacés, et dans un colloque qu'ils eurent ensemble, ils ne parlaient de rien moins que de fuir et d'éviter ainsi une arrestation qui les menaçait sans nul doute.

Quel crime avaient-ils donc commis ?

Aucun, sans doute. Mais quel est l'homme qui, se croyant menacé d'une poursuite, peut se dire absolument innocent, surtout à une époque où les disgrâces étaient fréquentes.

Louvois tout puissant, insolent même envers le *grand roi*, n'échappa à la Bastille que par une mort imprévue.

La roche Tarpeïenne est près du Capitole.

Les deux courtisans auraient bien ri de leur effroi, s'ils avaient connu le motif de l'aparté du Masque de Fer, que nous venons de faire connaître.

Les transes qui les poursuivaient les rendaient d'une obséquiosité, d'une bassesse auprès de leur maître, dont celui-ci était écœuré.

A Forcalquier, où l'on passa la nuit, on ne trouva qu'une hôtellerie de mince apparence. Il n'y avait en outre de disponible que trois chambres : une pour le faux comte de Marly, une pour Barbezieux et Dangeau, la troisième pour leur suite.

Les deux courtisans échangèrent tout bas leurs appréhensions et se demandèrent quelle résolution ils devaient prendre.

Barbezieux se montra pourtant plus rassuré que Dangeau.

Le roi a une conduite bizarre, étrange, dit-il ; cela est vrai ; mais en arrivant ici, il a été pour nous d'une excessive bienveillance. Rien, dans sa voix, ni dans son visage ne se montrait hostile à notre égard.

C'est pour nous donner le change, répondit l'historiographe de Louis XIV.

— Je ne crois pas ; son regard était très-franc, son accueil très-sincère et son sourire très-naturel.

— Vous êtes jeune, mon cher Barbezieux.

— Oui, mais élevé à l'école de l'observation. Mon père, monsieur le marquis de Louvois, est un bon maître.

— C'est vrai. Mais je connais le roi depuis longtemps, et je ne l'ai jamais vu tel qu'il nous apparaît aujourd'hui.

Eh bien, puisque vous doutez encore, la chambre de Sa Majesté n'est séparée de la nôtre que par une cloison percée d'une porte condamnée. Tâchons de percer un trou dans cette porte, et nous surveillerons d'ici le roi.

Les deux gentilshommes se procurèrent une vrille et pratiquèrent dans le bois une légère ouverture.

Barbezieux y appliqua un œil.

— Que voyez-vous ? lui demanda son compagnon avec impatience ?

— Chut !... tiens ! mais c'est tout un volume manuscrit que lit le roi. Cela a dû coûter plusieurs mois de composition. Il est assis devant une petite table surmontée de deux chandelles et il est complétement absorbé par sa lecture.

— Laissez-moi voir ?

— Silence ; quelqu'un a frappé chez le roi et il dresse la tête.

— Mais qui donc en dehors de nous deux ..

— La porte s'ouvre.

— Étrange.

— Un jeune cavalier pénétre dans la chambre.

— C'est cela !... un exempt ! murmura Dangeau prêt à se trouver mal. Je vous l'avais bien dit, c'est un ordre qu'il a donné au maître de poste. La maréchaussée est en bas. Nous sommes perdus.

— Ne tremblez donc pas ainsi !... ah ! par exemple, voici qui est curieux.

— Hein ! qu'est-ce ? fit Dangeau qui s'accrochait à toute éventualité !

— Je vous le donne en dix.

— Par grâce !

— Je vous le donne en cent ?

— Barbezieux !

— Je vous le donne en mille !

— Vous me faites mourir !

— Eh bien ! regardez vous-même.

— Oh ! s'écria Dangeau qui ne put retenir son exclamation.

— Eh bien ! que dites-vous de cela ! demanda Barbezieux qui avait peine à retenir une folle envie de rire.

— Un jeune homme dans les bras du roi ! fit son compagnon scandalisé.

— Vous riez... ce n'est donc pas... Au fait c'est peut-être quelque fruit secret d'un amour inconnu à la cour.

— Vous n'y êtes pas !

Et Barbezieux mordait ses lèvres pour ne pas laisser éclater l'hilarité qui l'envahissait.

— Mais qu'est-ce donc ?

— Mon cher comte, vous baissez.

— J'accepte toutes vos moqueries, mais ne me laissez pas mourir d'impatience.

— Eh bien, c'est...

— Quoi ?

— Une femme !

— Déguisée ?

— Je l'ai deviné tout de suite.

Dangeau étouffa un éclat de rire à son tour.

Le faux comte de Marly et son jeune visiteur avaient sans doute entendu du bruit, car les deux chandelles qui éclairaient la chambre furent subitement éteintes.

— Voici venue l'heure des épanchements ! ricana Barbezieux.

— Est-ce un nouvel astre qui va briller à la cour ? Nous serons les premiers à la saluer.

— Peuh ! madame de Maintenon ne se laissera pas éclipser aussi facilement.

— Cependant si la passion du roi....

— Mon cher Dangeau, madame de Maintenon, que l'on appelle à tort madame *Maintenant*, pourrait bien être madame toujours, car elle ne lâchera jamais le roi. C'est une femme profonde et il n'y a pas, en France, de beauté assez rouée et assez fine pour l'évincer jamais.

— Alors cette nouvelle étoile...

— N'est qu'une étoile filante.

— C'est bien. Nous la regarderons passer.

Nos lecteurs ont dû le deviner; la jeune personne qui était entrée chez le Masque de Fer, sous un habit de cavalier, était Charlotte.

Charlotte pâle, agitée, les vêtements poudreux.

— Vous ! s'était écrié son ami d'enfance au comble de la surprise. Quel événement ? quel malheur ?

— Un événement, oui ; un grand malheur, peut-être.

— Parlez ? vous savez Charlotte que je sais braver l'infortune.

— Oh ! ne vous exagérez pas le péril. Tout n'est pas perdu, je l'espère.

— Mais vous êtes pâle, défaillante, Remettez-vous.

— Non ! non ! Il faut se hâter. La promptitude d'une décision peut tout sauver.

— Alors je vous écoute.

— Le roi est à votre poursuite.

— Déjà ! fit le masque de Fer en se dressant

— Il est à trois postes d'ici.

— Nous avons de l'avance.

— Oui, mais il double tous les jours l'étape

— Alors il faut tout faire pour brûler la route nous-même et retarder autant que possible, la marche de notre ennemi.

— Je m'en charge, fit Charlotte dont les yeux eurent un éclair d'inspiration.

— Pas d'imprudence, au moins.

— Oh ! soyez sans inquiétude, mon ami; je ne ferai rien pour compromettre votre succès.

— Oh ! ce n'est pas pour moi que je parle; je redoute votre zèle, votre dévouement, et je ne voudrais pas qu'il vous arrivât malheur. Plutôt perdre à jamais ma couronne, ma liberté, ma vie, que d'exposer vos jours.

— Ma vie, je vous l'ai consacrée, je l'ai consacrée à l'œuvre que nous poursuivons.

— Chère Charlotte ! s'écria le Masque de Fer en pressant la jeune femme dans ses bras; ah ! cette couronne, je voudrais la conquérir pour la poser sur votre tête.

L'amie du frère du roi eut un éblouissement.

Elle ferma les yeux comme si l'éventualité du bonheur qu'on lui faisait entrevoir dépassait la force de son âme et l'écrasait.

— En prison ou sur un trône, que m'importe, murmura-t-elle, pourvu que je sois à côté de vous.

— Ah ! Dieu ne peut être qu'avec nous. Sa justice sera touchée autant de ton pur amour que de mes droits sacrés !...

Les deux amants se tinrent un instant étroitement embrassés.

Charlotte, qu'agitait l'imminence du péril que courait son ami, se dégagea la première de ses brûlantes étreintes.

— Ne nous oublions pas dans notre bonheur, fit-elle doucement. Le danger est sur nous, il faut le conjurer. Partez avant le jour. Il y a, je crois, un chemin de traverse qui n'est pas trop mauvais. Je suis arrivée à cette hôtellerie avant vous. Comme c'est la seule à peu près convenable du pays, j'étais sûre de vous y rencontrer.

— Mais comment avez-vous fait pour nous dépasser sans que nous vous ayons aperçue.

— J'ai coupé au plus court en prenant un guide. Ce guide vous servira pour vous faire prendre une voie plus directe que la grande route. Il vous attendra à une bifurcation qui se trouve à une demi-lieue d'ici. Cela déroutera au besoin vos ennemis qui penseront vous atteindre en allant tout droit devant eux. Pour les mieux tromper, dans le cas où votre frère interrogerait les rouliers ou les piétons sur la direction que vous avez prise. Laissez votre carrosse suivre le chemin ordinaire, avec une partie de vos gens. Montez à cheval et emmenez avec vous Messieurs de Dangeau et de Barbezieux. Vous avez, je crois, le sceau du roi et des lettres de cachet en blanc. Donnez-moi à tout événement quelques-unes de ces lettres et un ordre qui m'autorise à requérir la force publique.

Lorsque tout fut disposé ainsi que l'avait demandé Charlotte, les deux amants se séparèrent, et la jeune femme qui avait étudié les êtres, put regagner la chambre qu'elle occupait avec sa mère dans l'hôtellerie, sans faire le moindre bruit et sans que Barbezieux ni Dangeau pussent remarquer sa sortie.

L'hôtelier, prévenu par Charlotte, vint frapper quelques instants après à la porte de la chambre du Masque de Fer.

Dès qu'il fut entré :

— Prévenez mes gens que je veux partir à cinq heures du matin, lui dit le faux comte de Marly. Comme nous doublons la poste, faites mettre dans mon carrosse des vivres et quelques bouteilles de votre meilleur vin. Tenez en outre un bon déjeûner prêt pour mes hommes à quatre heures et demie. On viendra m'éveiller. Allez !

L'hôte s'inclina et sortit en se frottant les mains de cette aubaine.

Arrivé dans la grande salle, il y trouva le jeune chevalier d'Armançon (Charlotte) qui l'attendait,

— Maître Durand (c'était le nom de l'aubergiste), combien avez-vous de chevaux pour le service de la poste.

— Six, mon jeune seigneur.

— C'est peu.

— Oh ! il passe si peu de monde ici.

— S'il en vient après-demain, ils seront obligés de s'arrêter un jour ici.

— Pourquoi donc monseigneur ?

— Parce qu'après-demain j'aurai besoin de tous vos chevaux.

— Ils sont à votre service, monsieur le chevalier. Mais s'il m'arrivait quelque grand personnage, duc ou prince...

— Eh ! bien ?

— Je ne pourroi leur refuser.

— Croyez-vous qu'il y ait plus grand personnage que celui qui a signé cela.

Et le chevalier lui montra l'ordre du roi en blanc.

— Ordre de Sa Majesté! fit le brave aubergiste en s'inclinant, je n'ai qu'à obéir, à moins qu'on ne me fasse violence.

— Il y a de la maréchaussée dans ce pays. Voici quelques lettres de cachet pour les imprudents qui mépriseraient les ordres du roi; voici dix pistoles d'arrhes pour vous.

Le double argument était sans réplique.

Le chevalier passa donc une journée à l'hôtellerie. Il supposait que Louis XIV arriverait le lendemain.

Le priver de chevaux de rechange, c'était un jour de gagné.

Il espérait partir dès le matin, avant l'arrivée du roi, qui trouverait les écuries vides.

— Nous raconterons bientôt comment le roi, emmené prisonnier à l'île Sainte-Marguerite, avait recouvré sa liberté et s'était mis à la poursuite de l'*Homme au* *de Fer*.

Disons que, quoique bien habile, Charlotte avait à lutter contre forte partie.

Le roi qui, malade, brisé par tous les événements qu'il avait traversés, se montrait de fer dans la course haletante, vertigineuse qu'il avait entreprise contre son insaisissable ennemi, semant la route de chevaux fourbus, galoppant tout le jour et ne se reposant un peu que la nuit, dans une voiture qu'il réquisitionnait le soir, à l'hôtellerie de la poste, cahoté sur la route raboteuse qu'il parcourait à fond de train, exténué, pâle, mai se soutenant par la rage et par la peur de le voir enlever sa couronne.

Rosarges, lui, avait à réparer sa bévue, bévue du reste fort excusable, car Saint-Mars ne l'avait pas prévenu.

Rosarges, redoutable policier, avait l'art de faire parler tout le monde sur sa route; persuasion, menaces, poignée d'or, il ne reculait devant aucun moyen.

Il trompa même les calculs de Charlotte et arriva dans la nuit à Forcalquier.

Nous verrons quelle conséquence eut pour Charlotte la venue inespérée du roi et de l'âme damnée de Saint-Mars

CHAPITRE XLVIII

Où le Masque de Fer continue à lire les faits curieux du règne de son frère

Le frère de Louis XIV, surexcité par les événements nouveaux qui marquaient alors sa vie, ne pouvait dormir. Aussi passait-il la plus grande partie de la nuit qui précéda son départ, à lire la suite des documents que lui avait remis Charlotte. Cette partie avait trait au fameux Fouquet.

Louis XIV partageait son temps entre les plaisirs et les affaires. Il tenait conseil tous les jours, et travaillait ensuite secrètement avec Colbert. Ce travail secret fut l'origine de la catastrophe du célèbre Fouquet, dans laquelle furent enveloppés le secrétaire d'État Guénégaud, Pélisson Gourville et tant d'autres. La chute de ce ministre, à qui on avait bien moins de reproche à faire qu'au cardinal Mazarin, fit voir qu'il n'appartient pas à tout le monde de faire les mêmes fautes. Sa perte était déjà résolue quand le roi accepta la fête magnifique que ce ministre lui donna dans sa maison de Vaux. Ce palais et les jardins lui avaient coûté dix-huit millions. Il avait bâti le palais deux fois, et acheté trois hameaux, dont le terrain fut enfermé dans ces jardins immenses, plantés en partie par le Nostre, et regardés alors comme les plus beaux de l'Europe. Les eaux jaillissantes de Vaux, étaient alors des prodiges. Mais, quelque belle que soit cette maison, cette dépense de dix-huit millions, dont les comptes existent encore, prouve qu'il avait été servi avec aussi peu d'économie qu'il servait le roi. Il est vrai qu'il s'en fallait beaucoup que Saint-Germain et Fontainebleau, les seules maisons de plaisance habitées par le roi, approchassent de la beauté de Vaux Louis XIV le sentit, et en fut irrité. On voit partout dans cette maison, les armes et la devise de Fouquet. C'est un écureuil avec ces paroles : *quo non ascendam ?* Où ne monterai-je point ? Le roi se les fit expliquer. L'ambition de cette devise ne servit pas à apaiser le monarque. Les courtisans remarquèrent que l'écureuil était peint partout poursuivi par une couleuvre, qui était les armes de Colbert. La fête fut au-dessus de celle que le cardinal Mazarin avais donnée, non-seulement pour la magnificence, mais pour le goût. On y représenta, pour la première fois, les *Fâcheux* de Molière, Pélisson avait fait le prologue, qu'on admira. Les plaisirs publics cachent ou préparent si souvent à la cour des désastres particuliers, que sans la reine mère, le surintendant et Pélisson auraient été arrêtés dans Vaux le jour de la fête. Ce qui augmentait le ressentiment du roi, c'est que Mlle de la Valière, pour qui le prince commençait à sentir une vraie passion avait été un des objets des goûts passagers du surintendant, qui ne ménageait rien pour les satisfaire. Il avait offert à Mlle de la Vallière deux cent milles livres; et cette offre avait été reçue avec indignation, avant qu'elle eût aucun dessein sur le cœur du roi.

Le surintendant, s'étant aperçu depuis quel puissant rival il avait, voulut être le confident de celle dont il n'avait pu être le possesseur, et cela même irritait encore le roi, qui, dans un premier mouvement d'indignation, avait été tenté de faire arrêter le surintendant au milieu de la fête qu'il en recevait, usa ensuite, d'une dissimulation peu nécessaire. On n'eût dit que ce monarque, déjà tout-puissant, eût craint le parti que Fouquet s'était fait.

Il était procureur général du parlement, et cette charge lui donnait le privilège d'être jugé par les Chambres assemblées; mais, après que tant de princes, de maréchaux, et des ducs avaient été jugés par des commissaires. On eût pu traiter comme eux un magistrat, puisqu'on voulait se servir de ces voies extraordinaires qui, sans être injustes, laissent toujours un soupçon d'injustice.

Colbert, l'engagea, par un artifice peu honorable, à vendre sa charge. On lui en offrit jusqu'a dix-huit cent livres, et, par un malentendu, il ne la vendit que quatre cent milles francs.

Le prix excessif des places au parlement, prouve quel reste de considération ce corps avait conservé dans son abaissement même. Le duc de Guise, grand chambellan du roi, n'avait vendu cette charge de la couronne au duc de Bouillon que huit cent mille livres.

C'était la Fronde, c'était la guerre de Paris qui avaient mis ce prix aux charges de judicature. Si c'était un des grands défauts et un des grands malheurs d'un gouvernement longtemps obéi, que la France fut l'unique pays de la terre où les places de juges fussent vénales, c'était une suite de levain de la sédition, et c'était une espèce d'insulte faite au trône, qu'une place de procureur du roi coûtât plus que les premières dignités de la couronne.

Fouquet, pour avoir dissipé les finances de l'Etat, et pour en avoir usé comme des siennes propres, n'en avait pas moins de grandeur d'âme. Ses déprédations n'avaient été que des magnificences et des libéralités. Il fit porter à l'Épargne le prix de sa charge, et cette belle action ne le sauva pas. On attira avec adresse à Nantes un homme qu'un exempt et deux gardes pouvaient arrêter à Paris. Le roi lui fit des caresses avant sa disgrâce. Je ne sais pourquoi la plupart des princes affectent d'ordinaire de tromper par des fausses bontés ceux de leurs sujets qu'ils veulent perdre. La dissimulation alors est l'opposé de la grandeur. Elle n'est jamais une vertu, et ne peut devenir un talent estimable que quand elle est absolument nécessaire. Louis XIV parut sortir de son caractère; mais on lui avait fait entendre que Fouquet faisait de grandes fortifications à Belle-Ile, et qu'il pouvait avoir trop de liaisons au dehors et au dedans du royaume. Il parut bien, quand il fut arrêté et conduit à la Bastille et à Vincennes, que son parti n'était autre chose que l'avidité de quelques courtisans et de quelques femmes, qui recevaient de lui des pensions et qui l'oublièrent dès qu'il ne fut plus en état de donner. Il resta d'autres amis et cela prouve qu'il en méritait. L'illustre Mme de Sévigné, Pellisson, Gourville, Mlle Scudéri, plusieurs gens de lettres se déclarèrent hautement pour lui, et le servirent avec tant de chaleur qu'ils lui sauvèrent la vie.

Colbert paraissait modéré, mais il poursuivait la mort de Fonquet avec acharnement. On peut être bon ministre et vindicatif. Il est triste qu'il n'ait pas su être aussi généreux que vigilant. Un des plus implacables de ses persécuteurs était

Le matin vers huit heures, Louis XIV monta à cheval.

Michel Letellier, alors secrétaire d'État, et son rival en crédit. C'est celui-là même qui fut depuis chancelier. Mais le chancelier Séguier, président de la commission, fut celui des juges de Fouquet qui poursuivit sa mort avec le plus d'acharnement, et qui le traita avec le plus de dureté.

Il est vrai que faire le procès du surintendant, c'était accuser la mémoire du cardinal de Mazarin· Les plus grandes déprédations dans les finances étaient son ouvrage. Il s'était approprié en souverain plusieurs branches de revenus de l'État Il avait traité en son nom et à son profit des munitions des armées.

« Il imposait, dit Fouquet dans ses défenses, par lettres de cachet, des sommes extraordinaires sur les généralités, ce qui ne s'était jamais fait que par lui et pour lui, et ce qui est punissable de mort par les ordonnances. C'est ainsi que le cardinal avait amassé des biens immenses, que lui-même ne connaissait plus.

M. de Caumartin, intendant des finances, contait que, dans sa jeunesse, quelques années après la mort du cardinal, il avait été au palais Mazarin, où logeaient le duc son héritier et la duchesse Hortense; qu'il y vit une grande armoire de marqueterie, fort profonde, qui tenait du haut jusqu'en bas tout le fond d'un cabinet. Les clefs en avaient été perdues depuis longtemps, et l'on avait négligé d'ouvrir les tiroirs. M. de Caumartin, étonné de cette négligence, dit à la duchesse de Mazarin qu'on trouverait peut-être des curiosités dans cette armoire. On l'ouvrit, elle était toute remplie de quadruples, de jetons et de médailles. Mme de Mazarin en jeta au peuple des poignées par les fenêtres pendant plus de huit jours.

L'abus que le cardinal Mazarin avait fait de sa puissance despotique ne justifiait pas le surintendant; mais l'irrégularité des procédures faites contre lui, la longueur de son procès, l'acharnement odieux du chancelier Séguier, contre lui, le temps qui éteint l'envie publique et qui inspire la compassion pour les malheureux, enfin les sollicitations toujours plus vives en faveur d'un infortuné que les manœuvres pour le perdre ne sont pressantes, tout cela lui sauva la vie. Le procès ne fut jugé qu'au bout de trois ans, en 1664.

De vingt-deux juges qui opinèrent, il n'y en eût que neuf qui conclurent à la mort; et les treize autres, parmi lesquels il y en avait à qui Gourville avait fait accepter des présents, opinèrent à un bannissement perpétuel. Le roi commua la peine en une plus dure. Cette sévérité n'était conforme ni aux anciennes lois du royaume, ni à celles de l'humanité. Ce qui révolta le plus l'esprit des citoyens, c'est que le chancelier fit exiler l'un des juges, nommé Roquesante, qui avait le plus déterminé la chambre de justice à l'indulgence. Fouquet fut enfermé au château de Pignerol.

Le secrétaire d'État Guénégaud, qui vendit sa charge à Colbert, n'en fut pas moins poursuivi par la chambre de justice qui lui ôta la plus grande partie de sa fortune. Ce qu'il y eût de plus singulier dans les arrêts de cette chambre, c'est qu'un évêque d'Avranches fut condamné à une amende de douze mille francs. Il s'appelait Boislève : c'était le frère d'un partisan dont il avait partagé les concussions.

Saint-Evremond, attaché au surintendant, fut enveloppé dans sa disgrâce. Colbert, qui cherchait partout des preuves contre celui qu'il voulait perdre, fit saisir des papiers confiés à Mme du Plessis-Bellière; et dans ces papiers on trouva la lettre manuscrite de Saint-Évremond sur la paix des Pyrénées. On lut au roi cette plaisanterie, qu'on fit passer pour un crime d'État. Colbert, qui dédaignait de se venger d'Hesnault, homme obscur, persécuta dans Saint-Évremond, l'ami de Fouquet qu'il haïssait, et le bel esprit qu'il craignait.

Le roi eut l'extrême sévérité de punir une raillerie innocente, faite il y avait longtemps contre le cardinal Mazarin qu'il ne regrettait pas, et que toute la cour avait outragé, calomnié et proscrit impunément pendant plusieurs années. De mille écrits faits contre ce ministre, le moins mordant fut le seul puni, et le fut après sa mort.

CHAPITRE XLIX

Déconvenue de Rosarges

Nous avons dit que Rosarges était arrivé à Forcalquier avec Louis XIV, moins de vingt-quatre heures après le départ de l'Homme au Masque de Fer.

Dans un chapitre précédent, nous l'avons pourtant laissé en route pour les îles de Lérins, traînant dans une voiture de saltimbanques, celui qu'il croyait être son ancien prisonnier du fort Sainte-Marguerite.

En ce moment, ce soudard était en pleine exaltation.

Il triomphait !

Quelle bonne fortune ! Du premier coup, il avait mis la main sur son fugitif !

Quel flair, quel œil !

Les plus fins policiers ne lui allaient pas à la cheville.

Il s'avouait, toutefois, qu'un certain bonheur, qu'une heureuse chance avaient présidé à cette heureuse capture.

En tête de son cortége, dont il pressait la marche, il manifestait sa joie par une exubérance de gestes et de paroles.

Cette gaieté bruyante, ce contentement expansif étaient du reste fort surexcités par des libations auxquelles le digne major se livrait avec un merveilleux entrain.

Les haltes se multipliaient, occasionnées par la rencontre d'une auberge. A chaque bouchon de paille ou de foin, à chaque rameau qui pendait à une porte le long de la route, Rosarges faisait arrêter sa troupe et lui faisait servir quelques pots de vin, tandis qu'il absorbait lui-même de copieuses rasades.

Cette route était si poudreuse ; le vent y soulevait de tels tourbillons de poussière que le gosier du geôlier était constamment aussi sec, aussi aride que son cœur, s'il en avait un.

Aussi, son visage prenait des teintes d'un rouge vif, sur lequel tranchait légèrement le violet de son appendice nasal.

Toute la bande, du reste, était en liesse et chantait à tue-tête des pont-neuf et des chansons épigrammatiques de l'époque.

Les chants satyriques abondaient à cette époque, et bourgeois, ouvriers, manants, soldats dans les corps de garde, gardiens dans les geôles, ne se privaient pas de se gaudir des gouvernants dans des couplets pleins de malice et de gros sel.

Un des hommes de la bande s'abandonna même à des refrains plus que vifs sur la maîtresse de Louis XIV qui devait bondir de fureur, s'il les entendait, dans le lourd charriot qui le traînait.

La voix chantait :

> On dit que c'est la Maintenon
> Qui renverse le trône
> Et que cette vieille guenon
> Nous réduit à l'aumône
> Louis le Grand soutient que non
> La faridondaine, la faridondon
> Et que tout se règle par lui
>   Biribi
>   A la façon de barbarie
>   Mon ami.

Rosarges qui ne plaisantait pas sur le respect dû aux autorités, ne songea pas à réprimer cette intempérance de chant.

Il accompagna même le chanteur au refrain.

Il était bien content le capitaine.

Le voyage se poursuivait sans incident, aussi rapidement que le permettait l'état des routes et les rudimentaires moyens de transport dont on pouvait disposer à cette époque.

On avait dépassé Saint-Tropez depuis une heure, lorsque Rosarges, qui était en avant à une centaine de pas, entendit au loin le galop de plusieurs chevaux, puis tout à coup, au haut d'une côte, dont la troupe atteignait le bas, il s'éleva un tourbillon de poussière.

Ce nuage gris avançait rapidement, en même temps que résonnait plus près, ce bruit de galop que Virgile a si merveilleusement peint dans un vers, modèle d'harmonie imitative.

> *Qnadrupedante putrem soviter quatit ungula compum.*

Rosarges avait dressé la tête.

Soupçonneux comme tout agent policier, plein de sollicitude pour la garde du trésor qu'il menait derrière lui, c'est-à-dire du faux masque de fer, il s'arrêta, lança vers le nuage roulant ses yeux inquisiteurs, puis, se repliant vers sa troupe, il commanda à ses hommes de préparer leurs armes à tout événement.

A mesure que le bruit grossissait et se rapprochait, Rosarges se rendait plus facilement compte du nombre des sabots de cheval qui frappaient le sol.

A un coup de vent, le nuage de poussière se déchira un peu et le capitaine distingua trois ou quatre cavaliers.

Il compta sa petite troupe.

Ils étaient cinq.

Un sourire de satisfaction plissa sa grosse lèvre et montra qu'il était parfaitement rassuré, quelle que fut l'intention des cavaliers qui arrivaient sur lui.

Tout à coup, après avoir jeté un regard sur le fourgon, qui renfermait le prisonnier, ses épais sourcils se froncèrent et il eut un fauve éclair dans les yeux.

— Sergent Boirou, appela-t-il s'adressant à un des hommes de sa troupe.

— Me voici, major.

— Vous avez un pistolet?

— Deux, major.

— Chargés?

— Jusqu'à la gueule.

— Écoutez-moi bien.

— De mes deux oreilles.

— Vous êtes dévoué au roi?

— Jusqu'à la mort.

— Vous m'obéirez?

— Sans discuter.

— Même si je vous ordonne de tuer quelqu'un?

— Un assassinat?

— Non! une exécution.

— Pour le bien de l'État?

— Pour le salut du roi.

— Bien. Ordonnez.

— Vous voyez là-haut cette troupe?

— Je l'entends venir depuis dix minutes.

— Sont-ce des ennemis, des gens qui veulent nous arracher notre prisonnier, je n'en sais rien; dans tous les cas, il faut tout prévoir et nous tenir sur nos gardes.

— Bien raisonné!

— Donc nous pouvons être attaqués.

— Nous nous défendrons.

— Sans doute; mais nous pouvons être vaincus.

— Pas sans avoir vendu chèrement notre peau.

— Il s'agit bien de notre peau, Sergent, si le sort nous est contraire et que je sois mis hors de combat, montez dans la voiture et, d'un coup de pistolet, faites sauter la tête du prisonnier.

— Bon.

— Vous me le jurez?

— Je le jure.

— Et maintenant, rangeons-nous en bataille.

Rosarges fit arrêter la voiture et la plaça sur le bord de la route, de façon, qu'au besoin, elle put leur servir d'abri.

Il attendit ainsi de pied ferme les cavaliers qui brûlaient le pavé dans une course échevelée.

Mais ils n'avaient guère l'air de faire attention à Rosarges, à sa troupe et à sa guimbarde, car ils passèrent comme un éclair.

— Mais Rosarges poussa une exclamation qui les fit arrêter court.

— Monsieur de Saint-Mars! s'écria le major au comble de la stupeur.

— Rosarges! fit à son tour le gouverneur de Sainte-Marguerite, qui avait brusquement arrêté sa monture, au risque d'être désarçonné.

— Victoire! monsieur le gouverneur, victoire! exclama Rosarges en agitant avec les marques de la plus vive joie, son feutre dont les longues plumes battaient furieusement l'air.

— Auriez-vous réussi ? demanda Saint-Mars avec le plus vif empressement.

— Il est là ! fit Rosarges en désignant du doigt la voiture qui renfermait Louis XIV.

— Notre prisonnier ?

— Saisi, lié, ficelé, garotté.

— C'est très bien, ça, Rosarges; le roi sera content de vous, et j'en snis moi-même très-satisfait. J'en suis heureux pour un vieux soldat, un fidèle serviteur tel que vous. Soyez certain qu'un milier de louis et un grade supérieur ne seront pas trop pour payer ce magnifique exploit.

Rosarges, à ces paroles, éprouva une telle joie, qu'il devint cramoisi et faillit éclater de saisissement comme une grenade.

C'était bien M. de Saint Mars, de l'ile Sainte-Marguerite, le gouverneur de la forteresse, qui arrivait en compagnie de deux hommes, ainsi à fond de train, au risque de tuer les chevaux qu'ils montaient.

Il avait dû parcourir un long espace de chemin, car les montures étaient haletantes et couvertes de sueur.

Quelle cause précipitait ainsi monsieur de Saint-Mars sur la route de Toulon ?

Lorsqu'après avoir mis Louis XIV sur son chemin, Saint-Mars rentra à son gouvernement, il pesa toutes les chances qu'avait le roi à regagner Versailles.

Rien ne parut faire obstacle au plan qu'il avait arrangé.

Bientôt tout serait rentré dans l'ordre et il ne douta pas ainsi un seul instant du succès de l'entreprise de Rosarges.

Il passa vingt-quatre heures dans une sorte de demie-quiétude.

Nous disons demie-quiétude, car le sombre geôlier n'était pas tout à fait rassuré '

Il y a en tout des éventualités qu'il faut prévoir; il faut aussi faire la part de l'imprévu.

Parfois son esprit était assailli de craintes secrètes.

Était-ce son instinct qui lui révélait un danger ? Était-ce un fatal pressentiment ?

Il était à réfléchir à cette singulière coïncidence qui jetait les deux frères, les deux héritiers de la couronne, sur la route de Versailles, lorsque tout à coup il tressaillit.

De déduction en déduction, et en suivant dans son imagination, la course des deux compétiteurs il avait tout à coup frissonné.

Une pâleur mortelle s'était répandue sur son visage, en même temps qu'une idée affreuse lui surgissait dans l'esprit.

Le roi était parti pour Toulon, qui devait être une de ses principales étapes.

Le Masque de Fer devait aussi, sans nul doute, y passer.

Peut-être au lieu d'arrêter le Masque de Fer, Rosarges mettrait-il la main sur Louis XIV.

Cette supposition était plausible, très-vraisemblable.

Qu'arriverait-il si ce malheur arrivait.

Commander deux hommes pour le suivre, faire préparer le bateau pour gagner le continent, fut l'affaire d'un quart d'heure.

Il prit ses pistolets, sa meilleure épée, de l'or, arma ses hommes et s'embarqua.

Il envoya chercher des chevaux à sa petite maison de campagne et se lança sur la route de Lyon.

On dévora l'espace.

A toutes les postes, on requit les meilleurs coureurs.

Saint-Mars, excité par l'inquiétude horrible qui l'étreignait, se montrait infatigable et creva trois chevaux.

Il allait comme la foudre lorsqu'il rencontra et dépassa, sans faire attention à lui, Rosarges et ses hommes, qui, du reste, se dissimulaient derrière la voiture de saltimbanques.

Il fut, ainsi qu'on l'a vu, brusquement arrêté par l'exclamation du major.

Le cri de triomphe de son lieutenant l'arracha de son doute cruel.

Tout était sauvé.

Latour (le Masque de Fer), est donc là? fit Saint-Mars en montrant du doigt le fourgon qui renfermait le roi.

— Oui, voulez-vous le voir?

—Il doit faire une triste figure. Se trouver, après tant d'années de captivité, sur le chemin du trône, et se voir tout à coup arrêté au milieu d'un si beau rêve.

— Quelle chûte.

— Ou mieux, quelle rechûte.

— Et vous savez, monseigneur, d'une rechûte on n'en revient pas, ricana Rosarges.

— Qu'à-t-il dit en vous voyant?

— Oh! je ne lui ai pas laissé le temps de faire ouf! je l'ai bâillonné, ficelé, enlevé avant qu'il ait eu le temps de se reconnaître. La rage, l'émotion l'ont rendu rouge comme un homard cuit. J'ai cru même un moment qu'il allait trépasser, tant la face était couperosée et les yeux injectés. Mais je lui ai enlevé la poire d'angoisse, et il a pu respirer.

— Et depuis?

— Muet comme une oubliette.

— Comme l'oubliette qui va le recevoir.

— Oui, un cul de basse-fosse. C'est ce qui lui convient. De là, on ne s'échappe pas.

— Est-il plus calme?

— Il est sombre et résigné. Pendant vingt-quatre heures, il a refusé toute nourriture. Mais la faim l'a emportée sur sa résolution de se laisser mourir, et maintenant il dévore.

— C'est bien, il ne faut rien lui refuser jusqu'à ce que Sa Majesté ait décidé de son sort. Et maintenant faites ouvrir la voiture.

Saint-Mars s'approcha du grand coffre roulant dans lequel gisait Louis XIV.

Dès qu'il eut jeté les yeux sur le prisonnier, il poussa un cri terrible.

Aux vêtements qu'il portait, il venait de reconnaître le roi.

Nous ne dépeindrons pas le désespoir de Saint-Mars et l'affreuse déconvenue de Rosarges.

L'infortuné major chancela sous le coup affreux qui le frappait.

D'abord livide, suant de peur devant Louis XIV qui s'était dressé terrible et menaçant, il sentit ensuite comme un flot de sang lui monter au cerveau et l'aveugler.

Il s'appuya à la roue de la voiture.

Il étranglait; d'une main convulsive il arracha sa cravate, et souffla comme un bœuf.

Tandis que Rosarges se sentait ainsi comme foudroyé, Saint-Mars s'était jeté aux genoux du roi.

— Grâce! Pardon! sire, s'écria-t-il en tendant vers Louis XIV des mains suppliantes et tendues par le désespoir.

Mais le roi, délivré s'était promptement remis.

— Relevez-vous, fit-il d'une voix où régnait un reste de ressentiment. C'est du reste notre faute à tous. Nous aurions dû prévoir cette fatale ressemblance.

Louis XIV sentait qu'en ce moment, ayant besoin de tous les dévouements, sa colère serait mal placée.

Du reste, il fallait aviser et ne pas perdre le temps en récrimination.

— Allons remettez-vous tous, fit-il d'un ton plus bienveillant. Personne n'est ic coupable de cette méprise. Nous avons manqué de prévoyance. Mais les moments sont précieux Monsieur de Saint-Mars, je suis content que vous ayez réparé ce oubli. Mais dans le trouble où vous étiez tous, il était excusable. Rien n'est perdu je l'espère, le capitaine Rosarges va prendre sa revanche. J'ai su apprécier son esprit de résolution et sa dextérité. Je l'emmène, lui et ses hommes, à la poursuite de mon ennemi. Quant à vous, monsieur le gouverneur, ma bienveillance ne vous abandonnera jamais.

Saint-Mars se confondit en remerciments et en témoignages de reconnaissance.

Il donna de nouvelles et précises indications au roi et à Rosarges.

Puis Louis XIV reprit le chemin de Toulon, tandis que Saint-Mars regagnait l'île Sainte-Marguerite.

Nous savons comment le roi et sa suite arrivèrent inopinément à Forcalquier dans la nuit qui suivit le départ du Masque de Fer.

CHAPITRE L

Le Condamné de Sisteron

Cependant le Masque de Fer avait poursuivi sa route avec grande diligence.

Pour gagner de l'avance, il avait passé la nuit à cheval, se faisant précéder, lui et sa suite, de deux coureurs qui portaient des torches.

On arriva à dix heures du matin à Sisteron.

Les quatre estaffiers étaient déjà attablés.

Ce jour-là la petite ville provençale présentait un étrange aspect.

Beaucoup de maisons étaient fermées, mornes, silencieuses.

Derrière beaucoup de fenêtres closes, on apercevait à travers les petits carreaux de verre enchâssés dans l'étain, des visages pâles, effarés ou en larmes.

D'autres demeures bruyantes, d'où sortait une foule joyeuse, paraissaient en fête.

D'où provenait ce contraste.

Sisteron est une ville dont la majorité des habitants était protestante, et depuis la révocation de l'édit de Nantes, on persécutait, on pendait, on brûlait les adeptes de la religion réformée.

Ce jour-là il y avait deuil parmi les malheureux qu'attaignait le fanatisme de Louis XIV, et liesse parmi les catholiques excités par des prêtres furieux.

Il y allait avoir grand spectacle pour les *véritables croyants*, c'est-à-dire qu'un bûcher s'élevait sur la principale place, et qu'on allait y brûler un ministre protestant.

Le frère du roi demanda à Barbezieux ce que signifiait cette situation anormale de la ville.

— Sire, répondit le fils de Louvois, c'est un huguenot qui va périr dans les flammes.

— Et son crime ?

— Est de n'avoir pas voulu se soumettre à votre salutaire décret.

— Il s'est révolté contre mes ordres? demanda l'Homme au Masque de Fer qui ne connaissait pas le décret dont parlait Barbezieux.

— Pas tout-à-fait. Mais il a dit le prêche dans un bois où on l'a surpris, enseignant l'hérésie au milieu d'une foule égarée.

— Il a eu tort, repondit le Masque de Fer qui ne voulait pas éveiller les soupçons de son interlocuteur. Mais je ne veux pas que mon entrée dans cette ville soit attristée par une exécution. Je fais grâce à cet homme. Allez, qu'on me l'amène dans une heure. Une parole de son roi fera sur lui, j'en suis sûr, plus que toutes les violences et toutes les exécutions.

Barbezieux était bien pensant !

Le roi descendit à l'hôtellerie du *Soleil d'Or*, et s'enferma dans la chambre qu'on lui avait préparé.

Il lui tardait de connaître ce décret qui couvrait le royaume de gibets et de bûchers, dépeuplait le midi de la France, chassait hors de leur patrie les familles les plus honorables, les plus intelligentes, ruinait notre industrie et forçait nos meilleurs fabricants d'aller porter à l'étranger le secret de fabrication de nos plus riches produits.

Il avait son *vade mecum*, le précieux manuscrit de Charlotte, où étaient traitées, comme on sait, les principales questions de politique intérieure et extérieure du royaume.

Révocation de l'édit de Nantes, lut-il en tête d'un chapitre.

Aux premiers mots, il comprit qu'il avait mis la main sur la question qui l'intéressait.

« A la mort du cardinal de Mazarin, Louis XIV, tout en affectant de donner des regrets à son ministre, se promit bien d'être désormais le seul maître de son royaume. Y parvint-il? à peu près... Il n'y eut guère en France que quatre personnes qui parvinrent à dominer le grand roi et à régner parfois en son nom, deux maîtresses, deux confesseurs : Madame de Montespan et Madame de Maintenon, le père La Chaise et Le père Letellier. Ces diverses influences contribuèrent, tour à tour à renouveler en France les dissensions religieuses et les persécutions des calvinistes. Louis XIV détestait naturellement les huguenots; il s'appliqua à miner par degrès, de tous côtés, l'édifice de leur religion. Par sa volonté on leur défendit d'épouser des filles catholiques; on les exclut autant que possible des communautés, des arts et métiers ; on employa surtout un moyen de conversion très efficace, l'argent. En 1681, le conseil du roi publia une déclaration par laquelle les enfants avaient le droit de renoncer à leur religion à l'âge de sept ans. A l'aide de cette ordonnance, on prit dans les provinces beaucoup d'enfants pour les faire adjurer, et l'on mit des gens de guerre chez leurs parents.

On défendit aux maîtres d'écoles calvinistes de recevoir des pensionnaires; on n'admit plus ceux de cette religion, ni parmi les notaires, ni parmi les avocats, ni même parmi les procureurs.

En 1682, les huguenots osèrent désobéir en quelques endroits. Dans le Dauphiné et le Vivarais, deux ou trois cents malheureux qui avaient pris les armes pour défendre leur religion furent battus et dispersés en un quart d'heure. Les supplices suivirent leur défaite, et l'intendant du Dauphiné fit rouer le petit-fils du pasteur Chamier, qui avait dressé l'édit de Nantes... Cruelles et fatales mesures qui donnaient peu de prosélytes au catholicisme ! les hommes s'attachent à leur religion à mesure qu'ils souffrent pour elle.

Après avoir envoyé des missionnaires dans ses provinces, le roi fit plus... il y envoya des dragons...

Ainsi les révérends pères commençaient à reprendre leur empire et s'en servaient comme ils avaient fait toujours; et par eux, le nom de Louis-le-Grand devenait exécrable à plus d'un million de ses sujets.

Un évêque ou un curé marchait à la tête des soldats. On assemblait les principales familles calvinistes; elles renonçaient à leur religion au nom des autres, les obstinés étaient livrés aux soldats. Plusieurs personnes furent si cruellement maltraitées, qu'elles en moururent. Le marquis de Louvois écrivait aux officiers chargés de ces étranges conversions : « Sa Majesté veut qu'on fasse éprouver les dernières rigueurs à ceux qui ne voudront pas se faire religieux, et ceux qui auront la sotte gloire de vouloir demeurer fermes dans leur croyance, doivent être poussés jusqu'à la dernière extrémité. »

Enfin l'édit de Nantes, presque aboli en fait depuis quelques années, fut légalement révoqué en Octobre 1685.

Il fut ordonné à tous les ministres qui ne voudraient pas se convertir de sortir du royaume dans la quinzaine. Les ministres préférèrent l'exil à l'apostasie, et des milliers de Français allèrent à leur suite demander un refuge aux nations envieuses de Louis XIV, qui s'empressèrent de leur tendre la main.

La France perdit près de cinq cent mille habitants, une quantité prodigieuse d'espèces, et surtout des arts dont ses ennemis s'enrichirent... Et cependant le vieux chancelier Le Tellier s'écriait plein de joie en signant cet édit cruel et impolitique qui abolissait celui de Nantes ! *Nuc dimitte servum tuam Domine... Quia viderunt ocieli miei salutare tuum.* « Maintenant congédie ton serviteur, ô mon Dieu... Car il a vu triompher ta cause. » Et madame de Sévigné, non moins triomphante, écrivait dans une de ses spirituelles épitres : «Vous aurez vu sans doute l'édit par lequel le roi révoqua celui de Nantes. Rien n'est si beau que tout ce qu'il contient, et jamais aucun roi n'a fait et ne fera rien de plus mémorable. »

Il resta dans le royaume plus de quatre mille protestant qui, pour éviter l'exil ou la torture, feignirent d'être convaincus et adjurèrent; mais leur dissimulation ne put aller jusqu'à un exercice sincère et absolu de leur religion nouvelle.

Quelques-uns rejetèrent l'hostie après l'avoir reçue...

On les condamna à être brulés vifs. Les corps de ceux qui ne voulaient pas recevoir les sacrements à la mort furent trainés sur la claie et jetés à la voirie.

Quelques ministres protestants ayant osé rester en France, furent condamnés à périr par la corde ou par la roue.

Toutes ces violences, qui déshonorent le règne de Louis XIV, furent exercées dans le temps où, dégouté de Mme de Montespan, subjugué par Mme de Maintenon, il devenait dévot comme elle et se livrait à ses confesseurs. Ces lois, qui violaient également et les premiers droits des hommes et tous les sentiments de l'humanité étaient présentées par les Jésuites à leur royal pénitent comme l'unique moyen de réparer les péchés qu'il avait commis avec ses maitresses.

Louis aimait la gloire, et il marchandait honteusement la conscience de ses sujets; il voulait faire régner les lois, et il envoyait des soldats vivre à discrétion chez ceux qui ne pensaient point comme son confesseur; il était flatté qu'on lui trouvât de la grandeur dans l'esprit, et il signait chaque mois des édits pour régler de quelle religion devaient être les marmitons, les maitres en fait d'armes, les écuyers de ses États; il aimait la décence, et les soldats envoyés par ses ordres donnaient le fouet aux filles protestantes pour les convertir.

La secte des huguenots subsista en paraissant écrasée. Nous l'avons dit, la crainte des supplices, fait peu de prosélytes; le martyre double les partisans d'une cause, si obscure et si ridicule qu'elle puisse être, et les religions, je parle des mauvaises et il faut bien supposer qu'il y en a dix-neuf sur vingt parmi celles qui se partagent les croyances de l'espèce humaine, les religions dis-je, passent à la longue à l'état de vieux abus, c'est-à-dire qu'on ne parveint jamais à les détruire.

Ainsi le protestantisme ne fut pas ébranlé il s'affermit plus que jamais en France, tout en se cachant pendant quelques années à l'approche des soldats et des bourreaux; mais de loin en loin les chefs de la religion relevèrent la tête, excitant d'abord, par des prédications incendiaires, le fanatisme des gens du peuple, et bientôt se révoltant à la face du ciel, et défendant leur cause, les armes à la main. Ce fut surtout dans le Languedoc et les contrées voisines que ces séditions éclatèrent.

Des prophètes apparurent dans toutes ces provinces, prédisant l'avenir, c'est-à-dire le triomphe prochain du protestantisme, et prêchant aux huguenots de sanglantes représailles pour prix de tout le sang qu'avaient fait verser les catholiques. Un des premiers de ces prophètes fut un certain Cotterus, ou Kotter, ancien corroyeur, qui abandonna cette profession pour le métier le plus noble de chef de secte. Après lui, une femme se mit à la tête des insurgés... c'était Christine Pomatowa, fille d'un moine polonnais défroqué ; puis un nommé Nicolas Drabieuis qui, fut décapité en 1671. Mais le ministre Jurieu exerça, sur toutes ces têtes chaudes et passionnées du midi de la France, une influence bien plus grande que n'avaient pu le faire jusqu'alors les autres prophètes. Ses nombreux partisans le'portèrent aux nues, et déclarèrent qu'il devait prendre sa place auprès de Saint-Paul et de l'auteur de l'Apocalypse; on fit frapper en Hollande une médaille en son honneur, avec cet exergue Jurius prophéta, Jurieu prophète. Son école s'établit dans les montagnes du

Dauphiné, du Vivarais et des Cévennes : il promit la délivrance du peuple de Dieu pendant huit années. Rien de tel que les prédictions pour échauffer les fidèles en matière religieuse. De cent événements que la fourberie ose prophétiser... Si le hasard en réalise un seul, les autres sont oubliés, et celui-là demeure comme un gage spécial de la faveur de Dieu. Si aucune prédiction ne s'accomplit, on interprète les paroles du prophète, et l'on ne manque pas de trouver une nouvelle signification à leurs pronostics; les imbéciles s'empressent de croire, et les fanatiques, qui peuvent être gens fort sensés et fort habiles, un seul point excepté, celui de leur enthousiasme, croient bien vite et plus facilement encore.

Jurieu eut d'innombrables imitateurs. Une des plus célèbres écoles de prophétie fut établie dans une verrerie sur une montagne du Dauphiné appellée Peiru. Un viel huguenot, nommé de Serre y annonça *la ruine de Babylone et le rétablissement de Jérusalem*. Il déclamait devant des troupes d'enfants ces paroles de l'écriture : « quand trois ou quatre sont assemblés en mon nom, mon esprit est avec eux; et avec un seul grain de foi, on fera mouvoir des montagnes.

Puis il recevait l'esprit divin; on le lui conférait en lui soufflant dans la bouche parce qu'il est dit dans Saint-Mathieu que Jésus souffla sur ses disciples avant sa mort; il était hors de lui-même, il avait des convulsions, il changeait de voix, il restait immobile, égaré, les cheveux hérissés. Selon l'ancien usage de toutes les nations, et selon les règles de démence transmises de siècle en siècle, les enfants recevaient ainsi le don de prophétie, et s'ils ne parvenaient pas, suivant les paroles de leur maitre à faire mouvoir les montagnes c'est qu'ils avaient à leur âge assez de force pour recevoir l'esprit, mais pas assez pour faire des miracles... Ainsi, ils redoublaient de ferveur, de piété, et de haine pour les catholiques, espérant, ainsi devenir un jour tout à fait prophètes.

Les persécutions recommencèrent, et de toutes parts les jésuites firent relever les échafauds. Claude Brousson, d'une famille de Nimes, ancienne et fort considérée, homme éloquent et plein de zèle pour la religion réformée, s'était enfui de sa patrie comme tant d'autres lors de la révocation de l'édit de Nantes. Las de vivre à l'étranger, il ne voulut pas mourir sans avoir revu le ciel de son pays, et il y rentra en 1698. Ce fut une des plus célèbres victimes des Catholiques. Il fut accusé, non seulement d'avoir rempli son ministère, malgré les édits qui proscrivaient en France la religion réformée, mais d'avoir eu dix ans auparavant, des correspondances avec les ennemis de l'État. En effet, il avait formé le projet d'introduire des troupes anglaises et savoyardes, dans le Languedoc. Ce projet, écrit de sa main et adressé au duc de Schomberg, avait été intercepté depuis longtemps, et était dans les mains de l'intendant de la province. Brousson crut échapper encore par la fuite à la cruauté de ses ennemis; ce fut en vain: errant de ville en ville, il fut arrêté à Oléron et transféré à la citadelle de Montpellier.

L'intendant et ses juges l'interrogèrent : il répondit qu'il était l'apôtre de Jésus-Christ, qu'il avait reçu le Saint-Esprit, et ne devait pas trahir le dépôt de sa foi ; que son devoir était de distribuer le pain de la parole à ses frères. On lui demanda si les apôtres avaient formé des complots pour exciter les provinces à la révolté ; on lui montra le fatal écrit revêtu de sa signature, et c'est à peine s'il lui fut permis de se défendre : le juges, d'une voix unanime, le condamnèrent à être roué vif.

Il subit la mort avec un admirable courage. Aussi la secte, bien loin de le regarder comme un criminel, ne vit en lui qu'un saint injustement condamné, comme l'avaient été les premiers martyrs, et qui scellait comme eux de son sang sa croyance à la plus vénérable des causes. On fit imprimer un livre qui racontait ses diverses aventures, depuis son exil jusqu'à sa mort sanglante, sous le titre : *Le martyre de monsieur de Brousson.*

Bientôt la révolte fut de toutes parts organisée dans les Cévennes. Le cri de guerre des insurgés était : *Point d'impôt et la liberté de conscience.* Cette devise séduisit partout le peuple.

CHAPITRE LI

Le Pasteur Raymond

Le *Masque de Fer* venait à peine de lire les notes de Charlotte, relatives à la révocation de l'Édit de Nantes, lorsque Barbezieux, pâle, les habits en désordre, se rendit à l'hôtellerie où il était descendu, et demanda au valet de service à être introduit immédiatement auprès du roi.

— Dans quel état vous voilà et comme vous êtes ému, lui dit le frère de Louis XIV, lorsque le jeune gentilhomme fut en sa présence. Que vous est-il donc arrivé !

— Sire, les protestants sont sans doute de grands coupables ; mais je viens d'avoir la preuve que parmi les catholiques il y a pas mal de féroces scélérats.

— Mon cher Barbezieux, vous calomniez nos coreligionnaires.

— J'atténue au contraire leur infamie.

— Que vous ont-ils donc fait.

— Selon votre ordre, je me suis rendu à la prison de la ville où je supposais qu'était enfermé le condamné qu'on devait conduire au bûcher. Mais je suis arrivé trop tard. Le patient était déjà en route pour le lieu du supplice. Je me hâte, je fends la foule en criant : ordre du roi ! on me livre d'abord passage, car le nom de Votre Majesté est toujours craint et vénéré. Mais lorsque les féroces spectateurs qui suivaient le cortège du condamné en hurlant, soupçonnèrent le but de mon intervention, ils se mirent à pousser des cris terribles.

— A mort ! pas de grâce ! exclamaient-ils.

« On se jette au-devant de moi, on vint m'empêcher de passer, on me presse, on me serre, et j'aurais été étouffé par les rangs épais de ces manants, si je n'avais tiré l'épée et chargé la foule. Alors ce n'est plus de la colère, c'est de la rage, c'est

du délire. On se rue sur moi, on veut m'enlever; j'aurais sans doute péri, si une inspiration ne m'était venue.

— Ce n'est pas assez d'une victime pour expier un crime comme celui de ce misérable.. Peuple de Sisteron, ai-je crié on va reconduire le criminel dans son cachot, et demain un vaste bûcher le consumera, lui, sa famille et tous ses adeptes.

Une immense acclamation accueillit ces paroles.

— Oui. oui, tous au feu,.s'écria la foule.

— A demain la grande expiation, ai-je ajouté.

Grâce à cette promesse, le condamné a pu être reconduit en prison. Ce soir, on le fera sortir secrètement et on l'amènera en présence de Votre Majesté.

— C'est bien, Barbezieux, je suis content de vous.

L'Homme au Masque de Fer ne voulut pas faire un long séjour à Sisteron.

Son dessein, en arrivant dans cette petite ville, avait été de partir vers deux heures de relevée.

Il se savait ardemment poursuivi par son frère et, bien qu'il espérât que Charlotte créerait des obstacles pour arrêter son compétiteur, il voulait, contre toute éventualité, mettre une grande distance entre eux deux.

Il appela l'homme qui lui servait de valet de chambre et lui donna un ordre pour Barbezieux.

Cet ordre portait.

« On procédera immédiatement aux préparatifs du départ. Dans une demi-heure, tous les hommes seront en selle sur des chevaux frais.

« Comme nous avons pris par la traverse et que nous sommes arrivés ici de bonne heure, M. de Barbezieux désignera un homme pour attendre ici mon carrosse qui ne sera rendu à Sisteron que ce soir, probablement très-tard. On ira chercher le prisonnier Raymond, qui devait être brûlé ce matin; on le mettra dans la voiture et deux hommes de la maréchaussée le mèneront à Gap, où nous nous rendons directement Recommandez de faire diligence. Si je suis parti de Gap, lorsque le docteur Raymond y arrivera, on lui remettra, un sauf-conduit et cinquante louis pour qu'il se rende à Grenoble où je séjournerai et où je l'admettrai en ma présence. Je logerai à l'hôtellerie des *Armes du Dauphiné.* »

Signé : COMTE DE MARLY.

En traversant Gap, le Masque de Fer n'avait pas remarqué, sans surprise et sans une vive douleur, que la ville était presque ruinée.

Il y avait, çà et là, des maisons croulantes, des ruines noircies par un récent incendie, des logis abandonnés et ouverts à tous les vents.

Une misère affreuse paraissait s'apesantir sur la population. Des gens hâves et déguenillés sillonnaient les rues silencieuses. La plupart des boutiques étaient fermées. Quelques échoppes se rouvraient timidement. Partout on lisait les signes d'un désastre récent.

Le faux comte de Marly n'osait pas interroger sa suite sur la cause du sinistre aspect que présentait cette malheureuse cité.

A tout hasard il dit à Barbezieux :

— Je croyais avoir donné des ordres pour qu'on secourut ces malheureux habitants.

— Monseigneur a été obéi, répondit le fils de Louvois. Sans doute les fonds envoyés par M. le surintendant des Finances ne sont pas encore arrivés.

— Quel aspect désolant !

— C'est là l'effet inévitable de la prise d'une ville livrée au pillage et mise à sac. C'est le coup de pied de l'âne du duc de Savoie.

— Oui, riposta Dangeau, mais contrairement à la fable de ce bon La Fontaine, où le lion était mourant lorsqu'il reçut la lâche offense de maître aliboron, ici le lion n'était qu'endormi. Gare au réveil, il sera terrible.

Voici ce qui était arrivé, et ce qu'ignorait nécessairement le Masque de Fer.

Après les premiers désastres de Louis XIV, Victor-Amédée de Savoie s'était jeté sur la Provence, s'était emparé de Gap et l'avait livré aux flammes et au pillage.

Le faux comte de Marly devina en partie la vérité, et son front s'assombrit.

Il eut encore plus de hâte d'arriver à Versailles, de se saisir des rênes du gouvernement et de se rendre compte de la situation de la France, pour y porter promptement remède, si elle avait reçu de profondes blessures.

On traversa Saint-Firmin comme une trombe et l'on arriva à Grenoble où le Masque de Fer se crut enfin plus en sûreté et mieux à l'abri des poursuites de son frère.

La capitale du Dauphiné, qui est aujourd'hui une place forte de première classe, avait, à cette époque, d'assez bonnes fortifications construites sur les plans de Vauban.

Le frère du roi fit donner des ordres sévères, alléguant qu'il fallait éviter toute surprise. Les postes furent mystérieusement doublés, et les portes de la ville gardées avec le plus grand soin. Le roi, ou du moins le faux roi, avait été obligé d'abandonner un moment l'incognito pour faire exécuter ses ordres, mais il n'avait voulu, néanmoins, recevoir aucune des autorités de la province, et avait exigé que l'on gardât le secret sur son passage,

Le lendemain, on lui amena le pasteur protestant qu'il avait arraché au supplice.

Celui-ci se présenta devant celui qu'il croyait être son souverain, grave et sévère, le front pâle et triste, sans manifester aucune joie ni aucune reconnaissance de la grâce inespérée qu'il avait obtenue.

— Qu'on me laisse seul avec cet homme, ordonna l'Homme au Masque de Fer.

Alors les deux victimes de la politique de Louis XIV se trouvèrent en présence.

— Vous me croyez l'ennemi des hommes de votre religion ?...

— Je vous crois aussi l'ennemi de la France, l'ennemi de votre royaume, l'ennemi de votre propre gloire, interrompit le pasteur.

— Je suis un homme de paix, de tolérance, de justice et de droit, reprit gravement Louis XIV.

— Un homme de paix, dit avec amertume son interlocuteur, et vous nous faites une guerre sans merci ! un homme de tolérance, et vous nous persécutez sans pitié, un homme de justice et de droit, et vous violez la foi jurée, le traité signé avec votre auguste ancêtre, et vous révoquez l'édit qui nous garantissait nos droits conquis, nos droits légitimes.

— Oui, tout cela est vrai, vous avez raison de vous plaindre et de maudire le

Où viennent quelquefois en partie fine les gentilshommes de la ville.

souverain qui traite avec tant d'injustice et de cruauté la partie la plus éclairée, la plus dévouée, la plus généreuse de son peuple.

— Que dites-vous ! s'écria le pasteur au comble de l'étonnement. Qu'entends-je de votre bouche? N'est-ce pas votre main qui a signé ce décret de ruine et de sang!— n'est-ce pas vous qui nous arrachez nos enfants pour les livrer aux professeurs d'hé résie et de mensonge! N'est-ce pas vous qui nous envoyez dans les cachots, à l'é chafaud, au bûcher, et qui forcez les familles les plus industrieuses, les populations les plus patriotiques, à quitter leur pays pour aller chercher à l'étranger une patrie plus clémente.

—Avant de vous répondre, avant de vous livrer un terrible secret, j'exige de vous deux choses, d'abord de me dire si vous vous croyez délié envers votre souverain.

— C'est vous qui avez rompu tous les liens qui nous attachaient à vous; c'est vous qui avez déchiré le pacte juré. En nous arrachant violemment de nos temples, vous avez perdu tout droit sur nous.

— C'est bien ; j'apprécie cette noble franchise et ce grand courage. Mais rassurez-vous, je vous ai autorisé à parler librement, et vos paroles ne vous seront pas imputées à crime.

— Je ne crains pas la mort; les outrages de vos soldats, la vue du bûcher ne m'avaient pas fait pâlir.

— Je suis heureux de voir en vous tant d'héroïsme. J'aurai peut-être besoin de le mettre à l'épreuve. Mais abordons la seconde question. Je vais vous révéler un fait inouï, étrange, dont l'aveu peut-être fera pâlir votre visage et troublera vos idées, votre conscience. C'est un drame affreux que vous apprendrez, mais je vous préviens qu'il est des secrets formidables, dangereux à apprendre, et dont la connaissance peut entraîner la mort de celui qui l'a découvert ou qui en a écouté le récit. Êtes-vous assez fort pour porter un tel secret ?

— Je ne crains que Dieu.

— Jurez-moi, quoi qu'il arrive, que vous acceptiez ou refusiez la proposition que je vais vous faire, que vous ne révélerez à personne ce que vous allez apprendre.

— Quel intérêt ai-je à connaître cette histoire ?

— Un intérêt immense ! c'est le salut de votre religion, c'est la liberté de votre culte que ce secret porte dans ses flancs.

— Parlez, alors ! je jure sur Dieu, sur ma vie, sur mes enfants, que je tiendrai caché à tous ce que vous allez me révéler.

— Eh bien le roi de France, Louis XIV est un usurpateur.

À cet aveu imprévu, le pasteur tressaillit, ouvrit des yeux effarés et se recula du Masque de Fer.

— Que veut dire ceci ! murmura-t-il, lorsque la parole qu'avait coupée l'excès de la surprise, lui fut rendue.

— Je le vois, vous me prenez pour un fou ou un imposteur, fit le faux Louis XIV.

— Fou, non, imposteur pas davantage; pis que cela peut-être.

— Que voulez-vous dire ?

— Je veux dire que vous êtes bien Louis XIV, je le vois à vos traits qui me son connus, car je suis allé à Versailles il y a six mois, déposer une supplique de nos coréligionnaires. Or ce n'est pas vous qui briserez de votre propre main votre couronne. Vous voulez m'attirer dans un piége ; me mêler, moi et ceux de ma religion, à quelque ténébreux complot, pour nous rendre criminels et justifier aux yeux de l'Europe et aux yeux de l'histoire, la cruauté des mesures que vous avez prises contre nous. Oui, vous n'êtes plus notre roi, ou la France que nous aimons tant et dont nous étions les enfant dévoués, n'est plus notre patrie; mais nous ne porterons pas les armes contre vous ni contre elle. Nous prendrons le chemin de l'exil, cherchant des contrées plus propices et des états plus cléments.

— Je ne suis pas Louis XIV, affirma énergiquement le Masque de Fer; je suis comme vous une victime de funestes intrigues de cour. C'est une étrange ressemblance qui vous trompe. Celui que vous appeliez votre roi, mon frère utérin, n'est pas le fils de mon illustre père, Louis XIII; c'est le fruit d'un adultère. Il est roi par le crime d'un ministre infâme, qui, après avoir séduit la reine, substitua, grâce à une habileté scélérate, le bâtard au fils légitime qui fut relégué au fond d'une obscure province, puis enlevé, emprisonné et couvert d'un Masque de Fer, pour que personne ne put remarquer cette identité de traits que la nature, par un singulier caprice, avait donnée aux deux frères. J'ai pu, après dix-huit ans de souffrance, m'échapper de ma prison, en forçant mon frère à prendre ma place. Mais ses geôliers lui ont rendu la liberté. Il me poursuit à marches forcées. Voulez-vous, vous et tous vos coréligionnaires reconnaître et défendre votre roi légitime? Tous vos droits vous seront rendus, vos fortunes relevées, vos frères rappelés de l'exil.

Le pasteur, à mesure que parlait l'Homme au Masque de Fer, écoutait muet, stupéfait. Ce qu'il entendait lui paraissait être le produit d'un songe. Il croyait rêver.

Puis aux dernières phrases, il eut comme un éblouissement.

— Si c'était vrai pourtant! Oh! mais c'était impossible.

— Si je vous prouve ma sincérité, reprit le Masque de Fer qui voyait bien l'ahurissement de son interlocuteur, si je vous donne la preuve de ce que j'avance?

— Oh! tous nos dévouements vous sont acquis! répondit le pasteur qui se laissait gagner par le ton de conviction et par la chaleur de parole du Masque de Fer.

— Eh bien! écoutez-moi; je vais vous raconter tous les détails de ma vie; vous exposer ensuite mon plan. Tout dépend de vous pour le faire réussir.

Le Masque de Fer et le pasteur parlèrent encore une demi-heure à voix basse. Quand l'homme de religion prit congé du frère du roi, il était rayonnant.

— Sire, vous êtes désormais notre seul, notre vrai roi. J'accepte avec bonheur la mission que vous me confiez. Demain, à cinq heures du matin, je serai parti à la tête de dix hommes bien déterminés sur la route de Saint-Firmin.

— Pas de meurtre inutile.

— Vivant, il souffrira de sa chûte, et ce sera là notre vengeance. Nous laisserons à Dieu le soin de punir ses crimes.

CHAPITRE

Les perplexités de maître Bourgeat, hôtelier à Forcalquier

Nous avons vu Louis XIV accompagné de Rosarges et de sa suite, arriver inopinément à Forcalquier et descendre, dans la nuit, à l'hôtellerie de maître Bourgeat, où se trouvaient Charlotte et sa mère, la bonne Marion.

Au bruit que firent le roi et sa petite troupe en se présentant devant l'auberge, Charlotte, subitement éveillée, se jeta à bas de son lit et courut à la fenêtre qu'elle ouvrit discrètement.

A la lueur des torches que portaient deux valets, elle reconnut tout de suite Rosarges et Louis XIV.

Elle étouffa un cri et se sentit pâlir.

— Le roi! murmura-t-elle. Déjà! Si Rosarges nous reconnaît nous sommes perdues.

En ce moment, on frappait violemment à la porte de l'hôtellerie.

— Hóla, eh! maître Bourgeat! criait de sa voix enrouée Rosarges qui avait vu le nom sur l'enseigne. Faut-il enfoncer votre porte et aller vous éveiller à coups d'épée dans les côtes?

L'hôtelier, qui était dans son premier sommeil, laissait ébranler sa porte et s'exhaler la mauvaise humeur du major. Mais la suite du roi fit un tel vacarme, qu'il fut bien forcé de se lever et de paraître à la fenêtre. Ahuri, bâillant, en simple caleçon, et le front couvert du traditionnel bonnet de coton.

— Oh! pourquoi tant de bruit! fit-il en maugréant.

— Veux-tu bien descendre et venir nous ouvrir, et un peu vite, hurla Rosarges, ou je fais mettre le feu à ta baraque.

— Si vous criez si fort, répondit maître Bourgeat sans s'émouvoir, vous allez ameuter tout le quartier et amener ici la maréchaussée.

— Qu'elle vienne; je te fais saisir et je te fais pendre.

— Prenez garde pour vous même! ricana l'hôtelier, qui se souvint des recommandations, de Charlotte ou mieux, du chevalier d'Armançon.

— Je crois que tu nous menaces, vieux drôle, fit Rosarges avec fureur.

— Vieux drôle! s'écria maître Bourgeat indigné. Ah! c'est comme ça. Eh bien, je n'ouvrirai pas : je ne sais pas qui vous êtes. D'honnêtes gens ne se présentent pas, à cette heure indue, avec ces manières de malandrins.

— Enfoncez cette porte! commanda Rosarges à ses hommes.

— Pierre ! Antoine ! cria l'hôtelier en appelant ses valets, prenez vos fourches, je vais prendre ma hache, et nous allons recevoir cette canaille.

Louis XIV, qui souffrait de cette altercation et qui s'irritait des façons violentes de Rosarges, crut devoir intervenir.

— Monsieur l'hôtelier, dit-il à Bourgeat, ne faites pas attention aux façons un peu brusques du major qui m'accompagne. Donnez-nous l'hospitalité et vous serez largement payé.

L'espoir d'un gain opulent, présenté sous une forme engageante et polie, a toujours tenté un hôtelier.

Maître Bourgeat n'était pas rancunier et il aimait l'argent.

Il s'adoucit donc subitement et se rendit à l'invitation du roi.

— C'est bien, monsieur le gentilhomme, fit-il, puisqu'il y a malentendu, je vais vous ouvrir.

Un instant après, l'hôtelier, tenant une chandelle d'une main et son bonnet de l'autre, apparut sur le seuil de l'auberge, le sourire sur les lèvres.

— Entrez, mes braves gentilshommes, fit-il tout radouci ; la maison est à vous

— C'est bon, fit Rosarges avec un reste de mauvaise humeur, si ton vin est bon, ton garde-manger bien garni, on te pardonnera ta lenteur.

— Monsieur le major, puisque c'est là le titre qu'on vous a donné, répondit l'hôtelier en se rengorgeant, tout le monde à Forcalquier vous dira que la cave de maître Bourgeat a des vins comme le roi n'en a pas de meilleurs.

— Oh ! vraiment fit Louis XIV en souriant.

— Si vous en pouviez établir la différence, peut-être donneriez-vous la préférence à mes crus.

— Personne n'est à même d'en juger mieux que moi, dit le roi avec une singulière expression.

— Vous avez goûté le vin de Sa Majesté Louis quatorzième ! exclama l'hôtelier.

— Plus d'une fois.

— Eh bien ! vous allez goûter le mien.

— Avez-vous un salon autre que cette grande pièce? demanda Rosarges en montrant à maître Bourgeat la grande salle commune où le roi et toute sa suite avaient été introduits.

— Oui, fit l'hôte en clignant de l'œil, j'ai là un petit cabinet où viennent quelquefois souper, en partie fine, les gentilshommes et les riches bourgeois de la ville.

— C'est bien; vous y servirez le souper de monseigneur, ordonna Rosarges en désignant le roi.

— Et le vôtre, ajouta celui-ci en faisant un signe au major.

— Quant à nos hommes, ajouta Rosarges, un peu troublé de la faveur que lui accordait le roi, vous... les ferez... vous les servirez ici.

« N'épargnez rien ; traitez-vous comme vous traiteriez...

— Sa Majesté Louis quatorze, s'empressa de dire maître Bourgeat, puisque cet honorable gentilhomme a eu l'insigne honneur de dîner avec notre grand roi !

Quelques instants après, une volaille froide, un jambon, des fruits, du vin de derrière les fagots qui était réellement exquis, étaient symétriquement posés sur une nappe éblouissante de blancheur, dans un petit salon situé à côté de la grande salle commune.

Celle-ci, occupée au milieu par une large et longue table, renfermait aussi une douzaine de convives, copieusement servis par un des valets de l'hôtellerie.

Maître Bourgeat se réservait pour lui le salon du roi et de Rosarges.

Louis XIV, mis de bonne humeur par la volaille qui était tendre, le jambon qui était parfumé et bien roti, par le vin qui était franc et généreux, se plaisait, tout en mangeant bien lui-même, à voir le major faire disparaître, avec une merveilleuse dextérité, les victuailles et le liquide qui chargeaient la table.

Le roi avait mis Rosarges à son aise, en lui déclarant qu'il aimait voir bien boire et bien manger.

Ce qui compléta la joie de nos deux beaux convives, ce fut de voir maître Bourgeat apporter inopinément un plat chaud.

L'hôtelier, pendant que les voyageurs s'acharnaient sur la volaille et le jambon, avait eu le temps de rallumer ses fournaux, d'aller récolter une douzaine de beaux œufs frais et de confectionner une magnifique omelette.

Au point de vue du service, elle arrivait un peu tard.

Mais bah ! à trois heures du matin, au fond d'une province, dans une petite localité, on ne pouvait pas exiger l'emploi de toutes les règles d'un menu bien ordonné.

Et puisque l'omelette était dorée, fumante, appétissante, bien baveuse, que le roi et son convive avaient encore faim, ce mets savoureux fut accueilli par des exclamations d'étonnement et de bienvenue.

L'hôte fut tellement flatté de ce concert d'éloges, qu'il descendit vivement à sa cave et en rapporta deux bouteilles authentiquement recouvertes de poussière et de toiles d'araignées.

— Elles ont deux fois mon âge ! s'écria-t-il en les posant sur la table.

Le bouquet en fut trouvé délicieux et la saveur admirable.

On se rappelle que Rosarges avait le vin terrible et que l'ivresse développait en lui ses instincts de policier.

Aussi, dès qu'il eut fait largement honneur à la cuisine de Bourgeat et qu'il eut fait encore meilleur accueil à sa cave, il n'attendit pas que le roi lui donnât des ordres.

— Monseigneur, dit-il au comte de Marly, je suis comblé de joie de l'honneur que vous m'avez fait de m'admettre à votre table ; mais je serais tout à fait indigne de cet honneur, si je tardais plus longtemps à m'occuper des graves intérêts que vous m'avez confiés. Il s'agit de rattraper au plus vite notre fugitif, le prisonnier de la *Tour d'en bas.*

— Je crois que nous ne tarderons pas à nous emparer de lui ; nous courons sans débrider, nous devons être bien près de le joindre.

— Il doit être tout au plus à une poste en avant de nous. Du reste, je vais faire jaser l'hôtelier, si monseigneur me le permet.

— Allez ; je vais dormir deux heures ; que vos hommes en fassent autant. Quant à vous, veillez à faire tout préparer, car je me suis aperçu que vous êtes de fer.

— Le bonheur de servir votre... de vous servir, me donne des forces et du courage.

Rosarges salua profondément le roi et rentra dans la salle commune.

Toute la suite de Louis XIV dormait la tête sur la table, à côté des débris du souper.

Maître Bourgeat lui-même, assis dans un fauteuil de bois, près de la grande cheminée, sommeillait tout doucement, laissant errer sur ses lèvres un sourire de contentement.

Le digne hôtelier devait sans doute rêver aux beaux écus qu'il allait recevoir de cette troupe nombreuse qu'il avait hébergée.

Rosarges s'approcha de lui et lui posa sa large et lourde main sur l'épaule.

L'hôtelier sursauta et poussa un cri de saisissement.

— Hein ! qu'est-ce qu'il y a, fit-il en ouvrant ses yeux effarés.

— Il y a, maître Bourgeat, que nous allons causer.

— Comment causer ! est-ce qu'il n'est pas l'heure de dormir. J'ai deux belles chambres pour monseigneur le comte de Marly et pour vous, et de la paille fraîche dans le grenier, pour vos hommes.

— Mes hommes ont l'habitude de coucher sur la dure; le comte de Marly se contente d'un fauteuil dans le petit salon; moi je n'ai pas sommeil. Vous ne voudriez pas me laisser seul et me fausser compagnie.

— Sapristi, monsieur le major, puisque c'est ainsi qu'on vous nomme je donne à boire et à manger, je loge à pied et à cheval, mais je ne mets pas sur la carte que je passe la nuit à causer avec les voyageurs.

— Eh ! bien, ce sera une exception.

— Mais les règlements de police défendent...

— Nous nous moquons des règlements de police...

— Et de la maréchaussée aussi ! ajouta ironiquement Bourgeat ?

— La maréchaussée est à nos ordres ?

— Ah bah ! comme l'autre.

— Quel autre ? demanda vivement Rosarges qui avait tressailli.

— Je m'entends, répondit Bourgeat en se mordant les lèvres.

— Je voudrais bien vous entendre aussi, fit le major en se plaçant devant l'hôtelier et en lui plantant les yeux dans les siens.

— Ce ne sont pas là vos affaires.

— Au contraire, car la parole que vous avez laissé échapper se rapporte, j'en suis certain, au sujet dont je voulais vous entretenir.

— Monsieur, je n'ai rien à dire et je ne dirai rien.

— Vous croyez ! ricana Rosarges.

— Monsieur, bien le bonsoir, termina l'hôtelier en faisant mine de se retirer.

— Maître Bourgeat, fit le major en le saisissant par le bras, je vois que vous m'allez forcer à vous délier la langue.

— Vous me ferez parler malgré moi.

— Si vous m'y forcez !

— Ah ! par exemple, je voudrais savoir comment ?

— Oh ! c'est bien simple.

Et Rosarges tira un poignard de sa ceinture.

— Voici, continua-t-il un petit bijou bien affilé. Quand un homme récalcitrant se refuse à répondre à mes questions et que je n'ai pas sous la main les jolis instruments de torture que je fais fonctionner quelquefois au fort Sainte-Marguerite, je fais attacher solidement les quatre membres du rebelle, je le fais étendre sur une table comme celle-ci, puis, lui mettant le poignard sur la poitrine, je l'invite à répondre à mes questions. A chaque refus, j'enfonce l'arme d'une ligne. Il est rare que j'aille jusqu'à un pouce. J'obtiens tout ce que je veux, avant d'en arriver là... Faut-il, maître Bourgeat, que j'éveille mes hommes pour vous prouver ce que j'avance. .

— Monsieur, je ne vous crains pas, fit le brave hôtelier qui se souvint du chevalier d'Armançon. Il y a dans Forcalquier des autorités, des soldats, de la maréchaussée. et là-haut, dans mon hôtellerie, un homme tout puissant et qui a les poches pleines de lettres de cachet.

A cette réponse de Bourgeat, Rosarges eut un éblouissement.

Soudain, tirant son épée et frappant résolument du pommeau la table où dormaient ses hommes.

— Debout, tous ! cria-t-il d'une voix formidable. Nous le tenons ! Il est ici !

Les hommes s'éveillèrent en sursaut et se dressèrent à l'appel de leur chef.

— Vite, aux issues ! que personne ne sorte ! et feu sur tout ce qui tentera de s'échapper.

Rosarges en entendant les paroles de l'hôtelier ; s'était imaginé que le frère du roi était encore dans l'auberge.

Quel autre que lui, qui s'était emparé des bagages de Louis XIV, pouvait avoir à sa disposition des lettres de cachet.

Le roi lui-même, tiré de son sommeil, était apparu, pâle et ému, sur le seuil du salon.

— Victoire ! monseigneur, s'écria Rosarges, Latour (le Masque de Fer) s'est laissé surprendre. Il n'a pas encore quitté ce logis.

En ce moment un grand tumulte, un cri terrible retentit du côté de l'écurie dont la porte s'ouvrit violemment, et l'on entendit sur le pavé de la rue le galop de deux chevaux lancés à fond de train.

Rosarges s'élança hors de l'auberge en poussant un effroyable juron.

— Mort et furie! Est-ce qu'il nous échapperait, hurla-t-il. Feu! feu.

Deux coups de pistolet retentirent, suivi d'un cri d'angoisse et d'un bruit sourd et mat, comme produit par la chûte d'un corps lourd.

C'était le chevalier d'Armançon ou mieux Charlotte et Marion qui, surpris par l'arrivée inopinée de Rosarges et du roi, s'enfuyaient après avoir, pour se faire livrer passage, poignardé un des hommes de la suite de Louis XIV.

Malheureusement un des chevaux avait été atteint par un coup de feu tiré par le major, s'était abattu et la personne qui le montait avait été lancée sur le sol, meurtrie et sanglante.

Rosarges poussa un cri de joie féroce, semblable au rugissement du tigre qui vient de saisir sa proie.

Vous pourriez faire la cour à une de mes femmes.!

CHAPITRE LIII

Péripéties sanglantes

Charlotte et sa mère, après avoir donné les instructions que l'on sait, à maître Boùrgeat, s'étaient hâtées de se jeter sur leur lit, pour pouvoir quitter Forcalquier avant le jour.

Elles pensaient être encore en avance d'au moins douze heures sur la marche du roi.

Mais Rosarges avait mené la poursuite avec une telle rapidité, que tous leurs calculs avaient été déroutés.

En entendant l'arrivée bruyante à l'hôtellerie de Louis XIV et de sa suite, elles avaient immédiatement compris le terrible danger qui les menaçait.

Habituées à la lutte et à la souffrance depuis longtemps, elles avaient néanmoins gardé tout leur sang froid.

En un instant elles furent debout et habillées.

— Qu'allons-nous faire ? demanda Marion à Charlotte.

— Partir d'ici à tout prix, sans être remarquées.

— On va cerner la maison.

— Peut-être Rosarges nous suppose loin d'ici, à la suite d'Henri (le Masque de Fer).

— Mais il va questionner notre hôte.

— Ce que je lui ai dit le rendra prudent. Du reste, notre bourreau ne s'inquiétera pas d'un petit gentilhomme voyageant avec sa mère.

— Oh ! il est très soupçonneux, et il voudra nous voir et nous interroger, ne serait-ce que pour s'informer si nous ne savons rien sur la personne qu'il poursuit.

— Voilà pourquoi il faut quitter ce logis immédiatement. Si nous étions reconnues par l'œil inquisiteur de cet homme, nous serions perdues.

— Comment nous tirer d'ici sans donner l'éveil.

— L'escalier qui conduit à notre chambre donne dans la cour de l'écurie. Si nous pouvons arriver sans bruit et sans être vues jusqu'à nos chevaux, nous sommes sauvées. Prépare tout pour notre départ; je vais voir si notre sortie est possible.

Ce disant, Charlotte se glissa jusqu'à la cour de l'auberge et jeta un rapide coup d'œil dans l'écurie.

Le moment était favorable.

Le roi et sa suite étaient en train de souper joyeusement.

Les gens de l'hôtellerie étaient occupés à les servir.

— Vite ! vite ! à nos chevaux, dit tout bas Charlotte à sa mère.

Elles pénétrèrent dans l'écurie où brillait une lanterne qui leur permit de seller et de brider rapidement leurs montures.

Charlotte aida sa mère à se mettre en selle.

Marion, bien qu'elle eût dépassé la cinquantaine, était alerte et pleine de cette énergie que donne l'habitude de la lutte.

Elle eut pu monter à cheval sans l'aide de sa fille, et une fois sur sa bête, elle y était convenablement campée.

Quant à Charlotte, mince et légère, favorisée par ses habits de cavalier, elle sauta sur sa monture avec l'agilité d'un cavalier.

En prévision des événements qui devaient traverser sa vie, elle s'était rompue à tous les exercices du corps.

Nos deux voyageuses quittèrent l'écurie, traversèrent la cour et allaient franchir la porte extérieure de l'hôtellerie, lorsqu'un des hommes de la troupe de Rosarges se présenta tout à coup devant elles.

C'était celui qui était chargé du soin des chevaux et qui, ayant terminé son repas, venait prendre son poste à l'écurie.

Qui êtes-vous? Où allez-vous? demanda-t-il d'un ton soupçonneux aux deux fugitives.

— Des voyageurs qui nous remettons en route, dit Charlotte en grossissant sa voix.

— Comment, vous quittez l'auberge, au milieu de la nuit, sans prévenir personne.

— Notre compte est réglé.

— Je n'en sais rien. D'ailleurs, j'ai l'ordre de ne laisser sortir ni bêtes ni gens de cette hôtellerie.

— Laissez-nous passer? ordonna le chevalier d'une voix brève.

— Et moi, je vous ordonne de descendre de cheval, fit l'homme d'un ton résolu.

— Vous n'avez aucun pouvoir sur nous.

— Je le prends. D'ailleurs, si votre personne nous importe peu, ce que j'ignore, nous avons besoin de tous les chevaux qui sont ici.

Vous faut-il de l'or [pour nous laisser partir? demanda Charlotte en lui offrant une poignée de pistoles.

— Ah! ah! ricana l'homme, la capture doit être bonne, pour vouloir m'acheter si cher.

— Faites place, alors ou gare à vous.

Et le chevalier d'Armançon (Charlotte), lança son cheval en avant.

Mais l'homme saisit la bride et arrêta l'élan de la bête.

Vous l'avez voulu! dit Charlotte avec une expression déchirante. Dieu me pardonnera ce meurtre nécessaire.

Et tirant son épée, elle l'enfonça dans la poitrine du malheureux qui s'opposait à son départ.

Celui-ci poussa un cri terrible, et tomba en lâchant la bride.

— Fuyons! cria Charlotte à sa mère.

Le cri de l'homme assassiné, le bruit des pas des chevaux sur le pavé, avaient mis sur pied Rosarges et sa troupe.

Le major s'était élancé dans la rue, ainsi que nous l'avons dit, avait tiré un pistolet qu'il portait toujours à la ceinture et comme la nuit était noire, il avait visé au jugé, guidé par le bruit des pieds des chevaux.

Une des deux montures avait été touchée, et bête et cavalier avaient roulé sur le sol.

C'était malheureusement Charlotte qui avait été démontée.

En tombant, elle s'était fait une blessure à la tête, d'où le sang coulait; mais l'énergique jeune fille, un moment étourdie, s'était vite remise.

— Fuis! avait-elle ordonné à Marion, va vite prévenir Henri; c'est ton premier devoir. Moi, je me tirerai d'affaire, j'en ai le ferme espoir.

Marion, comprenant l'urgence qu'il y avait à instruire le Masque de Fer de l'accident qui venait d'avoir lieu, sentant son impuissance à secourir sa fille et à l'empêcher de tomber dans les mains de Rosarges, fit taire les angoisses de son cœur et lança sa monture à fond de train.

Il était temps.

Rosarges qui avait en toute hâte fait rallumer les torches de ses éclaireurs, arrivait en courant.

Il vit un cheval étendu au travers de la route, mais personne auprès.

— Par la mort Dieu ! jura-t-il, est-ce qu'ils auraient fui ! nous les rattraperons. Ils ne doivent pas être loin.

Il s'approcha du cheval abattu, et tout à coup, il vit briller comme un éclair.

Mais habitué aux ruses de guerre, et en garde contre toute surprise, il fit un bond de côté.

Il fut néanmoins atteint au bras gauche par l'épée de Charlotte.

Celle-ci avait vu Rosarges accourir à la tête de ses hommes.

Rosarges, c'était l'ennemi le plus dangereux, le plus terrible, le plus implacable pour son cher Henri

S'en débarrasser, c'était rendre un immense service au Masque de Fer.

Elle n'hésita pas.

S'abritant derrière son cheval mort, elle attendit, espérant faire tourner au profit de son entreprise, le fâcheux accident qui venait de lui arriver.

Si le major eût été moins sur ses gardes, il était perdu; l'arme de Charlotte lui arrivait en pleine poitrine.

— Touché ! avait fait le major avec un cri de fureur, mille diables ! Emparez-vous de ce satané coquin, et gare aux piqûres. Quel qu'il soit, il me paiera cher son coup d'épée.

Et Rosarges eut un sinistre grincement de dents.

Charlotte fut saisie et garrottée, mais non sans que son épée eut fait quelques larges égratignures aux assaillants.

— Mais c'est un vrai démon, que ce petit enragé ! s'écria Boizot, le sergent qui commandait la troupe sous les ordres de Rosarges.

Mais après cet héroïque effort, Charlotte blessée et perdant son sang, se sentit défaillir et tomba dans les bras de ses agresseurs, qui durent la transporter à l'hôtellerie.

Quand Louis XIV vit arriver sa troupe éclopée et ce petit cavalier évanoui :

— Où donc est celui qui vous a mis dans ce bel état? demanda le roi en fronçant les sourcils.

— C'est ce petit diable ! répondit le sergent Boizot.

Quant à Rosarges, il comprimait de la main son bras blessé, furieux, honteux, et faisant les plus horribles grimaces

— Fouillez ce jeune homme, commanda-t-il. Il doit avoir sur lui des papiers importants.

On retourna toutes les poches du chevalier d'Armançon.

Elles étaient vides.

On défit son pourpoint.

Une exclamation de surprise partit de toutes les bouches

— C'est une femme ! s'écria-t-on.

Rosarges fit entendre un affreux juron.

Il était doublement vexé, mortifié.

Il avait cru s'emparer du Masque de Fer et il n'avait saisi qu'une inconnue.

Dans la bagarre, il avait été blessé par la main d'une femme !

Quelle humiliation !

Devant son roi !

— Major ! en fait de papiers, on ne trouve rien sur la particulière, lui fit observer le sergent Boizot. Elle n'a qu'une bourse assez bien garnie.

— Elle a dû se défaire de tout ce qu'elle avait de compromettant. Vous irez visiter la selle et les fontes de son cheval, le sol de la rue même, car elle a pu jeter ce qu'elle portait sur elle.

La visite la plus attentive pratiquée au cheval de Charlotte, les recherches les plus minutieuses faites sur tout le parcours de la rue n'amenèrent aucun résultat.

. — Elle a dû remettre ses papiers à son compagnon. Celui-là a pu s'enfuir, mais nous le [rattraperons. Quant à cette femme, il faudra qu'elle dise ce qu'elle est et pourquoi elle se déguise. Mon instinct me dit qu'elle n'est pas étrangère aux faits qui nous préoccupent.

— Mais si elle ne veut pas parler ? dit Boizot.

— Je connais le moyen de délier les langues les plus rebelles, répondit Rosarges avec un sourire cruel et en regardant l'hôte qui eut un mouvement de haut-le-corps.

— Mais cette femme est blessée, intervint Louis XIV. Elle réclame des soins immédiats.

— Ma servante Manon va s'occuper d'elle, Monseigneur, s'empressa de dire maître Bourgeat.

— Faites-la, le plus tôt possible, revenir à elle, car avant une heure, il faut que je l'interroge, reprit brutalement le major.

Deux hommes se présentèrent pour transporter **Charlotte** évanouie dans la chambre qu'elle venait de quitter.

— On mettra une sentinelle à sa porte et on surveillera la fenêtre, recommanda encore le major qui tenait à ne pas voir lui échapper sa proie

CHAPITRE LIV

Les Maîtresses de Louis XIV

Pendant que ces événements se passaient à Forcalquier et dérangeaient ainsi inopinément les plans de l'Homme au Masque de Fer et de ses deux amies, Charlotte et Marion, le pasteur Raymond cherchait à s'aboucher avec des protestants de la contrée, en vue de l'expédition qui avait été projetée.

Le frère de Louis XIV, ayant devant lui quelques jours de répit, reprit la lecture des documents que lui avait livrés Charlotte.

Cette partie comprenait les intrigues de la cour, les amours du roi, et l'on y voyait défiler ce cortége, à la fois charmant et lugubre de la baronne de Bauvais, de Madame d'Argencourt, de Marie Mancini, de Mademoiselle de La Vallière, de la comtesse de Soissons, la terrible Olympe Mancini, d'Henriette d'Angleterre, épouse de cet abject duc d'Orléans, l'ami infâme du chevalier de Lorraine, et la belle, l'altière, l'implacable madame de Montespan, et cette brillante étoile d'un jour, la duchesse de Fontanges, et cette énigme fatale, cette vieille guénipe, la Maintenon.

Il fallait qu'il fut initié à tous les secrets. Le lecteur ne sera pas fâché de lire en même temps que le Masque de Fer, les détails curieux et tout nouveaux que nous avons à écrire sur ces femmes célèbres mais mal connues.

Nous ne parlerons que des principales maîtresses de Louis XIV, de celles qui sont restées célèbres notamment de Mademoiselle de la Vallière, de Madame de Montespan, de Mademoiselle de Fontanges, de Madame de Maintenon. Venue d'un modeste château de Tourraine à la cour de France, à l'âge de dix-sept ans à peine, gracieuse et candide comme (un ange) — le mot est de Madame de Sévigné. — Louise de la Vallière fixa presque aussitôt les regards et le cœur du jeune roi Louis XIV, plus âgé qu'elle de six années seulement.

Voici comment naquit cet amour.

Henriette d'Angleterre, duchesse d'Orléans, avait noué une intrigue secrète avec Louis XIV, son beau frère, qui paraissait avoir pour elle un penchant très-vif, cette liaison fut bientôt connue à la cour, et le frère du roi se montra très irrité et s'en plaignit amèrement à Anne d'Autriche, sa mère. Celle-ci fit de sévères remontrances à sa bru.

Henriette, très émue, se crut perdue lorsque dans une fête donnée au château de Saint-Germain, Louis XIV voulant s'approcher d'elle pour lui parler en secret, la duchesse prit une attitude réservée et digne, tout en lançant au roi un coup d'œil pour lui indiquer qu'il était observé. Après une courte explication, durant laquelle les deux amants eurent de parler de choses indifférentes, il fut convenu qu'ils donneraient le change sur leurs sentiments et que Louis XIV paraîtra occupé d'autres amours, après avoir feint une rupture.

— Vous pourriez faire la cour à une de mes femmes, lui dit Henriette : sous le voile de cette fause intrigue, nous pourrions nous revoir.

— A laquelle m'adresser ?

— J'en connais une douce, timide et simple, qui convient admirablement pour cela. Je vais vous la désigner

— Comment ?

— Remarquez celle avec laquelle je me promènerai un instant, après avoir rejoint la cour. Mais nous tardons trop... offrez moi la main, avec la plus cérémonieuse, froideur et reconduisez-moi près de votre mère.

— Soit ! voici ma main

— Ensuite, ne me reparlez point de tout le reste du jour.

Louis XIV comprit la gravité de cette recommandation et s'y conforma avec une dignité si glaciale, que cette démarche, aussi hardie qu'imprévue, fit, pour l'instant du moins, s'évanouir bien des soupçons.

Madame, tout en causant avec la reine mère, avait cherché des yeux celle de ses filles d'honneur dont elle avait parlé au roi. L'ayant aperçue, elle l'avait appelée près d'elle d'un gracieux signe de tête, lui avait pris le bras, sans interrompre, pour cela, sa conversation, puis enfin avait salué Anne d'Autriche, et avait entraînée sa nouvelle compagne dans le tourbillon des promeneurs.

Le rapide coup d'œil dont Louis XIV avait enveloppé la jeune dame appelée, à son insu, à jouer un rôle de comparse dans ses amours, avait été loin d'être complètement favorable à celle-ci. Ce qui avait frappé ce prince en elle, c'avait été surtout son air froid et sa maigreur.

Louise de La Vallière était en effet une de ces blondes et frêles natures qui devaient peu répondre d'abord au tempérament ardent et au caractère sensuel du jeune roi. Il n'y avait même rien dans ses traits, qui pût, de prime abord, séduire ce prince, qui n'avait trouvé que provocations parmis les femmes de la reine mère, et aux pieds duquel tout ce qu'il y avait de nobles dames à la cour s'empressait de déposer et blason et honneur.

Sa taille était peu élevée, son visage pâle, ses yeux sans vivacité, sa bouche grande : son corps n'offrait aucune des lignes sinueuses, de ces contours si puissants sur une imagination passionnnée ou lascive. Le roi remarqua même un léger mouvement de claudication dans sa démarche.

Henriette n'eut donc pu, si elle eût connue ce qui se passait dans le cœur de son amant, que s'pplaudir du choix qu'elle avait fait, en prenant Louise de la Vallière pour égide ou plutôt pour paratonnerre de son amour.

Cette jeune fille fut bien surprise, elle, en se voyant l'objet des attentions et des prévenances du monarque, qu'elle n'avait pu contempler sans l'admirer, et tout son sang refflua au cœur ; ce fut à peine si elle put murmurer quelques mots en réponse à ses courtoises galanteries; le trouble qu'elle en éprouva, confirma la première impression, qu'avait produit sa vue.

Cette impression s'évanouit bientôt. Le roi, dès le lendemain, lui ayant adressé de nouveau la parole, Louise se sentit plus forte contre ce bonheur spécieux, qui devait bientôt devenir un bonheur réel. Son trouble ne s'effaça point complètement, mais il s'adoucit, et ne fut plus qu'une de ces émotions profondes qui rendent le regard plus sympathique et la voix plus vibrante. Le prince en subit le charme. Si, en abordant la fille d'honneur, il pensait à la maîtresse, ce n'était certes plus à Madame qu'il pensait, lorsque le sourire aux lèvres, il s'éloigna de Louise.

Un incident tout fortuit devait, le soir même, et l'un des soirs suivants, l'éclairer sur le caractère de cette impression nouvelle. On avait dansé toute la soirée dans les salons nouvellement restaurés du château, lorsque le roi, qui avait été lui même un des plus ardents et des plus gracieux danseurs, vint à s'esquiver avec Béringhen, et à descendre secrètement dans les jardins, où une brillante illumination permettait aux conviés de se promener au milieu des bosquets et des fleurs.

Ils venaient d'atteindre un allée de charmille, lorsqu'ils aperçurent quatre jeunes femmes entrer en folâtrant dans un cabinet de verdure.

— Quelles sont ces dames ? dit le roi à son compagnon, les as-tu reconnues ?

— Nullement Sire... mais, pour peu que vous désiriez le savoir, nous n'avons qu'à nous approcher : elles parlent et rient, nous pourrons les reconnaître à la voix, si toutefois ce ne sont pas les dryades de ces beaux lieux.

— Approchons donc, reprit le roi.

Et il ajouta en souriant :

— Si nous allions surprendre quelque secret !

— Un secret d'État, peut être ! repartit Beringhen.

— Nous ne sommes plus au temps de la Fronde.

— Peste ! si nous allions tomber là sur quelque demoiselle de Montpensier en herbe.

— En fait de femmes, au diable l'herbe, vivent les fleurs, mais écoutons...

— Tudieu ! comme la belle vous drape son monde.

— Chut ! fit le roi.

Alors on attendit une voix fraîche et rieuse s'écrier.

— Oh ! vraiment ! quelle amère plaisanterie !.... Monsieur le Marquis d'Alincourt, le p'us beau danseur !.... la roideur est donc de la grâce ?

— Ah ! tant de noblesse.

— La noblesse d'un poteau !

— A qui donc, vous ma belle, donneriez vous la palme ?

— Mais j'aurais cru qu'il ne pouvait y avoir désaccord là-dessus

— A qui, voyons ?

— Mais à Monsieur le comte de Guiche !

— Oh ! oh ! oh

— Vous riez.

— A Monsieur le comte de Guiche

— Sans doute !

— Ne le voyez vous pas encore Mesdemoiselles, la bouche en cœur, le cou allongé, les bras arrondis... oh ! oh ! oh ! n'a-t-il pas toujours l'air de dire :
« N'est pas que je suis aimable ? »

— Au fait, ma toute belle... votre comte de Guiche est un peu bien précieux !

— Que lui préférez-vous donc comme danseur ?

— Mais vingt autres seigneurs.

— C'est trop vague ; citez-en un .

— Monsieur d'Armagnac par exemple.

— Marie ne reprochera pas à celui-là la roideur.

— Assurémement ! assurément ! il ne lui manque que le nez de Monsieur de Branças et le buste de Monsieur le vicomte d'Anjou, pour être un parfait... polichinelle.

— Si ce n'est pas de la récrémination, ma très chère, ce n'est certainement pas de la justice.

— De la récrémination, et de quoi ?

— Mais de ce que nous ne partageons pas votre admiration enthousiaste pour Monsieur le Marquis d'Alincourt .

— Vous me prêtez vraiment trop de susceptibilité... Je n'attache, je vous jure, aucune importance à mon opinion sur lui, et m'imaginais, comme je le pense encore,

Elle accueillit ces hommages avec son émotion habituelle.

n'être que l'écho de la cour entière... mais vous Louise, vous ne nous avez point dit votre sentiment.

— Mon sentiment ? sur quoi ?

— Sur quoi ? mais sur notre débat...

— Je vous demande mille pardons, Mesdames... mais une préoccupation... une distraction.

— A éloigné votre attention de notre contro verse.

— C'est cela même.

— Eh bien ! il s'agit, belle rêveuse, de décider quel a été le plus beau danseur de tous les seigneurs de la cour qui ont figuré dans les intermèdes du spectacle.

— Oui ma belle, c'est cela... nous voulons savoir si vous êtes pour Monsieur d'Armagnac, pour Monsieur le marquis d'Arlincourt ou pour Monsieur le comte de Guiche ?

— Hélas ! répondit la jeune fille, en poussant un soupir est-il possible que l'on puisse voir ces gentilshommes quand ils sont auprès du roi.

— Oh ! oh ! oh ! vos yeux se portent bien haut, ma toute chère ! s'écria l'une de ses compagnes.

— L'éclat du rang vous éblouit, reprit une des autres ; faites attention qu'il ne s'agit ici ni de grandeur, ni de puissance, mais de'grâce, de noblesse et de légèreté.

— Faudrait-il par hasard, ajouta la troisième, être roi de France pour vous plaire.

— Non, répondit-elle avec l'accent de la plus douce tristesse, la couronne n'ajoute rien aux charmes de sa personne, elle en diminue même le danger.

— Vous croyez ?

— Il serait trop redoutable pour un cœur sensible, s'il n'était pas roi.

— Oh ! oh ! oh !

— Mais du moins il dégoûte de tout ce qui n'est pas lui.

— Savez vous bien, sire, murmura Beringhen au roi, qu'il serait bien imprudent à tout autre que vous d'aller ainsi aux écoutes.

— As-tu reconnu les voix ? répartit Louis XIV.

— Très-bien ! ce sont les filles d'honneur de Madame.

Le roi tressaillit. Cette voix qui, en le flattant dans sa fibre la plus sensible, l'orgueil, avait retenti jusqu'au fond de son cœur, avait eu pour lui un charme qui ne lui était pas inconnu ; il avait déjà entendu cet accent dont la tendre mélodie semblait une émanation de l'âme et la vibration de plus doux sentiments, mais il ne pouvait la personnaliser. La réponse de Beringhen fixa ses souvenirs.

Il ne put plus en douter, cette voix était celle de la jeune dame que Henriette avait désignée à ses hommages, comme le moyen de donner le change aux soupçons qui planaient sur elle, et qui avaient déjà jeté des ombrages dans l'esprit jaloux de son mari. Il put bientôt la reconnaître, ainsi que ses compagnes, lorsque à l'éclat de l'illumination elle regagna les salons.

Louis, en se repliant sur lui même, fut étonné de l'effet qu'elle avait déjà produit sur lui. Cette admiration naïve l'éclaira sur l'impression qu'elle avait elle-même produit sur son cœur. Il s'apperçut qu'il l'aimait.

Le lendemain, le roi attendit avec impatience le moment de se rapprocher d'elle, et, cette fois, il n'eut pas besoin de songer au rôle que lui avait imposé la duchesse d'Orléans, pour aborder Mademoiselle de La Vallière, un sourire sur les lèvres et un regard caressant dans les yeux.

Louise accueillit ses hommages avec son émotion habituelle, tendre mélange de surprise, de trouble et de bonheur, Louis XIV, lui, éprouva une impression toute nouvelle en contemplant son visage d'un ovale si pur et si gracieux, dont les boucles soyeuses de sa blonde chevelure accompagnaient si harmonieusement les suaves linéaments ; il s'étonna de n'avoir pas reconnu plus tôt la nature du sentiment avec lequel il n'avait vu jusqu'alors.

Sa taille n'avait sans doute pas cette richesse rebondissante de contour qui attaque les sens et les subjugue ; mais elle avait cette chasteté de ligne dont le charme pudique séduit l'âme et captive le cœur. Si son visage était pâle, la peau en était si transparente et la carnation si fraîche et si nacrée, qu'elles rappelaient la pulpe éclatante du pétale du lis.

Pouvait-il trouver sa bouche trop grande, quand un sourire plein de séduction entr'ouvrait ses lèvres d'un corail pourpre, pour laisser admirer de petites dents rivales des perles les plus rares. Louis XIV, s'abandonnant au virginal prestige de cette nature voilée et pudique, se sentit attiré vers elle par l'irrésistible entraînement de son cœur : les douces et tendres projections de ses yeux bleus, dont le pâle azur paraissait parfois s'imprégner de lumière, comme celui du ciel dans un jour brûlant, semblèrent fasciner ses volontés.

Le roi n'eut bientôt plus qu'un vœu et qu'une préoccupation, être aimé de cette jeune femme, qui, malgré l'admiration passionnée que lui inspirait ce prince, opposait à son amour toutes les délicatesses d'une âme pudibonde, toutes les énergiques résistances d'un cœur honnête.

La cour retentit bientôt du bruit de la nouvelle passion du jeune monarque ; Madame l'accueillit d'abord avec un sourire qui surprit tous ceux qui ne conservaient aucun doute sur la nature de ses relations avec le roi, son beau frère, et qui fut une arme pour ses défenseurs ; mais elle ne tarda point à regretter la soumission excessive avec laquelle son amant se conformait au conseil qu'elle lui avait donnés

A ce regret, avait déjà succédé un doute alarmant auquel Louis XIV imprima bientôt le caractère de la certitude. Elle ne put douter que celle, dans la diffamation de laquelle elle avait espéré cacher son amour, ne l'eut remplacée dans le cœur du roi.

Voici le fait qui dissipa ses illusions.

La cour était rassemblée dans l'élégante galerie qui réunissait les deux pavillons donnant sur le parc, par une de ces fêtes qui se succédaient presque sans interruption durant les belles années de ce long règne.

Ce n'était ni le jeu ni la danse qui devaient charmer ce jour-là le jeune roi : c'était une loterie dont tous les numéros obtenaient des lots plus ou moins heureux.

Une jeune enfant, des ailes d'argent aux épaules, le carquois souvent au-dessous et un bandeau sur les yeux, prenait les numéros dans une urne d'or du travail le plus parfait. Chaque fois qu'un chiffre était annoncé, la dame ou le gentilhomme qui l'avait reçu, obtenait en échange un objet désigné par le numéro sorti.

C'était le surintendant de finances, M. Fouquet, qui recevait les numéros de l'enfant ailé ; il le proclamait en faisant remettre aussitôt au réclamant l'objet gagné, souvent au milieu des exclamations d'admiration, parfois au milieu des quolibets et des rires.

— Numéro vingt-neuf ! s'écria le surintendant.

— Le voici, répondit une voix douce et fraîche, c'était celle de Louise de La Vallière. Un murmure plein d'étonnement s'exhala de vingt bouches curieuses.

Le lot était si riche et l'on était habitué à voir, dans ces loteries le hasard si intelligent...

— Un memento !

C'était un magnifique registre, dont les coins et la ferrure en or merveilleusement fouillés et tout lumineux de brillants, se détachaient sur une reliure de velours vert.

Benserade le saisit et courut l'offrir à celle qui l'avait gagnée.

— Oh ! le beau livre ! dit la jeune fille.

Et l'ayant ouvert.

— Comment ; blanc !

Elle le feuilleta,

Blanc encore... blanc partout !

— Oui madame, répondit le poète de cour, pur et brillant comme votre vie, dont vous pourrez y inscrire les impressions et les souvenirs. Son nom ne dit-il pas : « Souvenez-vous ! »

— Dans ce cas, monsieur de Benserade, je veux qu'il me rappelle celui qui me le remet ; et pour cela, écrivez-moi, je vous prie, quelques-uns de vos jolis vers sur la première page.

— Je craindrais de déparer ce qu'il renfermera plus tard.

— Allons donc, monsieur le poète, dit le roi qui s'était approché, inspirez-vous de la beauté de celle qui vous requiert. Elle vaut bien vos antiques Piérides.

Louise rougit.

Benserade prit le memento, dont le crayon servit à écrire les vers demandés.

Louis XIV prit le volume des mains de Benserade, dès qu'il eut cessé d'écrire, et lut à haute voix le quatrain suivant :

> Que ce vélin, où la main du mystère
> Épanchera les secrets de ton cœur,
> Ne reçoive jamais, heureux dépositaire,
> Que des secrets d'amour et de bonheur.

— Mademoiselle, ajouta le roi en présentant le livre à Louise, permettez-moi de joindre mes vœux à ceux du poète.

De bruyants éclats de rire interrompirent cette scène, qui avait appelé sur celle qui en était l'objet, bien des regards jaloux.

— Cinquante-sept ! avait proclamé de nouveau Fouquet.

— A moi le lot ! avait répondu un jeune seigneur à la figure merveille et joyeuse, je gage que c'est un réveil-matin ou un missel.

— Vous vous trompez, monsieur de Roqueloure, c'est une marotte.

C'était là l'incident qui avait provoqué cette bruyante explosion d'hilarité.

Quand les ris se furent calmés :

— Voici le dernier numéro, dit Fouquet.

Et renversant le vase d'or qui le contenait

— Vous voyez, ajouta-t-il, il n'y a plus rien dans l'urne.

— Dans ce cas, le dernier lot est à moi, repartit Louis XIV, car mon billet n'a point été appelé. Le voici : numéro douze.

— C'est bien le numéro douze qui reste... Voyez messieurs... et qui attribue à Votre Majesté cette paire de bracelets.

Ces bracelets, dont le principal ornement était un nœud de gros brillants et de perles de l'Orient le plus splendide, étaient un véritable chef-d'œuvre d'orfèvrerie.

C'était aussi l'objet qui, de tous les lots exposés, avait le plus vivement sollicité les regards et enflammé les vœux.

Bien des cœurs battirent en ce moment, bien des yeux ardents se dirigèrent vers le roi. La jeune reine le regarda avec le sourire animé de la plus douce confiance. *Madame*, se redressant heureuse et fière, tourna vers lui un visage triomphant. La duchesse de Soissons se leva et s'étant approchée du roi :

— Voilà vraiment, sire, lui dit-elle, un royal joyau.

Il ne fut pas même jusqu'à madame de Beauvais qui ne tournât vers le roi des yeux pleins de tristesse et d'envie.

Mais Louis XIV ne sembla pas plus entendre ces paroles qu'il ne parut voir le sourire de la reine, ni l'exaltation d'Henriette, ni l'œil mélancolique de Catherine de Bauvais, car, loin de céder à l'une de ces provocations, il se dirigea vers l'angle de la galerie où était Louise de La Vallière, et alla lui présenter les bracelets.

La jeune fille, troublée et confuse, les prit, et les ayant admirés un instant, baissa les yeux et dit au roi en les lui rendant :

— Ils sont fort beaux, sire.

— Et en de trop belles mains, Mademoiselle, reprit l'amoureux monarque, pour rentrer jamais dans les miennes.

Cet acte fit révolution dans la cour entière. Tout le sang qui avait reflué vers le cœur de la reine, vers celui de la duchesse d'Orléans, de la comtesse de Soissons et de madame de Bauvais, sembla s'être répandu sur le visage de Louise, tant l'ardente rougeur qui enflamma les traits de celle-ci, coïncida avec la pâleur de Marie-Thérèse, d'Henriette, d'Olympe et de Catherine.

L'expression qui accompagna cette pâleur, fut bien diverse chez ces quatre femmes.

Si ce fut de la douleur calme et résignée sur le front de la reine, ce fut de la haine et de la vengeance dans les yeux des trois autres. *Madame* comprit, dès le soir même, la communauté de sentiments qui existait entre elle et la duchesse de Soissons, en entendant cette dernière dire à Madame de Ventadour, à la vue de Mademoiselle de La Vallière, encore tout émue, passant devant elle, les yeux baissés, sans la saluer.

— Je savais bien que La Vallière était boiteuse, je ne savais pas qu'elle fut aveugle.

Aussi, ne tardèrent-elles pas à s'entendre pour perdre leur commune ennemie.

Madame de Beauvais fut associée à ce complot.

Mille rumeurs, mille épigrammes circulèrent, sous leur inspiration, contre la modeste favorite. Tous ceux qui voulaient leur être agréable décochaient leurs traits contre cette rivale heureuse, qu'on visa au cœur pour la blesser douloureusemen sinon l'abattre.

— Une de ces satires devint même populaire. C'était une chanson où l'on remarquait le couplet suivant :

Que *Deo datas* est heureux
De baiser ce bec amoureux,
Qui d'une oreille à l'autre va.
Alleluya !

Chanson qui valut à Bussy-Rabutou, son auteur, dix-huit mois de Bastille.

Mais ces rumeurs, qui navraient de douleur celle qu'elles calomniaient, ne suffi-rent pas au ressentiment de ses trois ennemies.

Ce ne fut pas assez pour elles de lancer ou de susciter des accusations, que démen-taient la vie modeste et les habitudes pudiques de la jeune fille qu'elles voulaient déshonorer ; ces accusations, sans preuves, rencontraient beaucoup d'incrédules, jus-que dans la demeure royale. Il fallait donc se procurer ces témoignages qui devaient exister, car Henriette, Olympe et Catherine connaissaient trop le caractère bouil-lant et sensuel du roi, pour croire qu'il s'en tînt, avec une simple fille d'honneur, aux soupirs languissants d'un amour platonique : il fallait donc l'épier, le surpren-dre, trouver enfin les éléments d'un esclandre, et combiner un coup d'éclat qui for-çât la jeune reine à demander l'éloignement d'une fille flétrie par un tel scandale, et, au besoin, la reine-mère à intervenir.

Tout fut calculé dans ce but.

Des surveillants furent apposés et des mesures prises, pour découvrir les relations secrètes que le roi avait nouées avec Louise. Mais les mesures restèrent aussi stériles que la vigilance des espions ; aucun vestige de l'intrigue supposée ne fut mis à jour.

Cependant, l'intimité des deux amants augmentait chaque jour, et des mots en-tendus, comme des signes d'intelligence surpris, ne laissaient aucun doute qu'ils ne se vissent en secret.

Que faire donc ?

On désespérait de réussir, quand des yeux indifférents aperçurent ce que n'avaient pu percer des yeux jaloux.

— Eh bien ! je sais tout enfin, ma chère Olympe, dit, un matin, Henriette d'Angle-terre à la comtesse de Soissons, qu'elle rencontra au lever de la reine.

— Comment, tout? fit la coquette italienne, c'est beaucoup de choses !

— Je sais, du moins, qu'il la voit toutes les nuits.

— Le roi?

— Oui, le roi voit toutes les nuits cette prude, cette mijaurée.

— Toutes les nuits ?

— Toutes les nuits... Oh ! que je lui arracherais bien ses yeux timides et baissés... la coquette ! mais où donc ?

— Chez elle... dans sa chambre.

— Bah !

— C'est certain... mais descendons au parterre... je vais vous raconter ma décou-verte ou plutôt celle de l'une de mes femmes, car ce n'est pas moi qui ai surpris cette odieuse intrigue.

— Soit, descendons.

Les deux dames s'esquivèrent et gagnèrent d'un pas rapide le parterre, dont un joyeux soleil éclairait le frais gazon et les plates-bandes embaumées. Dès qu'elles se trouvèrent dans une large allée, éloignée des bâtiments et des bosquets, et où, par conséquent, elle n'avait à redouter aucune oreille curieuse ou indiscrète :

— Eh bien ! dit Henriette à sa compagne, vous attendiez-vous à ce que je viens de vous apprendre ?

— Si peu, que je vous avoue même, Madame, qu'actuellement j'ai encore bien de la peine à y croire.

— Oh ! je vous l'affirme.

— Vous n'avez rien vu, m'avez-vous dit ? ce sont d'autres yeux que les vôtres qui ont fait la découverte.

— Eh bien !

— Eh bien ! on a pu vous tromper.

— Le motif ?

— Le motif qu'on a de tromper les puissants, flatter leurs désirs.

— Vous n'y croyez donc pas ?

— Je dis que cela me paraît impossible.

— Croiriez-vous donc plutôt aux beaux airs pudiques de cette petite rusée ?

— Oh ! pour cela, bien moins encore. Il n'est pire eau, pour moi, que l'eau qui dort. Si ce proverbe n'existait pas, je l'eusse inventé.

— Alors ?

— Mais avec les précautions que nous avons prises pour découvrir les menées du roi, il est impossible que cette intrigue existe sans que nous l'ayons découverte.

— Voilà justement votre erreur.

— Comment ! n'avons-nous pas fait épier toutes les nuits la galerie qui conduit aux chambres des filles d'honneur ?

— Sans doute.

— Et jusqu'à l'escalier dérobé qu'elles ont vers les communs.

— Certainement.

— Les chambres auraient elles donc un autre accès ? car les fenêtres sont trop élevées pour que Sa Majesté ait pu les escalader, comme un amant espagnol ou comme un voleur.

— C'est là justement ce qui existe.

— Un autre accès ?

— Un autre accès.

— Par où donc ?

— Par les toits.

— Comment ! comment ! Sa Majesté se rendait à ses amours de compagnie avec les chats, par les gouttières.

« Oh ! oh ! je serais bien curieuse de le voir ? »

— Pour peu que vous y teniez, vous le pourrez voir dès ce soir même.

— J'accepte de grand cœur.

— Eh bien ! nous quitterons la cour ensemble.

— Et je vous accompagnerai... Nous allons donc assister à la promenade aérienne du royal matou. La plaisante chose, *per Bacco !* comme disait le cardinal, mon oncle.

— C'est convenu : à ce soir.

Et les deux dames regagnèrent les appartements de la reine.

Le soir même, vers onze heures et demie, Henriette, Olympe et Catherine, que la comtesse avait prévenue, assises dans la baie d'une porte-fenêtre ouvrant sur un balcon du château royal, échangeaient quelques rares observations, réflexions et réponses, en portant leurs yeux vers les croisées d'une mansarde placée à l'angle que formait le pavillon dont le balcon, qu'elles occupaient, était un ornement, avec une des façades du principal corps de bâtiments.

La soirée était tiède et sereine, l'ombre où étaient plongées les trois dames leur faisait paraître plus brillante la lumière qui ruisselait sur l'ardoise des toits et qui semblait embraser d'une flamme pâle les vitres de la fenêtre qu'elles observaient.

Cette fenêtre était fermée

— Eh bien! mignonne dit en souriant Olympe à madame Henriette d'Angleterre, ne commencez vous pas à craindre qu'on vous ait trompée?

— Je vous répondrai comme ce matin; dans quel intérêt m'eut on révélé un fait dont il me serait facile de reconnaître la fausseté?-

— Ainsi vous espérez toujours?

— Toujours.

— Et toujours avec confiance?

— Pourquoi donc pas? L'heure habituelle est, à la vérité, déjà passée.

— Depuis vingt minutes.

— Sans doute, mais le roi peut-être en retard et d'ailleurs ne pourrait-il pas manquer un soir, sans que le rapport que l'on m'a fait fut nécessairement faux.

— Oh! le petit cœur confiant que vous faites!

— Défiant bien plutôt.

— Au fait, la croisée s'éclaire.

Les trois femmes tinrent leurs yeux attachés sur la fenêtre, dont une lumière intérieure venait d'illuminer le vitrage : cette lumière s'éteignit presqu'aussitôt.

— Ah! ce n'est rien, fit madame de Beauvais, on s'en va.

Elle se trompait, la fenêtre s'ouvrit, et l'on vit apparaître dans son embrasure obscure une tête que les rayons de la lune, frappant de face, éclairèrent vivement et firent ressortir sur ce fond de vigueur.

Aucune des trois femmes ne put le méconnaître :

C'était le roi.

— Me croyez-vous, maintenant? soupira Henriette.

— Oui, c'est bien lui, répondit la comtesse de Soissons.

— Que va-t-il faire ? dit madame de Beauvais.

— Quelle imprudence, mon Dieu ! reprit Henriette d'une voix effrayée, en apercevant Louis XIV enjambant la fenêtre et posant le pied dans la gouttière de plomb.

— Au larron ! s'écria Olympe.

— Taisez-vous ! fit la princesse en posant sa jolie main blanche sur la bouche de sa compagne, et ses yeux élargis par la terreur fixés sur le roi.

Le cri de la comtesse arriva jusqu'à Louis qu'il effraya; il se hâta de s'élancer vers la fenêtre qu'il voulait atteindre. Sa position était alors terrifiante : il était sur

La cour était assemblée ce jour là,..

une frêle gouttière, sans point d'arrêt ni d'appui, à soixante pieds au-dessus des dalles de granit où une chûte l'eut brisé. Il parut chanceler ; Henriette l'aperçut.

— Oh ! s'écria-t-elle.

Et en proférant ce cri déchirant, elle s'évanouit.

Aucun malheur n'avait eu lieu. Louis avait pu saisir à temps la tringle qui fermait l'accoudoir de la fenêtre vers laquelle il avait pris son élan. C'était bien l'une de celles de la chambre de Mademoiselle de La Vallière.

Le danger, que le cri imprudent de la comtesse de Soissons avait fait au roi, fut un motif de discrétion pour les trois dames, témoins de l'audacieuse escapade du jeune prince.

Cette discrétion ne fut cependant point si complète, que le bruit n'en circulât en mystérieuses rumeurs, dans toute la cour ; il parvint même aux oreilles de Madame de Noailles, qui ne balança point à faire griller les fenêtres des filles d'honneur.

Louis, à cette nouvelle, faillit éclater, et sans égard pour la reine Marie-Thérèse, voulut s'affranchir du mystère dont tous ses efforts avaient tendu à entourer son amour. Les supplications de Mademoiselle de La Vallière n'eussent point suffi à triompher de cette résolution violente. Il fallut qu'elle menaça le roi de quitter la cour pour aller s'ensevelir dans un cloître, si, par un tel scandale, il flétrissait son honneur qu'elle ne lui avait point donné le droit de compromettre.

Louise de La Vallière, quelque fut l'amour qu'elle éprouvât pour le roi, quelque fut aussi le danger auquel elle s'exposât en recevant, la nuit dans sa chambre, son royal amant, avait su, en effet, jusqu'alors, trouver assez de force dans sa pudeur, et d'imposer assez de respect au jeune monarque, pour être sortie pure de ces périlleuses épreuves.

Madame de Beauvais, quoique dame d'atours de la reine-mère, devait à l'ascendant qu'elle possédait sur l'esprit du roi, dont elle avait été la première maîtresse, une grande influence à la cour. Fouquet, soit ambition, soit amour, avait été un de ses amants, et était resté en bonne relation avec elle.

La scène nocturne à laquelle nous l'avons vue assister avec Olympe de Mancini et la duchesse d'Orléans, avait laissé, dans le cœur de ces trois femmes, le ressentiment le plus violent contre la jeune fille qui leur avait enlevé l'amour du puissant monarque sur le cœur duquel elles se prétendaient des droits. Elles ne reculèrent devant aucune extrémité pour se venger. Catherine en vint jusqu'à favoriser les amours de Fouquet pour la fille d'honneur de Madame, qui se prêta sur ses menaces, à multiplier les occasions où il pouvait la voir et l'entretenir, en l'absence du roi, tandis que la comtesse de Soissons allait encore plus loin elle-même : elle se faisait la complaisante honteuse du libertinage du roi, dans le lit duquel elle introduisit mademoiselle de la Motte Houdancourt, nouvellement arrivée à la cour, où sa beauté avait fait la sensation la plus profonde.

« La coquetterie jalouse de la comtesse, dit Saint-Edme, éclata surtout lors de la faveur de La Vallière....

Elle s'acharna à sa perte ; elle commença par offrir, pour ainsi dire, aux embrassements du roi, mademoiselle de la Motte Houdancourt, dans l'espoir d'arracher son ancien amant des bras de La Vallière, et peut-être aussi de disposer plus facilement des faveurs « et des grâces par le moyen de sa protégée, qu'elle se croyait sûr de gouverner à son gré. » Madame de Beauvais fut ainsi la sirène dont la voix séduisante fit attirer le surintendant dans les récifs où devait s'engloutir sa fortune. Elle ne se donna aucune trève qu'elle n'eut poussé Fouquet à imprimer le caractère le plus compromettant à ses rapports avec La Vallière ; quand la crainte d'irriter le maître l'arrêtait, elle était toujours là pour pousser en avant.

Nous avons raconté plus haut que cet amour de Fouquet pour Mademoiselle de La Vallière fut la cause de sa perte,

Qu'avait fait la femme dont l'amour avait anéanti la haute fortune du malheureux surintendant et enseveli sa vie dans un cachot funèbre?

Louise avait été profondément frappée par cette catastrophe inopinée, dont elle ignora longtemps la cause; ses prières et ses instances tentèrent plusieurs fois de fléchir la colère du roi et de désarmer ce qu'elle croyait sa justice. Mais Louis XIV se retrancha toujours derrière la raison d'État et la nécessité d'arrêter, par un exemple sévère, la dilapidation des finances, qui plongeait le peuple dans la misère.

Elle ne fut informée de la véritable cause de la disgrâce du surintendant que longtemps après, au moment où les efforts de la reine-mère comme ceux de toutes ses rivales, agissaient sur elle pour l'éloigner du roi, plus épris que jamais. La cour avait quitté Saint-Germain et se trouvait alors au Palais-Royal.

Ce fut Madame qui lui fit cette confidence. Elle en fut altérée et courut se jeter aux pieds du roi, pour obtenir de l'amant aimé la grâce de l'amant dont les soins n'avaient jamais obtenu d'autre retour qu'un tendre intérêt, une calme et simple amitié.

Louis XIV, pour la première fois, lui répondit avec irritation et amertume. Son œil s'enflamma d'un éclair de haine jalouse.

— Madame, lui dit-il, en la repoussant, au nom de Dieu, ne me parlez jamais de cet homme

Louise se retira la mort dans le cœur. Elle passa toute la nuit, qui suivit cette scène, dans la prière et dans les pleurs.

Le lendemain, sa résolution était arrêtée; elle en fit part à Anne d'Autriche, qui l'encouragea de toute son énergie à persister dans son dessein.

Sa détermination n'avait pas besoin de ces exhortations.

Une modeste voiture de louage la transporta dans le monastère de Chaillot, où elle allait demander à la vie monastique un refuge pour son innocence et ses larmes.

La nouvelle de son départ jeta le roi dans la plus profonde douleur, il avait vu dans cette fuite le dénouement d'une intrigue ourdie par ses ennemis. Sa colère éclata, en reproches et en menaces, contre tous ceux qui avaient trempé dans cette machination odieuse.

Pour le moment, il ne parla rien moins que d'aller arracher sa maîtresse du couvent où elle s'était réfugiée. La reine-mère, prévenue de cette explosion violente, accourut pour la calmer ; mais son autorité se brise contre cette fureur.

— Pardieu, mon fils, s'écria-t-elle, vous n'êtes guère maître de vous-même.

— Si je ne le suis pas de moi, Madame, répondit-il, frémissant et l'œil en feu, je le serais du moins de ceux qui m'outragent.

Et accompagné du duc de Roquelaure seul, il s'élance dans un carrosse qui se dirige au galop de ses chevaux vers le monastère de Chaillot.

L'arrivée du roi jette la confusion et l'effroi dans cette retraite cénobitique.

— Mademoiselle de La Vallière, dit Louis XIV à la tourrière, d'un ton qui ne permet ni observation ni refus.

Il est introduit dans le parloir, tandis qu'on court prévenir la fille d'honneur, devenue vierge recluse.

Le temps s'écoule et Louise ne parait pas. Le roi en proie à l'agitation la plus vive, se promène d'un pas nerveux dans la salle qui lui a été ouverte. Son impatience éclate déjà en murmures, lorsque mademoiselle de La Vallière arrive enfin, mais accompagnée par plusieurs religieuses qui l'ont suivie sur sa prière.

Louis XIV l'a à peine apperçue qu'il s'élance vers elle.

— Mademoiselle, lui dit-il, avec l'accent du plus tendre reproche, vous avez bien peu de soin de ceux qui vous aiment.

— Pardonnez-moi, Sire, répond la jeune fille avec émotion et les yeux baissés; il m'en a coûté beaucoup pour prendre cette détermination, mais Dieu m'a éclairée, Dieu m'a inspirée et conduite.

— Gardez-vous bien, Louise, de céder à un mouvement que vous regretteriez toute la vie.

— Ce que je regretterai toute ma vie, Votre Majesté, ce sont les malheurs dont j'ai été la cause bien involontaire, mais qui, sans moi, n'eussent, hélas ! point éclatté.

— De quels malheur parlez-vous ?

— Je vous l'ai dit, Sire ; j'ai déjà invoqué votre clémence à défaut de votre justice, en faveur de l'infortuné surintendant que vous reteniez sans jugement dans vos prisons.

— Est il donc nécessaire que je vous répète que vous êtes complètement étrangère à cet acte, non de vengeance mais de justice ? En voulez vous la preuve? vous l'aurez. Je vais lui donner des juges. Vous connaîtrez l'accusation ; vous verrez l'arrêt, et si vous m'ordonnez de le casser, je le déchirerai sous vos yeux ; mais revenez ; ne me jetez pas dans le désespoir; au nom de mon bonheur... de mon amour ! Louise, revenez !...

Mademoiselle de La Vallière résista quelque temps à ces pleurs ; les religieuses elles-mêmes, témoins de cette scène, versent des larmes. Une seule personne résiste à l'entraînement générale : C'est Roquelaure.

— Par ma foi ! s'écrie-t-il, ces gens-là pleurent si agréablement, qu'ils me donnent l'envie de rire.

Mais l'amante fugitve a cédé. Le roi la ramène au palais où il ne dissimule plus son amour pour elle.

— Madame, dit-il à Henriette, en la lui présentant, je vous prie de considérer à l'avenir mademoiselle de La Vallière comme une personne qui m'est plus chère que la vie.

— Oui, sire, répond la duchesse d'Orléans, avec une ironie amère, je la traiterai désormais comme une fille à vous.

Louise de La Vallière devait regretter cruellement plus tard ce retour dans un monde qui, pour quelques années de bonheur et d'éclat, lui imposait une expiation bien cruelle.

C'était en 1661, l'année même de la mort de Mazarin remettant, aux mains de son royal pupille, les rênes du gouvernement, tenus depuis un demi-siècle par deux cardinaux qu'avait commencé les relations de Louis XIV et de la Vallière sept années s'écoulèrent, temps long déjà pour la plus mobile et la plus violente des passions humaines, et ce rêve d'amour coupable, mais sincère, était fini dans celui des deux cœurs ou il a coutume de finir d'abord.

Depuis l'été de 1665, époque de ce voyage de la cour à l'armée de Flandre, où se déclara le nouvel attachement de Louis XIV pour Madame de Montespan, jusqu'au 20 avril 1674, jour de l'entrée de Mademoiselle de La Vallière dans son même tombeau des Carmélites, c'est encore un laps à peu près égal de sept années, où tous les sentiments de la femme à qui on dispute ce qu'elle aime et qui ne peut s'en déprendre, eurent leur place et leur mille retours, avant que la nature tombât vaincue par l'excès même de la souffrance, et se livrât, résignée d'abord, puis heureuse et ravie, à d'autres consolations. Sept années de meurtrissures et d'angoisses pour les sept années de folle joie ! Ce fut comme le retour d'un long voyage, dont il faut refaire tous les pas, un à un, jour par jour, voyage d'ivresse, retour amer.

Si l'amour de Louis l'éleva d'abord à un degré de grandeur qu'elle n'avait jamais entrevu dans ses rêves, si ce château de Saint-Germain, où était né son amour, vit ce prince glorifier sa faiblesse dans les causes de légitimation qu'il fit succéder l'indifférence, la dureté et le dédain, elle devait voir cet amant volage entraînant une autre maîtresse dans ses appartements, lui jeter, à elle, le chien de sa rivale avec ces mots cruels :

— Tenez, Madame, voilà votre compagnie ; c'est assez.

C'est alors qu'ELLE écrivit ce sonnet :

Tout se détruit, tout passe ; et le cœur le plus tendre
Ne peut d'un même objet se contenter toujours ;
Le passé n'a point eu d'éternelles amours
Et les siècles futures n'en doivent point attendre.

La constance a des lois qu'on ne veut point entendre ;
Des désirs d'un grand roi rien n'arrête le cour :
Ce qui plaît aujourd'hui, déplaît dans peu de jours ;
Son inégalité ne saurait se comprendre

Louis, tous ces défauts font tort à vos vertus.
Vous m'aimiez autrefois... et vous ne m'aimez plus ;
Mes sentiments, hélas ! diffèrent bien des vôtres.

Amour à qui je dois et mon mal et mon bien,
Que ne lui donniez-vous un cœur comme le mien,
Ou que n'avez-vous fait le mien comme les autres

Les premiers temps de l'épreuve, dit M. Romain Cornut, se passèrent dans les soupçons d'abord et les demi incertitudes, puis dans les luttes d'une rivalité, tantôt ouverte, tantôt dissimulée, que les caprices et l'amour propre de Louis XIV semblaient entretenir comme à plaisir. Le premier éclat par lequel Mme de La Vallière voulut, ou parut vouloir, se soustraire à son humiliation devenue publique, ce fut sa retraite au couvent de Sainte-Marie, à Chaillot, dans le mois de Février 1671. On douta si cette fuite n'était pas un secret désir de remettre les sentiments du roi à l'épreuve, et les suites autorisèrent, il faut en convenir, à le croire. Mme de Sévigné, qui parle toujours de Mme de La Vallière avec tant de sympathie et quelquefois d'admiration, raconte cet incident sur un ton d'ironie et presque de mépris, qui fait bien voir ce qu'elle en pensait. Elle écrit à sa fille, à la date du 12 février 1671.

« La duchesse de La Vallière mande au roi par le Maréchal de Bellefonds :

« Qu'elle aimait plutôt quitter la cour, après avoir perdu l'honneur de ses bonnes grâces, si elle avait pu obtenir d'elle de ne le plus voir.

« Que cette faiblesse avait été si forte en elle, qu'à peine était-elle capable présentement d'en faire un sacrifice à Dieu; qu'elle voulait pourtant que le reste de la passion qu'elle avait eue pour lui, servit à sa pénitence, et qu'après lui avoir donné toute sa jeunesse, ce n'était pas trop du reste de sa vie pour le soin de son salut. »

« Le roi pleura fort et envoya M. de Colbert à Chaillot, la prier instamment de venir à Versailles et qu'il pût lui parler encore. M. Colbert l'y a conduit, le roi a causé une heure avec elle et a fort pleuré. Mme de Montespan fut au devant d'elle les bras ouverts et les larmes aux yeux. Tout cela ne se comprend point; les uns disent qu'elle demeura à Versailles et à la cour. Les autres qu'elle retourna à Chaillot. Nous Verrons? »

Mme de Sévigné nous raconte encore elle-même la suite de ces choses qui nous sembleraient, comme à elle, difficiles à comprendre, si tout ne l'était pas dans les passions humaines. Mme de La Vallière est toute rétablie à la cour.

Le roi la reçut avec des larmes de joie, elle a eu plusieurs conversations tendres tout cela est bien difficile à comprendre, il faut se taire (18 février 1671) et quelques jours encore après a l'égard de Mme de La Vallière : Nous sommes au désespoir de ne pouvoir vous la remettre à Chaillot; mais elle est à la cour beaucoup mieux qu'elle n'a été depuis longtemps, il faut vous résoudre à l'y laisser (27 février 1671). On comprend du reste ce que Mme de Sévigné veut donner à entendre, Il y eut donc là et plusieurs fois sans doute des retours de tendresse.

« Malgré ses bouillantes passions et les reproches qu'il s'en faisait, dit l'abbé Le Queulx, Louis XIV revenait toujours à celle qui, par la bonté de son caractère et par un amour aussi vif que sincère, plus encore que par les charmes de sa personne, l'avait subjugué sans art et sans étude. »

Mais, à deux ans de là, la passion du roi, passagèrement réveillée à différentes reprises, tomba enfin d'une dernière et irréparable lassitude. Madame de La Vallière désabusée cette fois pour jamais, ne se sentit plus la force de survivre à l'illusion évanouie. Ce fut pour elle comme une éclipse de la vie. L'espérance, la dernière espérance qui a tant de peine à finir, était morte enfin dans ce cœur lentement broyé pendant tant d'années, la victime abattue semble vouloir mourir aussi, comme pour aller poursuivre ailleurs son rêve évanoui.

« Ce corps si tendre, dont parle Bossuet, fléchit et se fana, comme une fleur que le suc abandonne. Mais un esprit nouveau souffla alors pour raviver la nature dés faillante, et du lit de mort de la pécheresse se releva la chrétienne, marquée au front de ce rayon doux et triste qui se nomme le repentir. Cette âme, longtemps chargée de ces vapeurs lourdes et desséchantes de la jalousie, se fondit tout à coup en une douce pluie de larmes et de prières. Une fraîcheur vivifiante la pénétra. Ses regards se levèrent doucement vers le ciel d'où elle sentait la vie lui revenir pour un nouvel amour, et ses lèvres en s'ouvrant entonnèrent d'elles-mêmes leur cantique de reconnaissance.

« Sa conversion, dit Voltaire, fut aussi célèbre que sa tendresse. Elle se fit car-mélite et persévéra. Se couvrir d'un cilice, marcher pieds nus, jeûner rigoureuse-ment, chanter, la nuit, au chœur, dans une langue inconnue, tout cela ne rebuta point la délicatesse d'une femme accoutumée à tant de gloire, de mollesse et de plaisirs. Elle vécut dans ces austérités depuis 1674 jusqu'en 1710, sous le nom seul de sœur Louise de la Miséricorde. Un roi qui punirait ainsi une femme coupable serait un tyran; et c'est ainsi que tant de femmes se sont punies d'avoir aimé. »

CHAPITRE LV

Le Verre empoisonné

L'Homme au Masque de Fer éprouvait d'étranges sentiments à la lecture de ces touchantes amours si douloureusement expiées. Élevé loin du monde, loin de la cour, il ignorait ces mœurs royales, cette immoralité étalée au grand jour, cet égoïsme de son frère, brisant tant de cœurs pour satisfaire ses passions passagères.

Qu'allait-il penser en lisant le drame lugubre de la vie d'Henriette d'Angle-terre ?

« Il y a dans l'histoire, dit un écrivain, des périodes troubles où toutes les notions du bien et du mal semblent confondues, où la lie des passsoins mauvaises qui croupit au fond de toutes les grandes agglomérations, remontent à la surface, où une ligne morale envahit tout le corps social : ces périodes malsaines suivent d'ordi-naire les profondes commotions politiques, telle est celle qui commença après les guerres de la Fronde et qui vit se développer une sorte d'épidémie meurtrière, une véritable frénésie d'empoisonnement. »

L'affaire des poisons est un des plus obscurs et des plus lugubres épisodes du règne de Louis XIV.

« Madame se meurt, madame est morte ! » Chacun se rappelle ce cri suprême jeté par Bossuet, dans une magnifique oraison funèbre, à propos de la fin tragique de cette jeune princesse étrangère, dont les grâces pleines de charme avaient sû capti-ver la cour de France, et particulièrement un jeune roi de trente ans, Louis XIV ; de cette aimable Henriette, mariée à cet indigne époux qu'on appelait le duc d'Or-léans, alors à la merci d'un favori d'une nature étrange, le chevalier de Lorraine. C'est qu'en effet, cette mort avait eu quelque chose de si innatendu, de si mysté-rieux, que les esprits les moins disposés à mal penser, avaient cru y voir autres chose qu'une fin naturellle.

Le jeudi 30 janvier 1670, le chevalier de Lorraine, favori de monsieur, était arrêté au château neuf de Saint-Germain, par le comte de Dayen capitaine des gardes de quartier; sur les trois ou quatre heures du soir, le même jour, sur les neuf heures, Monsieur partait de la cour avec Madame, pour s'en venir coucher à Paris, au Palais Royal, où il arrivait à minuit, comme on ne l'attendait point, mécontent de cette disgrâce.

Il séjourna tout le vendredi 31, et lui et Madame, avec toute sa maison, ne partirent que le matin du 1ᵉʳ février 1670, pour s'en aller, en relais de carosse, à Villers-Cotterets. Madame, parait-il, outragée par la familiarité du chevalier de Lorraine avec son mari, et par les airs insultants qu'il prenait vis-à-vis d'elle, avait obtenu du roi qu'on le fit sortir de la cour »

De Saint-Germain, le chevalier fut conduit à Pierre-en-Cise, et, le 21 février, Louis XIV écrivait à Monsieur de Ponponne

« J'ai envoyé depuis quelques jours les ordres pour faire transférer le chevalier de Lorraine de Pierre-en-Cise au château d'If, et pour lui faire ôter toute communication avec le dehors. » Mais la détention était changée bientôt en exil, et du château d'If, le chevalier obtenait la faveur d'aller, à Rome, rejoindre son frère, le comte de Marsan, qui l'avait précédé dans cette ville. Que firent là les deux frères ? Ce qu'on sait, c'est qu'ils s'y lièrent avec les exilés et les mécontents français, toujours nombreux à Rome à cette époque ; et qu'ils y menèrent grande, joyeuse vie, et restèrent en communication continue avec leurs affidés de France.

Aussitôt après l'incarcération du chevalier de Lorraine à Pierre-en-Cise, Monsieur et Madame revinrent à Paris, et reprirent leurs places accoutumées à la cour.

Survint alors l'immixtion de la duchesse d'Orléans dans les affaires politiques.

« Ce fut dans ces circonstances, dit un historien, que Mademoiselle de Kérouen, noble bretonne de la plus éclatante beauté, entra dans la maison de Madame sur plusieurs recommandations, dont la plus efficace fut celle du marquis de Montespan.

« Permettez-moi, madame, écrivait-il à cette princesse, de recommander à votre bienveillance, mademoiselle de Kérouen ; je serais désolé d'avoir privé votre maison de l'une de ses dames d'honneur, si je ne m'efforçais de combler ce vide, en vous recommandant une jeune demoiselle dont l'esprit et la beauté sont sûrs d'effacer le prestige de toute dame de la cour qui peut redouter une rivale ; je ne puis parler de votre altesse qui ne doit en craindre aucune. »

Cette phrase et plusieurs semblables, furent causes que Henriette d'Angleterre accueillit avec empressement la jeune et belle bretonne. Madame avait vu tourner contre elle tous les efforts qu'elle avait faits pour ressaisir l'empire, si rapidement passager, qu'elle avait exercé sur le cœur du roi. Toutes ces intrigues contre mademoiselle de La Vallière, n'avaient eu d'autre effet que d'assurer l'élévation d'une rivale plus orgueilleuse, de cette Montespan, sortie, comme Louise de La Vallière, de ses filles d'honneur. Elle avait semé, une autre avait recueilli.

C'était là une cause de haine plus ardente contre sa nouvelle rivale. Aussi, désespérant de retrouver dans le cœur de Louis la place qu'elle y avait occupée, ne songea-t-elle plus qu'à en chasser celle qui y régnait en souveraine.

« Or, le moyen d'y parvenir, elle l'avait indiqué et M. de Montespan le lui rappe-

Une rue du vieux Paris.

lait évidemment dans sa lettre. C'étaient l'esprit et la beauté de Mademoiselle de Kérouen qui pouvaient éclipser l'esprit et la beauté de la marquise.

Madame ne songea plus qu'à l'introduire à la cour avec tout l'éclat possible. Ce fut dans une des fêtes splendides dont Versailles était alors si souvent le théâtre, que la présentation eut lieu.

— Sire, dit la princesse au roi, je vous présente ma nouvelle fille d'honneur, Mlle de Kérouen, qui, je l'espère, justifiera l'intérêt que vous avez toujours témoigné à ma maison.

Plusieurs des seigneurs présents ne purent retenir un sourire, la princesse se hâta d'ajouter :

— Et le désir que j'ai toujours eu de concourir par sa composition à l'éclat de votre cour.

Le persiflage que pouvait présenter la première partie de cette phrase avait causé au roi un mouvement de contrariété qu'arrêtèrent ces derniers mots. Cependant on put craindre une scène violente. Mme de Montespan crut devoir prendre un grand air dédaigneux, des fluides orageux semblèrent un moment se répandre dans l'air.

La réponse du roi et l'accent surtout avec lequel il la fit, ramena la sérénit. Louis parut n'avoir fait aucune attention à ce qu'avaient eu de vaguement récriminatif les paroles de la princesse.

— Madame, lui répondit-il, votre désir a toujours obtenu le plus grand succès; ma cour n'a constamment eu, comme moi, qu'une opinion sur le mérite des dames de votre maison.

— Opinion bien favorable alors, fit Henriette avec un regard plein de coquetterie.

— Et qui l'aurait été encore davantage, si esprit et bauté pouvaient briller auprès de vous.

Henriette frémit, car jamais la voix de Louis XIV n'avait eu pour elle d'accent plus caressant, jamais ses yeux n'avaient lancé de regard plus tendre; elle regretta presque la présentation qu'elle venait de faire.

Son vœu avait été que les charmes de Mlle de Kérouen produisissent un puissant effet sur le cœur du roi. Ce vœu devint alors son tourment, car elle n'en pouvait douter, l'amour que Louis éprouvait pour elle, cet amour qu'elle croyait éteint, venait de se ranimer à sa voix.

Elle ne fut pas la seule dans l'âme de laquelle la réponse du roi excita cette pensée. La rougeur qui monta aux traits de Mme de Montespan, l'étincelle de colère qui brilla dans ses yeux, révélèrent la crainte qui avait traversé son esprit irrité.

Les jours suivants ne firent que justifier l'espoir qui avait illuminé le front de la princesse et le nuage qui avait obscurci les traits de la marquise. Cette dernière éprouva même les plus violents transports jaloux, en apprenant que Madame avait eu un long tête à tête avec le roi.

Toutes les assurances de Louis eurent peine à les calmer.

Elle reprit cependant quelque sécurité en voyant que rien n'avait changé dans ses rapports avec lui.

Cependant de grands événements venaient de s'accomplir sur les frontières du royaume. L'Europe s'était effrayée au bruit victorieux des armées françaises . la Flandre conquise dans une campagne, la Franche Comté en moins d'un mois, et d'un mois d'hiver, avaient révélé à ses ennemis ce que pouvait l'épée de Louis XIV, dans les mains de généraux tels que Turenne et Condé.

Aussi les Anglais, les Hollandais et la Suède s'étaient-ils unis à l'Espagne pour arrêter la France dans sa glorieuse carrière.

Louis, résolu à châtier l'ingratitude de la Hollande, dont la France avait été moins l'alliée que la protectrice, songea à détacher de cette coalition le roi d'Angleterre, et connaissant l'autorité qu'Henriette exerçait sur l'esprit de son frère, il pensa à la charger de cette négociation, dont le mystère pouvait seul assurer le succès. Tel était le motif du retour de Louis vers cette belle princesse.

Lorsque la cour accompagna le roi dans ce voyage qu'il fit en Flandre pour être plus près du théâtre de la guerre, Madame Henriette suivit Louis comme Madame de Montespan. Elles partagèrent l'une à l'autre le carrosse de Leurs Majesté.

La jalousie de la marquise ne s'en alarma point d'abord. On lit en effet dans une de ses lettres au duc de la Vivoine son frère :

« Que j'aurais eu de torts de suivre votre avis et de rester à Paris, où l'on doit s'ennuyer depuis le matin jusqu'au soir, la grande majorité des gens aimables ayant suivi la cour en Flandre. Vous croyez peut-être que nous éprouvons ici les terreurs attachées à l'état de la guerre, que nous politiquons, que nous somme entourés de morts et de blessés, non, mon frère, non ! Rien de tout cela ne trouble la joie qui ne nous à pas quittés depuis notre départ.

« D'abord, nous avons fait la route très commodément ; il n'y avait dans le carrosse du roi que la reine, Madame et moi. Les acclamations les plus flatteuse précedaient et suivaient Leurs Majestés. Madame, qui possède toutes les grâces de corps et de l'esprit, avait sa part des acclamations. Je pourrais aussi vous confier tout bas que je crois qu'il y a quelques petites chose pour moi ; car, depuis, étant sortie seule, j'ai été accueillie, je dirai presque avec enthousiasme.

« Le roi a poussé la bonté jusqu'à me donner des gardes, j'en ai toujours quatre aux portières de mon carrosse. »

C'était ainsi en redoublant de soins pour elle, que Louis XIV s'efforçait de maintenir la sécurité de madame de Montespan, qu'il n'avait pas voulu initier au secret de la négociation confiée par lui à sa belle sœur. Ces soins et ces faveurs obtinrent d'abord le succès qu'il en avait espéré, mais ces entretiens mystérieux avec Henriette s'étant multipliés et prolongés, la marquise sentit se ranimer tous ses soupçons.

A l'approche du jour où Madame devait quitter le roi, ce prince s'enferma plusieurs fois des heures entières avec elle. Pour lors, Madame de Montespan ne fut plus maîtresse d'elle-même, ne doutant plus qu'elle ne fut trahie, qu'elle ne fut jouée, elle songea à se venger.

Une des dernières conversations que Madame avait eues avec le roi en sa présence, lui en fournit la pensée. Henriette venait d'apprendre que le chevalier de Lorraine, ce vil favori de Monsieur, dont elle avait obtenu l'exil avait profité du séjour du duc d'Orléans à l'armée pour se rapprocher de lui,

Elle s'en plaignit vivement au roi et demanda que l'exil en province, dont le chevalier venait de démontrer lui-même l'innefficacité fut converti en une détention perpétuelle dans quelque château fort.

— Sire, avait elle ajoutée, cet homme me hait, et, vous l'avourai-je ? sa haine m'épouvante, car il est capable de tout. Quand ce ne serait donc que pour ma sûreté, faites-le arrêter.

— Allons donc ! ma toute belle, ne vous effrayez pas ainsi, vous lui faites trop d'honneur ?

— Sans doute : dites moi qu'il et capable de tous les vices, d'accord, mais d'un crime... Je le nie.

— Pourquoi ?

— Parce que les hommes de fange ne sont pas des hommes de sang.

— Je ne vous comprends pas.

— Pour le vice, il ne faut que de la bassesse ; pour le crime, il faut une certaine vigueur... et de Lorraine n'a pas même celle-là.

Erreur sur erreur, je connais cette homme. S'il n'a pas le courage, il a la ruse, et l'une est aussi mortelle que l'autre : je l'ai assez étudié pour vous dire : Une prison pour lui ou une tombe pour moi.

Ce fut cette conversation qui fixa les projets de Madame de Montespan. Sa détermination fut prise, elle résolut de prévenir le chevalier de Lorraine, du danger qui le menaçait, en lui faisant connaître la conversation que sa mémoire avait fidèlement recueillie.

Si le chevalier est ce que pense la princesse, se dit la marquise, elle ne m'aura pas longtemps ravi l'amour du roi.

Un émissaire affidé partit pour l'armée où se trouvait Monsieur, et avec Monsieur son plus cher favori.

Parmi les officiers de la maison du duc d'Orléans, était un sieur de Lagny, homme souple, audacieux, sorte de chevalier d'industrie, vide de conscience et plein d'adresse.

Madame de Montespan avait eu quelques relations d'intérêt avec lui, pendant qu'elle était au service de Madame Ces relations restées pendantes furent un motif pour son message, une entrée toute naturelle en rapports.

Elles n'étaient évidemment qu'un prétexte, l'objet réel de sa démarche était de sonder cet individu, au moyen duquel la marquise avait un œil toujours ouvert, une oreille toujours attentive auprès de Monsieur. Elle voulait pouvoir suivre jusqu'à la fin et voir éclater, dans un dénouement sinistre, le drame lugubre dont elle avait réuni les éléments.

Pendant que son envoyé accomplissait sa mission criminelle, un vent favorable gonflait les voiles du vaisseau qui emportait vers son frère cette belle et gracieuse Henriette d'Angleterre, qui, semblable à l'éclair devait briller et mourir entre deux nuages.

Sa présence à la cour d'Angleterre fut un long jour de fête, mademoiselle de Kérouen en partagea les honneurs.

Louis XIV, qui connaissait toute l'influence que peut exercer sur les affaires d'État les plus sérieuses le sourire de deux belles lèvres, avait engagé la duchesse d'Orléans à se faire accompagner par sa nouvelle fille d'honneur. Il avait prévu que l'éclatante beauté de la jeune Bretonne et son esprit d'intrigue ne pourraient que prêter un appui à l'autorité qu'Henriette avait sur le cœur de son frère.

Ce que Louis XIV avait prévu arriva, Henriette revint seule en France ; mais, si mademoiselle de Kérouen resta en Angleterre, où elle devint duchesse de Portsmouth, madame, après une absence de dix jours, rapportait en France, dans une cassette de vermeil, un traité qui brisait tous les liens qui unissaient Charles II à la Hollande et qui l'engageait dans une alliance avec la France.

Madame accourait heureuse et fière. « La confiance de deux grands rois, comme dit Bossuet, l'élevait au comble de la grandeur et de la gloire... » Tout semblait donc sourire à la jeune femme, dont l'habileté avait su faire réussir une négociation si importante pour les projets de l'ambitieux Louis XIV. Aussi la faveur qui en était devenue la conséquence n'était-elle pas faite pour réjouir le duc d'Orléans, ni augmenter les chances de retour en grâce de son favori. Mais cette faveur même ne devait guère être longtemps un obstacle. Neuf jours après le 29 juin, Madame, alors à Saint-Cloud, venait d'écrire une longue lettre à la princesse Palatine, et de se mettre au bain, après avoir bu un verre d'eau de chicorée, lorsqu'elle fut prise subitement de douleurs violentes, qui ne firent que s'accroître de minutes en minutes. Le 30 à deux heures du matin, elle était morte

Madame Henriette n'avait alors que vingt-six ans ; elle était née à Exeter, le 16 juin 1644. Le lendemain, il y eut comme une panique au château ; les gens de la princesse s'en allèrent ou disparurent ; l'enterrement se fit avec une précipitation incroyable. Un an après, Monsieur était remarié, et le chevalier de Lorraine, revenu d'exil, reprenait près de son maître le poste de favori. On causa, on jasa bien dans les ruelles ; mais qui aurait osé élever la voix en l'an 1670. Il fallait avoir l'autorité de Saint-Simon et de Madame, mère du Régent, pour oser émettre cette idée hasardée d'empoisonnement. Sire Perrick, qui écrit le jour même de l'événement à sire Williamson, se contente de dire : » Madame est tombée malade hier de la colique, vers quatre heures de l'après midi : elle est morte ce matin à deux heures. » Bouillaud est plus explicite : « Plusieurs ont cru et ont voulu faire croire, prétend-il, qu'il y avait du poison mais elle est morte de mort naturelle suivant les médecins Français, de poison, selon les Anglais. »

En Angleterre, ajoute le savant Ravaisson, on crut [toujours à un crime ; malheureusement, Charles II avait trop besoin des subsides de la France pour se permettre des observations discourtoises. Toutefois, afin d'éviter la honte de laisser Monsieur, son frère, sous le soupçon d'un pareil crime et pour atténuer le mauvais effet de cette mort dans l'opinion publique, Louis XIV ordonna l'autopsie. Ce fut un médecin français, médecin ordinaire du roi depuis 1655, Antoine Vallot, qui fut chargé de ce soin. Vallot naturellement trouva que tout était arrivé on ne pouvait mieux. Mais le choix même du médecin était fâcheux ; ce Vallot passait déjà pour avoir quelque peu tué la mère de Madame.

CHAPITRE LVI

Après l'Ange, le Démon

Chez les hommes de plaisir, la passion vit de contrastes.

Cette charmante La Vallière, si douce, si bonne, si sincèrement éprise, abîmée dans son amour, en perpétuelle adoration devant son royal amant, sans révolte contre les duretés du roi, contre ses affronts, courbant la tête et ne manifestant sa douleur que par des larmes silencieuses ou par des soupirs étouffés, cet ange de soumission devait nécessairement être détrônée par une femme altière, violente, avide, capricieuse, cruelle, n'aimant dans Louis XIV que le roi, n'adorant que la puissance, jalouse jusqu'au crime, vindicative jusqu'à l'atrocité, ne reculant devant rien pour asseoir et maintenir son influence et perpétuer son règne.

Avec cela, une beauté superbe, un esprit diabolique, l'esprit de Mortemart, cet esprit là était célèbre !

La Vallière était un charme.

La Montespan fut un enivrement !

Sœur Louise de la Miséricorde ne pleurait, dans son cloître, que l'amour perdu de Louis.

La Montespan après avoir, par toutes sortes de noires intrigues, de crimes, de sortilèges, de pratiques sacrilèges, ridicules ou infâmes, ne céda la place à la Maintenon, que la rage au cœur et la fureur dans l'âme, pour la perte des honneurs, des richesses, de la puissance que lui valait la passion du roi.

Ah ! en mettant sous les yeux de l'Homme au Masque de Fer toutes ces turpitudes, toutes ces scènes d'immoralité, de luxure, de cruauté et de dépravation, Charlotte, qui connaissait l'esprit droit, le cœur juste et l'âme pure du frère de Louis XIV, savait bien qu'elle exciterait en lui le dégoût et l'indignation, et qu'elle lui donnerait la force, l'immense désir d'affirmer ses droits, d'établir sa royauté pour chasser toute cette tourbe d'intrigants et de catins, qui déshonoraient la royauté et ruinaient la France.

En exposant la suite de ces horreurs, le but faillit même être dépassé.

L'Homme au Masque de Fer ne pouvait croire à tant d'infâmies, et un moment il crut que c'était là un roman fruit d'une imagination déréglée.

Mais ce qu'il vit durant son voyage accidenté, dut lui faire comprendre que son amie avait plutôt adouci qu'exagéré les actes honteux et tragiques du long règne de Louis XIV.

La prison avait en quelque sorte purifié et élevé l'âme du Masque de Fer.

Aussi, se promettait-il, dans le cas où il arriverait à conquérir son trône, à régner pour le bonheur du peuple et à donner l'exemple de toutes les vertus.

Sans doute, il se faisait illusion ; le système de la royauté absolue mène toujours fatalement à la tyrannie, le pouvoir grise et transforme rapidement les esprits les plus droits. Et puis, la tourbe funeste des flatteurs n'est elle pas là pour pousser un roi à toutes les folies, à tous les abus de pouvoir.

Ce fut cependant avec un profond sentiment d'amertume et de douleur qu'il reprit le récit des événements qui marquèrent cette époque de fausse grandeur, de gloire coûteuse, de faste et de misère, de splendeur et de ruine !

Un historien a dit :

« Le règne de Louis XIV semble avoir été tracé par Fouquet à la fête de Vaux. C'est là que Louis puisa ces idées de richesse et de luxe qui ont tour à tour illustré et appauvri son règne : c'est là qu'il apprit à pratiquer les arts, à secourir les lettres, à honorer le génie.

« C'est là qu'il apprit ce que peuvent l'or et le rang sur les femmes. »

Mais cet appui qu'il accordait aux hommes de lettre, aux artistes, était inspiré

par un sentiment de gloriole et par le désir de paraître. Il était fier d'être le protecteur du talent, mais il agissait le plus souvent sans discernement et sans goût,
mettant sur le même pied Benserade et Racine, Corneille et Pradon, la médiocrité
et le génie.

Après les magnificences dont l'avait rendu témoin, témoin jaloux et irrité, Fouquet, ce moderne Mécène, le château de Saint-Germain, avec son architecture
lourde et massive, l'aspect sévère et le caractère sombre que lui imprimaient ses
larges fossés, la teinte rougeâtre de ses briques, ne pouvait plaire à ses yeux frap
pés des splendeurs que le surintendant avait étalées pendant sa réception de la cour,
à son château de Vaux.

La beauté du site était impuissante à le retenir, car s'il dérobait à ses yeux l'immense et riante plaine où la Seine trace ses longs méandres, il lui offrait aussi deux
points que les regards ne pouvaient fixer sans que son esprit se couvrit d'un voile
de tristesse et de crainte.

D'un côté, Paris, qui lui jetait ses longs murmures semblables à ceux de la mer
orageuse, Paris frondeur dont il avait dû fuir, à l'époque de son enfance, les soulèvements séditieux ; Paris, qui grondait dans le passé et menaçait dans l'avenir.

De l'autre côté, Saint-Denis, dont la basilique renfermait, sous ses voûtes sépul-
crales, la longue série de ses prédécesseurs, à côté desquels devait tôt ou tard
venir se placer sa bière, Saint-Denis , dont les hauts clochers lui rappelaient sans
cesse la fragilité de sa grandeur et la brièveté de l'existence humaine.

Il lui fallut une résidence champêtre, un palais de plaisance, qui répondit à son
goût pour les fêtes et qui effaçât l'éclat du château qui avait humilié son orgueil et
excité son envie.

Versailles fut choisi pour réaliser ces merveilles.

Sa proximité de Paris, sa situation au milieu d'une forêt giboyeuse, les belles
perspectives qu'offraient aux regards les coteau de Satory et les vallées voisines, et,
avec ces avantages, les souvenirs qui se rattachaient au manoir élevé dans ces lieux,
par son père, et devenu l'habitation préférée de ce monarque, furent les motifs
déterminants de son choix.

Puisque nous avons mentionné le manoir élevé par Louis XIII sur le plateau qui
devait voir surgir l'un des plus magnifique palais du monde, rappelons en quelques
mots son histoire, d'après l'auteur des *Mystères du Grand-Monde.*

Par une belle relevée d'automne, la meute du roi Louis XIII, attachée à la poursuite d'une biche, lança sur la limite de la forêt de Saint-Germain un cerf superbe,
sur les traces duquel elle se jeta aussitôt avec ardeur ; roi, courtisans et piqueurs,
précipitèrent à sa suite, à travers les halliers.

Le bel animal fut joint et abattu, mais le soleil avait déjà disparu derrière les hauteurs boisées de l'horizon, lorsque les cors firent retentir le hallali joyeux. On ne
put donc se mettre en route, pour rejoindre le château de Saint-Germain, qu'à la
chute du jour.

On voulut prendre un chemin de traverse ; on s'égara. La nuit se fit, et pour
comble de contrariété, la nuit était sans lune. La cour, harrassée de fatigues, se vit
donc réduite à errer à l'aventure dans les ténèbres rendues plus épaisses par celles
des bois.

Cette course avait déjà durée plusieurs heures, quand on aperçut, à travers les branches, un groupe de maisons dont plusieurs des fenêtres étaient éclairées. On se dirigea vers ce hameau.

Ce village, perdu dans les bois, était composé d'un moulin à vent et de quelques chaumières, dont une, plus grande que ses voisines, était une modeste hôtellerie qui servait fréquemment de rendez-vous, et parfois d'asile, aux chasseurs ; ce fut à cette porte que vinrent frapper le roi et sa suite, pour y prendre quelque repos et pour y demander ensuite un guide.

L'accueil qu'y reçut la cour fut si cordial, le souper préparé par les mains d'une jeune hôtesse empressée, et assaisonnée d'ailleurs, par une course fatigante, parut si délicieux au roi, qu'il exprima la pensée de passer la nuit dans ce lieu. Sa chambre, chaude et proprette, le lit moelleux qui lui furent offerts, répondirent, sans nul doute, à la délicatesse du souper, car Louis XIII se réveilla, reposé et joyeux, aux tièdes rayons d'un soleil d'automne.

Un instant après, les seigneurs qui l'avaient accompagné et à la tête desquels se trouvait Cinq-Mars, s'enquéraient des incidents de cette nuit d'aventure.

— Nuit d'aventure, sans doute, dit le roi, mais, par Dieu ! nuit charmante.

— Comment ! sire, vous avez pu dormir dans ce lit grossier, dans cette chambre nue ?

— Comme il y a bien longtemps que je n'ai pas dormi à Saint-Germain ou au Louvre. Ne dites pas de mal de ce lit, et quant à cette chambre... venez à cette fenêtre, et devant cet agreste et riant paysage, critiquez-la si vous pouvez.

Les courtisans s'approchèrent de la croisée, à la vue de cet horizon de gazons verts et de forêts à demi dépouillées, où la nature semblait avoir épuisé ses couleurs les plus vives et où se jouaient en ce moment les vapeurs argentées du matin et les rayons dorés d'un soleil syrien, tous n'eurent à l'envie qu'un cri d'admiration.

— Certes, fit cinq-Mars, j'ai vu des perspectives plus variées et plus étendues, mais j'en ai jamais rencontré où l'œil se reposât avec plus de plaisir.

— Et dire que nos environs de Paris possèdent un site aussi gracieux et que pas un de nous le connaissait ! reprit Gaston d'Aiches

— Comment se fait-il que l'on ait bâti tant de châteaux dans des lieux si tristes et si repoussants, et que ce charmant coteau n'ai vu s'élever qu'un moulin à vent et des chaumières ?

— Erreur ! erreur ! dit de Thou, il existe dans ces environs un vieux château qu'Albert de Gondy acheta en 1573 des Lo-mériac.

— Oh ! une ruine ! et qui ne détruit pas d'ailleurs mon observation, car il est perdu dans ces bois où il n'a qu'un horizon de branchages. Ma question reste donc.

— D'Aiches y a répondu : que vous disait-il à l'instant ? fit le roi, c'est que ce lieu est resté inconnu.

— Au milieu d'une forêt aussi fréquentée, Sire ?

— Fréquentée par des chasseurs.

— Oui sire, mais le goût de la chasse n'exclut pas le bon goût, reprit vivement Cinq-Mars, et je n'en voudrais pour preuve que Votre Majesté.

Halte! fit une voix rude.

— N'essayons pas de le dissimuler, mon ami, les chasseurs sont trop ardents après le gibier pour faire attention, dans les bois, à autre chose qu'aux lieux où leur proie se remise. Le plus beau pays pour eux n'est pas le plus varié, le plus riant, le plus agréable.

— Quel est-il donc ?

— Le plus giboyeux.

— Oh ! Sire.

— La preuve, c'est qu'hier nous avons passé à travers ce bocage sans avoir arrêter un seul instant nos regards sur cet enchaînement de coteaux qui, ce matin, les ravit.

— C'est un fait, dit de Saneçay, en appuyant vivement ce dernier argument du roi.

— Aussi ne discuterai-je plus.

— Mais, continua Louis XIII, puisque le hasard nous a permis de contempler d'un œil calme et ravi ce charmant paysage, sur lequel avaient glissé tant de regards distraits, croyez qu'il ne retombera point dans l'oubli. L'air qui circule entre ces collines couvertes de bois, est trop frais et trop pur pour que je ne vienne pas lui demander l'impression de bien être et de bonheur que j'ai éprouvé, ce matin, en le respirant à cette fenêtre.

Ces paroles n'étaient pas l'expression d'un caprice, mais bien la manifestation d'un vœu profond et sérieux; aussi ne voulut-il pas attendre les délais que devait entraîner la construction d'un château, pour y avoir un refuge contre les soucis de sa vie si adroitement comprimée. On y vit bientôt surgir un pavillon d'une élégante simplicité, où le roi pouvait trouver un asile pour lui et un abri pour ses veneurs et ses meutes.

Mais ce petit pavillon n'était qu'un pied-à-terre provisoire, et son premier architecte, Lemercier, s'occupa, sur ses ordres, d'y construire un édifice plus digne de ce que l'on a longtemps appelé la majesté royale.

Louis n'avait choisi que l'emplacement: c'était celui de la chétive auberge à la fenêtre de laquelle ces lieux lui étaient apparus si frais et si séduisants ; pour le plan du monument, le développement et la disposition des jardins, il s'en était rapporté au goût de l'artiste qu'il avait chargé de la réalisation de son vœu.

Le château qu'éleva Lemercier n'eut [point l'importance d'une de ces grandes habitations où le roi vient résider avec sa cour. Ce fut une construction plus modeste. Un corps de logis de vingt-deux toises de façade, avec deux ailes terminées par quatre pavillons, un jardin, et un petit parc orné de vases et de statues. Telle fut l'élégante retraite où Louis XIII comptait venir chercher, avec ses intimes, les jours de calme et de repos qu'il ne trouvait pas au milieu de sa cour. Il ne devait pas le rencontrer toujours sous le toit ardoisé de cet asile.

« Destinée aux délassements de la chasse, dit M. J. Vatout, cette demeure ne fut point étrangère aux intrigues de la politique, » Ce fut le château où s'était dénoué en conscience le drame préparé par les deux reines,, que Louis XIV avait choisi comme base de ses projets magnifiques. Nous disons base, car jamais ce prince ne voulut sacrifier aux nécessités architecturales le modeste corps de bâtiment que son père avait rempli de souvenirs de lui.

Tous les artistes de génie qu'avait révélés l'édification du château de Vaux furent conviés, par Louis XIV, à concourir à l'embellissement de ce palais, qui devait être sans rival au monde. Mansard en dessina les plans, Lebrun et Vender-Meulen enrichirent des prestiges de leurs pinceaux ses lambris dorés et ses plafonds splendides. Le Puget et Girardon semèrent de chefs-d'œuvre les jardins et le parc, où Lenôtre avait combiné avec tant de bonheur les parterres, les pelouses et les bosquets.

Et, comme si ce n'avait pas été assez pour sa gloire et celle de son maître que ces harmonieuses combinaisons, cet illustre jardinier avait voulu afficher partout le triomphe des hommes sur la nature, et l'esplanade de ce côteau aride s'était couverte de pièces d'eau, de canaux, et surtout de ces prodigieuses naumachies restées de nos jours encore une merveille.

Ces éminents artistes avaient déjà accompli en grande partie leur œuvre, lorsque Louis XIV y donna ces fêtes que ne dédaignèrent de célébrer ni Molière ni La Fontaine. C'était chaque jour des festins, des bals, des concerts et ballets dont les plus grandes dames et les plus nobles seigneurs de cette cour brillante, le roi compris, remplissaient les rôles.

La Vallière paraissait bien encore dans ces fêtes, mais pâle, triste et portant, dans les profondeurs de ses grands yeux bleus, toutes les douleurs d'une âme brisée.

La Vallière était en disgrâce.

Une autre étoile s'était élevée dans le ciel de la faveur royale, mais fière, celle-là, et si brillante, que tout le rayonnement de ce règne, concentré dans cette cour, semblait l'auréole naturelle de cette tête altière.

Ce nouvel astre était Athénaïs de Tonnay-Charente, marquise de Montespan, par son mariage avec Henri Louis de Pardaillan de Goudrin.

Cette dame, née en 1641, de Gabriel de Rochechouard, duc de Mortemart, et de Diane de Granseigne, appartenait, par sa naissance comme par son union, à deux des plus grandes familles de la noblesse française. La sensation qu'elle avait produite à la cour, n'avait point cependant été causée par l'illustration de son origine, mais par l'éclat prodigieux de sa beauté.

On pourra l'apprécier par le portrait suivant que nous empruntons à un écrivain dont nous avons eu occasion de citer le témoignage :

« Sa taille était élevée, ses traits réguliers et son teint animé du plus éblouissant incarnat; elle avait les mains, les bras et la gorge admirables; les cheveux les plus beaux, les yeux pleins de malice et de feu, une voluptueuse vivacité dans le regard. Une négligence, affectée peut-être, donnait à ses charmes un attrait de plus.

« Les qualités morales n'offraient sans doute pas un ensemble aussi parfait que les qualités physiques. Légère, vive, inconséquente et hautaine, tous ses goûts étaient des passions, toutes ses passions des orages. Son esprit brillait même dans ses revers. Elle avait l'imagination des saillies, mais elle se passionnait sans réflexion, se refroidissait sans motif et saisissait à contre-sens les qualités les plus recommandables. Elle prenait pour un sentiment le désir continuel de plaire, et pour de la sensibilité les emportements de l'amour.

« Enfin elle avait mille qualités et pas une vertu, mille défauts et pas un vice.

Telle était la reine de ces fêtes, à l'éclat desquelles les arts faisaient concourir toutes les richesses de la royauté.

Ces plaisirs et ces magnificences présentèrent un incident étrange.

L'intimité du roi et de Madame de Montespan avait cependant cessé d'être un mystère pour la cour. La marquise qui n'avait cessé d'être dame d'honneur de la duchesse d'Orléans que pour devenir dame du palais de la reine, avait reçu, à Saint-Germain, à Fontainebleau et à Versailles, des appartements voisins de ceux du roi. Fréquemment, on surprenait leurs regards d'intelligence et l'on voyait la belle

Athénaïs, sur un signe de Louis, se dérober, ainsi que son amant, au cercle de la reine, pour aller, l'un et l'autre, demander aux appartements solitaires des mystérieux plaisirs.

Ces plaisirs discrets eussent bientôt eu des suites indiscrètes, si la marquise ne fut parvenue, grâce à sa fécondité d'esprit, à dissimuler une fécondité plus importune. Mais si elle était belle, coquette et faible, elle n'en était pas moins ingénieuse.

Ce fut elle qui introduisit à la cour la mode des robes volantes peu avantageuses à la taille, mais très-avantageuses, en compensation, à la galanterie, dont elles pouvaient voiler les accidents. Ces robes, qu'elle avait portées en 1668, elle les reprit en 1669, si bien qu'on finit par en pénétrer le mystère.

« C'est madame de Montespan, dit la princesse de Bavière, qui a inventé les robes volantes pour cacher ses grossesses, parce qu'on ne pouvait voir la taille sous ces robes; mais, quand elle en prenait une de ce genre, c'était comme si elle eut écrit sur son front qu'elle était grosse. »

— Madame de Montespan a mis sa robe volante, disait-on, c'est qu'elle est enceinte.

CHAPITRE LVII

Marion et l'Homme au Masque de Fer

Laissons un moment l'ancien prisonnier de l'île Sainte-Marguerite suivre, avec les notes que lui a remises Charlotte, son amie d'enfance, et revenons à Forcalquier, où se sont passés, comme on l'a lu, de tragiques événements.

Nous avons vu le cheval de Charlotte abattu; la jeune femme se défendant, quoique blessée, et frapper, de son épée, Rosarges, son ancien geôlier, puis, blessée elle-même, tomber épuisée entre les mains de ses ennemis.

Marion avait pu s'enfuir, munie des recommandations de sa fille.

Elle ne savait pas que Charlotte fut blessée, et elle la savait assez habile pour savoir se tirer d'un mauvais pas.

Sûre de la voir revenir bientôt à Grenoble, elle se hâta de gagner cette ville et d'aller prévenir son ancien nourrisson qu'elle aimait comme une mère aime son fils.

Il était nuit lorsqu'elle arriva dans la capitale du Dauphiné.

On lui fit quelques difficultés pour la laisser pénétrer dans la ville, car on se rappelle que le faux comte de Marly avait donné des ordres très-sévères. Mais elle avait un sauf-conduit signé du roi, et elle put franchir la porte, malgré l'heure avancée à laquelle elle se présenta.

Elle se fit conduire tout de suite à l'hôtellerie où logeait l'Homme au Masque de Fer

L'aubergiste congédiait en ce moment tous les buveurs attardés, et mettait la barre qui fermait les larges volets de la devanture de la principale pièce, lorsque Marion se présenta tout à coup devant lui.

Elle avait fait marcher au pas sa monture, pour atténuer le bruit des sabots ; et l'hôtelier, en ce moment en discussion avec certains buveurs, n'avait pas entendu le bruit de sa venue.

Aussi, fut-il très-surpris de se trouver tout à coup en présence d'une femme à cheval.

— Qui êtes-vous ? que voulez-vous ? demanda-t-il, en faisant un mouvement.

— Un gîte pour moi et pour mon cheval.

Et elle sauta lestement à terre, malgré ses soixante ans.

L'aubergiste fit un geste de refus.

— Pas une chambre à l'hôtellerie et pas un coin à l'écurie.

— Bon ! les auberges ne manquent pas dans Grenoble. Mais il faut que je parle à l'instant à monsieur le comte de Marly.

En lui disant ces mots, elle lui mit un louis de vingt-quatre francs dans la main.

— Madame, fit l'hôtelier subitement humanisé, je ferai serrer un peu les chevaux de mes voyageurs, pour que le vôtre puisse y trouver place, et ma fille vous cédera sa chambre.

— J'accepte, mais il faut que personne autre que le comte de Marly ne connaisse ma présence dans votre maison. Montez tout doucement chez M. le comte de Marly et prévenez-le tout bas, sans éveiller personne, que la mère du chevalier d'Armançon désire lui parler sur-le-champ.

— Mais je ne sais pas s'il voudra la recevoir, surtout à cette heure.

— Monsieur le comte de Marly vous en aura la plus vive reconnaissance.

— Mais savez-vous que c'est un grand personnage, un très-grand personnage.

— Plus grand encore que vous ne croyez. Voici un nouveau louis, et malgré sa grandeur, votre hôte illustre sera si content qu'il ajoutera plusieurs pièces à celle-ci.

L'argument était sans réplique.

L'hôtelier quitta ses chaussures, prit sa lanterne, et grimpa au premier étage.

Il alla tout doucement à la porte de la chambre de l'Homme au Masque de Fer et appliqua son œil au trou de la serrure.

Le faux comte de Marly n'était pas couché, il lisait.

L'hôtelier frappa discrètement.

Après un moment d'hésitation, le frère du roi vint ouvrir lui-même.

L'hôtelier fit d'abord un profond salut, puis mit discrètement un doigt sur ses lèvres, pour indiquer qu'il avait une mission mystérieuse à remplir.

— Je suis seul, vous pouvez parler, lui commanda le frère du roi.

— Une dame, qui vient d'arriver, désire vous parler tout de suite.

— Une dame ! fit le Masque de Fer étonné.

— Oui, elle m'a dit son nom.

— Ah !

— Ou du moins le nom de son fils.

— Et ce fils s'appelle ? demanda le Masque de Fer en tressaillant.

— Le chevalier d'Armançon.

Le Masque de Fer retint un cri.

— La mère du chevalier d'Armançon ! fit-il en pâlissant.

— C'est, du moins, le nom qu'elle m'a donné.

— Et elle est seule ? reprit l'ex-prisonnier avec anxiété.

— Seule, confirma l'hôtelier.

— Qu'elle vienne... vite, faites-la monter.

Deux minutes après, Marion était dans la chambre du frère du roi.

— Dites-moi vite, lui demanda celui-ci avec anxiété, s'il est arrivé quelque accident à Charlotte.

— Un accident, oui.

— Oh ! mon Dieu !

— Pas de faiblesse, Henri, Charlotte n'est pas en danger.

— Alors ce n'est rien ! fit le Masque de Fer dont les traits s'éclaircirent.

— Je l'espère pour ma fille ; mais les suites de cet accident peuvent avoir pour vous des conséquences graves.

— Eh ! que m'importe, si ma Charlotte est saine et sauve.

— Vous savez bien, Henri, que le bonheur de Charlotte, que le mien, dépenden du vôtre, que sa vie, que la mienne, dépendent de votre vie.

— Oh ! chère mère, fit Henri, en pressant l'excellente femme sur son cœur.

— C'est Charlotte qui m'envoie vous prévenir.

Et Marion lui raconta comment elles avaient été surprises, elle et sa fille, à Forcalquier, par l'arrivée subite de Louis XIV, de Rosarges et de ses hommes ; comment elles avaient essayé de fuir, et comment, enfin, un coup de feu avait démonté Charlotte.

— Elle ! elle ! au pouvoir de ce misérable Rosarges ! elle est perdue ! fit le Masque de Fer en se tordant les mains.

— Vous connaissez Charlotte, dit Marion qui ne croyait pas au danger que pouvait courir sa fille ; vous n'ignorez pas quel est son courage et combien elle a de ressources dans l'esprit. Elle saura se tirer d'affaires. Serai-je si tranquille, moi sa mère, si je n'étais pas sûre qu'elle saura se tirer des griffes de nos ennemis.

— N'importe, il faut courir à son secours.

— Ce serait vous perdre sans la sauver.

— Eh bien, nous mourrons ensemble.

Puis réfléchissant soudain :

— Mais non, elle ne mourra pas ; je sais le moyen de la sauver. Vite, va faire seller deux chevaux, ma bonne Marion, nous allons partir.

— Seuls ?

— Seuls ; depuis quelques jours je me méfie de Barbezieux et de Dangeau ; il me semble qu'ils soupçonnent quelque chose.

— Ah ! mon Dieu, le malheur nous vient de tous côtés.

— Je me trompe peut être. Mais je me tiens sur mes gardes. En attendant, courons au plus pressé, qui est de tirer Charlotte de la terrible position dans laquelle elle se trouve.

— Mais vous, Henri ?... fit Marion avec un accent plein d'anxiété.

— Moi, je n'ai rien à craindre. Nous serons de retour ici dans la journée qui suit cette nuit, et nous ramènerons Charlotte; peut-être ramènerons-nous aussi deux personnages que tu redoutes beaucoup et qui, désormais, seront mis dans l'impossibilité de nous nuire.

Entraîné par l'air de conviction qui animait le frère du roi, Marion se laissa convaincre, et descendit prévenir l'hôtelier de seller, avec toutes les précautions possibles, les deux meilleurs chevaux de son écurie.

Une demie-heure après, le Masque de Fer et Marion franchissaient une des portes de Grenoble, dont le pont-levis s'abaissait devant eux.

Ordre du roi !

Une fois hors de la ville, ils mirent leurs chevaux au galop, et reprirent le chemin que Marion venait de parcourir.

CHAPITRE LVIII

Le Pont de l'Isère

Il était à peu près trois heures du matin, lorsque, le Masque de Fer et Marion avaient quitté Grenoble.

La nuit était profonde.

La route n'était éclairée que par la lueur des étoiles que voilaient de temps en temps des nuages rapides.

Les deux voyageurs côtoyèrent pendant environ deux lieues la rive droite de l'Isère, dont les flots grondants troublaient seuls le silence qui régnait dans la campagne déserte.

Le martellement des pieds des chevaux se perdait dans le bruit des eaux mugissantes.

La rivière fut franchie sur un de ces vieux ponts à dos d'âne si pittoresques mais si durs, à passer pour les voitures et les charrettes. La viabilité a bien gagné depuis cette époque dont La Fontains nous a dépeint les affreux chemins.

Le pont que franchirent, sur l'Isère, le Masque de Fer et sa compagne de voyage n'offrait aucun obstacle aux deux cavaliers, du reste bien montés.

Et pourtant, arrivés aux trois quarts de sa longueur, les deux chevaux s'arrêtèrent tout court.

Celui-même de Marion fit un écart si brusque, que la mère de Charlotte faillit être désarçonnée et jetée par-dessus le parapet du pont qui était, du reste, très-étroit; ils l'étaient presque tous autrefois,

— Qui va-là ? demanda le faux comte de Marly en tirant son épée.

Mais personne ne répondit.

Une ombre se dressa à demi du milieu du pont, glissa le long d'un parapet, et disparut vers l'entrée.

Marion, qui était brave, qui s'était raffermie sur ses étriers, avait tiré elle-même un pistolet, prête à faire feu et à défendre sa vie, à côté de son compagnon de voyage.

Celui-ci réitéra sa demande.

Même silence.

— Avançons ! fit-il résolument.

Mais arrivés vers l'extrémité du pont, nos deux voyageurs durent s'arrêter encore subitement.

Un groupe d'hommes en barraient l'entrée.

L'Homme au Masque de Fer hésita un instant et consulta du regard sa compagne.

Celle-ci, immobile sur sa monture, regardait avec inquiétude ce nouvel obstacle qui se dressait devant eux.

— Que faire? lui demanda le faux comte de Marly qui voulait consulter le courage de la vieille femme.

— Si ce sont des voleurs, offrons-leur notre bourse et passons.

— Mais si nous avons en face de nous des ennemis ?

— Suivez votre inspiration.

— Eh bien ! prenez vos pistolets ; je prends les miens ; avançons de quelques pas, et s'il font mine de vouloir se jeter sur nous, déchargeons nos armes sur eux, et pendant leur trouble, enlevons nos montures et passons-leur sur le corps.

— Bien, Henri ; je vous suis.

— En avant, alors.

Ils poussèrent leurs chevaux,

— Halte ! fit une voix rude.

Les deux voyageurs s'arrêtèrent.

— Qui êtes-vous ? demanda la voix.

— Je suis le chevalier d'Armançon, voyageant avec ma mère. Nous nous rendons à Forcalquier.

Le comte de Marly empruntait le nom de son amie.

— C'est bien, passez, reprit la voix. Mais je ne vous conseille pas de revenir par ici avant demain. Vous feriez même bien de quitter la grande route et de prendre un chemin de traverse.

— Le chemin n'est donc pas sûr ? demanda le Masque de Fer, qui s'était avancé et qui cherchait a voir à qui il avait affaire.

Il aperçut des mousquets brillant aux mains d'une demi-douzaine d'hommes Les traits de quelques-uns qu'il put entrevoir, à la lueur des étoiles, ne lui paruent avoir rien de sinistre, bien qu'ils accusassent une rare énergie et une fière attitude.

— Cependant, reprit le Masque de Fer, la guerre étrangère est terminée, et, à part les voleurs de grands chemins, qui pourrions-nous craindre.

— Les ennemis de la France, les ennemis de Dieu ne sont pas tous à l'étranger, répondit une voix.

La mêlée fut terrible.

Cette parole fut, pour le Masque de Fer, comme un trait de lumière.

Sautant soudainement à bas de son cheval, il fit rapidement quelques pas vers le groupe qui barrait le pont et s'arrêtant à une courte distance.

— La Rochelle! murmura-t-il, de façon à être entendu du premier homme de la troupe.

— Nantes! répondit celui-ci. Vous êtes donc un des nôtres?

— Où est le pasteur Raymond? demanda vivement le Masque de Fer.

— A trois lieues d'ici. Nous sommes ici à l'arrière-garde pour assurer la retraite de nos frères et empêcher celle de nos ennemis.

— Quand pensez-vous que doit s'engager l'affaire?

— Ce matin, vers cinq heures.

— Nous n'avons pas de temps à perdre, si nous voulons y prendre part.

— « A bientôt, mes frères.

Et le Masque de Fer et sa compagne piquèrent des deux.

On sait que ce que l'on appelait lieues de pays à cette époque, équivaut à peu près à six kilomètres.

La lieue commune n'en a que quatre.

Ils avaient donc dix-huit kilomètres à faire avant d'arriver au point où le pasteur Raymond avait dû amener la troupe protestante, qui devait attaquer le roi et son escorte.

Les chevaux, bien qu'ils eussent déjà deux lieues dans les jambes, pouvaient faire cette traite en cinq quarts d'heure.

Juste le temps d'arriver au début de l'action, pour peu que le passage du roi fut exactement à cinq heures.

L'aube blanchissait, comme ils aperçurent, à l'horizon, dans le brouillard, une grande forêt qui s'étendait au loin à droite et à gauche de la route.

Tout à coup, ils virent déboucher de la forêt un cavalier qui arrivait sur eux bride abattue.

En même temps, ils entendirent le **crépitement** lointain d'une nombreuss fusillade.

Ils éperonnèrent leurs chevaux qui bondirent en hennissant.

Bientôt ils purent distinguer le cavalier qui descendait la route au galop de son cheval.

Un même cri sortit de leur poitrine :

— Charlotte!

CHAPITRE LIX

L'Embuscade

Nous ne décrirons pas l'étonnement et la joie dont furent saisis nos trois personnages, en se rencontrant inopinément.

Après les premières effusions de bonheur et l'échange d'ardents embrassements,

Charlotte, qui avait conscience du péril qui les menaçait tous, fut la première à reprendre son sang-froid et à faire appel à la raison.

— Il faut rentrer en toute hâte à Grenoble, insista-t-elle. Je vous raconterai en route ce qui est arrivé.

— S'il y a danger pour nous, il y a aussi danger pour de braves gens qui, là-haut, se font tuer pour moi.

— Quelles gens ? demanda Charlotte au comble de la surprise.

— Ceux qui ont assailli nos persécuteurs.

— Ce ne sont donc pas des bandits ? demanda-t-elle.

La jeune femme ignorait l'entente qui avait eu lieu entre le pasteur Raymond et l'Homme au Masque de Fer.

Celui-ci lui raconta son entrevue avec le chef des protestants et le projet d'enlèvement du roi, qui avait été convenu et combiné entre eux.

— Dites-moi, Charlotte, ce qui est arrivé et nous verrons ensuite ce que nous aurons à décider, lui dit Henri.

— Ma mère a dû vous dire quelle fatale circonstance nous avait forcées à nous séparer, après lui avoir donné rapidement tous les renseignements nécessaires pour vous rejoindre et vous prévenir. J'attendis la venue de nos ennemis à qui il m'était impossible de résister. J'espérais, du reste, qu'ils ne me reconnaîtraient pas et que je pourrais facilement m'échapper de leurs mains. Ce fut ce misérable Rosarges qui se jeta le premier sur moi. Lui seul était à craindre, car lui seul pouvait se rappeler mes traits, quoi qu'il ne m'eut vu quelquefois que sous un habit de paysan.

« Je n'avais pas l'idée de résister, mais en le voyant en face de moi, le désir de me débarrasser de notre plus cruel persécuteur s'empara aussitôt de moi. Je le frappai de mon épée, mais la blessure était trop légère pour que je pusse me soustraire à ses regards. Et puis, en tombant de cheval, mon front avait frappé le sol, et le coup que j'avais reçu, l'émotion qui s'était emparée de moi me firent perdre un instant connaissance.

« Votre frère me fit donner des soins, et c'est alors que l'on découvrit, à la grande fureur de Rosarges, que c'était une simple jeune fille qui avait frappé le terrible major.

« Mais comme celui-ci avait perdu beaucoup de sang, bien que mon épée n'eut fait que lui traverser le bras, il n'eut pas le temps de m'examiner de près. On m'emporta dans une chambre où des soins me furent donnés.

Pendant ce temps, le roi qui avait appris que mon compagnon de voyage avait échappé à la poursuite de ses hommes, pressa le départ de ses gens et fit préparer une voiture, pour m'y faire monter avec Rosarges qui ne pouvait guère se tenir à cheval.

L'hôtelier, du reste, ne leur paraissait pas très sûr. Je lui avais montré des lettres de cachet portant la signature du roi ; je lui avais en outre donné une large gratification, de sorte qu'il était plutôt disposé à prendre nos ennemis pour des bandits que pour la suite du roi de France qui voulait, à tout prix, garder l'incognito. Il disait hautement que, sans soupçonner personne, il croyait de son devoir d'aller prévenir les autorités de la ville.

Rosarges avait beau s'emporter, le menacer, jurer tous les diables de l'enfer qu'il le ferait pendre, l'hôtelier lui répondait froidement que d'honnêtes gens n'avaient à craindre ni la municipalité ni la maréchaussée, et qu'on ne pouvait lui faire aucun reproche de vouloir se décharger sur elles de la responsabilité qui lui incombait dans cette occurence.

— Ce bonhomme a raison, fit observer le roi à Rosarges. Mais toute formalité va retarder notre départ, et j'ai hâte d'atteindre mon compétiteur. C'est là le plus pressé. Si le compagnon de la femme dont nous nous sommes emparé, le prévient avant notre arrivée, il aura le temps de prendre ses mesures et de nous échapper. Pansez sommairement votre blessure, mon pauvre Rosarges, et partons.

A prix d'or, on trouva rapidement une voiture, on changea de chevaux, et vers sept heures du matin, le roi et toute sa troupe put se mettre en route.

On allait à marches forcées. On faisait halte au milieu du chemin pour faire man ger hommes et chevaux. On avait chargé de vins et de provisions la voiture qui nous portait, Rosarges et moi.

Notre misérable geôlier, qui avait bu beaucoup, un peu avant d'avoir reçu le coup d'épée dont je l'avais gratifié, fut pris d'une forte fièvre.

Il avait des hallucinations terribles. J'avais l'œil sur lui, car il ne parlait de rien moins que de m'étrangler. Un moment on fit monter deux hommes dans notre compartiment pour le maintenir et le calmer.

Nous voyageâmes ainsi toute une journée.

Le soir on relaya pour la dernière fois et l'on conti. ua le voyage.

Rosarges était devenu plus calme, et comme c'est une nature de Fer, il voulut quitter la voiture et monter à cheval.

Je n'étais pas fâchée de cette résolution, qui me débarrassait d'un compagnon de voyage des plus incommodes et des plus grossiers.

Nous n'étions plus qu'à six lieues de Grenoble et nous traversions la forêt dont vous voyez d'ici les hautes futaies, lorsque tout à coup nous fûmes entourés par une troupe d'ennemis.

— Rendez-vous ou vous êtes mort, ordonna une voix rude.

Je croyais que nous étions tombés dans une bande de détrousseurs de grands chemins.

— C'est nous qui allons vous pendre et vous pendre haut et court, cria le roi.

Notre troupe comprenait huit hommes d'escorte et quatre valets, plus Rosarges impotent, et le roi qui, il faut lui rendre justice, avait bravement tiré l'épée.

— Feu, cria la voix qui nous avait d'abord interpellés.

« Alors, il y eut une mêlée terrible. Les coups de mousquet et de pistolet, les jurons des blessés, les râles des mourants, les appels des combattants formaient un vacarme effroyable.

« Le moment était propice pour fuir. Je sautai à bas de la voiture. Un cheval, dont le cavalier avait été désarçonné, se trouva sous ma main. Je sautai en selle, et me voici !

— Nous ne pouvons pas laisser nos amis aux prises avec les gens du roi, dit Henri. Il ne s'agit pas ici de ma couronne ou de ma vie. Si ces vaillants combattants avaient le dessous et qu'ils fussent faits prisonniers, ils expieraient dans les plus cruels supplices leur dévouement à ma cause et à celle de leur Dieu Allons, Charlotte, ou plutôt, allons, bravo Chevalier d'Armançon, l'épée à la main, et suivez-moi. Quant à vous, ma bonne Marion, il y aura là-haut des blessés qui auront besoin de vos soins. Au galop.

Et nos trois personnages partirent comme un trait vers la forêt d'où arrivait encore le bruit de nombreux coups de feu.

Mais la fusillade cessa tout à coup et nos trois personnages étaient encore à un quart de lieue de la forêt qu'ils en virent déboucher une douzaine de cavaliers accourant ventre à terre.

A portée de pistolet, l'Homme au Masque de Fer reconnut Raymond qui arrivait derrière la troupe, couvrant, en quelque sorte, la retraite.

Le Masque de Fer eut un cruel pressentiment et son cœur se serra.

Il bondit vers lui.

— Vous fuyez ! dit-il au pasteur Raymond, avec la plus grande indignation.

— Le coup est manqué !

— Qu'est-il donc arrivé ?

— Nous avions le dessus. Nous allions nous emparer du roi, lorsqu'un de nos hommes, placé en sentinelle, nous a crié alerte ! En même temps, nous avons entendu le galop d'une troupe nombreuse. C'était un détachement de dragons qui revenait d'expédition. Ils paraissaient être une quarantaine; nous restions quinze; cinq des nôtres avaient succombé. Toute lutte était impossible, d'autant plus que l'arrivée inattendue des dragons avait rendu courage à nos ennemis et paralysé ma troupe. De crainte d'un désastre complet, j'ai ordonné la retraite. Nous n'avons que le temps de gagner des asiles sûrs. Chacun de nous va se disperser. Mais ce n'est que partie remise.

— Mais que faire pour retarder la poursuite ?

— J'ai fait miner le pont sur l'Isère. Il va sauter derrière nous. Pour arriver à Grenoble, le roi et ses gens auront à faire un détour immense Nous avons au moins six heures d'avance sur eux, d'autant plus que j'avais recommandé à mes hommes de viser moins les hommes que les chevaux, ce qui fait que la suite du roi est presqu'entièrement démontée. Je voulais avoir Louis XIV vivant.

— Il ne faut pas se laisser abattre par cette première défaite.

— Nous avons l'habitude de souffrir, dit le pasteur.

— Voilà mille louis pour les familles de ceux qui sont morts pour leur Dieu et pour moi, dit Henri. Désormais s'il y a lutte, je combattrai toujours à côté de vous. En route, messieurs, dans deux jours je serai à Lyon ; monsieur Raymond je descendrai à l'hôtel du Rhône.

— Je vous reverrai, monseigneur.

— Je vous conseille de vous disperser, en vous donnant un point de ralliement. Le mot d'ordre est toujours le même.

— La Rochelle !

— Nantes !

— Adieu ! messieurs, mon cœur est avec vous.

Le Masque de Fer reprit tristement le chemin de Grenoble, suivi de Charlotte et de Marion, heureuses de se retrouver ensemble, mais consternées de l'échec que leur cher ami venait de subir.

Derrière eux une forte détonnation retentit.
C'était le pont qui s'effondrait dans l'Isère.

CHAPITRE LX

La réponse de Louvois

Le lecteur se rappelle les étonnements et les surprises de Barbezieux excitées par l'attitude, toute nouvelle pour lui de celui, qu'il prenait pour Louis XIV. Les habitudes d'isolement que contractait le roi, sa sobriété inusitée, ses lectures prolongées de manuscrits inconnus, ses penchants humains, les grâces qu'il se plaisait à accorder aux protestestants condamnés, l'entrevue secrète qu'il avait eue avec le pasteur récemment arraché au supplice, tout cela l'intriguait étrangement et le jetait dans de grandes perplexités.

Il avait adressé plusieurs messagers au ministre de la guerre, le marquis de Louvois, son père, en lui exposant les brusques changements survenus dans la conduite et les mœurs du roi.

Il ne lui avait pas caché le rendez-vous que le comte de Marly avait eu avec un jeune cavalier, sous les vêtements duquel il avait deviné une femme.

Louvois, soupçonneux comme tous les hommes en place, fut frappé par les détails circonstanciés que lui adressait son fils.

— Qu'est-ce que cela veut dire ? se demanda le ministre. Est-ce que M. de Colbert aurait envoyé au roi des émissaires ? Lui aurait-il adressé des rapports secrets ?

Louvois avait été un des plus ardents promoteurs de la révocation de l'édit de Nantes, et il avait appuyé de toute son influence Madame de Maintenon qui demandait l'extermination des protestants, ses anciens coreligionnaires pourtant.

Mais rien n'est terrible comme un renégat.

Pendant quelques jours, il fit surveiller son collègue, Colbert, par l'armée d'espions qu'il avait à sa solde.

Mais il put se convaincre que celui-ci ne s'occupait exclusivement que des affaires de son ministère.

Il fit circonvenir tous les personnages de la cour, y compris l'ex-veuve Scarron, et il acquit la certitude que personne, depuis plusieurs semaines, ne correspondait avec le roi.

La poste n'avait transporté aucune lettre pour Louis XIV dont on ignorait l'itinéraire.

Aucun courrier ne lui avait été expédié.

Alors il se prit à réfléchir à cette singulière situation. Il creusa la question sous toutes ses faces, puis de déduction en déduction, d'idée en idée, par une filiation naturelle, il s'en vint à songer au but du voyage du roi et à la visite qu'il était allé faire à l'île Sainte-Marguerite, à son frère, l'Homme au Masque de Fer.

Qu'était il advenu de cette entrevue étrange?

Que s'étaient dit les deux fils d'Anne d'Autriche?

De quelle façon le prisonnier avait-il reçu le roi!

Puis tout-à-coup il tressaillit.

Une pâleur mortelle se répandit sur son visage qui se couvrit d'une sueur froide. Une peur immense s'en suivit et il fut saisi d'un irrésistible tremblement.

Par une sorte d'intuition, il soupçonnait le drame qui s'était accompli dans le cachot du Masque de Fer.

Cette idée qui lui traversa d'abord le cerveau comme un éclair et le brula en quelque sorte, revint à la charge plus terrible, plus anxieuse!

— Impossible! murmura-t-il, Saint-Mars est un homme sûr, et le roi n'aura pas commis l'imprudence de demeurer seul avec le prisonnier.

Pourtant cette fatale appréhension le poursuivait, l'obsédait, le bouleversait.

Louvois, homme d'énergie et de résolution, n'était pas homme à accepter long-temps l'incertitude.

Il voulut être fixé.

Un timbre était à sa portée; il frappa; un huissier parut.

— Un courrier, ordonna-t-il.

Il y en avait plusieurs dans les antichambres.

Celui dont le tour de partir était arrivé, se présenta, tout botté et éperonné.

— Ah! c'est vous, Roussillon, fit le ministre qui connaissait tout son personnel; je suis content que ce soit votre tour; il me faut un homme solide et intelligent.

— Je suis heureux d'être bien jugé par son excellence, fit l'homme en s'inclinant.

— Le voyage n'est pas bien long, mais il faut qu'il soit fait avec la plus grande rapidité. Voici un ordre de réquisition pour tous les maitres de poste et, au besoin, pour toute personne possédant un cheval; service du roi, affaire d'Etat. Voici en même temps une dépêche qui doit-être remise, en mains propres à mon fils, M. le marquis de Barbezieux. Vous me comprenez.

— Parfaitement, monseigneur, prudence et célérité.

— Tout faire pour arriver vite; mourir plutôt que de te laisser prendre cette lettre.

— Ma vie appartient au roi et à son excellence.

— C'est bien, Monsieur de Colbert te comptera deux cents pistoles. Voici un bon.

— Avec cela j'irais au bout du monde.

— Monsieur de Barbezieux est en route pour Paris. Tu le rencontreras entre Dijon et Lyon. Il sera probablement dans cette dernière ville, car il ne peut guère marcher qu'à petites journées.

— Lyon est bien grand.

— Je te croyais intelligent.

— Monseigneur me flatte. Mais dois-je rejoindre Monsieur le marquis de Barbezieux dans une hôtellerie publique, ou dans une maison particulière ?

— Dans une hotellerie.

— Alors je n'ai pas besoin d'autre renseignement.

— Visite en premier lieu sur ton passage de Dijon à Lyon, les hôtelleries où se
trouve la poste aux chevaux.

— Le fils de monseigneur voyage-t-il seul ou a-t-il une suite ?

— Il accompagne un très-grand personnage, Monsieur le comte de Marly.

— Cela me suffit.

— Il me reste à te faire une dernière et importante recommandation.

— Je l'exécuterai ponctuellement, monseigneur.

— Il faut que tu voies mon fils en personne. Quand tu lui auras remis ma dépêche, mets toi à sa disposition, s'il a besoin de toi. Si non, examine bien le personnage qu'il accompagne, et tu viendras me rendre compte de ce que tu auras vu.
Mais sache bien que ta vie me répond de ta discrétion.

— Monseigneur, je serai muet comme une oubliette.

— Pars donc, lui commanda Louvois à qui ce mot oubliette fit faire une
réflexion sinistre et qui sourit d'une singulière façon.

Le malheureux courrier aurait frémi, s'il avait su ce que signifiait ce sourire.

CHAPITRE LXI

Mademoiselle de Fontanges

Ainsi que l'avait prévu Louvois, Barbezieux était à Lyon.

Il était toujours avec Dangeau, le compagnon de voyage de celui qu'il croyait être
le comte de Marly, c'est-à-dire Louis XIV.

Barbezieux avait même perdu une partie de ses préventions.

Le Masque de Fer était devenu causeur et se montrait plus communicatif. Il lui
parlait de Saint-Germain, de Versailles, des personnages de la cour ; il avait fait
intervenir dans la conversation La Vallière pour qui il avait eu une larme, Madame
Henriette d'Angleterre dont le souvenir lui avait arraché un douloureux soupir, de
Madame de Montespan dont il avait vanté l'esprit et la beauté.

Il lui avait montré la plus grande admiration pour le génie organisateur de Louvois et avait exprimé quelques blâmes envers Colbert.

Barbezieux était dès lors entièrement subjugué !

Il ne doutait pas que son père ne fut fait duc, à la première promotion.

Le Masque de Fer occupait un grand et bel appartement à l'hôtellerie du Rhône.

Mort de Madame Henriette d'Angleterre.

Il avait changé ses habitudes et avait pris ces goûts de luxe, d'ostentation qui était le fond du caractère de Louis XIV. La table était servie avec profusion et avec la plus grande recherche.

Il voulait enfin donner complètement le change aux yeux de ses gens. Il avait aussi augmenté les hommes de son entourage.

L'ancien pasteur Raymond qui avait lié son sort au sien, s'était transformé en chef d'escorte, et avait formé une garde prise parmis des hommes résolus de la religion réformée.

Le Masque de Fer, à qui les notes de Charlotte avait été si utiles, avait hâte de connaître à fond tous les évènements du règne de son frère, qui était destiné à être le sien et qu'il devait continuer.

Il passait la plupart de ses soirées à lire ces précieux documents.

Quelquefois, Charlotte qui avait une excellente diction, lui servait de charmante lectrice.

Nous allons continuer le récit de ces curieux évènements.

« Cependant la mort d'Henriette d'Angleterre, continuait la note, avait laissé Madame de Montespan sans rivale dont sa jalousie et son orgueil eussent à s'alarmer. Si d'autres femmes brillèrent un instant de la faveur royale, ce fut d'un éclat si rapide, qu'il ne put pas jeter d'ombre sur le front de la superbe marquise.

Qu'est-il resté de l'amour de Louis XIV pour Madame de Lude, chanoinesse d Lorraine ?

Une épigramme.

La voici :

> La Vallière était du commun,
> La Montespan est de noblesse,
> Et la du Lude est chanoinesse.
> Toutes trois ne sont que pour un.
> Mais savez-vous ce que veut faire
> Le plus puissant des potentats,
> La chose paraît assez claire,
> Il veut unir les trois états.

L'amour qu'éprouva Louis pour Madame de Rohan Chabot, princesse de Soubise, ne produisit qu'un petit scandale, et n'est attesté que par une petite anecdote. La reine, une nuit, attendit le roi jusqu'à une heure fort avancée. Inquiète de cette absence prolongée, elle se décida enfin à le faire chercher dans tout le château et même dans tout Versailles.

Beaucoup de dames de la cour, prudes et coquettes, reçurent la visite de ses émissaires. Les unes se récrièrent comme d'un outrage; d'autres, plus sincères, en parurent singulièrement flattées; madame de Hudricourt fut du nombre; madame de Montespan répondit avec aigreur, et, dépitée, déclara que, depuis quelque temps, le roi ne couchait guère chez elle. Le prince reparut sans que l'on eut pu découvrir laquelle des dames de la cour avait eu le bonheur de le recevoir. Tous les regards se demandèrent le lendemain le secret de cette aventure nocturne.

Quelle en avait été l'heureuse héroïne ?

Chacune eut voulu le deviner et tout le monde désirait le savoir.

Cette intrigue, que la nuit avait enveloppée, eut certainement continuée à être couverte de mystère, si Madame de Soubise, pour éloigner complètement quelques soupçons qui avaient plané sur elle, ne s'était avisée de désigner, à la malignité de la cour, une dame qui, n'ayant pas eu les avantages de cette galante équipée, ne voulut pas en subir les soupçons.

La reine en prit son parti. Le roi lui-même, furieux de la méchanceté de la princesse Anne, avoua à Marie-Thérèse que c'était chez Madame de Soubise qu'il avait reçu l'hospitalité.

La surprise de la reine fut extrême.

« Anne de Soubise était, dit Morré, une dame d'une vertu très-distinguée. » La belle manœuvrait avec tant d'habileté, qu'elle paraissait toujours fuir les entretiens du roi.

Marie Thérèse ne put s'empêcher de le faire remarquer à Louis.

— Eh! sans doute, lui répondit le roi en souriant, nous nous entendons bien tout de même.

— Comment cela?

— Nous avons des signes convenus d'avance.

— Vraiment! Et quels sont-ils?

— Quand elle veut me donner un rendez-vous, elle m'en avertit en mettant des pendants d'oreille d'émeraude.

— Voyez-vous! la coquette!

— Et moi, de mon côté, pour obtenir un tête à tête, je mets un diamant à mon petit doigt.

— Oh! sire! fit la reine avec un doux accent de reproche.

Et tout fut pardonné.

Voici encore quelques noms de femmes qui fixèrent un instant le caprice du roi : Madame la comtesse de Guiche, madame de Nevers, sa sœur, mademoiselle de Thianges, dont le nez aquilin, s'abaissant vers une bouche vermeille, faisait dire au duc de Vendôme *qu'elle ressemblait à un perroquet mangeant une cerise*, madame de Grancey et bien d'autres attirèrent vers elles le cœur volage de ce monarque, dont la galanterie touchait au libertinage; aucun, pourtant, si l'on en excepte Madame de Guédnay, fille naturelle du duc d'Enghien, belle personne, caractère enjoué, esprit charmant, ne portait sérieusement ombrage à l'amour de la fière Athénaïs.

Elle s'inquiéta pourtant assez vivement de la faveur de cette dernière pour s'en plaindre à Louis XIV.

— Allons donc! lui répondit le roi, ce n'est qu'une enfant.

— Eh! répliqua la favorite, ce sont les enfants que je crains... surtout les enfants de l'amour.

Ces nuages à part, la faveur dont jouit madame de Montespan, l'entoura d'une splendeur qui relégua dans l'ombre la reine elle-même. Elle fut l'étoile de la grande et brillante partie de ce long règne, commencé dans les convulsions des guerres intestines, et qui devait s'éteindre dans les désastres des guerres étrangères et les horribles misères du dedans.

Ce fut pour Madame de Montespan que Versailles déploya ses plus royales magnificences, que ses jardins étalèrent ces féeries les plus prodigieuses. Ce fut pour elle que Simon Delobel façonna cet admirable ameublement de la chambre de parade qui prit rang parmi les merveilles du temps, ameublement consacré à reproduire, à glorifier le triomphe de Vénus; ce fut pour elle que la galerie des glaces éblouit les yeux et que tout ce palais s'illumina de ses fêtes les plus éclatantes.

Aussi son nom rappelle-t-il involontairement l'apogée de la gloire de Louis. Ce ne fut même pas assez de ce royal séjour pour les plaisirs de la puissante favorite. Louis XIV y fit ajouter le grand Trianon, ce rêve oriental éclos avec autant de rapidité que de magnificence.

« Commencé à la fin de l'hiver, dit Félibien, il se trouva fait au printemps, comme s'il fut sorti de la terre avec les fleurs de ses jardins. Les Grâces et les Amours semblaient en avoir été les seuls architectes.

S'ils en avaient été les architectes, ils en furent aussi les hôtes, comme le fait remarquer M. Vatout, en rappelant, d'après madame de Sévigné, que madame de Montespan venait souvent de son château de Clugny, goûter les charmes de ces beaux-lieux, où les bosquets, par leurs arbustes, les parterres par leurs fleurs, rappelaient, comme le pavillon par son style mauresque, la luxuriante patrie du soleil.

Cette période de toute puissance et de grandeur, traversée par l'éclat rapide et fugitif de madame de Ludes, eut une certaine durée de calme et de pleine tranquillité.

La favorite atteignit ainsi sa trente-huitième année, et vit avec effroi, avec rage, ses charmes devenus surannés, se trouver impuissante à réveiller l'amour du roi.

Une femme, dont nous parlerons plus tard, madame de Maintenon, la battait en brèche, et s'insinuait à pas lents mais assurés dans l'estime du maître. Mais elle dominait encore, moins peut-être par l'ascendant de l'esprit que par une sorte d'audace native, ce que madame de Caylus appelle son impudence, par l'espèce d'effroi que causait son caractère altier, emporté, tyrannique. Telle était la teneur que répandait son humeur satyrique et vindicative, que les courtisans évitaient de paraître sous ses fenêtres, quand ils la savaient avec le roi ; ils appelaient cela passer sous les armes.

Ce fut elle-même qui creusa le précipice dans lequel elle devait tomber.

Sûre que l'éclat de ses charmes, trop mûrs, ne suffisait plus à retenir son amant, elle imagina de lui choisir de sa main une maîtresse assez jeune et assez belle pour réveiller ses sens blasés, mais qu'elle jugerait d'intelligence trop bornée pour s'établir fortement dans son cœur. Par un coup hardi, elle pensait tout à la fois couper court à ces caprices qui la jetaient dans des rages furieuses, et repousser dans l'ombre l'étoile encore incertaine de madame de Maintenon.

Née en 1661, Mlle Marie Angélique d'Escorailles, dite aussi de Fontanges, comptait en effet dix-sept années. Son beau corps avait déjà acquis les développements les plus gracieux ; mais, si les contours de la jeune fille avaient pris les lignes suaves de la puberté et les saillies les plus enivrantes, l'âme n'animait point encore cette ravissante nature, la flamme de la passion n'avait point encore fait battre ce sein ni allumé ce regard. Aussi, madame de Montespan ne l'eut elle pas plutôt vue que, méprisant toutes les rumeurs admiratives de la cour, elle fut loin de redouter que *cette belle idole de marbre*, comme elle l'appela, lui ravit l'empire qu'elle exerçait sur le cœur du roi.

Bien plus, elle résolut de prévenir l'effet que les éloges enthousiastes pouvaient à la longue opérer sur l'esprit de ce prince, en la lui présentant elle-même, avant qu'une prévention favorable eût pu le disposer en sa faveur. Elle épia dès lors l'occasion de réaliser ce projet.

Cette occasion s'offrit bientôt.

Ce fut dans une partie de chasse qui devait avoir lieu dans les bois de Meudon. Le roi et la favorite, étant arrivés au rendez-vous où déjà les attendait la cour, mirent un instant pied à terre.

Mlle de Fontanges avait accompagné Madame, avec laquelle elle se promenait en ce moment sur le gazon mousseux d'une vaste clairière. Madame de Montespan les ayant aperçu, entraina aussitôt le roi vers elles.

— Il faut que je vous présente, Sire, lui dit-elle en riant, la merveille du jour.

— Et de qui ou de quoi voulez-vous parler, Marquise ?

— Mais de cette fille d'honneur de Madame dont on fait tant de bruit.

— Ah !

— Et j'espère que vous avouerez, Sire, que si ce n'est une ravissante personne, c'est du moins une magnifique statue.

— Voyons-la donc.

— Je vais vous conduire vers elle.

Un instant après, le roi et la marquise abordaient Madame et sa nouvelle fille d'honneur. Madame de Montespan, qui comptait sur l'inexpérience et la timidité de la jeune provinciale pour exciter en elle une émotion dont le trouble éclate toujours en stupeur et gaucherie, ne lui donna pas le temps de se reconnaître et de se familiariser avec la présence du roi.

— Eh bien! sire, que vous disais-je ? fit l'altière favorite, après un salut silencieux à Madame, en montrant du bout de son éventail mademoiselle de Fontanges au roi, mademoiselle ne justifie-t-elle pas tous les éloges que je vous en faisais à l'instant. Le ciseau de Coysevox pourrait-il tirer d'un bloc de Paros une plus belle idole ?

A cette brusque apostrophe, les traits d'Angélique d'Escorailles se couvrirent d'une telle rougeur qu'un flot de pourpre parut avoir déferlé sur son beau visage, ou, comme avait dit la marquise, sur ce marbre de Paros

— Certes, répondit le roi, surpris et ravi de tant de charmes, il serait difficile d'exagérer en louant mademoiselle.

Une nouvelle couche de rougeur s'étendit sur celle qui avait déjà envahi ses traits agitée et tremblante, elle tint son front incliné et ses yeux baissés, sans balbutier même une parole.

— Ce n'est pas tout, dit Madame de Montespan, qui ne cherchait qu'à augmente; sa confusion.

Et elle enleva le fichu qui couvrait la gorge de la jeune fille en s'exclamant :

— Voyez, sire, que cela est beau !

A cet acte impudent, mademoiselle de Fontanges perdit toute conscience d'elle-même, et leva vers le roi des yeux troublés et voilés de larmes, dont ce prince ne put supporter sans frémir les ardentes projections.

Madame de Montespan avait été trop loin : elle avait dépassé le but. Louis XIV plus sensuel que sensible, n'avait pu admirer, sans une impression profonde, l'enivrante harmonie de forme où s'était modelée cette gracieuse et éclatante nature. Le regard suppliant et effrayé dans son égarement, qu'en cet instant elle porta sur lui, acheva de le fasciner.

« Louis, dit M. de Saint-Edme, en vit plus d'un coup d'œil que son imprudente maîtresse n'affectait d'en montrer. L'idole de marbre devint celle de son cœur, et le coup fut trop prompt et trop vif, pour que l'esprit put combattre la séduction des sens.

Madame de Montespan put, dès cet instant, rester convaincue qu'elle venait de soulever la plus redoutable rivalité qu'eut encore rencontré son crédit. Elle allait bientôt en trouver la preuve dans les anxiétés et dans les tourments de son cœur jaloux.

Il avait fallu tout l'aveuglement de son orgueil pour se dissimuler l'étendue du danger au-devant duquel elle s'était si follement jetée.

Aucun des écrivains contemporains qui ont parlé de mademoiselle de Fontanges, ne laisse de doute sur la perfection de sa suprême beauté.

La Fontanges était belle depuis les pieds jusqu'à la tête; on ne pouvait rien voir de plus merveilleux, mais pas plus d'esprit qu'un petit chat.

« Elle était belle comme un ange, dit l'abbé de Choisy, mais sotte comme un panier; quel que fut le peu d'étendue de son esprit, il ne put pas détruire l'effet qu'avait produit sa beauté. Louis fut bientôt un de ses adorateurs, et l'idole ne le fit pas longtemps languir. »

La cour fut témoin d'une élévation aussi brillante que rapide. Mademoiselle de Fontanges fut ainsi, presque à son apparition à Versailles, la maîtresse en titre, la maîtresse déclarée.

Sa maison prit un éclat qui effaça celui de toutes les maisons princières. Elle dépensa cent mille écus par mois; ce qu'elle recevait du roi en meubles, en ajustements et en bijoux ne montait pas à une somme moins forte.

Son orgueil s'éleva pourtant encore au-dessus de cette prodigieuse fortune. On la vit passer près de la reine sans la saluer.

Il est aisé de juger, d'après ce trait, quelle dut être sa conduite envers sa rivale, et la prodigalité avec laquelle elle lui rendit les insultes qu'elle en reçut. Le roi se trouva dès lors en proie à la haine jalouse de ces deux femmes qui, à l'envie, troublèrent et déchirèrent sa vie...

Les emportements de madame de Montespan n'eurent plus de retenue. Elle en vint même jusqu'à menacer le roi de déchirer ses enfants à ses yeux. La passion, poussée à un tel paroxisme, devait éclater en catastrophe.

Une catastrophe vint, en effet, dénouer cette haine.

Cependant la fortune d'Angélique d'Escorailles, devenue duchesse de Fontanges, s'élevait à une hauteur que, dans son orgueil, madame de Montespan n'avait jamais rêvée. Le moindre de ses caprices était un ordre sous lequel tout fléchissait. Le plus léger événement de sa famille devenait un sujet de fête.

L'une de ses sœurs avait reçu le bâton pastoral de l'abbaye de Chelles. Toutes les pompes de l'Église et toutes les splendeurs du monde, fleurs, parfums, diamants, tentures de la couronne, foule de musiciens, multitude de prélats, furent prodigués dans cette solennité, jusqu'à arracher à une dame de province ce cri :

— C'est donc ici le Paradis !

— Oh ! non, madame, lui fut-il répondu, il n'y aurait pas tant d'évêques.

Le progrès de la duchesse ne s'arrêtait pas là.

Un événement dans ces existences équivoques allait le porter à son apogée, en lui donnant une sorte de consécration. Mademoiselle de Fontanges touchait au terme d'une grossesse. Elle pouvait avoir un fils. Quelle joie pour elle ! quelle joie et quel appui !

Elle en eut un.

Mais l'annonce de cette naissance fut saluée par les lèvres de Madame de Montespan, d'un sourire si farouche, qu'il eut suffi pour présager un crime.

Mille sinistres rumeurs circulèrent à la cour. La duchesse elle-même, épouvantée, moins par les douleurs que par le spectacle de la destruction irrésistible qui s'opérait sur sa personne, s'écria qu'elle était empoisonnée et accusa même hautement sa rivale d'être la cause de sa fin.

« Madame de Montespan est enragée, écrit madame de Sévigné à sa fille le 6 Avril 1680 ; elle pleura beaucoup hier ; vous pouvez juger du martyre que souffrit son orgueil. »

Se borna-t-elle à pleurer ? Faut-il croire qu'elle eût déjà, un an avant la date de cette lettre, combiné le plan d'une terrible vengeance dans laquelle elle se proprosait d'envelopper le roi et sa nouvelle maîtresse ?

Malgré le soin que prit Louis XIV à brûler lui-même la partie de la procédure qui concerne cette affaire, il en reste assez néanmoins pour qu'on soit autorisé à croire, pour la seconde fois, elle embrassa sans effroi l'idée d'un double attentat.

Le projet aurait été conçu au printemps de l'année 1679, peu avant l'arrestation de La Voisin. Il consistait à se défaire de Mlle de Fontanges au moyen de gants et d'étoffes empoisonnées, et du roi lui-même, à l'aide d'un placet imprégné d'une substance vénéneuse très-subtile. Cette fois encore la demoiselle des Œillets était l'intermédiaire du complot dont La Voisin gardait en mains tous les fils. Le principal agent de cet entremetteuse était un valet de chambre, appelé Romani, qui devait épouser la fille de La Voisin, et que Mlle des Œillets avait fait placer chez madame de Castres, disant qu'elle voulait le pousser à la cour, Romani avait pour complice un jeune homme du nom de Bertrand, autrefois employé à Lyon chez un marchand de soieries. Ces deux gredins, déguisés en colporteurs, devaient s'introduire chez Mademoiselle de Fontanges et lui offrir des gants de Grenoble et des étoffes « si riches qu'elle ne pourrait s'empêcher de les prendre. »

« Telle est, dans ses lignes générales, dit Jules Loiselen, le plan préparé contre mademoiselle de Fontanges. Lors de l'arrestation des gens impliqués dans l'affaire des poisons, les aveux obtenus de Bertrand, de Romani, de la fille Voisin, ne permirent pas de mettre en doute sa réalité. D'après les dépositions de la Filastre autre accusée, madame de Montespan aurait demandé à madame Chaplain, dont la Filastre avait été jadis femme de chambre, de quoi faire mourir mademoiselle de Fontanges, sans qu'il y parut. Elle s'était même entremise pour la faire entrer comme servante chez la jeune duchesse.

Atteint d'un mal inconnu, l'enfant de mademoiselle de Fontanges succomba tout à coup, et elle-même, frappée sans doute par les mêmes mains criminelles qui avaient causé la mort de son fils, se sentit dépérir et vit disparaître peu à peu ses charmes.

Il est facile de deviner ce qui advint. Avec la beauté de sa maîtresse périt l'amour du roi ; il s'éloigna avec horreur d'une couche où le plaisir ne conviait plus son

amour tout sensuel et où, au contraire, s'élaborait dans une lente agonie, la transformation de tant de charmes en un cadavre.

Louis, en s'éloignant, sembla entraîner avec lui tous ceux que la jeune duchesse
avait vus adorer l'éclat jusqu'alors croissant de sa fortune. La solitude se fit plus
complète de jour en jour autour de son lit de mort.

Ce fut alors que, sentant qu'il fallait détacher sa pensée de la terre; son cœur du
monde qui se hâtait ainsi de la quitter avant qu'elle ne les quittât, elle se fit transporter dans un couvent du faubourg Saint-Jacques,

Ce sacrifice fut au-dessus de ses forces, il lui fut impossible de dégager son
esprit et ses sens de ces liens dorés que la mort allait briser. Elle respira en vain
l'air glacé du cloître ; son calme morne ne put pénétrer dans cette âme mondaine.
Ce fut avec épouvante et désespoir qu'elle vit approcher la mort.

Elle ne cessa d'appeler de tous ses vœux la présence du roi, dont la vue seule,
disait-elle, aurait eu la puissance de calmer ses angoisses, Mais en vain les appels
de cette voix expirante retentirent jusqu'aux oreilles du monarque, il redoutait trop
les impressions attristantes, pour aller affronter le spectacle qu'offrait ce lit de douleur. Aussi se fût-il contenté d'envoyer, trois fois la semaine, le duc de La Feuillade
prendre des nouvelles de la santé de la duchesse, si d'autres calculs ne fussent venus poser sur sa volonté et n'eussent triomphé de toutes ses répulsions.

Si le lecteur veut nous accompagner maintenant dans une chambre riche mais
sévère du palais de Versailles et assister à la conversation engagée à demi-voix entre deux personnages assis au coin d'une cheminée de brèche italienne, il sera
initié au secret de ses calculs. L'un est un prêtre d'une taille moyenne, dont le
maintien est, par la puissance de l'habitude, froid et réservé, mais dont l'œil vif
dément la bonhomie affectée, et dont la parole, incisive et alerte, sonne faux comme
si elle était sortie de sa gamme habituelle.

L'autre est une dame déjà âgée, quoique remarquable encore par tous les charmes qui n'ont pas besoin de resplendir de l'éclat de la jeunesse. Nous ne pouvons
au reste, en tracer une esquisse plus élégante et plus fidèle que celle que nous
allons copier des mémoires écrits sur elle.

» Tout ce qui peut-être beau sans fraîcheur l'est encore en elle, les mains, les
bras parfaits, le bas du visage d'un agrément infini ; la taille à effacer les plus majes-
tueuses; les yeux vifs et si brillants qu'on devine ce qu'elle va dire; le sourire si juste
qu'on devine ce qu'elle a dit ; le visage d'une éclatante blancheur et si plein d'âme
que ses yeux semblent sortir du milieu des neiges, l'esprit le plus jeune du monde
et la gorge encore si belle, ou si soupçonnée de l'être, qu'une troupe de masques
passant par une porte où cette dame passait en même temps, un d'eux ne put s'empêcher de permettre à ses mains des témérités.

« — Ah! s'écria-t-elle, c'est Monseigneur le Dauphin), lui seul en France est
assez hardi pour cela. « Et c'était lui. »

Cette dame est Françoise d'Aubigné, qui a changé le nom de Veuve Scarron, le
pauvre poëte burlesque, contre le titre de Marquise de Maintenon. L'autre est son
confesseur, et en même temps celui du roi, le jésuite, La Chaise.

— Ainsi, dit la marquise, vous avez cru devoir lui prescrire d'aller visiter la
duchesse.

Louis XIV.

— Cette visite ne peut avoir que les effets les plus heureux!

— Vous croyez.

— J'en suis sûr, belle dame !

— Permettez-moi de vous dire, mon père que j'ai vu un tête à tête semblable tourner bien contrairement à vos prévisions.

— Pas semblable... Vous voulez parler de celui de Mme de Montespan !

— Justement.

— Quelle différence ! elle était, elle, belle et pleine de vie !

— Et la duchesse?

— Mourante!

— Hum! hum!... On revient de plus loin.

— Elle ne reviendra pas elle... que n'avez vous vu l'affreux spectacle qu'offre cette malheureuse, dont les traits décharnés et livides n'inspirent plus la pitié, mais l'horreur!

Vous allez donc la voir?

— Oui madame; avant d'ordonner à Sa Majesté cette visite, j'ai jugé bon de la faire moi-même.

— Que je reconnais bien là votre saint zèle.

— C'est une démarche de prudence, reprit le jésuite, en prenant l'air le plus humble, qui ne mérite point cet éloge. Je n'ai accompli en cela que mon devoir.

— Oui, mon père, mais comme ce médecin dévoué qui, dans l'exercice consciencieuse de son ministère, ne voulut point ordonner de médicaments qu'il n'eut préalablement expérimenté sur lui-même.

— C'est trop! c'est trop!

— Et que dit-elle!

— Elle appelle le roi! elle implore sa présence et se désespère de ne pas le voir venir.

— La malheureuse! au lieu de penser à son salut... Et l'avez-vous prévenue de vos intentions.

— Oui, je lui ai promis que Sa Majesté se rendra près d'elle. Je dois même lui faire annoncer, ce soir, le jour et l'heure de sa visite.

— Vous êtes trop bon, mon père, pour cette pécheresse sans repentir.

— Vous ne songez pas, madame, que cette complaisance me donnera une grande autorité sur son esprit, et que je pourrai par là changer en une mort exemplaire le scandale que causerait sa violence et son délire.

Le père La Chaise avait en effet laissé à mademoiselle de Fontanges une espérance qui avait apaisé sa douleur, elle n'avait plus songé qu'à se préparer à cette entrevue si ardemment souhaitée. On vint lui annoncer dans la soirée qu'elle aurait lieu le lendemain. Les premières heures de cette journée s'écoulèrent pour la pauvre duchesse dans une impatience croissante, qui fit place à l'inquiétude la plus déchirante dès que l'heure indiquée fut venue; Louis XIV arriva pourtant.

Toutes les puissances vitales semblèrent se ranimer dans la mourante, pour jouir, une dernière fois, de la vue de ce prince aimé. Ses grands yeux presque éteints par la souffrance se remplirent d'une flamme avide. Une fièvre soudaine sembla l'avoir subitement galvanisée.

Louis essaya de la consoler; mais sa vue seule était si navrante qu'il ne put retenir ses larmes.

— Ah! s'écria la duchesse, soyez béni, mon Dieu! je meurs contente, puisque mes derniers regards ont vu pleurer mon roi.

Ce fut là des larmes qu'eurent bientôt séchées les plaisirs de la cour. Louis XIV fut cependant profondément blessé de la joie que manifesta madame de Montespan à l'annonce de la mort de sa rivale.

Madame de Maintenon fut plus adroite.

Elle sut cacher ses impressions sous l'hypocrisie de la douleur, et profiter d'un moment d'assombrissement du roi, pour faire pénétrer dans son cœur, avec des consolations, murmurées d'une voix douce et caressante, une tendre impression qui pouvait un jour s'y transformer en amour sénile.

L'infortunée rivale de la Montespan, mourut le 28 Juin 1631; âgée de moins de 22 ans.

» Fontanges, dit la princesse de Bavière, est morte empoisonnée, il n'y a rien de plus certain. Elle n'a cessé d'accuser de sa mort la Montespan, qui avait, disait-elle, gagné un de ses laquais. Ce coquin l'a empoisonnée avec du lait, elle et quelques-uns de ses domestiques.

CHAPITRE LXII

Un caprice de Barbezieux

Charlotte, toujours déguisée en jeune seigneur, habitait avec sa mère la même hôtellerie que le faux Louis XIV.

Elle rendait de nombreuses visites à son ami, avec qui il s'enfermait des journées entières.

Le lecteur se rappelle que Barbezieux avait deviné le sexe de la jeune fille, sous son costume de gentilhomme.

La beauté mâle et fière de Charlotte, la coupe gracieuse de son visage, ses grands beaux yeux, clairs et ardents, sa tournure distinguée qui participait de la grâce de la femme et de l'élégance d'un jeune habitué de la cour, sa désinvolture, tous ces avantages pleins de contrastes charmants, avaient saisi l'imagination du fils de Louvois et excité les passions de son cœur.

Beau lui-même, déjà roué à vingt-deux ans, célèbre par ses conquêtes auprès des dames de la cour de Versailles, audacieux, entreprenant et surtout plein de confiance en lui-même, il avait espéré pouvoir obtenir facilement les faveurs de l'amie secrète du Masque de Fer.

Il tâcha d'abord de s'insinuer dans ses bonnes grâces, par des compliments à double sens, qui pouvaient tout aussi bien flatter la vanité d'un jeune homme que chatouiller l'orgueil d'une femme.

Le chevalier d'Armançon prit d'abord ces flatteries du bon côté.

Puis comme ces compliments devenaient plus directs et plus significatifs, notre peu patiente androgyne lui fit comprendre qu'adressées à un homme, ses paroles étaient déplacées, et que s'il croyait les appliquer à une femme, on n'entendait pas le suivre sur ce terrain, et que s'il persistait, il aurait à s'en repentir.

Mais Barbezieux excité par la nouveauté, l'étrangeté de la situation, piqué au vif par cette résistance, donna tête baissée dans son aventure et voulut, un jour qu'i se croyait seul avec le chevalier d'Armançon, prendre certaines libertés que l'on n'ose qu'avec une femme, et une femme qui n'est pas imprenable.

Il avait lu l'art d'aimer d'Ovide, qui affirme qu'il n'y a pas de cœur féminin invincible. Pour le prendre au piège, il ne s'agit que de tendre habilement ses filets.

> Prima tuæ menti veniat fiducia cunctas post capi :
> Copies; tu modo tende plagas.

C'est là la règle. Mais toute règle a des exceptions, et il paraît que le Chevalier d'Armançon était une exception, car il répondit au geste inconvenant du jeune effronté, par un geste encore plus vif.

Il lui appliqua lestement ses cinq jolis doigts sur la figure.

En ce moment là même Dangeau se montrait dans la pièce où avait lieu cette scène.

L'offense était publique.

Il fallait ou dévoiler son sexe ou accorder réparation.

Monsieur de Barbezieux, dit le chevalier d'Armançon, avec beaucoup de hauteur et de sang-froid, j'attends vos témoins.

— Mais madame !...

— Monsieur ! fit le chevalier avec un air de mépris, voudriez-vous me calomnier pour ne pas vous battre ?

Le fils de Louvois effaré, honteux, stupéfait, ne sut d'abord que balbutier des mots sans suite.

Puis, comme il ne manquait pas d'esprit, il reprit vite son calme et son aplomb.

— C'est bien, mon petit monsieur, demain je vous tuerai.

Le lendemain, malgré toute sa répugnance de se battre avec une femme, il arriva sur le terrain, mais bien résolu à ménager son singulier adversaire.

Mais au premier engagement, il vit qu'il avait à faire à forte partie et qu'il serait tué lui-même, s'il ne se défendait pas avec toute l'habileté qu'il avait à l'épée.

Il avait fait assaut avec Lauzun, de Guiche, d'Artagnan, les plus fines lames du royaume, et il s'en était tiré plus d'une fois à son honneur.

Et voilà qu'il se trouvait en présence d'une jeune fille qui tricottait de l'épée mieux qu'elle n'eut fait d'une aiguille.

Il en était ahuri, abasourdi.

Il ne pouvait rencontrer l'arme de son adversaire qui se dérobait avec une habileté prodigieuse.

Tout d'un coup il sentit son épée liée et il se trouva soudain désarmé.

Le chevalier bondit sur lui et lui mettant la pointe au corps :

— Monsieur, lui dit-elle rapidement d'une voix basse et sifflante, si vous ne me donnez pas immédiadement votre parole d'honneur que vous ne révélerez jamais ce que vous soupçonnez sur moi, je vous tue !

— Madame, repondit Barbezioux, la menace de la mort ne peut m'arracher aucun serment. Mais je peux affirmer... à une... personne que j'estime et que je respecte, que je sais garder un secret.

— Cela me suffit. Je sais du reste que vous n'avouerez jamais avoir été désarmé par une femme.

Les deux adversaires se saluèrent courtoisement, et reprirent le chemin de Lyon chacun avec leurs seconds.

— Tu me disais il y a quelques jours que ce chevalier était une femme, glissa à l'oreille de Barbezieux, Dangeau qui lui avait servi de témoin.

— Mon cher, répondit évasivement Barbezieux, on dit que la femme est de race féline.

— Et bien ?

— Parmi les félins il y a des mâles.

— Sans doute.

— Eh ! bien, le chevalier est de race féline, mais c'est un mâle.

Sur ces mots il piqua des deux, laissant Dangeau tout ébahi de l'explication.

Le chevalier d'Armançon avait épargné son adversaire, qui, pourtant, ne s'était pas tiré sans blessure de cet étrange duel.

Il avait été frappé au cœur.

En effet, il était plus amoureux que jamais !

En rentrant à l'hôtellerie, il trouva à la porte un homme couvert de poussière qui l'attendait.

Cet homme s'avança vivement au devant de lui.

— Ai je l'honneur, lui fit cet homme, d'être reconnu par Monseigneur le marquis de Barbezieux ?

Le jeune homme qui voyageait dans les nuages empourprés de son amour, s'arrêta brusquement, comme s'il dégringolait de l'Empyrée, et jeta un regard irrité sur l'importun qui l'arrachait à sa radieuse pensée.

— Qui êtes-vous ? fit-il vivement, que me voulez-vous?

— Je suis, dit l'homme à voix basse, un des plus fidèles serviteurs de Monseigneur, le marquis de Louvois.

— C'est mon père qui vous envoie ?

— Oui, Monseigneur.

— Attends donc ; je te reconnais. C'est toi Roussillon.

— Je suis heureux et fier que Monseigneur ne m'ait pas oublié.

— Que viens-tu faire à Lyon ?

— Me mettre à votre disposition et vous apporter une dépêche que je ne vous remettrai qu'en secret.

— Ce soir à dix heures tu te présenteras à l'hôtellerie sous un autre costume. Mon valet de chambre t'introduira chez moi.

— C'est bien, Monseigneur, maintenant pour qu'on ne puisse pas soupçonner le but de notre entrevue, ayez l'air de me remettre une pièce de monnaie, comme si vous me donniez une aumône ou une gratification.

Barbezieux laissa tomber ostensiblement un louis dans la main de Roussillon, et s'éloigna après lui avoir fait un signe d'intelligence.

CHAPITRE LXIII

La dépêche de Louvois

Barbezieux s'était dit que, pour que son père lui envoyât un courrier, avec ordre de l'aborder que mystérieusement, il devait s'être passé de graves évènements, et que la dépêche annoncée devait renfermer des révélations importantes.

Il attendit donc Roussillon avec la plus grande impatience, consultant à chaque instant une magnifique montre ornée de diamants et de rubis qu'il tenait de la munificence de Louis XIV.

Il arpentait fiévreusement la chambre qu'il occupait à l'hôtellerie, cherchant à distraire les ennuis de l'attente, en songeant à ce joli démon qui l'avait si bien mené sur le terrain.

Enfin Roussillon fut secrètement introduit chez lui, comme minuit sonnait aux nombreux clochers qui hérissaient à cette époque la ville prématiole.

Le courrier décousut la doublure de son pourpoint et en tira la missive intacte, cachetée aux armes de Louvois.

— Tiens-toi dans l'antichambre, dit Barbezieux à Roussillon, j'aurais peut être quelque ordre pressé à te donner.

Le jeune gentilhomme demeura seul.

Il rompit vivement le cachet et lut

A mesure que ses yeux avançaient sur le vélin, ils s'ouvraient démesurément, son visage pâlissait; des gouttes de sueur tombaient de son front; sa main tremblait.

C'est que Louvois lui révélait ce terrible secret qui a coûté tant de larmes à Anne d'Autriche, coûté tant de souffrances et de douleurs à l'un des fils de cette malheureuse reine, et fait si souvent frissonner de peur Louis XIV.

Il lui exposait toute cette histoire étrange et mystérieuse de l'Homme au Masque de Fer, et lui énumérait les raisons d'État qui avaient contraint le roi et son ministre de confiance à enterrer, dans un cachot et sous un masque horrible, ce prince coupable seulement d'une fatale ressemblance avec le roi.

Il ajoutait :

« Il faut, mon fils, que tôt ou tard vous connaissiez ce mystère. Je peux mourir avant le frère du roi, et vous, qui me succéderez dans mes charges, honneurs et bénéfices, serez seul chargé, comme je l'ai été seul jusqu'à ce jour, de veiller sur les destinées de cet homme et à tenir la main à ce que, tout en étant humainement traité, il ne puisse jamais sortir de sa prison, révéler jamais à personne son existence, enfin qu'il traverse cette vie comme s'il n'avait jamais existé.

« C'est un terrible secret que je vous confie là, un secret qui tue !

« Prenez garde de ne pas vous y blesser, car la moindre imprudence vous perdrait.

« Voici à quel propos je vous dévoile l'existence du Masque de Fer.

« Sa Majesté Louis XIV a eu la singulière fantaisie de vouloir voir son frère.

« Il y a des abîmes qui attirent, et cet homme est un abîme.

« Le roi que vous avez accompagné, voulait voir seul, en tête-à-tête, ce frère dont on lui a fait un épouvantail, car il ne l'a jamais vu, et juger de ses propres yeux, de cette étrange similitude de traits, que la nature lui a donnée.

« Je crains les conséquences de cette entrevue. Je redoute un accident, un attentat, un crime.

« Ce que vous m'avez dit de l'étrange attitude du roi, de ses mœurs nouvelles, de ses allures mystérieuses, ont éveillé mes soupçons !

« Je me trompe sans doute, car, si mes craintes se réalisaient, ce serait pour nous la ruine et la mort, pour la France, les plus grands malheurs, les plus grands désastres !

« Il faut à tout prix sortir de ce doute horrible.

« Le Masque de Fer a pu porter sur Sa Majesté une main sacrilège, le terrasser, l'enchaîner à sa place, le tuer peut-être, car je redoute tous les malheurs ; puis, sortant sous ses traits et sous son costume du fort Sainte Marguerite, marcher sur Versailles où il espère peut-être prendre tout tranquillement la place de son frère.

« Quels bouleversements !

« Tous les anciens et fidèles serviteurs du roi, qu'il appelle sans doute ses bourreaux, seraient l'objet de son implacable vengeance.

« Je sens qu'un abîme se creuse sous nos pas.

« Le salut est au prix de l'habileté, unie à l'audace et au courage.

« J'ai envoyé à M. de Saint-Mars, gouverneur de Sainte-Marguerite, une dépêche pour le mettre sur ses gardes, dans le cas où il y aurait eu substitution.

« Malheureusement, je ne puis vous donner un signe, un caractère particulier qui puisse vous faire distinguer Louis XIV du Masque de Fer. Cependant, lorsque j'ai vu celui-ci, il m'a semblé voir qu'il avait le bas de la jambe un peu moins fin que celui de Sa Majesté (1), c'est un indice bien faible, mais, dans la circonstance où nous nous trouvons, tout a son importance.

« Voici ce que j'ai résolu :

« Tout en vous montrant affectueux et dévoués envers celui que nous croyons encore être le roi et que vous accompagnez, observez attentivement ses démarches, pesez ses discours, faites attention à ses gestes, à sa voix, à sa physionomie. Un rien peut le trahir et vous révéler la vérité.

« Si, ce qu'à Dieu ne plaise, vous vous trouviez en face d'un imposteur, il fau pouvoir vous assurer de sa personne sans bruit, sans esclandre, le faire enfin disparaître.

« Tout ce qui l'entoure, tout ce qui l'approche devra aussi être sacrifié ; vous me comprenez... Il y a ici à la Bastille des cachots, des oubliettes qui gardent fidèlement tous les indiscrets et les importuns.

(1) Détail historique.

Roussillon est un homme sûr ; plus tard, s'il nous gêne, nous nous débarasserons de lui.

« En attendant, il faut qu'il organise à Lyon une troupe d'hommes sûrs et sans scrupules, capables d'un hardi coup de main, pourvu qu'on les paie. Les autorités, la police, l'armée ne doivent à aucun prix intervenir dans cette affaire, qui ne doit pas pas *laisser de trace*. Les hommes *tarés* que vous emploirez, on pourra aisément les faire jeter dans quelques culs de basse fosse ; des gens, de cette espèce ont dans leur passé, assez de crimes pour qu'ils trouvent tout naturel de se trouver un de ces jours au pied de la potence, quand vous n'aurez plus besoin d'eux.

« Agissez avec prudence et énergie, et méfiez-vous des femmes. »

Louvois terminait par cette dernière recommandation, parce qu'il connaissait la vie galante de son fils, renommé pour le nombre de ses maîtresses.

En lisant ce dernier membre de phrase, Barbezieux eut un sourire, malgré la gravité des choses qu'il venait de lire.

Puis il tressaillit.

Il venait de songer à Charlotte, à cette chevalière mystérieuse, qu'il aimait, ou mieux, qu'il désirait avec toute l'ardeur d'une passion inassouvie.

La jeune femme se montrait de plus en plus froide et cruelle envers lui et ne voulait nullement dépouiller, en sa faveur, le masque sous lequel elle cachait son sexe.

Tout à coup l'œil de Barbezieux s'illumina.

— Oh ! ma belle inhumaine, murmura-t-il, si par bonheur pour moi, l'homme que j'accompagne n'est pas le roi, voilà une bonne occasion de m'emparer de votre charmante et rebelle personne !

Je crois que je tiens ma revanche !

CHAPITRE LXIV

Les Sacripants de Roussillon

Le quartier de la Guillotière, à Lyon, sur la rive gauche du Rhône, était à peu près inhabité à l'époque où se passe notre récit. Ce n'était guère qu'une prairie souvent inondée, traversée par la route de Savoie, d'Italie et du Midi. On y arrivait de la ville par un vieux pont, dont l'arche du milieu était surmontée d'un château, avec herse et pont-levis que l'on levait tous les soirs à certaine heure. Une cloche sonnait l heure de l'ouverture du pont.

Le pont actuel da la Guillotière se trouve à peu près sur le même emplacement

Quand tous les bandits convoqués eurent été introduits.

que cette vieille construction détruite avec ses ouvrages de défense après le siège de 1793

Au bout du pont, sur la droite, non loin du rivage, se trouvait une auberge assez mal famée, qui portait pour enseigne : *Hôtellerie de Saint-Denis de Brou.*

Il se célébrait, tous les ans, le 13 octobre, à Saint-Denis de Brou, une fête bizarre qui attirait une foule immense de Lyonnais.

Souvent au retour, un grand nombre de gens attardés, trouvaient le pont-levis baissé, et il fallait attendre le retour du jour ou payer une assez forte redevance pour se faire livrer passage.

L'auberge de Saint-Denis de Brou était alors envahie et prise d'assaut par tous ceux que les bacs ou les bailles, établis plus haut, ne pouvaient passer.

Ce jour-là, l'hôtellerie retentissait de cris, de chants, de jurons et était souvent le théâtre de rixes quelquefois sanglantes.

Le Rhône emporta plus d'une fois le corps d'un malheureux combattant, qui avait trouvé la mort dans une de ces luttes avinées.

Pendant les autres époques de l'année, l'auberge n'était guère fréquentée que par des bateliers, des pêcheurs et par ces écumeurs de routes et de rivières qui habitent aux abords des grandes villes.

Un soir, à la tombée de la nuit, un jeune garçon, vêtu d'une jaquettte de paysan de haut de chausses en mauvais état, chaussé de gros souliers et de bas bleus, le front couvert d'un chapeau, à larges bords, et portant sur l'épaule, suspendu à un bâton, un petit paquet enveloppé dans un mouchoir, se présenta à la porte de cette hôtellerie si mal famée.

Le pauvre enfant ignorait sans doute la sinistre réputation de ce repaire, car il entra sans hésiter et demanda à loger au maître de l'établissement.

Il se trouvait que, par un contraste singulier, maître Frochon, le tavernier de Saint-Denis de Brou, n'était pas un mauvais diable, et que, s'il écorchait ses pratiques, ce n'était qu'au figuré.

La figure du jeune garçon lui plut sans doute, car il appela la grosse servante de l'établissement, et après lui avoir dit quelques mots à l'oreille, celle-ci fit signe au petit voyageur de la suivre à l'étage supérieur.

Tout en montant, notre jeune homme, qui avait déclaré se nommer Jean Renaud, se mit à lutiner la servante, qui riait d'un gros rire. Il était très-gentil Jean Renaud; il avait la voix douce, le visage gracieux et les yeux clairs et pleins de feu. Il eut bientôt conquis, par quelques compliments sur l'opulente beauté de la fille de taverne, toutes ses bonnes grâces.

Lorsqu'ils furent au premier étage, il s'arrêta pour bien regarder les êtres.

— Je voudrais une chambre donnant sur la route, fit-il.

— Oh ! oh ! mon joli garçon, vous êtes donc bien riche, dit la bonne avec un air narquois.

— Eh ! Eh ! On a quelques écus de six livres, dont un à votre disposition, en société de mon cœur, la belle enfant.

— Tant que ça ! fit la servante émerveillée et flattée.

— Et il y en aura d'autres encore, si je suis bien soigné ici.

— Soigné comme un petit Saint-Jean.

— Alors vous serez contente de moi. Pour commencer, montrez-moi toutes vos chambres que je puisse choisir, Celle-ci par exemple.

— Oh ! celle là, c'est une grande salle. Elle est retenue par une Société; des gens très riches qui ont payé d'avance et très cher. Ils doivent recevoir beaucoup de monde cette nuit.

— Bon, et à côté.

— Impossible.

— Oh ! Et pourquoi ?

— Ils veulent êtes seuls sur le carré.

— Ils ont donc des choses secrètes à se dire ?

— C'est probable.

— Mais au-dessus ?

— Au-dessus, tout est libre.

— Eh bien, je voudrais une chambre au-dessus de la grande salle.

— Mais on fera du bruit, au-dessous.

— Je dors comme une marmotte.

— C'est une belle chambre !

— Je paierai en conséquence.

— Alors, c'est dit; vous l'aurez.

— Montez-y tout de suite.

— Vous ne ferez pas de bêtise au moi ♦s, car vous me paraissez bien déluré et entreprenant.

— Soyez tranquille; je sais respecter la vertu.

Et ce disant, il l'embrassa à pleine bouche.

— Allons, je vois que vous êtes raisonnable.

Et ils arrivèrent au deuxième étage.

— Oh ! je vois avec plaisir qu'il y a une cheminée : je suis très-frileux.

— Vous avez donc été élevé dans du coton ?

— J'ai été gâté par ma bonne grand-mère. Elle est morte, la chère femme, en me laissant tout son petit bien.

— Les écus de six livres ?

— C'est ça. Peut-on souper ici ?

— Comme on veut.

— Montez-moi ce que vous avez de mieux en fait de vivres et de vin.

— Il paraît que vous faites danser l'argent de la bonne vieille.

— Je voudrais le faire danser avec toi, cher amour de mon cœur.

Et il lui sauta au cou.

— Est-il gentil ce petit démon-là ! fit la servante qui se laissait faire.

— Allons ! va, reprit Jean qui déjà la tutoyait, j'ai une faim d'enragé.

— Tout de suite mon mignon.

Et elle dégringola les marches de bois de l'escalier.

— Il est gentil tout plein, ce petit drôle, dit la servante au tavernier; et il a les poches bien garnies !

— Chut ! plus bas ! fit l'hôte en jetant un œil inquiet sur les pratiques du rez-de-chaussée, qui, heureusement, n'avaient pas entendu le propos de la servante.

Des poulets tournaient à la broche, dans l'attente de la réunion qui devait avoir lieu le soir.

Manon en retira le plus tendre, et l'apporta au jeune voyageur, avec un pain frais et une bouteille de vin de derrière les fagots.

— Va dire au patron que je désire que tu me serves, et apporte une autre bouteille. Je n'aime pas à manger seul.

— Faut-il monter aussi un autre poulet ? demanda la grosse servante qui devait avoir un formidable appétit.

— Tout ce que tu voudras.

— J'vas-t-y faire bombance ! jubila la Manon.

Et elle arrivait bientôt, non pas avec un poulet, mais avec un gros morceau de porc et une double pinte de gros vin. Elle préférait ça aux mets délicats et à la fine bouteille.

Du reste, en outre de ce surcroît de victuailles, Jean lui abandonna plus des trois quarts du poulet et du vin vieux que la servante trouva fadasse, en torchant ses grosses lèvres fraîches et rouges du coin du torchon de cuisine qui lui servait de tablier.

Un grand verre d'eau de vie de Montpellier, que Manon avala d'un trait, lui conquit toutes ses bonnes grâces et lui gagna toute sa confiance.

Ce fut autour de la fille de lutiner le jeune garçon, qui paraissait, chose étrange, très inquiet des audacieuses libertés que prenait Manon.

Enfin, on entendit un grand mouvement dans l'escalier et le patron fit retentir sa grosse voix.

— Je reviendrais, fit la servante qui sortit précipitamment de la chambre, à la grande satisfaction de Jean Renaud.

Celui-ci se hâta de fermer la porte à double tour, bien résolu à faire l'endormi, si l'on venait frapper.

Dès qu'il se fut assuré qu'on ne pouvait pas le surprendre, il tira de son paquet un costume de serge noir, qu'il endossa rapidement à la place de celui qu'il forts en arrivant à l'auberge.

Il enroula ensuite une solide corde autour de ses reins et s'arma de deux forts crochets de fer; puis, avec une grande agilité, il s'élança dans la cheminée et grimpa lestement dans le coffre.

On sait qu'à cette époque les conduits de nos foyers étaient très-larges et que nos petits ramoneurs s'y promenaient à l'aise.

Jean Renaud voulait-il en ce moment faire l'office de ces petits enfants de la Savoie, dont on entendait jadis dans les rues, au début de l'hiver, la voix douce et triste?

Mais il nous importe, avant de répondre, de voir ce qui se passait dans la grande salle du premier étage.

Il y avait là deux personnages, dont l'un à mine de gentilhomme, bien armés, les pistolets à la ceinture, qui recevaient, en les examinant comme pour une inspection, une bande de sacripants, à figure de coupe-jarrets, en costumes déguenillés, et qui passèrent un à un, en faisant un salut obséquieux.

D'autres individus, à mine aussi suspecte, déjà introduits, étaient assis autour d'une grande table, converte de pots, de plats fumants, de gobelets sans cesse remplis, sans cesse vidés.

Quand tous les bandits convoqués eurent été introduits et eurent passé sous les yeux des deux personnages qui paraissaient être leurs chefs, tout le monde prit place à table, et l'on se mit à souper.

La bande de ces coquins se mit à jouer de la mâchoire avec un entrain merveilleux.

Mais leurs chefs durent modérer l'absorption du liquide, car la cave de maitre Frochon risquait d'être épuisée.

— Mangez tant que vous voudrez, leur dit un des deux gentilshommes, mais buvez raisonnablement, car il faut ici que chacun conserve la tête et l'esprit libres. Vous savez que je brûle la cervelle à celui qui se grisera ce soir.

Et quand ils furent repus, le gentilhomme fit faire silence.

— Maintenant, mes gars, il s'agit de vous dire pourquoi l'on vous a convoqués ici.

CHAPITRE LXV

L'observatoire de Jean Renaud

Le petit Jean avait grimpé jusque sur le toit de l'auberge.

Arrivé sur le faîte, il avait remarqué un tuyau de cheminée qui se dressait juste à côté de celui qui partait de sa chambre.

Il pencha la tête au-dessus de l'orifice et entendit très-distinctement un bruyant murmure de voix.

Il put se convaincre que ce tuyau servait à l'écoulement de la fumée qui montait de l'âtre de la grande pièce dont lui avait parlé Manon, et où devait avoir lieu une grande réunion secrète.

Aidé de ses crochets, arc-bouté, au moyen du dos et des genoux, contre la paroi du coffre de la cheminée, il descendit lentement dans ce gouffre noir, jusqu'à une demi-toise environ de l'ouverture de l'âtre. Il rencontra là deux tiges de fer qui traversaient le tuyau et où il put s'asseoir presque commodément.

Il attendit et il écouta.

Le silence venait de s'établir sur un ordre donné d'une voix impérative.

Jean Renaud avait reconnu sans doute cette voix, car il tressaillit, puis il eut un sourire de satisfaction qui eut montré ses dents d'une blancheur éclatante, tranchant sur le noir dont la suie avait couvert son visage, si quelqu'un avait pu le voir dans ce boyau obscur.

Le chevalier de Rousson, commença la voix (On avait affublé de ce nom et de ce titre, le courrier Roussillon qui avait très-bon air sous son costume de gentilhomme, Le chevalier de Rousson a dû vous expliquer le rôle que vous devez jouer.

« Il me faut vingt hommes entièrement à ma disposition, prêts à risquer leur vie pour la mission que je leur donnerai, sachant jouer de la rapière et au besoin du couteau.

— Nous sommes vos hommes, dit un des coquins.

— Oui, oui, tous, tous, hurlèrent les autres.

— Plus bas, mes agneaux, il n'est pas besoin de crier si haut, pour que je vou croie. Votre intérêt me répond de votre dévouement. Je connais votre dossier à tous. Vous savez que je puis enrichir ceux qui me serviront bien, et faire pendre ceux qui seraient tentés de me trahir.

Je vous engage d'abord pour un mois à titre d'essai.

Le chevalier de Rousson va distribuer cinq pistoles à chacun de vous pour, que vous puissiez vous vêtir convenablement. Il y a, dans un coffre que j'ai fait apporter ici, vingt bonnes rapières, autant de couteaux de chasse et de pistolets qui vont vous être distribués.

Tous les matins, deux d'entre vous viendront se mettre à ma disposition, à tour de rôle.

Ils toucheront votre paie, qui sera de six livres par homme et par jour, et vous la distribueront à l'endroit que vous aurez choisi.

Tâchez de varier vos rendez-vous, afin de d'être pas trop remarqués.

A la fin de votre service, chacun recevra cent pistoles.

Vous allez vous former en deux escouades de dix hommes. Chacune aura un chef que vous allez choisir vous-mêmes et qui commandera, sous les ordres du chevalier de Rousson.

Cela vous va-t-il ?

— Oui ! oui ! à la vie, à la mort, nous sommes à vous ! firent les sacripants d'une voix unanime.

— Si je vous donne un ordre d'enlever et même de frapper un homme, vous jurez de m'obéir aveuglément.

— Nous le jurons.

— S'il s'agit aussi d'une femme.

— Il s'agirait du pape, il s'agirait du père éternel et de la vierge, que nous n'hésiterions pas, répondit celui qui avait déjà au début pris la parole.

— C'est bien. Il vous est interdit de quitter Lyon ou sa banlieue, sous quelque prétexte que ce soit. Chaque chef d'escouade me répond de ses hommes, et il devra pouvoir les rassembler à quelque heure que ce soit du jour ou de la nuit, dès qu'il en aura reçu l'ordre.

— Donnez vos noms au chevalier de Rousson. Il me sera fait tous les matins un rapport sur votre conduite, et je me réserve de punir ou de récompenser ceux d'entre vous dont on aura à se plaindre ou à se louer.

— Nous sommes tout disposés à vous servir fidèlement, dit un des hommes de la bande. Mais pour que notre mission puisse s'accomplir sans erreur et sans obstacle, il serait bon que nous connaissions d'abord les traits des personnes que nous devons surveiller ou assaillir. J'ai vu toujours de pareilles expéditions échouer faute d'indications certaines, ce qui donne lieu tout au moins à des hésitations qui peuvent faire manquer le coup.

— C'est juste. Comme deux d'entre vous seront chaque jour de service, je vous montrerai à tous successivement à qui vous devez, sur mon ordre, vous attaquer.

Chacun donna un nom de guerre.

Leurs vrais noms, on aurait pu les relever sur les registres de Brest, de Rochefort et de Toulon.

Mais ils se gardèrent bien de parler de ces aimables lieux où ils avaient fait des voyages, qui n'étaient pas de plaisance, sur les galères du roi.

— Pas de costume uniforme, reprit Barbezieux, cela vous ferait trop remarquer. Il faut pourtant un signe distinctif. Chacun de vous aura sur l'épaule gauche des rubans rouges. Le mot de passe est Bastille. Quant au mot d'ordre il sera changé tous les jours. Les deux hommes de service vous le transmettront chaque soir pour le lendemain.

— Dites donc, mon gentilhomme, ce mot de... Bastille est difficile à dire... Il nous étrangle le gosier... ne pouvez-vous pas en choisir un autre ?

Au mot de Bastille, ces malheureux avaient pâli, tant inspirait d'effroi la formidable prison d'État.

— Soit, préférez-vous Versailles ?

— Vive Versailles, s'écrièrent en chœur toutes ces voix éraillées.

Sur ces mots, Barbezieux fit distribuer à sa bande l'argent promis.

Puis on tira au sort les hommes qui devaient former chaque escouade, et celles-ci choisirent leur chef.

Celui de la première escouade était un grand escogriffe du nom de Boulard, dit l'écorcheur.

Le second, un individu à figure de fouine, le corps mince et élancé, mais doté de muscles d'acier.

On l'appelait Riblot. dit Fine-lame.

Comme on venait de proclamer ce dernier nom, un léger bruit se fit entendre dans la cheminée.

Le silence régnait en ce moment dans la salle, tous les hommes tressaillirent et les regards se portèrent vers l'âtre.

— Mort Dieu ! serions-nous trahis ! hurla Boulard l'écorcheur.

— Bah ! ce n'est rien, répondit un des hommes de la bande, quelques plâtras que le vent aura détachés de la cheminée.

On approcha la lumière de l'âtre, mais on ne trouva aucun débris.

On regarda dans le tuyau de la cheminée.

Rien n'y fut remarqué.

— C'est égal, dit l'Écorcheur, j'étais près de la cheminée, et il m'a semblé entendre quelqu'un ou quelque chose dans le tuyau.

— Il est facile de s'en assurer, fit observer un des bandits. Faisons du feu. S'il y a quelqu'un, il va tomber étouffé ou flambé.

— Bah ! reprit Riblot, il aura eu le temps de grimper sur les toits. Attendez, je connais le chemin pour l'avoir pratiqué avec avantage, quand je suis sorti d'une maison de plaisance où l'on me retenait malgré moi. S'il y a quelqu'un, je vais l'assaillir sur le toit.

Et il s'élança, comme un écureuil, dans le long boyau qui montait de l'âtre vers le faîte de la maison.

Quelques minutes après il redescendait.

— Rien, fit-il ; c'est quelque grillon qui aura crié dans une fente du mur.

Cette inspection, suivie de cette assurance, tranquillisa tous ces coquins très disposés à prendre peur.

Un quart d'heure après, toute la bande quittait l'auberge et s'éparpillait à droite et à gauche.

Le matin même de ce jour, lorsque l'Homme au Masque de Fer, étonné de ne pas avoir vu Charlotte dès le matin, l'eût fait demander, on lui apprit qu'elle était rentrée le matin même d'une longue excursion et qu'elle était très-fatiguée.

Quant au petit Jean Renaud, lorsque Manon monta le matin dans la chambre pour le réveiller, espérant reprendre la conversation intime qu'ils avaient à peine ébauchée la veille, elle trouva l'oiseau envolé.

Un drap attaché au barreau de la fenêtre lui apprit le chemin qu'avait pris pour fuir le déluré garçon.

Deux louis pour sa dépense et un écu de six livres, pour gratification à la servante, avaient été laissés en évidence sur une table.

Manon poussa un gros soupir.

— Un si joli homme ! fit elle. Ce sont sans doute ces chenapans d'en bas qui lui auront fait peur ; pauvre petit !

Et elle fut triste toute la journée.

CHAPITRE LXVI

Après l'ardente tigresse, le serpent cauteleux

Tandis que Barbezieux prépare en secret ses filets pour y saisir le Masque de Fer, revenons à l'hôtellerie du Rhône, où le faux comte de Marly fait son instruction future de roi et d'homme d'état, en étudiant la vie fastueuse et dépravée de son frère.

Nous avons dit que, bien que débarrassée d'une dangereuse rivale, Madame de Montespan n'en posséda pas plus pour cela le cœur du roi, fatigué d'elle et de ses murmures. Quand les hommes ne sont plus dans leur jeunesse, ils ont besoin de la société d'une femme complaisante. Le poids des affaires rend surtout cette consolation nécessaire. La nouvelle favorite, madame de Maintenon qui sentait le pouvoir secret qu'elle acquerrait tous les jours, se conduisait avec cet art qui est si naturel aux femmes et qui ne déplait pas aux hommes. Elle écrivait un jour à Madame de Fontenac, sa cousine, en qui elle avait une entière confiance : « Je le renvoie toujours affligé, jamais désespéré. » Dans ce temps où sa faveur croissait, où Madame de Montespan touchait à sa chûte, ces deux rivales se voyaient tous les jours, tantôt avec une aigreur secrète, tantôt avec une confiance passagère, que la nécessité de se parler et la lassitude de la contrainte mettaient quelquefois dans leurs entretiens. Elles convinrent de faire chacune de leur côté, des mémoires de tout ce

Le Palais-Royal, bâti sous Louis XIV.

qui se passait à la cour. L'ouvrage ne fut pas poussé fort loin. Madame de Montespan se plaisait à lire quelque chose de ces mémoires à ses amis, dans les dernières
années de sa vie. La dévotion qui se mêlait à toutes ces intrigues secrètes, affermis-
sait encore la faveur de Madame de Maintenon et éloignait Madame de Montespan.
Le roi se reprochait son attachement pour une femme mariée et sentait surtout
ce scrupule depuis qu'il ne sentait plus d'amour.

Le mariage du petit-fils du grand Condé avec Mademoiselle de Nantes, fille du
roi et de madame de Montespan, fut le dernier triomphe de cette maitresse, qui

commençait à se retirer de la cour. Le roi maria depuis deux enfants qu'elle avait eus d'elle :

Mademoiselle de Blois avec le duc de Chartres, et le duc du Maine à Louise Bénédicte de Bourbon, petite-fille du grand Condé et sœur de Monsieur le duc, princesse célèbre par son esprit et par le goût des arts. Ceux qui ont seulement approché du Palais-Royal et de Sceaux savent combien sont faux tous les bruits populaires, recueillis dans tant d'histoires concernant ces mariages.

En 1685, avant la célébration du mariage de monsieur le Duc avec mademoiselle de Nantes, le marquis de Seignelay, à cette occasion, donna au roi une fête digne de ce monarque, dans les jardins de Sceaux, plantés par Le Nôtre avec autant de goût que ceux de Versailles. On y exécuta l'idylle de la paix, composée par Racine. Il y eut dans Versailles un nouveau carrousel, et après le mariage, le roi étala une magnificence singulière, dont le cardinal Mazarin, avait donné la première idée en 1656. On établit dans le salon de Marly quatre boutiques remplies de ce que l'industrie des ouvriers de Paris avait produit de plus riche et de plus recherché ! Ces quatre boutiques étaient autant de décorations superbes qui représentaient les quatre saisons de l'année. Mme de Montespan en tenait une avec Monseigneur. Sa rivale Mme de Maintenon en tenait une autre avec le duc du Maine; les deux nouveaux mariés avaient chacun la leur; M. le Duc avec Madame de Thianges; et madame la Duchesse à qui la bienséance ne permettait pas d'en tenir une avec un homme, à cause de sa grande jeunesse, était avec la duchesse de Chevreuse. Les dames et les hommes, nommés du voyage, tiraient au sort les bijoux dont ces boutiques étaient garnies. Ainsi le roi fit des présents à toute la cour, d'une manière d'un roi. La loterie du cardinal Mazarin fut moins ingénieuse et moins brillante. Ces loteries avaient été mises en usage autrefois par les Empereurs romains; mais aucun d'eux n'en releva la magnificence par tant de galanterie.

Après le mariage de sa fille, Madame de Montespan ne reparut plus à la cour. Elle vécut à Paris. Elle avait un grand revenu, mais viager; et le roi lui fit payer toujours une pension de mille louis d'or par mois, Elle allait prendre tous les ans les eaux à Bourbons, et y mariait des filles du voisinage, qu'elle dotait. Elle n'était plus dans l'âge où l'imagination, frappée par de vives impressions, envoie aux Carmélites.

Un an après le mariage de Mademoiselle de Nantes avec Monsieur le Duc, mourut à Fontainebleau, le prince de Condé à l'âge de soixante-six ans, d'une maladie qui empira par l'effort qu'il fit d'aller voir Madame la Duchesse qui avait la petite vérole.

On peut juger par cet empressement qui lui coûta la vie, s'il avait eu de la répugnance au mariage de son petit-fils avec cette fille du roi et de Madame de Montespan.

Cependant après le mariage de madame la Duchesse après l'éclipse totale de la mère, Madame de Maintenon victorieuse prit sur Louis XIV un tel ascendant, et lui inspira tant de tendresse et de scrupule, qu'elle put espérer qu'elle serait un jour reine de France.

La destinée de cette dame paraît parmi nous fort étrange, quoique l'histoire fournisse beaucoup d'exemples de fortunes plus grandes et plus marquées, qui ont eu des commencements plus petits. La marquise de Saint-Sébastien que le roi de Sardaigne, Victor Amédée épousa, n'était pas au-dessus de Madame de Maintenon ; l'impératrice de Russie, Catherine, était au-dessous ; et la première femme de Jacques II, roi d'Angleterre, lui était bien inférieure, selon les préjugés de l'Europe, inconnus dans le reste du monde.

Elle était d'une ancienne maison, petite-fille d'Agrippa d'Aubigné, gentilhomme ordinaire de la Chambre de Henri IV. Son père, Constant d'Aubigné, ayant voulu faire un établissement à la Caroline, et s'étant adressé aux Anglais, fut mis en prison au château Trompette, et en fût délivré par la fille du gouverneur, nommé Tardillac, gentilhomme Bordelais. Constant d'Aubigné épousa sa bienfaitrice en 1627, et la mena à la Caroline. De retour en France avec elle au bout de quelques années, tous deux furent enfermés à Niort par ordre de la cour. Ce fut dans cette prison en 1635, que naquit Françoise d'Aubigné, destinée à éprouver toutes les rigueurs et toutes les faveurs de la fortune. Menée à l'âge de trois ans en Amérique, pendant le voyage elle fut atteinte d'une grave maladie et perdit connaissance dans les bras de sa mère qui la crut morte. Le baron d'Aubigné, voulant éviter à sa femme ce triste spectacle, ordonne à un matelot de la jeter à la mer. Tout était prêt pour la funèbre cérémonie, quand madame d'Aubigné se jeta sur le corps de sa fille enveloppée du linceul pour l'embrasser une dernière fois, tout à coup elle s'écria : » Elle n'est pas morte ! » En effet ce n'était qu'une crise léthargique, et l'enfant revint promptement à la santé. En débarquant, laissée par la négligence d'un domestique sur le rivage, elle faillit être dévorée par un serpent. Ramenée orpheline à l'âge de douze ans, élevée avec la plus grande dureté chez Madame de Neuillont, mère de la Duchesse de Navailles sa parente, sa jeunesse fut remplie de vicissitudes, d'amours et d'intrigues. Elle entra comme majordome chez Madame de Vieulant, qui habitait les environs de la Rochelle. Elle vécut là au milieu des chevaux et des garçons d'écuries, jusqu'au jour où Madame de Vieulant la conduisit à Paris. Elle fut trop heureuse d'épouser, en 1651, Paul Scarron, qui logeait auprès d'elle dans la rue d'Enfer ; Scarron était d'une ancienne famille du parlement, illustrée par de grandes alliances ; mais le burlesque dont il faisait profession l'avilissait en le faisant aimer. Ce fut pourtant une fortune pour Mademoiselle d'Aubigné d'épouser cet homme disgracié de la nature, impotent et qui n'avait qu'un bien très-médiocre. Elle fit avant ce mariage, abjuration de la religion calviniste, qui était la sienne comme celle de ses ancêtres, Scarron fut son parrain. Sa beauté et son esprit la firent bientôt distinguer. Elle fut recherchée avec empressement de la meilleure compagnie de Paris ; et ce temps de sa jeunesse fut sans doute le plus heureux de sa vie. Elle fit croire au roi qu'elle n'avait jamais été *Scarronée*. C'est peut-être vrai ; mais personne n'ignorait qu'elle avait servi aux plaisirs des amis du cul de jatte, qui, jaloux comme tous les impuissants, ne lui ménageait pas les coups de béquilles. Après la mort de son mari, arrivée en 1660, elle se fit dévote par ambition, et assista assidûment aux offices de l'église Saint-Eustache. Elle fit longtemps solliciter auprès du roi une petite pension de quinze cents livres, dont Scarron avait joui. Enfin, au bout de quelques années, le roi lui en donna une de deux mille, en lui disant : « Madame je vous ai fais attendre longtemps, mais vous avez tant d'amis que j'ai voulu avoir seul ce mérite auprès de vous. »

Cependant il est prouvé, par les lettres mêmes de Madame de Maintenon, qu'elle dût à Madame de Montespan ce léger secours qui la tira de la misère. Elle loua un petit appartement où elle s'installa avec sa servante Manon qui la suivit à la cour sous le nom de Mademoiselle Balbieu. C'est là qu'elle recevait ses amants, mettant de côté l'argent qu'elle pouvait en obtenir. Villars, père du maréchal; Beuvron, père de d'Harcourt, et les trois Villarceaux.

Lorsqu'il fallut élever les bâtards de Louis XIV et de Mme de Montespan, on se souvint d'elle (1670). Mais ce ne fut réellement qu'en 1672 qu'elle fut choisie pour présider à cette éducation secrète. Elle dit dans une de ses lettres. « Si les enfants sont au roi, je le veux bien, car je ne me chargerais pas sans scrupule de ceux de **Mme de Montespan.** » Mme de Maintenon ne renonça pas pour cela à sa réputation de vertu. On lui acheta une maison dans le Marais, où elle élevait les bâtards du monarque, avec autant de zèle que si c'eut été les siens. Dès que Mme de Montespan ressentait les premières douleurs, Mme de Maintenon était mandée, elle recevait 'enfant, le cachait dans son écharpe, et le visage couvert d'un masque, elle prenait un carrosse de place pour revenir à Paris. Quelles étaient ses craintes lorsque le nouveau né criait! Sa grande appréhension était de passer pour la mère de cette marmaille, qu'elle finit par aimer tout de bon.

Un jour que Mme d'Aubigné, dit M. Carel, faisant une de ces excursions, allait des cendre de voiture, elle rencontra le petit Matha, la plus mauvaise langue de France.

Matha, voyant une femme seule, voulut savoir qui c'était. Il offrit sa main à la veuve Scarron, qui ne détestait ni un bel homme, ni un homme d'esprit ; et Matha était l'un et l'autre.

—Belle dame, dit-il, je n'ai jamais tant maudit la mode des masques que cette nuit.

— Monsieur Matha, dit-elle, ne faites pas de bruit et suivez-moi, si je ne vous fais pas peur.

— Quoi! madame, j'ai l'honneur d'être connu de vous? Vous devez être de meilleure condition que ne l'annonce ce maigre équipage.

Une porte s'ouvrit, la Scarron entra, et Matha se précipita après elle.

— Attendez-moi là, lui dit-elle à voix basse. Mais comme il l'arrêtait par le bras, l'enfant poussa un léger cri.

— C'est un enfant qui vient de naître, est-il à vous?

— Je vous prouverai tout à l'heure que je n'y suis pour rien.

— Votre voix me rapelle celle de madame Scar...

— Silence! jurez-moi de ne jamais me reconnaître.

— Impossible.

— Jurez-le, ou sortez.

— Je reste, et je jure tout ce que vous voudrez.

Mme Scarron disparut et revint bientôt, sans avoir quitté son masque.

Matha, conduit dans un cabinet secret, s'empressa d'en faire les honneurs et quelques heures ainsi passées s'envolèrent rapidement.

— Levez-vous, dit-elle, en lui donnant l'exemple.

— Vous quitter si tôt!

— Souvenez-vous de votre serment et ne me faites pas repentir de mes bontés **pour vous.**

Comme il faisait petit jour, elle lui banda les yeux et le conduisit par une porte dérobée dans la rue où se trouvait le carosse. Elle y monta avec lui et l'accompagna jusqu'à son domicile.

— Vous me voyez dit elle, mais si vous étiez ingrat, je saurais me venger.

— Quand aurai-je le bonheur de vous revoir ?

— Jamais ailleurs, qu'à la comédie, à la cour, au bal. Adieu !

Matha en effet ne retrouva plus les heureux instants qu'il devait au caprice d'une femme galante.

La veuve Scarron, avec de pareils antécédents, eut besoin de tout son génie pour s'emparer de l'esprit du roi, qui, sans la connaitre, disait par antipathie. « Entendrai-je sans cesse parler de cette veuve Scarron ? » Les soins tendres et empressés qu'elle donnait aux enfants du roi, les lettres, qu'elle écrivait ; les éloges que Mme de Montespan faisait de sa vertu; enfin la bizarrerie du cœur, tout contribua à triompher de la haine de Louis XIV, qui ne lui accordait des pensions et des grâces qu'avec des paroles dures. Mme de Montespan demanda pour elle la terre de Maintenon, qui était à vendre ; le roi dit ces paroles, devant plusieurs personnes qui n'avaient pas d'intérêt à mentir.

— Mordieu ! n'en démordrez-vous point ?

« N'avez-vous donc pas assez fait pour cette créature. Cependant comme elle m'est insupportable, je consens encore à lui donner ce que vous me demandez, à condition qu'on ne m'en parlera plus et que je ne la reverrai jamais.

Le duc du Maine était né avec un pied difforme. Le premier médecin, d'Aquin, qui était dans la confidence, jugea qu'il fallait envoyer l'enfant aux eaux de Barèges avec une personne de confiance qui pût se charger de ce dépôt. Le roi, qui avait laissé fléchir son antipathie, se souvint de Mme Scarron. M. de Louvois alla secrètement à Paris lui proposer ce voyage. Elle eut soin depuis ce temps là de l'éducation du duc du Maine, nommée à cet emploi par le roi, et non point par Mme de Montespan, comme on l'a dit.

Elle écrivait au roi directement; ses lettres plurent beaucoup. Voilà l'origine de sa fortune; son mérite fit tout le reste.

Le roi, qui ne pouvait d'abord s'accoutumer a elle, passa de l'aversion à la confiance, et de la confiance à l'amour. Les lettres que nous avons d'elle sont un monument plus précieux qu'on ne pense: elles découvrent ce mélange de religion et de galanterie, de dignité et de faiblesse, qui a trôné si souvent dans le cœur humain et qui était dans celui de Louis XIV. Celui de Mme de Maintenon parait plein d'une dévotion et d'une ambition qui ne se combattent jamais. Son confesseur Gobelin approuve également l'une et l'autre, il est directeur et courtisan; sa pénitente devenue ingrate envers Mme de Montespan, se dissimule toujours son tort; le confesseur nourrit cette illusion; elle fait venir de bonne foi la religion au secours de ses charmes usés pour supplanter sa bienfaitrice devenue sa rivale.

Elle faisait remarquer de plus en plus la mauvaise humeur de la Montespan, jouait la dévote et faisait entendre au roi que Dieu lui envoyait cette affliction à cause du péché qu'il commettait avec la Montespan. La vieille était éloquente et avait de fort beaux yeux ; le roi s'habitua ainsi à elle, et crut qu'elle ferait de lui un saint. Il la poursuivit mais elle tint bon en l'excitant par le récit de détails fort intimes; elle lui disait que, bien qu'elle lui portât la plus grande inclination du monde, elle ne voulait cependant pas commettre de péché.

Cela donna à Louis XIV une grande admiration pour cette femme, et un tel dégoût pour la vie dissipée de la Montespan, qu'il songea à se convertir.

Madame de Maintenon employa le duc du Maine pour persuader à sa mère que, puisque le roi avait d'autres maîtresses, elle n'aurait plus d'autorité et serait les objets des mépris à la cour. Cela l'irrita, elle était toujours de mauvaise humeur quand le roi venait chez elle.

Madame de Maintenon, au contraire, ne cessait de plaindre le roi ; elle lui disait qu'il se damnerait s'il ne vivait pas mieux avec la reine. Celle-ci qui était une très-bonne femme, croyait avoir de grandes obligations envers elle, et consentit à ce qu'elle fut nommée deuxième dame d'atour de la dauphine de Bavière, en sorte que Madame de Maintenon n'eut plus rien de commun avec madame de Montespan.

Celle-ci devint si furieuse, qu'elle raconta au roi la vie de la veuve Scarron. Mais le roi qui savait que c'était un méchant diable, et que dans sa colère elle n'épargnait personne, n'en voulut rien croire.

Le commerce étrange de tendresse et de scrupule de la part du roi, d'ambition et de dévotion de la part de la nouvelle maîtresse, dura depuis 1681 jusqu'en 1686 qui fut l'époque de leur mariage.

Son élévation ne fut pour elle qu'une retraite. Renfermée dans son appartement qui était de plein-pied à celui du roi, elle se bornait à une société de deux ou trois dames retirées comme elle ; encore les voyait-elle rarement. Le roi venait tous les jours chez elle, après son dîner, avant et après le souper, et y demeurait jusqu'à minuit. Il y travaillait avec ses ministres, pendant que madame de Maintenon s'occupait à la lecture ou à quelque ouvrage de mains, ne s'empressant jamais de parler d'affaires d'État, paraissant souvent les ignorer, rejetant bien loin tout ce qui avait la plus légère apparence d'intrigue ou de cabale, beaucoup plus occupé à complaire à celui qui gouvernait, que de gouverner, et ménageant son crédit en ne l'employant qu'avec une circonspection extrême. Elle ne profita point de sa place pour faire tomber toutes les dignités et tous les grands emplois dans sa famille. Son frère, le comte d'Aubigné, était un original, amusant et hardi, il parlait de ses batailles, de ses blessures et de ses faits d'armes avec une telle exagération, qu'en l'entendant parlé, on eut pu le prendre pour un grand capitaine, il ne fut que capitaine d'Infanterie. Un cordon bleu et quelques parts secrètes dans les fermes générales, furent sa seule fortune ; aussi disait-il au maréchal de Vivonne, frère de madame de Montespan, qui lui disait en riant : tu ne ménages pas plus l'argent qu'un maréchal de France.

— Certainement mon bâton de maréchal est encore dans le trésor du roi, je l'ai précieux, tout en or, et ne m'aperçois pas qu'il diminue.

Le marquis de Villette, son neveu ou son cousin, ne fut que chef d'escadre. Madame de Caylus, fille du marquis de Villette, n'eut en mariage qu'une pension modique, donnée par Louis XIV. madame de Maintenon, en mariant sa nièce d'Aubigné au fils du premier maréchal de Noailles, ne lui donna que deux cent mille francs ; le roi fit le reste. Elle n'avait elle-même que la terre de Maintenon qu'elle avait achetée des bienfaits du roi.

Elle voulut que le public lui pardonnât son élévation en faveur de son désintéresement. La seconde femme du marquis de Villette, depuis madame de Bolingbroke, ne put jamais rien obtenir d'elle. Je lui ai souvent entendu dire qu'elle avait reproché à sa cousine le peu qu'elle faisait pour sa famille et qu'elle lui avait dit en colère : « Vous voulez jouir de votre modération et que votre famille en soit la victime. » Madame de Maintenon oubliait tout quand elle craignait de choquer le cardinal de Noailles contre le Père Le Tellier. Elle avait beaucoup d'amitié pour Racine; mais cette amitié ne fut pas assez courageuse pour le protéger contre un léger ressentiment du roi. Un jour, touchée de l'éloquence avec laquelle il lui avait parlé de la misère du peuple en 1698, misère toujours exagérée mais qui fut portée réellement depuis jusqu'à une extrémité déplorable, elle engagea son ami à faire un mémoire qui montrât le mal et le remède. Le roi le lut, et, en ayant témoigné du chagrin, elle eut la faiblesse d'en nommer l'auteur, et celle de ne pas le défendre. Racine, plus faible encore, fut pénétré de douleur qui le mit depuis au tombeau.

Du même fond de caractère dont elle était capable de rendre service, elle l'était aussi de nuire. L'abbé de Choisy rapporte que le ministre Louvois s'était jeté aux pieds de Louis XIV pour l'empêcher d'épouser la veuve Scarron. Si l'abbé de Choisy savait ce fait, madame de Maintenon en était instruite, et non-seulement elle pardonna à ce ministre, mais elle apaisa le roi dans les mouvements de colère que l'humeur brusque du marquis de Louvois inspirait quelquefois à son maître.

Louis XIV, en épousant madame de Maintenon, ne se donna donc qu'une compagne agréable et soumise. La seule distinction publique qui faisait sentir son élévation secrète, c'est qu'à la messe, elle occupait une des petites tribunes ou lanternes dorées, qui ne semblaient faites que pour le roi et la reine. D'ailleurs nul extérieur de grandeur. La dévotion qu'elle avait inspirée au roi et qui avait servi à son mariage, devint peu à peu un sentiment vrai et profond que l'âge et l'ennui fortifièrent. Elle s'était déjà donné, à la cour et auprès du roi, la considération d'une fondatrice, en rassemblant à Noisy plusieurs filles de qualité, et le roi avait affecté déjà les revenus de l'Abbaye de Saint-Denis à cette communauté naissante.

Saint-Cyr fut bâti au bout du parc de Versailles en 1686. Elle donna à cet établissement toute sa forme, en fit les règlements avec Godet Desmarets, évêque de Chartres, et fut elle-même supérieure de ce couvent.

Elle y allait souvent passer quelques heures; et quand je dis que l'ennui la déterminait à ces occupations, je ne parle que d'après elle. Qu'on lise ce qu'elle écrivait à Madame de La Maisonfort :

« Que ne puis-je vous donner mon expérience ! que ne puis-je vous faire voir l'ennui qui dévore les grands et la peine qu'ils ont à remplir leurs journées ! Ne voyez-vous pas que je meurs de tristesse dans une fortune qu'on aurait eu peine à imaginer ! J'ai été jeune et jolie; j'ai goûté les plaisirs; j'ai été aimé partout. Dans un âge plus avancé, j'ai passé des années dans le commerce de l'esprit. Je suis venue à la faveur; et je vous proteste, ma chère fille, que tous les états laissent un vide affreux. »

Si quelque chose pouvait détromper de l'ambition, ce serait assurément cette lettre de madame de Maintenon, qui, pourtant n'avait d'autre chagrin que l'uniformité de sa vie auprès d'un grand roi, disait un jour au comte d'Aubigné, son frère, « je n'y peux plus tenir, je voudrais être morte. » On sait quelle réponse il lui fit « Vous avez donc parole d'épouser Dieu le père ? »

CHAPITRE LXVII

Mort de Marie-Thérèse

Un médecin célèbre à qui l'on demandait pourquoi les enfants de la reine n'étaient pas sains et robustes comme le sont ordinairement les enfants et comme l'étaient la plupart des bâtards de Louis XIV, répondit sans hésiter, C'est que le Roi n'apporte que la rinçure de ses verres à la reine.

La reine avait une telle passion pour son mari qu'elle cherchait à lire dans ses yeux tous ce qui pouvait lui faire plaisir pourvu qu'il la regardait avec amitié, elle était gaie toute la journée. Elle était bien aise que le roi couchât avec elle, car en bonne espagnole, elle ne haïssait pas le métier; elle était si gaie lorsque cela était arrivé qu'on le voyait de suite. Elle aimait qu'on la plaisantât là dessus; elle riait, clignait de l'œil et frottait ses petites mains. Marie-Thérèse eut six enfants, don cinq moururent avant elle, l'aîné seul lui survécut.

La reine était de la plus grande niaiserie, mais la meilleure femme et la plus vertueuse du monde. Elle croyait tout ce que le roi lui disait, le bon et le mauvais. Elle avait de vilaines dents noires et gâtées. On prétend que cela venait de ce qu'elle prenait toujours du chocolat; souvent elle mangeait aussi beaucoup d'ail. Elle était grosse et petite, et avait une belle peau blanche; quand elle ne marchait ni ne dansait, elle paraissait assez grande. Elle mangeait fréquemment et longtemps, mais c'étaient de petits morceaux, comme si c'eut été pour un petit serin. Elle ne pouvait renier son pays, elle avait beaucoup de manières espagnoles. Elle aimait le jeu outre mesure ; elle jouait la bassette, la reversée, l'hombre, et quelquefois la petite prime, mais jamais elle ne gagnait, parce qu'elle n'avait pu apprendre à bien jouer.

Les qualités toutes négatives de Marie Thérèse ont été sans contredit la cause de ses chagrins, de l'indifférence de son mari et de son rôle effacé, non seulement dans la politique, mais encore dans les intrigues de cour. D'une dévotion qui ne devait être dépassée que par celle de la Maintenon, elle demeura toute sa vie, au milieu de la cour la plus brillante du monde, absorbée par les conseils de son confesseur et la souffrance que lui causaient l'abandon et les infidélités de son époux.

Louis XIV manqua rarement de coucher avec la reine, mais il dormait toute la nuit, et la reine, avec son tempérament espagnol, ne pouvait s'accoutumer à ces

Jean Racine.

manières, et s'apercevait qu'il s'était fatigué ailleurs. Elle lui en faisait doucement le reproche et il n'avait rien à répondre que le métier de roi était bien rude.

Louis XIV allait tous les jours, après dîner, rendre visite à ses maîtresses et se couchait avec elles quand l'envie lui prenait : c'était madame de Montespan qui lui avait fait prendre cette habitude; il se disposait par là à dormir toute la nuit suivante.

Au retour d'un voyage qu'elle fit en Bourgogne et en Alsace, Marie-Thérèse fut prise d'une maladie qu'on crut d'abord insignifiante, mais qui occasionna sa mort en très peu de temps.

Voici comment la duchesse d'Orléans raconte cette mort : « Notre reine est morte d'un abcès qu'elle avait sous le bras. Au lieu de le tirer dehors, Fagou, qui, par grand malheur, était alors son médecin, la fit saigner ; cela fit crever l'abcès dans l'intérieur, tout tomba sur le cœur, et l'émétique qu'on lui donna là-dessus étouffa la reine. Le chirurgien qui pratiqua la saignée dit :

« Monsieur, y songez-vous bien ? ce sera la mort de ma maîtresse. Fagou répondit :

« — Faites ce que je vous ordonne, Gervais.

« Le chirurgien pleurait amèrement et disait à Fagou :

« Vous voulez donc que ce soit moi qui tue la reine, ma maîtresse ?

« A onze heures, il la fit saigner, à midi il lui donna l'émétique, et à trois heures du soir, elle était morte. Le vieux méchant diable de Fagou, l'avait fait à dessein, afin d'assurer par là la fortune de la vieille guénipe. »

« Voilà le premier chagrin qu'elle m'ait donné. » s'écri Louis XIV quand on lui apprit cette mort.

Telle fut l'oraison funèbre de cette reine sans dignité, de cette femme sans énergie prononcé par le plus monstrueux égoïste qui fut jamais.

Louis XIV aimait les femmes par caprice et par tempérament ; sa galanterie tenait moins aux préliminaires amoureux qu'au reste ; il n'était pas content s'il n'en venait tout d'abord à la fin d'une passion qui durait tant qu'elle pouvait. Quand la nature parlait, il ne faisait pas le délicat, tout lui était bon pourvu que ce fussent des femmes ; paysannes, servantes ou dames de qualités. Aussi depuis que la Beauvais, femme de chambre de sa mère, lui eut appris à se servir des femmes, il profita de ses leçons à faire envie à celle qui les avait données et ce n'est pas peu dire.

Louis XIV pendant que la reine vivait, avait eu le temps de se lasser de ses maîtresses, qui ne lui offraient que des charmes dont il commençait à se fatiguer. Madame de Montespan avec son orgueil indomptable, sa rage de tout dominer, acheva de le dégoûter de ces liaisons illégitimes qui lui causaient tant de contrariétés.

« Je prie Dieu que le roi se détache de la Montespan avec laquelle il se damne. » Telles étaient, au dire du père La Chaise, confident de la Maintenon, les dernières paroles prononcées par la reine.

La veuve Scarron, sut tirer tout le parti possible des hésitations du roi, et mena en maîtresse femme l'intrigue qui suivit la mort de Marie Thérèse.

La Maintenon eut beaucoup à souffrir de l'égoïsme du roi. Malade ou bien portante (et les femmes sont sujettes à bien des maux), il fallait qu'elle suivit le roi partout où il allait, et c'est en partie à cette pénible exactitude qu'elle dut sa haute fortune. Elle avait fini par obtenir de voyager à part sous prétexte de modestie, mais elle ne trouva jamais de raison à faire valoir pour échapper à ce que le roi exigeait d'elle à ses heures ordinaires. Louis XIV lui était vraiment attaché, mais il ne s'inquiétait nullement de sa santé, pourvu qu'il pût satifaire ses désirs. Il ne pouvait se passer d'air, et quand il entrait dans la chambre de madame de Maintenon, eût-elle la fièvre, il commençait par ouvrir toutes les fenêtres jusqu'à dix heures du soir, ne s'informait pas même si la fraîcheur de la nuit l'incommodait ; ce n'était pas son affaire, pourvu qu'il s'en trouvat bien. La Maintenon endurait tout en silence, et sut prendre une telle influence sur le roi, que celui-ci finit par ne plus pouvoir se passer d'elle.

Louis XIV revenu à la dévotion, et même à la bigoterie idiote, se montra cruel à l'égard de ses anciennes maîtresses, et les sacrifia au bon Dieu et à la Maintenon.

La veuve Scarron pour arriver à se faire épouser par le roi, le laissa languir plusieurs mois. Elle avait conservé un embonpoint fort appétissant par lequel Louis XIV se laissa tenter, mais malgré toutes ses tentatives contre la *vertu* de la dame, il n'obtint que des refus qui rendirent plus vifs les aiguillons de la chair; la Maintenon se retranchait derrière la religion pour justifier ses scrupules, et le roi pour pouvoir satisfaire à son aise sa passion sénile, écouta les conseils de son confesseur, le père La Chaise, de l'archevêque de Paris, de Harlay, de son valet de chambre pourvoyeur, Bontemps et de Louvois, à qui la Maintenon s'était donnée pour le mettre de son parti. Le mariage fut décidé

Vers le milieu de l'hiver, par une nuit noire qui semblait porter le deuil de cette union scandaleuse François Hébert, curé de Versailles, fut mandé au palais, et, là, dans le cabinet du roi, le mariage fut célébré en présence de Louvois, du père La Chaise, de l'évêque de Harlay et de Montchevreuil, Un autel avait été préparé l'appartement mal éclairé, laissait à peine apercevoir les impressions qui se peignaient sur ces figures silencieuses.

Le roi avait l'air triste, et venant à lever les yeux sur un portrait de la reine défunte qu'on avait oublié de retirer, il les baissa pleins de larme. La Maintenon, au contraire, conduite par Bontemps, s'avançait avec un air de triomphe.

La messe fut dite par le curé de Versailles, lorsqu'il demanda à la Maintenon si elle consentait à prendre le roi pour époux, elle répondit par un *oui* prononcé d'une voix claire et sonore; avant de répondre à la même question, Louis *le Grand* hésita quelques instants, et personne n'entendit le *oui* honteux qu'il murmura.

La triste cérémonie terminée, les deux époux allèrent passer le reste de la nuit ensemble. Louvois dit à l'oreille de la mariée :

— Ma cousine, vous voilà reine de France.

— Pas encore, répondit-elle.

Pour prix de la bénédiction nuptiale qu'il avait donnée à ses paroissiens, François Hébert obtint l'évêché d'Agen.

Voici une anecdote enregistrée par les chroniques du temps :

On sait que la plupart des anciennes communautés religieuses distribuaient aux nécessiteux, une fois par semaine et à jour fixe, des secours en nature; c'était là un bon moyen de conserver leur influence sur le bas-peuple.

« Or, en 1645, temps de grande misère, parmi ceux que la soupe du jeudi attirait en foule même avant l'aube à la porte du couvent des jésuites de La Rochelle, on vit arriver un jour une fillette d'une dizaine d'années. Sa physionomie douce et sérieuse, sa tenue et l'extrême propreté cependant plus que modeste contrastaient avec l'allure grossière, les paroles malséantes et les haillons fangeux des mendiants de profession, clients habituels du couvent. Chacun d'eux avait à la main, soit un poëlon ébréché, soit une écuelle de fer battu, soit une sébile de bois. Quant à la fillette, elle portait suspendu par l'anse à son bras, un pot de terre vernissée d'une blancheur irréprochable à l'intérieur et dont la surface avait l'éclat d'un miroir. Dans son ignorance du droit des premiers occupants, elle avait cru pouvoir essayer de se glisser au plus près de la porte déjà tumultueusement obstruée: mais repoussée avec brutalité et poursuivie par les vociférations de ceux qui l'y avaient précédée, elle les pria poliment de l'excuser et alla se placer au dernier rang. D'autres prétendants à la distribution hebdomadaire, arrivés plus tardivement voulurent la repousser plus loin au arrière ; alors l'enfant, révoltée de leur injuste prétention et aussi fermement résolue à maintenir son droit qu'elle avait été prompte à reconnaître celui des autres, répondit avec calme et sans baisser les yeux devant les regards menaçants :

— Je n'ai pris la place de personne, je reste à la mienne.

Ce mouvement énergique changea en un sentiment meilleur les dispositions malveillantes. Si quelques-uns murmurèrent encore, d'autres, en plus grand nombre, l'approuvèrent. Il y en eut même parmi ceux-ci qui s'effacèrent pour la faire passer inaperçue devant eux, à la faveur du mouvement qui se produisit dans la foule, quand un son de cloche et l'ouverture de la porte annoncèrent que la distribution allait commencer.

Arrivée a son tour devant le religieux chargé de donner à chacun des aspirants sa part d'aumône, la filette reçut la sienne, c'est-à-dire le contenu d'une louche de bois équivalent à une copieuse assiettée. Lorsqu'elle fut nantie de sa portion, au lieu de céder sa place au mendiant qui la suivait immédiatement, elle tendit de nouveau son pot de terre vernissée au frère distributeur, et, d'une voix suppliante comme le regard, elle lui dit :

— Nous sommes trois !

Frappé de la distinction de cette enfant et de la douceur d'une voix si bien en harmonie avec la candeur du visage, le religieux la contempla un moment avec intérêt, puis, derechef, il plongea la louche dans l'imposante chaudronnée de soupe.

— Où demeurez-vous, ma fille ? lui demanda-t-il en emplissant jusqu'au bord le pot de terre qu'elle lui présentait.

L'enfant lui indiqua timidement une maison située dans le voisinage du couvent Cela fait, elle adressa un gracieux salut au religieux et s'empressa de reprendre le chemin de son logis, sans remarquer les regards jaloux que lui attirait de la part des mendiants le supplément de ration dont elle avait été favorisée.

La fillette n'avait pas menti ; ils furent trois à se partager la soupe du Jeudi : une veuve et ses enfants.

Autrefois, volontairement prisonnière à Niort, où son mari avait été longtemps détenu, la mère s'embarqua pour l'Amérique avec lui et avec la petite fille qu'elle avait mise au monde dans sa prison, dès que la liberté leur eut été rendue. Là-bas elle donna le jour à un petit garçon. Quelques années après, étant demeurée veuve, elle revint en France avec ses deux orphelins. Au retour, ses ressources étaient si faibles que l'aumône d'une soupe par semaine lui devenait un appoint nécessaire pour l'aider à vivre.

Dans cet état de gêne contenue, le jeudi suivant allait donc être impatiemment attendu, quand, le lendemain de la première visite faite au couvent par la fillette le distributeur qu'elle avait profondément intéressé à sa misère par ces simples mots : « Nous sommes trois,» se présenta chez la veuve. Plus touché encore par ce qu'il apprit d'elle, il lui annonça que sa fille serait dispensée de se mêler aux autres mendiants pour avoir droit à la distribution du Jeudi; attendu qu'à partir de ce jour les deux enfants et leur mère étaient comptés au nombre des pauvres gens que la communauté secourait journellement à domicile.

Quarante ans plus tard, en 1685, un vieux maître d'école du village, se rencontrait dans le parc de Versailles avec une grande dame que deux laquais richement galonnés suivaient à distance respectueuse. Frappés en même temps du même souvenir, la grande dame et le maître d'école s'arrêtèrent et s'examinèrent curieusement, lui avec surprise, elle avec émotion. Après un moment d'hésitation ils s'abordèrent. Mais tandis que le vieillard cherchait encore dans sa mémoire, la dame, mieux assurée de la sienne, prit la parole :

— Vous avez habité La Rochelle ?

— J'appartenais au couvent des Jésuites.

— Où l'on faisait autrefois de si bonne soupe pour les pauvres, ajouta la dame.

— C'est moi qui la distribuais, répondit avec un visible contentement de lui-même le vieux maître d'école.

J'en ai souvenance, mon père; je me souviens aussi, continua la dame en souriant, que, bien que vous fussiez charitable envers tous, vous aviez cependant vos préférées et à celles-là vous faisiez meilleure part qu'aux autres.

— Cela ne m'est arrivé que pour une seule et qu'une seule fois, encore n'ai-je pas à me reprocher une injustice.

Chacun de nos habitués ne réclamait que pour lui-même; je devais au moins double portion à la pauvre petite fille qui me dit timidement en me tendant une seconde fois son pot de terre. « Nous sommes trois. »

Ce fut en rappelant ces paroles, encore présentes à sa mémoire, que le digne homme prouva à son interlocutrice qu'il l'avait reconnue.

Celle-ci ayant remarqué que ce moment d'entretien dans le parc attirait l'attention des promeneurs, se remit à marcher dans la direction du château, après avoir dit aux vieux maître d'école.

— Veuillez m'accompagner.

Chemin faisant, elle l'interrogea sur sa position qui était à vrai dire, assez précaire, il n'hésita pas à lui en faire l'aveu, mais en interrompant son récit pour répondre à de nombreuses salutations qui ne s'adressaient pas précisément à lui. Presque à chaque pas qu'il faisait, en compagnie de la belle dame, dans la grande allée du parc, il voyait des gentilshommes se découvrire et s'incliner humblement, les dames fermer respectueusement leur éventail, et faire leurs plus belles révérences. Dépaysé à Versailles où il venait pour la première fois, il put croire que ces témoignages de courtoisie étaient obligatoires pour tous, envers chacun dans l'habitation royale. Ce qui le mit en doute sur la réalité de la supposition, c'est qu'il vit, à l'entrée et sous le vestibule du palais, les sentinelles présenter les armes.

Si ce n'est à moi, se dit-il, c'est donc à celle que j'accompagne que de tels honneurs sont rendus; mais qui est-elle donc ?

Trop discret pour l'interroger, il monta avec elle le grand escalier ; plus ils avançaient tous deux dans l'intérieur des appartements, plus s'accentuaient les marques de servilités.

Ils allaient parvenir à l'extrémité d'une galerie, quand les deux battants de la porte du fond s'ouvrirent ; des officiers de la maison rouge parurent, la galerie s'emplit de courtisans, et une voix annonça :

« — Le roi ? »

A ce nom, le vieillard, inquiet et troublé, fit quelque pas pour se retirer ; mais la grande dame le retint par la main, et dit au roi qui s'avançait vers elle :

« — J'ai parlé de la soupe du jeudi à Votre Majesté ; qu'elle me permette de lui présenter le père nourricier.

Cette dame porta plusieurs noms ; on l'appela d'abord Mlle d'Aubigné, puis madame, et huit ans après la Vve Scarron, devenue enfin marquise de Maintenon ; celle qui toute enfant avait mendié sa subsistance à la porte d'un couvent hospitalier venait de voir récemment bénir son union avec Louis le Grand.

Nous n'ajouterons rien qui n'ait été déjà déviné en affirmant que le maître d'école ne retourna pas dans son village sans avoir reçu largement le prix de la soupe du jeudi.

Saint-Simon nous a montré madame de Maintenon à l'apogée de son incroyable fortune, en 1698, où Louis XIV parut faire de son mariage secret une déclaration officielle ce dernier mot n'était pas employé alors, mais il précise la pensée de peintre de cette époque, devant son armée et les embassadeurs de l'Europe, tous attentifs et légèrement stupéfaits.

Madame de Main'tenon avait au moment où se passe ce récit, soixante trois ans, et le roi soixante. Le mariage remontait à quatorze années, aux derniers mois de 1684.

CHAPITRE LXVIII

Coup d'œil retrospectif — Les premiers amants de madame de Maintenon.

« Je commandais dans la basse-cour, a-t-elle dit souvent depuis ; c'est par cette domination qu'a commencé mon règne. »

La faveur de sa foi, qui lui attirait ces sévices, lui mérita au contraire les sympathies et l'admiration des protestants du pays. Elle était l'objet des manifestations cordiales et respectueuses de tous ceux qui la rencontraient aux champs.

A une de ces rencontres se rattachèrent les fils d'une tendre intrigue

Un matin que son esprit, moins triste que d'habitude, semblait partager la sérénité du ciel ; qu'un loup sur le visage pour en conserver la fraicheur, un chapeau
de paille sur la tête et une gaule à la main, elle paissait les dindons tout en apprenant par cœur des quatrains de Pibrac, un mouvement et un bruit soudain vinrent l'arracher à son étude.

Elle aperçut ses dindons effarouchés, fuyant ou volant dans des direction diverses.

La cause de ce tumulte lui apparut bientôt. C'était un chien qui ayant débouché
du bois sur la lisière duquel elle était arrêtée, avait jeté l'épouvante et la confusion dans son troupeau. Loin de songer à réparer le désordre, la pauvre jeune fille
s'effraya elle même, craignant que la bête furieuse ne se jette sur elle, elle pousse
des cris et ne songe plus qu'à fuir, lorsque le maître du chien accourt heureusement au bruit.

Il rappelle l'animal, le châtie, et, après avoir rassuré par quelques mots la jolie
bergère, il s'occupe de rassembler les dindons épouvantés, dont quelques uns
trouvant des ailes dans la peur, ont été se percher jusqu'au haut des hêtres et des
chênes

Le troupeau réuni après de longues recherches et de nombreux efforts, le jeune
chasseur présente à Françoise ses excuses et reçoit, en retour ses remerciments.

Cet échange de douces paroles se prolongea avec un caractère si tendre que les
deux jeunes cœurs parurent en conserver un doux souvenir. Toujours est-il que, le
lendemain et les jours suivants Françoise conduisit ses dindons sur le théâtre de
leur mésaventure, où le hasard, l'occasion, deux cœurs tendres et, je pense, quelque amoureux lutin les poussaient, jeune garçon et jeune fille causèrent timidement d'abord, puis se familiarisant, s'assirent côte a côte sur la mousse à l'ombre
des futaies, et laissèrent les heures rapides s'envoler en regards caressants et en
doux propos d'amour.

Ces rencontres ce multiplièrent et se prolongèrent tant que des indiscrets finirent par en jaser, et que de vagues rumeurs en parvinrent jusqu'aux oreilles de
madame de Neuillant. Dès que cette dame connut que le jeune chasseur n'était autre
que le fils d'un chef de fabrique du voisinage, Monsieur Bastien Lequesne, c'en
fut fait de ces doux tête à tête de ces tendres rendez-vous. Il fallut que Françoise
quittât le château.

Ce fut vers Paris qu'elle fut dirigée. Une petite cellule de la pension des Ursulines du faubourg Saint-Jacques fut la retraite où, les yeux sur le catéchisme et les
matines, elle dut oublier et son Pibrac aux pages froissées, et la nature et ce beau
et frais livre de Dieu ! Ce qu'elle n'y oublia point, ce furent ses douces causeries
sur le gazon et sous les feuilles.

Jean Lequesne, de son côté, ne les oubliat pas davantage.

Si le mystère dont madame de Neuillant prit soin d'entourer la retraite de sa
nièce la lui tint longtemps cachée, il ne l'eut pas plutôt découverte qu'il n'eut
plus d'autre pensée que d'aller habiter Paris. Il y vint enfin compléter son éducation en fut l'objet ou le prétexte : Françoise avait depuis assez longtemps déjà
quitté le couvent des Ursulines. Elle occupait avec sa mère, nouvellement de retour
d'Amérique, un modeste appartement dans une assez humble maison du Marais.

Ce fut assez pour que le jeune Lequesne vînt loger dans un hôtel de ce quartier.

Il revit Françoise, et leurs relations se renouèrent aussitôt. La vie des deux dames était très-laborieuse et très-retirée. L'exiguité de leur fortune leur en faisait une nécessité ; elles avaient cependant quelques rapports sociaux qui faisaient l'emploi de leurs soirées et le seul charme de cette existence étroite et solitaire.

L'objet de toutes les démarches de Jean Lequesne fut de se créer les mêmes relations que Mlle d'Aubigné ; ce fut à l'annonce que madame de Neuillant, récemment arrivée à Paris, devait présenter Françoise et sa mère dans le salon de Scarron, alors fréquenté par une société d'élite, que Lequesne parvint à s'y faire admettre lui-même.

Mme et Mlle d'Aubigné tardèrent quelque temps à y paraître. Elles s'y présentèrent enfin un soir, et Jean Lequesne qui, prévenu d'avance, s'était fait une fête de cette soirée, sentit son cœur se gonfler d'amertume et ses yeux se voilèrent de larmes, en apercevant la jeune fille et sa mère. Cette vue seule lui révéla le motif mystérieux de cette visite si longtemps retardée, et lui fit comprendre tout ce que devait réceler de privation, de fatigue et de misère leur vie retirée et inconnue, dont la surface, en ce moment, lui fit deviner les abîmes.

La mise fanée de la mère, la robe démodée et trop courte de Françoise, formaient un si brusque contraste avec les toilettes fraiches et élégantes des quelques dames et des seigneurs qui formaient le cercle du poëte, que les plus indifférents se sentirent genés pour elle. Le cœur de Lequesne se brisa à la pensée de la vie précaire que décelait cette pauvreté ; il résolut d'en pénétrer les secrets et, s'il lui était possible, d'en adoucir les privations.

Ce projet avait ses difficultés; la persistance de Lequesne les surmonta. Il apprit que madame et mademoiselle d'Aubigné étaient réduites à faire secrètement, pour vivre, des broderies et d'autres travaux d'aiguille. Son parti fut pris. Il chargea son hôtesse d'acheter ces ouvrages au plus haut prix possible.

Cette ruse parvint à faire succéder, à ce triste foyer, l'aisance à la pénurie. Grâce à ces bénéfices si rapidement accrus, Françoise et sa mère purent substituer à leurs vêtements surannés une mise simple, mais fraiche et convenable. Madame d'Aubigné s'efforça de produire davantage Françoise dont les charmes avaient fait une vive sensation. Jean Lequesne s'en applaudit sans songer dans qu'elle voie déplorable cette mère engageait sa fille.

La nature de leurs relations ne tarda pas à la lui faire reconnaître et à lui en faire apprécier tous les dangers.

Ce ne fut plus seulement le salon de l'auteur du Roman Comique qu'elles fréquentèrent avec assiduité, ce fut aussi celui de Ninon de Lenclos, cette moderne Léatum dont le cœur tendre et le caractère indépendant affectaient hautement, dans sa vie vouée au culte du plaisir, la pratique de la philosophie épicurienne.

Le chevalier de Méré et M. de Villarceaux obtinrent même l'autorisation de se présenter chez elle. Ninon, dont le cœur volage avait déjà quitté depuis longtemps le dernier de ces deux gentilshommes, pour voler à d'autres amours, crut rendre un important service à ces dames en secondant l'amour que M. de Villarceaux éprouvait pour Françoise, dont les attraits s'épanouissaient alors dans tout

Elle était masquée.

leur éclat. Le portrait qu'en a tracé M. de Noailles nous la représente en effet comme une personne charmante et dont une grâce enjouée relevait encore les appas :

« Une figure ovale, des cheveux chatains, un teint d'une grande blancheur et même, un peu pâle, des sourcils noirs avec de longs cils, des yeux bruns presque noirs, fendus en amande, à la fois brillants et doux, des traits réguliers et fins, une physionomie gracieuse et intelligente, un port de tête élégant et noble, et de très-belles épaules, en faisaient une personne d'une rare distinction et d'une beauté toute particulière, c'est ainsi que la représente l'émail de Petitòt conservé au Louvre.

Ninon n'eut pas beaucoup de peine à gagner à ses projets madame d'Aubigné, à qui pesait lourdement le joug de la misère, et qui, élevée dans la jouissance du luxe, pensait les retrouver dans les rapports de M. de Villarceaux avec Françoise. Cette dernière, sans les repousser, résista cependant d'abord de toute les forces de la pudeur injuriée. Elle ne dissimula pas toute fois à sa galante amie la tendre impression que lui causait les hommages d'un pareil amant.

Ninon ne douta plus dès lors de sa défaite, elle l'entraîna dans sa vie dissipée, lui faisant fréquemment partager son lit, et ne cherchant, par ses exemples, par ses paroles comme par ses caresses, qu'à conquérir son cœur et ses sens à la volupté.

Jean Lequesne le devina et comprit la nécessité et l'urgence d'arracher cette jeune fille aimée à ces incitations ardentes, à cet entraînement corrupteur.

Il l'aimait, il résolut de demander sa main. Il convia dans ce but s n père, qui, révérant dans cette jeune fille cet Agrippa d'Aubigné, un des grands noms du protestantisme, et ignorant d'ailleurs que Françoise eut abjuré la foi de ses premières années, lui répondait par une lettre d'adhésion et lui annonça même qu'il ne tarderait pas de se rendre à Paris pour demander lui-même à Mme d'Aubigné la main de sa fille.

Jean Lequesne, au reçu de cette lettre n'eut qu'un élan, n'eut qu'un vœu : aller la communiquer à Françoise et à sa mère. Bien qu'il fût nuit, il ne voulut pas remettre jusqu'au lendemain à leur porter cette nouvelle, qui était pour madame d'Aubigné la richesse, pour Françoise (l le croyait du moins) le bonheur.

Il sortit pour se rendre sur l'heure même chez elles. Mais Mlle d'Aubigné était sortie elle aussi avec Ninon de Lenclos, dont elle devait, la nuit suivante partager le lit.

Jean Lequesne, le cœur gonflé d'espérance, la tête pleine de doux rêves, et ne doutant pas de l'amour de sa chère Françoise, se dirigea involontairement vers la maison où elle devait passer la nuit; il voulait du moins se dire en voyant les fenêtres éclairées.

— Elle est là.

— Où ?

— La voici :

En apercevant son ombre légère se projeter sur les rideaux. Il avait joui plusieurs fois de ce bonheur, lorsque son oreille fut frappée par les sons d'une voix étouffée, d'une voix mystérieuse. Il devint attentif, ses yeux se portèrent dans la direction où s'était fait entendre cette voix; une petite porte était ouverte : il distingua la silhouette d'un homme qui en franchissait le seuil.

Il tressaillit; le sang se porta vers sa poitrine avec tant de violence, qu'une vapeur brûlante s'en éleva vers sa tête, où, avec elle, sembla monter le vertige.

Un pressentiment sinistre l'avait saisi : cette petite porte était celle du jardin de Ninon.

— Que faire ?

Il ne pouvait garder le poids de ce doute sur son cœur; il n'hésita point : il s'élança vers cette porte, et réunissant tout son sang-froid et toute son adresse, il l'ouvrit sans qu'on put l'entendre; après l'avoir refermée avec la même précaution, il se glissa dans le jardin sur les traces de celui qu'il y avait vu entrer.

Le mystérieux personnage conduit par une femme, la soubrette de Ninon, gravissait les marches d'un haut perron qui mettait le jardin en communication avec un large balcon, ou plutôt une terrasse s'étendant devant les fenêtres du premier étage.

Ce ne fut point dans la pièce occupant le milieu de la façade et dont les vitres étaient splendidement illuminées, que sa conductrice introduisit l'inconnu; ce fut dans la chambre de l'une des extrémités, dont une lumière faible et vacillante éclairait à peine la croisée ouvrant jusqu'au niveau de la terrasse et formant ainsi porte et fenêtre à la fois.

La première de ces pièces était le salon ; c'était là que Ninon de Lenclos et Françoise d'Aubigné, assises sur un canapé faisant face à la cheminée où brûlait un feu ardent, se livraient à une de ces causeries dont mademoiselle d'Aubigné sentait les idées étranges pénétrer dans son intelligence comme un fluide fascinateur.

Cela vous étonne, lui disait la jeune femme, doux reflet, riante personnification du sensualisme grec ; ce n'est pourtant pas seulement pour moi une philosophie.

— Qu'est-ce donc alors ?

— C'est une religion.

— Une religion ! fit Françoise avec une surprise craintive, comme si cette idée lui eut semblé un blasphème.

— Oui, ma mignonne, une religion; c'est pour moi plus qu'une conviction, c'est une foi.

— Je ne sais vraiment ce que votre parole produit dans mon esprit, mais vous y bouleversez toutes mes pensées, vous y ébranlez toutes mes croyances... Je n'ose vous écouter.

— Allons donc ! auriez vous peur de la vérité, quand la vérité ne peut être qu'une clarté bienfaisante? Rien est-il plus évident d'ailleurs? Qu'est-ce que Dieu, après tout? Peut-il être autre chose dans votre pensée que l'Être infini?

— Non, sans doute.

— La vie, par conséquent, dans sa plénitude, la vie dans son essence.

— La vie!

— Or la vie n'est-elle pas les sensations heureuses dont les limites sont la souffrance et dont l'épanouissement est la félicité ? Dieu n'est-il donc pas ainsi le bonheur, le bonheur parfait, le bonheur absolu?

— Jusqu'à un certain point, répondit Françoise en souriant, vous me semblez dans la vérité.

— J'y suis bien tout à fait, ou il faudrait admettre que si Dieu n'est pas le bonheur, il est la souffrance, ce qui serait plus qu'un blasphème... ce serait une stupidité.

— Eh Dieu ! que concluez vous de tout cela ?

— Je conclus que, si Dieu est le bonheur, c'est en nous rendant le plus heureux possible que nous nous rapprochons le plus de lui ; que, par conséquent, tout fait qui nous procure une tendre impression, une sensation agréable, est un acte religieux; que le bonheur enfin doit être en tout le but sacré de nos actes.

— Vous allez bien loin, il me semble.

— En quoi ?

— Mais il sortirait de cette croyance une étrange société et une plus étrange morale encore.

— Comment ! vous croyez que Dieu aurait attaché un plaisir à une chose qu'il eut condamnée ? Mais il serait alors un tentateur, un provocateur, un séducteur infâme !

Nos lois, plus sages que les siennes, en feraient un honteux complice, et le frapperaient de leurs justes châtiments.

— Oh ! oh ! Et quels en seraient le exécuteurs ?

— N'en ayez souci, ma belle ! car c'est bien le contraire que Dieu a fait : dans sa dvine providence, ce qu'il a attaché au mal, ce n'est pas un attrait, c'est une répulsion d'abord et un châtiment ensuite ; quand ce châtiment n'est pas une souffrance physique, c'est une douleur morale : C'est le remords.

— Vous parlez vraiment comme un docteur.

— Dites : comme un apôtre.

— Oh ! fit Françoise en riant .

— Sans doute, je ne prétends pas refaire l'essence de l'homme, ni reconstituer la morale divine. Faites donc comme moi, ma toute belle, ajouta-t-elle en glissant son bras autour de la taille de Françoise et en la regardant avec le sourire le plus caressant ! « N'allez pas lire faute et crime » là où la nature a écrit « plaisir et bonheur. »

— Ah ! fit Mlle d'Aubigné en soupirant et en hochant la tête légèrement.

— Voyez-vous, Françoise, dans notre société où le préjugé nous rend, nous femmes, esclaves et victimes, c'est à nous d'être plus sages que les préjugés. Vous avez tout ce qu'il faut pour être heureuse : jeunesse, esprit, grâce, beauté ! Un jeune gentilhomme vous aime ; il est bien fait, galant et riche... Vous l'aimez vous-même.

— Moi.

— Allez-vous revenir sur vos aveux ?...

— Je ne vous ai pas dit...

— Non, mais vous me l'avez laissé comprendre, et vous reconnaissez même que vous le voyez d'un œil favorable, n'est-ce pas cela ?...

Françoise rougit.

— Allons, ne vous troublez pas ainsi, belle ingénue ; oui, vous l'aimez... Et quand ainsi vous brûlez l'un pour l'autre, vous résisteriez à un amour qui peut jeter éclat et bonheur sur votre vie, et au besoin même rester ignoré !... Allons donc, ce serait une folie.

La jeune fille resta taciturne et rêveuse.

— Mais nous nous oublions à causer ! reprit Ninon, et voilà onze heures venues

— Déjà !

— Oui déjà... c'est le temps agréable qui passe vite.

— Hélas ! oui.

— Vous plaît-il que nous nous déshabillions, ou faut-il que j'appelle Annette ?

— Nous seules ! nous seules.

— Si nous nous approchions du feu?

— Oh oui ! nous serons mieux.

— Alors venez, je vais vous aider d'abord.

Les deux jeunes femmes se mirent à leur toilette de nuit.

Françoise défit sa coiffure et enleva sa robe, qui laissa admirer le corps le plus éclatant et le plus frais sur les méplats satinés duquel pût ruisseler la lumière; tous ses contours légers et gracieux, sa gorge déjà formée, semblaient prendre aux clartés des bougies, des reflets roses et nacrés.

Après avoir reçu l'aide de Ninon, ce fut à son tour de lui prêter les siennes. Les deux amies furent bientôt dans cette mise simple et élégante dont la volupté est l'objet autant que le sommeil. Ninon ayant alors ouvert la porte de communication entre le salon et sa chambre à coucher.

— Ah! c'est bien, dit-elle, il y a du feu et de la lumière.

Et jetant un léger voile sur ses épaules.

— Vous pouvez vous coucher toujours, Françoise, dit-elle : moi, j'ai des ordres à donner.

Mlle d'Aubigné entra dans la chambre et s'avança vers le lit ; mais, au moment où elle y posait le genoux. Un bruit la fit tressaillir. Elle se retourna effrayée M. de Villarceaux se précipita à ses pieds. Elle poussa un cri de terreur.

— Mademoiselle, lui dit-il d'une voix suppliante et émue, ne me repoussez pas je vous en conjure.

— Monsieur... dit-elle hors d'elle-même... que voulez-vous ?

— Le hasard m'a fait vous entendre ; après ces aveux qui sont le bonheur de ma vie, pouvai-je me retirer sans m'être jeté à vos pieds pour vous dire que mon cœur ma fortune. ma vie, sont désormais à vous, et qu'il n'est rien qui puisse me coûter pour vous prouver mon amour ?

— Ah! retirez-vous ! en grâce, Monsieur, retirez-vous.

— Seriez-vous assez cruelle pour l'exiger? Oh non... mademoiselle, vous ne me repousserez pas...

En disant ces mots, il se leva et voulut saisir Françoise dans ses bras.

— Laissez-moi ! laissez-moi ! s'écria-t-elle d'une voix altérée par l'épouvante.

Et comme il persistait :

— Au secours ! au secours !

A cet appel un violent fracas se fit entendre, les vitres tombèrent en éclat, la porte-fenêtre céda elle-même à la véhémence des secousses, et Jean Lequesne s'élança dans la chambre. Il se trouva face a face avec M. de Villarceaux, qui, au bruit, avait quitté Françoise d'Aubigné et était accouru à la croisée. pendant que la jeune fille se réfugiait dans le salon.

— Que voulez-vous? demanda M. de Villarceaux au jeune homme, avec l'accent de la fureur.

— Mais... arracher à votre brutalité la jeune fille dont la voix appelait du secours.

— Pardieu, je crois que vous rêvez ! Personne ici ne vous réclame, j'imagine. Écoutez et voyez plutôt.

Et il lui indiqua de la main l'intérieur de la chambre.

Françoise avait disparu et l'on entendait aucune voix.

— Savez-vous, maintenant, de quelle manière je pourrais punir cette invasion nocturne ? Je ne veux pas vous l'apprendre, mais retirez-vous, ou je vous le déclare je vous traite comme un voleur.

— Aucune voix n'appelle maintenant, c'est vrai ; mais j'ai bien entendu celle de Mademoiselle d'Aubigné.

— Mademoiselle d'Aubigné !

— Elle est dans cette maison, je le sais, et je vous déclare à mon tour que je n'en sortirai pas qu'elle ne m'en ait elle-même donné l'ordre.

— C'est ce que nous allons voir, repartit de Villarceaux en prenant son épée qu'il avait déposée près d'un cabinet d'ébène et en l'arrachant du fourreau.

— Frappez donc, Monsieur, lui dit le jeune homme.

— Ne portez-vous donc pas une épée ?

— Vous le voyez.

— Ne seriez-vous pas noble ? ne seriez vous pas gentilhomme ?

— Je suis fils d'honnête fabricant qui porte ses lettres de noblesse dans son cœur.

— Ah pardieu, c'est charmant !

Il jeta dédaigneusement son épée sur un siège, et s'adressant à un grand valet, qui, pendant cette scène, était accouru avec Annette à la porte de la chambre.

— Picard, lui dit-il, prends moi, mon garçon, monsieur le fils d'un honnête fabricant par les épaules, et jette le moi par la fenêtre.

Jean Lequesne voulut s'élancer sur Villarceaux, mais Picard le prévint, et il fallut bien, bon gré malgré, qu'il cédât à la force brutale de ses mains, étau vivant mu par une musculation d'acier.

Françoise, grâce à cette intervention, n'en échappa pas moins à cette surprise, mais ce ne fut que pour tomber peu après, et volontairement, cette fois, dans les fils de cette intrigue.

« Je leur ai souvent, dit Ninon en parlant de ses amants, prêté ma chambre jaune à elle et à Villarceaux. »

Jean Lequesne ne tarda point à acquérir la certitude qu'il avait été sacrifié. Sa douleur en fut profonde, il quitta ce quartier et alla sur l'autre rive de la Seine chercher des consolations dans l'étude. Il ne put y trouver l'oubli. Ses yeux et ses sollicitations se reportèrent encore fréquemment là où n'était plus son amour (car son amour ne pouvait être là où n'était pas son estime), et il eut mainte occasion d'en donner des preuves à celle qui ignora alors quelle était la main protectrice tendue sur elle.

Françoise d'Aubigné, n'avait rencontré ni la tranquillité ni la richesse dans la vie galante où elle était entrée. Elle eut à traverser encore bien des vicissitudes. Si elle échappa quelques années aux privations d'une vie incertaine par son mariage avec Scarron, la mort du joyeux paralytique la fit retomber de l'aisance dans la misère ; jamais cependant elle n'en sentit bien lourdement le poids ; une main inconnue le lui allégea toujours par des bienfaits que lui épargnèrent même l'embarras de la reconnaissance.

Cette main ne s'éloigna d'elle que lorsqu'elle fut entrée dans la faveur de Mme de Montespan. Jean Lequesne ayant, vers cette époque, perdu son père, retourna dans son pays. Il y prit la direction de sa fabrique patrimoniale et, peu après, s'y maria.

Une double famille se forma autour de lui; sa femme et ses enfants, qui firent les joies de sa vie; ses ouvriers, que ses bienfaits associèrent à la richesse qu'il gagna par leur activité et leur adresse. La nouvelle de la révocation de l'édit de Nantes vint le frapper au milieu de cette existence opulente et sereine.

Ce fut un coup terrible pour cette famille vertueuse, que le fanatisme allait arracher à tous ses bonheurs, à toutes ses joies, pour la jeter sur la route de l'exil.

Jean Lequesne ne murmura point. Incapable de dissimuler ses croyances, non moins que d'y renoncer, il se disposa à aller demander une patrie à une terre où l'on put invoquer son Dieu sans appeler sur sa tête la hache du bourreau.

Il vendit son patrimoine et sa fabrique, et se prépara à se mettre en route, après avoir réparti les plus importants secours qu'il lui fut possible entre les ouvriers qu'il laissait sans travail.

Un fanatisme féroce et stupide s'empara de ce dernier fait comme d'un crime. Ces libéralités devinrent à ses yeux des tentatives de séduction; le malheureux fut saisi, ainsi que sa famille, et jeté dans les prisons de Niort. Sa fortune fut mise sous séquestre.

Jean Lequesne supporta d'abord avec patience ce redoublement d'iniquités; mais quand il vit sa femme épuisée par les angoisses; ses enfants, brisés par les privations, s'éteindre lentement dans la langueur de la fièvre, son cœur fléchit et il songea à s'adresser à la femme qu'il avait aimée et qui depuis était devenue l'arbitre des destinée de la France. Il voulut lui écrire, mais on refusa de recevoir ses lettres. Il ne lui restait qu'un moyen, obtenir sa liberté par une feinte conversion, et aller ensuite implorer lui-même la favorite et peut-être la reine.

Il en fit part à sa femme; cette résolution fut arrêtée entre eux. Un mois après il arrivait à Versailles. Ce ne fut pas sans difficultés qu'il obtint une audience de Madame de Maintenon. Elle eut peine à le reconnaître, tant les souffrances avaient changé ses traits. Après avoir invoqué leur souvenir de jeunesse, Jean Lequesne lui fit le récit de toutes les persécutions qui avaient accumulées sur lui et sur sa famille. Madame de Maintenon écouta cet exposé déchirant avec l'impassibilité la plus flegmatique. Je vous plains, monsieur, lui répondit-elle.

Mais vous devez pourtant encore remercier Dieu de sa miséricorde, si vos souffrances ont été la voie qu'il a choisie pour vous ramener à lui. Quant à votre famille qu'elle se soumette aux ordres du roi, et vous pourrez compter sur ma bienveillance et ma protection.

— Je l'implore aujourd'hui, Madame.

— Que désirez-vous ?

— Faites-moi rendre ma famille et les débris de ma fortune, que nous puissions nous réfugier dans un pays où l'on ait au moins la liberté de conscience.

— Mais n'avez-vous donc pas abjuré ?

— Je vous l'ai dit, Madame, je n'avais qu'un moyen de faire parvenir mes supplications jusqu'à vous. J'ai donc abjuré, mais des lèvres et non du cœur.

— C'est un sacrilège !

— Rappelez-vous, Madame, ces belles paroles de votre aïeul : « Si jamais ma main trahit ma foi, j'abjure Dieu qu'il coupe ma main; si c'est mon cœur qui le trahit, j'abjure qu'il perce mon cœur. »

— Monsieur, je pourrais tout pour votre repentir, je ne puis rien pour un endurcissement semblable.

Elle se leva pour se retirer. Jean Lequesne tomba à genoux.

— Un mot encore ! Madame, et vous ne me refuserez pas.

— Un mot... soit! relevez-vous, je vous écoute :

— Madame, si jadis je m'éloignai de vous quand j'eus la certitude que vous me préfériez un autre...

Le front de Madame de Maintenon s'assombrit, ses lèvres se serrèrent et une pâleur bilieuse se répandit sur ses traits.

— Que je vous préférais un autre! .. fit-elle d'un air de surprise indignée !

Lequesne s'aperçut qu'il avait réveillé un souvenir blessant: il venait en effet d'éclabousser la reine d'un souvenir fangeux de sa jeunesse libertine. Il se hâta d'atténuer l'effet de ses paroles.

— Pardon, Madame, loin de moi l'intention de vous offenser ; ce que je voulais dire, c'est que lors même que je me fus éloigné de vous, mon œil resta constamment attaché sur votre vie.

Madame de Maintenon tressaillit de nouveau et parut plus inquiète.

— Monsieur .. fit-elle :

— Vos jours, Madame, reprit-il, et c'est-là une gloire pour vous, car elle prouve tout votre mérite...

— Eh bien ?

— N'ont pas eu toujours l'éclat dont ils brillent dans ce palais...

Vous avez eu vos heures de détresse.

— Je ne l'ai jamais dissimulé.

— Eh bien! rappelez-vous Madame, qu'à ces heures mauvaises, il se trouva constamment une main inconnue qui vint en adoucir les rigueurs.

— En effet, dit Madame de Maintenon, je me le rappelle... et cette main ?

— C'était la mienne.

— La vôtre ?

— Oui, Madame, la mienne, qui voulait vous affranchir de la cruelle nécessité d'avoir recours à d'autres.

Ces derniers mots imprimèrent une nouvelle commotion à la marquise. Elle comprit que cet homme qui avait ainsi veillé sur elle devait avoir tous les secrets de sa vie.

— Oui, Monsieur, reprit-elle, je m'en souviens parfaitement maintenant... parfaitement... et j'ai à cœur de vous en donner des preuves... comptez donc sur mon bon souvenir.

Elle sortit en prononçant ces paroles. Jean Lequesnes s'était senti frémir sous leur accent fiévreux et amer. Cette reconnaissance problématique avait eu toute l'expression vibrante d'une menace. Il ne sortit pas du palais qu'en proie aux pressentiments les plus funestes.

Ces pressentiments ne le trompaient pas; arrêté le soir même, il fut mis au secret, et après une instruction mystérieuse et sommaire il fut condamné et écartelé comme relaps.

Ils marchèrent à la mort d'un pas ferme.

Madame de Maintenon avait voulu étouffer dans son cœur les secrets qu'il devait avoir surpris. Elle songea à peine que cette mort terrible devait frapper d'autres victimes, qui attendaient expirantes dans les cachots de Niort. Que lui importaient cet homme qui l'avait aimée et si généreusement secourue? Que lui importait cette mère et ces enfants? Que lui importaient l'amour, la reconnaissance, la justice et l'humanité, dès qu'elle dissipait les vapeurs flétrissantes qui pouvaient monter des fanges de son passé dans l'aride sérénité de sa vie actuelle,

Telle était cette froide et hypocrite courtisane. Le malheur, au lieu d'avoir fait naître dans son cœur la commisération et la piété, n'y avait développé que l'ambition et l'égoïsme.

CHAPITRE LXIX

Où il est quelquefois difficile à un roi de pénétrer dans sa bonne ville

Nous avons laissé Louis XIV et sa suite, au secours de qui était accouru un détachement de dragons, sur la route de Grenoble, non loin du pont jeté sur l'Isère que les protestants avaient fait sauter après leur échec.

Ce détachement de dragons était en ce moment en tournée, à la chasse des hommes de religion, et ils avaient fait capture dans les environs, d'un certain nombre de malheureux accusés de n'avoir tenu aucun compte de la révocation de l'édit de Nantes.

Ils ramenaient, l'épée dans les reins, deux pauvres enfants, trois femmes, dont l'une portait un jeune nourrisson sur ses bras, trois vieillards et quatre hommes solidement garottés.

Les infortunés, les vêtements en lambeaux, le front saignant, témoignage des violences qu'ils avaient subies, couverts de boue, se traînaient harrassés, plutôt qu'ils ne marchaient.

Les farouches agents de Louvois les pressaient brutalement, en proférant contre eux les plus terribles menaces.

C'est ainsi qu'ils avaient surgi au moment où les protestants du Masque de Fer avaient attaqué l'escorte de Louis XIV.

Leur arrivée avait décidé du salut du roi.

Plusieurs assaillants avaient été blessés, deux ou trois avaient été fait prisonniers, et ceux-ci devaient expier leur tentative dans les plus horribles souffrances.

Les dragons achevèrent les blessés qui leur parurent trop gravement atteints, et jetèrent les autres dans la voiture qui avait servi de prison roulante à Charlotte, ou mieux au chevalier d'Armançon.

Quand la troupe se présenta sur la rive gauche de l'Isère, le passage était coupé.

Grande fureur de Louis XIV et de son escorte, qui pensaient arriver assez à temps à Grenoble pour surprendre le Masque de Fer.

Le détour à faire était considérable. On mit quelque temps à délibérer. Puis on chercha quelque paysan qui put indiquer un gué.

Après une heure d'attente, on vit venir un homme de la contrée à qui l'on s'adressa.

— Mais il n'y a point de gué par ici, répondit le paysan ; seulement en remontant la rive gauche de la rivière, vous trouverez un pont en face même de Grenoble. Ce pont met la ville en communication avec l'un de ses faubourgs.

Ils n'avaient pas songé à cela.

Un nouveau désagrément les attendait à l'entrée du chef-lieu du Dauphiné.

Le chef du poste de la porte où ils se présentèrent refusa de leur laisser franchir les remparts.

Le frère du roi qui, comme on doit se le rappeler, avait quitté momentanément l'incognito, s'était fait connaître du gouverneur, avait lui-même fourni le mot d'ordre de la place ; il avait donné l'ordre de refuser l'entrée de la ville à toute troupe armée ou bande suspecte qui ne répondrait pas à ce mot d'ordre.

Le sergent du poste, interpellé par le chef du détachement de dragons, menacé par Rosarges et par Louis XIV lui-même, paraissait fort perplexe.

Mais la consigne.

Il consentit à en référer à son supérieur.

Celui-ci, mis au courant des choses, craignit de se compromettre et en référa au gouverneur.

Le gouverneur avait une favorite en ville ; les grands seigneurs se croyaient dans l'obligation d'imiter les mœurs galantes du roi.

Il dînait ce jour-là chez la belle dame qu'il entretenait aux frais des protestants qu'il pillait et faisait rançonner.

Déranger un homme aussi puissant que *monseigneur le gouverneur*, engagé dans une partie fine, c'eut été un crime impardonnable.

Il fallait attendre qu'il revint au palais du gouvernement.

Heureusement la belle attendait cette nuit-là un jeune cadet, officier dans Royal-Dauphiné, et elle fit tout ce qu'elle put pour faire partir au plus vite son vieux protecteur.

Il était près de minuit quand on put enfin aborder celui-ci qui était de fort mauvaise humeur, n'ayant pas trouvé auprès de sa belle toutes les satisfactions qu'il s'était promises.

On dut se présenter chez lui plusieurs fois avant d'être reçu.

Ce ne fut même que sur la signature du roi, qu'il consentit enfin à prendre connaissance de la dépêche qu'on lui apporta de la part de Louis XIV, qui se morfondait au dehors des remparts et qui faisait provision de colère et de ressentiment.

En apprenant que le roi était aux portes de Grenoble, hors des murs, et qu'on lui refusait l'entrée de la place, le gouverneur fut frappé du plus grand étonnement.

— Pourquoi refuse-t-on l'entrée au comte de Marly et à sa suite, demanda-t-il sévèrement à l'officier qui lui apportait la lettre.

— Mais, monseigneur, l'arrêté que vous avez pris est très-sévère. Il y a là une troupe armée qui n'a pu répondre à l'ordre.

— Comment le comte de Marly ne vous a pas donné le mot d'ordre ?

— Non, monseigneur.

— Cependant il le connaît :

— Il l'aura oublié sans doute.

— Impossible, c'est lui-même qui...

Le gouverneur s'arrêta.

Il allait trahir l'incognito du roi qui ne s'était révélé qu'à lui seul.

Le frère de Louis XIV, qui s'était fait passer pour le roi auprès du gouverneur, ne s'était révélé à lui que par lettre authentiquée par le sceau royal.

Il avait été dispensé de toute visite officielle.

Il croyait en outre savoir que celui qu'il croyait être le roi n'était pas sorti de Grenoble, car il ignorait la fugue matinale du Masque de Fer; il croyait même qu'il n'avait pas quitté l'hôtel du Dauphin.

Ne sachant que penser de ces circonstances étranges et contradictoires, il commanda son carrosse et se fit conduire à la porte où Louis XIV rongeait son frein.

Tous ces détails, toutes ces hésitations avaient pris un certain temps, et il était cinq heures du matin, lorsqu'il arriva près du roi.

A cette heure-là même, le Masque de Fer suivi de Dangeau, de Barbezieux et de sa suite, filait par une autre issue et se lançait sur la route de Lyon où nos lecteurs l'ont rencontré dans des chapitres précédents.

A son arrivée au poste, où l'attendait le roi, le gouverneur avait immédiatement reconnu le monarque.

Louis XIV l'accueillit la rage au cœur.

Lui qui, un jour, dans un mouvement d'orgueilleux étonnement, avait dit : j'ai failli attendre, avait été obligé, cette fois, d'attendre réellement et de se morfondre longtemps, jusqu'à ce que le bon plaisir du gouverneur lui permit d'entrer.

— Enfin, vous voilà ! monsieur, dit-il d'un ton furieux ; c'est bien heureux que vous consentiez à recevoir votre souverain.

— Je prie Sa Majesté d'accepter mes plus humbles excuses, lui répondit le gouverneur un moment troublé. Mais qu'il soit permis à un commandant de place d'expliquer sa conduite.

— Elle est inexplicable, monsieur.

— Sire, la consigne.

— La consigne, c'est moi qui la donne.

— En effet, sire.

— Eh bien !

— Eh bien, sire, on a respecté votre consigne.

— Vraiment ?

— C'est vous-même qui avez donné le mot d'ordre, et c'est vous-même qui avez déterminé les conditions dans lesquelles on devait ouvrir les portes de Grenoble, qui est une de vos places de guerre les plus importantes.

— C'est moi qui ai donné une consigne ?

— La voilà signée de votre nom vénéré, fit le gouverneur en tirant une dépêche de son pourpoint, voici votre auguste sceau.

Louis XIV se mordit les lèvres

Il comprit que ces ordres venaient de son frère.

— C'est vrai; le rude combat que nous venons de soutenir contre ces damnés protestants m'avait fait oublier cette circonstance. J'étais sorti ce matin, et vous voyez, nous avons fait bonne capture; monsieur le gouverneur, je me rappellerai de la façon toute stricte, ponctuelle et loyale avec laquelle vous faites exécuter mes ordres.

— C'est monsieur de Dangeau lui-même qui m'a apporté les ordres de Sa Majesté.

— C'est bien; faites-nous livrer passage, car la journée a été rude, la nuit fort maussade et nous avons hâte de nous reposer.

« En attendant, faites conduire ces misérables rebelles et relaps en lieu sûr, en attendant qu'une prompte justice les punisse de leurs crimes.

— Sire, si votre majesté ne me permet pas de lui offrir l'hospitalité que mes vœux les plus ardents voudraient lui voir accepter, que j'aie au moins l'honneur de l'accompagner jusqu'à l'hôtellerie du Dauphin.

— C'est inutile; je désire continuer à garder l'incognito; vous seul devez savoir que le roi est à Grenoble.

Le gouverneur venait d'indiquer au roi, sans le vouloir, l'hôtellerie où habitait son frère.

Quand il se trouva seul avec Rosarges, il lui fit part de cette révélation imprévue.

— Il est à nous ! exclama le major ivre de joie et qui aurait bien voulu se frotter les mains, si sa blessure le lui avait permis.

Mais au premier mouvement qu'il fit, il eut une grimace affreuse et retint un horrible juron.

Louis avait gardé avec lui les dragons à qui il avait dû son salut.

Croyant surprendre son frère au lit, il s'élança en avant suivi, de tous ses hommes qui faisaient un bruit de foudre sur le pavé des rues de Grenoble, martelés par les pieds de leurs chevaux.

Ce fut Louis XIV qui se présenta le premier à la porte de l'hôtellerie.

Celle-ci, malgré l'heure matinale, était déjà toute grande ouverte.

Au bruit de la chevauchée, l'aubergiste était accouru sur le seuil de sa porte.

Dès qu'il aperçut le roi :

— Vous ! vous voilà revenu monseigneur, s'écria-t-il étonné. Je vous croyais depuis deux heures sur la route de Lyon.

Le roi pâlit, et Rosarges, cette fois, laissa échapper le juron qu'il avait retenu naguère.

Le frère de Louis avait deux heures d'avance; quant à lui, à ses hommes, à leurs chevaux, ils étaient complétement épuisés et exténués de faim.

Encore une fois sa proie lui échappait.

CHAPITRE LXX

Les prisonniers

Une chose préoccupait le roi.

C'était de savoir si les protestants arrêtés connaissaient le Masque de Fer.

Dans leur premier interrogatoire, l'un d'eux avait avoué qu'on leur avait fait espérer l'appui d'un homme aussi puissant que le roi. Il croyait qu'on les avait sciemment trompés pour les exciter à se soulever et pour les compromettre.

Cette révélation avait été communiquée à Louis XIV qui avait frémi.

Ce personnage aussi puissant que lui ne pouvait être que son frère.

Ainsi, les protestants s'étaient mis en relation avec le Masque de Fer.

Aussitôt il comprit le danger qui le menaçait.

Il se souvint des temps néfastes de la Ligue, de cette époque de guerre civile, de soulèvements populaires, de luttes entre deux rois et d'audacieuses révoltes de la part des grands seigneurs du royaume.

Allait-on revoir renaître les fatales batailles de son aïeul contre les Guise, et de Henri III contre ceux-ci et les Parisiens.

La lutte cette fois serait plus sanglante et plus terrible, circonscrite qu'elle serait entre deux princes et entre deux principes acharnés à se détruire.

Louis XIV et les catholiques d'un côté ;

Le Masque de Fer et les protestants de l'autre.

Et ces malheurs surgissaient à une époque où Louis XIV commençait à perdre son prestige en Europe qui le menaçait de se coaliser contre lui !

Épouvantable occurence.

Un tribunal exceptionnel fut immédiatement organisé, qui devait juger sommairement les prisonniers.

Les questions qui devaient leur être adressées furent dictées aux juges par Louis XIV lui-même. L'interrogatoire devait être limité aux faits de rébellion, d'attentat contre le roi et de guet-apens.

Il faut le dire à la louange des malheureux coreligionnaires, ils proclamèrent hautement leurs croyances, invoquant Dieu et l'Évangile au milieu des plus affreuses tortures.

Louis XIV avait dit à Rosarges.

Il faut que personne que vous et moi entendions les dépositions de ces rebelles. Qui sait ce qu'ils pourront révéler et qui sait le parti que pourrait tirer de leurs aveux un greffier ou un juge ambitieux.

Quant au bourreau, quant au tourmenteur, comme c'était une véritable brute, habituée à faire souffrir et à se rire des divagations et des réponses, toujours contradictoires, qu'il tirait des patients, il n'y avait pas à s'en préoccuper.

Craint, méprisé, détesté de la population, il vivait seul, sans relation aucune, incapable de rien échafauder du reste sur des aveux arrachés à la souffrance, il n'était pas à redouter et ne pouvait avoir l'idée d'exploiter un secret.

C'était moins un homme qu'une machine à supplices.

Une nuit donc Louis XIV ne craignit pas de s'affubler de la longue robe noire et du rabat blanc du greffier.

Rosarges avait revêtu la robe d'un juge. Tous les deux se firent conduire à la prison et pénétrèrent dans la salle de la question.

On a bien souvent décrit ces lieux sinistres et les horribles instruments qui les garnissent : roues, chevalets, planches de chêne pour enfermer les jambes, coins de bois à enfoncer dans les chairs, grands entonnoirs pour le supplice de l'eau, anneaux de fer pour attacher les membres, lits de bois, cordes pour suspendre les accusés par les mains, enfin tout l'horrible attirail de l'épouvantable justice d'autrefois.

Les malheureux livrés à la torture ne savaient rien ou presque rien.

On leur avait promis le secours et l'appui d'un prince puissant, et comme ils étaient prêts à se soulever contre la sanglante tyrannie du roi, ils n'avaient pas hésité à s'enrôler pour un coup de main, qui devait les débarrasser de l'implacable ennemi de leur religion et de leurs impitoyables persécuteurs.

Toutefois, Louis voulut épargner le supplice à celui qui avait fait les révélations dont il s'était si fort ému.

Il craignait qu'en marchant au supplice, cet homme ne cria au peuple sur son passage, l'existence du Masque de Fer.

Le plus noir cachot de la prison de Grenoble lui fut réservé, en attendant d'être expédié à Saint-Mars, qui saurait lui ménager, au fort Sainte-Marguerite, un asile éternel où s'enfouissaient tous les secrets d'État.

Nous ferons connaître plus tard l'histoire de cet infortuné qui fut conduit à la Bastille lorsque Saint-Mars prit le gouvernement de cette forteresse.

Le lendemain du jour où la question leur avait été appliquée, les protestants dont les membres avaient été brisés, furent portés au lieu du supplice, sur une place de Grenoble.

Les enfants, les femmes, les vieillards à qui on avait fait grâce de la torture, marchèrent à la mort d'un pas ferme et en chantant des psaumes.

Les cris, les insultes d'une foule féroce ne les émurent pas.

L'intensité des voix allait en s'éteignant à mesure que le bourreau tuait une victime.

Bientôt il ne resta plus qu'un jeune enfant qui venait de voir martyriser sa mère et son vieux grand père.

Il mêlait ses chants de sanglots, non pas de peur ou de regrets, mais de douleur d'avoir vu souffrir ceux qu'il aimait.

Bientôt un coup de barre de fer qui lui brisa les reins, coupa tout à coup sa douce psalmodie plaintive.

Quant à la mère et à son jeune nourrisson, un dragon avait pris l'enfant dont les cris l'ennuyait pendant la route, et l'avait fendu en deux d'un coup de sabre.

A ce spectacle, la mère était tombée raide morte sur la route.

CHAPITRE LXXI

Où Roussillon reçoit une nouvelle mission

A la place de l'ancien quai de Bordeau, nommé plus tard quai d Orléans et qui a été absorbé par le quai St-Vincent, sur la rive gauche de la Saône, à Lyon, se trouvait autrefois une ruelle étroite et sombre, puante et malpropre, appelée rue de la Pêcherie.

C'est dans une des vieilles maisons de cette triste voie, que se trouvait établi, au xviie siècle, une sorte de cabaret aussi mal famé, par la population interlope qui le fréquentait, que réputé par ses fritures et ses matelottes que confectionnait avec un art qu'on n'eut jamais soupçonné, maître Frouard, le patron du lieu.

Maître Frouard, qui avait des mixtures infâmes en guise de vin pour les gosiers cuirassés de sa clientèle ordinaire (je ne dis pas *blindés* pour ne pas commettre d'anachronisme), avait dans un coin de sa cave, quelques centaines de bouteilles d'un joli vin de Beaujolais que des seigneurs pris de nostalgie des grandeurs et qui voulaient s'encanailler pour rire, venaient sabler agréablement en croquant des goujons bien dorés ou en se délectant d'un plat d'anguilles savamment épicé.

Le rez-de-chaussée de cette sorte de taverne était occupé, sur le côté de la rue, par une grande salle garnie de tables grossières et de bancs formés de planches à peine équarries, clouées sur des pieux fichés à terre.

Quatre lampes à mèches fumeuses, suspendues au plafond, éclairaient vaguement cet antre immense, où grouillait dans les émanations de la boue, du vin, de l'eau-de-vie et des plats innommables, une population avinée. Les murs crépis à la chaux étaient tapissés à droite et à gauche de deux grands filets de pêcheur qui séchaient et qui ajoutaient à la buée flottante dans la salle, une odeur de poisson fade et écœurante.

Nous devons dire que les habitués de ce bouge, qui avaient probablement le sens olfactif fait à toutes les odeurs, n'avaient pas l'air de s'apercevoir des émanations infâmes qui les enveloppaient.

On arrivait de la rue au premier étage par une petite porte bâtarde ouverte à côté de la grande salle.

Ce premier, comprenant deux pièces: l'une assez grande, sobrement, mais, chose étrange, assez proprement meublée

L'autre était un cabinet assez spacieux et qui avait l'air d'un boudoir.

Un boudoir! dans cette maison horrible, dans cette rue infecte.

Eh bien oui, un boudoir avec des tapis de haute lisse couvrant le sol, des tentures

La comtesse de Soissons, qui avait empoisonné son mari.

de Bergame tapissaient les murs, des glaces de Venise à se mirer partout, des divans, des coussins du plus doux moelleux.

Que voulait dire ce luxe ?

— Ah ! voilà.

Une bourgeoise riche qui se passait la fantaisie d'un amour passager, une grande dame qui aimait le jeune secrétaire de son mari ou le frère d'une de ses amies, une de ces duchesses ou de ces marquises d'autrefois qui, fatiguées de leurs valets s'étaient éprises d'un jeune inconnu rencontré par hasard, toutes ces riches désœuvrées, pour qui les intrigues d'amour sont un passe-temps, faisaient retenir un soir le boudoir du cabaret de la rue de la Pécherie, et la nuit venue, enveloppées d'une cape sombre, elles se hasardaient dans cette rue infecte, pour venir, à l'abri de tout soupçon, passer une nuit délirante dans ce lieu discret de plaisir et même de débauche, débauche aristocratique si l'on veut.

C'était une sorte de tour de Nesle, avec cette différence qu'un amoureux n'y était noyé que dans des flots de délices et qu'au lieu d'être le théâtre exclusif des plaisirs de trois princesses, il était ouvert discrètement à tous les cœurs tendres de Lyon.

Un jour Rousson, l'homme de confiance de Barbezieux, vint retenir la grande pièce du premier étage du cabaret de maître Frouard.

Il ne remarqua pas qu'il était suivi par une vieille femme à mine de duègne, qui attendit qu'il fût sorti pour pénétrer à son tour dans le bouge infect.

Elle dit quelques mots au tavernier, celui-ci lui répondit :

— Cela tombe bien, le cabinet est libre ; la dame et son cavalier pourront venir ce soir en toute sécurité...

— Écorchez-les tant que vous vous voudrez, lui dit la vieille, mais faites-lui un souper fin et servez-leur votre meilleur vin.

— Mon petit vin de Beaujolais est exquis et je leur prépare un plat que feu Vatel lui-même m'eût envié.

Dès la tombée de la nuit, une jeune femme alerte, simplement vêtue de soie grise, cachée sous une longue mante dont le capuchon était rabattu jusque sur ses yeux, se présenta à la porte de la taverne de maître Frouard.

Elle fut reçue par une servante assez discrète qui la fit monter au premier étage et l'introduisit dans le boudoir où brûlaient deux bougies de cire jaune.

— C'est bien, murmura l'inconnue à voix basse. Si l'on vous demande madame Louise, vous introduirez ici la personne.

La jeune servante s'éclipsa après avoir indiqué à la belle, sur une petite table placée dans un coin, une assiette de pâtisserie et une bouteille de vin doré.

C'était pour faire prendre patience, en attendant l'amoureux et le souper.

L'amoureux ne vint pas, et chose étrange, la dame se fit servir sans montrer trop de chagrin, le repas commandé et elle en mangea assez gaiement sa part, quoiqu'elle n'eut pas de vis-à-vis.

Dans la grande salle à côté du boudoir, il n'en était pas de même.

Les convives étaient au complet.

Vers neuf heures du soir, deux hommes bien armés, précédant un gentilhomme descendaient la rue de la Pécherie, et s'arrêtaient à l'entrée de la petite porte du cabaret de maître Frouard. Les deux hommes s'effacèrent, se plaçant de chaque côté de la porte, devant le gentilhomme qui les suivait.

Celui-ci enveloppé d'un grand manteau couleur de muraille, le feutre rabattu sur les yeux, pénétra vivement dans la taverne, grimpa au premier étage et entra dans la salle principale.

Un homme, déjà arrivé, l'attendait en société d'une bouteille de Beaujolais, qu'il buvait à petits coups, pour occuper le temps de l'attente.

Le gentilhomme dégrafa son manteau qu'il jeta sur un escabeau, et l'on eut pu voir alors le beau et fringant marquis de Barbezieux, revêtu d'un costume sobre quoiqu'élégant, une forte et courte épée au côté, et deux longs pistolets passés à la ceinture.

Il déposa ses pistolets sur son manteau, mais il garda son épée.

— Vous êtes fidèle au rendez-vous dit-il à Rousson, car c'était bien le courrier du cabinet de Louvois qui l'avait précédé.

— Monseigneur n'a jamais eu l'occasation de douter de mon zèle, répondit Rousson.

— Oui, je n'ai qu'à me louer de ton activité, de ton intelligence, aussi vais-je faire appel à ton dévouement pour le roi et pour moi.

— Je me ferais tuer pour Sa Majesté et pour mon seigneur.

— Tu ne mourras pas pour accomplir la mission que je vais te donner ; mais il faut y employer beaucoup d'habileté, de discernement. La moindre erreur pourrait avoir de graves conséquences.

— Je ferai de mon mieux, c'est tout ce que je puis promettre à monseigneur.

— Cela suffit, le roi est parti ce matin pour une courte expédition.

Rousson croyait comme tout le personnel de la suite, que le Masque de Fer était le roi.

— Il a pris, continua Barbezieux, la route de Grenoble. Il n'a pris aucune escorte. Mais je crois que le gouverneur de Lyon a mis à sa disposition un détachement de troupes. Ce matin, j'ai reçu de Monsieur de Louvois, mon père, une dépêche très-importante ; j'ai avis que cette missive doit être remise à Sa Majesté le plus promptement possible ; tu partiras demain matin, à cinq heures. Tu prendras un de mes chevaux. Voici trois cents pistoles, pour tes frais de route. Tu iras devant toi jusqu'à ce que tu rencontres le roi à son retour. Mais tu ne dépasseras pas Grenoble. Si sa Majesté n'a pas quitté cette ville, il te sera facile de découvrir sa demeure. Probablement il est logé au palais du gouvernement. Si le roi, ce dont je doute, avait pris une autre route, tu tâcheras de la savoir et de le rejoindre. Crève tous les chevaux que tu voudras. Voici un ordre de réquisition de monseigneur le ministre de la guerre. Si enfin tu ne rencontrais pas Sa Majesté, tu reviendras me rapporter intacte cette lettre que je te confie comme un secret d'État. Tu n'ignores pas que la moindre indiscrétion te coûterait la tête, et qu'on n'est pas à l'abri même à l'étranger. S'il t'arrivait malheur, si l'on t'attaquait, il ne faut pas que ce message puisse tomber entre les mains de quelqu'un. Déchire-le, détruis-le et qu'il n'en reste pas de morceaux assez grand pour faire soupçonner le secret terrible qu'il porte.

— J'ai pour monseigneur la plus grande reconnaissance. Il me donne-là une preuve de confiance qui est pour moi de grand prix et qui me fait le plus grand honneur.

— Il y aura honneur et profit, si tu réussis.

Dix heures sonnaient au clocher de l'église Saint-Paul comme Rousson recevait ses dernières instructions.

En ce moment on montait dans l'escalier, où retentissait les bottes éperonnées de plusieurs gentilshommes.

— Pars vite. L'escalier est noir. Tâche de te blottir dans un coin pour qu'on ne te voie point.

Rousson se coula dans un angle du palier, où arrivèrent, sans l'apercevoir, trois ou quatre cavaliers qui pénétrèrent dans la salle où se trouvait Barbezieux.

Des exclamations joyeuses retentirent.

Il y avait là Dangeau avec trois jeunes roués de Lyon.

Bientôt maître Frouard parut, accompagné de sa servante.

Le couvert fut promptement dressé.

Un souper fort appétissant le suivit bientôt, apporté par cinq jeunes personnes assez jolies et très-court vêtues.

Nos jeunes gens s'emparèrent au hasard des donzelles, et l'orgie commença.

En ce moment la porte du boudoir voisin s'ouvrit discrètement. Une forme féminime se montra sur le palier et disparut dans l'ombre.

C'était la belle qui avait vainement attendu son cavalier.

Elle s'engagea dans le couloir du bas. Mais là elle s'arrêta subitement.

Le couloir était barré par deux hommes assis par terre, les jambes écartées, occupés à dévorer une poularde qu'ils s'étaient partagée. Ils buvaient à même chacun à un pot contenant une double pinte.

Une lanterne de corne éclairait vaguement ce festin bizarre.

C'étaient les deux estafiers qui avaient précédé Barbezieux dont ils formaient, en quelque sorte les gardes-du-corps.

Ils attendaient là sa sortie pour l'accompagner jusqu'à son logis.

On a deviné que ces deux individus appartenaient à la compagnie de conpe-jarrets recrutés l'avant-veille à l'auberge de Saint-Denis.

Ils étaient reconnaissables à leur uniforme gris et à la bouffette de rubans rouges piqués à leur épaule gauche.

La dame ne put retenir une exclamation.

Nos deux bandits levèrent la tête.

— Une femme ! exclama l'un d'eux.

— Et belle ! fit l'autre.

— Elle arrive bien, un souper sans le sexe ce n'est pas gai.

— Allons, ma mignonne, venez trinquer avec nous

Mais la jeune femme, immobile, terrifiée peut-être, demeurait muette, pâle, le sourcil froncé.

— Allons, je vais vous offrir mon bras pour vous introduire dans la salle à manger, fit le premier interlocuteur en se levant et en se dandinant avec des airs comiques.

— Ne te presse pas tant, fit l'autre en se dressant à son tour. J'ai des droits sur la belle, c'est moi le premier qui l'ai aperçue.

Nos deux sacripants s'avancèrent vers la jeune femme.

Celle-ci était toujours là debout, le sein agité, les dents serrées, mais ne prononçant pas une parole.

Les deux sinistres soupeurs étaient arrivés près d'elle et levèrent le bras pour la prendre chacun d'un côté.

La jeune femme abattit, avec la rapidité de la foudre, deux fois son poing sur la poitrine de ses deux agresseurs.

Ceux-ci poussèrent un cri terrible et s'abattirent sur le sol où ils se roulèrent, pendant quelques instants, dans les convulsions de l'agonie.

Un court poignard dirigé par une main sûre les avait frappés au cœur.

Maître Frouard accourut à ce bruit.

— Je croyais, lui dit froidement la jeune femme, qui avait mis un masque, qu'on pouvait venir chez vous en toute sécurité.

— Oh ! madame, je vous croyais partie. Mais cela n'arrivera plus.

Puis, appelant deux de ses garçons, solides gaillards qui lui rendaient de grands services pour contenir sa terrible clientèle.

— Ces deux cadavres à la Saône, leur commanda-t-il.

L'inconnue avait disparu.

CHAPITRE LXXII

La route de Grenoble

Le lendemain matin de cette nuit d'orgie et de sang, Jean Renaud que nous avons vu naguère à l'hôtellerie de St-Denis de Brou, sortait de cette même hôtellerie, vers quatre heures et demie.

Il avait son costume de paysan, augmenté d'un grand manteau, sorte de limousine qui l'enveloppait complètement.

La grosse Manon, toujours amoureuse, mais hélas ! forcément amoureuse d'une façon platonique, tenait la bride à un beau et fort cheval qui ne manquait ni de fond ni de vitesse. Il n'avait pas de forme élégante, mais s'il ne payait pas de mine, quand on l'avait monté une fois, on savait à quoi s'en tenir sur ses jarrets d'acier et ses muscles noueux et solides.

Un cheval de course pouvait le dépasser ou distancer, mais il était déjà sur le flanc, que l'excellente bête de Jean Renaud était aussi fraîche qu'au départ.

Le petit garçon dut encore donner force accolades à Manon qui pleurait mais à qui il promit de bientôt revenir.

Il enfourcha sa monture et partit au petit trot sur la route qui se dirigeait vers le sud-est, c'est-à-dire vers Grenoble.

Quand il eut perdu de vue l'hôtellerie de St-Denis de Brou, il modéra l'élan de sa monture et la mit au pas.

Il n'y avait pas une heure qu'il marchait ainsi, qu'il entendit derrière lui le galop d'un cheval.

— Voici mon homme, sans doute, murmura Jean Renaud.

Il se retourna sur sa selle et regarda au loin derrière lui le cavalier qui le suivait et qui avançait rapidement.

Le visage de Jean Renaud prit une expression de satisfaction intime et il eut un singulier sourire.

Il mit son cheval au trot, de façon à pouvoir être atteint à un moment donné par le cavalier derrière lui, sans être dépassé. Il augmenta même l'allure de sa bête, pour ne pas avoir l'air d'attendre le voyageur ni de le fuir.

Cette sorte de course au clocher dura une demi-heure.

Puis enfin, les deux cavaliers se trouvèrent côte à côte.

— Pardon, excuse ! monsieur le voyageur, c'est-y bien là la route qui va à Grenoble, commença Jean.

— Oui, mon garçon.

N'y a qu'à suivre tout droit, n'est-ce pas monsieur ?

—Tu n'as qu'à me suivre si tu peux, lui répondit Roussillon, ou bien le chevalier de Rousson, car c'était lui.

— Ah ! je sais point si ma bête pourrait suivre la vôtre, té !

— Cheval plein de fond ! admira Roussillon, en regardant en connaisseur la monture de Jean. Où diable as-tu eu ce cheval. Il n'est pas beau, mais il a l'air d'être encore mieux qu'un cheval de race.

— C'est mon parrain qui fait l'élève des bêtes Je vas à Grenoble porter de l'argent à son fils qui est là-bas chez un gros négociant.

— Tu as de l'argent et tu le dis comme ça au premier venu.

— Oh ! mon bon monsieur, on voit ben tout de suite à qui l'on a affaire, allez. Un riche et honnête gentilhomme comme vous avez l'air d'être, n'a pas besoin de la bourse d'un pauvre garçon comme moi.

— Mais tu peux faire une mauvaise rencontre.

— J'sais bien ; mais j'ai du courage, allez. Tout de même, si monsieur voulait me permettre de voyager avec lui, je serais bien content et je ne craindrais plus personne. Avec vous, j'saurais me défendre allez ; ça me donnerait confiance.

Roussillon jeta un long regard sur Jean Renaud.

Le jeune garçon avait une physionomie si franche, si cordiale, son visage était si doux et si fin, son œil si brillant et si largement ouvert, que le courrier de Barbezieux fut tout de suite rassuré, même séduit par cette nature sympathique.

— Je ne demande pas mieux, fit-il enfin, mais tu ne pourras pas me suivre jusqu'à Grenoble avec ton cheval, car moi je changerai le mien à toutes les postes.

— Oh ! je sais que je dois faire comme ça aussi. Mon parrain m'a bien stylé. Je laisserai ma bête au premier relai ; dans quelque temps quand je repasserai par ici je la reprendrai.

— Allons de conserve, alors et au galop.

Nos deux voyageurs gravissaient en ce moment une assez longue côte. Arrivés au sommet, le cheval de Roussillon soufflait et suait, que celui de Jean Renaud avait à peine une légère moiteur à la racine des poils.

C'était le moment de causer.

Les jeunes gens sont curieux.

Et vous allez sans doute à Grenoble rejoindre votre régiment, reprit Jean, car vous avez la tournure d'un officier.

— Ah ! ah ! tu vois ça, toi petit, fit Roussillon dont la vanité était flattée ; non je ne vais pas rejoindre mon régiment, je vais au-devant de quelqu'un d'un peu mieux que ça !

— Eh ! qui donc, bonté du ciel, monseigneur le gouverneur ?

— Plus haut que ça ?

— Plus haut que monseigneur le gouverneur ! exclama Jean avec autant d'étonnement que d'admiration. Eh qui donc est au-dessus de lui, à moins que ce soit un prince

— Mieux qu'un prince, fit Roussillon qui jouissait des surprises vaines du jeune paysan.

— Ce s'rait-t'y le roi ! mon Dieu !

— Juste, tu as deviné.

— Le roi ! sa Majesté Louis XIV ! un si grand monarque ! alors vous l'avez vu ?

— Souvent !

— Oh ! que vous êtes heureux, il doit être beau et brillant comme un soleil.

— Comme un soleil.

Je lui apporte une dépêche.

Il n'eut pas plutôt fait cet aveu imprudent, que Roussillon, qui avait été entraîné par la conversation s'en repentit.

Il observa son jeune compagnon ; mais celui-ci n'avait pas eu l'air de remarquer sa dernière réponse.

La même expression d'émerveillement naïf se lisait sur son visage.

— Une dépêche, fit enfin Jean Renaud, une dépêche au roi... c'est comme qui dirait une lettre ! J'en voudrais bien voir une.

— Tu es trop curieux, mon petit.

— Sur quoi écrit-on aux rois, sur du satin ? sur de l'argent peut-être ?

— Innocent ! fit Roussillon en haussant les épaules.

— Ça doit-être beau tout de même. Si j'en avais une, j'sais bien ce que je ferais.

— Et qu'est-ce que tu ferais ?

— Je la montrerais aux gens pour de l'argent.

— Ah bah !

— Moi ! je paierai ben pour en voir une. J'donnerai ben un écu.

— Mâtin ! quelle curiosité ! Eh ! bien mon petit, ni pour un écu, ni pour deux, ni pour dix, tu ne la verras pas.

— Qu'est-ce que ça pourrait vous faire de la montrer ?

— Assez causé là-dessus ! fit Roussillon de mauvaise humeur.

— Alors je ne la verrai pas.

— Non.

— C'est bien cruel.

— Cruel ou non, tu m'ennuies ; bonjour ! tu iras seul à Grenoble.

Et Roussillon piqua des deux.

— Eh! monsieur l'officier, cria Jean qui en deux galops fut auprès du courrier de Barbezieux, vous n'allez pas me laisser tout seul.

— Je te défends de me suivre, lui commanda Roussillon, que cette insistance rendait défiant.

— Monsieur l'officier, vous avez tort de me défendre quelque chose ; je suis têtu et contrariant. J'ai l'habitude de faire tout ce qu'on me défend.

— Et moi, j'ai l'habitude de corriger les enfants obstinés.

— Et moi, je ne crains pas les mangeurs d'enfants.

— Tu te feras tirer les oreilles.

— Vous vous ferez couper les vôtres.

— Oh ! c'est trop fort ! insolent moucheron, je vas te...

Roussillon s'arrêta au milieu de cette phrase, la bouche béante, pâle, stupéfait. L'enfant était devenu terrible.

Jean Renaud avait tiré de dessous de sa limousine deux longs pistolets et les braquant à trois pas sur Roussillon :

— Un mouvement et tu es mort.

Mais le courrier de Barbezieux était un homme brave et résolu.

D'un vigoureux coup d'éperon, il fit faire un bond de côté à son cheval, en même temps qu'il s'armait rapidement lui-même, visait Jean Renaud et faisait feu.

Celui-ci, qui avait l'œil aux aguets, se courba vivement sur sa monture, et la balle lui passa par-dessus la tête.

Il tira à son tour, mais sur le cheval de son adversaire, qui tomba foudroyé comme une lourde masse.

Le courrier eut une jambe engagée sous le poitrail de la bête expirante.

Jean Renaud sauta à terre, courut sur son adversaire et, lui appliquant son second pistolet sur la tempe — la dépêche ou tu es mort.

— Moi vivant, vous ne l'aurez pas, fit le courrier, qui faisait des efforts inouïs pour se dégager.

— Mille louis et la vie que je te laisse pour cette dépêche ! offrit Jean Renaud qui répugnait à tuer le malheureux courrier.

— J'aime mieux la mort.

— Tu es un brave. Je ne te tuerai pas et j'aurai ta dépêche.

Et voyant qu'il était impossible à son adversaire de se dégager, il fouilla dans les poches de son haut-de-chausse, en tira une forte ficelle, fit un nœud coulant et l'attacha d'abord adroitement à l'un des poignets du malheureux courrier, puis à l'au_tre et réunit ainsi les deux mains qu'il assujettit fortement l'une à l'autre.

Roussillon poussait des cris affreux, il se tordait et se servait de ses deux poings liés comme d'une massue pour empêcher Jean Renaud de le fouiller.

Mais dans la position où il se trouvait, la lutte ne pouvait pas être longue.

Jean Renaud eut enfin un cri de joie. Il tenait la dépêche.

Roussillon poussa un hurlement de rage et de désespoir.

— Tuez-moi ! par grâce, tuez-moi, implorait-il d'une voix déchirante.

— Bah ! vous trouverez une excuse pour vous faire pardonner. Du reste voilà de l'argent et un couteau tout ouvert, avec ce couteau que vous prendrez entre les dents vous pouvez couper les cordes qui attachent vos poignets; vous tâcherez de vous dégager; et avec la somme que je vous laisse, vous pourrez vivre dans quelque coin, ignoré de tous.

Jean Renaud déposa à côté du courrier une grande bourse toute rebondie de louis et de pistoles, puis un petit couteau à court manche à portée de la bouche de son ancien compagnon de voyage, et sûr d'avoir du temps devant lui, sauta en selle et partit à fond de train du côté de Lyon.

La mêlée fut sanglante.

CHAPITRE LXXIII

Départ clandestin

Le jour même où Rousson avait été si lestement dépouillé de l'importante dépêche qu'il était chargé de remettre à Louis XIV, Charlotte s'était endue sur la rive

gauche du Rhône, du côté des Brotteaux, et là elle avait frété une grande galiotte, sorte de bateau fort en usage à cette époque.

La galiotte servait, avec le coche d'eau, aux transports publics sur les fleuves et les rivières. Elle pouvait être manœuvrée au trait et à la rame. Pour cela, elle avait fait embarquer de longs et solides avirons.

L'intérieur, qui était ponté, avait été garni de toutes sortes de provisions. Des matelas étaient roulés dans les coins. Les armes n'avaient pas été oubliées. Une table était couverte de pistolets, d'épées et de mousquets. Deux larges caisses étaient remplies de balles. Il y avait dans la calle un petit baril de poudre.

Vers le soir, avant la fermeture du pont de la Mulatière, le pasteur Raymond et les protestants de sa suite, qui formaient l'escorte du Masque de Fer, étaient venus par petits groupes sur la rive gauche du Rhône dont ils avaient remonté le cours jusqu'à la galiotte. Là, à la faveur de la nuit, ils s'étaient glissés dans le bateau, sans que personne eut pu les apercevoir.

Le Masque de Fer qui était sorti de l'hôtellerie dans l'après-midi, comme pour faire une promenade ou rendre une visite, n'était pas rentré et était allé rejoindre les hommes du pasteur Raymond.

Charlotte et sa mère vinrent bientôt compléter le nombre des passagers, et le bateau, piloté par un marinier et par six hommes engagés pour faire l'office de rameurs, quitta la rive pour suivre rapidement le fil de l'eau.

Arrivée à cent mètres u-dessous du confluent du Rhône et de la Saône, la galiotte traversa le fleuve, et remonta le cours de cette dernière rivière, se dirigeant vers le nord et abandonnant ainsi la route du midi qu'elle avait eu l'air de vouloir suivre d'a bord.

Cette ruse avait été employée pour dépister les curieux et les espions.

On avait abandonné à l'hôtellerie, les chevaux et les bagages trop lourds ou trop difficiles à emporter.

On n'avait pris que l'argent, et l'on sait que l'Homme au Masque de Fer disposait de sommes considérables.

On avait laissé ostensiblement sur une table de l'appartement du Masque de Fer, plusieurs piles d'or qui devaient largement solder les dépenses du faux comte de Marly et de sa suite.

Voici ce qui avait déterminé cette fuite précipitée.

Le lecteur a deviné que la jeune dame qui avait passé une partie de la nuit dans le boudoir de la taverne de maitre Frouard, rue de la Pêcherie, que le jeune garçon qui avait accompagné Roussillon n'étaient autres que Charlotte, déguisée d'abord en grande dame amoureuse, puis en petit paysan.

Elle avait, de son cabinet mystérieux, surpris la conversation de Barbezieux et de son espion, avait rejoint celui-ci sur la route de Grenoble et lui avait enlevé la dépêche dont il était porteur.

Barbezieux, guidé par ses propres soupçons et par les conseils de son père, avait deviné et établi dans son imagination, les principaux faits de l'évasion du Masque de Fer, de la délivrance de Louis XIV, qui devait suivre à la piste son audacieux compétiteur.

Dans sa dépêche, il exposait au roi ce qu'il pensait avoir découvert, lui disant qu'il surveillait son compétiteur, qu'il avait levé une compagnie d'hommes déterminés, et qu'il était prêt, au premier ordre, à se saisir du Masque de Fer et de tout ce qui formait son entourage.

Il ajoutait, qu'en présence du péril que courait Sa Majesté, son père, M. de Louvois, avait cru de son devoir de lui révéler le fatal secret de la naissance de deux princes ayant des titres égaux à la couronne de France. Il ajoutait que ce secret mourrait avec lui.

Barbezieux avait fait là un coup d'audace.

Si ses soupçons étaient vrais, il rendait à Louis XIV un immense service. Il lui faisait presque restituer sa couronne.

S'il se trompait, ou bien si Louis XIV était à jamais disparu de la scène politique, Roussillon lui rapportait sa dépêche qu'il anéantissait, il renvoyait à Paris Roussillon, qu'on aurait récompensé en l'ensevelissant dans quelque oubliette de la Bastille, et il reprenait, sans arrière-pensée, auprès du faux comte de Marly, son rôle de courtisan.

On comprend, qu'en lisant cette lettre, Charlotte dut trembler pour la sûreté du roi et pour celle de ses dévoués serviteurs.

Voilà pourquoi ils étaient partis, sans prévenir ni Barbezieux, ni Dangeau.

Le lendemain matin, lorsque le fils de Louvois apprit que ni le roi, ni Charlotte, ni les autres personnages de l'intimité du comte de Marly n'avaient pas paru depuis la veille ; quand, dans leur appartement, il vit l'argent laissé en évidence et une petite note qui l'accompagnait, il poussa un cri de rage.

— Sauvés ! fit-il avec désespoir ; trahi ! j'ai été trahi !

Dans la soirée, Roussillon lui fut ramené sur une charrette, tout éclopé.

Quoique ayant une jambe cassée et des meurtrissures sur tout le corps, le brave courrier avait voulu rendre compte au marquis du malheur qui lui arrivait.

Quand il eut tout raconté, au milieu de défaillances et de douleurs intolérables, il s'évanouit réellement.

Barbezieux n'eut pas le courage de lui en vouloir.

Il recommanda son fidèle serviteur aux soins de l'hôtelier, et quant à lui, il prit de suite de promptes mesures pour parer aux fâcheuses circonstances qui venaient de se produire.

CHAPITRE LXXIV

Poisons, Sorcellerie, sortiléges et sacriléges

Lorsque le bateau qui portait le Masque de Fer fut arrivé au-dessus de Lyon, six forts chevaux furent attelés à la galiotte qui, ainsi halée vigoureusement, glissa avec rapidité sur les eaux lentes de la Saône.

Le frère du roi qui se rapprochait ainsi de Versailles, prenait ses derniers renseignements sur les événements de son siècle. Les notes qui formaient la partie la plus dramatique, la plus mystérieuse, la plus étrange de ce siècle, traitaient de la fameuse affaire des poisons, qui montre la société du règne de Louis XIV sous un jour si hideux et si horrible.

De 1676 à 1788, la Bastille regorgea de prisonniers accusés d'empoisonnement. La Marquise de Brinvilliers avait eu de nombreux imitateurs, il n'était question que de morts subites et de fabricants de *poudre de succession* ; mais il est à remarquer qu'à l'exception de la marquise de Brinvilliers, dont l'histoire est trop connue pour que nous la rapportions ici, tous ceux de ces prisonniers qui furent condamnés, étaient ce qu'on était convenu d'appeler des gens de rien. Quand aux grands seigneurs, aux belles dames de la cour, ils en étaient quitte à peu de frais.

Parmi les grands personnages qui furent à cette époque arrêtés, ou seulement assignés à comparaître pour cause d'empoisonnement, était la princesse de Tingry, qui avait empoisonné ses enfants, dont le crime était prouvé, et qui néanmoins fut déchargée de l'accusation.

Le duc de Luxembourg, qui avait acheté du poison à la Voisin sans pouvoir où vouloir dire ce qu'il en voulait faire, et qui en fut quitte pour un exil dans ses terres, après un emprisonnement de cinq mois à la Bastille.

Le comte de Saissac qui, après avoir voulu empoisonner son frère avait pris la fuite, et qui revint quand il sut que ceux qui pouvaient déposer contre lui étaient morts, lequel comte s'en tira au même prix que le duc.

La comtesse de Soissons, qui avait empoisonné son mari et à laquelle le roi se contenta de donner le choix entre la Bastille et l'exil, et qui était partie.

La duchesse de Bouillon, qui avait tenté de se débarraser de son mari comme madame de Soissons s'était débarassée du sien

La marquise d'Alluye qui avait empoisonné son beau-père, et qu'on laissa tranquillement sortir de France, alors qu'on n'avait qu'à tendre la main pour la saisir.

La comtesse de Polignac, la comtesse du Roure, la duchesse de Vivonne, qui avaient tenté d'empoisonner mademoiselle de la Vallière pour lui succéder dans les bonnes grâces du roi, sauf apparamment à se disputer ensuite la couche royale par le même procédé, et qui furent déchargées de l'accusation, bien qu'il eût été produit une lettre de la duchesse de Vivonne qui prouvait sa culpabilité.

Mais si la chambre royale de l'Arsenal, que le roi avait composée d'hommes de son choix pour juger les empoisonneurs, se montra si bénigne pour toutes ces grandes dames, pour ces hauts et puissants seigneurs, elle fut inflexible pour les empoisonneurs de bas étages : elle les entassa à la Bastille ; elle les fit torturer, appliquer la question ordinaire et extraordinaire ; elle les fit pendre, rouer, brûler sur le moindre indice de culpabilité. Tel fut le sort du prêtre Davot, qui n'avait pas usé de poisons, n'en avait pas fait, mais avait dit des messes pour rendre plus violents ceux que d'autres composaient;

Du prêtre Guibourg, accusé d'avoir composé un poison qui faisait mourir en riant et qu'il appelait *Grenouillette* ;

De le Sage, de la Voisin, de la fille Lagrange, du curé de Launay qui faisaient métier de dire la bonne aventure aux grands seigneurs et leur fournissaient la poudre de succession dont ils avaient besoin pour établir leurs finances.

Lorsque, le 8 mars 1679, Louis XIV créa pour la poursuite des empoisonneurs, un tribunal spécial qui devait siéger à l'Arsenal, lui même ne soupçonnait pas toute la profondeur du mal qu'il entreprenait de guérir. Il y avait longtemps déjà qu'il répandait la terreur dans Paris. Comment un crime qui presque toujours se dissimule dans l'ombre la plus épaisse et d'ordinaire n'a pas de complices peut-il se généraliser à ce point qu'il fallut, pour y remédier, recourir à des moyens énergiques et exceptionnels ? Comment expliquer cette épidémie morale qui, pendant près de vingt ans, porta ses ravages dans tous les rangs de la société, et quelle fut au juste son origine ?

Cette origine, M. Michelet, avec sa perspicacité ordinaire, l'a cherché en Italie, et il est sur ce point, d'accord avec Voltaire. On sait que le fameux Éxili se rencontra à la Bastille avec Sainte-Croix, l'amant de Madame de Brinvilliers, et que, sous prétexte de lui enseigner le grand œuvre, car le voile sous lequel les empoisonneurs masquaient leurs criminelles expériences fut toujours la recherche de la pierre philosophale, il lui apprit à fabriquer des poisons. Or dit M. Michelet, la légende voulait qu'Exili eût été à Rome l'empoisonneur de madame Olympia reine de Rome sous Innocent X, et que par ce talent il eut procuré à la dame cent-cinquante morts subites dont elle hérita.

Olympia Maldachini était en effet une femme avide et sans scrupules, qui abusant de l'empire qu'elle exerçait sur l'esprit de son oncle, vendait au plus offrant les hautes dignités de la cour pontificale. Quand Mazarin se mit en tête d'obtenir le chapeau de cardinal pour son frère, Olympia enleva cette nomination, malgré l'opposition très-vive de l'Espagne et sur la promesse d'un don de quarante mille écus que le ministre ne paya point ; aussi n'osa-t-il jamais remettre les pieds dans la ville où régnait sa vindicative alliée ; il savait trop bien le péril qui le menaçait s'il eut osé s'y montrer. Si le titulaire d'une charge auxquelles elle-même avait pourvu tardait trop à la rendre vacante, Olympia se chargeait de l'office d'Atropos et faisait administrer au retardataire une potion de la façon d'Éxili.

La Bastille se montra clémente pour ce misérable, qui répandit dans Paris ses funestes secrets; plus clémente encore pour Sainte-Croix, qui en sortit riche recherché, puissant. Les deux amis firent école. Leur poison, s'il faut en croire la déposition de maître Briancourt avocat à la cour, était tantôt une poudre si subtile qu'il fallait avoir un masque de verre pour la préparer, tantôt un élixir liquide composé d'une quintessence de crapaud.

« Ce poison nage sur l'eau, écrit madame de Sévigné, il est supérieur et fait obéir cet élément; il se sauve de l'expérience du feu, où il ne laissa qu'une matière douce et innocente. Dans les animaux, il se cache avec tant d'art et d'adresse qu'on ne peut le connaître ; toutes les parties de l'animal sont saines et vivantes, dans le même temps qu'il fait couler une source de mort ; le poison artificieux y laisse l'image de la marque de la vie» Voilà quelle était la vertu de la quintessence du crapaud, mais on voit, par les dépositions, que les préparateurs ajoutaient un peu à l'adresse naturelle de l'artificieux toxique, en l'additionnant d'une bonne dose d'arsenic.

Les pernicieuses semences jetées par Exili, Sainte-Croix, le valet La Chaussée, l'apothicaire Glazer, aux quatre vents de Paris, tombèrent dans un terrain tout préparé. Leur sinistre industrie n'était pas sans précédents, et il faudrait remonter jusqu'à Catherine de Médicis pour trouver leurs premiers devanciers. Les Valois furent les grands corrupteurs de la France. Mais l'extension considérable que le commerce du poison prit après la Fronde, s'explique par les licences de cette longue guerre, par les mœurs brutales qu'elle développe. Le tableau que M. Ravaisson trace de la société parisienne à cette époque n'est pas flatté et mérite qu'on s'y arrête.

« La Fronde, en jetant les hommes sur les champs de bataille, avait laissé aux femmes une liberté qu'elles perdirent avec la paix ; les maris revinrent chez eux vieillis, brutaux et blessés par la licence des armées et par les amours de passage.

En outre, les communications fréquentes avec l'Espagne avaient mis la jalousie à la mode; sans être prisonnières, les femmes étaient très renfermées et fort surveillées... Les habitudes de l'ancienne liberté et la facilité des mœurs qu'avait encouragée Mazarin, les avaient mal préparées à cette gêne dont rien ne diminuait l'ennui; les passions comprimées devinrent plus violentes; beaucoup de femmes ne purent se soumettre au joug et employèrent les moyens les plus extrêmes pour le secouer.

Très-corrompues au fond, les mœurs étaient restées austères à la surface. Le chef de famille était encore un maître dont les jugements semblaient sans appel : la femme ne vivait pas comme aujourd'hui, sur un pied de parfaite égalité avec lui, elle était moins son associée que sa première servante.

Voulait-elle s'affranchir du devoir, elle ne rencontrait pas ces complicités de l'entourage, cette complaisance du milieu social, ce droit de sortir librement à toute heure, et ces nombreuse facilités qu'offre de nos jours la vie parisienne.

Tout lui était gêne et surveillance, les domestiques étaient ceux du mari, non les siens. Qu'il tombât malade, aussitôt il fallait s'enfermer avec lui, même s'il avait la petite vérole ; mais, souffrant ou valide, la femme devait coucher à ses côtés.

L'usage était inflexible sur ce point, et Louis XIV, pendant son mariage, et au temps même de ses passions les plus ardentes, n'y manqua jamais.

Quels remèdes a de telles contraintes ? Quelles consolations possibles pour ces tristes recluses, surveillées, séquestrées, brutalisées, privées des joies de la famille, séparées même de leurs filles qu'on élévait dans les couvents ? Il n'y en eut que deux ; la dévotion ou la débauche, et l'on peut dire, avec M. Ravaisson qu'en ce temps-là la plupart des femmes furent des saintes ou des drôlesses. Cette vie tempérée, tolérante, honnête dans sa libre expansion, également éloignée des grandes vertus et des grands vices, qui est aujourd'hui celle de la généralité des ménages, fût alors une rare exception, surtout dans la noblesse et la haute bourgeoisie. Jamais on ne vit tant de laquais en possession des faveurs de leurs maîtresses. Telle fut l'extension de ce désordre que le Roi dut rendre un édit, déclarant que tout serviteur qui aurait abusé d'une femme de la maison, serait comdamné à mort, même lorsque la femme déclarerait qu'elle l'y avait obligé. »

Mais de telles relations n'échappent pas longtemps à des domestiques soupçonneux, à des parents ombrageux, à l'œil défiant d'une belle-mère. Le mari, qui toujours s'en aperçoit le dernier, était vite prévenu, et comme ni la loi, ni les mœurs n'étaient tendres pour de pareilles fautes, comme la femme adultère avait à craindre le couvent si elle était riche, l'hôpital général si elle était pauvre, la réclusion à perpétuité si l'époux outragé refusait de la reprendre, la conclusion était fatale et presque inévitable. C'était de cette situation que sortit le commerce des poisons, qui prit vite un large développement. Grâce à l'ignorance des hommes de l'art, le crime avait peu de chances d'être découvert, et s'il l'était, le supplice qui devait terminer la vie de la coupable n'était du moins que la fin d'un long martyre.

M. Jung, dans son livre intéressant du Masque de Fer, a donné la liste interminable de tous les gens compromis dans ces crimes, et les a attachés au pilori de l'histoire.

Nous ne parlerons que du rôle que joua dans cette épouvantable tragédie, une femme qui eut la plus grande influence sur les événements qui déshonorèrent le règne de Louis XIV, nous voulons parler de madame de Montespan; le lecteur connaît déjà en partie la vie de cette sinistre courtisane.

Les faits que nous allons raconter sont empruntés à un livre tout récent, et dont l'auteur, M. Loiseleur, n'est pas suspect de partialité, car il a toujours cherché à pallier les crimes des rois et de leurs créatures.

En 1673, les pénitenciers de Notre-Dame avertirent qu'un nombre considérable de femmes s'accusaient d'avoir empoisonné leurs maris; malgré le procès de la Brinvilliers la police ne s'émut pas beaucoup de cet avis. La sinistre marquise avait pourtant attenté aux jours de son père, de ses deux frères, de sa sœur et de son mari; elle avait même fait des essais de poison jusque sur les malades des hôpitaux; mais on ne voulut voir en elle qu'un monstre exceptionnel. Le 21 septembre 1677, quatorze mois après son supplice, le lieutenant général de police reçut communication d'un billet trouvé dans un confessionnal de l'église des jésuites, rue St-Antoine. Ce billet révélait l'existence d'un complot menaçant les jours du roi et du dauphin, qu'on se proposait d'empoisonner. Tout anonyme qu'il fut, on pense bien qu'un pareil avis reçut meilleur accueil que celui des pénitenciers de Notre-Dame, et mit tout de suite tous les limiers de la police en campagne.

Les perquisitions opérées par la police amenèrent l'arrestation d'un grand nombre de gens, firent découvrir des papiers révélateurs et une énorme quantité de poudre et de liquide suspects. L'un des chefs des empoisonneurs paraissait être un chevalier de Malte, François Galaup de Chasteuil, capitaine des gardes du grand Condé pendant la Fronde. La vie de ce soudard semble un roman invraisemblable, tant elle est pleine d'aventures extraordinaires. Après avoir armé un vaisseau et fait la course sous pavillon maltais, il fut pris par les algériens et resta deux ans esclave. Comment parvint-il à s'échapper et à regagner la France? On l'ignore. Nous le retrouvons revêtus du froc, livré à la vie monacale et recélant dans sa cellule une jeune fille qui devint enceinte

Il l'assassine alors et l'enterre pendant la nuit dans l'église de son couvent. Des pèlerins attardés en ce lieu l'aperçurent et le dénoncèrent. Il allait périr du der-

nier suplice et touchait à la potence, lorsque Vannens, son ami, l'enleva sur le lieu
même du suplice.

· Chasteuil entra alors au service du duc de Savoie, et, chose presque incroyable,
devint major aux gardes et gouverneur du prince de Piémont.

Un grand nombre de sinistres coquines faisaient le commerce des poisons.

Les principales étaient la Besse, la Vigouroux, la Voisin, la Chéron, la Pillastre.
Elles n'affichaient pas publiquement leur lucratif commerce. Leur industrie apparente consistait dans l'art de tirer les cartes, de dresser des horoscopes, de prédire
l'avenir, de faire trouver des trésors cachés et les objets perdus. Elles vendaient
des secrets pour gagner au jeu, pour se rendre invulnérable, pour conserver les
avantages de la jeunesse.

Pour ramener les amants infidèles ou indifférents, pour les conquérir, on usait
de pratiques empruntées à la sorcellerie du moyen-âge. Ces jongleries n'atteignaient
presque jamais leur but surtout quand

« La Phèdre amoureuse était vieille et laide. »

On avait alors recours au grand-maître des œuvres ténébreuses, à celui qui donne
tout à ceux qui, en échange, se donnent à lui tout entier.

Madame de Montespan eut plusieurs fois recours à ces conjurations.

Plusieurs fois l'abbé Guibourg et l'abbé Mariette dirent pour elle une messe
noire ou messe à rebours. L'officient était couvert d'habits sacerdotaux mis à l'envers. Le calice était plein non pas de vin, mais du sang d'un enfant nouveau-né,
égorgé pour la circonstance. Une femme nue servait d'autel, et le calice était posé
sur son ventre. Il se passait alors des scènes d'une lascivité et d'une obscénité ré-
voltantes.

Un jour, madame de Montespan, qui voulait conserver pour elle seule l'amour
du roi, figura elle-même dans ces pratiques sacrilèges.

Son corps servait d'autel; la Voisin sacrifia pour la circonstance un de ses propres enfants.

Elle prononça la conjuration s ivante :

« Je demande l'amitié du roi, celle de monseigneur le Dauphin, et qu'elle me soit
continuée; que la reine soit stérile; que le roi quitte son lit et et sa table pour moi,
que j'obtienne de lui tout ce que je demanderai pour moi et mes parents; que mes
serviteurs et mes amis lui soient agréables. Chérie et respectée des grands seigneurs,
que je puisse être appelée au conseil du roi et savoir ce qui s'y passe, et que cette
amitié redoublant plus que par le passé, la reine étant répudiée, je puisse épouser
le roi. »

Nous ne faisons que soulever un coin du voile qui couvre toutes ces horreurs.

C'est assez pour entrevoir ce qu'étaient les mœurs sous le grand roi, pendant le
grand siècle.

Retour à l'île Sainte-Marguerite.

CHAPITRE LXXV

Où les deux frères se trouvent face à face.

Le voyage du Masque de Fer sur le cours de la Saône, par une belle journée de printemps, fut charmant. L'espérance était au fond de tous les cœurs, la joie sur tous les visages.

La rivière qui traverse les plus riches contrées de la Bourgogne, a des bords souvent pittoresques, puis des villes populeuses : Trévoux, Chalon, Tournon, Mâcon.

Charlotte faisait au Masque de Fer la description géographique et racontait l'histoire de ces opulentes localités.

Le voyage dura quinze heures ; ce fut le temps le plus heureux de ces deux êtres jadis si éprouvés. Ils s'étaient retirés tous les deux dans une cabine isolée, sorte de petit château élevé sur le pont, à l'arrière.

Ils purent là, en toute liberté, échanger leurs idées, leurs sentiments, leurs impressions, leurs espérances.

Les satisfactions de l'amour leur arrivaient tard ; mais ils avaient le cœur plein de jeunesse, eux que le sort avait jusque-là sevrés de toutes les jouissances.

Que de projets brillants, délicieux, enchanteurs, ils firent dans ce calme et doux voyage, dans cette retraite, glissant tranquillement sur l'eau, sans arrêt, sans secousses, comme emportés sur le fleuve des félicités !

Hélas ! ce n'était là qu'un rêve, un beau rêve, brusquement coupé par un réveil terrible !

A Mâcon, le Masque de Fer et sa suite durent quitter la Saône, pour prendre la route de terre.

On était parvenu à trouver des chevaux pour tout le monde ; après un court repos à l'hôtellerie de la Cloche-d'Or, on partit par la route qui conduisait à Dijon.

Après vingt minutes de marche, nos voyageurs durent s'arrêter ; on entendait au loin le galop d'une troupe à cheval, et bientôt on vit luire, au haut d'une côte, les casques de ces fameux cavaliers de Louvois, qui battaient la campagne et dont les actes de répression religieuse ont été appelés dragonnades.

Le Masque de Fer et son escorte cherchèrent à droite et à gauche un bois, un bouquet d'arbres, pour se mettre à l'abri et laisser passer cette troupe dont on ne connaissait ni les intentions, ni les dispositions.

Malheureusement, la contrée était couverte de vignobles qui ne pouvaient cacher leur présence.

Tout à coup, on vit déboucher du point opposé une autre troupe ; celle-ci présentait un bien plus grave danger.

En effet, Charlotte et le Masque de Fer poussèrent, à sa vue, un cri de surprise et d'effroi.

En avant de cette nouvelle troupe, s'avançaient deux dragons en éclaireurs, puis Rosarges, qu'ils reconnurent au loin, enfin Louis XIV entouré de Barbezieux, de Dangeau et de deux escouades de coupe-jarrets enrôlés par le fils de Louvois ; le cortége était flanqué d'une vingtaine de dragons.

Ainsi, des deux côtés, la route était coupée.

Comment et par suite de quelle fatalité le Masque de Fer était-il ainsi atteint et en quelque sorte cerné par ces ennemis imprévus ?

Dès que Barbezieux avait appris la fuite du frère du roi, il avait fait une rapide enquête et n'avait pas tardé à apprendre qu'un bateau, portant un certain nombre de personnes dont la physionomie se rapportait aux indications qu'il donnait, était parti mystérieusement dès le matin.

Il fit rassembler ses hommes, réquisitionna des chevaux ; mais comme il se rendait lui-même à la maison de la poste, il se trouva en présence du roi et de son escorte, qui venaient d'arriver et qui, eux aussi, étaient venus là pour changer de montures.

On doit juger de la joie du monarque et des deux gentilshommes, qui se retrouvaient là si à propos.

Après de courtes explications, qui eurent lieu confidentiellement entre Louis XIV et Barbezieux, il fut convenu qu'on partirait immédiatement et qu'on prendrait la voie de terre. Ils espéraient arriver à Mâcon avant le Masque de Fer et l'arrêter à la descente du bateau.

Ils l'avaient manqué de quelques minutes.

Le Masque de Fer, ainsi pris entre deux feux, ordonna à ses hommes de se grouper et de s'échelonner sur le talus de la route qui s'élevait en pente douce ; il recommanda le sang-froid.

— Laissez approcher nos ennemis le plus possible, leur recommanda-t-il. Ils vont arriver sur nous au galop. Visez les chevaux ; leur chute provoquera celle des cavaliers, et mettra le désordre dans le rang des assaillants ; nous chargerons alors à l'épée.

En effet, les protestants, qui formaient l'escorte du Masque de Fer, se mirent sur quatre rangs, en demi-cercle, pour pouvoir viser à droite et à gauche.

Rosarges, en apercevant son ancien prisonnier qu'il venait enfin d'atteindre, poussa un cri de joie féroce.

— Sus ! sus ! en avant ! hurla-t-il.

Comme les deux troupes, celle de Louvois et celle du roi, arrivaient à vingt pas, une vive fusillade les accueillit et plusieurs chevaux s'abattirent.

Les premiers rangs, lancés au galop, furent en partie culbutés par l'obstacle formé par les cavaliers tombés.

Alors les hommes du Masque de Fer s'élancèrent contre leurs ennemis. L'acharnement fut terrible de part et d'autre.

Le Masque de Fer se distingua par la rapidité et la fureur de ses coups.

Charlotte, elle aussi, se battit comme une jeune lionne. Elle allait d'un ennemi à l'autre, avec une incroyable agilité, frappant d'estoc et de taille, l'œil en flammes, le visage transfiguré, foudroyant les hommes du roi avec sa fulgurante épée dont l'acier avait des lueurs d'éclairs.

Elle se retrouva en présence de Barbezieux qu'elle avait si bien arrangé dans un duel que nos lecteurs connaissent.

En la voyant bondir sur lui, le fils de Louvois, quoique très-brave, pâlit.

Il était perdu.

Mais Rosarges, qui se souvenait de sa blessure de Forcalquier, reconnut son ancienne ennemie.

Il s'élança sur elle, et lui plongea par derrière son épée dans le corps.

La valeureuse fille, l'admirable héroïne, n'eut qu'une pensée en tombant :
Celle de son ami.

— Henri, sauvez-vous ! murmura-t-elle.

Elle s'abattit sur la route.

Le Masque de Fer, entouré d'ennemis, debout sur un monceau de cadavres, défiait le roi, et l'appelait en combat singulier.

Mais Louis XIV n'avait pas l'air de vouloir se mesurer avec lui.

Enfin, faisant un effort inouï, le Masque de Fer perça le cercle d'ennemis qui l'enveloppait et se trouva en présence de son frère.

— A nous deux, si vous n'êtes pas un lâche! lui cria-t-il.

— Un roi ne se bat pas avec un sujet, lui dit Louis XIV, se retranchant prudemment derrière sa grandeur.

Ce mouvement d'attente perdit le Masque de Fer.

Rosarges, Barbezieux, Dangeau, se jetèrent sur lui, et, après une lutte acharnée, l'infortuné frère du roi, percé de coups, sanglant, les vêtements déchirés, l'épée brisée, fut enfin maintenu et désarmé.

Quant à son escorte, après une lutte héroïque, elle était ou tuée ou dispersée.

Ils s'étaient battus un contre dix.

Le nombre seul les avait écrasés !

CHAPITRE LXXVI

Après la lutte.

Dans la joie de leur triomphe, Louis XIV, Barbezieux, Rosarges, avaient oublié de donner des ordres, relativement aux hommes de l'escorte ennemie. Ils n'étaient préoccupés que de la capture du malheureux frère du roi.

Celui-ci fut solidement garrotté. Rosarges portait, attaché à la selle de son cheval et roulé dans son manteau, le fameux masque qui avait si longtemps couvert les traits d'Henri. Ce fut avec une joie cruelle qu'il en attacha de nouveau les courroies et les liens d'acier, sur le visage de son ancien prisonnier.

On se procura une litière, et le Masque de Fer y fut enfermé, à l'abri de tout regard curieux. Quatre hommes, le pistolet au poing, durent l'accompagner constamment pendant le long voyage qu'il eut à faire, pour regagner sa prison de l'île Sainte-Marguerite.

Rosarges reçut les félicitations de Louis XIV, pour l'heureuse issue de son expédition, en même temps qu'une gratification de mille louis. Il fut du reste chargé de ramener son prisonnier à Saint-Mars, avec ordre de ne le quitter pas plus que son ombre.

L'Homme au Masque de Fer fut reçu avec grande joie par le terrible gouverneur du fort Sainte-Marguerite. On le remit dans son ancienne prison, mais on redoubla de surveillance.

— Monseigneur, dit Saint-Mars à son prisonnier, avec un respect ironique, les soins, les égards, ne vous seront jamais refusés ici. Mais, à la moindre tentative d'évasion, j'ai ordre de vous tuer.

— Après geôlier, bourreau... vous montez en grade, monsieur de Saint-Mars, répondit froidement son prisonnier.

Cependant la plupart des infortunés défenseurs du Masque de Fer avaient été tués ou faits prisonniers.

Quelques-uns avaient pu s'enfuir.

Ceux dont les dragons s'étaient emparés furent, sur l'ordre du roi, pendus immédiatement aux arbres du chemin.

Dans la nuit, on vint chercher les morts et les blessés pour les jeter à la Saône.

Chose étrange, on ne retrouva pas le corps de Charlotte.

Cependant Barbezieux avait donné des ordres précis à l'égard de l'héroïque jeune fille. Elle seule devait être épargnée, ensevelie en terre sainte si elle était morte, traitée avec le plus grand soin si elle n'était que blessée.

Mais les hommes cherchèrent en vain l'amante infortunée du frère du roi.

Voici ce qui était arrivé :

En voyant tomber sa fille sous l'épée de Rosarges, Marion avait poussé un cri et s'était abattue sur la route, presque à côté du corps de Charlotte.

Longtemps elle demeura là, privée de sentiment.

L'air frais du soir la ranima.

Elle se dressa sur son séant, l'œil hagard, le visage effaré, se demandant si elle ne sortait pas d'un rêve affreux.

A la vue des cadavres qui jonchaient la route, du sang qui rougissait la poussière, elle comprit l'affreuse réalité.

Mais c'était une femme énergique.

Elle se releva vivement et bondit vers sa fille.

Charlotte pâle, les traits crispés, ne donnait aucun signe de vie.

Une mare de sang baignait le sol autour d'elle.

Marion se pencha sur la poitrine de sa fille, appliqua son oreille sur son cœur, et écouta, anxieuse, haletante.

Il lui sembla entendre un faible battement.

Avec des précautions infinies, elle souleva la pauvre blessée et chercha la plaie.

Le fer était entré profondément au-dessous de l'épaule droite, et le sang avait coulé avec abondance.

Marion, de ses mains délicates de mère et de femme, procéda à un premier pansement. Puis elle prit sa fille dans ses bras et la transporta doucement loin de la route, pour la soustraire aux recherches des agents du roi. Elle arriva, chargée de son précieux fardeau, auprès d'un ruisseau, dont les bords étaient cachés par un rideau de saules.

C'était un abri. Elle déposa Charlotte sur l'herbe douce, et descendit chercher de l'eau dans le creux de sa main ; elle lava et rafraîchit le visage poudreux et sanglant de la blessée.

Quand elle eut vaqué à ces premiers soins, elle songea à la terrible situation dans laquelle elles se trouvaient, elle et sa fille.

Le roi, qui devait redouter leur dévouement au Masque de Fer, qui avait déjà pu juger de leur audace, de leur courage et de leur habileté, ne tarderait pas à les faire chercher si l'on ne trouvait pas leurs cadavres. Il avait aussi le plus grand intérêt à les ensevelir avec leur secret dans quelque basse-fosse d'où elles ne sortiraient jamais.

Il fallait donc s'éloigner le plus promptement possible des alentours du champ de bataille, gagner quelque forêt au milieu de laquelle elles pourraient se cacher et se faire oublier.

Mais comment quitter ces lieux avec sa fille inerte, peut-être expirante?

Elle se lamentait et se désespérait, lorsqu'elle entendit un hennissement non loin d'elle. Elle se retourna, et aperçut un cheval qui errait sans cavalier dans les champs.

En quelques enjambées, elle fut auprès de la précieuse monture. Hasard étrange! c'était justement le cheval que montait Charlotte, au moment où le fer de Rosarges l'avait désarçonnée.

Elle prit la bête par la bride et la fit descendre dans le ruisseau, pour que la croupe fût au niveau du sommet de la berge où reposait Charlotte. Elle prit doucement le corps de sa fille et le porta sur le cheval; elle se hissa elle-même sur la selle, mais non sans peine, car elle était obligée de soutenir Charlotte qu'elle entoura de son bras gauche, quand elle fut en croupe; puis, guidant sa montu e le long du ruisseau, elle chercha un endroit où la rive fût presque au niveau de l'eau. Elle le trouva, et gagna un sentier qui paraissait s'enfoncer dans la campagne.

Au bout de deux heures de marche lente et prudente, car il fallait éviter les cahots et les brusques mouvements, Marion arriva à l'entrée d'un grand bois. Elle suivit hardiment le sentier qui y pénétrait, ne doutant pas que cette voie ne la conduisît à quelque hutte de charbonnier.

En effet, elle débouchait bientôt dans une clairière vers laquelle l'avait guidée une assez grande lueur.

Elle trouva là une famille d'honnêtes charbonniers, pauvres, mais pleins de dévouement et de probité.

La maisonnette n'était pas riche et manquait totalement de confortable, mais on prépara un lit de mousse pour Charlotte. Marion dit à ses hôtes que son fils, le chevalier d'Armançon, avait été grièvement blessé en duel et, en même temps, qu'il avait eu le malheur de tuer son adversaire. Les parents de celui-ci étaient puissants, elle craignait leur vengeance, et demandait un asile secret pour pouvoir y soigner et y guérir son fils.

Charlotte et Marion avaient de l'or plein leurs ceintures. En outre, il y avait une valise bien garnie sur la croupe du cheval.

L'amante d'Henri, admirablement soignée par sa mère, put revenir à la vie et à l'espérance.

L'espérance! guide fallacieux, feu trompeur qui nous promet le port et nous attire bien souvent vers l'écueil!

CHAPITRE LXXVII

La dernière étape.

C'était en 1698. A la suite d'on ne sait quelles circonstances, Saint-Mars fut appelé au gouvernement de la Bastille. Louis XIV, satisfait de ses services, lui en donna le commandement. Il était prudent de faire suivre au *Masque de Fer* le sort de celui à qui on l'avait confié, et c'eût été agir avec légèreté que de se donner un nouveau confident, qui aurait pu être moins fidèle et moins discret que Saint-Mars. Ce fut donc pour le *Masque de Fer* toujours le même boulet rivé à sa chaîne.

Arrêt mystérieux et fatal qui ne devait se périmer qu'à sa mort.

Voici trois lettres qu'échangèrent Saint-Mars et le ministre Barbezieux au sujet de cette translation, et que nous empruntons au *Recueil des lettres extraites des archives des Affaires étrangères*, par Roux-Fazillac.

Le ministre écrit, en date du 29 juin 1698 :

« Capitaine Saint-Mars, vous transporterez votre *prisonnier* au fort de la Bastille,
« vous faisant escorter par les officiers et soldats de votre compagnie, et vous servant
« pour cet effet de la voie de transport que vous jugerez la plus convenable.

« Il est inutile que je vous explique toutes les précautions que S. M. désire que
« vous preniez pour la sûreté du prisonnier durant sa marche ; mais je dois seule-
« ment vous assurer que S. M. se remet à votre prudence du temps et de la forme
« de votre départ ; elle se promet que vous prendrez si bien vos précautions, qu'à
« l'exception de ceux qui ont travaillé à l'exécution des *ordres intérieurs*, et qui sont
« gens discrets et fidèles, nul n'aura connaissance qu'ils aient été faits ou envoyés. »

Saint-Mars répondait, à la date du 10 juillet :

« Si je conduis mon prisonnier à la Bastille, je crois que la plus sûre voiture
« serait une chaise couverte de toile cirée, de manière qu'il aurait assez d'air sans
« que personne ne pût le voir ni lui parler pendant la route, pas même mes soldats,
« que je choisirai pour être proche de la chaise, qui serait moins embarrassante
« qu'une litière qui pourrait se rompre et offrir le grand inconvénient des porteurs.
« Tout bien calculé, je garderai pour moi ma litière, qui marchera à côté de sa
« chaise.

« Pour les haltes, je ferai disposer les logements de manière que si le *prisonnier*
« peut entendre parler le monde du dehors ou du bas, il ne saura, quand il le
« voudrait, se faire entendre. Il pourra voir ce monde, mais ne pourra en être vu,
« du moins de face, par les précautions que je me propose de prendre.

« Aux côtés de la fenêtre de son logement, je placerai deux sentinelles de ma

« compagnie, qui auront pour consigne d'entendre si quelqu'un lui parle ou s'il
« parle à quelqu'un, et de faire marcher les passants qui s'arrêteraient. Pour plus de
« sûreté, la nuit je coucherai dans sa chambre et, le jour, j'en prendrai une à côté de
« la sienne, de telle sorte que je puisse entendre et voir tout, même les deux senti-
« nelles qui, par ce moyen, seront toujours sur le *qui-vive...* »

A la date du 19 juillet 1698, une lettre du ministre, en réponse de celle de Saint-
Mars, porte :

« Votre responsabilité est grande, capitaine Saint-Mars, mais S. M. s'en fie à votre
« prudence.

« Ce que vous me mandez des mesures que vous comptez adopter, pour la sécurité
« de *votre prisonnier*, me paraît sensément réglé. Une chaise couverte et bien fermée
« pour lui ; pour vous une litière à côté de la chaise ; votre compagnie franche devant
« et derrière, formant escorte ; tout cela me paraît bien pour la route.

« Restent les haltes. La garde devient là plus difficile, au milieu du va-et-vient insé-
« parable en pareille occurrence; mais les précautions dont vous me parlez de ne ja-
« mais perdre de vue *le prisonnier*, ni de nuit, ni de jour, me paraissent sans réplique.

« Du reste, je pense que vous ne laisserez pas ignorer à *votre prisonnier* le danger
« qu'il y aurait pour lui à essayer de se soustraire, par un moyen quelconque, à la
« vigilance dont il sera l'objet. Il serait bon qu'il sût que le même danger est encouru
« par toute personne étrangère au service qui, avec ou sans préméditation, aurait
« rendu cette surveillance inutile. S. M. insiste essentiellement sur ce point, et nul ne
« doit pouvoir impunément avoir eu avec *votre prisonnier* un de ces rapports que
« vos instructions antérieures ont prévus avec détail... »

Tant de précautions minutieuses au sujet de l'homme que, dans leurs correspondances, le ministre et Saint-Mars appelaient *le prisonnier*, prouvent qu'après plus de
vingt-sept ans de captivité de cet infortuné, le secret de ce mystère n'avait encore
rien perdu de son importance.

L'histoire a dû se borner à constater le fait, laissant au lecteur le soin d'en tirer la
conséquence.

Quoi qu'il en soit, vers la fin du mois d'août 1698, par une tiède nuit d'été de
Provence, le pont-levis du fort de l'île Sainte-Marguerite s'abaissa et un cortège
mystérieux commença à défiler, se rendant au port où l'attendait un brick pavoisé
aux couleurs royales. Vingt hommes de la compagnie franche de Saint-Mars, le
mousquet au poing, ouvraient la marche, puis venait une chaise entièrement couverte
de toile cirée noire. On eût dit un catafalque ambulant avec sa draperie mortuaire.
Dans cette chaise était le *Masque de Fer*, que dans ce lugubre appareil on traînait
vivant d'une tombe dans une autre. Puis venait Saint-Mars dans une litière, l'état-
major du gouverneur et le restant de la compagnie franche fermaient la marche.

Arrivé au port, le cortège s'embarqua ; un coup de canon annonça qu'un brick du
roi levait l'ancre et mettait à la voile. Au même instant, le navire, après deux ou trois
balancements coquets sur ses flancs, se mit à fendre l'onde et à voguer vers un autre
rivage, sans que nul ait jamais pu savoir si l'infortuné qu'on traînait ainsi de tombe
en tombe, laissait autre chose au fort Sainte-Marguerite que douze ans de sa vie; seu-

A la moindre tentative d'évasion, j'ai ordre de vous tuer.

lement, lors de l'embarquement du prisonnier, plusieurs personnes entendirent le
colloque suivant entre lui et le gouverneur :

« — Est-ce que le roi en veut à ma vie, capitaine Saint-Mars ?

« — Non, mon prince, répondit celui-ci, votre vie est en sûreté, vous n'avez qu'à
vous laisser conduire. »

De ce voyage qui dura près d'un mois, il n'est rien resté que quelques détails sur
un séjour de quatre jours que Saint-Mars fit, avec son prisonnier, à sa terre de Palteau
en Champagne. Les particularités frappantes de cet événement avaient laissé des

traces profondes dans la mémoire des vieillards, et, bien des années après le passage de Saint-Mars, M. de Palteau, petit-neveu de ce dernier, les ayant interrogés lui-même, en recueillit les faits suivants, qu'il fit consigner dans l'*Année littéraire* de 1755.

« Plusieurs jours avant l'arrivée de Saint-Mars avec son prisonnier, ordre avait été donné d'approprier une partie du château qui était dans un véritable état de ruine, et, à part quelques salles basses dont le délabrement n'était pas complet, les étages supérieurs étaient réellement inhabitables. Ce fut cette partie du rez-de-chaussée que l'on appropria et meubla le moins mal que l'on put.

« Le jour de l'arrivée ayant été annoncé à l'avance, les paysans se préparèrent à fêter dignement leur seigneur et se présentèrent en foule pour lui rendre leurs hommages. La chaise recouverte d'une toile cirée noire et dans laquelle se trouvait le prisonnier au masque, excita naturellement leur curiosité, et quelque sévères que fussent les consignes, elles ne purent empêcher ces bonnes gens de se presser autour du cortège et de voir bien des choses qu'on se serait passé de leur montrer. Ainsi, par exemple, le premier repas eut lieu dans la salle à manger du rez-de-chaussée, dont les croisées donnaient sur la cour, dans laquelle les paysans se pressaient en foule, pour fêter, en apparence, leur seigneur de leurs *vivat*, mais en réalité pour voir le personnage, objet d'une précaution si singulière.

« Leur curiosité ne fut cependant satisfaite qu'à demi. Les croisées, il est vrai, étaient toutes grandes ouvertes, à cause de la chaleur qui était étouffante; mais Saint-Mars avait fait asseoir à table l'Homme au Masque, le dos tourné aux croisées, et lui-même s'était assis en face, ayant à ses côtés, sur la table, un pistolet chargé, prêt à s'en servir contre le prisonnier, s'il eût été tenté de se retourner, soit pour se montrer à la foule, soit pour lui parler. Nul autre qu'eux deux n'était dans la salle. Un seul valet de chambre les servait et fermait derrière lui la porte de la salle, chaque fois qu'il allait chercher les plats dans l'antichambre.

« Le prisonnier était de grande taille; il avait les cheveux blancs et un masque noir qui permettait de voir ses dents et ses lèvres. Pour la nuit, Saint-Mars se fit dresser un lit de camp à côté de celui où couchait son hôte. Bien qu'ils aient séjourné trois jours à Palteau, nul n'a pu en voir davantage que le premier jour. Cet événement singulier est resté pendant longtemps le sujet des conversations du pays, et encore, même aujourd'hui, l'Homme au Masque y est une sorte de croquemitaine dont les bonnes femmes menacent les enfants qui pleurent. Seulement, les faits ont été tellement dénaturés et amplifiés, que cet événement est devenu, dans toute l'acception du mot, un vrai *conte de grand'mère*. »

Voilà tout ce qu'on sait des particularités de ce voyage, comme ces convois funèbres qui transportent au loin les restes des quelques opulents du monde. Le cortège traversa la France, avec sa chaise recouverte de la toile cirée noire, sans qu'à travers ce voile lugubre, nul pût voir ce que contenait ce cercueil ambulant; seulement, cette fois, le mort c'était un vivant, moderne Abel d'un Caïn royal.

On ne lira pas sans intérêt la description de cette trop fameuse prison de la Bastille, empruntée à la plume d'un des malheureux qui y furent enfermés.

L'entrée de la Bastille se trouvait à droite de l'extrémité de la rue Saint-Antoine. Au-dessus de la première porte était un magasin considérable d'armes de différentes espèces et d'armures anciennes ; à côté de cette porte était un corps-de-garde où l'on plaçait chaque nuit deux sentinelles pour répondre et ouvrir aux personnes qui se présentaient. Cette porte conduisait à une première cour extérieure dans laquelle étaient les casernes des invalides, les écuries et les remises du gouverneur : l'on pouvait également arriver à cette cour par l'arsenal. Elle était séparée d'une seconde cour par une porte à côté de laquelle était un autre corps-de-garde, puis un fossé et un pont-levis.

C'est dans cette seconde cour, à droite, que s'élevait l'hôtel du gouverneur.

Vis-à-vis de cet hôtel était une avenue longue de quinze toises, dont le côté droit était bordé d'un bâtiment servant de cuisine.

Le tout était construit sur un pont dormant, traversant le grand fossé et sur lequel s'abaissait un pont-levis. Au delà était un autre corps-de-garde. Enfin, pour arriver à la grande cour intérieure, il fallait passer une forte grille de fer servant de retranchement à la sentinelle, qui avait ordre de ne laisser approcher d'elle les prisonniers, qu'à une distance de trois pas.

Cette grande cour avait cent deux pieds de long sur soixante-douze de large ; elle était environnée des tours dites de la Liberté, de la Bertaudière, de la Basinière, de la Comté, du Trésor, de la Chapelle, ainsi que des massifs qui joignaient ces six tours.

Presque toutes les prisons des étages moyens étaient des polygones irréguliers, de quinze à seize pieds de diamètre. Elles avaient quinze à vingt pieds de haut. Chaque prison fermait par deux portes de deux à trois pouces d'épaisseur. Les cachots étaient enfoncés de dix-neuf pieds au-dessous du niveau de la cour, cinq pieds environ au-dessus du niveau du fossé. Ils n'avaient d'ouverture qu'une étroite barbacane sur le fossé. Excepté les cachots, toutes les prisons avaient ou des poêles ou des cheminées. Celles-ci étaient étroites, fermées dans le bas, au haut, et quelquefois de distance en distance par des barres de fer.

Leur ameublement ordinaire se composait d'un lit de serge verte, avec rideaux, paillasse et matelas, d'une ou deux tables, de deux cruches, d'un chandelier, de fourchette, cuiller et gobelet d'étain, de deux ou trois chaises, de l'assortiment d'un briquet, rarement et par faveur, de petites pincettes et d'une pelle à feu très-faibles ; les murs étaient nus.

Tel était en peu de mots l'aménagement de la célèbre prison d'État. A l'époque dont je m'occupe, le personnel chargé de garder ce monument du despotisme se composait de : un gouverneur, un lieutenant du roi, un major, un capitaine des portes, un chirurgien, un aumônier, trois porte-clefs, un confesseur ordinaire, un médecin, un apothicaire, plus des officiers, des sergents, des soldats, valets de chambre, cuisiniers, cochers, laquais, etc. Le gouverneur et le lieutenant du roi étaient les seuls officiers nommés directement par le roi. Tous les autres étaient au choix du gouverneur.

Quant à tout ce monde, gouverneur, prisonniers, officiers et soldats, ils restaient sous la haute direction de M. Lecomte de Ponchartrain, ministre et secrétaire d'État. Mais comme ce dernier, par suite des empêchements de sa charge, pouvait surveiller difficilement cet établissement, il avait délégué à sa place le sieur Paulny Le Voyer, marquis d'Argenson, lieutenant de police et conseiller d'État. Et son commis, M. Desgranges, dont la fille avait épousé le jeune Saint-Mars.

Le marquis d'Argenson employait pour ce service spécial un commissaire de la Bastille du nom de Camuset, plus un certain nombre de secrétaires, greffiers, interprètes et autres gens de cette sorte.

De Besmaus de Montlesun, ancien capitaine des gardes du cardinal, né en 1615, le digne compagnon du lieutenant de la police La Reynie, avait été nommé à ces fonctions de gouverneur de la Bastille, le 10 avril 1658, à la mort du sieur du Tremblay, et à la suite de la démission de Louvières.

Besmaus occupa ce poste jusqu'à sa mort, le 18 décembre 1697, et fut enterré aux Carmes. Saint-Mars, qui lui succéda, n'arriva qu'au mois de septembre 1698.

Le lieutenant du roi, le sieur Du Junca, était un gentilhomme des environs de Bordeaux. Exempt aux gardes du corps de M. Duras, il fut choisi pour aider dans les devoirs de sa charge M. de Besmaus, alors âgé de soixante-quinze ans et fort infirme. De moyenne taille mais bien fait, obligeant mais sévère, ce Du Junca, qui pouvait avoir cinquante-six ans à l'arrivée de Saint-Mars, était un homme d'ordre avant tout. C'est à lui que l'on doit le fameux registre où s'est trouvée retracée la fin de la légende de l'homme dit au Masque de Fer, registre intitulé « État des prison-niers qui sont envoyés, par ordre du roi, à la Bastille, à commencer du mercredi onzième du mois d'octobre, que je suis entré en possession de la charge de lieutenant du roi, en l'année 1690. »

Le major de la Bastille, Jacques Rosarges, est de notre connaissance. J'en ai parlé dans la composition du personnel de Pignerol. Il y avait trente et un ans qu'il se trouvait au service. Ce Rosarges, simple soldat dans sa compagnie franche, avait peu à peu avancé en grade, par suite de ses aptitudes à ces qualités si parfaites de cul-de-plomb que réclamait le geôlier. Le capitaine des portes, le sieur Lécuyer, était également un ancien soldat de la compagnie franche de Saint-Mars, enrôlé en 1670.

Pour la compagnie qui faisait la garde dans le donjon, elle était commandée par l'aîné des neveux du geôlier, le célèbre Guillaume de Formanoir, qui, plus tard, devait se faire appeler seigneur de Palteau et autres lieux.

Le chirurgien du château, Abraham Reilh, était un enfant de Nîmes, adroit et avide. Ancien frater dans une compagnie d'infanterie, il entra à la Bastille sur la présentation de l'aumônier. « C'était un petit bout d'homme bien alerte, au fond fort ignorant, car à peine savait-il faire la barbe dans son noviciat. »

L'abbé Giraut, l'aumônier, sommelier et gargotier de la Bastille, était arrivé des îles avec le nouveau gouverneur. Les trois porte-clefs répondaient aux noms de Antoine Ru, âgé de cinquante-deux ans, Provençal, venu de Sainte-Marguerite ; Boutonnière, Parisien et israélite ; Bourgoin, Bourguignon, ancien maréchal des logis de dragons, amené par l'abbé Giraut.

Quant au confesseur ordinaire, le père jésuite Riquetet, au médecin Fresquier, à l'apothicaire et au nommé Jacques La France, laquais de Formanoir, je n'en parlerai que pour mémoire, pour donner un aperçu suffisamment complet et exact de ce personnel, ignoré de tous, et que dirigeait M. de Saint-Mars dans ce poste qu'il avait fait tant de difficultés d'accepter.

La position, pourtant, était enviable, et la lettre suivante de Barbezieux, du 1er mars 1698, en donnera une idée plus parfaite que tout ce que je pourrais dire. « Comme Dufresnoy vous avait écrit sur la proposition d'échanger votre gouvernement des îles Sainte-Marguerite contre celui de la Bastille, la réponse que vous lui avez faite m'a été remise depuis sa mort ; le revenu de ce gouvernement consiste, sur les états du roi, en quinze mille cent soixante-huit livres, outre six mille livres que M. de Besmaus retirait des boutiques qui sont autour de la Bastille, des fossés du dehors et des bateaux du passage qui dépend du gouverneur. Il est vrai que, sur cela, M. de Besmaus était obligé de payer un nombre de sergents et de soldats pour la garde des prisonniers et le service. Mais vous savez, par ce que vous retirez de votre compagnie, à quoi ces dépenses montent ; après vous avoir fait une énumération de ce que vaut le gouvernement, je vous dirai que c'est à vous à connaître vos intérêts, que le roi *ne vous force point à l'accepter s'il ne vous convient pas ;* et, en même temps, je ne doute point que vous ne regardiez, sans compter le profit qui se fait ordinairement sur ce qu'il en donne pour l'entretien des prisonniers qui est tel que l'on sait, ce qui ne laisse pas d'être considérable, enfin, le plaisir d'être à Paris, assemblé avec sa famille et ses amis, au lieu d'être confiné au bout du royaume. Si je puis vous dire mon sentiment, cela me paraît avantageux, et je crois que vous ne perdrez pas à l'échange, pour toutes les raisons ci-dessus.

« Je vous prie cependant de me mander sur cela naturellement votre avis. »

Ainsi, sans compter le logement, l'éclairage, le chauffage, etc., les émoluments d'un gouverneur de la Bastille formaient un revenu annuel de vingt et un mille six cent huit livres (cent mille francs, valeur moderne), et un casuel qui pouvait s'élever à un minimum de cent mille francs, ce qui présentait un total de deux cent mille francs, sur laquelle somme le gouverneur n'avait à payer que les sergents et les gardes du château. Saint-Mars, en se résignant aux ordres du roi, ne faisait donc pas une mauvaise affaire, comme l'assurait le ministre, au courant de tout le gaspillage qui s'exécutait dans la forteresse. Le gouverneur, dit l'auteur de la *Bastille dévoilée*, tirait de sa place, outre ses appointements fixes, plus de trois cent mille livres en profit sur la nourriture et l'ameublement des prisonniers. La place de lieutenant du roi coûtait quarante mille livres et en rapportait cinq mille ; celle de major quatre mille livres ; celle d'aide-major, quinze cents livres ; de chirurgien, douze cents livres. Les simples soldats étaient habillés et entretenus de chandelles, bois et sel, et recevaient dix sous par jour et un sou de décompte ; les porte-clefs touchaient cinquante sous par jour.

Constantin de Bonneville est plus explicite encore :

« Je mets en fait, dit-il en 1715, que le 28 septembre 1708 Bernaville a succédé à Saint-Mars, il a tiré plus de deux millions de profit de ses malheureuses victimes. Grasses plumes de maigres pigeonneaux ! La démonstration en sera évidente ; c'est un fait facile à vérifier aux ministres du roi, pour peu qu'ils veulent s'en donner la peine. Je suppose que nous ayons été cent prisonniers dans ce maudit enfer, ce qu'aucun prisonnier ne peut savoir que par conjecture... Je suppose qu'ils étaient tous à une pistole par jour, ce qui n'est pourtant pas, car il y a des prisonniers qui n'ont que cinquante sous par jour. Il y en a à cent sous, à dix francs, à quinze francs, à vingt-cinq francs ; tels étaient S. A. M. le prince de la Riccia, MM. le duc d'Estrées, le duc de Fronsac, le comte d'Harcourt, M. de Surville, lieutenant général, et plusieurs autres. Je suppose, en outre, qu'il en coûte au gouverneur vingt sous par jour, ce qui est outrer la dépense ; car, supposez qu'il y ait dix prisonniers à qui l'on fasse meilleure chère qu'aux autres, tout le reste est misérablement traité, et il y en a beaucoup qui le sont d'une manière cruelle et qui, pour cinq sous, vivraient mieux partout ailleurs.

« Il n'en coûte au gouverneur qu'un sou par jour pour ceux qui sont au cachot, qu'il a toujours soin de tenir bien garnis, ce qui lui fait appeler ces lieux abominables *ses deniers clairs.*

« Je soutiens encore que le revenant-bon des vingt sous par jour pour la nourriture de chaque prisonnier, est plus que suffisant pour nourrir grassement et payer largement tous les domestiques, et faire servir sa table abondamment, où il ne souffre plus aucun prisonnier, comme faisait Saint-Mars, qui régalait parfaitement bien ceux qui étaient à sa table.

« Je dis donc : 100 prisonniers en chambre à.................   100 livres
par jour, coûtent au roi................................. .... 1.000 livres
sur quoi il faut déduire par chacun 20 sous pour leur nourriture ...   100 livres
reste de profit par jour, au gouverneur........................   900 livres
qui, multipliés par 365, lui produisent par an, de profit. .... 328.300 livres

Il y a plus de six ans qu'il est gouverneur, ce qui a dû pousser son revenant-bon à près de deux millions. Saint-Mars n'en hésita pas moins cinq mois avant de venir, car sa fortune était déjà faite ; il avait soixante-douze ans et n'éprouvait guère la nécessité, depuis la mort de ses enfants, d'aller accroître une richesse déjà considérable, qu'il devait voir passer entre les mains de ses neveux. Ce ne fut que sur les instances de sa famille, qui voyait, dans la possession de ce poste, une nouvelle source de faveurs, qu'il se décida à partir dans le courant du mois d'août de l'année 1698. Il n'arriva à la Bastille que le 18 septembre.

Il avait avec lui son ancien prisonnier, le sieur Rosarges, son neveu, le sieur de Formanoir, le futur capitaine des portes, l'écuyer l'abbé Giraut et le sieur Antoine Ru. Du Junca, qui avait fait l'intérieur depuis la mort de Besmaus, continua à faire son service de lieutenant du roi. Telle fut l'entrée en fonctions de ce fameux Saint-Mars, qui trouva moyen de vivre encore douze ans comme gouverneur de la forteresse.

C'est donc pendant cinq années, de 1698 à 1703, que l'Homme au Masque est resté enfermé dans la tour de la Bertaudière, au troisième étage, dans la chambre appelée la troisième Bertaudière. Les chambres avaient toutes en effet leur numéro. Elles portaient le nom du degré de leur élévation, suivant que leur porte se présentait à droite ou à gauche en montant. Ainsi la première Bertaudière était la première chambre de la tour de ce nom, au-dessus du cachot ; puis venait la seconde Bertaudière, la troisième, celle du Masque, la quatrième est la calotte Bertaudière. Ces tours portaient, en général, soit le nom de leurs architectes, soit le nom des anciens prisonniers qui les avaient habitées. Ainsi la tour Bertaudière, d'après les noms inscrits sur les murs et les recherches de M. Bavaisson, semblait avoir été affectée aux prisonniers d'État, convaincus d'espionnage ou de relation avec l'étranger. Du reste, la troisième Bertaudière n'était pas différente des autres chambres. Le prisonnier inconnu qui l'occupa y fut traité d'une façon analogue à celle que j'ai indiquée pour Pignerol, les îles de Sainte-Marguerite et le voyage.

Il avait des livres, voyait seulement le gouverneur et Rosarges qui lui portait les plats, après les avoir reçus du porte-clefs Ru.

Comme pour aller entendre la messe ou se rendre chez le gouverneur, il était obligé de traverser la grande cour de quarante-deux pieds de long, dont j'ai parlé, la grille, le pont-levis, le pont dormant et une autre cour, on lui mettait un masque sur le visage, afin de dérober sa figure à tous les regards. On agissait, en un mot, à son égard, comme partout pendant le trajet de Pignerol à Exiles, à Sainte-Marguerite, à la Bastille, et si à la Bastille on s'est montré plus exigeant qu'aux îles ou à Exiles, c'est que, dans ces deux dernières localités, il n'avait pas à rencontrer des *personnes qui sont amies intimes de tant de gens*, disait la dépêche de Besemaus de 1673. Une fois rentré à la troisième Bertaudière, le prisonnier se débarrassait de son masque et reprenait le cours de ses lectures et de ses tristes réflexions, qui ne devaient avoir qu'un terme : *la mort*.

CHAPITRE LXXVIII

L'Homme au Masque de Fer à la Bastille.

On ne se retrouve sur la voie du prisonnier qu'à son arrivée à la Bastille, le 18 septembre 1698.

Voici la feuille d'écrou qui le concerne, textuellement copiée sur un des registres de la Bastille, sauvé du sac de cette prison d'État, le 14 juillet 1789, et qui fait partie des manuscrits de la bibliothèque de l'Hôtel-de-Ville de Paris. C'était un grand in-folio contenu dans un très-grand portefeuille en maroquin, fermant à clef, lequel est encore contenu dans un double carton.

Après la prise de la Bastille, l'un des vainqueurs l'apporta en trophée au bout d'une baïonnette à l'Hôtel-de-Ville, qui en a enrichi sa bibliothèque.

(Nº 1. Verso 87.)

« Le trait des registres du château de la Bastille. C'est le fameux homme au Masque de Fer, que personne n'a jamais vu ni connu.

« Du jeudi 18 septembre 1698, à trois heures après midi, M. de Saint-Mars, gouverneur du château de la Bastille, y fit sa première entrée, venant de son gouvernement des îles Sainte-Marguerite, ayant amené avec lui, dans sa litière, un ancien prisonnier qu'il avait à Pignerol, lequel prisonnier reste toujours masqué et dont le nom ne se dit pas, et l'ayant fait mettre, en descendant de sa litière, dans la première chambre de la tour Bazimières, en attendant la nuit, il fut ordonné, à neuf heures du

soir, par M. de Saint-Mars, gouverneur, à M. Du Jonca, lieutenant du roi dudit château,
et au sieur de Rosarges, l'un des sergents que M. le gouverneur avait amenés, de
conduire ledit prisonnier dans la troisième chambre de la tour Bertaudière, que
M. Du Jonca avait fait meubler de toutes choses quelques jours avant son arrivée. Ce
prisonnier a toujours été soigné et servi par ledit sieur Rosarges, et il n'était vu que
de lui et de M. le gouverneur. Il était traité avec un grand soin et distinction. Ce prisonnier avait la permission d'aller à la messe. »

Nous serions encore ici réduits à laisser en blanc cette page de la vie du *Masque de
Fer* à la Bastille, sans un opuscule devenu fort rare, ayant pour titre :

*Remarques historiques sur la Bastille, avec un grand nombre d'anecdotes inté-
ressantes et peu connues* (Londres, 1789, in-8° de 199 pages). L'éditeur, qu'on crut
être l'imprimeur Grangé et qui le publia dans le but de jeter quelque jour sur le
séjour du *Masque de Fer* à la Bastille, dit dans sa préface : « J'ai eu en ma possession,
pendant bien peu de temps, à la vérité, un manuscrit bien précieux sur ce mystérieux
personnage.

« Je pourrai même me prévaloir de sa rareté, puisque, sans être très volumineux,
dix louis n'ont pu m'en rendre propriétaire. On pense bien que je n'ai pu ni peut-
être dû le copier en entier. »

Quoi qu'il en soit, voici les curieux détails que nous fournit cet éditeur, tant sur le
Masque de Fer que sur le régime intérieur de la Bastille :

« Lors de l'arrivée de chaque prisonnier à la Bastille, on inscrit sur un livre ses
noms et qualités, le numéro de l'appartement qu'il va occuper et la liste de ses effets
déposés dans la case du même numéro... Le livre de sortie contient un protocole de
serments et protestations, de soumission, de respect, de fidélité pour le roi... Le troisième livre en feuilles contient les noms de tous les prisonniers et le tarif de leurs
dépenses... Il y a aussi un registre où sont réunis tous les ordres à jamais donnés et
adressés au gouverneur de la Bastille, toutes les lettres des ministres et de la police.

« Tout est recueilli, classé avec soin. Enfin est un quatrième livre, un in-folio
immense (celui dont nous avons tiré l'écrou), qu'on dirait écrit avec des larmes et
du sang, et qui par cela seul mérite une description toute spéciale.

« Les feuilles, distribuées en colonnes, portent des lettres imprimées à chacune :

« 1re colonne. Noms et qualité des prisonniers ;

« 2e Date des jours d'arrivée des prisonniers au château ;

« 3e Noms des secrétaires d'État qui ont expédié les ordres ;

« 4e Dates de la sortie des prisonniers ;

« 5e Noms des secrétaires d'État qui ont signé les ordres d'élargissement ;

« 6e Cause de la détention des prisonniers ;

« 7e Observations et remarques.

« Le major remplit la sixième colonne, suivant les indications qu'il peut avoir, et
le lieutenant de police lui donne des instructions quand il veut et comme il veut.

« La septième colonne contient l'historique des faits, gestes, caractère, vie, mœurs
et fin des prisonniers.

« Ces deux colonnes sont deux espèces de mémoires secrets dont l'essence et la vérité
dépendent, vrai ou faux, de la volonté bonne ou mauvaise du major et du commis-

Le Masque de Fer à la Bastille.

saire du roi. Plusieurs prisonniers n'ont aucune note sur ces deux dernières colonnes. Lorsque ce registre fut apporté le 14 juillet à l'Hôtel-de-Ville, le nom du *Masque de Fer* était dans toutes les bouches, comme un des grands forfaits de la race royale. Chacun attendit dans un silence solennel, que le secret du despotisme royal tombât de ses pages sanglantes; mais le folio 120, correspondant à l'année 1698 et à l'arrivée du *Masque de Fer* dans cette prison, avait été enlevé et n'a pu être complété que par le journal de M. du Jonca, lieutenant du roi à la Bastille en 1698, les registres mortuaires de l'église Saint-Paul et les révélations du père Griffet, confesseur des prisonniers à la même époque. Les ministres n'aimaient pas que les gens connus mourussent à la Bastille. Si un prisonnier mourait, on le faisait inhumer à la paroisse St-Paul, sous le nom d'un domestique, et ce mensonge était écrit sur le registre mortuaire pour tromper la postérité. Il y avait un autre registre où le nom véritable des morts était inscrit, mais dans les archives de la Bastille ce registre n'a pu être retrouvé.

Les prisonniers, du reste, n'étaient jamais appelés par leurs propres noms, afin que les parents ou amis qui auraient tenté de solliciter, ne puissent les reconnaître. C'est ainsi que l'homme au masque, qui était connu aux îles Sainte-Marguerite sous le nom de Latour, l'était à la Bastille sous le nom de Marchialy ou Kersadior, et peut-être même d'autres.

Voici ce que j'ai vu : lors de la prise de la Bastille, un curieux m'a montré une carte trouvée dans les débris et contenant le numéro 64.389.000 avec la note suivante :

Arrivé des îles Sainte-Marguerite avec un masque de fer ††† et au-dessous : Kersadior.

Maucler, qui était présent, me proposa alors d'aller visiter le château, la tour de la Bertaudière, où l'homme au masque avait été enfermé. Nos recherches minutieuses, longtemps infructueuses, furent enfin couronnées du plus inespéré succès. Ayant aperçu à côté de la cheminée d'une chambre la longueur du petit doigt d'un suif noirci, nous enlevâmes avec un couteau cette couche de suif et découvrîmes une fente au mur. L'ayant fouillée, nous y trouvâmes un lambeau de toile rouge large d'environ deux pouces et se terminant en pointe à l'une des extrémités. Sur ce lambeau étaient tracés en fil blanc très fin ces trois lignes dont la première et la deuxième ligne sont en parties chiffrées.

†††††† *ans*

ie ††† *de mon roi*

Voilà mon crime.

Ce morceau de linge était roulé et contenait un bout de fil attaché à un bout de crin très fort.

Je visitai dans le plus **grand détail toute cette tour** de la Bertaudière, depuis le cachot jusqu'au comble. Elle avait alors quatre étages, chacune des chambres ayant son nom tiré du degré de leur élévation. Ainsi la première au-dessus du cachot s'appelait la première Bertaudière; puis la deuxième, la troisième Bertaudière; la quatrième s'appelait la calotte Bertaudière. C'étaient de petits réduits octogones, larges environ de douze à treize pieds carrés et à peu près de la même hauteur.

Il y avait deux pieds d'ordures sur le plancher, ce qui empêchait de voir qu'il était de plâtre. Tous les créneaux étaient bouchés, à la réserve de deux qui étaient grillés. Ces créneaux étaient du côté de la chambre, larges de deux pieds et allaient toujours en diminuant en cône, dans l'épaisseur du mur, jusqu'à l'extrémité qui du côté du fossé, n'avait pas un demi-pied d'ouverture. Un treillis de fer fort serré les fermait de ce côté. Comme c'était à travers ce treillis que venait le jour, qu'il était encore obscurci par cette épaisseur de mur, qui de ce côté a dix pieds, par la grille et par une fenêtre qui fermait au dedans de la chambre à volet garnie d'un très épais et très sale rideau, il était si faible que quand il entrait dans la chambre, à peine ser-

vait-il à distinguer les objets et ne donnait qu'un faux jour. Les murs des chambres
étaient très sales, gâtés d'ordures et tapissés de noms de quantités de prisonniers. Ce
qu'il y avait de plus propre était un plafond de plâtre très uni et très-blanc, afin que
les moindres trous percés dans ce plafond par le prisonnier de l'étage supérieur
fussent visibles. Ce fut dans un de ces réduits que le Masque de Fer passa cinq ans.
Il en avait passé douze aux Iles Sainte-Marguerite, treize à Pignerol, et trois au fort
d'Exilles, en tout *trente-trois ans* de captivité. Dès son arrivée à la Bastille, dit du Junca
dans son journal, le prisonnier dont le nom ne se dit pas et qu'on faisait toujours
masquer fut mis dans la tour de la Bagimière, en attendant la nuit. Sur les neuf heures
du soir je le conduisis dans la troisième chambre de la tour de la Bertaudière que
j'avais eu soin de meubler de toutes sortes de choses. Il y avait un lit de serge verte
avec des rideaux, une paillasse, trois matelas, deux tables, un rayon de bibliothèque
pour des livres, un grand fauteuil, quelques chaises et divers ustensiles d'usage
commun. Je restai spécialement chargé de sa surveillance avec le major Rosarges.
Tout était disposé de manière que nul ne pût jamais le voir. A la chapelle où il
entendait régulièrement la messe, on avait élevé une sorte de tambour pour lui d'où
il ne pouvait voir personne et où il ne pouvait être vu. Il s'y rendait par une galerie
où nul, sous prétexte de service ou autre chose, ne pouvait circuler pendant la messe.
Son plus grand délassement était de pincer de la guitare et de chanter. Il avait une
voix douce et saisissante, et les sons qu'il tirait de son instrument étaient parfois si
mélancoliques, que des prisonniers logés au-dessus de lui m'ont avoué s'être plus
d'une fois surpris tout en larmes rien qu'à les écouter.

CHAPITRE LXXIX

Les dernières années.

Louvois, l'implacable dispensateur des ordres concernant l'homme au masque de
fer, venait de mourir, succombant à ses fatigues, d'autres disent à l'amertume de sa
disgrâce.

En effet, le roi, fatigué de son orgueil et de ses manières arrogantes, allait le faire
jeter à la Bastille lorsqu'il fut emporté par un mal subit.

Son fils, Barbezieux, venait de lui succéder, et c'est le dépositaire du terrible
secret concernant le prisonnier de M. de Saint-Mars qui devait désormais décider du
sort du frère de Louis XIV.

Saint-Mars, en venant comme gouverneur à la Bastille, s'était fait escorter de
la plupart de ses anciens serviteurs et nous retrouvons avec lui, dans son nouvel
emploi, non seulement le major Rosarges, dont parle le document cité plus haut, mais
l'aumônier Giraud, le chirurgien Rheill, le porte-clefs Ru et jusqu'à son cousin
Corbé. Les mémoires de l'époque ont conservé ces noms et les malédictions qu'ils
soulevaient.

Toutefois, ils nous ont transmis aussi celui d'un administrateur plus bienveillant, et que son importance personnelle sut préserver du mauvais vouloir de Saint-Mars, — c'était M. du Junca, lieutenant du roi.

D'un naturel compatissant, du Junca apportait dans ses fonctions toute l'humanité possible. C'était à lui, notamment, que les prisonniers devaient une amélioration considérable dans leur nourriture et dans l'aménagement de leurs chambres.

Il tenait personnellement un journal des faits survenus dans la forteresse, et ce journal, écrit en entier de sa main, et publié pour la première fois par le père Griffet, jésuite, aumônier de cette prison après l'infâme Giraud, nous fournit encore les détails suivants, que nous transcrivons textuellement comme complétant les lignes citées plus haut; on sera frappé de la coïncidence des faits relatés par ces deux documents.

« Jeudi 18 septembre 1698, à trois heures après midi, M. de Saint-Mars, gouverneur de la Bastille, est arrivé pour sa première entrée, des iles Sainte-Marguerite et Honorat, ayant amené dans sa litière un ancien prisonnier qu'il avait à Pignerol, dont le nom ne se dit pas, lequel on fait toujours tenir masqué, et qui fut d'abord mis dans la tour Bazimière, en attendant la nuit, et que je conduisis ensuite moi-même, sur les neuf heures du soir, dans la troisième chambre de la Bertaudière, laquelle chambre j'avais eu soin de faire meubler de toutes choses avant son arrivée, en ayant reçu l'ordre de M. de Saint-Mars. En le conduisant dans ladite chambre, j'é-tais accompagné du sieur Rosarges, que M. de Saint-Mars avait amené avec lui, lequel était chargé de servir et de soigner ledit prisonnier, qui était nourri par le gouvernement. »

Ces pièces irrécusables, et qui se confirment l'une par l'autre, nous ont paru mériter l'attention et l'intérêt du lecteur, qu'elles initient d'une façon sérieuse aux péripéties de cette histoire.

La surveillance de Saint-Mars et de son acolyte Rosarges redoubla du jour où le prisonnier fut confiné à la Bastille, car son arrivée avait causé une vive émotion et défrayait les entretiens de la prison aussi bien que de la ville.

Il importait donc de le tenir isolé de toute communication avec les gens considérables, que les lettres de cachet amenaient, sous le moindre prétexte, et quelquefois pour un laps assez court, dans la citadelle. Il y avait là des seigneurs et des financiers qui, par leur influence ou leur argent, pouvaient gagner un gardien, des mécontents qui eussent payé cher pour susciter aux gouvernants des embarras et s'emparer d'un secret de cette conséquence.

Le prisonnier, ou si l'on veut l'appeler par son nouveau nom, Marchialy, fut prévenu, en conséquence, d'avoir à repousser tout rapport qui pourrait s'offrir entre lui et d'autres prisonniers, sous peine d'entraîner, non seulement pour lui, mais pour eux le dernier châtiment.

Ce fait est attesté par une lettre de Lagrange-Chancel, insérée dans l'*Année littéraire*. Cet écrivain affirme avoir appris d'un nommé Dubuisson, caissier du fameux Samuel Bernard, que ce Dubuisson, étant détenu à la Bastille, fut mis avec plusieurs autres individus dans une chambre située au-dessous de celle du prisonnier au masque.

Le conduit de la cheminée, soigneusement garni de barres de fer, leur permettait cependant de communiquer verbalement, et ils entretenaient ainsi une conversation avec les prisonniers de l'étage inférieur, lorsqu'ils tentèrent d'en faire autant avec celui d'en haut. Mais, n'en obtenant que des mots vagues et négatifs, ils lui demandèrent pourquoi cette obstination à taire son nom et ses aventures à des compagnons d'infortune, qui ne souhaitaient que lui venir en aide.

— Taisez-vous! répondit-il, au nom du ciel, taisez-vous! Pas un mot de plus! L'aveu que vous sollicitez nous coûterait la vie à tous! Nul ne doit me parler, je ne dois parler à personne!...

Il fut du reste maintes fois aperçu, toujours masqué, par des prisonniers qui en ont rendu témoignage, et notamment par l'historien Lunglet-Dufresnoy, habitué de la Bastille, où il fut conduit à huit reprises différentes. Quelqu'un ayant demandé à celui-ci des renseignements sur ce personnage énigmatique :

— De grâce, répondit-il, jamais un mot là-dessus, si vous ne voulez que j'aille le rejoindre, cette fois pour n'en plus revenir!

A mesure que l'âge s'appesantissait sur lui, Henri se montrait plus résigné, plus soumis à son sort. Une piété douce le soutenait sur les derniers degrés de sa vie douloureuse; sa pensée se reportait sur les rares éclaircies de son martyr et plus il se rapprochait de la tombe, plus il songeait à Charlotte et à son dévouement.

Nous avons dit qu'on avait adouci sa condition ; l'une de ces améliorations fut le remplacement de l'écrasant masque de fer par un masque de velours. Cette substitution ne s'opéra pas toutefois sans de formidables menaces, s'il osait jamais en profiter pour se montrer à personne le visage découvert.

CHAPITRE LXXX

Une évasion à la Bastille.

Depuis que le Masque de Fer avait été enfermé à la Bastille, la surveillance avait redoublé et une évasion était réputée impossible. Mais telle était l'horreur qu'inspirait cette prison, que beaucoup cherchaient à briser leur captivité et que plusieurs y réussirent. Il n'est pas de moyen dangereux, pas de tentative audacieuse qui n'ait été faite par ces tristes victimes du pouvoir absolu, pour recouvrer la liberté dont ils étaient si barbarement privés.

De toutes les évasions qui eurent lieu à cette époque, il n'en est pas qui offre plus d'intérêt que celle d'un abbé nommé Dubouquoit. C'était un homme intrépide, dont la vie avait été très orageuse. Il avait été arrêté à cause de quelques paroles peu mesurées sur la persécution des protestants, et on l'avait enfermé au Fort-l'Evêque, d'où il s'était échappé; repris peu de temps après et enfermé dans le château de La

Fère, il était encore parvenu à s'évader; arrêté une troisième fois, on l'avait envoyé à la Bastille et mis au cachot.

Bien que sa position fût affreuse, l'abbé ne se découragea pas. Il parut heureux, ne proféra pas une plainte, il parlait aux gardiens avec politesse, les plaignant du rude service qu'ils avaient à faire, et disant qu'on ne prisait pas assez la fidélité de ces hommes de choix.

Tout cela eut l'effet qu'il en attendait, et les porte-clefs finirent par s'intéresser à lui, tant la flatterie est puissante, même sur les hommes les plus dépravés. Sur les rapports qu'ils firent sur la grande douceur et la grande docilité de ce prisonnier, on commença par le mettre dans un cachot moins affreux que celui où il avait été mis d'abord ; puis enfin il fut mis dans une chambre occupée par trois autres captifs. Là il crut pouvoir songer à recouvrer sa liberté par les moyens qui lui avaient déjà réussi ; mais il eut le tort de se lier à ses compagnons d'infortune en leur proposant d'unir leurs efforts pour partir de compagnie, et l'un d'eux le dénonça; car tel était l'effet de cette dure captivité qu'elle démoralisait promptement les hommes faibles, et les poussait à la délation par l'espoir d'obtenir quelque soulagement à leurs maux.

L'abbé Dubouquoit nia énergiquement avoir eu la pensée de s'enfuir; mais on trouva dans son lit une corde qu'il avait faite avec des chemises déchirées par bandes pendant le sommeil de ses compagnons, et devant cette preuve sans réplique, il fut obligé de se taire et de se résigner à retourner dans son premier cachot.

Malgré cet échec, l'abbé ne désespéra pas d'en venir à ses fins, et il recommença à se mettre en fonds de flatteries. Cette fois, il eut quelque peine à faire mordre à cet appât les porte-clefs qui lui apportaient sa nourriture, il se passa même un assez long temps sans qu'il pût en obtenir un mot : on l'écoutait, mais on ne lui répondait pas. Enfin, après une longue persévérance et une apparence complète de résignation, on lui fit promettre de ne plus songer au projet désespéré qu'il avait conçu, et on le remit dans une chambre avec deux autres prisonniers.

Cette fois, Dubouquoit commença par étudier avec soin ses compagnons, et bien lui en prit, car il ne tarda pas à reconnaître qu'il ne fallait pas compter sur eux. Il songea donc à se faire changer de domicile, et pour y parvenir, il imagina de passer la plus grande partie de la nuit à chanter; ses compagnons se plaignirent, c'était ce qu'il voulait ; après la deuxième nuit, ils menacèrent de se plaindre au gouverneur : l'abbé en fut enchanté, et il se garda bien de ne pas continuer.

Les plaintes eurent lieu.

Le major vint menacer Dubouquoit de le remettre au cachot s'il continuait à troubler le repos de ses compagnons.

L'abbé répondit qu'il ne chantait que les louanges de Dieu, ce qui ne pouvait être chose répréhensible ; qu'à la vérité, il chantait un peu haut, mais qu'il n'en agissait ainsi que pour ne point entendre la conversation des deux personnes avec lesquelles on l'avait mis, et dont il avait été à juste titre scandalisé.

Les autres eurent beau soutenir que c'était un mensonge; l'abbé n'en démordit point : il dit qu'il n'avait jamais manqué de docilité, de résignation, il en appela au major lui-même qui ne pouvait nier, non plus que les gardiens, que Dubouquoit fût un modèle de douceur, et dit qu'on verrait bien, en le mettant ailleurs, qu'il n'avait pas agi méchamment.

Ce que le major vit de plus clair là-dedans, fut que ces hommes ne se plaisaient pas ensemble, et que si on les y laissait, il y aurait des querelles incessantes qui l'obligeraient à se déranger souvent ; en conséquence, il donna l'ordre de transférer l'abbé de la Tour du Fort, où il était, à celle de la Basinière, ce qui fut fait sur-le-champ.

Dubouquoit n'en demandait pas davantage pour le moment.

Au moyen de ces divers changements, il apprenait à connaître les êtres ; il mesurait les distances, comptait les sentinelles et faisait provision de renseignements dont il se promettait de tirer bon parti à la première occasion.

Les gens en compagnie desquels on l'avait mis cette fois, étaient un baron allemand protestant et un catholique qui avait mission de convertir le baron.

L'abbé ne tarda pas à reconnaître qu'il pouvait compter sur ce dernier, mais l'autre lui fut suspect.

Il fallait donc éloigner le catholique.

Pour y parvenir, l'abbé commença par susciter entre eux des querelles que l'irritation causée par la captivité envenima promptement.

Au baron il disait que sûrement il aurait été mis en liberté depuis longtemps, si le catholique n'avait pris l'engagement de le convertir ; au catholique il insinuait que l'entêtement du baron et l'espoir que le gouverneur avait que lui, catholique, finirait par vaincre l'obstination de ce méchant Allemand, étaient les seules causes qui le faisaient retenir.

Des reproches violents se firent entre ces deux hommes ; de là aux injures, la transition fut courte.

— Vous êtes un chien d'hérétique qui serez damné sans pitié, disait un jour le catholique au baron, et vous l'aurez bien gagné, car vous serez la cause de mon malheur.

— Misérable hypocrite, criait le baron, c'est bien plutôt toi qui es la cause de ma perte, et je te défends dès ce moment de m'adresser la parole.

— Je parlerai tant que je voudrai.

— Mais je te ferai taire, moi.

— Toi ?

— Moi !

Ils allaient se jeter l'un sur l'autre, Dubouquoit se mit entre eux.

— Quoi ! fit-il, des gentilshommes se prendre aux cheveux, comme des porte faix.

— Oui, c'est indigne, dit le baron, mais je n'ai point d'autre moyen de traiter ce misérable comme il le mérite... Ah ! misérable, si je te tenais au bout de mon épée !

— Tu ne m'y tiendrais pas longtemps, criait le catholique écumant de rage, car je te passerais bien vite la mienne au travers du corps.

— Que ne donnerais-je pas pour avoir à l'instant deux épées !

— Si j'avais seulement deux bons couteaux !

— Fi donc, dit l'abbé qui se tenait toujours entre eux, n'allez-vous pas renouveler cette folie de deux mousquetaires avec lesquels j'étais à Fort-l'Évêque, lesquels n'ayant pas d'armes pour vider leurs querelles,emmanchaient je ne sais quel méchant morceau de fer au bout de deux bâtons ?

Et comme Dubouquoit avait tiré de sa poche une paire de petits ciseaux pour se couper les ongles, il les jeta sans affectation sur la table, comme pour avoir les mains libres et contenir plus facilement les deux adversaires.

— Ces gens-là n'étaient pas des sots, dit-il, et voici deux épées toutes trouvées.

Il n'avait pas achevé que déjà les deux branches de ciseaux étaient séparées. L'abbé eut l'air de se fâcher. Il dit qu'il était mal d'attenter ainsi à sa propriété, et il eut l'air de persister à vouloir empêcher ses deux compagnons d'en venir aux mains; mais il le fit si mollement et il s'embarqua dans de si longues phrases pour démontrer au catholique, vers lequel il était tourné, combien le duel était chose répréhensible, qu'avant qu'il eût achevé son allocution, le baron avait déjà solidement fixé chaque branche de ciseaux au bout d'un bâton pris dans le bois de chauffage qui leur était accordé, car la scène se passait en hiver. Il jeta aussitôt un de ces bâtons à son adversaire qui le saisit.

Dubouquoit alors feignit le plus grand effroi, courut vers la porte sur laquelle il se mit à frapper à coups redoublés et en appelant au secours.

Le major et deux gardiens accoururent et parvinrent à désarmer les combattants qui, malgré la fureur avec laquelle ils se chargeaient, ne s'étaient encore fait aucune blessure.

— Vous irez tous deux au cachot, dit le major.

— Monsieur, lui dit l'abbé, daignez m'entendre. Vous connaissez mon amour pour la paix et je n'ai pas besoin de vous dire que je ne suis pour rien dans cette querelle. Mais je dois rendre cette justice à M. le baron, qu'il a été provoqué et poussé à bout.

— Comment ! s'écria le catholique, vous osez dire...

— Silence ! fit le major.

—. Mon ami, reprit tranquillement l'abbé, je dis la vérité, comme c'est mon devoir. Au lieu de discuter paisiblement avec M. le baron, pour l'amener à reconnaître ses erreurs et le faire rentrer dans le giron de notre sainte Église, vous vous emportez sans cesse ; vous avez sans cesse l'injure et la menace à la bouche. Ah ! ce n'est pas ainsi que l'on ramène dans le chemin de la vérité ; j'en sais quelque chose, moi qui ai eu le bonheur de convertir la plupart de ceux qui ont consenti à m'entendre.

Le catholique ne se possédait plus.

— Vous êtes un faux témoin, s'écria-t-il, un démon imposteur.

— Vous le voyez, monsieur le major, reprit encore Dubouquoit; cet homme est vraiment atteint de la folie furieuse.

— Oh ! nous saurons bien le calmer. Sur un signe de leur chef, les gardiens saisirent le malheureux catholique, qui fut mis au cachot.

Dès que l'abbé fut seul avec l'Allemand, il s'ouvrit franchement à lui sur ses projets d'évasion.

— Il y a longtemps que j'ai pensé à cela, lui répondit le baron, et quand j'étais seul dans cette chambre, j'avais réussi à me mettre en communication avec les trois prisonniers enfermés dans la chambre qui est au-dessus de celle-ci ; mais depuis, on

Mais, pendant qu'il descendait, une ronde avait provoqué le qui vive?...

a mis avec moi ce mauvais drôle qui vient de partir ; j'ai cessé ces relations, car je me méfiais de lui.

— Et quels sont vos moyens de communication ?

— Rien de plus simple : les tuyaux de cheminées de tout un côté de chaque tour se rejoignent vers leur extrémité ; la communication serait donc facile, si avant cette jonction on ne rencontrait trois énormes grilles de fer, qu'il faudrait être insensé pour songer à franchir. Mais vous concevez que les tuyaux devant se confondre à une certaine hauteur, le mur qui les sépare va toujours en s'amincissant par le haut. Donc, en dérangeant quelques briques de ce mur de séparation à la hauteur de l'étage supérieur à celui-ci, la communication est établie.

— Et vous êtes parvenu à déranger ces briques?

— Oui, et sans beaucoup de peine.

— Eh bien! s'écria l'abbé transporté de joie, il ne tient qu'à vous que nous soyons sauvés.

— Vous êtes dans l'erreur : nous pouvons certainement monter chez nos trois amis, eux peuvent descendre ici : mais il n'est pas plus possible de sortir de leur chambre que de la nôtre. Il faudrait que nous puissions arriver jusqu'à la plate-forme, ce qui ne se peut ; et puis, de là, avec tout le bonheur possible, nous ne pourrions toujours descendre que dans le fossé et nous y noyer, ou y être tués par les sentinelles placées de l'autre côté et dont les mousquets sont toujours chargés.

— Nous ne nous noierons pas, on ne nous tuera pas, et nous nous sauverons. Écoutez-moi. Vous devez être convaincu que je n'ai pas le moins du monde envie de vous convertir, moi qui suis ici pour avoir maudit vos persécuteurs; et vous êtes trop éclairé pour ne pas comprendre qu'on peut toujours se rétracter sans déshonneur d'une abjuration arrachée par la violence. D'un autre côté, il est fort douteux que votre conversion, réelle ou feinte, vous fasse recouvrer la liberté; le gouverneur tient trop à garder des prisonniers dont on lui paie largement l'entretien et qui ne lui coûtent presque rien, pour ne pas les garder le plus longtemps possible; mais il est certain qu'elle adoucirait singulièrement la captivité. On vous permettrait sûrement de voir vos coreligionnaires enfermés dans diverses tours, afin de les exhorter à suivre votre exemple; vous vous promèneriez tous les jours, et il vous serait facile de vous procurer peu à peu les renseignements et les instructions nécessaires à notre délivrance : quelques bouts de corde de temps en temps, des crampons, des couteaux, des morceaux de bois, etc. La besogne irait vite, car nous serions cinq à y travailler... Au nom de Dieu! songez que votre salut et celui de quatre de vos frères est entre vos mains.

Le baron eut beaucoup de peine à se rendre.

Mais l'amour de la liberté donna à l'abbé une éloquence si persuasive, qu'il finit par l'emporter, et le bon Allemand fit son abjuration dans la chapelle de la Bastille.

L'abbé, que cette conversion avait mis en grande faveur près du gouverneur, obtint la permission d'assister à la cérémonie, et dès ce moment, il fut serré de moins près. Quant au baron, on ne manqua pas de prétextes pour le garder; mais, ainsi que l'avait prévu Donbouquoit, on lui accorda toutes les petites faveurs qu'il demanda.

Les cinq prisonniers correspondaient tous les jours ; le baron apportait à ses amis tout ce dont il pouvait s'emparer ; du linge qu'on coupait par bandes, de vieux bouts de corde que l'on défilait pour en faire une corde neuve, des morceaux de fer que l'abbé façonnait pour en faire des fiches, etc.

Tout l'hiver et la plus grande partie du printemps furent employés à la confection de ces instruments. Les travailleurs cachaient dans leurs lits, enroulaient autour de leurs corps, sous leurs vêtements, les fragments de corde qu'ils faisaient et qui devaient être réunis au moment de leur fuite.

Ce moment tant désiré arriva enfin.

C'était à la fin de juin : la journée avait été orageuse ; vers le soir, la pluie tombait à torrents. Dubouquoit avait expliqué tout son projet à ses amis ; il leur avait donné ses dernières instructions.

L'heure du souper venue, un gardien vint apporter à l'abbé et au baron la pitance ordinaire, puis il descendit pour aller chercher celle des trois prisonniers de l'étage supérieur. A peine fut-il sorti que l'abbé Dubouquoit et le baron s'élancèrent dans la cheminée, agrandirent le trou de communication, et descendirent dans la chambre de leurs amis.

Bientôt, on entendit revenir le gardien ; il entra et ne vit pas l'abbé et le nouveau converti, qui s'étaient accroupis près d'un lit ; mais à peine eût-il posé sur la table les bouteilles et les plats dont il était chargé, qu'il se trouva environné des cinq conjurés, tous le couteau levé et prêts à frapper.

— Un mot, un geste et tu es mort, lui dit Dubouquoit.

Le porte-clefs demeura immobile et muet ; tout avait été si bien préparé, qu'en un clin d'œil il fut bâillonné, garrotté. L'abbé s'empara de ses clefs, ouvrit la porte, et, chargés de leur énorme corde à nœuds, les cinq fugitifs arrivèrent promptement sur la plate-forme.

Mais une fois là, ils ne trouvèrent aucun objet auquel ils pussent attacher cet instrument de délivrance qui leur avait coûté tant de veilles, car il n'y avait pas de canon sur cette tour. Heureusement la corde était plus longue qu'il ne fallait ; Dubouquoit l'avait voulu ainsi, afin que non seulement elle atteignît l'eau où il fallait que les fugitifs entrassent sans faire le moindre bruit, mais qu'arrivés là ils pussent en couper l'excédent qui pourrait servir dès que le plus agile aurait monté le talus de l'autre côté du fossé, à faciliter l'ascension des camarades.

L'abbé imagina alors de descendre par une cheminée et d'attacher l'extrémité de la corde à la première grille qu'il rencontrerait, ce qui fut fait en peu de temps. Ainsi fixée, cette corde, garnie de gros nœuds et traversée de distance en distance par une forte cheville de bois, fut descendue doucement dans le fossé.

Le chemin était périlleux, particulièrement pour celui qui devait s'y aventurer le premier ; ce fut Dubouquoit qui, comme chef de l'entreprise, voulut guider ses compagnons. Il descendit sans accident et se trouva avoir de l'eau jusqu'aux épaules. Il eût pu facilement atteindre l'autre bord à la nage, mais, bien que retenue dans sa guérite par la pluie qui continuait à tomber, la sentinelle la plus voisine eût facilement entendu le clapotement de l'eau. Et puis il y avait plusieurs de ses amis qui ne savaient pas nager, et il avait été convenu que tous se donnant la main, on formerait une sorte de chaîne pour traverser le fossé.

Mais pendant qu'il descendait, une ronde ayant provoqué le qui-vive de la sentinelle placée au pied de la tour, à l'intérieur de la forteresse, ses amis, craignant d'être aperçus, s'étaient couchés sur la plate-forme, et ils attendaient que le bruit fut passé ; cela dura longtemps, car plusieurs rondes se succédèrent presque immédiatement, Dubouquoit, ne sachant à quoi attribuer ce retard, agita plusieurs fois la corde ; mais voyant qu'on ne lui répondait point, il pensa que ses compagnons, effrayés du péril, avaient renoncé à l'exécution de leurs projets, ou que peut-être ils avaient été découverts. Alors il traversa le fossé. Arrivé au talus, de l'autre côté, il tira de sa poche les fiches de fer qu'il avait préparées, en enfonça une au niveau de l'eau, entre les pierres, une autre aussi haut que ses bras pouvaient atteindre. Saisissant ensuite celle-ci, il put mettre le pied sur celle placée plus bas, et en continuant à manœuvrer ainsi, il arriva à quelques pas de la sentinelle, bien décidé à la frapper sans pitié du couteau dont il était armé.

Heureusement la pluie avait redoublé de violence. L'abbé, dont l'espoir d'une prochaine délivrance triplait les forces, parvint à escalader un mur et à pénétrer dans la cour d'une maison dont la façade donnait sur la rue Saint-Antoine. Il y était à peine que plusieurs coups de feu se firent entendre. Il pensa à ses compagnons. C'était en effet sur eux qu'il venait d'être tiré. Deux d'entre eux avaient été tués, et deux autres s'enfoncèrent dans la vase et se noyèrent.

Ne doutant pas qu'ils fussent perdus, Dubouquoit monta sur un espèce d'appentis qui se trouvait dans la cour où il avait pénétré et de là se sauva dans la rue.

Le malheureux était dans un état des plus déplorables. Une fange noire et fétide lui couvrait tout le corps; le sang ruisselait de ses mains et de ses genoux, et, en tombant sur le pavé de la rue, il s'était luxé un pied. Il parvint pourtant, malgré tout cela, à gagner le domicile d'un de ses amis, où il demeura si bien caché que tous les sbires de la police, mis à ses trousses, ne purent découvrir sa retraite.

Cette audacieuse évasion, qui ne fut pourtant pas la seule de ce genre à la Bastille, aggrava beaucoup la position des malheureux enfermés dans cette forteresse. Tous ceux dont on redoutait l'audace et l'adresse furent mis au cachot; tous eurent à souffrir de la férocité des porte-clefs qui croyaient avoir à venger leur camarade, auquel pourtant on n'avait fait d'autre mal que de le serrer un peu fort et de lui ôter momentanément la parole. La garde fut doublée, la promenade interdite à tous.

Cependant Dubouquoit, doué d'une robuste constitution, avait été promptement guéri de ses blessures. Dès que le bruit causé par son évasion fut un peu passé, il songea à quitter la France et réussit à se rendre en Suisse. De là il fit agir quelques protecteurs puissants qu'il avait, pour obtenir la permission de revenir, sans avoir à craindre les suites de son équipée.

Elle lui fut accordée. Mais, au moment de passer la frontière, il se ravisa et retourna sur ses pas, ce qui était en effet plus prudent.

CHAPITRE LXXXI

Le sacrilége.

Les forces du prisonnier allaient en s'épuisant chaque jour. Si robuste que l'eût fait la nature, on ne soutient pas impunément une pareille lutte.

Et puis sa confiance en l'étoile qui devait lui ramener sur le soir de sa vie l'amie de son enfance, s'éteignait après tant de déceptions, et, l'âme navrée désormais, il s'abandonnait peu à peu à une prostration; avant-coureur du trépas.

Il demandait encore des consolations à la religion mais n'y puisait plus d'énergie. On ne croyait pourtant point sa fin aussi prochaine, lorsqu'il fut pris subitement d'une crise au bout de laquelle il s'éteignit. Le journal du lieutenant du Junca relate ainsi cet événement.

« Du lundi 19 novembre 1703. — Le prisonnier inconnu, toujours masqué d'un masque de velours voir, s'étant trouvé hier un peu plus mal, en sortant de la messe, est mort sur les dix heures du soir, sans avoir eu une grande maladie. M. Giraud notre aumônier, le confessa hier. Surpris de la mort, il n'a pu recevoir les sacre-ments, et notre aumônier l'a exhorté un moment avant que de mourir. Il fut enterré le mardi 20 novembre, à quatre heures après midi, dans le cimetière Saint-Paul notre paroisse; son enterrement coûta quarante livres. »

L'acte d'inhumation, entaché d'un faux flagrant, est ainsi conçu :

« L'an 1703, le 19 novembre, Marchialy, âgé de 45 ans, est décédé à la Bastille, duquel le corps a été inhumé dans le cimetière de cette paroisse, le 20 dudit mois en présence de M. Rosarges, major de la Bastille, et M. Reilh, chirurgien de la Bastille, qui ont signé, etc. »

Ainsi avait fini ce long martyre, après une captivité de près de trente-cinq années, dont les six dernières s'étaient passées à la Bastille.

Quant à l'âge de Marchialy, il a été reconnu, par une déclaration même du chirur-gien Reilh, qu'il était, à l'époque de sa mort, de plus de soixante ans ; ce qui répond précisément à la date assignée à sa naissance par les pièces qui nous ont servi de guide.

Les mesures prescrites à l'avance furent exécutées avec le plus grand soin. On évita d'informer immédiatement le roi, que cette nouvelle eût pu saisir et on ne la lui révéla qu'après un délai assez long pour lui prouver qu'il n'avait rien à craindre de l'horoscope.

On détruisit tout ce qui avait appartenu au prisonnier, dans la crainte qu'il n'y eût tracé des marques; livres, linges, effets, tout fut brûlé; l'argenterie fut fondue. On dépava sa chambre, on en gratta et recrépit les murs et le plafond. Mais ces précau-tions, que l'on ne pût dissimuler, eurent un résultat précisément contraire au succès qu'on voulait obtenir. Elles stimulèrent la curiosité, excitèrent les investigations, et firent naître des commentaires et des rapprochements historiques et politiques.

Ce ne fut pas tout encore : afin d'aller au-devant d'une constation et d'une révé-lation posthumes, Saint-Mars et Rosarges, obéissant à leurs instructions, ne reculèrent pas devant un sacrilège.

Le prisonnier était mort dans le désespoir de ne plus rien apprendre touchant son amie fidèle. Ses instances, ses prières n'avaient pu, sur ce chapitre, émouvoir l'âme de ses geôliers.

Il n'était pas oublié pourtant. Des cœurs comme ceux-là n'oublient point! Des obstacles infranchissables avaient seuls empêché Charlotte de lui apprendre qu'elle vivait toujours et qu'elle pensait toujours à lui... pour elle c'était tout un.

La nuit qui suivit la cérémonie funèbre, le fossoyeur de Saint-Paul, gagné à force d'argent, et s'étonnant lui-même qu'on n'eût pas mis de surveillants autour du cimetière, introduisit deux femmes dans l'enceinte funèbre.

L'une était plus qu'octogénaire et elle marchait appuyée d'un côté sur un bâton et de l'autre sur sa compagne, moins vieille d'une vingtaine d'années.

Elles tremblaient, et leur guide tremblait presque autant, car tous trois allaient accomplir une œuvre formidable.

Armé de ses outils, muni d'une lanterne sourde, cet homme s'approcha d'une fosse toute fraîche, et tandis que les femmes, agenouillées, pleuraient et priaient, il commença à remuer la terre.

Charlotte et Marion avaient voulu embrasser une fois, avant que la destruction s'en emparât, celui qui avait été leur fils et leur époux.

Le travail fut long, car il ne fallait pas éveiller les échos. Enfin, la bière fut amenée ; un effort de plus et le couvercle sauta.

C'était un spectacle solennel et navrant.

Le ciel s'était voilé pour ne pas voir ; la lanterne du fossoyeur jetait seule sur le linceul sa lueur incertaine.

Les deux femmes s'élancèrent ensemble ; leur compagnon souleva la toile neuve qui enveloppait le corps ; un bruit sourd et étrange retentit... Horreur !... à la place de la tête, les ensevelisseurs avaient mis une pierre !...

Ce visage mort inspirait aux bourreaux un tel effroi, qu'ils n'avaient pas hésité à mutiler ce pauvre cadavre !

Charlotte et Marion reculèrent avec un cri d'épouvante. Ce coup devait être le dernier pour la mère et pour la fille.

L'une vint, à peu de jours de là, rejoindre dans la tombe celui qu'elle avait nourri comme son enfant ; l'autre, recueillie par charité à la porte du cimetière, alla finir dans une maison de fous.

CHAPITRE LXXXII

Papiers trouvés à la Bastille après le 14 juillet 1789.

« C'était, dit le bibliophile Jacob, sous les décombres de la Bastille qu'on espérait retrouver les preuves de cette iniquité du *grand roi*, et quand la vieille prison féodale s'écroula sous le marteau du peuple, le 14 juillet 1789, le premier prisonnier qu'on chercha parmi les cachots, livrés au jour éclatant de la justice et de l'humanité, pour délivrer au moins son nom encore captif dans ces ténèbres, ce devait être le Masque de Fer !

Dès que la Bastille tomba au pouvoir du peuple, les portes des prisons furent brisées à coups de hache ; mais on ne trouva que huit personnes à délivrer, au lieu des innombrables victimes qu'on supposait ensevelies au fond de cette sinistre forteresse : on prétendait que, peu de jours auparavant, la plupart des détenus avaient été transportés ailleurs secrètement.

Les souvenirs de plusieurs captivités célèbres planaient au-dessus des ruines, qu'on avait hâte de faire disparaître pour placer cette inscription : *Ici l'on danse* à l'endroit même où tant de larmes avaient coulé depuis des siècles : le fantôme du *Masque de Fer* était sans doute présent au yeux des démolisseurs patriotes, et quand un des vainqueurs apporta en trophée, au bout d'une baïonnette, le grand registre de la Bastille, l'assemblée municipale de l'Hôtel-de-Ville attendit dans un silence solennel que le secret du despotisme royal tombât de ces pages sanglantes ; mais le folio 120, correspondant à l'année 1678 et à l'arrivée du prisonnier masqué venu des îles Sainte-Marguerite, avait été enlevé et remplacé par un feuillet d'une écriture récente ! Dans les souterrains de la Bastille, on découvrit des squelettes entiers ; dans les latrines, des ossements brisés et putrifiés : alors on se souvint avec terreur des horribles assertions que Constantin de Renneville avait avancées dans son histoire de la Bastille et qu'on avait trop légèrement traitées de fables calomnieuses ; on pensa que bien des crimes, bien des vengeances, étaient restés enfouis dans les ombres impénétrables de cette prison d'État, et que les murs, tout couverts de noms et de dates, offraient des lettres de proscription plus amples et plus véridiques que les registres du greffe.

Quelques curieux se mêlèrent donc aux travaux rapides de la démolition, et visitèrent en détail la tour de la Bertaudière, que *le Masque de Fer* avait habitée cinq ans, et dans laquelle il avait pu laisser la trace de son passage ; mais on eut beau déchiffrer tout ce qui était écrit avec la pointe d'un couteau ou d'un clou, sur les parois de pierres, sur les planchers de bois, sur les serrures, sur les meubles, sur les plombs des vitres, rien dans ces archives funèbres n'avait un rapport plus ou moins direct avec le malheureux *Marchialy*, et l'on ne douta plus que les ordres de Louis XIV, pour effacer tout vestige de cette étrange mascarade, n'eussent été ponctuellement exécutés.

Plusieurs personnes pourtant se demandèrent pour quelle raison le cadavre du prisonnier n'avait pas, comme ceux dont on retrouvait les ossements, été confié aux oubliettes de la Bastille plutôt qu'à la terre bénite du cimetière de Saint-Paul : on pouvait répondre à cette objection, que les restes humains découvert dans les fouilles appartenaient sans doute à une époque antérieure aux formalités de la prison d'État, ou n'accusaient que la scélératesse des officiers subalternes, capables d'un assassinat pour dépouiller un prisonnier ; d'ailleurs, en 1703, quand mourut *Marchialy*, Louis XIV, entièrement livré à Mme de Maintenon et à son confesseur le père Lachaise, avait une dévotion si scrupuleuse, qu'il n'eût pas refusé les secours de l'Église et la sépulture chrétienne à son plus grand ennemi.

Le grand registre de la Bastille, qu'on n'eut pas le temps ni l'ordre de détruire au moment du siège, avait subi de nombreuses mutilations ou altérations à une époque antérieure.

Il est facile de prouver que les archives de la Bastille, qui étaient immenses, et qui contenaient les papiers des autres prisons d'État, ont été pillées avant et pendant le siège, anéanties et dispersées après le dépôt fait à l'Hôtel-de-Ville.

M. Villemave, qui visita la Bastille le lendemain de la prise, se souvient d'avoir remarqué dans les cours une énorme quantité de papiers à demi brûlés ; il en ramassa quelques-uns, manuscrits et imprimés, qu'il conserve encore dans sa précieuse collection de pièces relatives à la Révolution ; mais il se souvient aussi que des sentinelles empêchaient les curieux d'emporter ces papiers qu'on enlevait sous les yeux des commissaires nommés par la ville. « La vérité est, dit Cubières, dans son *Voyage à la Bastille*, que M. de Mirabeau avait aussi un ordre pour venir faire sa moisson de manuscrits, et je ne doute pas qu'il n'en ait emporté plusieurs de très curieux. J'aurais bien voulu en ramasser à mon tour ; mais je n'en avais *ni permission, ni ordre*. »

Charpentier nous apprend avec quel soin l'autorité faisait recueillir les papiers de la Bastille, qui furent déposés à l'Hôtel-de-Ville, *et couverts d'un voile aussi impénétrable que celui qui les dérobait au jour, quand ils étaient sous les voûtes de la Bastille. Le bruit* courut même qu'on ferait une perquisition à main armée chez les personnes soupçonnées de garder des pièces trouvées à la Bastille.

L'Hôtel-de-Ville n'était pas le seul dépôt de ces papiers ; le district de Saint-Germain des Prés en possédait un grand nombre.

Ces papiers, tombés dans les mains des particuliers, se dispersaient tous les jours, passaient en province et même dans les pays étrangers. Trente commissaires choisis pour entreprendre le dépouillement du dépôt de l'Hôtel-de-Ville, s'arrêtèrent effrayés devant les difficultés et la longueur de ce travail, et Charpentier, qui criait toujours que les archives de la Bastille n'avaient fait que changer de cachot, avait déjà publié six livraisons de la *Bastille dévoilée*, à l'aide d'une collection particulière rassemblée au lycée, laquelle ne formait pas la millième partie des papiers déposés à l'Hôtel-de-Ville. Charpentier ne fit paraître que neuf livraisons de son livre ; le reste des documents conquis le 14 juillet 1780 a été détourné depuis par l'adresse des agents de l'ancien gouvernement, ou perdu par l'incurie des gardiens de ce vaste répertoire d'iniquités morales ou politiques.

On concevra l'intérêt que la royauté avait à l'anéantissement des preuves écrites de ses abus de pouvoir, en se représentant l'effet produit alors sur les masses par la dénonciation du moindre fait nouveau relatif à la Bastille, dont le fantôme épouvantait encore les Parisiens. Ces papiers accusateurs étaient autant de pierres que le peuple avait en main pour lapider la monarchie.

La Bastille dévoilée ou Recueil de pièces authentiques pour servir à son histoire, publiée par livraison, en 1789 et 1790, reproduisait et commentait le grand registre, dans lequel les entrées et les sorties des prisonniers étaient régulièrement marquées par ordre chronologique.

Charpentier avait puisé ses documents dans de petits feuillets manuscrits, enfilés par un lacet, qui paraissaient être les dépositaires des notes relatives aux prisonniers, jusqu'à ce que le temps permit de les mettre au net sur le grand registre. Les notes présentaient pourtant bien des lacunes. Il en était de même du grand registre, dans lequel on avait *enlevé avec beaucoup de précaution* le folio 120, correspondant à l'année 1698 et à l'arrivée du prisonnier inconnu à la Bastille ; on avait ainsi déchiré et mutilé les feuillets qui comprenaient l'année 1703 et les suivantes, comme pour effacer tout ce qui pouvait avoir rapport à Marchialy. »

L'absence du folio 120 fit croire naturellement à Charpentier « qu'on avait mis autant de soin, pour anéantir, après la mort du prisonnier, tout ce qui aurait pu donner

Dès que la Bastille tomba au pouvoir du peuple.

quelque lumière sur son sort, qu'on en avait mis pendant sa vie pour dérober aux regards des curieux le mystère caché sous ce masque de fer »; il désespéra donc de trouver dans les papiers de la Bastille la moindre indication à ce sujet, et il dut se borner à faire une dissertation historique à l'aide des témoignages existants; mais cette dissertation ne paraît que dans la neuvième livraison de *la Bastille dévoilée*, qu'elle occupe tout entière. Durant cet intervalle de temps, signalé par la publication de plusieurs ouvrages sur la Bastille et son prisonnier masqué, le folio 120 du grand registre fut remis entre les mains de Charpentier, non pas l'original, mais un feuillet semblable, entièrement écrit de la main propre du major Chevalier.

On obtint la certitude qu'en 1775 M. Amelot, ministre de la ville de Paris, s'était fait communiquer toutes les pièces qui concernaient directement ou indirectement l'homme au Masque.

Le chevalier, qui avait rempli les fonctions de sa charge à la Bastille depuis 1749, déclara lui-même qu'il avait, par ordre du ministre, opéré cette soustraction et envoyé à M. Amelot les feuillets déchirés du grand registre : on avait lieu de croire que ces feuillets étaient anéantis, mais on les retrouva, dit-on, par les soins de M. Duval ancien secrétaire de la police, et leur authenticité fut à peine mis en doute, lorsque Charpentier les imprima dans son livre, rédigé avec modération et plein d'une sage critique, qu'on traduisait au fur et à mesure en Allemagne et en Angleterre.

Il est remarquable que ce folio, où l'entrée du prisonnier a été relatée dans la forme ordinaire des écrous, est divisé par colonnes et en contient plusieurs réservées pour marquer les renvois aux tomes et pages d'un journal, d'une correspondance ou d'un recueil très volumineux (37 volumes d'une part, et 80 ou 85 de l'autre) qu'on n'a plus, ce qui s'accorde assez bien avec la disposition de la carte décrite dans les *Loisirs d'un patriote français*.

Voici le tableau figuré de cette feuille, copié d'après l'original autographe du major Chevalier et reproduit avec une scrupuleuse fidélité.

Noms et qualités des prisonniers	DATES DE LEURS ENTRÉES	Noms de messieurs les secrétaires qui ont contresigné les écrous	tom	pag	DATES DE LEURS MORTS	tom	pag	MOTIF DE LA DÉTENTION DES PRISONNIERS	OBSERVATIONS
Ancien prisonnier de Pignerol obligé de porter toujours un masque de velours noir dont on n'a jamais scu le nom ni ses qualités.	18 septembre 1698 à 3 heures après midy.	....	Dujonca	V 37	19 nov. 1703	Dujonca	V 89	on ne l'a jamais scu.	C'est le fameux homme à masque que jamais personne n'a jamais scu ni connu. Mort le 19 nov. 1703 âgé de 45 ans environs, enterré à St-Paul le lendemain à quatre heures après midy, sous le nom de Marchialy, en présence de M. Rosarges major du château M. Reilh chirurgien-major de la Bastille qui ont signé sur les registres mortuaires de Saint-Paul son enterrement a coûté 40 l. Ce prisonnier a resté à la Bastille cinq années et soixante-deux jours non compris celui de l'enterrement.

NOTA. — Ce prisonnier a esté amené à la Bastille par M. de Saint-Mars dans sa littère, lorsqu'il est venu prendre possession du gouvernement de la Bastille, venant de son gouvernement des îles Saint-Marguerite et Honnorat et qu'il avoit cy devant à Pignerol. Ce prisonnier estoit traité avec une grande distinction de M. le gouverneur et n'estoit vu que de lui et de M. Rosarges major du château, qui seul en avoit soin. Il n'a point esté malade que quelques heures, mort comme subitement, il a été enseveli dans un linceul de toile neuve et généralement tout ce qu's'est trouvé dans sa chambre a été brulé, comme son lit tout entier y compris des matelats, chaises et autres ustencilles rendus en poudres et en cendres, et jettés dans les latrines; le reste a esté fondu comme argenterie, cuivre ou étain.

Ce prisonnier était logé à la troisième chambre de la tour Bertaudière laquelle chambre a esté regrattée et piquée jusqu'au vif dans la pierre et blanchie de neuf de bout à fonds, les portes, chassis et fermants des fenêtres ont été brulés comme le reste.

Il est à remarquer que le nom de Marchialy que l'on lui a donné sur le registre mortuaire de Saint-Paul on y trouve lettre par lettre deux mots l'un latin, l'autre français *hic amoriel* c'est l'aural.

On reconnaît la main de la police de Sartines et de Lenoir, dans la perte de ce feuillet et dans la manière dont il fut remplacé; peut-être avait-il disparu avant que Chevalier fût chargé de recherches dans les archives. Les minutieuses précautions qu'on avait prises à la mort de Marchialy donnent assez à entendre qu'on n'eût pas laissé subsister quelque pièce écrite, capable de faire deviner le nom de ce prisonnier. En tout cas, les volumes 37 et 80 ou 85 de Dujonca, auxquels renvoyaient les colonnes des tomes et des pages dans le feuillet écrit par le major, ne vinrent à la connaissance de personne, et à peine peut-on obtenir quelques témoignages pour constater qu'une collection de gros volumes avait figuré dans les archives de la Bastille.

ÉPISODE

Un enfant, fils d'un riche Irlandais, avait été mis au collège de Clermont, à Paris, pour y faire ses études. Ce collège était tenu par les jésuites, et les jésuites étaient déjà devenus très puissants. Pour s'attirer plus encore les bonnes grâces du roi, ils s'avisèrent de changer le nom de leur collège et de l'appeler Collège Louis-Le-Grand. Ils firent donc sceller, au-dessus de la porte principale, du marbre noir sur lequel se détachait en lettres blanches ces trois mots latins : *Collegium Ludovici Magni.*

Il n'y avait pas grand mal en cela : mais il devait être permis d'en rire, et le jeune Irlandais s'avisa d'afficher au-dessous de cette pompeuse inscription un distique latin où il se moquait de la plate flagornerie des Pères jésuites.

Grande rumeur parmi les saints pères; on cherche le coupable; on le trouve. Aussitôt une députation des disciples de Loyola se rend à Versailles, sollicite et obtient une lettre de cachet contre ce grand coupable; et le soir même Seldou était conduit à la Bastille.

Le pauvre enfant riait en entrant dans cette noire demeure, il était bien persuadé qu'on ne voulait que lui faire peur. Ce rire était le dernier qui dût apparaître sur ses lèvres, et déjà il avait fait place à un tremblement convulsif lorsque le pauvre jeune homme entré dans une chambre, au troisième étage de la tour *du Coin,* entendit triples portes, triples verrous, triples serrures.

A partir de ce moment, les jours, pour Seldou, s'écoulèrent dans une épouvantable uniformité de souffrances.

Enfin un jour on lui annonça qu'il allait sortir de la Bastille. Il faillit en mourir de joie! Il se croyait libre !

On le conduisit à la porte extérieure où une voiture attendait.

— Oh ! non, s'écria-t-il en l'apercevant, point de carrosse: sentir le pavé sous mes pieds, cela me semble si bon!

— La course serait trop longue, dit son gardien.

— Quoi! ne vais-je pas retourner au collège?

— Monsieur, vous devez aller aux îles Sainte-Marguerite où je dois vous remettre à M. de Saint-Mars, gouverneur du château.

— Oh! mon Dieu! je ne suis donc pas libre!

Il s'arrêta; ses genoux fléchirent; une pâleur mortelle couvrit son visage; il allait tomber, lorsque le gardien qui l'accompagnait le soutint en lui prenant le bras; on dut le porter jusque dans la voiture qui partit aussitôt.

Cela se passait en 1676; quinze ans après, 1691, le malheureux Seldou était extrait de la prison des îles Sainte-Marguerite pour être ramené à la Bastille. Il espéra que ses maux allaient cesser; mais il n'en fut rien, et seize autres années s'écoulèrent encore sans qu'il fût question de lui rendre la liberté. Pendant ce temps, son père et sa mère étaient morts sans savoir ce que leur unique enfant était devenu, et comme ils étaient fort riches, l'infortuné captif était, sans le savoir, possesseur d'une grande fortune; mais s'il l'ignorait, ses persécuteurs le savaient. En 1705, le gouverneur de la Bastille, qui était alors Saint-Mars, lui annonça que le roi, dans sa clémence, avait résolu de lui faire grâce, pourvu qu'il donnât des garanties de sa conduite future.

— Notre aumônier est chargé de vous le dire, ajoute Saint-Mars; mais avant tout, il faut que vous juriez de ne jamais révéler ce que vous avez pu voir ou entendre pendant votre détention.

Le serment prêté, Seldou dut abandonner aux jésuites la totalité de sa fortune. C'était là le prix de sa liberté. On devait lui servir une rente annuelle de 2,000 livres.

Il signa donc l'acte de cession, et sortit enfin de ce tombeau où il était entré trente-deux ans auparavant et où ses cheveux avaient blanchi: il y était entré enfant, il en sortait vieillard. Il voulut revoir son pays.

Arrivé en Irlande, Seldou retrouva plusieurs membres de sa famille, il leur raconta sa longue captivité. La violence, la spoliation étaient manifestes.

Il eut l'intention de faire un procès à la société de Jésus; mais considérant ensuite la puissance des jésuites, l'énergie lui manqua; il renonça à se faire rendre justice. La plume tombe des mains quand elle a à raconter de si horribles choses, et pourtant ce n'est là qu'un coin du tableau.

C'est ce prisonnier que certains auteurs ont pris pour l'homme au Masque de fer.

FIN

Un dernier mot.

L'existence de l'homme au Masque de Fer n'a jamais été révoquée en doute; les pièces situées dans notre dernier chapitre suffiraient seules pour la démontrer aux plus incrédules, s'il en était besoin.

Mais il n'en n'est pas de même de l'identité de ce personnage. Les versions les plus diverses ont été mises en avant tour à tour, pendant un siècle et demi. On avait long-temps désespéré de la connaître d'une manière positive, quand un document est venu l'établir.

On a découvert, il y a quelques années, aux archives des affaires étrangères une relation autographe de Saint-Mars, de laquelle il résulte que celui-ci aurait cru devoir la rédiger pour calmer sa conscience, et pour rendre compte de la manière dont il avait rempli sa terrible mission.

.C'est à cette déclaration que nous avons puisé l'origine de notre récit, c'est appuyé de l'autorité du confident de Louis XIV et de Louvois que nous avons pu rapporter les détails de la naissance de notre héros. Dans cet acte, Saint-Mars insiste à plusieurs reprises sur les égards qu'il ne cessa pas d'avoir pour son prisonnier. Il atteste en outre la douceur de son caractère, et la résignation avec laquelle il atteignit le terme de sa captivité, en même temps que celle de ses jours.

Ce document tranche la question d'une manière trop décisive pour que nous ayons besoin de revenir sur les diverses hypothèses mises en avant à plusieurs époques.

Pour les circonstances de sa captivité, et de ses translations de prison en prison, nous avons tour à tour interrogé Linguet, Voltaire, Saint-Sauveur, fils d'un ancien gouverneur de la Bastille.

Nous avons lu la lettre de Lagrange-Chancel, le journal de du Junca, le recueil des lettres des archives étrangères par Roux-Fazillac, Sainte-Foix, qui atteste la mutilation du cadavre; les biographies générales, qui concordent. sur tous les points essentiels; et, dans un rayon plus récent, le bibliophile Jacob, le résumé curieux de notre ami Camille Legnadier, et enfin le travail le plus concluant et le plus approfondi de tous, celui de M. Dufey (de l'Yonne).

Le théâtre et le roman ont déjà puisé des scènes émouvantes au fond de cette légende ; en venant le dernier, nous avons du moins, à défaut d'autre mérite, celu; de nous appuyer sur les recherches de nos devanciers, et sur les renseignements qu'ils ne connurent pas, et qui fixent la partie historique de notre livre d'une manière irrécusable.

TABLE DES MATIÈRES

Paris. — Typ. Tolmer et Cie, 3, rue de Madame.

www.ingramcontent.com/pod-product-compliance
Lightning Source LLC
Chambersburg PA
CBHW061035030726
47504CB00002B/387